LUZIFER

VERLAG

ANDREW POST

AFTERTASTE

JENSEITS DES
GUTEN GESCHMACKS

IMPRESSUM

Deutsche Erstausgabe
Originaltitel: Aftertaste

Umschlag: Michael Schubert | Luzifer-Verlag
Übersetzung: Andreas Schiffmann
Lektorat: Diana Glöckner

Printed in Germany

Dieses Buch wurde nach Dudenempfehlung (Stand 2018) lektoriert.

ISBN: 978-3-95835-324-4

Bibliografische Information der Deutschen Nationalbibliothek:
Die Deutsche Nationalbibliothek verzeichnet diese Publikation in der Deutschen Nationalbibliografie; detaillierte bibliografische Daten sind im Internet über http://dnb.d-nb.de abrufbar.

FREITAG

KAPITEL 1

Der Geschmack erinnert an Kupfer und wird von Sekunde zu Sekunde intensiver. Es lässt sich mit Ertrinken in Kuchenmasse vergleichen, ist aber weder so schön noch so dekadent, wie sich das anhört. Als er partout nicht einatmen kann, wird ihm bewusst, dass er *unter der Erde* liegt, und er scharrt panisch, um an die Oberfläche zu gelangen.

Dass der Sarg aufgebrochen ist, erweist sich als Glücksfall wie Hindernis. Obwohl er sich die Hände aufschneidet, die erst wieder zu Kräften kommen, während er sich an dem zersplitterten Holz hochzieht, hätte es ihm größere Schmerzen bereitet, wenn der Deckel intakt gewesen wäre. Auch als er seine Beine befreit hat, lässt er nicht nach, sondern zieht weiter, obwohl sich die satingefütterte Kiste, in der er gerade noch lag, mit Erde füllt. Je länger er schaufelt und kratzt: Der Boden wird mit jedem Zoll wärmer, den er unter sich lässt …

Schon riecht er frische Luft, und die ohrenbetäubende Stille der Isolation weicht dem Getöse der überirdischen Welt. Dort muten ein Flugzeug hoch oben am Himmel, brummende Insekten und selbst ein schwacher Sommerwind laut an. Verflucht laut.

Kaum dass er den Grund mit seinen Fäusten durchstößt, fällt ihm das Tageslicht so grellweiß ins Gesicht, dass die Schmerzen hinter seinen noch heilenden Augen unerträglich sind. Der Reanimierte lässt sich in dem schäbigen schwarzen Anzug, im dem seine geliehene Hülle beerdigt wurde, aufs Gras fallen und rupft daran. Das Geräusch, das beim Abreißen einer Handvoll frischgrüner Halme entsteht, lässt ihn immerzu an Haare denken, die mit der Wurzel herausgezogen werden. Die Grube liegt zwar hinter ihm, doch weil er Angst davor hat, wieder hineinzufallen – was nicht zum ersten Mal geschehen würde –, kriecht er weiter, bis seine Arme nachgeben. Gibt es etwas Schlimmeres, als sich aus einem Grab zu befreien? Ja, es zweimal tun zu müssen.

Nachdem er ein paar Meter sicheren Abstand gewonnen hat, sackt er zusammen und dreht sich auf den Rücken. Er streckt einen Mittelfinger gen Himmel – während er den Blick weiterhin abwendet, denn Gott, was tut diese Helligkeit weh –, und würgt »Geschafft, ihr Wichser« heraus. Die Confab kann ihn vermutlich nicht hören. Oder vielleicht doch?

Er lässt den Kopf zurückfallen, da er nach dieser Tortur zu schwach ist, um sich irgendwie zu rühren. Offen gestanden hatte er schon kaum genug Kraft, um den Stinkefinger zu zeigen.

Wo die Haut vom Kopf des ehemaligen Toten abgeschürft ist, schimmert stellenweise kalkweiß der Schädel durch. In seiner linken Augenhöhle steckt ein Klumpen Erde. Er blinzelt, bis sie hinausfällt. Statt sich herumzuwälzen, bleibt er so liegen, entspannt seine Lider langsam und schaut sich gleichmütig am Himmel um. Mit jedem angestrengten Atemzug, mit jedem Röcheln regenerieren sich seine Lungenflügel. Er hat diesem Vorgang – wenn sich die ausgeborgte organische Hülle an ihn schmiegt, die Zellen sich wieder zusammenfügen – in Anspielung auf *Zurück in die Vergangenheit* einen eigenen Namen gegeben: SBP oder Samuel-Beckett-Prozess. Man mag es Assimilation, Rekombination oder wie auch immer sonst nennen. Heilung? Neukonfigurierung? Wiederaufbau dessen, was zusammengehört; Nanobugs, die ihren Dienst tun. Das ist weder annähernd so spektakulär wie in jener Serie, wo es immer zischte und brutzelte wie nichts Gutes, noch nimmt er die Gestalt der Menschen an, deren Körper er annektiert, aber es handelt sich um das gleiche Prinzip. Ungeachtet der Unterschiede hat er diese Bezeichnung dafür verinnerlicht.

Was von den blond melierten Haaren seiner Hülle übrig geblieben ist, wird bald braun und fettig sein. Auch behält er die schmale Mundpartie nicht, sondern bekommt wieder hohle Wangen wie ursprünglich, als er, dieser Körperentleiher, ein neuer Springer und noch er selbst war – *nicht tot*, ihr wisst schon. Knochen knacken, die braun gewordenen Mineralstümpfe in seinem Mund wachsen sich wieder zu richtigen Zähnen aus. Während er mit der Zunge am Gebiss entlangfährt, brechen sie so plötzlich hervor, wie hängen gebliebene Tasten eines Selbstspielklaviers hochschnellen, wenn sie sich lösen, einer nach dem anderen und schief wie ehedem, zwei vollständige Kauleisten.

Als er so in der Sonne liegt, holt er ruhig Luft und lässt sich den geschundenen Leib wärmen. In ihm klickt, knirscht und gurgelt es. Nicht lange aber, da wird es still, und er hört lediglich Zikaden zirpen, ein regelrechtes Trommelfeuer. Seine Haut schließt sich zuletzt, und unterdessen spürt er die Hitze nicht nur auf dem ungeschützten Fleisch an seinen Händen, im Gesicht sowie am Hals, sondern kann sie schmecken: Feuchtigkeit, schwer in der Luft und anschmiegsam wie ein nasser Lappen. Sie bedrückt und vermittelt ihm das Gefühl, sogar seine Seele triefe davon, weshalb er jeden Atemzug regelrecht hinunterwürgen muss.

Schließlich setzt er sich aufrecht hin und dreht sich nach dem Grabstein um, der die Stelle markiert, an der er eben emporgekommen ist. *Jacob F. Stein, geliebter Vater und Ehemann.*

»Ich sehe zu, dass du alles wieder zurückbekommst, Jake. Pfadfinder-Ehrenwort.«

Als er selbstbewusst sarkastisch vor Jacob F. Stein salutiert, schaut er auf die Innenfläche seiner Hand und beobachtet, wie sie immer weniger schrundig und rissig wie das Bett eines ausgetrockneten Sees aussieht, dafür elastischer und ledrig wird … wobei die Narben zuletzt verschwinden, als ob sie ihren Einsatz verpasst hätten. Der Nagel eines eingekerbten Zeigefingers wächst bis zur Hälfte heraus. Die rechte Daumenkuppe wird langsam von hellen Linien überzogen, gerastert wie mit einem Parkettmuster. Die Gelenkhöcker ragen sprunghaft auf, wobei sich die schwer verbrannte Haut flächig verfärbt, glänzende Flecke wie hingeschmiert. Einige der tieferen Löcher, die *sehr* stark bluteten, wenn er sich recht entsann, schließen sich wulstig, bleiben jedoch taub und völlig farblos. Alles nur, weil er zu oft achtlos in Öfen langte, wenn er überarbeitet, abgelenkt, high oder all dies auf einmal war.

Jetzt schaut der jüngst noch Begrabene, der nunmehr vollständig wiederhergestellt ist und überzeugend lebendig wirkt, auf seine Beine, die er in der schlottrig weiten Hose vor sich ausgestreckt hat. Die Knie stehen hubbelig hoch, doch das Material liegt dermaßen locker an, dass er wahrscheinlich mit dem ganzen Körper von Kopf bis Fuß in ein Hosenbein schlüpfen könnte.

Tief Luft holen. »Also gut, probieren wir die alten Gräten mal aus, oder?«

Sobald er aufgestanden ist, bringt ihn das Vestibularorgan in seinen Innenohren aus dem Gleichgewicht, als sei er seekrank, doch das Gefühl lässt rasch nach. Schon seltsam, dass die Sinne am längsten brauchen, um sich zu erholen.

Ein Schritt, dann ein zweiter, wacklig.

Er bewältigt den Pfad über den Friedhof mühelos, während der feinkörnige, graue Schotter unter seinen schwarzen Wildleder-Slippern knirscht. Im Vorbeigehen fällt ihm auf, wie einige der neueren Grabsteine funkeln, weil der Marmor erst kürzlich bearbeitet wurde, sodass die Beschriftung deutlich erkennbar ist, unberührt noch von Regen und Wind. Die Namen wecken teilweise vage Erinnerungen in ihm, Geistesblitze wie Sirenen, die meilenweit entfernt aufheulen. Und dann diese Daten, Geburts- und Todestage … Es liegt nahe, denn in der Zwischenzeit müsste er sie alle gekannt haben. Dennoch zwingt er sich dazu, es zu verdrängen.

Um dies zu schaffen, konzentriert er sich auf seine Umgebung. Immerhin dürfte es ihm helfen, zu erfahren, wo er ist.

Zwei Hinweise tun sich außerhalb des Friedhofsgeländes auf. Vorm Zaun wachsen Wildblumen, dicht gedrängt am begrünten Rand des unbefestigten Feldwegs neben dem Gottesacker. Hinweis eins ist die Farbe des Bodens der Straße: ein rostiges Orange wie die Graberde, also eisenhaltig. Hinweis zwei sind die Blumen selbst. Während er dem Pfad humpelnd folgt und das Klicken, das Einrasten in ihm weitergeht, ruft er ab, was ihm über Pflanzen im Gedächtnis geblieben ist.

Die klumpigen, borstigen Wirtel der … Zitronengoldmelisse.

Die buttergelben Blüten an den Stängeln von Carolina-Jasmin. Ja, das ist definitiv Carolina-Jasmin.

Und schließlich Goldglöckchen. Wie traurig lässt es seine Köpfe hängen. Kein anderes Gewächs sieht so herrlich leutselig aus.

Einen Moment lang denkt er an Salat aus wilden Blumen, Radicchio und geriebenen Möhren, den er widerwillig für eine Hochzeit gemacht hatte, nachdem er als Caterer engagiert worden war. Die Braut, eine Kanadierin, hatte eine Schwäche für Trends, und zu jener Zeit war dieses Rezept in, genauso der ach so verantwortungsvolle Kauf lokaler Erzeugnisse, also bestand sie darauf, nur Blumen aus der Gegend zu verwenden. Der Bräutigam, ein solider Typ, stammte aus Virginia, wo die Feier auch stattfand, und dort wachsen eben sowohl Zitronengoldmelisse als auch Carolina-Jasmin.

Daraus ergibt sich, dass ich im Süden sein muss. Angesichts der vielen Nadelbäume auf der anderen Straßenseite kann es allerdings nicht zu weit unten sein, keineswegs Florida oder so. Vielmehr irgendwo auf der Kante West Virginia, Tennessee. Die rote Erde grenzt die Möglichkeiten auf nur diese beiden Staaten ein.

»Erklärt auf jeden Fall, warum es so warm ist«, brummt er leise und wischt sich die Stirn ab. »Bitte lass es keinen der zwei Staaten sein, die ich vermute. Mehr verlange ich nicht.«

Wieder überfliegt er die Grabinschriften und ordnet seine Eindrücke von früher neu, sodass sie sich allmählich ineinanderfügen, als würde er unter einem Sturzbach aus saurem Regen stehend ein Puzzle aus Rasierklingen und Angelhaken zusammensetzen. Ein klares Bild will sich einfach nicht ergeben. Dennoch tauscht er die Teile weiter aus, schneidet und ritzt oder sticht sich daran.

Natürlich haben viele der Toten identische Namen. Das ist nicht ungewöhnlich, aber so viele, die ihm geläufig sind, an einem einzigen Ort wie diesem? Er grunzt und kehrt der stummen Steinansammlung auf dem Friedhof den Rücken zu. *Vergiss es.* Darum lässt er es auf sich beruhen und tritt unter dem ätzenden Wasserfall heraus, den er sich einbildet, woraufhin es ihm sofort besser geht. Sein altes Leben bedeutet nichts. Erinnerungen sind bloß Schmutzflecken.

Als er das Tor erreicht und hinausgehen möchte, knarren die rostigen Angeln beim Öffnen. Sich am Straßenrand zu halten, ohne in den Graben zu kullern, der halbhoch mit stinkend kaffeebrauner Brühe vollgelaufen ist, wird zu einem Drahtseilakt. Einmal verliert er die Balance, verlagert sein Gewicht zu stark zur Fahrbahn hin und betritt sie. Hupen, ein erschrockenes Glucksen. Ist er das selbst gewesen?

Ein Auto braust vorbei; weil es so knapp war und Lärm herausdrang, der wohl Musik sein sollte, bekommt er Herzklopfen. Er verzieht das Gesicht, während das Heck des Wagens in der aufgewirbelten Sandwolke verschwindet, windschnittig elegant und in geschmacklosem Grün lackiert, wie man es nur in tropischen Regenwäldern oder schlechten Drogentrips sieht. Er weiß weniger über Autos als die Flora, doch der Modellname steht rechts am Kofferraum: Accord. Mit zerzausten Haaren und feinem Schmutz an den Wimpern, gegen den er anblinzelt, bleibt er stehen und schlägt nach dem heißen Staub, der ihn umweht. Dabei beobachtet er, wie das Fahrzeug auf der Straße davonrast und hinter einer Kurve außer Sicht gerät. Nur den Namen konnte er lesen; um das Nummernschild zu erkennen, war es zu schnell, aber der Hip-Hop wummert länger, als er den Wagen sieht. Ein »Yo, Motherfucker« schnappt er noch auf, wütend gebellt und dabei durchaus glaubwürdig, weshalb er, der früher wohl nicht über die stärkste Pumpe verfügte, kurzzeitig verärgert neben der Straße weitergeht.

Hätte mich fast angefahren, der kleine Scheißer. Junge Leute … völlig rücksichtslos, nichts als laute Bässe und Vögeln in der Birne.

Er lässt Dampf ab, indem er einen dicken Stein in den Graben tritt, wo er einen Schwarm Stechmücken aufscheucht und mit einem *Plopp* versinkt. Um Rache zu üben, stürzen sie sich auf ihn. Ein paar landen mit ausgefahrenen Rüsseln, schwirren aber wieder ab, ohne von seinem Blut probiert zu haben. Nein. Der schmeckt wohl nicht. Er lacht, während sie fortfliegen und sich eine normalere Mahlzeit suchen. »Jawohl, ich bin mir ziemlich sicher, dass ich nicht allzu gut schmecke.«

Das Grinsen vergeht ihm schnell. Er regt sich immer noch darüber auf, beinahe wieder getötet worden zu sein. Eigentlich ist es aber irrelevant. Die Erwägung, sich Kennzeichen zu merken, sieht einem lebendigen Menschen ähnlich, aber niemandem unter der Fuchtel der Confab. Er darf mit niemandem sprechen, außer es lässt sich nicht umgehen, und kann sich irgendwie denken, dass es seine Vorgesetzten nicht unbedingt für notwendig halten, bei den örtlichen Behörden Anzeige gegen einen Raser zu erstatten. Den Beckett soll er hier machen, seine Aufgabe erledigen und die Hülle dort hinterlassen, wo er hineingeraten ist. Mehr nicht.

Damit – also dem Vermeiden von Gesprächen – hatte er nie ein Problem, weil er sich generell nie als umgänglicher Mensch verstand. In seinem alten Leben war es genauso, bloß dass er einen freien Willen und einen Job hatte, der sich indes erheblich von seiner jetzigen Tätigkeit unterschied: Koch und angehender Küchenchef. Das schloss einige Erfahrung mit ein. Er blickt auf Anstellungen in siebzehn verschiedenen Restaurants zurück (einige gut, die meisten nicht), und zwar vor seiner Bewerbung auf der Meisterschule. In jenen engen, heißen Küchen war es, wo er eingezwängt zwischen wohlmeinenden Einwanderern und Studienabbrechern schuftete, unerhörte Schichten schob und dabei inständig hoffte, minderwertige (oder schlicht kaputte Utensilien) würden gnädigst ihren Dienst tun, sich in Anbetracht unzuverlässiger Gehaltszahlungen auf die Zunge biss und doch nie aus den Augen verlor, worauf es ankam: Er zog es durch, führte das Leben eines Kochs, und der Rattenschwanz, den dieser Wandel nach sich zog, stärkte sein Rückgrat, sodass er sich bei all dem Scheiß seine Würde bewahren konnte. *Kommt mir nicht mit Zutaten, sondern lasst mich machen, worin ich am besten bin.* Er liebte das.

Freilich liegt es in der Vergangenheit, und dies ist die Gegenwart. Hier und jetzt soll er eine Art von Arbeit verrichten, in deren Rahmen es ihm selbst nach zahllosen Stunden Praxiserfahrung nicht gelingt, die ständigen Fettnäpfchen zu umgehen, obwohl es in der Theorie leicht klingt: Töte die *Lusus naturae,* oder krieg sie zumindest so weit unter Kontrolle, dass man sie festnehmen und dorthin abschieben kann, wo sie keinen Schaden anrichtet. Zu dem, was er früher gemacht hat, besteht ein himmelweiter Unterschied, klar, doch er erinnert sich oft an früher, als einmal falsch bestellt wurde und ein Hängebauchschwein aus dem Lieferwagen kam, aus eigenen Stücken wohlgemerkt, nicht *zer*stückelt, verdammt lebendig und schnaubend. Es kaltzumachen oblag dann ihm, weil man Koteletts als Tagesgericht anbot, der Chefkoch aber in Urlaub (auf Entzug) war und die Zeit fehlte, einen Schlachter oder auf Borstenvieh abonnierten Auftragskiller zu rufen. Müßig zu erwähnen, dass an dem Tag ausgiebig mit Messern hantiert wurde, und bei jedem Sprung, wenn unser Held heute den Beckett mimt, entsinnt er sich jener fürchterlichen Schicht mindestens einmal, weil die Arbeit für die Confab ihr stark ähnelt. Ganz richtig, du, dem jegliche Erfahrung im Töten abgeht – du sollst das für uns erledigen, und zwar dalli, Dummkopf.

Zu einem Job genötigt zu werden, der ihm nicht liegt, macht ihn fast glauben, er sei mit jemand anderem verwechselt worden. Gab es dabei allerdings eine andere Wahl? Nicht dass er wüsste, und er hat nachgefragt, verlasst euch drauf.

Ferner durfte er über jene Sau reden, die er durch die Küche gejagt hat. Sobald man aber unfreiwilligerweise von der Confab eingestellt wird, darf man niemandem davon erzählen – von den *Lusus naturae*, den Launen der Natur, die da draußen umgehen –, denn ansonsten bricht offensichtlich die Hölle los.

Man sei aber mal so frei und kritisiere die Machenschaften, die Geheimniskrämerei der Organisation, da man selbst im Wissen darum leben könne, dass diese Abscheulichkeiten frei überall herumlaufen (diejenigen, die sich benehmen, dürfen dies tatsächlich), und eben nicht den Verstand verlieren. Der gemeine Pöbel erträgt nicht einmal die Vorstellung, ihre »Diät«-Erfrischungsgetränke enthielten womöglich doch *eine* Kalorie, geschweige denn die Tatsache, dass Geschöpfe existieren, die imstande sind, das Skelett eines erwachsenen Menschen mit einem gezielten Rotzer zu verflüssigen.

Nachdem er minutenlang nur sein eigenes Schlurfen und das unermüdliche Zirpen gehört hat, mit dem die Zikaden seine Wanderschaft begleiten, gelangt unser mit Erde verschmierter Geselle kleinlaut auf sein Los schimpfend an eine Einfahrt. Es handelt sich um eines jener Häuser, deren Bewohner dem Postboten gewogen sind, denn die Adresse steht vollständig ausgeschrieben in goldenen, kursiven Klebbuchstaben und -zahlen an der Mauer: Familie Miller, Kit Mitchell Road 7984.

Der Auferstandene bleibt abrupt stehen und dreht sich um. »Moment mal.« Er überlegt, und der Puls seines reanimierten Herzens setzt einmal ganz deutlich aus. »Bedeutet das jetzt etwa …«

Der Name der Besitzer spielt keine Rolle, jenen der Straße starrt er mit offenem Mund an.

Er vergewissert sich: Kit Mitchell Road.

»Nein, im Ernst, Mann. *Nein.*«

Er schaut zurück zu dem Stück Weg, auf dem er gekommen ist. Der Verlauf der Straße, die leichte Biegung, die Bäume am Rand. Die Landschaft ist zugewuchert, hat sich verändert und gibt ihm deshalb das Gefühl, er sei geschrumpft, seitdem er zuletzt hier war, bleibt jedoch ein und dieselbe. Er ist diese Strecke zu oft gegangen, als dass er mitgezählt hätte, *wie* oft. »Das kann nicht wahr sein.« Als er sich wieder ruckartig umdreht, muss er einen Schritt vorwärts machen, um sein Gleichgewicht zu halten, weil ihm schwindlig wird, entweder wegen der Hitze oder da er den Beckett-Prozess noch nicht lange hinter sich hat.

»Elender Mist«, flucht er, schnauft und lächelt verächtlich. »North Carolina, zum Donnerwetter.« Nach vorne gebeugt lässt er die Schultern hängen und steckt kopfschüttelnd die Hände in die Hosentaschen. »Arschlöcher.«

Schließlich trottet er weiter. Dabei lacht er schrill und tritt gegen jeden Stein, der auf dem Weg liegt. »Unfassbar«, stöhnt er immer wieder laut. Ein bisschen wehmütig denkt er an den Friedhof und die vielen Namen zurück, die Freunden seiner Eltern und Lehrern gehörten, einer auch jener alten Dame, die in einem Schnellimbiss arbeitete. Er schwänzte die Schule und lief Gefahr, erwischt zu werden, nur weil die Burger in dieser schmierigen Bude so verboten gut schmeckten. Kein Zweifel, er ist in North Carolina, und zudem nicht irgendwo, sondern in einer Gegend, die er persönlich kennt, da er hier aufwuchs.

»Als sei's nicht schon schlimm genug, Tag für Tag herumgeschickt zu werden, auf dass mir irgendwelche angepissten Freaks den Arsch abbeißen und ins Gesicht kotzen, muss es jetzt *hier* sein, wo an jeder zweiten Kreuzung und Ladentheke all die beschissenen Erinnerungen …« Er verliert seinen Schwung beim Zetern und wird immer leiser. Er hätte sowieso nicht gewusst, wie er diesen Satz zu Ende bringen sollte.

Beim Weitergehen mault und meckert er vor sich hin.

KAPITEL 2

Als Galavance aufwacht, liegt sie auf einer Matratze ohne Laken und blickt an die Decke. Neben ihr surrt ein angeschalteter Ventilator, der immerzu hin und her schwenkt, als wache er über ihren zierlichen Leib. Gestern Nacht war es zu heiß für Decken oder nur ein Laken. Sie trägt ein T-Shirt der Band Papa Roach, das so oft gewaschen wurde, dass es wie mit Schrot beschossen aussieht. Als sie einen Finger durch eines der Löcher steckt, fühlt sie sich an ein Hammerspiel erinnert, bei dem Kinder auf Köpfchen klopfen müssen, und denkt kurz, dass sich das zerfledderte Oberteil von Jolby wie frische Pasta anfühlt.

Nudeln. Töpfe und Pfannen. Dampf. Küche. Stoppuhr. Zu spät. »Scheiße.«

Sie bemerkt ihren Kater nicht – hat gar keine Ahnung, dass er vielmehr wie eine eingerollte Schlange in ihrem Kopf lauert –, bis sie sich hinsetzt. *Uff!* Sie stöhnt. Wenig zu Abend zu essen und eine ganze Flasche Zinfandel der Marke Pennerglück zu trinken zählt nicht zu den klügsten Entscheidungen in ihrem Leben.

Der Ventilator ventiliert. Sie starrt in sein schnurrendes, weißes Plastikgesicht, während er seinen Kopf schüttelt. *Tss, tss* …

Die Klimaanlage des Trailers pfeift aus dem letzten Loch, und sobald sie den Ventilator ausschaltet, sodass die Luft zur Ruhe kommt, wird der schreckliche Gestank ringsum richtig penetrant. Wie überreifer Käse oder als habe jemand eine Zwiebel als Deoroller verwendet und sei in Zellophan gewickelt drei Meilen gelaufen. Übel.

Sie bleibt auf einer Ecke der Matratze sitzen und fleht das Biest mit den Krallen in ihrem Schädel an, zu verschwinden, während sie auf die Schmutzwäsche blickt, die sich in Häufchen am Boden auftürmt (und Ausläufer bildet, wo sie in die frischen Sachen übergeht). Dabei entdeckt sie etwas schrecklich Bloßstellendes: Eine seiner weißen Unterhosen, umgestülpt, mit einem erdfarbenen Fleck von der Größe eines Daumenabdrucks im Gewebe. Die Farbtöne überlagern einander, ein durchgängiges Punktmuster in Braun bis Dunkelgelb. Maiskörner vielleicht? Tatsächlich aß er neulich Abend mexikanisch. Mieser Lügner. Er behauptete, es sei Salat gewesen, doch kein Grünzeug der Welt nötigt Jolby, seine Wäsche *so* auszuziehen.

Sie erlebt das nicht zum ersten Mal, also was ihn betrifft jetzt – eingesaute Unterhosen, Zahnseide mit grauen Klumpen daran, die aussehen wie aufgefädelte Murmeln aus vorindustriellen Zeiten. Orangefarbene Spritzflecken an der Badezimmerwand nach Dauererbrechen um drei Uhr morgens, weil er es nicht mehr bis zum Klo schaffte. Man gewöhnt sich an solche Anblicke, wenn man sage und schreibe schon fast zehn Jahre mit jemandem zusammen ist.

Der Bursche weiß, was sie mit seiner Verdauung anstellen, doch dass diese extra-scharfen Chalupas und er wie Feuer und Wasser sind, ist ihm schnuppe. Wäscht *er* das dreckige Zeug? Nein.

Ach, wie stark die eigenen Skrupel mit der Zeit doch nachlassen … Früher auf der Highschool, als man sich auf dem Flur aufwendig gefaltete Zettelchen zusteckte wie Freiheitskämpfer in Gefangenschaft, die heimlich miteinander kommunizieren, war ein Furz oder selbst die Erwähnung dieses *Wortes* tabu, wohingegen jetzt das völlige Gegenteil zutrifft und die unverblümte Offenbarung aller Widerlichkeiten, die der männliche Körper abzusondern vermag, zum Alltag gehört. Etwa wenn er in seiner Nase bohrt, den Popel betrachtet und wegschnippt, während er tatsächlich *neben* ihr auf dem Secondhand-Sofa hockt.

Manchmal, wenn sie brutal ehrlich zu sich selbst ist, was ihre Beziehung mit Jolby angeht, deutet sie beiläufige Gesten wie diese als wortlose Frage: »Zu wem willst du sonst? Wir sind ja schon ewig zusammen.« Freiheitsentzug mit plumper, halboffener Faust – teils ihrerseits, teils seinerseits. Sie könnte sich jederzeit von ihm trennen, wobei die Betonung auf *könnte* liegt.

Während sie über Hände nachdenkt und Müsli in eine Kaffeetasse kippt, fällt ihr ein, dass sie sie manchmal gern zu Fäusten ballen und auf Jolby losgehen würde. Diese Vorstellung gefällt ihr sehr. Dann fallen ihr die Finger an sich ein und dass keiner der ihren einen Ring trägt, weder zum Zeichen persönlicher Bindung noch andere.

Er hat ihr nicht einmal seinen Siegelring zum Highschool-Abschluss geschenkt, sondern vorgeschoben, ihn wohl verloren zu haben. Keinen Freundschaftsring, ja nicht einmal einen billigen aus Zinn von Walmart. *Mir wäre sogar egal, wenn er meine Finger grün färben würde. Ich will irgendwas.* Das *würde* sie sagen, nicht wahr? Wenn es ihr so wichtig wäre. *Ich bin aber eine moderne Frau.* Solche Wertschätzung, solche Daseinsbestätigung sollte sie eigentlich nicht brauchen. Andererseits, ist er es mir verdammt noch mal nicht schuldig? Ich wasche seine dreckigen Unterhosen. Außerdem beschwere ich mich nicht ... oder nicht oft. Im Ernst, er hat ja nicht mal 'nen Job. Außer man nimmt sein Geschwätz, er würde »Investoren suchen«, für voll. Es geht dabei um ein Grundstück in der Whispering Pines, das er gemeinsam mit seinem Kumpel Chev, noch so einem Gewinnertypen, gekauft hat, um ein Haus zu bauen. Ganz recht, Jolby, der nicht einmal ordentlich putzen kann, will ein Haus bauen. Sie kann es sich schon lebhaft vorstellen:

»Pass auf die dritte Stufe dort auf.«

»Ach ja, und das sieht zwar nach einer Tür aus, doch sie lässt sich nicht öffnen.«

»Das da im Boden ist kein Loch. Das nennt man unter Hausbesitzern Flair ... oder so. Charme.«

Galavance schlüpft in ihre Arbeitshose, streift Jolbys abgewetztes T-Shirt ab, wobei sie kurz abwägt, ob sie es sich wie

Hulk Hogan von der Brust reißen soll, greift sich einen BH und zieht das Polohemd mit dem gestickten Schriftzug *Big Fat Frenchy's* auf der Brust an, das sie von ihrem Arbeitgeber bekommen hat. Sie betrachtet sich im Badezimmerspiegel, wobei sie sich mit zwei Fingern die Nase zukneift, und lässt dann ihren wasserstoffblonden Haaren so etwas wie eine Frisur angedeihen. Hier drin riecht es wie Jolby – nach Old Spice, Mentholkippen und danebengegangenem Urin, der sauer geworden ist wie Essig. Sie könnte eine ganze Flasche Reiniger im Raum verteilen, doch sein Mief würde trotzdem alles überdecken, womit sie aufwartet. Sie schminkt sich hastig, aber gekonnt.

Beim Rausgehen in die Hitze ruft sie im Restaurant an und sagt ihrem Boss, dass sie ein paar Minuten später kommt. Der Kerl, der tatsächlich zwei Jahre jünger ist als sie, schweigt sie einen Augenblick durch die Leitung an. Er zuckt vermutlich mit den Schultern und erwartet, dass sie das errät, ohne ihn zu sehen.

»Egal«, entgegnet er schließlich und schnauft noch eine Minute lang in den Hörer. »Du weißt aber, dass Patty heute kommt, oder?«

Galavance reißt die Augen auf. »Was?« Hat sich ihr Magen gerade wegen dieser Neuigkeit oder aufgrund der plötzlichen Hitze umgedreht, die ihr auf die Brust schlägt?

»Ja-ha, Mann. Patty kommt. Weißt du nicht mehr? Der Quatsch mit den Testfilialen für neue Gerichte auf der Speisekarte. Sie sagt, sie will sichergehen, dass wir auf Draht sind und so, klar?«

Sie trennt die Verbindung und stapft über die schimmelige Matte aus Kunstrasen, mit der sie die Vorterrasse ausgelegt haben. Nachdem sie einen Tanz zwischen den Hundehaufen des Nachbarköters und Bierdosen vollführt hat, die den Hof zu einem Minenfeld machen, steigt sie in ihren Chevrolet Cavalier in der Einfahrt, der pink wie Kaugummi ist. Laut Ziffernblatt des Thermometers, das an einer Seite ihres extragroßen Trailers hängt, sind es fünfunddreißig Grad, doch in der Karre könnte es glatt dreimal so heiß sein.

Kaum dass sie den Motor gestartet hat, lässt sie alle vier Scheiben hinunter. Als sie ihre verchromte Gürtelschnalle mit einem Ellbogen streift, ist sie davon überzeugt, es zischen zu hören, weil das heiße Metall ihre Haut versengt. Beim Nachhausekommen am Abend zuvor hat sie vergessen, die Abdeckung über die Armaturen zu legen, weshalb sie sicher ist, dass ihre Finger am Lenkrad, einem schwarzen Ring, einsinken und sich nicht mehr ablösen lassen, falls sie den Mut aufbringt, es fest anzupacken.

Nachdem sie den Wagen so lange hat laufen lassen, wie sie noch warten kann, wagt sie sich vorsichtig ans Steuer, indem sie probehalber zugreift und gleich wieder loslässt. Einigermaßen abgekühlt. Sie setzt in der Einfahrt zurück, rollt hinunter und schließlich vom Hof, ohne das Winken nur eines der Greise zu erwidern, die armselige Blumenbeete in ihren Vorgärten gießen, obwohl diese ihr zuwinken und dabei freundlich ihre Gebisse präsentieren.

Glückliche alte Leute. Scheiß auf sie.

Die schrille Farbe von Galavances Chevy Cavalier rührt von Jolbys Unfähigkeit her, seine Freizeit sinnvoll zu nutzen, als er noch im Baumarkt Home Depot angestellt war und auf Schicht arbeitete. Nachdem er sein Auto, einen Honda Accord, aufgemöbelt hatte, floss das ganze Geld, das er beim nächtlichen Füllen der Regale verdiente, in Modifikationen am Wagen seiner Freundin. Er schraubt gern an den Kisten herum, und warum sollte sie sich darüber beschweren, dass er ihr einen hübschen Schlitten zurechtmacht? Dass er ihr Fahrvergnügen bereiten wollte oder wie auch immer man es nennen mag. Im Gegenzug verlangte er nur, dass sie hinterher mit dem Ding posierte. Sie willigte ein, weil sie wusste, dass er selten etwas zu Ende führte. Sie brauchte sich voraussichtlich keine Sorgen darüber zu machen, ihr kleiner Bruder entdecke einmal Fotos von ihr im Internet, auf denen sie sich im Stringtanga auf der Motorhaube rekelt.

Natürlich geschah das zu einer Zeit, als er noch Kohle reinbrachte, und sie ließ sich unter anderem aus dem Grund auf die Abmachung ein, weil sie ihn anspornen wollte, mehr freiwillige Schichten zu übernehmen. Leider beschloss er später, »gemeinsame Sache« mit seinem Spießgesellen Chev zu machen und ins Baugewerbe zu wechseln, was dazu führte, dass man bei Home Depot den Eindruck gewann, diese Nebentätigkeit lenke ihn ab, weshalb er entlassen wurde. Es stellte sich als Riesenkatastrophe heraus.

Aber wartet, es wurde noch schlimmer.

Chev und Jolby erhielten den Zuschlag auf den Bau eines Fertighauses in einem neu erschlossenen Siedlungsgebiet, doch ihr Freund behauptete dann, sie seien mit einem Trick zu diesem Auftrag verpflichtet worden. Die Ausschreibung sollte eine Finte gewesen sein, und man habe ihr Gebot mit Kusshand angenommen, weil das ganze Gelände andauernd, je nach wöchentlicher Niederschlagsmenge, ein bis zwei Fuß hoch überflutet ist. Zu spät, kein Rücktritt, es gehörte ihnen. Kauft ein Haus und versucht, es loszuschlagen, Herrschaften.

Das bedeutet, dass sie nur daran arbeiten können, »wenn sie daran arbeiten können«. Was den Rest ihrer Zeit angeht, die sie angeblich auf der Suche nach geregelten Jobs zubringen, ist sich Galavance zwar nicht sicher, hegt aber den ziemlich starken Verdacht, Jolby und Chev würden sie schlicht in jener halb fertigen, halb unter Wasser stehenden Bude verplempern, indem sie sich Psycho-Pilze einschmeißen und dabei Dialoge aus dem Drehbuch von *Völlig high und durchgeknallt* nachspielen. Sie macht ihm nie Vorwürfe, weil sie es nicht genau weiß, doch wenn er mit derart blutunterlaufenen Augen nach Hause kommt, dass man meinen könnte, er habe Bleichmittel mit Augentropfen verwechselt, erklärt es sich mehr oder weniger von selbst, was er tagsüber so getrieben hat. Ihn deshalb anzugreifen würde tierischen Streit verursachen, also hält sie den Mund. Es lässt sich unmöglich beweisen, außer sie beobachtet ihn mit eigenen Augen dabei.

Eines weiß Galavance aber definitiv: Drei ist für sie die magische Zahl, was Zigaretten angeht, denn so viele muss sie rauchen, um sich mental aufs Einstempeln vorzubereiten. Weniger, und sie hat das Gefühl, ihr Gehirn komme nicht richtig in die Gänge, doch werden es mehr, ist sie wiederum zu hibbelig. Drei, und zwar direkt aufeinanderfolgend, sind normalerweise genau richtig. Zu dumm nur, dass sie gerade ihr Feuerzeug nicht findet, um die erste anzuzünden …

Sie kennt die Kit Mitchell Road wie ihre Westentasche. Fünfmal die Woche – sechsmal, wenn sie außer der Reihe gerufen wird – nimmt sie diese nette Nebenstraße, die sich durch bestellte Felder und ehemaliges Ackerland schlängelt, Letzteres ausgebaut zu noch mehr Sackgassen, wo auf der Suche nach bescheideneren, ruhigeren Verhältnissen zugezogene Nordstaatler ihre Midlife-Crisis gemütlich hinter sich bringen können. Galavance glaubt, sie könne ihren Blick einen Sekundenbruchteil lang abwenden. Neulich abends lag ein Mini-Einwegfeuerzeug dort unten im Beifahrerfußraum. Gestern hat sie es noch gesehen. *Da ist es ja.*

Während sie die Flamme an die Kippe hält, schaut sie gerade lange genug auf, um einen blassen Mann in einem schwarzen Anzug zu sehen, dem sie sich schnell nähert.

Er steht ihr seitlich zugekehrt da, hat ein Bein angezogen und die Arme ausgestreckt, als wolle er geradewegs auf sie zulaufen oder einen Fastball werfen. Sie hört ihn – »Ahhhh …« – doch er stürzt weder los noch schmeißt irgendetwas, denn der Fastball ist in dieser Situation Galavance. Sie hat keine Chance, auch nur gegenzulenken.

Reifen quietschen, sie schreit, und er auch.

Wupp-wupp.

KAPITEL 3

»Oh mein Gott, ich hab gerade jemanden *angefahren.*« Galavance hält das Lenkrad mit beiden Händen fest, nachdem sie intuitiv zehn und zwei Uhr gefunden hat, so wie sie es in der Fahrschule gelernt hat, und stiert durch die Windschutzscheibe, in der sich Risse wie ein Spinnennetz ausgebreitet haben, über die Motorhaube hinweg. Scherben aus durchsichtigem Plastik liegen herum, die Einfassung eines Scheinwerfers rollt davon wie eine Münze. Der verchromte Kunststoff des Kühlergrills ist zersplittert. All das Zeug, das Jolby angebracht hat, aber das ist im Moment unerheblich, denn – sie sagt es sicherheitshalber erneut laut, denn es könnte ihr ja beim ersten Mal nicht richtig klar geworden sein – »Ich hab gerade jemanden *angefahren.*«

Zum zweiten Mal an diesem Morgen kämpft Galavance dagegen an, sich übergeben zu müssen. Sie lässt das Lenkrad mit einer Hand los und langt nach dem Türriegel …

Und hinter ihrem Wagen, im Seitenspiegel, sieht sie ihn.

Als sei er schlicht beim Suchen von Markierungen im Sand auf der Straße gestört worden oder Ähnliches steht der Mann von der entgegengesetzten Fahrbahn auf und klopft sich Dreck von den Ärmeln. Einer hängt ein wenig herab, da er an der Schulter abgerissen ist. Seine Krawatte sitzt schief, und eine Hälfte seines Gesichts sieht zerdrückt aus, weil der Bodenbelag die Haut abgeschürft hat, doch es blutet kaum. Etwas krabbelt über seine Züge – oder sieht Galavance schwarze Punkte, die einen bevorstehenden Hirnschlag ankündigen? Dieses Etwas bewegt sich auf den Rand der Wunde zu, ehe es verschwindet … oder in ihn eindringt?

Sie bleibt, wo sie ist, erstarrt mit einer Hand am Türriegel. Er kommt vorne herum und besieht zunächst den Schaden. Dann schaut er sie streng mit zusammengekniffenen Augen durch die Scheibe an. Ihr ist schummrig zumute, weshalb sein Anblick immer wieder vor ihr verschwimmt. Er verzieht sein Gesicht, während er weiter Staub von sich klopft, und wirkt äußerst genervt.

»Ihr Kids müsst hier *wirklich* langsamer fahren.«

»I-ich … t-tut mir l-leid«, stammelt sie. »Hab Sie nicht gesehen.« Er kann sie wahrscheinlich nicht hören, also streckt sie ihren Kopf aus dem offenen Türfenster und entschuldigt sich erneut, indem sie bei den gleichen Buchstaben stottert wie zuvor.

Er zieht einen Splitter von einem Spiegel aus seinem Ohrloch, betrachtet ihn wie Jolby einen Popel und schnippt ihn weg. Dann geht er das restliche Stück zur Seite des Wagens – ihrer Seite –, ohne auch nur zu hinken.

Ist das denn die Möglichkeit? Ich hab doch gesehen, dass er durch die Luft geflogen ist wie eine lebensmüde Ballerina auf kaputten Sprungfedern, aber jetzt … quatscht er mich an: Unverletzt, wie es jemand, der gerade angefahren worden ist, nicht sein kann.

Er beugt sich zum Fenster hinunter und sieht Galavance an, die sich immer noch mit durchgedrückten Armen ans Lenkrad klammert wie an den Querbügel einer Achterbahn kurz vorm Sturz. Sie kann sich gut vorstellen, dass sie leicht grün um die Nase ist. »Geht es *Ihnen* gut?«, fragt er mit hochgezogenen Augenbrauen und gesenktem Kopf, ein Bild der Unsicherheit.

Nachdem sie die Tür aufgestoßen hat – sie schlägt ihm ins Gesicht, sodass sein Schädel mit einem dumpfen Knall gegen den Rahmen knallt –, übergibt sie sich auf seine Schuhe. So viel geschieht auf einmal: Er hält sich die Stirn, schaut auf die gelben Spritzer auf seinen Füßen und geht gleichzeitig rückwärts. Schließlich stolpert er über irgendwelchen Müll am Wegrand und plumpst mit seinem Hintern ins Gras. Dort bleibt er dann, und Galavance ahnt, dass er es wesentlich sicherer findet, als sich in ihrer Nähe aufzuhalten.

Sie wischt sich ihr Kinn ab. Dann, als sei der Auswurf Vorbote eines weiteren gewesen, eines reumütigen Wortschwalls:

»Jesus, ich bin echt die Allerletzte, nun sehen Sie sich das an – ich meine, sind Sie schlimm verletzt? Ich hab nur *eine* Sekunde nicht aufgepasst –, und Ihre Schuhe, Mensch, die schönen Elvis-Treter, total versaut. Ist mir voll peinlich, Mister. Hey, müssen Sie ins Krankenhaus? Der Wagen läuft noch, oder soll ich mit dem Handy ... also, was haben *Sie* jetzt vor?«

Kotze auf den Schuhen, ein dezent ruinierter Anzug, leichte Kopfschmerzen und ein Wehwehchen mehr am Körper, das die Krabbler beizeiten ausbügeln müssen, aber er schätzt sich dennoch glücklich, weil er früh genug wegspringen konnte und nicht überfahren, sondern nur gestreift wurde. Trotzdem ist das kein Morgen, wie er ihn sich wünscht.

Er hustet sich in die Hand und besieht sie. In den Speichelspritzern macht er drei schwarze Pünktchen aus: Nanobugs, die das Zeitliche gesegnet haben. Akku leer. Ovid, sein Confab-Betreuer, würde ungefähr jetzt sagen: »Irgendwann kriegst du keine mehr, Zilch.«

»Wo sind wir?«, fragt er automatisch, als er die Tropfen an seinem Hosenbein abwischt. Ihn beschleicht dieser Verdacht, doch er traut seinem Gedächtnis nicht vollends, also könnte – *bitte, hoffentlich* – im Zuge des Beckett-Prozesses etwas schiefgelaufen sein. Vielleicht erinnerte er sich nicht richtig an den Straßennamen, vielleicht ging bei der Umwandlung von Tod zu Nichttod etwas verloren. Er möchte es bestätigt haben.

»Kit Mitchell Road«, antwortete sie, als sei es ein zusammenhängendes Wort. Sie spricht mit einem niedlichen Akzent – leicht melodiös, ein Südstaaten-Singsang. Er rechnet fast damit, dass sie gleich Kautabak rotzt oder eine abgesägte Flinte vom Rücksitz zieht.

»Aber das ist North Carolina, richtig? Bezirk Franklin County?«, hakt er nach und begutachtet wieder seine besudelten Schuhe. Na ja, es sind ja sowieso nicht seine eigenen. Kein großer Verlust. Trotzdem, nasse Slipper? Kotznasse Slipper? An einem Sommertag? Fantastisch.

»Richtig«, erwiderte sie. Selbst dieses eine Wort äußert sie mit Zungenschlag. Nachdem sie ausgestiegen ist, tritt sie vorsichtig näher, als habe er eine Flasche Nitroglyzerin geschüttelt. »Und Sie kommen auch bestimmt wieder auf die Beine, ja?«

Als er zu ihr aufschaut, muss er der Morgensonne wegen blinzeln, die den Kopf des Mädchens mit einem Strahlenkranz versieht. »Ich bin von Natur aus so blass, falls Sie darauf anspielen. Schon vor meinem ... Ach, vergessen Sie's.«

Er steht auf. Das war eindeutig, nicht wahr? Der Akzent, wie schnell man sich doch wieder daran gewöhnt. Sein letzter Sprung nach North Carolina ist Jahre her, und was das angeht: Wieso muss er gerade jetzt hierherkommen? Wie lautet die Vorgeschichte?

»Find's raus«, murmelt er und muss sich noch einmal abklopfen, nun da er sich aufgerafft hat. Es bringt nichts, er bleibt schmutzig.

»Verzeihung?«

Er sieht sie an. »Gibt es hier irgendwo ein Münztelefon?«

»Ein Stück weiter die Straße rauf. Werden Sie die Bullen rufen?« Er bemerkt, dass sie eine Hand auf einen breiten, flachen Gegenstand legt, der in einer der Taschen ihrer figurbetonten Kakihose steckt. Sie besitzt ein Handy, fürchtet sich allerdings sichtlich davor, was geschehen mag, falls die Polizei herbestellt wird. Große Angst hat sie. Und große Rehaugen.

»Ich sollte mich nicht mit Ihnen unterhalten«, meint er. »Ich muss aber jemanden erreichen, und als ich zuletzt hier war, gab es hier kein Internetcafé. So wie es aussieht – deutlich anders zwar –, scheint diesbezüglich alles beim Alten geblieben zu sein.«

Die Kleine sagt nichts dazu. Sie ist sprachlos. Bestimmt lässt sie die vielen Dokus über wahre Verbrechen Revue passieren, die sie in der Glotze gesehen hat, oder schlimmer noch, spielt mit dem Gedanken, ihm ein für alle Mal den Garaus zu machen, ehe sie ihn von irgendeinem Inzucht-Cousin hinterm Plumpsklo ihres Hauses verscharren lässt, der dann Katzenurin auf die Stelle gießt, um den Geruchssinn der Polizeihunde zu verwirren.

Ihr Auto, rosa wie Pepto-Bismol-Medizin gegen Verdauungsbeschwerden, schnurrt nach wie vor im Leerlauf.

»Ist das Ding noch fahrtüchtig, was meinen Sie? Der Motor klingt okay.«

»Mein Wagen?«

»Ja.« Er muss in die Gänge kommen. Selbst wenn er einen Onlineanschluss findet oder sich unmittelbar mit der Confab in Verbindung setzen kann, fällt ihm das Erledigen seiner Aufträge schwer. Jetzt hat er schon … wie viel Zeit auf dieser Straße vergeudet? Eine Stunde? Er wird der Confab sagen, dass es unvermeidbar war, mit jemandem zu sprechen. Musste er ja auch. Würden sie dann ein Auge zudrücken? Schwer zu sagen.

»Nur zu«, seufzt sie.

Er runzelt die Stirn. »Wie bitte?«

»Nehmen Sie ihn. Nach dieser Sache geschieht es mir recht, wenn ich beklaut werde.« Sie hält ihm ihren Schlüsselbund vor, dessen Anhänger, ein Hasenfuß, passenderweise pink ist. »Nur zu, nehmen Sie ihn, er wurde erst gestern Abend vollgetankt. Ich erstatte keine Anzeige. Dafür kriegen Sie bestimmt noch ordentlich Kohle von Hehlern, falls Sie alles abmontieren, was nicht original ist.«

»Nein, ich meinte, dass Sie fahren und mich mitnehmen.«

»Sie suchen 'ne Mitfahrgelegenheit?« Sie hält die Schlüssel immer noch hoch.

»Also, Sie haben sich auf meine Schuhe erbrochen, und vorausgesetzt, seit meinem letzten Besuch hier hat niemand Raleigh näher …«

»Sie wollen nach Raleigh?«

»Sind Sie sicher, dass Sie sich nicht den Kopf gestoßen haben oder so? Ja, ich muss nach Raleigh.«

Am besten sollte er dort anfangen, sozusagen sein Lager aufschlagen, sich mit seinem Betreuer kurzschließen, die Details erfahren und sich seinen Weg hinausarbeiten. Hoffentlich handelt es sich bloß wieder um ein besessenes Eichhörnchen wie schon einmal, oder vielleicht eine ausgesprochen entgegenkommende Riesentarantel, die hübsch artig gemeinsam mit ihm den Beckett macht.

»Nein, ich wollte nur sagen … Das ist echt komisch. Die meisten Leute würden ohne mit der Wimper zu zucken sofort ihren Anwalt anrufen, aber wir zwei stehen hier und reden ganz normal miteinander, krass. Immerhin hab ich sie *angefahren*, aber … sie wollen nur mitgenommen werden?« Endlich nimmt sie die Schlüssel herunter.

»Ich habe weder ein Telefon noch einen Anwalt, den ich anrufen könnte, also ja, mitgenommen zu werden reicht mir.«

Das will er eigentlich nicht, doch hier draußen in der Provinz gibt es für ihn nichts zu holen. Wäre sie ein Mann, irgendein Cowboy mit einem Pick-up, hätte er kein Problem damit, sich kutschieren zu lassen. Der Grund dafür mag Ritterlichkeit oder sonst was sein, woran er lieber nicht denkt, doch zumindest bietet sie ihm kein Geld an.

»Also gut dann, ich komme zu spät zur Arbeit, also geben wir Gas, in Ordnung? Natürlich erst, wenn Sie soweit sind.« Sogleich schiebt sie hinterher, indem sie sich eine blonde Strähne hinters Ohr klemmt: »Ich will niemanden hetzen, der gerade angefahren wurde oder so, *aber* …« Sie bringt den Satz nicht zu Ende.

Er schmunzelt. »Ich bin soweit, falls Sie es sind.« Als er vortritt, wirkt sie wieder verängstigt, bis sie erkennt, dass er ihr nur die Hand geben will. Er weiß, wie sie aussehen, seine Kochhände, aber sie schüttelt die rechte trotzdem. Ihre ist feucht, was ihm jedoch nichts ausmacht.

»Saelig Zilch«, ergänzt er gewohnheitsmäßig und könnte sich dafür sofort selbst in den Hintern treten. Alte Laster … *Triffst du 'ne süße Lady, stellst du dich vor.*

»Saelig?«

»Ja, ja, schon klar. Machen Sie ruhig Witze, ich kenne sie alle.«

»Hatte ich nicht vor …«

Sie lassen einander los, gleichzeitig wie zuvor einstudiert. Galavance möchte ihre Hand naheliegenderweise abwischen, tut es aber nicht. Er geht hinüber zur Beifahrerseite, geräuschvoll über die verstreuten Kunststoffsplitter auf der Straße. »Haben Sie auch einen Namen?«

»Galavance«, sagt sie und kehrt zu ihrer Zuckerwattemaschine auf Rädern zurück.

»Wow. Das hört man nicht alle Tage. Jetzt verstehe ich, warum Sie mich nicht wegen meines Namens verarschen.« Im Wagen ist es angenehm kühl. Der Beifahrersitz schmiegt sich geradezu an.

Sie lächelt. »Nun ja, ich dachte, es sei unhöflich.«

Die hat Temperament.

Ihre Räder drehen im Sand durch, greifen dann aber, und die beiden brechen auf.

KAPITEL 4

Während Galavance fährt, verschnauft Zilch und nimmt seinen Mut zusammen, um die Sonnenblende auf seiner Seite herunterzuklappen und in den Spiegel zu schauen. Er linst schräg von der Seite darauf und zwinkert ein paarmal, bevor er sich erleichtert direkt ins Auge fasst. Die Abschürfungen sind schon verschwunden, befanden sich aber an der rechten Wange. Zum Glück sieht das Mädchen beim Fahren nichts davon.

Zum Glück, weil er die Kleine nicht erschrecken möchte. *Wir sind noch am Arsch der Welt, und ich muss in die Stadt. Dort verschaffe ich mir 'nen Überblick und bringe in Erfahrung, warum zum Geier ich hier bin. Dann mach ich halt mein Ding, damit ich fix wieder abhauen kann, und verdiene dabei vielleicht noch ein paar Bonuspunkte. Meine Bilanz ist nämlich echt bescheiden, wie mir Ovid jedes verdammte Mal genüsslich unter die Nase reibt, wenn ich zurückkomme. Kein Zweifel, der Arsch verteilt liebend gern passiv-aggressive Rüffel wegen schwacher Leistungen.* Wenngleich Zilch nicht hundertprozentig sicher ist, ahnt er nicht nur vage, dass es kein Zufall sein kann, nach einer vergeigten Jagd auf eine *Lusus naturae* mit einem besonders schwierigen Fall betraut zu werden, der ihm den Arsch aufreißen soll, und ausgerechnet hierher geschickt worden zu sein ist nicht unbedingt das, was er unter einem Geschenk verst–

»Tut mir leid, aber ich muss fragen: Sie schwärzen mich nicht bei den Cops an, oder?«

Zilch lacht. »Bleiben Sie locker. Ich sagte Ihnen schon, ich habe keinen Anwalt.«

»Das heißt nicht, dass Sie mich nicht anzeigen. Die Leute ziehen einander täglich vor den Kadi, und ich müsste mich schon arg täuschen, würde es keine Anwälte geben, die herumsitzen und nur darauf warten, eine Geschichte wie diese zu hören.«

»Glauben Sie mir«, bekräftigt Zilch mit einem verhaltenen Grinsen, von dem er weiß, dass es ihn, ohne dass er weiter ausholen müsste, zugleich vertrauenswürdiger und weniger wie einen Denunzianten wirken lässt. Er spreizt die Finger einer Hand, schließt sie zur Faust und legt sie schließlich auf ein Knie. Pro Auftrag steht ihm nur eine begrenzte Anzahl von Nanobugs zur Verfügung, die ihn flicken können, um seine Hülle zusammenzuhalten – und der Kuss des Chevrolets hatte bestimmt weit mehr als die Hälfte von ihnen verbraucht. Fortan würde es wehtun. Genau genommen hat er sogar schon leichte Schmerzen.

»Womöglich bereuen Sie das später.« Als Galavance dies sagt, fällt ihm auf, dass sie hin und wieder herüberschaut, während er seine Blessuren begutachtet, als befürchte sie, er zähle sie für eine Vernehmung durch die Polizei zusammen. »Falls Sie das tun, wären Sie bitte so gut und würden bis zum ersten September warten? Dann bekomme ich mein Monatsgehalt, was das Ganze vielleicht etwas einfacher macht. Ich verdiene zwar nicht viel, aber trotzdem. Mag sein, dass sie mich auf Raten abbezahlen lassen.«

»Was tun Sie?«, fragt er.

»Wie meinen Sie das?« Sie ist immer noch von der Rolle. Zilch bemerkt zudem, dass sie jedes Mal, wenn er wieder spricht, nachdem ihre Konversation nur kurz ins Stocken geraten ist, leicht zusammenzuckt. Das Mädchen hat offensichtlich einen schweren Packen zu tragen.

»Was tun Sie, dass Sie so wenig verdienen und zur Ratenzahlung gezwungen wären, falls ich Sie anzeige?« Er fügt rasch hinzu: »Was ich, wie gesagt, nicht vorhabe. Was ich sage, ist rein theoretisch gemeint.«

»Ich arbeite bei Big Fat Frenchy's.«

»Was ist das, so eine Art Stripschuppen?« Er stellt sich dicke Frauen im Evakostüm vor, die mit den Innenseiten ihrer Oberschenkel an Messingstangen herunterrutschen, wobei ihr üppiger Speck auf dem Metall ein anhaltendes Quietschen erzeugt. Nicht dass *er* je in einem solchen Etablissement verkehrt hatte, aber …

Und als sehe sie dieses Bild in einer Gedankenblase über seinem Kopf schweben, stößt sie einen empörten Mischlaut aus, halb »Huch« und halb ersticktes Quäken. »Also wirklich!«

»Sorry«, entschuldigt er. »Ich wollte bloß … Im Ernst. Ihre Haare, die Schminke.« Er mustert sie – fett ist sie definitiv nicht –, woraufhin sie eine Grimasse zieht wie alle Frauen, die Männer beim Gaffen ertappen. *Sie chauffiert dich, du Saftsack. Sei nett zu ihr.* »Sorry. Wenn ich genauer darüber nachdenke, schätze ich, dass das Poloshirt eindeutig *nicht* zu einem Stripschuppen passt. Müsste dann schon ein Yuppie-Laden sein, wo nur Phil Collins gespielt wird, Fleischbeschau für die oberen Zehntausend.« Hält er das für ein … Kompliment?

»Yuppie-Laden?«, wiederholt sie. »Phil Collins?«

»Noch mal sorry, das war unüberlegt. Verzeihen Sie mir. Also, was ist Big Fat Frenchy's nun? Ein Waisenhaus, eine Kindertagesstätte, ein Altenheim? Eine Gemeindegruppe der Kirche? All das zusammen?« Und schließlich: »Mal so nebenbei, Phil Collins sagt Ihnen nichts? Genesis? *Su-Su-Sussudio?*«

»Nein, und Big Fat Frenchy's ist ein *Speiselokal*«, betont sie. »Ich teile die Bedienungen für ihre Schichten ein.«

»Oh, ein *Speiselokal*, meinen Sie? Na, dann muss ich mich ja umso nachdrücklicher entschuldigen.« Bevor sie zum Kontern kommt, fällt ihm wieder ein, dass er nett sein wollte. »Und gefällt Ihnen die Arbeit?«

Die Straße ist immer noch nicht asphaltiert, und weil sie die Kurven sehr schnell nimmt, sieht er kommen, dass der Wagen die Bodenhaftung verliert – das kann von einer Sekunde auf die nächste passieren – und sich überschlägt, sodass sie sich alle Knochen brechen und die Schädel zertrümmern, bevor sich die Mühle um einen Baum wickelt wie ein Teigfladen um eine mit Mehl bestäubte Rolle. Er entsinnt sich einer besonders heiklen Biegung, die erst noch kommt, doch Galavance macht keinerlei Anstalten, zu bremsen.

In der Kurve spürt Zilch dann, wie er vom Sitz abhebt. Der nicht serienmäßige Acht-Punkt-Sicherheitsgurt hält ihn fest, aber er langt dennoch nach einem gummierten Griff, der auf die Armaturen geschraubt wurde.

»Ich kann eben meine Rechnungen davon bezahlen«, erklärt sie lapidar. Sie fährt anscheinend immer wie der letzte Henker.

»Was steht auf Ihrer Speisekarte?«, fragt er weiter, sobald sie auf der nächsten Geraden sind.

»Französische Küche, aber auf die Staaten zugeschnitten.«

Das ergibt Sinn angesichts des Namens. Er möchte mehr von diesem Laden wissen, etwa inwieweit das Futter auf die USA gemünzt wurde und wie viele Sterne – falls überhaupt – er hat oder wie groß die Küche ist, doch da er sich nicht entscheiden kann, was er zuerst fragen soll, kehrt wieder Stille im Auto ein, und die wird ein wenig unangenehm.

»Was ist mit Ihnen? Womit verdienen Sie Ihre Kohle, Mr. Zilch? Oder sind Sie einer von diesen Zeitgenossen, die sich absichtlich anfahren lassen, um gemeinsam mit einem Anwalt Versicherungen übers Ohr zu hauen?«

»Um Himmels willen, was ist nur mit Ihnen los? Wurden Sie als kleines Mädchen von einem Rudel tollwütiger Anwälte gejagt, oder was?«

Jetzt lacht sie. »Schon gut, schon gut.«

Er grunzt und will sich in die Polster sinken lassen, doch die Riemen des Haltesystems bleiben unter seinen Achselhöhlen und im Schritt hängen wie bei einem Kindersitz. Außerdem spannen sich nicht einer oder zwei, sondern wirklich drei an seiner Brust wie Patronengurte. Er ist allerdings froh, sie angelegt zu haben. Keine Kurve, in der Galavance nicht schlittert.

»Ich bin Prokurist«, behauptet er und beißt sich sofort auf die Zunge. *Halt besser die Klappe.* Ihr haarsträubender Fahrstil verleitet ihn dazu, sich um Kopf und Kragen zu reden.

»Sie stecken Ihren Finger also hinten in anderer Leute …«

»Nein, Prokurist, nicht Proktologe.« Na, immer noch besser, als die Katze aus dem Sack zu lassen. Mit einem langen

Seufzer fügt er hinzu, obwohl er sich selbst dafür hasst: »Vergessen Sie alles, was ich gesagt habe. Ich will Ihnen nicht das Ende verderben und dürfte im Grunde gar nicht …« Er bricht ab und schaut zum Fenster hinaus. Wenigstens hat er sich den Rest verkniffen.

»Welches Ende verderben?« Zu spät, sie ist neugierig geworden.

»Sie wissen schon, was *später* geschieht.« Er schnaubt und fährt brummelnd fort, sodass sie es schlecht versteht: »Was *ich* daraus mache jedenfalls.« *Themenwechsel. Sofort.*

»Welches Ende?«

»Das Ende des Lebens, zufrieden? Was am Ende Ihres Lebens geschieht.« Das spricht er laut aus, und offen gestanden würde es auch in seinen Ohren, wenn er so etwas zu hören bekäme, ziemlich unheilvoll klingen.

»Alles klar, ich glaube, ich halte dann jetzt besser mal an.«

»Warten Sie, ich wollte nicht … Nein, ich habe nicht vor, Sie umzubringen oder so …« Er stöhnt. »Hören Sie, immerhin haben *Sie* gefragt.«

»Richtig, aber da war noch keine Rede vom Ende des Lebens und solchem Scheiß. Ich denke, falls Sie mich jetzt anzeigen wollen, ginge das okay. Ich könnte wohl selbst Ansprüche geltend machen.« Sie setzt einen Blinker, woraufhin der Wagen erst mit einem Reifen, dann einem zweiten ins Gras am Straßenrand abdriftet. Zweige schlagen auf die Windschutzscheibe.

»Halten Sie nicht an«, sagt Zilch, keineswegs befehlshaberisch, sondern in einem flehentlichen Ton. Er rutscht im Sitz hoch, um sich ihr beim Sprechen weiter zuzuwenden, doch wieder hindert ihn der Gurt. Darum öffnet er ihn und entledigt sich der Tentakel aus Nylon. »Bitte«, fügt er mit zusammengeschlagenen Händen fort. Draußen ist es heiß, und er will nicht zu Fuß nach Raleigh. Da er die Entfernung kennt, würde er ohne Geld für einen Bus und weil er nicht so aussieht, als würde er das Mitgefühl derer erregen, die manchmal Tramper mitnehmen, noch länger in North Carolina festsitzen.

Sie rumpeln aber weiter, immer noch nur halb auf der Fahrbahn und mit ungefähr fünfundvierzig Meilen die Stunde. Er sieht, wie sie bemerkt, dass er nicht mehr angeschnallt ist. Sie grinst heimtückisch, was er von jemandem, der so niedlich aussieht, nicht erwartet hätte.

»Wissen Sie was? Ich könnte jederzeit auf die Bremse treten, dann würden Sie einen feinen Abflug hinlegen, Mister, denn mein Freund hat super gute eingebaut.«

»Tun Sie's doch«, provoziert ohne Bedenken. »Würde nur ein bisschen wehtun.« Damit dreht er seinen Kopf schwungvoll zur Seite, damit sie die rechte Gesichtshälfte sieht, die eben noch aufgeschürft war. Jetzt ist die Wange zugeheilt, die Haut nicht im Geringsten zerkratzt. Keine Narben, nichts. Er blufft jedoch nur. Vermutlich täte es mehr als nur ein bisschen weh. Sehr.

Er sieht, dass sie sich wundert. »Was zum ...« Sie lenkt in die Gegenrichtung, bevor sie noch weiter von der Straße abkommt, bleibt aber von seinem wieder glatten Gesicht gebannt, also gerät der Wagen ins Schlingern. Zilch greift ihr ins Lenkrad, um dabei zu helfen, wieder geradeaus zu fahren, denn auf der Gegenspur nähert sich ein Van. Endlich reißt sie ihren Blick von ihm los und konzentriert sich wieder auf die Straße. Nachdem das andere Fahrzeug vorbeigezogen ist, nimmt sie seine Hand vorsichtig vom Steuer weg, als sei sie zum ersten Mal mit ihm ausgegangen, und er begrapsche eines ihrer Beine.

Während sie wieder die Fahrbahn im Auge behält, fragt sie: »Wie kann es sein, dass ... ihr Gesicht ...«

»Bringen Sie mich einfach nach Raleigh, mehr verlange ich nicht. Wo ist Big Fat Frenchy's, auch dort?

Galavance ist rot geworden, an ihren Wangen zeichnen sich vollkommen kreisrunde Flecke ab, als sei sie plötzlich eine Geisha. »Ja«, antwortet sie. »Es ist in Raleigh. Gegenüber der Crabtree Valley Mall.«

»Kaum zu fassen, aber genau dorthin wollte ich.«

»Zur Einkaufsmeile?« Sie schürzt angesäuert die Lippen. Ihre Stimme hört sich an, als sei sie nicht richtig bei der Sache. Als er sich ihr wieder zukehrt, zwinkert sie rapide. Sie tut sich nach wie vor schwer damit, zu begreifen, was sie gesehen hat: Sein sauber verheiltes Gesicht, nachdem es wenige Minuten zuvor noch aufgerissen war. Zilch denkt sich, einen Elefanten durch Umkehrosmose in einen Banktresor zu zwängen sei leichter.

»Irgendwo muss ich anfangen, und dazu eignet sich kein anderer Ort besser«, plappert er laut denkend. »Viele Menschen, viel Gemauschel. Vielleicht finde ich so in Rekordzeit heraus, wieso ich hier bin, und mit welcher *Lusus* ich mich auf dieser Tour herumschlagen muss.« Als er zum letzten Mal hier war – lebendig –, gab es zudem noch ein Internetcafé. Es würde die Kontaktaufnahme mit der Confab erheblich vereinfachen, denn die Verbindung zu ihnen über öffentliche Telefonzellen ist für gewöhnlich ein einziger Albtraum.

»Mit welcher *was* Sie sich herumschlagen müssen?«, hakt Galavance schrill nach, doch ehe Zilch erklären kann, folgen ein Kopfschütteln und: »Nein. Nein, nein. Passen Sie auf, Folgendes: Ich will nur zur Arbeit, kapiert? Und falls Sie nur mitfahren möchten, cool. Wiederholen Sie aber bitte noch einmal das Wort, das Sie gerade gesagt haben, denn …«

»*Lusus. Lusus naturae*, und Sie sollten es eigentlich nicht hören.«

»… denn das Leben ist zu kurz, um sich damit aufzuhalten, alle Leute verstehen zu wollen. Davon abgesehen, selbst wenn man es doch könnte und nachvollziehen würde, was jeder meint, wäre das sinnlos, solange man sich nicht *selbst* verstünde, oder? Und ich weiß nicht, vielleicht hab ich's mit dem Billigwein übertrieben und mir den Teil meines Gehirns weggesoffen, der für logisches Denken zuständig ist, aber na ja, ich lasse in dieser Angelegenheit mal einfach alles auf mich zukommen. Wir brauchen auch gar nicht erst damit anzufangen, darüber zu sprechen, dass Ihr Gesicht wieder total glatt ist, in Ordnung? Nein, darauf gehen wir nicht weiter ein. Keinen

Ton dazu.« Sie nickt energisch. »Jepp, ich schwimme mit dem Strom.« Nick, nick. »Mit dem Strom.«

Zilch zuckt mit den Schultern. »Ich weiß wirklich nicht genau, was ich dazu sagen soll. Glückwunsch? Gute Besserung? Wie dem auch sei, danke fürs Mitnehmen. Da draußen ist es heiß wie in einer Sauna auf der Prostata des Teufels.«

»Sicher«, sagt Galavance unverbindlich. »Kein Problem. Toll. Großartig. Klasse. Ich nehm's einfach, wie es kommt.«

KAPITEL 5

Galavances zenartige Gelassenheit löst sich in Wohlgefallen auf wie ein Kartenhaus bei einem Atomschlag, als sie in den vormittäglichen Verkehr gerät – und dies nur, weil ihr ein einzelner Arsch in einer Potenzschleuder die Vorfahrt nimmt. Dessen ungeachtet schafft sie es weiterhin, keinen Gedanken an Zilchs Gesicht beziehungsweise die Frage zu vergeuden, wie es zuerst praktisch Matsch war und dann … eben nicht mehr. *Nein. Mist. Doch wieder dran gedacht. Deine Arbeit. Lenk dich damit ab.*

»Das ist ätzend, so komme ich noch viel später«, seufzt sie, während sie durch die gerissene Scheibe starrt. Sie stellt sich vor, wie Patty, die Regionalleiterin, herumsteht und auf ihre Armbanduhr schaut, an dem zu engen Blazer nestelt, den sie immer trägt, wenn sie kommt, eingepackt wie die Fleischbällchen, die Frenchy's anbietet, und sich fragt, wo ihre Schichtführerin abgeblieben sein mag, während ihr metaphorischer Finger nach dem metaphorischen Abzug sucht, um Galavance nicht nur metaphorisch abzuschießen, sobald sie durch die Tür kommt. Der Beginn des haltlosen Absturzes einer Totalversagerin unter dreißig. Arbeitslosigkeit. Das Wohnmobil wird beschlagnahmt. Essensmarken. Zu ihren Eltern ziehen. Jolby weiterhin an der Backe … ständig und immer.

Sie schaudert. Im Grübeln findet sie keine Zuflucht. Es ist, als würde sie durch ein Labyrinth aus Weidenrohren laufen, die in Flammen stehen. *Fahr einfach weiter zur Arbeit, und finde dich damit ab,* redet sie sich ein. *Egal ob gut oder schlecht: Nimm's hin. Am Ende wird wahrscheinlich doch alles gut. Hoffentlich.*

»Macht es Ihnen was aus, wenn ich direkt zum Restaurant fahre und Sie von dort aus zum Einkaufszentrum gehen? Ich meine, es ist ja nicht weit, praktisch auf der anderen Seite. An der Stelle muss man aber aufpassen. Sie sollten sich umschauen, wenn Sie die Straße überqueren. Ich hab schon erlebt, wie so ein Typ fast überfahren – also, würde Ihnen das gleich zweimal an einem Tag passieren, wäre das sagenhaftes Pech, aber … Ich fühle mich seltsam.«

»Vielleicht fahre ich besser.«

»Haben Sie mir was untergejubelt?«

»Hm?«

»Es ist merkwürdig. Als hätte mir jemand irgendwelche Drogen verpasst. Ich stelle mir zumindest vor, dass es einem dann so geht.« Sie hält an einer Kreuzung mitten in der Einöde an, wo ein Saatguthandel mit angegliedertem Zuchtbetrieb stand, doch dieser ist mittlerweile geschlossen und verwahrlost.

»Nein, ich habe Ihnen keine Drogen untergejubelt. Und überhaupt, wie hätte ich das tun sollen? Sie trinken ja nichts.«

»Richtig. Ist ja wahr. Vergessen Sie's. Ich weiß nicht.« Sie stöhnt und neigt sich langsam vorwärts, bis ihre Stirn auf dem noch warmen Gummi des Lenkrads liegt. Jemand hinter ihnen hupt, sodass sie sofort aufs Gas tritt und der Wagen einen Satz nach vorn macht, doch dann bremst der nächste und Galavance muss voll in die Eisen gehen. Zilch stemmt gerade so beide Hände gegen das Armaturenbrett, sonst hätte er sich die Nase daran gestoßen. Sie entschuldigt sich, er lehnt sich in seinem Sitz zurück und zieht an den Riemen des Gurts, um die schmerzhafte Spannung zu lockern, die bei jeder abrupten Bremsung entsteht.

Indem er einen Daumen unter das Band hakt, vergrößert er den Spielraum langsam und lässt den Gurt dann wieder gegen seine Brust schnarren. »Soll ich nicht besser *doch* übernehmen?«

»Ich komm schon klar«, versichert sie in entschiedenem Ton. »Wir müssten einfach nur mal ankommen.«

Nach ein paar Minuten sieht sie aus dem rechten Augenwinkel, dass Zilch wie erschrocken im Sitz herumfährt. Sie ist zu schnell, als dass sie genauer hinschauen könnte, erhascht aber im Rückspiegel einen Blick auf das, was seine Aufmerksamkeit erregt hat: Eine geschotterte Einfahrt, die auf den zugewachsenen Hof eines alten, zweistöckigen Hauses führt. Galavance kennt dieses im Verfall begriffene Gebäude, da sie sich zu Highschool-Zeiten, wenn sie den Unterricht schwänzte, dorthin verzog, um zu kiffen, mit Jolby rumzumachen oder dabei zuzuschauen, wie er und seine Freunde Sachen demolierten. Sie hatte diesen Ort mal gruselig gefunden, weil es Gerüchten zufolge nach einigen Morden im Haus spuke. Sie schaut kurz auf Zilch, als er sich wieder nach vorne dreht. Er blickt finster drein und schweigt noch ein paar Minuten länger.

Sie kann es sich nicht erklären, doch er tut ihr leid. Erst möchte sie ihn fragen, ob alles okay sei, aber dann fällt ihr ein, dass sie sich im Sinne von Zen treiben lassen wollte. *Setz den Kerl einfach dort ab, wo er hinmuss.*

Bald lassen sie die ländliche Gegend auf einer vierspurigen Fernstraße hinter sich, die stärker befahren ist. Ab und an kommen sie an Gewerbegebieten, einzelnen Supermärkten und Hotels bestimmter Ketten vorbei. Sie befinden sich jetzt in der Gegend um Wake Forest, wo sich der Verkehr an jeder Kreuzung staut wie das Blut in den Adern eines Übergewichtigen mit Arterienverstopfung. Die Ampelphasen dauern jeweils eine gefühlte Ewigkeit. Von allen Seiten springen Zilch verwitterte Geschäftsgebäude ins Auge, die er nicht so heruntergekommen in Erinnerung hat, mehrere Einkaufszentren, in denen er regelmäßig mit Freunden herumgammelte, klaute und Unruhe stiftete. Sie stellten Dummheiten an und lachten über ihre eigenen Albernheiten, typisch zu Tode gelangweilte Halbstarke aus der Vorstadt. All dies belegt offenkundig, dass dies sein altes Revier ist, der schönere Teil davon, auch wenn der Zahn der Zeit und eine Reihe von Wirtschaftsflauten ihre Spuren hinterlassen haben. Bedauerlicherweise tauchen diese vertrauten Orte, obwohl sie nicht mehr so aussehen, wie er sie im Gedächtnis behalten hat, immer unregelmäßiger auf, und es dauert nicht lange, bis er gar nichts wiedererkennt. Die Kulisse verschwimmt zu stark hinter den Veränderungen, dem Wandel, und alles kommt ihm beschmutzt vor. Er denkt irgendwie, sie gehöre ihm, diese Stadt, so vermessen es auch klingen mag, und fühlt sich schier gekränkt, weil ihn niemand um Erlaubnis zur Umgestaltung gefragt hat.

In der Ferne vor ihnen, unter dem Dunst, den Abgase und die Höllenhitze bewirken, wird Raleigh erkennbar. Als sie auf die Umgehungsstraße, den Verteilerring um die Stadt gelangen, tun sich zu beiden Seiten der achtspurigen Fahrbahn Pornokinos, Hanfartikelläden und leer stehende Fabriken auf, deren Parkplätze sich langsam in Löwenzahlfelder verwandeln, nicht zu vergessen Müllhalden und verwaiste Pkw ohne Nummernschilder. Noch mehr herzzerreißende Anblicke.

Nächste Abfahrt raus, rote Ampel.

Hitzeflimmern überall. Jede Oberfläche wirkt unscharf, wie unter Wasser, gallertartig. Der Verkehr verschluckt den Chevy, dann beginnt das zu Stoßzeiten am fortgeschrittenen Morgen übliche Geruckel. An ein Tempo wie außerorts auf den beschaulichen Landstraßen ist nicht mehr zu denken, nun da sie lediglich Zoll für Zoll vorankommen, begleitet vom ununterbrochenen Hupkonzert ringsum. Zilch wird von dem Quasi-Stillstand abgelenkt, als er einen Mann in Chewbacca-Kostüm am Fahrbahnrand bemerkt, der drei Monate zu früh Halloween-Klamotten feilbietet. Und wiederum davon abgelenkt wird er durch Galavance, die verlangt: »Reden Sie mit mir.«

»Hm?«

»Reden Sie mit mir über irgendetwas. Ich nehme Sie für lau mit, also gönnen Sie mir wenigstens ein Schwätzchen.«

»Na gut. Also, sind Sie von hier?«, fragt Zilch.

»Hier geboren und aufgewachsen«, betont sie. »Aber das ist doch öde. Interessiert niemanden. Fragen Sie mich was anderes. Bringen Sie mich dazu, dass ich meine grauen Zellen anstrenge. Ich hasse Staus.« Sie schweigt kurz und massiert ihre

Schläfen. »Vor allem jetzt, wo ich wohl gefeuert werde, wenn ich zur Arbeit komme, weshalb ich gleich wieder zurückfahren darf und ihn noch einmal durchmachen muss. Das ist es absolut nicht wert, wenn Sie mich fragen, aber was will man machen, wenn man einen Lebensgefährten mit Budweiser zu versorgen hat?«

»Sie haben einen Freund«, sagt Zilch. Es ist keine Frage, und er schaut sie an, weil sie nicht sofort antwortet.

»Jaaa«, bestätigt sie dann doch so gedehnt, wie sie kann, und klingt dabei abgeschlagen.

Jetzt erkennt er es endgültig. Sie weist alle Züge einer Frau auf, die nach und nach von ihrem Partner erdrückt wird. Sie alle aufzuzählen würde länger dauern, als er hierbleibt, doch es genügt wohl festzuhalten, dass man, wenn man mit einer Person zusammenlebt, die seelisch auslaugt, dies augenfälliger nach außen trägt, als es bei der Beulenpest der Fall wäre.

Grün. Draußen gerät Chewbacca außer Sicht, als sie träge vorwärtsrollen. Was auch immer den Verkehrsfluss behindert hat, muss verschwunden oder aus dem Weg geschleppt worden sein. Just als alle aufgehaltenen Pendler Gas geben, ungehindert nunmehr und *endlich* ohne zu hupen, geht Galavance aus sich heraus.

»Falls man ihn so nennen kann. Also, ›Freund‹ wenigstens in der Hinsicht, dass er ein Mann ist, oder genauer gesagt, wenn man ihn einem Persönlichkeitstest unterziehen würde, käme heraus, dass ein Vierjähriger im Körper eines Sechsundzwanzigjährigen steckt, und was die konkrete Bedeutung des Wortes angeht … Nun ja, normalerweise behandeln Freunde einander nicht wie den letzten Dreck. Zumindest hält die Freundschaft dann sowieso nicht lange, doch meiner, mit dem hab ich einen *tollen* Fang gemacht.«

Zilch stellt die Sorgen bezüglich seiner Kontaktaufnahme mit der Confab hintan, allerdings nicht bewusst. Es geschieht einfach in gleicher Weise, wie er beim Blick über jene Grabmäler ein leises, aber eindringliches Wispern hörte und feststellte, dass die Inschriften Personen benannten, die er einmal kannte, oder im Vorbeifahren an jenem einen maroden Gebäude, über dessen Scheunentor ein verrostetes Friedenszeichen hing. Was Galavance schildert, kratzt am Wachssiegel des Päckchens schlechter Lebenserfahrungen, das Zilch tiefer in seinem Unterbewusstsein im letzten Winkel weggeschlossen und noch dazu eingemauert hat. Teufel auch. Mühelos freigelegt.

»Warum trennen Sie sich dann nicht von ihm?«, fragte er einfühlsam.

»Kennen Sie meine Mutter?«

»Was? Nein. Wieso?«

»Weil Sie daherreden wie sie.« Galavance lächelt halbherzig. Er fragt sich, ob sie mit diesem müden Humor versucht, ein schlechtes Gewissen aufzuweichen, das sie haben mag, weil sie vor einem Fremden über ihren Freund lästert.

»Wo arbeitet er?«, fährt Zilch fort, um wieder zur Sache zu kommen.

»Er hat sich mit so 'nem Typen zusammengetan, Chev. Der macht auf Bauunternehmer und gibt vor, er könne Jolby bezahlen, aber ›Aufträge kommen einfach nicht rein‹, wie er behauptet. Ich weiß, dass sie den ganzen Tag in einem Haus herumhocken, wo sie eigentlich arbeiten sollten, *Halo* spielen und sich besaufen, wobei sie trotzdem allen weismachen wollen, dass sie nach Investoren oder anderen Baujobs suchen.«

Jetzt ist er damit an der Reihe, für etwas Heiterkeit zu sorgen: »Nicht dass ich mich gern über Leute lustig mache, aber heißt Ihr Freund wirklich *Jolby?*«

Galavance kichert. »Ja. Schätze, allein das hätte mich schon misstrauisch machen müssen, nicht wahr?« Dann seufzt sie. »Der gute alte Jolby. Seine Mutter lässt nichts auf ihn kommen, aber falls das Wort der Frau etwas gilt, die ihn tatsächlich bemuttert, ihm ein Dach über dem Kopf gibt und jeden Abend, wenn er nicht da ist, schlicht hofft, dass er nur irgendwo herumlungert, statt eine andere zu vögeln ...« Sie unterbricht sich, holt tief Luft, zählt vermutlich bis zehn. Dann nimmt sie eine Hand vom Lenkrad und fasst sich ins Genick, als wolle sie sichergehen, dass der Verschluss ihrer Halskette noch hält oder keine Wirbel ausgerenkt sind. »Allerdings wäre mir das im Grunde egal, bloß könnte ich es nicht ertragen, allein zu leben, denke ich, und sei es, dass ich einen weiteren Grund neben all den anderen bekomme, um ihn zu hassen.« Nach kurzer Pause fügt sie hinzu: »Wahrscheinlich würde er sich herausreden, wenn es dazu käme. So etwas wie: Ich hätte ja meine Tage. Das mussten sich schon andere vorwerfen lassen.«

Sie packt das Lenkrad fester, sodass es knarzt wie Leder.

»Er ist also jeden Abend auf der Piste? Kriegt er Taschengeld von Ihnen?« Er lächelt spöttisch, fühlt sich aber nicht gut dabei.

Ein verächtlicher Blick, der ihn vor den Kopf stößt. »Gott, nein. Das wäre ja noch schöner. Allerdings bedient er sich schon aus meinem Geldbeutel. Wir sprechen nicht darüber, doch wenn ich was am Automaten abhebe und am nächsten Morgen irgendwo anhalte, um einen Kaffee oder so zu kaufen – denn ob Sie's glauben oder nicht, manchmal stehe ich wirklich früh genug auf –, ist es schon merkwürdig, dass ich an der Kasse stehe und meine Karte benutzen muss, weil die Scheine auf rätselhafte Weise verschwunden sind.«

Zilch hält das nicht länger aus. Sein Kopf dreht sich wie aus eigenen Stücken zur Seite und von Galavance fort, sodass er aus dem Fenster schaut. Er sieht den Himmel über Raleigh, der nun absolut wolkenlos ist, und die Sonne so hell, dass schon der Blick nach oben wehtut, selbst wenn er nicht direkt auf sie gerichtet wird. Obwohl sie die Fenster geschlossen und die Klimaanlage eingeschaltet hat, spürt er die Hitze immer noch, sogar durch die getönten Scheiben. Hoch oben herrscht reger Flugverkehr. Die Bahnen der Jets kreuzen einander, sodass sich ihre Kondensstreifen überlagern, verbinden. Stromleitungen, noch mehr Stromleitungen. Übergänge zwischen Gebäuden, die an Nabelschnüre erinnern, die Interstate, der Boden. Die Lkw und Pkw in der Umgebung sehen alle stromlinienförmig aus, röhrenartig, unvertraut, fremd. Die einströmende Luft riecht nicht mehr nach Tannennadeln wie draußen in der Provinz, sondern beißt mit einem leisen Hauch von Minze in der Nase.

»Welches Jahr schreiben wir?«, fragt Zilch weiter.

Galavance muss lachen. »Wollen Sie das ernsthaft von mir wissen?«

Jetzt seufzt er. Es hat keinen Zweck. Er kann an nichts anderes denken. »Nehmen Sie sich meinen Rat in dieser Sache zu Herzen: Wenn Sie in Ihrer Beziehung die ganze Arbeit leisten und er keinen Finger rührt, kommt nichts Gutes dabei raus. Weder für Sie noch ihn.«

»Wie ging das denn jetzt auf einmal? Sie haben gerade gefragt, welches Jahr wir haben, und dann … sind wir wieder beim vorigen Thema?«

»Hören Sie …«

»Nein, Moment. Wir zwei kennen uns erst seit wenigen *Minuten*, Mann, und Sie erteilen mir Ratschläge? Ich erkundige mich nach Ihrem Beruf, woraufhin Sie mir Bockmist auftischen und …«

»Macht er es Ihnen mit dem Mund?«

Das entsetzt sie vollends. »*Was?* Wie zum Donnerkeil sind Sie denn drauf, Mensch?«

»Antworten Sie mir einfach. Ich will nicht wie ein Perverser daherkommen, sondern nur … das ist wichtig.«

»Wichtig für mich, stimmt. Aber geht Sie das etwas an? Ich glaube nicht, dass es in irgendeiner …«

»Ich möchte noch etwas ergänzen, also zu Ihnen und Ihrem Verhältnis, doch das geht erst, wenn ich mir Gewissheit verschafft habe, wobei es darauf ankommt …«

»Zu erfahren, ob mein Freund es mir mit dem Mund macht?«

Zilch blinzelt. »Richtig.«

Galavance wechselt die Spur, weil sie die nächste Ausfahrt nehmen muss. Nach einem Schulterblick, mit dem sie sich vergewissert, gefahrlos einscheren zu dürfen, sieht er sie immer noch an. Die Tatsache, dass er bisher nur leises Flüstern im Walde gehört hat, mutet nahezu lächerlich an. Jetzt schreit ihn die Vergangenheit an, plärrt wie die Posaunen von Jericho. Er kann nichts dafür; er muss es wissen und hofft, dass sie in seinen Augen erkennt, wie viel es bedeutet. *Denk einfach mal vorübergehend nicht an das ganze Gehabe, über das eigene Sexualleben zu sprechen sei tabu, sondern beantworte meine verdammte Frage.*

»Schauen Sie mich nicht so an«, bemerkt sie.

»Bitte sagen Sie es einfach. Leckt er oder nicht?«

Sie errötet. Jawohl, tatsächlich. »Na gut, falls ansonsten die Welt für Sie zusammenbricht, tu ich's, aber zuerst sagen *Sie mir* etwas.«

Er erklärt sich einverstanden. »Okay.«

»Was arbeiten Sie *wirklich?* Kein Quatsch diesmal. Ihr Gesichtsausdruck vorhin ... Immerhin hab ich Sie angefahren, und zwar schnell, doch Ihnen ist gar nichts passiert und ...«

»Sie wollen wissen, was ich arbeite.«

»Genau. Sie meinten, Sie seien Prokurist, und dann noch irgendwas von *Lusus* oder so ähnlich, aber ... sonst kam nichts mehr.«

Da sich an der nächsten Kreuzung Schlangen in jede Richtung gebildet haben, müssen sie wieder warten, bis sie ihren Weg fortsetzen können. Galavance schaut langsam von dem Minivan weg, der vor ihnen angehalten hat, und sucht Zilchs Blick. »Was ...?« Mehr bringt sie nicht heraus.

Er nickt, da er weiß, was sie hören möchte.

Darum erzählt er ihr es.

Daraufhin lacht sie.

Als die Ampel auf Grün springt, schüttelt sie den Kopf und fährt einhändig weiter, während sie mit der anderen eine Zigarette aus einer Schachtel schüttelt. Zilch ist jetzt ohne Zweifel so fassungslos wie nie zuvor. Bisher hat er erst eine andere Person eingeweiht. Er war betäubt worden, und dieser *Einzige*, dem er es erklärte, drohte ihm mit einer Kettensäge, also hatte er ihn sozusagen einweihen *müssen*, vollständig mit allen Einzelheiten. Zum Glück kam dieser Kerl mit seinem Wissen nicht sonderlich weit (Zilch zerquetschte ihm den Schädel, um sich doppelt abzusichern), doch hier packte er freiwillig aus und legte alles dar, so gut er konnte, Confab hin oder her. Irgendwie wollte er bei alledem über diesen Aspekt ihrer Beziehung Bescheid wissen, also ob sich Jolby jemals nach unten begeben habe oder nicht. Sobald sie damit herausrückt, hat er ihr noch etwas zu sagen. Er spürt, wie die Fassade bröckelt, hinter der er verdrängte Abschnitte seines Lebens hütet, und spürt den Schmerz von Neuem, nun da das Siegel bricht.

»Warum flippen Sie nicht aus?«, fragt er zunächst. »Ich erzähle Ihnen, dass ich von den Toten auferstehe und hergeschickt werde, um bestimmte Aufträge zu erledigen, doch für Sie ist das alles in Ordnung, von vorne bis hinten.«

»Was denn? Wollen Sie, dass ich ausflippe?«

»Nein, bestimmt nicht. Ich bin bloß überrascht, das ist alles. Wahrscheinlich befürchte ich, die Reaktion könnte verzögert einsetzen, und weil wir mitten im Morgenverkehr stehen, wäre mir lieb, wenn sie nicht plötzlich ausrasten würden.« Sie sind von zahllosen anderen Fahrzeugen umgeben, die meisten viel größer als dieser schreiend pinke Spielzeug-Renner.

»Ich glaube nicht, dass Sie noch irgendjemanden aus der Reserve locken können«, erwidert Galavance. »Heutzutage gibt es ja Krankheiten, da bleibt einem die Spucke weg. Kids tauschen online Videos miteinander, in denen sie sich betäuben und selbst ausweiden. Dabei ist die Rede von Schals, weil das Ziel darin besteht, die Därme weit genug herauszuziehen, um sie sich um den Hals zu wickeln. Lustig, was? Solches Zeug, und anscheinend wird die Welt insgeheim von Reptilienmenschen beherrscht, die in Tunneln unter uns hausen.

Nichts *schockt* mehr, Punkt. Außer vielleicht, was alte Leute betrifft, und die sind alle ins Lager der selig Ahnungslosen übergelaufen, haben einfach für sich entschieden – ich weiß auch nicht –, es zu ignorieren, weshalb sie wohl, wenn man ihnen erzählen würde, dass benutzte Kondome auf dem Mond gefunden worden seien, unbeeindruckt mit der Frage kämen, ob man Kekse lieber mit Schokoladen- oder Erdbeermilch trinkt.«

»Reptilienmenschen?«

»Ich leiere mir den ganzen Stuss aus dem Kreuz, und *das* ist das Einzige, woran Sie sich stoßen?«

»Reptilienmensch*en*? Plural? Mehr als einer? Sind Sie sich da sicher?«

»Nun gut, gesehen wird immer nur einer, also Reptilien*mensch*. Glaube ich. Das bedeutet nicht, dass da nicht mehr sind. Müsste allein von der Logik her so sein, oder?« Sie schmunzelt. »Um einen Reptilienmenschen zu zeugen, braucht es eine Reptilienmama sowie einen Reptilienpapa, die einander ganz doll liebhaben und sich auf besondere Weise umarmen, sodass ...«

»Wie groß?«

»Ich hab keinen blassen Dunst, Mann. Fragen Sie die vielen Bekloppten im Internet.« Sie spuckt diese Worte entrüstet aus.

»Sie denken also doch, ich sei verrückt.«

»Wer ist denn momentan überhaupt noch ganz bei Trost? Es kommt darauf an, dass man lernt, wie die Irren ticken, und sich arrangiert. Ich habe Freunde, die schwören Stein und Bein, sie seien Vampire. Einer behauptet stur, dass er an der Decke entlanglaufen kann, wenn er high ist, aber das funktioniert angeblich nur, solange niemand zuschaut. Ich will also nicht zickig sein oder so, aber Sie müssen einfach zu sich selbst stehen.«

Fast hätte er ihre Absprache vergessen, doch als er sie in die Pflicht nehmen will, auf seine Frage einzugehen, reißt sie das Lenkrad nach rechts herum.

»Da wären wir«, sagt sie in der Einfahrt auf einem Parkplatz. Die Vorderseite des Big Fat Frenchy's grellbunt zu nennen wäre untertrieben: aufwendige Neonreklame, optisch als Mischung zwischen Pariser Puff und Steampunk mit dem Flair der Achtziger inszeniert. Künstlich gealtertes, aber in Wirklichkeit wetterbeständiges Styropor wie bei den »gekenterten« Segelschiffen in Disneyland. Spritzgussformen, die nach zersplittertem Holz aussehen sollen, aber total unecht wirken, zumal sich die Farbe bereits löst und abblättert, sodass der strahlend weiße Gips darunter den Zauber aufhebt.

Galavance zieht die Handbremse so unwirsch, dass das Knarren Zilch erschreckt. »Die Einkaufsmeile ist gegenüber«, sagt sie und drückt die Fahrertür auf. »Entschuldigen Sie, dass ich nicht noch länger mit Ihnen plaudern kann, aber ich komme zu spät zu meiner Entlassung. Alles Gute Ihnen, es war interessant und spannend, auch wenn ich es eigentlich nicht schön fand. Bis die Tage.«

Zilch steigt schnell aus und ruft: »Aber wir hatten doch eine Abmachung.«

Sie geht rückwärts, während sie den oberen Knopf ihres Poloshirts öffnet. Ihre Antwort kommt als gedämpfter Ruf, bestimmt aus Angst davor, ihre Kollegen drinnen würden sie hören, als könnten sie anhand der simplen Antwort, die sie gibt, überhaupt eruieren, wie die Frage lautet: »Nein, das letzte Mal ist lange her, und selbst früher geschah es nur selten.«

So lässt sie ihn am Wagen stehen, dreht eine elegante Halbpirouette, drückt die Eingangstür auf und ist weg. Zilch braucht einen kurzen Augenblick, um dem rasch schwächer werdenden Gefühl von Frische nachzutrauern, das ihm die Lüftung des Cavaliers bescherte. Nun steht er in der schrecklich schwülen Hitze mitten in der Sonne. Sobald ihre Strahlen auf seinen Rücken treffen, kommt es ihm vor, wie auf einem Grillrost zu liegen. Er starrt die Tür an, durch die Galavance verschwunden war, und das Glas wirft ein dürres Spiegelbild von ihm zurück. Als er sich selbst in die Augen sieht, wendet er sich ab.

Ist besser so, du hast schon zu viel geplappert. Sei bloß froh, dass sie es nicht geschluckt hat. Sie wird diesen Morgen als schlechten Traum abhaken. Sich einreden, es sei anders gewesen, und ein Reh oder etwas ähnliches – ein Hund – habe ihren Wagen beschädigt.

Ohne jegliche Spuren von ihm nach ihrer Begegnung mag sie ihn aus ihrem Gedächtnis verbannen. Er tat gut daran, genauso mit ihr zu verfahren.

Ihm kommt wieder in den Sinn, weshalb er hier ist.

Er betrachtet die Crabtree Valley Mall auf der anderen Straßenseite, ein Zerrbild hinter Luftschlieren. Die Hitze, die der Asphalt der Fahrbahn zwischen Restaurant und Einkaufszentrum in Wellen abstrahlt, ist extrem. Zilch zieht sein Jackett aus und schwingt es sich an zwei Finger gehakt über eine Schulter. Als er hinübergehen möchte, springt die Ampel um, weshalb er sich beeilt. Jedes Mal, wenn er zu tief einatmet, muss er wegen der teerhaltigen Luft trocken husten. Galavances Freund steht also nicht auf Fellatio – eigentlich ein gutes Zeichen unter den gegebenen Umständen, aber …

Vergiss es. Da hast du dich nicht einzumischen. Du bist nicht hier, um Beziehungen zu kitten, sondern sollst Fehler ausmerzen, wo Mutter Natur die Zügel hat schießen lassen. Vergiss das nicht.

Er wartet am Fußgängerüberweg, hastet auf die Straße, sobald er darf, und schlägt einen schnellen Schritt an, während die Dauer der Grünphase in roten Ziffern heruntergezählt wird.

»Sie wird schon eine Lösung finden«, sagt er sich leise, im Bestreben, die ganze Sache zu vergessen. Da er am Einkaufszentrum angekommen ist, wird es Zeit für eine Unterhaltung mit Ovid, um herauszufinden, was er hier tun soll. Er hofft, keinen Reptilienmenschen jagen zu müssen. *Was Leichtes, bitte. Was Leichtes.*

KAPITEL 6

Als Galavance ihre Karte durch die Stechuhr gezogen hat und eintritt, sieht sie, dass Patty eingetroffen ist und offensichtlich schon eine Weile wartet. Sie durchstöbert die Küche gründlich, indem sie Schubladen öffnet, den Bestand vom Inhalt der Selbstbedienungskühlschränke aufnimmt, Verfallsdaten überprüft sowie Deckel von Tupperware-Behältern anhebt und schnuppert. Sie sieht ein wenig wie ein Hobbit aus, klein und rothaarig mit Sommersprossen. Ihre Miene hat immerzu etwas Geringschätziges, und ihr Südstaatenakzent ist so ausgeprägt, dass er fast nach einer schlechten Parodie klingt. Zudem hat sie mit ebendiesem ländlich geprägten Organ wirklich ständig etwas Schlechtes über ihre Untergebenen zu sagen, egal für was für eine gute Arbeitskraft man selbst sich hält. Für Galavance ist das allerdings weitgehend belanglos, denn sie lässt in Pattys Augen von jeher stark zu wünschen übrig.

Sie rechnet mit dem Schlimmsten und bekommt es auch nach wenigen Sekunden, als sie versucht, sich nonchalant unter die Küchenbelegschaft zu mischen, die Patty bei ihrer Tour beobachtet. Kleine Äuglein blicken rasch auf. Sehen Galavance. Die Regionalleiterin müht sich beim Aufrichten, nachdem sie vor einem der Kühlschränke in die Hocke gegangen ist, stellt einen Plastikeimer mit vorgeschnittenem Salat beiseite – unnötig laut – und sagt so pikiert, wie man nur klingen kann: »Ms. Petersen. Wie ungeheuer nett von Ihnen, sich an diesem wunderbaren Morgen zu uns zu gesellen.«

Erwischt.

»Tut mir leid, auf meinem Weg zur Arbeit ging es ziemlich drunter und drüber.«

»Das kann ich mir gut vorstellen«, erwidert Patty und bezieht sich auf die zierliche Armbanduhr, die im Speck ihres sommersprossigen Handgelenks unterzugehen droht. »Denn wenn ich mir die Zeit anschaue, stelle ich fest, dass es in ein paar Minuten gar nicht mehr Morgen ist.«

»Es tut mir wirklich leid«, wiederholt Galavance. Alle Blicke ruhen auf ihr. Die Mexikaner, die wahrscheinlich kein Wort von dem verstehen, was gesagt wird, starren auf ihre Füße. Die Bedienungen – Galavances Mädchen –, von denen niemand älter als einundzwanzig ist und die alle aufgedonnert sind, als würden sie ihren Job mit einem Schönheitswettbewerb verwechseln (O-Ton Patty), beobachten, wie die üblicherweise goldbraunen Wangen ihrer Vorgesetzten feuerrot werden. »Ich hatte einen Unfall und konnte nicht so schnell weiter, weil ich alles mit dem anderen Beteiligten klären musste, also … ja.«

Obgleich Patty gerade im Begriff ist, ihr einen zweiten Darmausgang aufzureißen, kommt Galavance nicht umhin, sich die Frage zu stellen, weshalb zur Hölle Zilch wissen wollte, ob Jolby ihr seine Zunge zwischen die Beine drückt. *Pass aber besser auf, wenn du abgewatscht wirst. Alles andere wäre unhöflich.*

Die Regionalleiterin scheint ihre Gedanken zu ordnen, denn ihr halsloser Kantenkopf geht zwischen den Schultern auf und nieder. Sie grübelt, und als sie weiterspricht, hören sich ihre Worte vorab zurechtgelegt an. Sind sie vermutlich auch, Motivationssteigerung Marke »Friss oder stirb«. Sobald sie tief Luft holt, macht sich Galavance auf etwas gefasst.

»Zu Beginn seiner Tätigkeit 1978 im französischen Limoges war Francois ›Frenchy‹ Burdeoix ein Pionier auf seinem Feld, Ms. Petersen. Er hegte den Traum, die amerikanische Küche auf den Kopf zu stellen und in die Postmoderne zu überführen – Kultur einkehren zu lassen, die es noch nicht gab. Den Cheeseburger zu *Fromage sur la viande* aufzuwerten. Und glauben Sie, dass dieser *Fromage sur la viande* oder irgendein anderes Gericht auf unserer üppigen, erlesenen Speisekarte weltberühmt wurde, weil Frenchy außerstande war, sein Privatleben von seinem Beruf zu trennen, und sich deshalb jeden Tag verspätete?«

»Nein, Ma'am.«

Patty quittiert dies mit qualvollem Schweigen, das mehrere Sekunden andauert, bevor sie wieder etwas sagt, während Galavances Kolleginnen und Kollegen mitleidig zuschauen. Als die Frau dem Anschein nach zufrieden ist, dreht sie ihren verhutzelten Körper so, dass sich alle im Raum angesprochen fühlen müssen. Ihr türkisblaues Anzugkleid ist vor Stärke dermaßen steif, dass es knackt, wenn sie sich bewegt.

»Erlauben Sie sich das nie wieder, Ms. Petersen.« Galavance unterbricht ihren Blickkontakt mit Patty nicht, solange sie sich äußert, obwohl es beinahe wehtut. »Falls doch, sehe ich kommen, dass Ihr Arbeitsverhältnis mit Big Fat Frenchy's überdacht werden muss. Haben Sie mich verstanden, Mädchen?«

»Ja.«

»Also gut, nun da *das* alles klargestellt wurde«, fährt die Leiterin fort und kündigt in die Hände klatschend an, dass sie nun einen anderen Ton anschlägt, während sie sich wieder dem Rest des Personals zukehrt. »Was muss ich noch erledigen, bevor ich wieder fahre? Sie alle haben Ihre Leistungsberichte erhalten – ich hoffe schwer, Sie nehmen sie mit nach Hause und gehen deswegen hart mit sich selbst ins Gericht, denn keiner war es wert, an einen Kühlschrank gehängt zu werden. Das ist jedenfalls abgehakt, aber wo war ich noch nicht?«

Jesus, der Chefkoch, merkt verschüchtert auf: »Im Kühlhaus?«

»Prima, *Che-suus!* Sehr gut. Ja, lassen Sie uns das noch tun. Kommen Sie, alle Mann und Frau. Mal sehen, wie viele abgelaufene Haltbarkeitsdaten wir da drin finden. *Sie* aber nicht, Ms. Petersen.« Eine vorgehaltene Handinnenfläche hindert Galavance daran, mit den anderen zu gehen. »Ich würde sagen, Sie haben ein paar Salz- und Pfefferstreuer an den Tischen zu füllen.« Patty schaut wieder auf die Uhr. »Immerhin öffnen wir in einer halben Stunde.«

»Jawohl, Ma'am.« Galavance fügt sich nickend mit fast piepsend leiser Stimme.

Während sie die beiden Behälter mit koscherem Salz und gemahlenem Schwarzpfeffer, die so groß sind wie Farbeimer, ins Lokal trägt, dankt sie Gott dafür, dass sie kein Medium ist, das Dinge per Geisteskraft bewegen kann. Andernfalls würde sie Patty nämlich alle Glieder abreißen und wieder anheften, bloß nicht dort, wo sie hingehören. Dabei drängt sich ihr das Bild von gebratenem Truthahn zum Erntedankfest auf. Es bringt sie zum Lächeln – Patty, gestopft mit Teilen ihres eigenen Körpers. Dieser kleine Mund, für immer zum Schweigen gebracht.

Igitt. Ich werde abartig, wenn ich einen Kater habe.

Sie steht an Tisch vier und kippt Pfeffer überallhin, bloß nicht in den Streuer, als ihr Handy läutet. Während sie sich so aufstellt, dass man von der Küche aus nicht sieht, was sie tut, denn Patty könnte ja vom Kühlhaus hereingestürmt kommen, nimmt sie das Telefon heraus.

Es ist eine SMS von Jolby.

»Brauche Kaution. Wurde mit Beutel Gras erwischt.«

KAPITEL 7

Nachdem er den blasigen Streifen Asphalt überquert und sich durch die Haupteingangstür des Einkaufszentrums gedrängelt hat, bleibt Zilch erst mal verwundert stehen. Erstens die Klimaanlage. Er fühlt sich wie vom Yeti geküsst, nachdem er aus einem Topf mit siedendem Wasser gestiegen ist. Wie das ist, glaubt er, aus eigener Erfahrung zu wissen. Dann folgen sofort die *Gerüche*. Oh, wie herrlich sie aus dem Gastronomiebereich herüberwehen.

Sein Riechorgan ist recht anspruchslos geworden und weiß deshalb alles zu schätzen, das nicht riecht wie der Gestank des Highways, der kalte Zigarettenrauch in Galavances Auto oder der Mief draußen, aber das hier ist mehr als nur wunderbar. Es erreicht ein neues Niveau des Außergewöhnlichen. Schließlich duftet, strömt es pulsierend aus dem Obergeschoss und findet ihn im Parterre, wo er genau am gegenüberliegenden Ende eingetreten ist. Während er hinaufgeht, kann er nicht sicher bestimmen, ob er es sich einbildet oder tatsächlich von Duftengeln des Himmels geführt wird, die sich von den Lokalen aus zärtlich in seine Nasenlöcher gehakt haben, sodass er wie in Trance, während nur seine Zehenspitzen den Boden streifen, getragen wird, die Treppe hinauf und durch den höhlenartigen Flur. Mag es bloß ein Hirngespinst sein? *Ehrlich, ist mir egal.* Er lässt es einfach mit sich machen. Vergisst kurzzeitig, dass er untot ist, kümmert sich nicht mehr darum, irgendwo für zehn Minuten eine Internetverbindung in Anspruch nehmen zu müssen, wälzt Monster und die tonnenschwere Last seines alten Lebens von sich, schiebt das bedauernswerte Mädchen mit dem auszehrenden Freund beiseite und … fliegt lediglich.

Sein erstes Ziel ist eine Konditorei, die unter anderem Zimtschnecken backt. Er drückt sein Gesicht gegen ihr Schaufenster wie ein Wels, der an der Wand eines Aquariums saugt, und beobachtet die Angestellten, die ihn ignorieren, so gut es geht, während sie ungleichmäßig – aber das ist absolut verzeihbar – weißen Zuckerguss auf dem Gebäck verteilen. Sein Magen tut weh, ihm schwirrt der Kopf, er könnte in diesem Zeug baden, sich die Glasur in den Rachen laufen lassen, bis er aufplatzt, und … na ja, wahrscheinlich auch wieder verschlingen, was herausquillt, würde den ganzen Vorgang unendlich oft wiederholen und praktisch zum Spritzguss-Ouroboros werden.

»Sir, möchten Sie vielleicht … eine Kostprobe?«, fragt die nächste Bäckerin im Laden, dem CinnaBon. Anhand ihrer Miene lässt sich klar erkennen, dass sie hofft, ihn so zu vertreiben. Er ist außerstande, ihr zu antworten, weil sich so viel Speichel in seinem Mund gesammelt hat, dass er kurz vorm Sabbern ist, und nickt deshalb nur dämlich. Sie gibt ihm einen Stick, der so lang ist wie sein Daumen, mit einem Schälchen dieses Orgasmen erregenden Glibbers. Er verschwindet weder damit, um es irgendwo in aller Ruhe zu verzehren, noch ist es ihm nur einen Dank wert. Was er tut, kann man wohl nicht einmal beschönigend »essen« nennen. Es entspricht dem, was Einzeller tun, »die Beute absorbieren«.

Sobald er sie sich einverleibt hat, wird Zilch seiner selbst wieder gewahr und fährt sich mit einem Handrücken durchs Gesicht. Krümel bleiben daran kleben. Die junge Frau mit der Schirmkappe und dem Namensschild bleibt freundlich – eventuell hat sie einen tattrigen Onkel oder so etwas in der Art – und weiß, wie man mit liebenswürdigen Trotteln umgeht, also bietet sie ihm eine Serviette an. Diese nimmt er und rückt endlich ab, nun da er gesättigt ist, nicht ohne sich ein bisschen zu schämen – aber da sich der Zuckerschub, eine gewaltige Spritzgussbombe, so heftig auf sein Gehirn auswirkt, könnte er beim Gehen glatt hochspringen und die Hacken zusammenschlagen.

»Sir, wollen Sie mal probieren?«, fragt jemand. Zilch dreht sich langsam um.

»Was für ein Paradies *ist* das hier?«, fragt er in den Äther und macht große Augen. Dabei hatte er schon befürchtet, etwas stehlen zu müssen, besonders weil man damals, als er noch ein Kind war, nur eines gratis bekam, nämlich die Aufforderung, sich zu verziehen.

Dieser nächste Imbissverkäufer, ein braunhäutiger Mann mittleren Alters mit gütigen Augen, reicht ihm einen Zahnstocher, auf dem ein Fleischwürfel steckt. Dieser schmeckt atemberaubend: salzig, saftig, stark nach … Kreuzkümmel und sehr viel Knoblauch – aber das geht in Ordnung, Zilch mochte die Knolle schon immer –, aber auch etwas Paprika, einer Prise Cayennepfeffer sowie einem winzigen bisschen Zimt und möglicherweise auch ein, zwei Tropfen Kokosmilch. Abschließend vielleicht noch Safran?

»Was war das?« Er zeigt mit dem fettigen Holzstäbchen auf den Knubbel an einer seiner Backen, dorthin hat er das Fleisch gerade geschoben. Der Name der Bude steht in roten Leuchtbuchstaben darüber, sagt ihm aber nichts. Er könnte ihn gar nicht aussprechen.

»Rind nach libanesischer Art«, antwortet der Angestellte befremdlich stolz mit durchgedrücktem Kreuz.

»Gutes Zeug«, entgegnet Zilch und tut lässig, indem er den Zahnstocher so in eine Mülltonne wirft, als wolle er sagen »Hab schon Besseres gegessen«. Dann schlendert er weiter, doch offen gestanden war es viel mehr als nur gut, weshalb er die Person, die es zubereitet hat, am liebsten küssen und einen Altar mit ihrem Konterfei errichten würde, gänzlich überzogen mit dieser unvergleichlichen Marinade.

Am nächsten Stand in der Passage bekommt er wieder etwas angeboten. Es ist weder Zimtgebäck noch aus dem Libanon oder ähnlich exotisch, sondern bloß ein viereckiges Stück Pizza. Die Soße schmeckt seinem Dafürhalten nach etwas zu süß, und die Peperoni hätte man länger im Ofen lassen können, doch der Jungspund hinter der Theke hat ein Gesicht wie Streuselkuchen – *Akne, lass den mal höchstens siebzehn sein* –, also sieht Zilch darüber hinweg. Er selbst hätte sich geschämt, so etwas zu backen, aber der Teig ist genau richtig geraten, und das Rezept stammt bestimmt nicht von dem Jungen, weshalb er ihm dankt und weitergeht.

Er wird schon wieder großkotzig wie damals als Koch. *Du beklagst dich über Pizza, Mann,* hält er sich vor. *So etwas wie schlechte Pizza gibt es nicht. Geh's mal einzeln durch: Käse war da? Ja. Soße vorhanden? Ja. Der Boden durch? Ja. Halt also die Klappe, Pizza ist zweifellos besser als neunzig Prozent aller anderen Sachen, die man essen kann, oder?*

»Lust auf ein Häppchen, Sir?«, fragt jemand in holprigem Englisch.

Zilch entgegnet, ohne überhaupt hinzuschauen, um zu sehen, worum es geht: »Ja, ja, unbedingt.« Es handelt sich um eine Kreuzung aus Frühlingsrolle und Jiăozi mit Kimchi-Füllung, scharf und ein Gaumenschmaus. *Hell* schmeckt es, falls das nachvollziehbar erscheint. Der Kohl wurde gekonnt eingelegt, und das Ding ist in jeder Hinsicht heiß, aber keineswegs übertrieben … Wahnsinn, einfach Wahnsinn.

Die Verkäuferin zeigt sich zutiefst dankbar dafür, dass Zilch sich Zeit genommen hat, um ihre Ware zu kosten, entschuldigt sich jedoch unverständlicherweise, nachdem er verputzt hat, was er geboten bekam, und zeigt auf etwas an seiner Brust. Er wird leicht verlegen, als er sieht, dass Jacob F. Steins Anzug mit Spritzern, Flecken und Klecksen aus der halben kulinarischen Welt versaut ist. Er bedankt sich und schlägt die Servietten aus dem Spender an der Theke aus, weil er zum Säubern dieser Schweinerei mehr brauchen würde, als diese Lady hat. Stattdessen bricht er auf und sucht eine Herrentoilette. Unterwegs schämt er sich nicht, obwohl all die Teenager, die in Cliquen herumstrolchen, untereinander tuscheln und ihn im Vorbeigehen auslachen. Er hat gerade eine der schönsten Verköstigungen seit Jahren erlebt und begreift die Essensspuren als schmierige Ehrenabzeichen.

Während er von einem Lageplan des Zentrums zum nächsten dackelt, die ihn konsequent von den Klos wegzuführen scheinen, überlegt er, wann er zuletzt etwas gegessen hat. Was es war, fällt ihm erst nach einer Minute ein. *Ach ja, verabscheuungswürdiger Schneemensch, in Wein geschmort.*

Als Zilch eine Toilette findet, macht er sich mit ein paar feuchten Papiertüchern einigermaßen sauber. Der Beckett-Prozess ist nun abgeschlossen, und im Ganzkörperspiegel erkennt er, dass der Anzug, den er trägt, einem wesentlich korpulenteren Mann gehörte. Darum sieht er aus wie eine Vogelscheuche oder ein Dummy, der rittlings auf einem Haufen Feuerholz hockt.

Er klopft die Taschen ab. Logischerweise hat man den Körper, in den er gesprungen ist, ohne persönliche Gegenstände begraben. So wie meistens. Manchmal stößt er auf Taschenuhren oder Baseballkarten, aber nie auf Bargeld, Kreditkarten oder etwas Entsprechendes. Nachdem er auf den Hauptflur der Einkaufsmeile zurückgekehrt ist, durchquert er zuerst den Rest des Obergeschosses und dann das untere. Dort, neben einem Spielsalon, aus dessen offener Tür es durcheinander piept und heult, befindet sich das Internetcafé. Deswegen ist der steife Zeitgenosse, der das Lokal führt, so gut wie gar nicht zu verstehen, auch weil er hinter einer Trennwand aus verschmiertem Glas steht und die Tür daneben, die mit einer Platte aus schwarzem Plastik blickdicht gemacht wurde, geschlossen ist. Im Gegensatz zum letzten Mal, als Zilch hier war, läuft es anders ab, doch er wundert sich ungeachtet dessen, dass das Café überhaupt noch existiert. Leider funktioniert es jetzt nach dem gängigen Trend: Zahl am Fenster, die Tür öffnet sich auf ein Brummzeichen hin, und dann – nur dann – darfst du deine Pornoseiten aufrufen.

Der spießige Typ hinter der Scheibe mustert ihn vom Scheitel bis zu den Schuhen. Zilch ist klar, dass sein Aussehen Verwirrung stiften mag: Zu gut gekleidet und ausgehend von seinem Gesicht einen Tick zu gesund, um ein Obdachloser zu sein, doch warum sollte ein dünner Kerl in einem Anzug, und sei es ein schlecht sitzender, zur Mittagszeit hier auflaufen? »Was habt *ihr* alle zur Mittagszeit hier verloren?«, würde er am liebsten schreien, als er die zigste Frau im glänzenden Trainingsoutfit sieht, deren Schmuck – und zwar nur der an einem Handgelenk – wahrscheinlich teurer war als das letzte Auto, das er besaß. Im Moment muss er aber *nett* sein, falls er Zugang zu einem Computer erhalten möchte.

»Viertelstunde, fünf Dollar«, gibt der Spießer an. »Keine verfänglichen Seiten.«

Zilch überlegt. »Ich krieg's nicht zufällig auf Rechnung?«

Der Kerl schüttelt mit geschlossenen Augen den Kopf. »Viertelstunde, fünf Dollar. Keine verfänglichen Seiten.«

Zilch kratzt sich an einer Wange. »Ich nehme an, Sie brauchen niemanden, der den Laden hier sauber macht, oder? Ich koste nicht viel. Sagen wir fünf Dollar, und ich putze Ihnen dieses schmucke Fenster hier. Was meinen Sie?« Er zuckt mit einer Augenbraue. »Kommen wir ins Geschäft?«

»Viertelstunde, fünf Dollar –«

Zilch atmet lange und zischend aus. »Ja, ja, ja. Keine verfänglichen Seiten, hab's kapiert.« Er winkt verärgert ab und macht sich genervt vom Acker, wobei er die Hände demonstrativ in seine bedauerlicherweise leeren Taschen steckt.

Nun geht er dorthin zurück, wo er sich geborgen fühlt – zur Gastronomie –, und bittet den Verkäufer, der ihm einen Happen libanesisches Rind gegeben hat, um Wasser zum Trinken. Überrascht wie erleichtert stellt er fest, dass sich eines auf dieser Welt nie ändern wird: Man kann niemanden für einen schnöden Becher Wasser abkassieren. Zilch bedankt sich und nimmt auf einem Plastikstuhl an einem Plastiktisch Platz, um zu trinken. Es ist lauwarm und schmeckt nach Gummischlauch.

In einer Ecke des Sitzbereichs vor den Essenslokalen hat sich ein nerdiger Typ niedergelassen, dessen Laptop aufgeklappt dasteht, während er noch einen Softdrink ordert. Zilch ist versucht, hinüberzustürzen und das Gerät wegzuschnappen, um kurz online zu gehen und mit Ovid zu chatten. *Es würde nur fünf Minuten dauern, der Kerl könnte es gleich wiederhaben.*

Wenn man jedoch solche Auftraggeber hat wie er, handelt man im Grunde genommen beispielhaft kontraproduktiv, wenn man weitere Minuspunkte sammelt, indem man noch mehr argwöhnische Blicke auf sich zieht, statt die Bilanz wie eigentlich angedacht auszugleichen. *Keine krummen Touren, Saelig.*

Fünf Mäuse. Ich brauche fünf lausige Mäuse, Mann.

Die laute Geräuschkulisse an diesem Ort mit den schreienden Kids, schreienden Eltern und der unsäglichen Musik, diesem typischen Samthandschuh-Jazz für Aufzugfahrten in komatöse Niederungen …

Er hält inne. *Hat da etwa jemand NWA zur Berieselung aufgelegt? Aber ja doch, das ist* Fuck Tha Police. *Unbestreitbar.*

Er verdrängt den Song. *Konzentration auf das, was jetzt gerade relevant ist, Zilch.* Er spricht leise mit sich selbst, aber bei all dem elektronischen Lärm und Gelaber der Gäste würde ihn so oder so niemand hören. »Warum bin ich hier? Gebt mir einen Hinweis, Leute. Ich hab nie behauptet, sonderlich schlau zu sein.«

Schließlich überfliegt er die Blätter in den Zeitungskästen am Eingang. Die Nachrichten betreffen bloß zusehends schwerere Gefechte im Ausland, den Zusammenbruch der örtlichen Regierung und andere erfreuliche Themen. Nichts deutet auf irgendeine Aufgabe hin, der Zilch Beachtung schenken müsste. Nein, keine Ungeheuer oder Dämonen, keine *Lusus naturae* hat es auf die Titelseite des *News Observer* geschafft. Nichts ausgesprochen Verwunderliches, aber trotzdem – bisweilen kommt es dazu, wenn wesentlichere Neuigkeiten Mangelware sind. Über Bigfoot wird immer noch von Zeit zu Zeit geschrieben.

Als Zilch in Versuchung gerät, mit dem Pappbecher an den anderen Plätzen entlangzuziehen und um Almosen zu bitten, knallt jemand einen Fünfer auf die gegenüberliegende Ecke seines Tischs. Er schaut auf, doch die Person, die es getan hat, läuft in unverändertem Tempo weiter. Es ist eine Frau, die den Eindruck hinterlässt, es eilig zu haben, und anhand des Klatschens ihrer Sandalen kann man noch eine Zeit lang ausmachen, wo sie sich in der Menge befindet. Er beobachtet sie, seine Kehle ist schon wieder ausgetrocknet. So etwas ist schon mehrmals geschehen. Es ist immer eine junge Frau mit wallendem Rock in einem ländlichen Karomuster, der hinter ihr her fließt und sich bewegt wie unter Wasser. Er sieht nur ihren Hinterkopf: mattblondes Haar, koboldartig kurz geschnitten. Es kann nicht *sie* sein, doch dann fällt sein Blick auf die nackte Haut an ihrem Rücken, wo ihre Seidenbluse ausgeschnitten ist, und ihm bleibt das Herz stehen. Schon wieder das?

Sogleich ist er auf den Beinen und geht hinterher, um ihr das Geld zurückzugeben – nein, zu verlangen, dass sie es zurück*nimmt* –, doch er gerät ins Stocken, sobald er ihre Tätowierung erkennt, zwei verschnörkelte Engelsflügel, die aus ihren Schulterblättern zu wachsen scheinen, und über dem Rocksaum in altenglischer Schrifttype: *Schau, wohin du gehst.*

Er kämpft gegen den Schwindel in seinem Kopf und die zittrigen Knie an, während er ihr nachgeht, wobei er mit dem Geldschein winkt. Sie braucht sich gar nicht umzudrehen, sondern ahnt wohl, dass er zu ihr aufschließt, und sprintet auf einmal los wie eine Marathonläuferin auf den letzten Metern ihrer Strecke. Sie gelangt fast unmenschlich schnell für jemanden mit solchem Schuhwerk, diesen goldenen Sandalen, durch eine Tür, die das Gebäude mit der Tiefgarage verbindet.

»Ich brauche deine Almosen nicht«, ruft er hinterher und sieht nur noch das Tattoo, dessen Umrisse er in zahllosen stillen Nächten mit den Fingern nachgezeichnet hat.

Zilch folgt ihr nach draußen, doch sowie er die Tiefgarage erreicht – im Schatten stehen bleibt, abermals in der Hitze, wo es nach Abgasen und Teer stinkt –, ist sie nirgendwo zu sehen. Er kann nicht mehr rennen und hustet, als würde er im Rauch stehen. Nachdem er sich beruhigt hat, verharrt er zähneknirschend mit in die Hüften gestemmten Händen und schaut sich um. Noch kein einziges Mal hat er sie eingeholt.

Dann sieht er den grünen Abe Lincoln an und fragt: »Glauben Sie, dass sie eines Tages tatsächlich anhält und mit mir redet, statt nur das Geld hinzulegen und zu verschwinden?«

Der alte Landesvater behält seinen neutralen Gesichtsausdruck bei und schweigt, genauso wie Jane. Sie sagt nie etwas, sondern lässt lediglich etwas Geld da und geht weiter. Es anzunehmen bereitet ihm ein beschissenes Gefühl, zumal sie es nur dann tut, wenn er es nötig hat, und es handelt sich immer um genau so viel, wie er braucht. Zilch faltet den Schein widerwillig in der Mitte und steckt ihn ein, nicht ohne kurz zu überlegen, ob er ihn in kleine Stücke zerreißen soll.

»Danke«, sagte er in die Garage hinein und hofft dabei, drinnen höre es ein Paar niedlicher Ohren, deren Läppchen er so gerne knetete und küsste.

Er geht mit dem Geld zurück zum Internetcafé. Der Betreiber kommt nicht von seinem Hocker hoch, ehe er sich seine eigene Masche vorhalten lassen muss: »Viertelstunde, fünf Dollar. Keine verfänglichen Seiten, ich weiß, Machen Sie die Tür auf.«

An einem PC in einer abgetrennten Kabine hinten im Raum schickt sich Zilch an, die zehn Passwörter für die Webseite der Confab einzutippen. Neun fallen ihm ein, doch er braucht sechs der fünfzehn Minuten, um sich an das letzte zu erinnern. Er gibt es ein, ruft das Arbeitsdialogfeld auf und loggt sich in sein Profil ein. Von dort aus gelingt es ihm wegen der klebrigen Maus erst beim zweiten Versuch, das Chatprogramm für Agenten und Betreuer zu öffnen. Ein paar Sekunden vergehen beim Ent-, Ver- und wieder Entschlüsseln. Endlich geht das Eingabefenster auf.

```
ZILCH:  Bist du online, Ovid?
OVID:   Ja, Saelig. Was kann ich für dich tun?
ZILCH:  Pass auf, Schreibtischhengst, was soll
        das, mich hierher zurückzuschicken?
OVID:   Was meinst du damit?
ZILCH:  Stell dich nicht dumm. Du weißt, dass ich
        hier aufgewachsen bin.
```

OVID: Es handelt sich um einen Zufallsprozess, das weißt du.

ZILCH: Von wegen! Ich rieche, dass da was faul ist.

OVID: Was willst du, Zilch? Falls du auf etwas Konkretes hinauswillst, sag es lieber schnell. Ich hab Besseres zu tun.

ZILCH: Deine Notizzettel zu ordnen kann warten. Erklär mir, weshalb ich hier bin.

OVID: Weil kürzlich eine Lusus naturae in der Gegend gemeldet wurde. Normalerweise würde uns das nicht groß beschäftigen, doch sie taucht immer häufiger auf, und das gibt uns Grund zur Sorge. So kann das nicht weitergehen.

ZILCH: Was für eine ist es?

Eine halbe Minute verstreicht.

ZILCH: Ovid, rede mit mir. Was soll ich hier tun? Ovid?

ZILCH: Bist du noch da? Ju-hu.

OVID: Benutzt du gerade einen öffentlichen Rechner?

ZILCH: Ja, na und? Das ist doch nur ein Videospiel, richtig? ;)

OVID: Bist du in einem Internetcafé, Zilch?

ZILCH: Was für eine Art von Lusus treibt sich hier rum, Ovid? Infos! Infos! Ich verlange Infos!

OVID: Ein amphibischer Humanoid. Grüne Haut, große Augen. Laut Aussagen zwei Meter groß, zweihundertfünfzig Pfund schwer. Keine Beweisfotos. Hält sich überwiegend in Sümpfen und Feuchtgebieten auf. Noch keine Morde, und wir wünschen uns, dass das so bleibt.

ZILCH: Also ist es wahr.

OVID: Erzähl mir jetzt bitte nicht, dass die Presse schon darauf angesprungen ist.

ZILCH: Nicht dass ich wüsste. Jemand von hier hat es mir erzählt. Außerdem erinnere ich mich an eine Geschichte von damals, bloß dass ich dachte, das sei in South Carolina gewesen, nicht hier.

OVID: Schon mal etwas von Migration gehört, Zilch? Genau deshalb sind wir beunruhigt.

…

OVID: Bist du noch da, Zilch?

ZILCH: Ja, sorry. Irgendeine Ahnung, wo wir diesen schuppigen Bastard finden?

OVID: Um genau zu sein, hat er keine Schuppen, weil er sehr nahe an stehenden Gewässern und dergleichen bleibt. Man sollte ihn als Amphibienmenschen bezeichnen, das ist akkurater.

ZILCH: Faszinierend. Wo wurde er zuletzt gesehen?

OVID: Moment. Das war in Youngsville in der Gegend von Franklintown. Dort wird zur Erschließung eines neuen Wohngebiets ein Moor trockengelegt. Whispering Pines, so der Name, glaube ich. Jedenfalls haben ein paar Angestellte des ausführenden Unternehmens ihn gesehen. Ich musste auch ein Video sicherstellen, das einer der Männer gemacht hat, während das Ding den Reiskocher eines der Bauarbeiter demoliert hat.

ZILCH: Reiskocher?

OVID: Eine aufgemotzte Karre. Noch nie *The Fast and the Furious* gesehen?

ZILCH: Kann mich nicht entsinnen. Viel Freizeit krieg ich ja nicht, falls du dich erinnerst.

OVID: Egal, hab es gefunden: Whispering Pines an der Traumbucht.

ZILCH: Was, die Lusus ist jetzt in einer Bucht? Du hast doch gemeint, sie bevorzugt Sümpfe.

OVID: Das ist doch nur der Name dieses Neubaugebiets. Tannen wachsen dort übrigens auch nicht, sondern nur Weiden und Katzenschwanz. Lustig.

ZILCH: Zum Schreien. Warte, kann es sein, dass du Old Man Weatherly's Bog meinst?

OVID: Ganz genau. So hieß das Land, bevor es aufgekauft wurde. Siehst du? Dass du dort bist, hat durchaus seine Bewandtnis, Zilch. Du kennst dich aus.

ZILCH: Ja, fantastisch.

OVID: Bitte denk daran, dich an die Regeln zu halten, sobald du die Lusus naturae unschädlich gemacht hast: vor festgelegter Sprungzeit jegliche Spuren beseitigen und in das Grab der zugewiesenen Hülle zurückkehren. Falls du sie nicht davon überzeugen kannst, damit aufzuhören, Menschen auf sich aufmerksam zu machen und anderer Eigentum zu beschädigen, muss sie neutralisiert und eine Probe von ihr entnommen werden.

ZILCH: Ja, ja, ja. Den Kadaver verbrennen, die Asche zerstreuen und die Hülle dorthin zurücklegen, wo ich hineingeraten bin, die Probe nicht vergessen. Ich weiß. Bis bald, Ovid.

OVID: Stopp, noch etwas, Zilch. Der Beckett-Prozess scheint nicht glattgegangen zu sein. Hast du starken Husten?

ZILCH: Kann man so sagen.

Eigentlich verstört er schon die ganze Zeit, seitdem er sich hingesetzt hat, die vielen Pornofreaks ringsum mit seinem pausenlosen Gekeuche. Der Betreiber sieht aus, als ob er ihn gleich rausschmeißen würde. Zilch duckt sich wieder hinter seinen Monitor und wartet gespannt darauf, was sein Betreuer als Nächstes schreibt.

OVID: Schäden an den Nanobugs werden mir auch angezeigt. Erhebliche Schäden. Zilch, du hast fast drei Viertel deines Bestands erschöpft, dabei bist du erst seit vier Stunden dort. Was um alles in der Welt hast du getrieben?

ZILCH: Ich wurde von einem Auto angefahren, okay? »Der König braucht viele Pferde und Mannen, sonst kriegt er Humpty Dumpty nicht mehr zusammen.« Bleib locker.

OVID: Du weißt, was das bedeutet, oder?

ZILCH: Lass mich raten … Wir müssen mit der heißen Nadel stricken?

OVID: Schaffst du es in drei Tagen? Ich sehe ein, dass du an den Leistungen unserer besten Agenten nicht einmal kratzt, aber das müsstest selbst du hinkriegen. Montag, zehn Uhr, klingt das machbar für dich? Ansonsten wirst du so starke Schmerzen bekommen, dass du nicht einmal mehr gehen kannst, falls die Lusus Widerstand leistet.

ZILCH: Ich schnappe mir euren Froschmann, keine Bange. Drei Tage, was auch immer. Bye.

OVID: Keine weiteren Fragen? Du bekommst nur eine Chatsitzung, Zilch.

ZILCH: Na gut. Ich wollte es nicht anschneiden, weil es im Grunde bei jedem zweiten dieser kleinen Ausflüge passiert, die ich machen muss, aber erklär mir eines: Ist sie es wirklich, oder steckt ihr dahinter? Ich hab nämlich darüber nachgedacht, und obwohl es nach ihr aussieht, muss sie es nicht tatsächlich sein. Da ihr mich ja – du weißt schon – mit diesen bescheuerten Roboterkäfern heruntergeschickt habt, sollte es für euch auch nicht allzu schwierig sein, meine Augen auszutricksen.

OVID: Worauf spielst du an?

ZILCH: Das weißt du ganz genau. Jane Ellsburg. Jedes Mal, wenn ich abgebrannt bin, gibt sie mir genau so viel Geld, wie ich brauche. Ich mag drauf und dran sein, den Löffel abzugeben – und manchmal passiert's auch –, und dagegen tut sie nie etwas, doch wann immer mir Kohle fehlt, ist Jane auf einmal zur Stelle.

OVID: Ich weiß ehrlich gesagt nicht, was du meinst, Zilch. Vielleicht bleibst du besser mal eine Zeit lang aus der Sonne.

Der Spießer steht von seinem Hocker auf, als sein Kunde mit einer Faust auf den Tisch schlägt, und kommt herüber. Zilch tippt weiter. Hastig.

ZILCH: Tut ihr das nur, um mich durcheinanderzubringen? Oder damit ich in der Spur bleibe? Oder aus welchem Grund sonst?

OVID: Sie ist tot, Zilch.

ZILCH: So schlau, das zu wissen, bin ich auch, Arschloch. Ich meine nur ... Ist sie wie ich, also arbeitet sie für euch? Oder hat sie es auf die nächsthöhere ... Daseinsebene, Sphäre, was auch immer geschafft?

OVID: Ich denke, darüber sollten wir jetzt nicht diskutieren, während du einen öffentlichen Internetanschluss benutzt.

ZILCH: Du bringst nicht mal eine klare Antwort zustande.

OVID: ...

ZILCH: Mut zur Lücke, was? Blödmann. Aber okay, das zeigt zumindest, wie wenig ich euch bedeute. Also, damit du's weißt: Ihr könnt mich genauso kreuzweise. Bis die Tage, doch wenn ich zurückkomme, will ich Antworten auf meine Fragen. Ihr könnt das nicht ewig mit mir machen.

ZILCH ist jetzt offline.

Chatende: 13:35 Uhr

KAPITEL 8

Galavance simst ihrem Jolby zurück, dass sie nicht kommen kann, bis ihre Schicht vorbei ist. Er antwortet, sie hätte früher dauernd blaugemacht, die Arbeit früher verlassen, um sich gemeinsam mit ihm zu betrinken und übers Wochenende nach Wilmington zu fahren. Dies wieder zu tun lehnt sie in einer weiteren Nachricht mit dem Hinweis ab, es gehe nicht mehr, jemand müsse Geld verdienen, er oder sie. Daraufhin behauptet Jolby, *er* habe bald welches. Sie wirft ihm vor, das sei Unsinn, da gibt er nach, und die folgende SMS hat nichts mehr mit diesem Streit zu tun: »Bitte komm einfach und hol mich raus«, fleht er.

Sie erschließt sich alles Weitere aus seinem bruchstückhaften, zusammenhanglosen Text: »Die nehmen mir bald mein Handy weg. Dann werde ich abgefertigt. Es ist Freitag, und wenn du mich nicht vor sechs freikaufst, muss ich übers Wochenende im Knast bleiben. Komm schon, Schatz, ich brauch dich.«

Sie tippt eine Antwort ein, die besagt: »Tut mir leid, ich kann nicht. Ich muss die Schicht bis zum Schluss durchzuziehen. Du musst dann einfach übers Wochenende im Gefängnis bleiben. Vielleicht überlegst es dir bei der nächsten Gelegenheit anders, statt Gras für Chev und dich zu besorgen.«

Mit dem Daumen über dem »Senden«-Button hält sie inne.

Sie fasst dies als ihre Trennung auf. Den letzten Tropfen ins überlaufende Fass. In Gedanken kehrt sie in ihren Trailer zurück, packt ihre Siebensachen und stößt schließlich auf seine Bremsspurenunterwäsche, betrachtet sie hoffnungslos und sieht sie mit anderen Augen. Sie wird sich nicht mehr sagen: »Jesus, mein Freund ist ein dummes, großes Kind, das sich nicht mal den Arsch abwischen kann«, sondern fragen: »Wo soll ich jetzt bloß unterkommen? Na ja, vielleicht ist er doch nicht *so* übel. Mal schauen, ich hol meine Zahnbürste. Wäre doch gelacht, wenn ich den Scheißefleck nicht im Nu rauskriegen würde.«

Sich dies einzugestehen tut weh: Die Vorstellung, mit ihm Schluss zu machen, bereitet ihr ein schlechtes Gefühl, nur weil sie daraufhin wieder bei ihren – Gott behüte – Eltern einziehen müsste.

Sie löscht den Text. »Na gut«, tippt sie stattdessen. »Ich schleiche mich früher raus.«

»Tausend Dank, Baby. Liebe dich.«

»Ja.«

Patty kommt auf den Tisch zu und erwischt sie fast mit dem Handy. Galavance lässt es geschwind wie eine Zauberin in ihren Ärmel rutschen und lächelt, während sich die Regionalleiterin nähert.

»Alle gefüllt?«, fragte Patty.

»Jepp, bis zum letzten«, bestätigt Galavance, indem sie die Alu-Tülle am Salzbehälter zuklappt.

»Wunderbar. Wir kosten hinten einige unserer neuen Menüangebote. Ich habe die Karten mit den Rezepten selbst erst letzte Woche bekommen, wirklich spannende Gerichte. Möchten Sie mitkommen und auch probieren?«

Jetzt ist sie auf einmal eine Seele von Mensch, wieso bloß? Hat ihr *Che-suus* im Kühlhaus den Schritt mit seinem Schnurrbart gebürstet?

»Gern«, antwortet die Angestellte.

Während sie Patty folgt, stellt sie unweigerlich fest, dass der Hintern der Frau breiter ist als ihre Schultern. Als sie die Küche betreten, steht dort der Edelstahleinsatz eines Warmhaltebehälters, in dem noch zwei halbierte grüne Paprika übrig geblieben sind. Ihre Füllung ist offensichtlich angebrannt, grüne Oliven mit weißen Bröseln und irgendetwas Undefinierbarem.

Die anderen stehen herum und essen, doch es scheint niemandem zu schmecken. Die Küchenhilfen kauen artig, die Bedienungen sind alle auf »dreißig Kalorien pro Tag«-Diät und mümmeln, als wären sie ohne Proviant auf einem Berggipfel gestrandet und müssten sich nun am Ohr ihres besten Freundes gütlich tun. Patty hingegen gönnt sich einen dritten Nachschlag und nickt auffordernd, damit Galavance die letzte Schote nimmt.

Das Mädchen will gerade fragen, was das sei, doch die Leiterin erklärt es von selbst, als würde sie die Skepsis spüren. Das Ding auf dem Blech sieht selbst für Frenchy's unappetitlich aus.

»Grüne Paprika mit einer Füllung aus Knoblauch, Croûtons, Blutwurst und Ziegenkäse. Das kulinarische Inspirationsteam in unserer Firmenzentrale hat sie *Poivrons farcis* getauft.« Patty bemüht sich um eine französische Sprachmelodie, bloß dass ihr unvermeidbarer Akzent durchschimmert, der nach Südstaaten-Schmutz klingt (und damit sind beispielsweise Louisiana oder Alabama gemeint). Darum hört es sich nach einem Stotternden an, der versucht, einschmeichelnd daherzureden. Davon abgesehen hatte Galavance in der Highschool Französischunterricht – wenn auch nur aus dem Grund, um ihren Abschluss ein Jahr früher zu machen – und weiß, dass der Name jeder »Kreation« des kulinarischen Inspirationsteams von Frenchy's eins zu eins aus der amerikanischen Standardrezeptsammlung *The Joy of Cooking* ins Französische übersetzt wurde. *Poivrons farcis* sind auch wortwörtlich gefüllte Paprikaschoten.

Allerdings kennt sie sich nicht so gut in der französischen Küche aus, als dass sie wüsste, ob dieses Gericht so ähnlich schmecken soll wie eine geschmolzene Wandverkleidung aus Vinyl. Das tut es jedenfalls, und als sie nach dem Kosten zum Rest von Frenchy's Belegschaft schaut, stellt sie fest, dass sich alle darum bemühen, keine angewiderte Grimasse zu schneiden. *Das schmeckt, wie eine ausgebrannte Meth-Küche stinken muss, und so was will ich nicht in meinem Mund.*

»Also, wie finden Sie es?«, fragt Patty in die Runde, ehe ihr etwas einzufallen scheint. Sie brummt »Mm!«, wirft die Arme hoch und stürzt zu ihrem Rollkoffer. Nachdem sie ihre gefüllte

Schote behutsam auf eine Serviette gelegt hat, blättert sie in einer Dokumentenmappe, zieht einen Stoß Blätter heraus und verteilt sie. Es handelt sich um einen Bogen zur Bewertung des *Dings*, das sie gerade verzehrt haben.

»Füllen Sie das bitte alle aus, wenn Sie fertig sind, und geben Sie es mir zurück. Denken Sie aber daran, dass die Mitarbeiter des kulinarischen Inspirationsteams zu Ihren Kollegen zählen und auch Gefühle haben, also seien Sie nicht zu kritisch.« *Das musst ausgerechnet du sagen …*

Da man keinen Namen angeben muss, kann Galavance ihre Meinung anonym kundtun und nutzt die Möglichkeit auch. Als Unterlage zum Schreiben benutzt sie die Theke, an der ihr Chefkoch für gewöhnlich Zutaten vorbereitet, und übt angemessen vernichtende Kritik an der »Neuschöpfung« der Arbeitsgruppe. Dabei geht sie sogar so weit, den Geschmack der *Poivrons farcis* mit jenem zu vergleichen, den eine gegarte Otter-Nachgeburt ihrer Auffassung zufolge haben mag. Als Patty das Haarnetz einer Küchenhilfe zurechtrückt und sichtlich abgelenkt ist, begreift Galavance dies als Chance, ihren Bogen verstohlen neben Pattys Tasche zu legen, und verdünnisiert sich, indem sie mit eingezogenem Kopf zurück ins Lokal geht. Sie kann sich nicht genau erklären, warum sie sich dazu genötigt sah, ihr völlig fremde Mitarbeiter derart herunterzuputzen, ist aber überzeugt davon, dass sie sich nach diesem außerordentlich anstrengenden – nein, von Anfang bis Ende beschissenen – Morgen ein bisschen Spaß der spitzbübischen, wenn auch bösartigen Art erlauben darf.

Noch etwa eine Stunde vergeht, bevor die Regionalleiterin aufbricht und ihr Gepäck hinter sich herzieht wie ein fettes Kind einen Bollerwagen. Galavance geht zum Fenster, weil ihr, kaum dass sie das Bewertungsblatt abgab, in den Sinn kam, Patty könne sich kurz Zeit nehmen, die Kritiken in ihrem Wagen zu überfliegen. Jetzt quält sich die Frau mit ihrem umfangreichen Leib und flucht, so wie es aussieht, während sie sich in ihren Viertürer zwängt. Gleich darauf fährt sie mit laut aufgedrehtem Country Pop aus dem Radio los.

»Auf Nimmerwiedersehen, Zimtzicke«, flüstert Galavance, damit keiner der Kunden, die ringsum sitzen, sie hört. Zugegeben, das war kein sonderlich einfallsreicher Spruch, doch es zu sagen hat gutgetan.

Sie dreht sich zur Seite, um dem Auto frohen Mutes hinterherzuschauen, während Patty vom Parkplatz abbiegt und sich entfernt. Ihr Blick fällt auf ihren eigenen Wagen, auf dessen Motorhaube Zilch sitzt und zwischen seinen Zähnen pult.

Sie reißt die Augen auf. *Der schon wieder!*

Nachdem sie in die Küche zurückgekehrt ist, verschnürt sie einen Müllsack und trägt ihn durch die Hintertür zum Abfalleimer, ihr Vorwand zum Verlassen des Gebäudes.

Als sie die Tür aufreißt, verkneift sie es sich, müde zu stöhnen, da ihr die Hitze entgegenweht wie eine radioaktive Staubwolke. Sie hält den Sack seitlich und nähert sich dem Mann auf ihrer Motorhaube.

»Was willst du hier?«, fragt sie mit einer Hand über den Augen, da anscheinend alle Windschutzscheiben in der Umgebung das Sonnenlicht in ihr Gesicht reflektieren. Bisher hatte sie gehofft, er bleibe nur eine flüchtige Begegnung, an die sie gelegentlich mit einem Lächeln zurückdenkt, und lediglich die zerbeulte Vorderseite ihres Chevrolet würde sie an ihn erinnern. Erst Patty, dann Jolbys SMS, und jetzt ist auch ihre kurzzeitige Erleichterung darüber, dass ihre Vorgesetzte von dannen gezogen ist, wieder vorbei. Das nervt. *Nicht noch mehr Stress heute, bitte.*

»Freut mich auch, dich wiederzusehen«, entgegnet Zilch, der offensichtlich bequem auf dem Cavalier sitzt. Er verweist auf die Haube. »Nennst du das einen Reiskocher?«

»Ihn zu tunen war allein die Idee meines Freundes«, sagt sie.

»Liegt das jetzt im Trend, Autos quietschbunt zu lackieren?«

»Mir ist im Grunde egal, wie die Karre aussieht. Die Arbeit daran gab Jolby wenigstens was zu tun.«, plappert sie schnell.

Gab, Vergangenheitsform. »Was willst du hier? Ich hab dich mit zum Einkaufszentrum genommen, und das ist es.« Sie zeigt darauf. »Was also noch?«

Er sieht sie missfällig an. Seine Augen sind dunkelgrau. »Meine Fresse, wer hat dir bloß in die Cornflakes gespuckt, Mädchen.«

»Ich bin heute mit dem falschen Fuß aufgestanden.« Sie hält sich eine Faust an die Stirn. »Sag doch einfach, was du willst, dann geh ich wieder rein. Eigentlich sollte ich während meiner Schicht nicht beim Quatschen mit irgendeinem Typen hier draußen gesehen werden.«

»Wo liegt das Problem? Deine Chefin ist doch abgerückt, oder? Die Lady, die vor 'ner Minute rauskam und aus welchem Grund auch immer geschimpft hat wie ein Rohrspatz.«

»Das war unsere Regionalleiterin Patty. Ist aber auch egal. Noch mehr Gerüchte und Tratsch über mich kann ich echt nicht mehr ertragen. Ich gelte schon als Nutte, die die Krätze und ein Baby von ihrem Vater hat.« Kurz fällt ihr die erste Schmiererei ein, die ihr gewidmet war. Sie hat sie nach ihrer Beförderung zur Bedienungsaufseherin auf der Toilette gesehen, geschrieben mit Kajalstift an eine Wand: *Galavance hat schon mehr Schwänze weggesteckt als ein Profiboxer Schläge.* Guter Vergleich, das musste sie den Lästerern lassen.

»Du hast dich von deinem Herrn Papa schwängern lassen? Schäm dich.«

»Genau das meine ich, die Gerüchteküche, Mensch. *Wie* dem auch sei …« Sie betont das erste Wort und winkt Zilch hinter sich her.

»*Wie* es der Zufall will, suche ich wieder eine Mitfahrgelegenheit.« Die Bitte scheint ihm unangenehm zu sein, aber er wirkt verzweifelt, und zwar nicht nur wegen seiner schmutzigen Kleider und weil ihm die Haare ins Gesicht hängen, sondern allein schon aufgrund seines Tonfalls in der zweiten Satzhälfte. Er klingt, als ob er bäuchlings über glühende Kohlen rutschen würde. Galavance empfindet aber kaum Mitleid, denn was Kerle angeht, die ihre Hilfe brauchen, ist das Maß an diesem Nachmittag schon voll.

»Bedaure, Kumpel, ich kann dich nicht mitnehmen, denn ich muss zusehen, dass ich zur Polizeistelle Franklintown komme, bevor sie fürs Wochenende dichtmacht, und eine Kaution für meinen Freund hinterlege.« Sie grinst gekünstelt breit.

»Jolby sitzt im Knast?«, fragte Zilch verwundert.

»Jepp, war fast abzusehen.« Sie nimmt den Müllsack in die andere Hand, weil der Knoten vor Schweiß glitschig wird.

Er lacht leise vor sich hin. »Erinnere mich daran, dass ich dir zu Weihnachten einen Laster voller Kondome zukommen lasse, nicht nur als Geschenk für dich, sondern aus Sorge um die Zukunft der Menschheit. Denk daran, deinem Macker zwei überzustülpen, sonst siegt die katholische Kirche am Ende.« Zilch zwinkert.

»Bittet man jemanden so um einen Gefallen? Fick dich ins Knie!«

»Hab ich vorhin versucht, aber da das gerade eine Absage war, kann ich Scheiße labern, wie ich will.«

»Wohin musst du denn?«, seufzt Galavance.

»Hm, jetzt verstehe ich, warum Jolby dich so gern hat. Ich wollte sowieso nach Franklintown, also ist es kein Umweg für dich. Machen wir's einfach genauso wie heute Morgen: Du bekommst Gesellschaft, und ich lande dort, wo ich hin muss. Sag mal, hast du was zu essen?«

»Na gut«, sagt sie und fügt abweisend hinzu: »Du kannst mit reinkommen, vielleicht findet sich etwas zum Mitnehmen auf der Speisekarte, das nicht völlig ungenießbar ist.«

»Ich hab eigentlich gar kein Geld. Mir ist alles recht, was du wegwerfen wolltest, ganz gleich.« Er bezieht sich nickend auf den Sack in ihrer Hand.

»Essensreste?«, fragte sie und rümpft die Nase.

»In meiner Branche muss man sich daran gewöhnen, von Zeit zu Zeit zu leben wie ein Landstreicher.« Er betrachtet den Sack. »Ich geh jetzt mal davon aus, weil es erst kurz nach zwei ist und die Tüte nicht voll aussieht, steckt vielleicht noch was einigermaßen Frisches drin.«

Sie zieht den Knoten auf und öffnet den Sack zögerlich. Sogleich riecht es wieder nach den gefüllten Paprika beziehungsweise verbranntem Kunststoff. Galavance kommt nicht umhin, zu husten, und hält Zilch den Müll mit ausgestreckten Armen hin. »Bedien dich«, fordert sie ihn auf.

Während er in der Tüte wühlt, äußert sie versehentlich laut, was sie denkt: »Ich dachte, du wärst ein Zombie oder so.«

»Die lassen mich den Beckett machen«, deutet er geistesabwesend an. Einen Arm hat er bis zum Ellbogen in den Sack gesteckt und wühlt herum. Als er die Hand einmal ungewollt zu weit schwenkt, streift das Plastik Galavances Bauch. Er tut so, als sei es ihm nicht aufgefallen, zieht den Arm aber dennoch zurück und steckt ihn tiefer hinein, um hier und dort am Boden zu tasten, wobei er ununterbrochen konzentriert hineinschaut.

Sie schließt ihre Augen, was ihr irgendwie dabei hilft, den Gestank von ihrer Nase fernzuhalten.

»Wie lange denn noch?« Galavance erkennt, dass er etwas gefunden hat, auch weil er mit dem Stöbern und Ziehen aufgehört hat. Beim Begutachten seiner Beute nickt er, also schließt und verknotet sie den Sack rasch wieder.

Er faltet eine Serviette auf. Darin verbirgt sich die eine gefüllte Schote.

»Äh, ich würde dir nicht raten, das zu essen …«

Er sagt nichts, sondern schaut nur über die Paprika hinweg auf Galavance, ziert sich aber offensichtlich davor, einen Bissen zu nehmen, oder wartet bewusst, um den Genuss hinauszuzögern, wie es manche zu tun pflegen. Sie ekelt sich an seiner Stelle, als er schließlich zubeißt und zu kauen beginnt. Binnen Sekunden verzieht er das Gesicht. Dann starrt er den Rest des grünen Gemüses an, als habe es gerade einen zotigen Witz erzählt und er gehöre zu dem Schlag Mensch, der sich darüber echauffiert. »Das schmeckt absolut widerwärtig. Ist das auf deinem Mist gewachsen?«

»Nein.« Dass er so etwas unterstellt, kränkt sie ein wenig.

»Es ist nämlich übel, und damit meine ich: grässlich.«

»Da sagst du mir nichts Neues.«

»Kann es sein, dass euer Küchenchef nicht der Hellste ist? Müsst ihr ihn behalten, um irgendwelche Steuerabschreibungen machen zu können?«

»Um ehrlich zu sein, stammen alle Rezepte aus der Firmenzentrale – vom ›kulinarischen Inspirationsteam‹.« Sie macht mit ihren Zeigefingern Gänsefüßchen in der Luft.

»Euer kulinarisches Inspirationsteam kennt zweifellos kein anderes Gewürz als Knoblauchsalz. Die kleinen dunklen Brocken hier ... Sag mir bitte, dass das keine Blutwurst ist.«

»Doch«, bestätigt sie. »Schließlich hat sich der Betrieb auf französischen Fraß spezialisiert.«

Zilch schaut argwöhnisch auf den Sack, nachdem er den gastronomischen Albtraum wieder hineingeworfen hat, als befürchte er, das Zeug könne sich durch das schwarze Plastik ätzen. »Meine Empfehlung: Lasst die Blutwurst weg, und füllt das Ding nicht mit zerkochter Quinoa oder was das sonst sein mag, sondern mit Croûtons, eventuell auch ein wenig Dill.« Er überlegt kurz. »Wenn ich genauer darüber nachdenke, ist frisches Basilikum sogar noch besser, denn es betont die natürliche Süße der Paprika zusätzlich. Doch, dann dürfte es schmecken, jedenfalls besser als *das*.«

Galavance ist verdutzt. »Was zur Hölle bist du?«

Er spuckt etwas aus. »Können wir jetzt?«

»Ja.«

»Gut, denn die Antwort darauf, was zur Hölle ich bin, bietet sich für eine lange Fahrt an.«

KAPITEL 9

»Ich bin am heißesten Tag 1965, dem 21. Juli, in einer Badewanne in einem Motel außerhalb von Durham auf die Welt gekommen. Meine Eltern waren Hippies, daher die Wassergeburt. Sie hatten sich gerade zu einer Demonstration aufgemacht und die Stadt kaum verlassen, als sie haltmachen mussten. Weil sie Ärzten nicht trauten, geschweige denn Krankenhäusern, steuerten sie das nächstbeste Motel 6 an, das sie finden konnten, und … tja, auf einmal bin ich da – oder *war* da. So. Eben. Irgendwie.

Ist aber auch gehupft wie gesprungen. Ich hatte eine gewöhnliche Kindheit, keine besonderen Vorkommnisse. Als meine Großeltern zu Besuch kamen, die beide gebürtige Südstaatler waren, entdeckte ich die dortige Küche. Bei meinen Alten bekam ich in erster Linie Tofu, Joghurt, Vogelfutter und ähnlichen Dreck. Ich meine, das ist alles insofern schön und gut, als es einen am Leben hält, doch von einem Fest für die Geschmacksknospen kann keine Rede sein, und als ich zum ersten Mal die selbst gemachte Grillsoße meines Großvaters probierte, dachte ich ernsthaft: Dann bin ich eben für den Rest meines Lebens fett. Ich hätte sie am liebsten über alles gekippt. Er hat uns jeden Sommer besucht und mir was davon mitgebracht – in einem dieser großen Einweckgläser. *Eine* Woche, dann war das Zeug weg.

Als ich mich eingehender mit Kochen und Braten beschäftigte, habe ich gelernt, wie man diese Soße sinnvoll einsetzt, statt Lebensmittel einfach darin zu ertränken. Meinen Eltern hat es nichts ausgemacht, dass ich Fleisch gegessen habe, allerdings musste ich es selbst zubereiten. Sie haben mir Steaks und einen Sack Kohle gekauft, damit durfte ich an den Grill. Während die meisten Jungs in dem Alter beim Playboy Stielaugen kriegen, habe ich mich an doppelseitigen Fotos in Rezeptzeitschriften und den Kochbüchern von Paul Prudhomme nicht sattsehen können.

Nach der Highschool bin ich auf die Kochschule gegangen, aber der einzige Unterschied zwischen dieser und einem normalen College besteht faktisch darin, dass wirklich *jeder* Studienanfänger zunimmt. Das Drumherum ist das Gleiche: Abstecher ins Warme während der Frühlingsferien, ein paar Besäufnisse, das eine oder andere ›Experiment‹ und so weiter – mit Drogen meine ich, nicht sexuell. Daran gibt es zwar nichts auszusetzen, aber du weißt schon, worauf ich hinauswill.

Ich habe ein Mädchen kennengelernt, das ein paar Semester über mir war, und mich heillos verliebt, wie es halt oft passiert, wenn man auf dem College ist. Unheimlich toll, dieses Mädchen. Nein, falsches Wort: Frau. Sie war eine richtige *Frau* – klug, humorvoll mit einer Schwäche für Spaghetti-Western und Baseball. Ich dachte, mit ihr hätte ich voll ins Schwarze getroffen. Wir sind zusammengezogen und haben wie viele junge Leute, die zum ersten Mal auf eigenen Füßen stehen, die Vorzüge von Kreditkarten entdeckt. Wenn du meinen Rat dazu hören willst: Zerreiß jedes Angebot, das du in deinem Briefkasten findest. Lange Rede, kurzer Sinn: Ich habe uns in eine finanzielle Notlage gebracht.

Als ich die Schule schmeißen wollte, war Jane – so hieß sie – dagegen. Sie hatte ihren Abschluss schon in der Tasche und fand, dass ich es bis zum Ende durchziehen sollte.« Er hält inne. »Na ja, sei's drum, einen Berg Rechnungen bezahlen zu müssen, während man sich zum Koch ausbilden lässt, ist arg teuer, und …«

»Was ist dann geschehen? Hast du dir Geld von irgendwelchen zwielichtigen Typen geliehen und dich von ihnen umbringen lassen?«

Zilch lacht, weil sein Gedankenfluss nur kurz ins Stocken geraten war. »Nichts da, ich wurde von einem Minivan überfahren, kannst du dir das vorstellen? Andererseits habe ich die rote Fußgängerampel wohl vor lauter Grübeln übersehen, also stimmt es doch: Es war nicht *meine* Schuld, wenn du mich fragst. Man musste mich vom Asphalt kratzen.

Bevor ich dann … die nächste Runde gedreht habe, wenn du verstehst, was ich meine, wurde ich als ›moralisch bankrott‹ abgestempelt, bekam aber, weil ich als Mensch nicht völlig gescheitert war, niemanden vergewaltigt, anderweitig belästigt oder getötet hatte – Schulterklopfer dafür, bitte –, so eine Art Strafaufschub unter der Aufsicht der Confab.«

»Moment, wie ging es mit der Freundin weiter, die du erwähnt …«

Er fällt ihr schnell ins Wort: »Zunächst ist mir die Arbeit für die Confab so leicht gefallen wie einem Beinlosen das Fahrradfahren. Ich habe jeden ihrer Aufträge vermasselt. Wenn ich diese oder jene *Lusus naturae* einfangen sollte, ist es letztlich darauf hinausgelaufen, dass ich es erst beim zweiten oder dritten Anlauf geschafft habe. Die Viecher haben mich immerzu mit verblüffender Leichtigkeit plattgemacht.

Nach und nach habe ich begriffen, dass ich meine Fähigkeiten nutzen muss. Ich wusste kaum was vom Monsterjagen, also dachte ich: Warum setzt du nicht deine Kochkünste ein? Jedes Lebewesen muss Nahrung zu sich nehmen. Dass diese Ungeheuer, auf die ich angesetzt werde, nicht aus Fleisch und Blut bestehen, kommt selten vor, und alles aus Fleisch und Blut muss essen, richtig? Finde von Fall zu Fall heraus, was die Katzenminze ist, dann kannst du die Katze schnappen.«

»Wie zum Beispiel?«

»Also, Schneemenschen lieben Erdnusskrokant, eine Banshee kriegt nie genug von Rosinen, und der Chupacabra – wen wundert's? – steht total auf Ziegen, ironischerweise vor allem in Butter statt Olivenöl angebraten. Ein bisschen unnützes Wissen für dich.

Leider bin ich so gestrickt, dass mir schnell langweilig wird. Als ich noch lebte, habe ich es nie länger als ein Jahr ausgehalten, wenn ich irgendwo gejobbt habe, sei es in einem Restaurant oder bei einem Catering-Service. Darum habe ich ein paarmal versucht, einfach abzuhauen, doch dann haben sie mich rausgeholt. Klappe zu, Affe tot. Zurück blieb nur eine Leiche, an der nichts darauf schließen ließ, dass ich je in ihr gesteckt hatte. Man könnte Satanisten dafür verantwortlich machen. Grabschändung für schwarze Rituale oder so. Keine Spuren.

Schlussendlich habe ich eingesehen, dass ich der Verpflichtung nicht entkommen und mich deshalb ebenso gut ins Zeug legen kann, um das Beste daraus zu machen. Klar, von Zeit zu Zeit vergeige ich's immer noch und lasse mich manchmal zu einem weiteren Fluchtversuch hinreißen, einfach damit die Confab auf Zack bleibt, bemühe mich aber im Großen und Ganzen schon, so gut ich kann.« Er schmunzelt. »Davon abgesehen, was soll ich sonst machen?«

»Schneemenschen? Banshees?« Galavance hat beide Hände aufs Lenkrad gelegt. Zilch weiß nach diesem Morgen, dass sie hoch konzentriert ist, wenn sie so fährt. Weil der Feierabendverkehr erst in ein paar Stunden anfängt, braucht er sich weniger Sorgen darum zu machen, sie könne jeden Augenblick ausrasten. Das geschieht jedoch nicht, denn sie tut sich lediglich schwer damit, das Gesagte zu verarbeiten. Zilch erinnert sich daran, wie er sich fast in die Hose gemacht hat, als man ihm mitteilte, er müsse Yetis, Monsterkraken, dreiköpfigen Hunden, Pilzmutanten, Dämonen, hautlosen Kletten und weiß der Teufel wem sonst nicht nur die Stirn bieten, sondern sie *jagen*. Galavance trägt es hingegen mit Fassung und nickt sogar. Auch wenn sie ihre Brauen derart zusammengezogen hat, dass sie bestimmt fast nichts mehr sehen kann, verkraftet sie es anscheinend ganz gut.

»Warum … Genauer gesagt, aus welchem Grund …«

Das war sie also, die große Offenbarung. Der Bruch des strengsten Verbots, das die Confab verhängt hat. Nach der Nummer jedoch, die Ovid mit Jane bei Zilch abgezogen hat, und weil er sich hinterher nicht auf das Thema einlassen wollte, können ihn seine Auftraggeber am Arsch lecken.

»Es steht ihnen frei: Entweder töte ich sie, oder sie lassen sich fangen und dort hinbringen, wo sie kein solches Aufsehen erregen. Das ist so etwas wie Zwangsumsiedlung. Ich denke dabei immer an Herrchen und Frauchen, die ihren Wauwau mit in den Park nehmen, wo er mit vielen anderen Wauwaus spielen kann, aber das ist nur meine Theorie.«

»Du weißt also nicht genau, was aus ihnen wird?«

»Sag es ruhig, falls du den Witz schon kennst, aber die Confab behandelt mich wie einen Champignon: Ich werde im Dunkeln gehalten und mit Mist gefüttert.«

»Aber die Ungeheuer … So nennt ihr die Wesen doch, nicht wahr?«

»*Lusus naturae.*«

»Okay, also diese *Lusus*-Wesen, warum dürfen die Menschen nichts über sie erfahren? Warum die Geheimnistuerei?«

»Soweit man es mir erklärt hat – und denk daran, ich bin ein Champignon –, tauchen die Viecher wie aus dem Nichts auf. Auf sie lässt sich die Champignon-Metapher auch münzen, denn sie wissen im Grund nicht, woher sie kommen oder wie sie überhaupt entstanden sind, gar nichts. Die Confab will nicht, dass die normalen Leute von den *Lusus* hören, weil … na ja, als ich meinen ersten Dämonen sah, wurde ich fast bekloppt. Ehrlich, und ich habe zu *Lebzeiten* einige schreckliche Dinge gesehen, also kaum auszudenken, wie es sich auf breiter Ebene auswirken würde.« Er holt tief Luft. »Denk nur an deinen Großvater. Immerhin bist du hier aus der Gegend und eine Weiße, weshalb ich damit rechne, dass sich deine Angehörigen nicht großartig von meinen unterscheiden, sondern niemanden mögen, der eine andere Hautfarbe hat.«

Galavance macht einen leicht beschämten Eindruck, nickt aber zaghaft.

»Jetzt stell dir vor, was passiert, wenn du einen Schwarzen zum Weihnachtsessen mitbringen würdest. Oma und Opa sind gekommen, alle haben sich feingemacht und so weiter, doch du marschierst mit einem Dunkelhäutigen hinein. Gut? Jetzt kannst du dir denken, wie dein Großvater reagiert, der zwar lieb, aber ein verkappter Rassist ist. Du verstehst schon, oder? Ruf dir den Mann vor Augen, der wie jeder Mensch auf der Welt in streng geordneten Bahnen denkt, und dann den Schwarzen, so gern du ihn auch hast, als Monster mit Krallen und Insektenaugen, einem sehnigen Körper sowie einem Knochenschwanz mit Stachelspitze.«

»Jesus«, stöhnt Galavance, die offensichtlich genau sehen kann, was Zilch ihrer Fantasie vorgibt.

»Genau, aus dem Grund lässt die Confab nicht zu, dass irgendjemand Wind davon kriegt. Mag sein, dass es eine Handvoll verständnisvoller Menschen dort draußen gibt, die damit klarkämen, doch die Mehrheit würde sich wie Hinterwäldler verhalten, wenn so jemand in ihr Haus käme. Der erste Gedanke wäre: Wo ist die Flinte, und wie schnell kann ich sie mir greifen? Das ist insofern eine Schande, als *Lusus naturae* keiner Fliege was zuleide tun wollen. Sie begreifen nicht, was sie hier verloren haben, und wollen einfach nur in Ruhe gelassen werden.«

»Das ist mir sogar wirklich mal passiert«, erwidert Galavance.

»Welcher Teil jetzt?«

»Ich habe einen Schwarzen zum Abendessen mit meiner Familie eingeladen, bloß dass es an Ostern war. Auf der Highschool hatte ich einen guten Freund, der nicht aus der Region kam, sondern Austauschstudent war und … Also, am Esstisch herrschte Totenstille, ich sag's dir.«

»Daran hat keiner direkt schuld«, entgegnet Zilch und weiß zuerst gar nicht, was er damit meint: die stillschweigend geduldete Engstirnigkeit der Menschen oder ihre Neigung, angesichts von Ungeheuern auszuticken. Er denkt, beides lasse sich wahrscheinlich darauf beziehen, was er als Nächstes sagt. »So war's halt schon immer, und ändern wird sich nichts, bis sich jemand vornimmt, etwas daran zu ändern.«

»Das ist scheiße«, murrt Galavance. Sie hängt immer noch ihren Erinnerungen nach, wie es scheint, und ist möglicherweise beunruhigt, nun da sie weiß, dass Monster kein Unsinn sind. Zilch kann es nicht genau bestimmen, sondern nur nickend beipflichten. Jawohl, es ist scheiße. Richtig ätzend.

Sie haben Raleigh verlassen und fahren auf der US-1 durch Wake Forest. Galavance zündet sich eine Zigarette an und schüttelt den Kopf. Sie weiß nicht, mit welcher Frage sie anfangen soll. *Eins nach dem anderen*, denkt sie und streift Asche ab, ehe sie tief durchatmet. Sie bietet ihm wiederholt eine Kippe an, doch er lehnt jedes Mal ab, obwohl er gierig starrt, sobald sie an ihrer eigenen zieht.

»Aber warum diese *Lusus*-Wesen? Warum nicht ... andere schlechte Menschen jagen? Wieso bleiben Serienmörder und Vergewaltiger frei, während ein harmloser Schneemensch sterben muss?«

Das kann Zilch nicht beantworten. Er zuckt bloß mit den Achseln und verspricht, nicht zu vergessen, bei der nächsten Gelegenheit diesbezüglich nachzuhaken.

»Wie funktioniert dieser Beckett-Prozess?«, möchte Galavance daraufhin wissen. Sie beißt sich auf die Zunge, denn ihr würden ohne Weiteres gleich fünfzig, ja hundert weitere Fragen einfallen.

»Die plausibelste Erklärung, die ich kenne, lautet folgendermaßen: Die Confab sucht einen Körper, der nicht einmal mehr viel Fleisch auf den Knochen haben muss, sondern einfach etwas, wo die Nanobugs eindringen können, nachdem sie sich ins Grab gebuddelt haben. Sie bauen ihn wieder auf, was manchmal mehrere Versuche nach sich zieht. Hier, siehst du?«

Zilch knöpft seinen Hemdkragen auf und zeigt Galavance einen stumpfen Metallstab, der direkt über dem Herz aus seiner Brust ragt. Er hat den Durchmesser eines Kugelschreibers und sieht aus wie ein Knopf an einer Maschine. Sie schaut kurz hin und dann wieder auf die Straße, ein bisschen später, als sie es hätte tun sollen. Der Anblick verstört sie zutiefst. Ihre Pobacken schlafen ein, was ihr immer passiert, wenn sie etwas Verstörendes erlebt. Das geschah ihr zum ersten Mal, als sie aus Versehen im Zimmer geblieben ist, während ihre Großtante einen Katheter eingesetzt bekam.

»Du siehst also jedes Mal anders aus?«

»Ja, ich bin eben ich. Bei dem Körper, den ich vorübergehend benutze, handelt es sich nur um ein Gerüst, den Rohbau.« Er lächelt, bevor er das Wort findet, das seines Erachtens am besten passt: »Es sind die Zutaten, und danach wird meine ach so bunte Persönlichkeit eingefügt, ungefähr wie ein E-Mail-Anhang, und siehe da: Zilch tafelfertig, nur noch Wasser rein und umrühren.«

»Und ich habe gedacht, es sei wunders wie zauberhaft. Ich dachte an Voodoopriesterinnen mit Frisuren, die Bühnenhäschen aus Las Vegas neidisch machen würden, zeremonielle Pfeifen und Trommeln, Kugelfischleber, ›Kessel brodelt, Feuer zischt‹, das alles.«

»Je tiefer man in die Materie eindringt, desto mehr verschwimmen die Grenzen zwischen Wissenschaft und Religion. Das Böse und der Teufel, Satan, Luzifer oder wie man ihn sonst nennen mag – das alles sind bloß Begriffe, die man sich ausgedacht hat, um das Unbekannte zu benennen. Wenn du zudem länger überlegst, so wie ich es getan habe, fallen dir andere Bereiche im Leben ein, die uns ziemlich stark beeinflussen und auf den ersten Blick simpel wirken. Sex und menschliche Anziehung lassen sich über die Chemie beziehungsweise Pheromone und Körpersprache erklären. Das Leben auf diesem Planeten entstand nicht durch einen Schöpfungsakt, sondern dank geeigneter Bedingungen: Seiner idealen Entfernung von der Sonne, sodass Wasser nicht zu schnell verdampft und für die Entwicklung günstige Temperaturen vorherrschen, die gleichen eigentlich wie für die Entstehung von Schimmel. Die Erde ist wie eine große Terrakotta-Kugel für Chia-Samen. Genauso könnte man die grundlegende Vorstellung von Zauberei dem Kochen gegenüberstellen. Sie sind ein und dasselbe. Mystizismus und Forschung liegen auf einer Wellenlänge, wenn man weit genug zurück in die Vergangenheit geht.«

»Warte kurz«, lenkt Galavance hörbar skeptisch ein. »Du kommst vom Hundertsten ins Tausendste und vergleichst die

Erde mit etwas, das ich zum Geburtstag meiner Großmutter im Supermarkt kaufen könnte. Dann redest du vom Teufel, also musst du auch an den Himmel denken.«

»Bist du ein ausgesprochen frommer Mensch? Was dieses Thema angeht, muss ich immer vorsichtig sein, wenn ich in den Bible Belt springe.«

Und passend zu dieser Frage fahren sie in diesem Augenblick an einer umgebauten Tankstelle vorbei, die jetzt als Kirche einer kleinen Gemeinde dient. In einem Fenster flackert ein Leuchtschild mit Wackelkontakt, auf dem steht: »Jetzt beten, später spielen. Vergnügen kann warten, die Seele nicht.« Jemand hat eine Jesusfigur aus Keramik an das T von Texaco geschraubt. Unter einer Markise vorm Eingang sitzt an einen Pfosten gekettet ein abgemagerter Collie, der aussieht wie ein Stofftier, und beobachtet den passierenden Wagen mit heraushängender Zunge. Neben ihm steht ein leerer Eiscreme-Eimer – eine Gallone – als Trinknapf, der jedoch kein Wasser mehr enthält. An der Innenwand hat der Höchststand einen kalkweißen Kranz zurückgelassen.

»Eigentlich nicht«, antwortet Galavance. »Sicher, meine Alten haben mich jeden Sonntag in den Gottesdienst geschleift und dergleichen, Mom gelegentlich auch mittwochs zur Andacht, aber ich schätze, dass ich dem nie eine besonders große Bedeutung zugemessen habe. Ist es schlimm, so etwas zuzugeben? Ich hatte aber auch nie einen triftigen Grund, wegen irgendetwas inständig zu beten.«

»Glückspilz«, bemerkt Zilch.

»Und du?«, fragt Galavance. Er weiß nicht, was sie meint, und neigt seinen Kopf ein wenig zur Seite.

»Du sagtest gerade ›Glückspilz‹, als ob du selbst eine üble Zeit durchgemacht hättest oder so«, führt sie weiter aus.

»Nö«, erwidert Zilch. Er saugt seine Wangen ein, sodass sie die Muskeln unterm Fleisch zucken sieht. Damit haben sich schon andere Männer bei ihr verraten, denn es ist typisch für eine schlecht verheimlichte Lüge. »Ist nicht so, dass ich jemals schlimme Verluste oder etwas Ähnliches erlebt habe. Es war einfach ... allgemein dahingesagt, glaube ich.«

»Gut, dann weiter.«

»Weiter womit?«

»Sag mir, ob Gott existiert oder nicht.« Sie packt das Lenkrad wieder auf zehn und zwölf Uhr, während sie sich auf etwas gefasst macht: die Antwort auf die große Frage. Zilch bleibt sie ihr schuldig, also dreht sie ihm den Kopf zu, als die Straße ein Stück weit gerade verläuft. Während er ihren Blick erwidert, gehen seine mattgrauen Augen in ihren Höhlen hin und her wie die Walze einer elektrischen Schreibmaschine. Schließlich halten sie still, und er zieht die Schultern hoch, womit er alles verwirft, was offensichtlich jeden Moment auf einen Schlag durch seinen Mund gesprudelt wäre, das ganze schreckliche Geheimwissen. Er lehnt sich im Beifahrersitz zurück und beobachtet, wie sattgrüne Felder an seinem Türfenster vorbeiziehen.

»Ich hab schon genug gesagt. Außerdem bist du noch jung, und es wäre bedauerlich, wenn du den Rest deines Lebens in völliger Gewissheit verbringen müsstest.«

»Dass du das jetzt gesagt hast, reicht schon«, erwidert Galavance. »Es ist, als würde man fragen, ob jemand noch Jungfrau sei, und von ihm die Antwort bekommen, er äußere sich lieber nicht dazu. Man kann sich die Wahrheit denken, auch wenn es wohl von der betreffenden Person abhängt.«

»Besser gesagt, von ihrem Geschlecht«, berichtigt Zilch und lacht kurz auf. »Kerle behaupten gern, sie hätten ihre Unschuld verloren, gleich nachdem sie aus dem Ei geschlüpft sind, wohingegen die Mädels vorgeben, bis ins Altenheim an ihrer festzuhalten, wo sie dann im Rollstuhl vor einem Erkerfenster mit Blick auf Vogelhäuschen abgestellt werden.«

»Was nun?«

»Nein, ich bin *keine* Jungfrau mehr.«

»Das meinte ich nicht, Scherzkeks. Ob es ihn gibt oder nicht.« Sie zeigt nach oben.

Zilch seufzt. »Wie wär's damit? Alle haben recht, sowohl diejenigen, die sich Fischaufkleber ans Heck pappen, als auch Affenforscher oder Astronauten, die ›etwas gesehen‹ haben wollen, Keimphobiker, Kirchenanzünder und andere Fanatiker, außerdem solche, die sich ständig bekreuzigen, Schamanen in Hanfgewändern, glatzköpfige Flughafenpfarrer und diese Typen, die jedes Stück Grillkäse untersuchen, bevor sie ihren Toast essen wie eine gesegnete Hostie, die Priester und Kardinäle neben dem ganzen Rest der Rasselbande des Papstes, nicht zu vergessen Verschlüsselungsexperten, die das Teufelszeichen in den Augen jedes Kellogg's-Maskottchens erkennen möchten, Roswell-Touristen, Stammtischphilosophen, Bäume umarmende Radfahrer im Ökokaftan und Wochenendfaschisten, die von Montag bis Freitag Burger *an*brennen lassen und an den übrigen beiden Tagen Kreuze *ver*brennen, oder selbsternannte Exegeten, die behaupten: ›Ja, da steht, dass ihr mir alle eure Töchter geben sollt‹, diese miesepetrigen Nihilisten und Led-Zeppelin-Fans, die das Album *IV* zu *Der Zauberer von Oz* laufen lassen und Geheimbotschaften hineindeuten, zuletzt die Amischen. Jeder liegt gleichzeitig richtig und falsch.«

Galavance schüttelt den Kopf und höhnt: »Was für eine Art, sich herauszureden. Hervorragende Leistung.«

»Hey, du hast gefragt, und das war meine Antwort. Ich habe nicht versprochen, dass sie kurz und bündig wäre.«

»Aber dir ist schon klar, dass du gerade gesagt hast, du wüsstest es nicht genau, willst aber nicht, dass ich weiß, dass du es nicht weißt, ja?« Sobald das raus ist, lässt sie es sich noch einmal durch den Kopf gehen, um zu bestätigen, dass sie es auch genauso meinte.

»Du hast es erfasst«, gesteht Zilch freiweg und wendet sich ab. »Ich weiß es nicht.«

Und dennoch kann sie nicht sicher bestimmen, ob dies der Wahrheit entspricht oder gelogen ist.

KAPITEL 10

Galavance bremst auf der Hauptstraße von Franklintown, nachdem Zilch darum gebeten hat. »Ich halte es im Moment nicht für sonderlich klug, mich in die Nähe der Cops zu wagen, solange ich den Anzug eines Toten trage.« Er beugt sich nach vorne und schaut durch die Tür, die wie der Rest der Innenausstattung einheitlich schwarz verkleidet ist, zurück in den Wagen. Zum Abschied würde er gerne etwas Tiefsinniges sagen, ahnt aber irgendwie, dass er dem Mädchen nicht zum letzten Mal begegnet sein wird. Ein vorübergehendes Lebewohl.

So wie Galavance ihn anstarrt, scheint sie das Gleiche zu vermuten. »Bis dann denn?«

Er lächelt, ist zufrieden mit dieser Reaktion. »Ja, bis dann. Viel Glück mit Jolby und der Kaution. Ihr solltet heute Abend gemeinsam ausgehen und euch ein wenig Spaß gönnen. Denkt nur daran, einen Regenmantel anzuziehen, bevor ihr in Pfützen hüpft.« Er kann sich eines Schmunzelns nicht erwehren, während er dies sagt. Sie stellt ihren Kopf schräg und straft ihn mit einem kalten Blick ab, der überstrapazierte Geduld suggeriert. Gleich darauf blinzelt sie jedoch, und er sieht in ihren Augen, dass ihr etwas eingefallen ist.

»Um auf deine Frage von heute Morgen zurückzukommen«, sagt sie und muss sich fast auf den Beifahrersitz legen, um ihn im Türrahmen zu sehen, weil der Chevy so tief liegt. »Ob er mich … oder … du weißt schon.«

Zilch betrachtet sie. Sechsundzwanzig Jahre alt. Auf sie wartet ein Leben voller Dummheiten, Hochs und Tiefs, guter wie schlechter Zeiten. Er möchte ihr Schadensbegrenzung nahelegen und empfehlen, sich von Jolby zu trennen, aber dies ist nicht der richtige Ort – weder dafür noch zur Vorwegnahme der Antwort auf ihre *andere* Frage von vorhin, vor allem aber deshalb, weil er sich in beiden Fällen nicht verbindlich festlegen kann.

Vielleicht steht ihr Freund nicht auf Oralverkehr, doch das muss nicht bedeuten, dass ihm Galavances Wohlergehen gleich ist. Er mag sich in anderer Hinsicht erkenntlich zeigen. Eventuell versucht er, etwas mit dem Haus zu erreichen, das er bauen will. Falls er es schafft und gewinnbringend losschlagen kann, werden die beiden möglicherweise glücklich zusammen alt. Sollte dem so sein: gut für sie. Es würde heißen, dass sie sich gegen alle Widrigkeiten durchgesetzt haben, und weil die Chance besteht, und sei sie noch so gering, bringt Zilch es nicht übers Herz, es zu sagen – eben, dass sie mit ihrem Macker Schluss machen soll, beziehungsweise was es mit dem Jenseits auf sich hat.

Also lächelt er bloß.

»Ich bin nichts weiter als ein Perverser«, behauptet er mit einem Grinsen.

»Los, verschwinde von hier«, lacht Galavance und winkt mit einer Hand. Er schließt die Tür.

Sie gibt Gas, woraufhin er dabei zuschaut, wie sie auf der Hauptstraße der Kleinstadt weiterfährt. Einen Häuserblock weiter parkt sie zwischen einem Streifenwagen und einem Pickup, steigt aus und geht zur Polizeiwache. Vor dem Eingang des Gebäudes, das wie aus der Zeit gefallen aussieht, bleibt sie mit einer Hand am Türgriff stehen und neigt ihren Kopf kurz nach vorne. Dann tritt sie ein, träge wie unwillentlich. Die Tür fällt langsam hinter ihr zu, und dann ist sie zum zweiten Mal für heute verschwunden.

Zilch stellt den Kragen seines geborgten Jacketts auf, wendet sich ab und macht sich auf den Weg durch das umliegende Wohngebiet, dessen Häuser alle einstöckig, lang und schmal sind. Dabei kann er unbeschwert frische Luft schnappen. Anders als nach seiner ersten Begegnung mit Galavance hält er es jetzt für wahrscheinlicher, dass sie Jolby den Laufpass geben wird. Zilch hat sie mit etwas Gewaltigem konfrontiert, indem er sie in ein Geheimnis eingeweiht hat, das er selbst am liebsten schon im Provinzmief seiner Jugend erfahren hätte, nämlich dass die Welt mehr bietet als diese Kuhweiden und Schultanzbälle, Kiffen und Zeitverschwenden. Sie verheißt rätselhafte Wunder und Weite, Sehenswertes ohne die Bürde eines Versagers als Freund, der einem auf der Tasche liegt. Zilch *hofft*, dass Galavance das versteht oder eines Tages erkennen wird.

Er geht weiter und kommt durch eine grasbewachsene Tiefebene, wo hübsche Häuschen mit gepflegten Vorgärten stehen. Diese weichen bald wieder Landstraßen, die überall- und nirgendwohin führen. Der Asphalt wird immer dürftiger, und die Luft, die gelegentlich als leichte Brise von Osten her weht, mieft am frühen Abend nach einem Keller, der überflutet, aber nie richtig trockengelegt wurde. Schon eine Meile hinter Franklintown kann er den Sumpf riechen.

Galavance sieht Jolby im Polizeibüro sitzen, mitleiderregend wie ein getretener Hund mit hängendem Kopf und strubbeligen Haaren. Er sitzt zusammengesackt auf einem Stuhl neben dem Schreibtisch des Sheriffs und ist mit Handschellen an eine Armlehne gefesselt. Als er seine Freundin bemerkt, blickt er auf, sagt aber noch nichts. Das verkneift er sich wohlweislich, weil er sich nicht nur vor dem Gesetz tief in die Scheiße geritten hat, sondern auch bei ihr.

»Hallo, Sam«, sagt sie zu dem toupierten Alten, der in einer dunkelbraunen Uniform hinterm Tisch hockt und auf einem Taschenfernseher Sportnachrichten schaut. Er strahlt Galavance an.

»Na, wenn das nicht Ms. Petersen ist.« Er nimmt seine Arme langsam herunter, die hinterm Kopf verschränkt und zweifellos längst eingeschlafen waren. Dabei rollt er mit den Schultern, wie es alle in die Jahre gekommenen Männer tun. »Ich dachte schon, wir müssten den guten Jolby eine Weile hinter Gittern unterbringen.«

Galavance und er schauen auf Jolby, der zwar bekifft ist, sich aber schämt und ihnen aus diesen beiden Gründen nicht in die Augen sehen kann.

»Sie sollten ihn überreden, eine Therapie zu machen«, rät Sam. Die zwei sind nur wenige Fuß von Jolby entfernt, reden aber über ihn, als sitze er hinter zentimeterdickem schalldichtem Panzerglas.

»Ich weiß«, antwortet Galavance dem Sheriff, doch die Worte sind eigentlich an ihren Freund gerichtet. »Andererseits glaube ich, dass er ein bisschen zu alt für die Hundeschule ist.« Als Sam über ihren Witz lacht, zwingt sie sich zum Lächeln, obwohl es ihr einen Stich ins Herz versetzt. Sie dreht sich von Jolby weg. »Was schulde ich Ihnen, Sam?«

Der Alte schaut in seinen Unterlagen nach. »Die Kaution beläuft sich auf achtzig Mäuse.«

Galavance zahlt mit einem Scheck. Sie hat ihren Lohn erst heute erhalten, und für diesen Betrag wäre ein Abendessen außer Haus drin gewesen, womöglich auch ein Einkaufsbummel, denn sie braucht neue Arbeitsklamotten und einen Geschenkgutschein für den Geburtstag ihrer Mom. Jetzt müssen sie und Jolby allerdings mit dem auskommen, was noch in ihrem Gefrierschrank liegt, dürfen die Klimaanlage nur bei drückender Hitze einschalten und erst duschen, wenn sich die Nachbarn über den Gestank beschweren. Somit fällt Galavance in ihrem Kampf um Selbstständigkeit – *seht her, ich komm allein klar* – sogar noch weiter zurück. Im Laufe der nächsten Tage würde sie gezwungen sein, ihre Mutter anzurufen, nachdem sie über offenen Rechnungen gebrütet und drei Blöcke mit Notizen und Tabellen vollgekritzelt hat. *Nur um bis zum Ende des Monats auszukommen, aber ich geb's dir zurück, sobald ich mein nächstes Gehalt kriege, versprochen.* Sie würden beide wissen, dass es eine Lüge war, mit dem einzigen Zweck, die Sache leichter zu machen, sodass die Bitte wesentlich erträglicher wurde.

Als der Sheriff ihn von den Handschellen erlöst, erhebt sich Jolby, dieser Mann mit der Frisur und dem Bauchspeck eines Hosenmatzes, streicht seine Kleider glatt und geht seiner Freundin voraus, die sich noch verabschiedet. Dann betritt das

Paar die Straße, wo langsam die Sonne untergeht. Es ist immer noch schwül und heiß. Jolby zögert mit Blick auf den Chevrolet.

Er dreht sich im Stehen zu Galavance um und streicht eine fettige Strähne aus seinen Augen. Da er sich eine Zeit lang nicht rasiert hat, sieht er mit seinem armseligen, ungleichmäßigen Bartwuchs aus wie ein Brandopfer. Müde wirkt er, und seine Augen, die er entsetzt aufgerissen hat, sind stark gerötet.

»Frau, was ist mit dem Auto passiert?«, fragt er laut, während er auf den völlig zerbeulten Kühler und den eingedrückten Scheinwerfer schaut, die eindeutig von ihrem unvorhergesehenen Zusammenstoß mit Saelig Zilch künden.

»Ich hab unterwegs ein Reh angefahren«, behauptet sie. Eine im Vorfeld ersonnene Lüge. Als sie Jolby jedoch ansieht, wobei sie darauf wartet, dass er nur *Sekunden* nach seiner Befreiung aus dem Knast Theater wegen ihres Wagens macht, kümmert er sich nicht mehr um die Vorderseite, sondern schaut auf den Beifahrersitz und zögert mit einer Hand am Türgriff.

»Wie heißt er?«, schiebt er hinterher, erstaunlich schnell für einen Kiffer.

»Was?«, fragt Galavance, während sie auf die andere Seite geht, und bleibt kurz stehen, bis ein Pick-up vorbeigefahren ist. »Wovon sprichst du?«

»Von dem Sitz, Galavance«, erwidert er und zeigt auf die Türscheibe. »Ich kann sehen, dass er verstellt wurde. Wer ist mit dir gefahren? Wie lautet sein *Name*, verdammt?«

Dafür, dass er Marihuana konsumiert, ist Jolby unglaublich aufmerksam. Er musste seinen Hintern nicht erst aufs Polster pflanzen, um zu erkennen, dass der Sitz bewegt wurde. Ein Blick, und er wusste Bescheid.

»Eine Freundin musste wohin«, behauptet Galavance. »Gott, red nicht so laut, wir sind hier nicht unter uns, okay?« Dass er die körperliche Arbeit so schnell vergisst, die er in den Cavalier gesteckt hat, und seiner Freundin lieber vorwirft, sie gehe fremd, stößt sie vor den Kopf. In Anbetracht der Zeit und des Geldes, die allein in den vorderen Teil des Wagens geflossen sind, überrascht es sie.

»Mir ist scheißegal, ob wir unter uns sind oder nicht. Wer war's?«

»Nur eine Freundin. Steig ein, Jolby.«

»Nein, ich will wissen, wer es war.«

»Bloß jemand von der Arbeit.«

Da braust er auf. »Du betrügst mich, du Schlampe.«

Davon fühlt sich Galavance brutal angegriffen. Sie hält den Autoschlüssel in einer Hand und schaut übers Dach hinweg auf ihren Freund, den sie ganz knapp aus dem Gefängnis geholt hat, bevor er achtundvierzig Stunden lang in einer Zelle hätte darben müssen, die berüchtigt dafür ist, dass sie eben *nicht* über eine Klimaanlage verfügt. Während sie mit dem Schlüsselbund wedelt, zeigt sie mit der anderen Hand auf Jolby.

»Hör mir zu, und zwar gut: Ich hätte die Kaution nicht abdrücken müssen. Dich einfach übers Wochenende im Knast schmoren zu lassen wäre billiger gewesen, also tust du gut daran, gerade jetzt nett zu mir zu sein.« Sie hat zwar einen strengen, emotionslosen Ton gewählt, muss sich aber anstrengen, ihn beizubehalten. Ihre Stimme droht bei jeder Silbe auszusetzen. *Nicht jetzt, Mädchen. Reiß dich zusammen, gib ihm Saures, wie er es verdient hat. Er braucht das.* »Zwischen uns muss sich einiges ändern, Jolby – wegen der Scheiße, die wir zwei ständig mitmachen müssen, *des*wegen.« Sie verweist mit einer Handbewegung auf die Polizeiwache hinter ihr, ohne sich umzudrehen. »Und weil du kein Einkommen hast. Du bist fast dreißig, Jolby, verflucht noch mal, und es ist Zeit, dein Leben in den Griff zu kriegen, statt es im Rausch zu verbummeln.«

Er starrt sie einen Moment lang an, bevor er am Griff der Beifahrertür rüttelt – klack-klack-klack –, als habe er keinen ihrer Sätze gehört. Der Wagen ist noch verriegelt, und Galavance hat nicht vor, ihn aufzuschließen. Noch nicht.

»Lass mich einsteigen. Bring mich zu meiner Karre, ich will nach Hause.«

»Wir diskutieren das aus, Jolby.«

»Hier. Jetzt sofort?«, fragt er gereizt und streicht sich erneut Haare aus den Augen. »Komm schon, ich bin *müde*. Immerhin hab ich den ganzen Tag in diesem elenden Loch verbracht, Frau, sperr endlich auf.« Er rüttelt immer wieder und lässt nicht locker, bis sie aufschließt. Dann springt er sofort hinein und knallt die Tür zu.

Sie seufzt einmal mehr und steigt ebenfalls ein. Ein, zwei Minuten bleiben sie in bedrückender Stille sitzen. Galavance hat Herzrasen. Wie gern würde sie ihn ohrfeigen …

»Würdest du den Motor starten? Ist heiß hier drin.«

»Jolby, pass auf. Wir müssen *dringend* ein paar Dinge klären. Wir – was ist mit deinem Arm passiert?« Sie stockt. Der Verband an seinem Handgelenk ist ihr bisher nicht aufgefallen. Das liegt wohl daran, dass er die Hände ständig in seinen Taschen hat, doch jetzt nach dem Einsteigen, da er lässig sitzen kann, sieht sie es: ein Mullverband auf der linken Seite. Sie denkt sich nichts dabei, ihre Hand danach auszustrecken, doch er zieht den Arm weg und hält ihn vor seine Brust wie ein kleiner Junge eine Eistüte aus Angst vor seinem neidischen Geschwisterchen.

»Ist nichts Schlimmes.«

»Hast du Sam Kummer gemacht?«

»Nein, es geschah schon vorher.«

»Wann?«

»Gestern Abend auf der Baustelle.«

Ihr wird nun bewusst, dass sie ihn seit Mittwochnachmittag nicht richtig gesehen hat. Donnerstags bei seiner Rückkehr schlief sie bereits. Er war gemeinsam mit Chev »länger geblieben, um ein Fallrohr an diesem einen Haus zu montieren«, und als er sich hinlegte, machte sich der Wein, den sich Galavance genehmigt hatte, dadurch bemerkbar, dass sie nicht ertragen konnte, wie er sich hin und her wälzte, also bat sie ihn, auf der Couch zu übernachten. Hier hocken sie jetzt, nachdem sie einander verpasst und tagelang nichts gemeinsam unternommen haben, aber Galavance kommt es wie bloße Minuten vor. Spiegeln sich hierin ihre Gefühle für Jolby wider? Vergeht die Zeit scheinbar schneller, wenn er nicht zugegen ist? *Verfliegt sie geradezu, solange sich dein Rabenfreund nicht blicken lässt?*

»Wie ist es passiert?«, fragt sie.

»Chev und ich, wir wollten schnell das Dach dieses Typen reparieren, weil ein paar Ziegel weggeflogen waren. Dabei bin ich abgerutscht und habe mir einen Nagel in den Handballen gerammt.«

»Eine schlimme Verletzung?«

»Wird schon wieder«, antwortet er. Galavance blinzelt ihn bloß an, ist zu gleichen Teilen besorgt und verärgert, während ihr Magen vor Verdruss rumort. »Wird schon wieder«, wiederholt er geziert und zieht den Arm wieder weg. »Lass uns einfach fahren. Mein Auto steht noch immer vor der Bude dieses Scheißkerls.«

»Du meinst die, deren Dach ihr ausbessern wolltet?«

»Ja.«

»Also, wie um alles in der – Moment mal, du bist bei der Arbeit festgenommen worden?«

»Wir sind da oben herumgeklettert, ich habe den Halt verloren und mich fast selbst verstümmelt. Als wir wieder unten waren, ist der Besitzer des Hauses mit seinem Kumpel rausgekommen. Ich habe einen Witz gemacht, dass ich ein bisschen zu stoned sei und dass Gras sich sonst nicht negativ auf meine Arbeit auswirkt. Ich schätze, dass ich das gesagt habe, weil ich nervös war. Immerhin war da eine Menge Blut, und dann wollte der Kerl unbedingt, dass ich es wiederhole. Also hab ich noch mal gesagt: Stoned zu sein beeinträchtigt meine Arbeit sonst nie. Danach hat mich Chev komisch angeschaut, als würden ihm gleich die Augen aus dem Kopf fallen, okay? Der andere – also nicht der Besitzer, sondern sein Kumpel, ein schweres Kaliber mit Koteletten – war auf einmal voll scharf darauf, einen Blick in meine Karre zu werfen. Auch das habe ich mir gefallen lassen, aber dann wurde mir klar, dass er ein …« Jolby zieht sein Kinn nach unten und die Nase hoch.

»Oh nein, es war ein Bulle, nicht wahr?« Wieder seufzt Galavance. »Ach Schatz, der hat dich kalt erwischt, das tut weh.« Sie tätschelt seine Wange. »Allerdings musst du zugeben, dass du ins offene Messer gerannt bist.« Ihr mürrisches Bauchgrimmen lässt nach und wird – elender *Mist* – zu Mitleid.

»Ja, schon klar«, erwidert er mit langem Gesicht.

»Ach, komm her«, sagt Galavance und benimmt sich wie eine Bilderbuchmutter. Sie kann es nicht ertragen, mit ansehen zu müssen, wie jemand weint. Selbst wenn sich ein Kind, das sie nicht kennt, auf einem Supermarktparkplatz die Augen aus dem Kopf heult, läuft sie los, steckt einen Vierteldollar in einen Automaten und bringt ihm eine Limo, ein Rubbel-Tattoo oder etwas anderes, damit es wieder lächelt. Bei Jolby spielt es sich geringfügig anders ab. Ist er aufgewühlt, reicht im Allgemeinen eine Flasche Billigalkohol oder ein Blowjob, aber da die Kohle knapp ist und sie nicht daheim sind, nimmt sie ihn lediglich in die Arme und versöhnt sich wieder mit ihm. Sie beteuert, niemandem im Auto mitgenommen zu haben, dessentwegen Jolby Bedenken haben müsste – *stimmt ja auch, der Typ war eine Leiche und widerlich, ja?* –, und dass alles wieder gut werde. Er flennt jetzt hemmungslos, und sie tröstet ihn, so gut sie kann. Eine Hand in sein Genick legen und reiben, dann eine Wange kneifen.

»Holen wir deinen Wagen, und dann ab nach Hause«, sagt sie. »Ich mach uns Abendessen.«

»Prima.«

»Was hättest du denn gern?«, fragt sie beim Anlassen des Motors.

»Keine Ahnung.«

»Irgendwo im Gefrierschrank liegt noch Tiefkühlpizza, glaube ich.«

»Nee, die haben Chev und ich neulich verdrückt.«

»O-*kay*«, entgegnet Galavance, während sie aus der Parklücke zurücksetzt, nicht ohne in die Spiegel zu schauen, obwohl sonst kein Schwein in Franklintown unterwegs ist – das ist ein

Dauerzustand hier –, nicht einmal jetzt gegen siebzehn Uhr, wenn andernorts Rushhour herrscht. »Worauf hast du sonst Lust?«

»Können wir zum Gordo's fahren?«

»Ich hab dich vorhin mit achtzig Dollar freigekauft, mein Lieber. Jetzt beim Mexikaner zu essen finde ich deshalb nicht so gut. Außerdem weißt du doch, dass du es von den Gerichten dort immer mit dem Magen kriegst.«

»Eine Nacht Durchfall sind ihre Burritos aber definitiv wert.«

»Sagt der Kerl, der sich nicht mit der Schmutzwäsche abgeben muss.«

»Was soll das heißen?«

»Nichts, Schatz. Überhaupt nichts.«

In ihrem Bauch gluckert es wieder, als sei sie ein Geysir, von dem er nur einen harmlosen Erdhaufen an der Oberfläche sieht. Sie beißt die Zähne zusammen und versucht, an dem Mutterinstinkt festzuhalten, mit dem sie weinende Mitmenschen behandelt. Nachdem sie ihn zu seinem Wagen gebracht hat, schlägt sie aufs Lenkrad, kaum dass er außer Sicht ist, und schreit sich heiser. Um sich vollständig abzureagieren, muss sie am Straßenrand anhalten. Weil sie befürchtet, er könne ihren Trailer schneller erreichen als sie und dann wieder den Eifersüchtigen spielen, zupft sie ihre Haare, die sie sich gerade gerauft hat, im Rückspiegel zurecht und tupft ihre Tränen mit einem Ärmelsaum ihres Arbeitspolohemds ab.

Sobald sie sich dabei jedoch selbst in die Augen schaut, dreht sie den Spiegel weg. »Fick dich«, sagt sie zu sich und fährt wieder auf die Straße. »Geh, und fick dich einfach.«

Sie ist früher zu Hause als er, vermutlich weil Jolby an keiner Tankstelle vorbeifahren kann, ohne einen Salamisnack zu kaufen. Er scheint zu glauben, ein Fluch komme über ihn, falls er es unterlässt. Galavance zieht sich um, geht wieder hinaus und setzt sich auf die Vorterrasse, wo sie mit den Füßen über den Kunstrasen reibt, bis ihre Sohlen taub sind. Unterdessen besieht sie den Schaden an ihrem Auto in der Einfahrt. Die Heidenarbeit, die sich Jolby damit gemacht hat, war völlig für die Katz. Es sieht schlimm aus. Auf einmal bemerkt sie, dass etwas im Blech steckt – ungefähr so groß wie eine Fünfundzwanzig-Cent-Münze – und aus dem Lack ragt. Nachdem sie aufgestanden ist, geht sie über die Wiese, wobei sie aufpassen muss, um nicht in Hundekacke zu treten, und greift nach dem Ding, das in der Motorhaube klemmt. Es ist eine Scheibe aus schwarzem Plastik, und sie steckt tief im Metall. Galavance versucht, sie herauszuziehen, bis sie anhand vierer Löcher darin erkennt, worum es sich handelt: ein Knopf von Zilchs Anzugjackett. »Hm«, brummt sie und macht sich wieder daran zu schaffen, doch es will sich nicht lösen.

Plötzlich huscht kaltweißes Scheinwerferlicht über ihren Körper. Jolby hält dicht hinter ihr mit seinem Accord an und steigt aus. Galavance stellt sich so, dass er die ramponierte Vorderseite des Chevrolets nicht sieht. Sie will die Sache nicht wieder durchkauen. Sein Blick fällt trotzdem darauf, und er murmelt irgendetwas über das Haus. »Wenn es fertig und verkauft ist, kann ich das reparieren.« Zum Glück scheint er aber zu müde zu sein, um sich länger mit einer Schadensbegutachtung aufzuhalten, und bemerkt den Knopf in der Haube nicht. Der würde nämlich ohne Zweifel weitere Fragen aufwerfen.

»Habt ihr Jungs zufällig einen Zeitrahmen, in dem das laufen soll?«, fragt Galavance.

»Was laufen?«

Sie starrt ihn wieder an. »Das Haus. Es fertigzustellen und zu verkaufen, Jolby.«

»Nicht in dem Ton.« Er fummelt an seinem Handy herum. »Rede nicht mit mir wie mit einem Kleinkind.«

Sie will es sich verkneifen, aber … »Wie soll ich sonst mit dir reden? Sag's mir. Du benimmst dich wie ein Kleinkind, indem du unreife Dummheiten begehst wie auf der Highschool, wenn du dich mit Gras in der Tasche hochnehmen lässt.« Ihr böser Blick ruht auf ihm, bis er es nicht mehr ignorieren kann und sein Telefon wegsteckt. Im Licht der Neonlampe in der Küche, das durchs Fenster in die Einfahrt fällt, sieht sie seinen Gesichtsausdruck genau: wie der eines Tieres mit einem Bein in einer Falle. In Streitgesprächen versteht sie es gut, ihn in die Enge zu treiben, weil er sich leicht unterbuttern lässt, vor allem nach dem Kiffen wie jetzt.

Aber nicht wieder heulen, droht sie ihm in Gedanken, während sie auf ihrer Unterlippe kaut. *Tu das nicht. Du weißt, wie ich darauf reagiere.*

Er kommt ihr aber nicht mit dieser Masche. Stattdessen folgt ein längeres Hin und Her, bei dem es um Verantwortung geht. Er stichelt gegen sie, sie zahlt es ihm mit gleicher Münze heim. Sie sind schon lange genug zusammen, dass sie genau wissen, wie sie sich gegenseitig mühelos auf die Palme bringen können. Sie provozieren einander und zanken, bis es laut wird, woraufhin sie kurz innehalten und hineingehen, um dort damit weiterzumachen, wobei sie sich unterbrochen haben. Die Wände sind dünn, weshalb die Nachbarn, sollten sie Lust darauf haben, problemlos lauschen können.

»*Wie* springst du mit deinem *Auto* um?«, donnert er. Dann schlägt er den Vorhang des Fensters an der Küchenspüle beiseite und zeigt hinaus auf die Beulen, als müsse er sie daran erinnern, wo ihr eigener blöder Wagen steht. Dennoch lässt sich sein Ausraster nachvollziehen. Die Stoßstange sieht extrem ramponiert aus: nach einem gebrochenen Unterkiefer oder einer fehlgeschlagenen Schönheitsoperation. »Zum Kuckuck noch mal, bist du mit einem verdammten Rhinozeros zusammengestoßen?«

»Es war nur ein Reh«, antwortet sie.

Sie denkt, nun sei es an der Zeit für ein paar Tricks. *Das ist der Moment, falls ich das Blatt wenden will.* Wenn es einen Vorteil hat, dass Jolby das mit dem Geldverdienen einfach nicht auf die Reihe kriegt, dann dass sie damit jede Diskussion gewinnen kann. Sobald Galavance ihm dies vorwirft, kann er sich nicht mehr herausreden. Was das angeht, kann man ihn mit einer Schildkröte vergleichen, die auf ihrem Panzer liegt. Sie weiß, dass es niederträchtig und ungerecht ist, doch in einer Situation wie dieser nach einem extrem ätzenden Tag, wenn sie nicht angeschrien werden möchte, wird dieses Argument den Zoff abkürzen.

»Tja, vielleicht würde ich nicht beim Fahren einpennen, wenn ich nicht in aller Herrgottsfrühe auf der Arbeit antanzen müsste, um wenigstens ein bisschen Kohle heimzuholen«, wettert sie mit kratziger werdender Stimme. »Dann könnte ich wohl auch jedem beschissenen Reh ausweichen!«

»Zieh das jetzt nicht alles mit rein, Frau!«, brüllt er im Gegenzug. »Tu's nicht. Lass es einfach.«

»Wieso? Genau darum geht es hier doch.«

»Du kannst ums Verrecken nicht fahren«, behauptet er. »Das ist der eigentliche Punkt, um den es geht.«

Sie lässt ihm den Vorwurf durchgehen. Er ist zu offensichtlich. »Wenn ich also hinterm Steuer einschlafe, während ich zur Arbeit fahre, um meinen faulen Freund weiter aushalten zu können, hat das nichts damit zu tun?«

»Das habe ich nicht gesagt.«

»Na, damit hätte ich auch nicht gerechnet. Dass du, Jolby, mal für deine Fehler geradestehst? Pff. Ja, schon klar. Und Schweine können fliegen.«

»Komm jetzt, ich dachte, wir hätten den ganzen Unsinn schon ausdiskutiert.«

»Was willst du denn tun, Jolby?«, schreit sie. »Was willst du *tun?* Ich reiß mir schließlich Tag und Nacht den Arsch auf, doch komme ich dann *ein einziges Mal* von der Straße ab, machst du mich dermaßen nieder? Ein kleiner Schnitzer, und du schreist mich so an, wohingegen *ich dich tagtäglich* zu jeder gottverdammten Sekunde anschreien könnte, weil du Scheiße baust.«

Er hängt sichtlich in den Seilen. Seine Körperhaltung hat sich geändert, er lässt die Schultern und den Kopf hängen. Dabei fallen ihm die Haare ins Gesicht, und Galavance weiß, das ist seine Art, sich einen Schutzschild vorzuhalten: die Augen hinter den fettigen Strähnen versteckt, die aussehen wie der Schirm der Mütze eines Croupiers beim Blackjack. Als Nächstes wird er versuchen, sie zu umarmen. Geweint hat er schon, also kann er nicht mehr auf diesen Joker zurückgreifen. Jetzt dürfte er seinen letzten Trumpf zücken, die Kuschelbär-Nummer. Man kann die Uhr danach stellen.

Er streckt seine Arme aus. »Komm schon, Baby. Wir sind beide müde und könnten was zu trinken vertragen, mal einen Gang zurückschalten.«

Na? Wie auf Ansage. Vorhersehbar.

Sie bleibt mit verschränkten Armen stehen, weil sie noch nicht ganz fertig ist.

»Wann wird sich was ändern, Jolby? Hm? Wann?« Ihr Hals tut weh, weshalb sie nicht mehr laut sprechen kann. Ihre Stimme klingt jetzt heiser und gedämpft.

Er umschlingt sie, doch sie verharrt weiter so, ohne sich anzulehnen. Er stinkt nach Marihuana, außerdem wie Kartoffelchips mit Cheddar-Schinkenspeck-Geschmack – und Schweiß. Galavance dreht ihren Kopf zur Seite und legt das Kinn auf die Schulter. Er gibt ihr einen Kuss.

»Hör auf. Ich bin wütend.«

Er fährt mit den Händen über ihre Hüften, dann um die Taille an den Bauch. Mit einem schmierigen Daumen versucht er, den Knopf ihrer Hose zu öffnen, ohne hinzuschauen. Sie trägt noch ihre Restaurantkluft, ist erledigt von den Ereignissen des Morgens, des ganzen höllischen Tages. Zeit mit Zilch verbracht zu haben, bereitet ihr Gewissensbisse, was sie sich nicht erklären kann.

Ich hab ihm geholfen. Der Kerl brauchte jemanden, der ihn fährt, und mag sein, dass er ein bisschen kauzig ist – vielleicht arbeitet er für irgendeine Organisation, die Tote nachträglich Dinge in Ordnung bringen lässt, so wie's in Zurück in die Vergangenheit *passiert – oder einfach nur eine Vollmeise hat, doch ich hatte nichts mit ihm. Nicht einmal geflirtet haben wir, und ich habe ihm weder meine Telefonnummer gegeben, noch er mir seine. Warum die Schuldgefühle?*

Sie schiebt Jolbys Hand von ihrem Reißverschluss weg, doch er lässt sich nicht abwimmeln. Jetzt schaut er nach unten, nachdem er aufgehört hat, ihren Hals zu küssen, und konzentriert sich auf ihren Schritt.

»Klemmt das Ding?«, fragt er ausdruckslos abgelenkt.

»Lass mal.« Sie zieht den Reißverschluss selbst auf, woraufhin Jolby loslegt, schnell. Er streift ihre kurze Hose bis zu den Knien hinunter, dann den Schlüpfer, und steckt ihr ohne Zögern die Zunge zwischen die Beine. Sie erschrickt wegen der unvermittelten Wärme aus seinem Mund und muss sich an der Laibung der Küchentür festhalten. Das schlagartige Gefühl ist aber alles andere als angenehm. Sie ärgert sich nach wie vor und möchte sich nicht erlauben, auf Jolby einzugehen, also irgendetwas da unten geschehen zu lassen, das ihm zeigen könnte, dass sie es genießt. Darum denkt sie verbissen an alles Übel auf der Welt, um bloß nicht feucht zu werden.

Überfahrene Katzen, platt gedrückt und ausgetrocknet von der Sonne.

Ausgestoßene Babys bei der christlichen Jugend, elternlos und verlassen, blaurot angelaufen im Swimmingpool treibend.

Tatortfotos, die sie online gesehen hat. Verbrannte Gesichter, beim Schreien erstarrt. Bemerkenswert weiße Zähne, wie gefletscht und scheinbar unversehrt.

Da, das funktioniert. Bleib dabei, stell dir Tote vor. Sie kann sich aber bemühen, wie sie will. Jolby hat eine flinke Zunge und trifft genau die richtigen Stellen.

Tote, Tote, Tote … Weiter, nicht nachgeben.

Und wie aus dem Nichts kommt ihr Zilch in den Sinn. Sie kann nichts dafür. Die Frage, diese dämliche Frage, die er ihr gestellt hat. Es ist, als habe Jolby warum auch immer davon gewusst, aus unerfindlichem Grund erkannt, dass dies der entscheidende Punkt ist, von dem alles Weitere abhängt, und ihn aufgegriffen. Galavance zumindest glaubt, dass Zilch versucht hat, ihr das begreiflich zu machen: Falls er es ihr nicht mit dem Mund macht, soll ihm alles egal sein? Stimmt das? Gleichzeitig ist es ein seltsamer Zufall, weshalb sie kurz leise lacht. In jedem Fall scheint sie hier letzten Endes nur gewinnen zu können.

Sie strengt sich an, weiter an Tote zu denken, doch das da unten fühlt sich gerade einfach viel zu gut an. Und dann kommt es, als ob sich Risse in einer Betonmauer auftun und immer länger würden, bis endlich alle Dämme brechen. Zilch ist ihr eingefallen, und sie hört ein dumpfes, wonniges Brummen von unten.

Jolby nuschelt: »Das gefällt dir, was?«

KAPITEL 11

Zilch geht an der Interstate entlang. Sattelzüge brausen vorbei, und eine Sekunde später knallt ihm ihr Fahrtwind gegen den Rücken wie die maßregelnde Hand eines übereifrigen Onkels. Abgesehen von diesen plötzlichen, aber sporadischen Schreckmomenten zieht sich der Verkehr träge dahin; nur gelegentlich fährt jemand vorbei, die meisten in Reiskochern, von denen Zilch kürzlich so viel gehört hat.

Das Mondlicht verleiht allem einen kühl milchweißen Anstrich. Dies ist eine der wenigen Eigenheiten dieser Gegend, die scheinbar beharrlich gleichgeblieben sind, und das freut ihn. Er fühlt sich an die vielen Nächte erinnert, die er mit Freunden und Kühltaschen voller Bier, das keiner von ihnen je ganz hätte trinken können, auf Hinterhofbalkons verbracht hat. Dabei beobachteten sie die Sterne und philosophierten im Suff darüber, was es dort oben geben mochte. Damals war es schön, sich unbesorgt im Mondlicht zu baden. Das Gelächter, die Albereien. Jetzt fällt das Licht allerdings auf diverse Objekte auf seinem Weg, die er teilweise achtsam umgehen muss, manchmal sogar im weiten Bogen. Gerade scheint es sich um einen überfahrenen Waschbären zu handeln, der merkwürdigerweise ein rosa Halsband mit Glaskristallsteinen anhat. Ein paar Yards weiter liegt etwas, das wie eine Panflöte aus zusammengeklebten Spritzen aussieht. Alle Kolben sind heruntergedrückt, und die Nadeln glänzen wie unbenutzt. Auch einen zerknautschten Cowboystiefel findet Zilch, vielleicht mit einem Fuß darin? Er schaut nicht nach, spart sich die Mühe und steigt einfach darüber, um weiter voranzukommen.

Als er den Highway über eine Ausfahrt verlässt, wird es stockdunkel. Es ist nicht mehr weit bis zum Moor, das spürt er, allein schon anhand der vielen zirpenden Grillen und quakenden Frösche. Hier fehlt die Straßenbeleuchtung, doch der Weg ist wenigstens befestigt und eben. Zilchs Knöchel tun weh, und die Schuhe an seinen Füßen schlackern, obwohl er die Schnürsenkel so fest zugezogen hat, dass es einem Diabetiker Angst machen würde. Er ist viel kleiner als *Jacob F. Stein, geliebter Vater und Ehemann*. Dieser Gedanke stößt ihn darauf, dass er seine Hose hochziehen muss. *Ich sehe vermutlich aus wie Charlie Chaplin in seinem Aufzug*, denkt er zum hundertsten Mal an diesem Tag.

Während er der verlassenen, zweispurigen Fahrbahn folgt, kommt er hier und dort an Gebäuden vorbei, in denen warmes Licht brennt. Dabei fällt ihm Galavance wieder ein, obgleich sie in Gedanken an seine Eltern untergeht, da er sich dem Haus wieder nähert. Allerdings schlägt er bewusst eine andere Richtung ein, um davon wegzugehen. Er denkt zwar gern an das Mädchen, beschäftigt sich aber auch wieder mit seinen Angehörigen, als würde er zwei Kartenspiele miteinander mischen. Er hat begonnen, Galavance, seinen Vater und seine Mutter in Betrachtungen über Verantwortlichkeit miteinzubeziehen, ein nicht gerade aufregendes Thema, das jedoch im Rahmen seiner Aufträge ab und an aufkommt.

Sicher, Zilch wuchs in einem Haushalt auf, wo der Hund gemeinsam mit allen Familienmitgliedern am Tisch von einem Teller fraß. Doch das bedeutete nicht, dass die Mahlzeiten, die es gab, leicht verdient gewesen wären. Im Gegenteil, die Hippie-Erziehung hatte zur Folge, dass der Junge doppelt so viele Pflichten erfüllen musste wie jeder seiner Freunde. Deren Eltern warfen Eierschalen und Kaffeesatz einfach mit dem Müll weg, wohingegen diese Abfälle bei Zilch auf dem Kompost hinterm Taubenschlag landeten. Zudem galt es, den Haufen regelmäßig umzugraben, um die Zersetzung zu beschleunigen, also sah man den kleinen Saelig jeden Sonntagmorgen vor dem Frühstück mit einer Mistgabel in dem dampfenden Dreck stochern. Jedenfalls schilderte er es seinen Mitmenschen gegenüber stets so. Auch Jane hat er es erzählt.

Nicht so schnell, Kollege. Er bleibt stehen. »Lass mich in Frieden«, sagt er in die Dunkelheit hinein, die vor ihm liegt, denn dort, so vermutet er, geistert jener irre, kleine Teufel herum, sein Gewissen. Nachdem er sein persönliches Päckchen wieder verschnürt hat, schiebt er es zurück an seinen vorgesehenen Platz, verflucht und zugenäht. Aus den Augen, aus dem Sinn. *Weiter, weiter.*

Galavance weiß offensichtlich, was harte Arbeit heißt, und kann einschätzen, was Geld wert ist. Trotzdem war sie bereit, ihn wieder mitzunehmen und herzubringen, auch nach seinen Anzüglichkeiten, was ihren Freund betraf. Zilch kann deswegen nur mit dem Kopf schütteln. Es will ihm nicht einleuchten, auch wenn er hier ja andererseits im Süden des Landes ist. Hier sind die Menschen berüchtigt für ihre Vertrauensseligkeit, und das ist nicht abschätzig gemeint, keineswegs – vor allem im Verhältnis zu Abstechern in den Mittleren Westen, wo man anscheinend kaum erwarten kann, bis jemand außer Hörweite gerät, um freudlos über ihn herzuziehen, oder nach Nordosten, denn dort denkt jeder, der nur ungefähr in der Nähe von New York City geboren wurde, seine Scheiße stinke nie und nimmer, bloß wegen des Big Apple, der wunderbarerweise bedeutsamer zu sein scheint als alle anderen Weltmetropolen. Als könnten sie sich etwas auf ihre vollgepissten U-Bahnhöfe oder aus allen Nähten platzenden Kneipen voller Deppen einbilden, die ausnahmslos die gleichen Baseballmützen tragen – verkehrt herum aufgesetzt – und high sind von zu viel Proteindrinks respektive Fettverbrennungspillen. Die Frauen sind indes nicht zu verachten, auch wenn sich einige aufführen, als herrsche ein ununterbrochener stiller Wettkampf zwischen Städterinnen, wobei gekonnte Kosmetik-OPs und dezente Sonnenbankbräune die weibliche Variante von Penisverlängerung darstellen.

Womit er wieder bei Galavance angekommen ist. Sie sieht zugegebenermaßen wie eine solche Type aus: braungebrannt und blond wie eine Braut auf einem Flyer, den man auf der Straße in Vegas in die Hand gedrückt kriegt. Eine sportliche wie grazile Figur als Lohn für zahlreiche Stunden im Fitnessstudio oder höfliches Ausschlagen von Nachtisch, in einigen Extremfällen auch beides. Ein krasser Gegensatz zu ihrem wahren Wesen, wie er feststellte. Bisher ging er davon aus, alle Wasserstoffblondinen seien ambitionslose Taugenichtse, doch diese hier schuftet wie blöde, um etwas aus sich zu machen, und für ihren faulen Freund. Sie ist freilich nicht mit echter Begeisterung bei der Sache, wenn sie sich in diesem furchtbaren Schuppen Frenchy's verdingt – aber trotzdem. Als junges Ding hasst sie ihren Job naturgemäß. Jeder unter dreißig, der seine Tätigkeit liebt, ist Zilch suspekt.

Beim Rekapitulieren, wie er zu seiner Erkenntnis gelangt ist, kommt er zu dem Schluss, dass es ihn einiges gekostet hat. Er musste eine nahestehende Person und eine Woche später sein eigenes Leben verlieren. Jetzt drückt er die Daumen, damit Galavance die Erleuchtung erfährt, ohne mit dem Kopf gegen die Stoßstange eines Vans zu knallen. Sie hat eine gute Seele. Sie kennengelernt zu haben ist den Ärger aus der Chefetage wert, den er sich einhandeln wird, weil er sein Geheimnis weitererzählt hat.

Eine Folge von *Eine starke Familie*, die Galavance noch nicht kennt, wird in der Glotze wiederholt, und sie verfolgt die Handlung halb vom Bett aus mit, nachdem sie das Gerät auf stumm gestellt hat. Ihr Schlafzimmerfernseher ist klein, ein Lautsprecher defekt, und die Hälfte der Zeit ist nur einer von zwei Kanälen ohne störendes Rauschen empfangbar, das sich auf die Ränder beschränkt oder auf unerklärliche Weise eine Bildschirmhälfte einnimmt. Sie döst mit einem Buch auf dem Schoß vor sich hin. Es handelt sich um einen tausend Seiten starken Wälzer voller Liebe und Tragik in Sowjetrussland, den zu verstehen Galavance nur vorgibt, während sie ihn eigentlich liebend gern in den gemeinschaftlichen Müllcontainer der Wohnanhängersiedlung schmeißen und zu einer Ausgabe der Vogue greifen würde. Sie blättert ungeduldig um.

»Warum quäle ich mich mit diesem Scheiß?«

»Was meinst du?«, fragt Jolby aus dem Bad. Wie gesagt, die Wände sind wirklich sehr dünn. Würde man es darauf anlegen, könnte man wohl im Wohnzimmer Anlauf nehmen und eine nach der anderen durchbrechen, ohne sich mehr als ein paar Abschürfungen zuzuziehen.

»Zieh dir das rein«, fährt er fort, indem er den Kopf hervorstreckt und um die Ecke ins Schlafzimmer schaut. Er hat gerade geduscht und seine Haare feucht zurückgekämmt, weshalb er frisch und lässig wirkt. Galavance trägt ein T-Shirt, das sie als Nachthemd benutzt, und dieselbe Brille wie schon auf der Highschool, nachdem sie ihre Kontaktlinsen herausgenommen hat. Sie prustet geringschätzig.

Als er eintritt, sieht sie, dass er fast ganz nackt ist.

»Also echt, Frau. Früher gefiel dir diese Frisur immer.«

»Stimmt, aber das wurde zur Gewohnheit, und jedes Mal, wenn du so zu mir gekommen bist, hättest du genauso gut sagen können, dass du poppen willst.«

Er lässt sich aufs Bett fallen, nimmt ihr den Schmöker von Nikolai Gogol aus den Händen und wirft ihn quer durch den Raum. Sie hält ihr Lesezeichen fest, während sie zu dem Buch hinüberschaut, das auf halbem Weg zu einem Wäscheberg – Mount Feinripp? – auf dem Boden gelandet ist. Sie war irgendwo in der Mitte jener vielen Seiten angelangt, wusste aber nicht, *wo* genau.

»He, du Arsch.«

Er küsst ihren Hals. »Was denn?«

Sein weicher Bauch streift einen ihrer Arme. Die Haare kitzeln, und sie entzieht sich. *Hoffentlich fällt ihm das nicht auf.* Tut es nicht. Seine Lippen – und seine Zunge – begeben sich auf Erkundungstour in Galavances Nacken und von dort aus hinunter zu der Mulde zwischen dem Schlüsselbein und einer Schulter.

»Hör auf«, verlangt sie.

Er hört auf zu lecken und fragt: »Wieso?«

»Weil ich dir immer noch böse bin.«

»Und *ich* bin *dir auch* immer noch böse. Das hier nennt man Versöhnungssex.«

»Hatten wir den nicht schon?«, erwidert sie.

»Jeder soll auf seine Kosten kommen, und jetzt bin ich dran.«

»Dass du nicht übers Wochenende im Knast bleiben musst – ist das der Grund? Anscheinend hast du es auf einmal so bitter nötig …« Sie stößt ihn leicht zurück. »… weil du für niemanden den Hintern hinhalten musst.«

»Kann sein.«

»Dann sollten wir es genauso tun wie vorhin, wenn du schon so furchtbar geil bist. Immerhin hast du deine Freiheit allein mir zu verdanken, Mister.«

»Und was ist mit dem kleinen Mann? Gönnst du ihm keine Freude?«

Galavance rollt zur Seite, um in die obere Schublade des Nachttischs zu greifen. »Hier.«

»Zwei?«

Sie zieht sich ihr T-Shirt-Nachthemd aus. »Ja, ich habe gehört, man kann nie zu vorsichtig sein.«

Eine Viertelstunde, dann ist es vorbei. Weitere fünf Minuten später schläft Galavance. Nach einer halben Stunde wird sie wieder wach. Als sie die Augen öffnet, sieht sie – verschwommen ohne Kontaktlinsen – Helligkeit an der getäfelten Schlafzimmerwand gegenüber. Jolby ist in der Küche und nicht zu überhören. Er hustet dreimal und dabei immer heftiger. Dann spuckt er in die Spüle.

Na toll, da darf ich morgen früh nicht reinschauen, wenn ich meinen Kaffee koche, denkt Galavance und horcht weiter, während sein Husten schlimmer wird, und fragt sich, ob sich so etwas wie ein Rauschmittelabhängigkeitszeitgeber in ihm meldet: *Dingdong, lass uns kiffen!* Sie wartet, bis sein Schlüsselbund klappert, als er ihn nimmt, und weiß, dass er aufbricht, um mit Chev abzuhängen.

Jolby mag sich um Heimlichkeit bemühen, wie er will, muss den Hustenreiz aber nach wie vor unterdrücken, weshalb sie ihn sogar noch draußen vor dem Trailer hört, der zwar die doppelte Breite eines herkömmlichen, aber eben keine doppelten Wände hat. Schließlich startet er den Motor des Hondas und bleibt einen Moment lang im Leerlauf stehen, wohl weil er Musik sucht, auf die er gerade Bock hat. Der Bass wummert durch Galavances Kissen, nachdem er sich entschieden hat – für irgendeine schlechte Mischung aus Thrash Punk und Hip-Hop, womit er sich ja ständig betäubt. Sein Verhalten ist nun kein Einzelfall, doch normalerweise verlässt er das Haus bei Sonnenaufgang unter dem Vorwand, sich hier oder dort mit Chev treffen zu müssen, um ihre Auftragsjagd fortzusetzen. Sie hegt weiterhin den Verdacht, er halte lediglich artig die Fassade aufrecht, und in Wirklichkeit finde keinerlei Arbeitssuche statt. Andererseits ließ sich nicht in Abrede stellen, dass er beim Ausbessern des Dachs eines Fremden, der einen Freund bei der Polente hat, einkassiert wurde, also ist vielleicht doch was Wahres dran. Entweder das, oder er wollte seine Festnahme bloß mit einer weiteren Lüge rechtfertigen. Die Vermutung bringt Galavance zum Kichern. So gerissen ist Jolby nicht.

Nun zieht er die Autotür zu und fährt los. Der frühe Vogel fängt den Wurm – oder in seinem Fall wohl den Joint.

KAPITEL 12

Ein Wärmegewitter entlädt sich mit violetten Blitzen, Wolken so grau wie schmutziges Spülwasser rollen zügig heran und blenden das Mondlicht aus. Noch regnet es nicht, und dafür ist Zilch dankbar. Er hat das Neubaugebiet erreicht; auf dem Ortsschild an einer Ziegelsteinmauer in einem Beet, wo noch keine Blumen gepflanzt sind, steht *Whispering Pines an der Traumbucht.* Auf einem ungepflasterten, matschigen Weg haben zahllose Trucks Furchen in beide Richtungen gezogen. Einige Häuser sind fast fertig und die Wände mit rosafarbenen Dämmplatten versehen. An den Frontterrassen fehlt noch das Geländer und vereinzelte Briefkästen hängen bis auf Weiteres an Pfählen. Manche Gebäude bestehen aktuell nur aus Holzrahmen in Zementbetten, während die einzelnen Komponenten wie Eigenbausätze in Folie gepackt in den Vorgärten liegen: Stangen, Nagel, meilenlange Stromkabel auf Spindeln und dergleichen mehr. Apropos Vorgärten: Rasenflächen wurden wie Teppiche ausgerollt und mit dünnen Netzen fixiert, die wie nicht gewachste Zahnseide aussehen.

Es ist nicht so, dass Zilch solche rasch aus dem Boden gestampften Siedlungen noch nie gesehen hätte, aber ein Sumpfgebiet zu diesem Zweck trockenzulegen, *das* ist ein Novum für ihn. Wenn er seine Hüllen zu ihren Gräbern zurückbringt, hält er nicht selten inne, blickt ein letztes Mal gen Himmel und starrt fasziniert den Mond an. *Beim nächsten Beckett-Prozess springe ich vielleicht da hoch*, überlegt er dann, *und jage Freaks durch steril weiße Korridore von Weltraumkolonien.*

Die Siedlung endet in einer Sackgasse, und als er sie erreicht, steht der asphaltierte Wendekreisel dort halb unter Wasser, das vor Schlamm braun ist. Mehrere Lastwagen mit gelben Schläuchen, die ins Moor gelegt wurden, parken noch dort, nachdem die Arbeiter Feierabend gemacht haben. Nicht weit entfernt steht ein Sammeltank, durch dessen halbtransparente Wand man ein wenig Sumpfbrühe erkennen kann. Ein neuer, gelber Bagger daneben sieht so kurios aus, dass Zilch neugierig die Stirn runzelt. Er wurde auf Betonsteinblöcken aufgebockt, als hätte der Fahrer in einer zwielichtigen Gegend geparkt. Die vier riesigen Reifen sind verschwunden – Absicht oder geklaut? Auf einmal schwirrt etwas vor Zilchs Gesicht: Moskitos, die ihn im Vorbeifliegen kurz inspizieren und dabei fast an seinen Wimpern hängen bleiben.

Wie immer landen sie, ohne zuzustechen. Sie totzuschlagen ist sinnlos. Er lässt sie Witterung aufnehmen, damit sie Bescheid wissen. Nachdem sie sich verzogen haben, dreht er sich um und geht weiter Richtung Sumpf.

Er verfügt zwar nicht über Superkräfte, doch wäre dem so, würde er jetzt gern im Dunkeln sehen können. Er neigt sich nach vorn und kneift die Augen zusammen, um die Mitte des Moors auszumachen. Da stehen bloß Rohrkolben, Weiden und andere Pflanzen der grasigen Sumpffauna, die in gelben Büscheln wachsen. Zilch starrt mit gespitzten Ohren.

Nichts.

Also wendet er sich ab und lässt seinen Blick über die unfertigen Häuser schweifen, deren Fenster ohne Scheiben wie ausdruckslose Augen anmuten. Vor einem Gebäude, dessen Vorgarten teilweise mit Sumpfwasser überschwemmt ist, steht ein Werbeschild eines Maklers. *Bestimmt schwierig zu verkaufen,* denkt Zilch, *solange ungewiss bleibt, ob nicht eines Morgens, wenn man aufwacht, eine Bisamratte durchs Schlafzimmerfenster geschwommen kommt.*

Nachdem er näher herangegangen ist, entdeckt er einen durchsichtigen Zeitungsständer für Werbeprospekte und nimmt ein Faltblatt heraus. Es erklärt, das Neubaugebiet Whispering Pines sei »ein futuristisches Paradebeispiel für unkonventionelles Denken«, weil das Land von der Unternehmensgruppe Dominium Excellente gekauft worden sei, um die einzelnen Grundstücke unterschiedlichen Architekten zuzuteilen, die wiederum jeweils einen anderen Bauträger gewählt hätten. Dadurch war sichergestellt, dass die Häuser »keinen unattraktiven Eindruck von Schema F erwecken«, wie der Infotext weiter ausführt.

Zilch faltet das Blatt wieder zusammen und steckt es ein. Dann fasst er das Haus mit der Adresse Whispering Pines 1330 ins Auge, an dessen Front waagerecht auf halber Höhe eine schwarze Linie zurückgeblieben ist, da das Wasser anscheinend vor Kurzem bis dorthin gereicht hat. Er geht über den Rasen, bleibt jedoch stehen, als es beim Auftreten schmatzt. Plötzlich bemerkt er etwas in der Einfahrt und schaut hinüber. Es schillert, je nachdem wie er sich bewegt, in einer anderen Spektralfarbe. Er tritt näher und findet zwischen Zementplatten die Scherbe eines Katzenauges, wie man sie in die Speichen von Fahrrädern klemmt. Sie muss von einem der Reiskocher abgefallen sein, die dieser Reptilienmensch den Bauarbeitern zufolge demoliert hat, vermutet Zilch.

Abermals bedauert er, keine Superkräfte zu besitzen, gerade jetzt beispielsweise Vergrößerungsaugen zum mikroskopischen Zoomen. In der Finsternis muss er auf alle viere gehen, um weitere Spuren zu suchen, irgendwelche handfesten Hinweise auf einen Echsenmann. Der Schatten seines eigenen Schädels stört ihn dabei.

Der Bau der Garage scheint verglichen mit den anderen Teilen des Gebäudes am weitesten fortgeschritten zu sein, und sogar ein Aluminiumtor wurde bereits eingesetzt. Es ist geschlossen. Zilch pirscht sich auf Zehenspitzen ans Fenster und schaut hinein. Drinnen – er erschrickt – kauert eine gedrungene Gestalt. Die schwarzen Umrisse erinnern an einen Frosch, allerdings einen riesengroßen, und verstören Zilch dermaßen, dass er glaubt, in Ohnmacht fallen zu müssen. Seine Augen gewöhnen sich jedoch schnell an das dunkle Innere der Garage, und er erkennt, dass es sich lediglich um ein Auto handelt. Dann klickt es auf einmal leise und unregelmäßig wie bei einer Uhr, deren Zahnräder teilweise abgebrochen sind. *Was ist das?* Er entsinnt sich seiner Tätigkeit als Nachtwächter eines Restaurants, das einem, wenn man allein dort zurückblieb, gespenstisch vorkommen konnte, und manchmal gab einer der älteren Öfen in der Küche ähnliche Geräusche von sich, als habe ein Untoter mit knochigen Fingern auf einer Kaffeedose getrommelt. So wie es klingt, kühlt da etwas ab: Metall, das sich beim Entweichen von Wärme verzieht. Zilch stiert auf den Schattenriss des Wagens, erkennt aber nichts Genaueres. *Du bist schon zu lange hier,* sagt er sich. Als er gegen die Sperrholzplatte am Eingang des Hauses, das noch keine Tür hat, klopfen möchte, um mit dem Eigentümer des Fahrzeugs zu sprechen und mehr in Erfahrung zu bringen, hört er Geraschel hinter sich, als habe jemand die Bindung eines Heuballens durchgeschnitten und wühle emsig, weil ein Schatz darin verborgen ist.

Zilch dreht sich schnell um und sieht vor dem fast fertiggestellten Nachbarhaus gegenüber eine menschenähnliche Silhouette, die sich im Schatten erhebt. Sie erweckt den Anschein, ein Teil des ausgerollten Rasens zu sein, auf dem sie hinter Gestrüpp gehockt hat. Sie kehrt sich ihm zu, scheint sich aber nicht sicher zu sein, ob sie entdeckt worden ist, und tritt vornübergebeugt erst einen, dann einen weiteren Schritt zurück, um tiefer in der Dunkelheit in Deckung zu gehen.

Dieses Wesen hält ein Gewehr mit Ladehebel in seinen Händen.

»Hey«, ruft Zilch, was autoritär gebieterisch klingen soll, aber halbherzig daherkommt, weil sich seine Stimme leider überschlägt. Er räuspert sich. »Warum kommst du nicht rüber? Quatschen wir ein bisschen.« Der Reptilienmann fühlt sich bedroht. Das kann ins Auge gehen.

Er greift an der Waffe um, die er auf Hüfthöhe festhält, und schüttelt den Kopf. Als sich der Mond kurzzeitig zeigt und die Kreatur rückwärts in sein Licht tritt, erkennt Zilch, dass ihre Hände nicht mit grünen Algen überzogen, sondern fleischfarben, karamellbraun sind. »Nein«, antwortet sie. »Du hast hier nichts verloren.« Auch ihre Stimme ist ein wenig zittrig, was aber nicht daran liegt, dass sie sich etwa fürchtet oder eingeschüchtert fühlt, sondern an Sprachschwierigkeiten. Sie hat einen leichten Akzent, der auf einen Hispanier hindeutet. »Ich war zuerst hier.«

»Du weißt Bescheid von …« Fast wäre ihm das Wort »Reptilienmensch« herausgerutscht. Er geht lieber davon aus, dass der Typ mit der Kanone – er trägt einen selbst gemachten Tarnanzug, wie Zilch mittlerweile klar geworden ist – bloß ein Wilddieb auf Biberjagd und kein Kandidat von der Abschussliste der Confab sei.

Der Mann macht einen weiteren langsamen Schritt nach hinten und zögert kurz, fährt dann herum und prescht los. Zilch taumelt ein kurzes Stück vorwärts, um ihm zu folgen, doch der Unbekannte schlägt sich in ein Wäldchen, das die Grundstücksgrenze zu zwei noch leer stehenden Häusern markiert. Die zottelige Montur tarnt ihn so gut, dass er wie durch Zauberei verschwindet, von einem Moment auf den nächsten weg ist. Kaum eine Sekunde später fällt gleißend helles Licht auf die Bäume hinter dem Haus auf der anderen Straßenseite, die Scheinwerfer eines Wagens, der sich mit glucksendem Motor nähert. Zilch muss tatenlos dabei zusehen, wie der Mann mit dem Tarnanzug in einem schwarzen Lieferwagen ohne Seitenscheiben abhaut. Er starrt ihm nach, während sich das Fahrzeug entfernt, und als es wieder an der Seite des Hauses erscheint, wird ersichtlich, dass es nicht schwarz, sondern feuerrot ist, aber aufgeschnittene Müllsäcke wurden an den Seitenwänden und auf dem Dach befestigt, um es unkenntlich zu machen. Das Gleiche trifft auf sein Kennzeichen und den Gegenstand obendrauf zu.

Vor allem dieser stellt Zilch vor ein großes Fragezeichen: Ein torpedoförmiges Etwas, ebenfalls schwarz verhüllt und auf dem Dach angebracht. Es lässt an Autos von Kammerjägern mit einem fetten Käfer aus Alu als Maskottchen denken, so wie Slim Pickens in *Dr. Seltsam* auf einer Atomrakete reitet. Der

Lieferwagen rast davon, und Zilch versucht erst gar nicht, die Verfolgung aufzunehmen. Wahrscheinlich hat der Typ bloß Nagelschachteln und anderes Zeug gestohlen, das man auf Bauplätzen findet. Das Gewehr war allerdings dezent übertrieben.

Ein paar Minuten lang wägt Zilch die Möglichkeit ab, ob seine Auftraggeber vielleicht zur Sicherheit Verstärkung geschickt haben, damit nichts anbrennt, falls er es nicht schafft, dem Reptilienmann den Garaus zu machen. So wäre noch ein Agent zur Stelle, um eine eventuell unvermeidliche Lücke zu schließen. Er fängt an, vor sich hin zu brummeln, weil er jetzt fast schon überzeugt ist, seine Bosse würden ihm nicht zutrauen, *irgend*etwas richtigzumachen, als er etwas aus der Tiefe von Weatherly's Bog hört, das seine Ohren wirklich zucken lässt.

Ein beunruhigendes Jaulen, gurgelnd wie mit Wasser im Rachen und langgezogen. Die Tonhöhe steigt ins Schrille, die Lautstärke ebenso bis zu einem bestimmten Punkt, und fällt schließlich ab, sodass es nach einem kehligen Fauchen klingt, fast wie meckerndes Gelächter: *Back-back-back*. Die anschließende Stille ist grauenhaft. Keine Grille zirpt mehr, und auch die Frösche schweigen, doch Zilch kann in diesem Moment nach der Lautäußerung der Kreatur sowieso nur eines hören: sein Herzklopfen.

Er bückt sich in dem verschlammten Vorgarten des Hauses, das von Hochwasser betroffen gewesen ist, und hebt eine Schaufel auf. Während er sie beidhändig packt, dreht er sich zum Moor um, wo das Geräusch herkam. Jetzt hört er ein Platschen, aufeinanderfolgende Bewegungen im Nass, als würde jemand schnell näher kommen, doch es ist zu dunkel, um etwas zu erkennen, ganz zu schweigen von dem Gewirr aus Formen, das Weiden und lange Gräser auf jeweils zwei Quadratfuß großen Inselchen bilden. Darum hält Zilch den Gummigriff des Werkzeugs gut fest, stemmt sich fest in den durchweichten Rollrasen und macht sich bereit.

Das Geschöpf schießt Wasser spritzend auf allen vieren zwischen den Entwässerungsmaschinen aus dem Sumpf. Auf den ersten Blick sieht es wie ein gewöhnlicher Waran aus, bloß mit längeren Gliedern und einem runderen Schädel. Es schwankt beim Gehen, humpelt nahezu komisch – wie eine Giraffe in Flipflops – mit seinen schlackernden Beinen. Dann bleibt es stehen und streckt seine Zunge heraus, setzt sich auf die Hinterläufe und hebt die vorderen aus dem Matsch, um sich aufzustellen. Der Wechsel vom Watscheln in Kauerstellung zu aufrechtem Gang gestaltet sich holprig, als liege es mit seinen Instinkten im Widerstreit, was die veränderte Fortbewegungsart betrifft. Es hat einen bleichen, dicken Unterleib ohne Schuppen, der herabhängt wie bei einem chronischen Biersäufer. Seine Haut ist höckrig und glitschig, was Zilch aus ihrem Glanz schließt, wulstige Lefzen und zwei dunkelbraune Augen, die blutrot aufleuchten, wenn es blitzt, vervollständigen das Bild. Er stößt sich zwangsweise daran, dass das Wesen keinen Schwanz hat; sein Körperbau ist eher menschlich als amphibisch. Jeweils fünf Finger beziehungsweise Zehen an den Läufen zählt er, genauso wie Ovid es beschrieb. Es erinnert an einen nackten Mann – sein Geschlecht ist einzig an einem augenfälligen Gehänge zwischen den Hinterbeinen erkennbar –, der unter einer verheerenden Hautkrankheit leidet.

Anscheinend fühlt es sich zu Zilch hingezogen, weshalb es näher gekommen ist, aber noch nicht genau erkannt hat, wo er steht. Dies nutzt er zu seinem Vorteil, indem er völlig still bleibt, sich an die Schaufel klammert und beobachtet, wie sich die Kreatur langsamen Schrittes vorwärtsbewegt, wobei sie ihren Blick misstrauisch durch die Vordergärten der unfertigen Häuser schweifen lässt und sich bemüht, ihrer Beute ein Schnippchen zu schlagen.

Sie geht zu einem der Pick-ups, auf dessen Ladefläche Pumpgeräte stehen. So wie es aussieht, begreift sie, wo Menschen einsteigen, denn sie peilt die Fahrertür an, statt lange anderswo zu schnuppern. Sie schiebt ihre Fingernägel – die von beachtenswerter Länge sind – zwischen Türkante und Rahmen, woraufhin der Schließmechanismus knackend wie ein Minifeuerwerkskörper umschlägt, und der alte Blechhaufen aufspringt. Nachdem der Reptilienmann hineingeklettert ist, hört es sich von Zilchs Warte aus so an, als habe er etwas zu fressen gefunden. Er schwenkt sein Hinterteil an der offenen Tür hin und her, während es so klingt, als zerreiße er *etwas*. Zilch hofft, dass es nicht der Besitzer ist, falls dieser die Nacht in seinem Wagen verbringt.

Er macht einen Schritt nach vorne und hält die Schaufel so verkrampft, dass kein Arzt seine Hand röntgen müsste, um die Fingerknöchel zu sehen. *Ich hab nur bis Sonntag Zeit. Vielleicht ist das jetzt meine einzige Chance.*

Dann tappt er auf irgendetwas, und es knirscht unerwartet laut. So muss es sich anhören, wenn ein Oberschenkelknochen bricht, glaubt er. Nach einem verdrossenen Blick auf den entzweigegangenen Ast, der ihn verraten hat, beobachtet er durch die Windschutzscheibe des Autos, wie der Kopf der Kreatur hochfährt. Sie dreht sich ungelenk um, sodass sie auf der Türkante steht, und starrt Zilch mit ihren grauenerregenden Augen an. Kabel hängen ihr aus dem Mund, gelbe und rote. Sie zögert nur eine Sekunde lang, um ihn starren Blickes zu taxieren, und als sie sich kurzerhand auf den Weg zu ihm macht – wieder auf allen vieren und hüpfend –, geschieht dies mühe- und lautlos schnell. Im Nu hat sie die andere Seite der Sackgasse erreicht.

Er holt mit der Schaufel aus wie ein Tennisspieler, der den ultimativen Schmetterschlag landen will. Das Vieh weicht jedoch mit eingezogenem Kopf aus und rempelt ihn an, sodass er auf den Rücken fällt. Zilch stemmt den Griff in den Boden, um sein Gesicht mit dem Blatt zu schützen, als das Monster breitbeinig auf ihm landet und beängstigend dicht vor seiner Nase beginnt, mit seinen kurzen, breiten Zähnen zu schnappen. Zilch nimmt alle Kraft zusammen, wälzt es von sich hinunter und springt auf. Es rudert herum, geht in die Hocke. Seine muskulösen Beine sind so lang, dass die Knie links und rechts neben seinem Kopf hochragen. Es starrt Zilch bedrohlich an und faucht wieder, heiser wie lang anhaltend.

»Ich weiß nicht, ob du mich verstehst – oder *falls* du verstehst, ob es dich überhaupt interessiert, was ich zu sagen habe –, doch ich handle auf Befehl der Confab. Dort hätte niemand ein Problem mit dir, wenn du geblieben wärst, wo man dich untergebracht hat, aber dass du dein zugeteiltes Reservat verlassen hast, ist absolut untragbar.«

Das gut genährte Monster scheint ihn zu mustern. Seine tief liegenden Augen wandern an Zilchs Körper hinauf, halten kurz still, als es den Bauch sieht, und betrachten schließlich sein Gesicht. Es hebt eine feuchte Hand, an der er Schwimmhäute erkennt, und richtet gleichzeitig den Zeige- und Mittelfinger auf ihn.

»Dir fehlt ein Knopf«, krächzt es.

Zilch zieht seine Brauen zusammen. Er schaut an sich hinunter, und tatsächlich. *Wenn man denkt, man habe schon alles erlebt …*

Plötzlich schlägt ihm eine Packung Dachziegel in Plastikfolie mitten ins Gesicht. Er verwindet den Treffer, indem er mehrere lange Schritte rückwärts taumelt, bis er den Spaten in die weiche Erde rammt, um Halt zu finden, und sich wieder fängt. Verärgert schaut er zuerst auf die Ziegel, dann auf den Echsenmann. Er steht wieder auf seinen Hinterläufen und nähert sich in typischer Haltung, als würde er fragen: »Ich bin das Ungeheuer und fresse dich jetzt, okay?«

Zilch hebt die Schaufel erneut an. Sein Gesicht tut weh, und er hört sogar, wie sich die Nanobugs in ihm anschicken, die Schäden zu reparieren. Vorübergehend brummt es in seinem Kopf wie aufgeregte Bienen, deren Stock brennt. Der Schmerz lässt nach, doch wie lange das dauert, bereitet ihm Sorgen.

»Lass es mich einfach nehmen«, verlangt die Kreatur. Die Stimme ist sehr tief, und der Hals wohl stark verschleimt, weshalb er sie fast nicht versteht. Ihre Zunge sieht geschwollen aus, wenn sie das Maul öffnet, und rollt beim Sprechen schlaff von einer Seite auf die andere. »Ich will nur das Radio.«

»Bedaure, das geht nicht. Du hast gegen Regeln verstoßen, darum wurde ich geschickt. Vielleicht borgt mir jemand seine

Fleischsäge, dann zerleg ich dich, und die Jungs da oben kriegen demnächst Froschschenkel. Dann stünde ich womöglich wieder besser da bei ihnen. Es sei denn, du erklärst dich bereit, mit diesem Quatsch aufzuhören und …«

Das Geschöpf ignoriert seinen Vorschlag und nähert sich weiter. Es zuckt hin und her, ehe es einen Satz macht und dabei eine Schulter nach vorne dreht. Zilch reagiert schnell genug, um auszuweichen, und hält das Blatt der Schaufel in die Sprungbahn seines Gegners, sodass es gegen dessen Kopf schlägt, und zwar mit einem dumpfen *Dong* wie bei einer Glocke.

Dies bringt den Reptilienmenschen jedoch nicht im Geringsten aus der Fassung. Er kehrt sich Zilch zu, packt sein zu großes Anzughemd, um ihn hochzuwuchten, und stößt ihn von sich – alles in einer fließenden Bewegung. Er fliegt durch die Luft übers Geländer der Vorterrasse und durch einen Fensterrahmen. Zum Glück sind die Bauherren noch nicht so weit gekommen, Scheiben einzusetzen, sondern haben lediglich durchsichtige Plastikfolie gespannt. Er stürzt auf eine raue Trockenbauplatte und rutscht weiter – das Material schürft seine Hände auf, weil er versucht, sich zu bremsen –, bis er gegen einen hohen Stapel Gipskarton kracht. Während des Flugs hat er die Schaufel losgelassen. Die Kreatur ist dicht vor dem Haus zu hören, nimmt die Stufen zur Tür. Zilch beeilt sich, wieder auf die Beine zu kommen und sucht händeringend eine andere Waffe, doch die Dunkelheit ist diesem Unterfangen abträglich. Er tritt aus, scharrt mit den Füßen und tastet blindlings auf dem splitternden Sperrholz am Boden nach irgendetwas, irgendetwas, irgendetwas.

Auf einmal rauscht die Luft, als der Echsenmensch durch den Eingang stürzt und einen gewaltigen Sprung macht, mit dem er wenige Fuß vor Zilch aufklatscht wie ein nasser Sack. Der Agent schreit und hechtet zurück, woraufhin es wie Glockenschläge ertönt, hohl nachhallend und metallisch. Er hat beim Ausweichen mehrere angelehnte Kupferrohre umgeworfen. Eines davon schnappt er sich und schlägt mit voller Wucht auf das Monster ein. Den ersten Treffer landet er am Hals, den zweiten auf der Schädeldecke, und der letzte ist ein schwungvoller Stich gegen die Brust – was nicht einmal ein Wimpernzucken auslöst.

»Ich will nur das Radio«, verkündet der Getroffene wieder.

»Ich sag's nur ungern, aber mir ist eigentlich egal, was du willst.« Obwohl er bloß wieder auf direktem Weg zur Confab auffahren wird und sich dann gleich für den nächsten Auftrag einspannen lassen muss, schwelt etwas tief in ihm. *Wenn etwas versucht, dich zu töten, kann man unmöglich ruhig bleiben.*

Der amphibische Mensch ohrfeigt ihn mit dem Handrücken, sodass Zilch wieder gegen die nackte Wand stolpert und mit der Wirbelsäule gegen eine herausragende Stahlstrebe stößt. Es knirscht unüberhörbar, und ihm gehen fast die Augen über. Die Schmerzen sind enorm. Unverzüglich stellt sich wieder Gebrumm ein, als die Nanobugs umdisponieren und sich um die neue Verletzung kümmern. So malt sich Zilch das Treiben an der Börse aus, wenn das Jüngste Gericht bevorsteht. Er würde zusammenbrechen, doch das Monster packt ihn an der Kehle. Es stinkt wie das Moor: nach Verfall und abgestandenem Wasser ohne Sauerstoff. Es schiebt sein Gesicht dicht vor seines und öffnet das Maul.

Er schließt seine Augen. *Das war's, ich bin im Arsch. Jetzt geht es erfolglos zurück zur Confab.*

»Leck mich ab«, befiehlt es.

Da guckt er es verdutzt an. Seine Züge entgleiten vor Ekel wie Verwunderung. »Nein.«

Es greift mit seiner anderen Hand nach Zilchs Unterkiefer, um seinen Mund mit klebrigem Daumen und Zeigefinger aufzuziehen. Anschließend wiederholt es seine Aufforderung und lässt von seinem Hals ab, um den Unterarm vor seine zusammengedrückten Lippen zu halten.

»Leck mich ab.«

»Lck dsch slbscht«, zischt Zilch.

Das Vieh sagt es nicht noch einmal, sondern drückt ihm sein Fleisch einfach gegen den Mund, reibt hin und her, hoch und runter. Er wehrt sich, tritt und schlägt zu, doch es dauert eine gewisse Zeit – ungebührlich lange muss er diesen Froschtypen schmecken –, bis er losgelassen und weggestoßen wird, als sei das Ganze seine eigene Idee gewesen, und das Wesen fühle sich mit einem Mal gekränkt. Zilch spuckt und würgt nach vorne gebeugt, hustet und erbricht doch nichts.

»Was zum Teufel …« Spuck, spuck. »Was sollte *das* denn?«

Es gibt keine Antwort. Er sieht es mit tränenden Augen an, ohne seinen Oberkörper aufzurichten. Dieses Ding schmeckt, wie ein Sumpf zur Zeit der Hundstage im Sommer riecht: nach totem Gewässer und Fäulnis.

Wie es so dasteht, scheint es auf etwas zu warten. Es lässt seine Arme hängen, was Zilch als Nachlässigkeit und Chance deutet, um ihm dafür in die Visage zu schlagen, dass es ihn zu einer Kostprobe von sich gezwungen hat, doch als er einen Vorwärtsschritt macht, wackelt das ganze Gebäude. Er spreizt die Beine und streckt seine Arme seitwärts wie ein Surfer, um sein Gleichgewicht zu wahren. Dann schaut er aus dem Fenster. Immerhin steht die Bude unheimlich dicht am Moor, also könnte es sein, dass sie endgültig aus ihrer Verankerung gerissen ist und hineinrutscht. Draußen tut sich allerdings eindeutig nichts.

Als Zilch wieder die Kreatur ansieht, scheint sie … zu grinsen.

In seinem Kopf klimpert es wie ein Windspiel aus einer anderen Welt, was ihn an einen Aufenthalt in Südamerika und seinen nicht ganz koscheren Fremdenführer erinnert, der einmal etwas mit hohlen Händen an Land brachte, nachdem er von einer Fahrt in ihrem Flussboot zurückgekehrt war: eine leuchtend bunte Unke. Er schlug vor, ein wenig daran zu »schlabbern«. Zehn Stunden später sinnierte er wiehernd vor Lachen gemeinsam mit einem blauhäutigen, sechsarmigen George Harrison darüber, wie es sei, nackt *Twister* mit Marilyn Monroe zu spielen.

»Ach was. Das hast du *nicht*. Sag mir bitte, dass du nicht …«

Krötengifte knallen ordentlich.

Eine lilafarbene Welle trifft ihn wie ein Stromschlag, und innerhalb weniger Sekunden dreht sich das halb vollendete Eigenheim um Zilch. Zimmer weiten sich aus und ziehen sich zusammen wie etwas, das M. C. Escher hätte entwerfen können, nachdem er eine halbe Stunde lang auf engem Raum im Kreis gelaufen war. Zilch fühlt sich auf einmal heiter vergnügt, obwohl eine Kreatur anwesend ist, die ihn ohne Weiteres umbringen könnte. Er spürt den unangemessenen Reiz, zu kichern, in seiner Kehle aufsteigen. Sogleich äußert er sich: »Heh … ähem. Heh. Hee-hee.« Er weicht zurück – die riesige Gefahr bei alledem ist ihm nach wie vor völlig bewusst –, doch gegen die Wirkung des Gifts lässt sich nichts machen. Es ist in seinen Blutkreislauf gelangt, und ein Höhenflug absehbar; das steht außer Zweifel, so sicher wie das Amen in der Kirche, mit Brief und Siegel garantiert.

Der Boden knarrt und verwandelt sich in zähe Paste mit Holzmaserung, woraufhin Zilch spürt, wie er darin einsinkt, obgleich er weiß, dass dies nicht der Wirklichkeit entspricht. Er schlägt kräftig um sich, weil er stehen bleiben will, und in seinen Ohren hört es sich an, als treffe er auf etwas Festes … die breiige Masse, in der er bereits bis zur Hüfte steckt. Sein Gesicht fällt ab. Als die Plastikplane am Fensterrahmen vom Wind umgeklappt wird, bekommt er kurz den Himmel zu sehen, an dem eine Milliarde radioaktiv strahlender Glühwürmchen zu leuchten scheinen. Als Blitze zucken, sieht es so aus, als würde die Glashülle dieser Welt – dieses Planeten in einer Schneekugel – reißen und in Scherben groß wie Kontinente auf die Erde stürzen. Es ist großartig und schlimm und dumm zugleich.

Schließlich hört er Schritte, feucht schmatzend. Einen Moment lang hat er sich so weit im Griff, dass er weiß, wo oben ist, und meint zu sehen, dass der Froschmann nur ein Paar dunkler Fußabdrücke am Boden ist. Während er auf Händen und Knien krabbelt (seine eigenen Füße sind bis auf Weiteres verschwunden), beobachtet er, wie das Ungeheuer über den Rasen zurück zu dem Pick-up mit den Pumpen trottet, der am Rand des Wassers steht. Es braucht nicht lange, um hineinzugreifen und die Musikanlage herauszureißen. Es nimmt sie mit baumelnden Kabeln mit in den Sumpf und taucht unter, nachdem es ein paar lange Schritte gewatet ist.

Der einzige Beleg dafür, dass es da war, ist ein sich ausbreitender Wellenring in der Dreckbrühe.

Zilch lässt sich auf die Brust sacken und wälzt sich beschwerlich auf den Rücken. Er starrt an die Gipsplatten an der Decke, wo Drähte heraushängen und Kunststoffrohre verlaufen. Der Mineralfaserdämmstoff riecht künstlich nach Wald, seine Nase juckt vor Farbgestank und dem Mief des nicht ganz trockenen Zements. Die Geräusche? Das Konzert der Grillen geht munter weiter, eine jede im Duett mit einem Frosch, und aus der Überlagerung ergibt sich eine einzige pompöse Sinfonie. Zilch hört auf, sich dagegen zu wehren. Ihm fällt ein, wie er den doppelten Boden in der Kleiderkommode seiner Mutter bemerkte und komisch schmeckende Bonbons aß, die er darunter fand. Das war seine erste Drogenerfahrung. Seine Eltern hatten ihn an jenem Nachmittag allein zu Hause gelassen, und er, ein Neunjähriger, erlebte eine achtfache Dröhnung. *Was hab ich damals gemacht?*, fragt er sich nun. *Ach ja, richtig. Nichts. Was kann ich jetzt machen?* Sobald das Gift in seine grauen Zellen eingedrungen ist, wird er es bestimmt nicht herauskratzen können.

Darum beruhigt er sich dort in diesem Raum, der eines Tages jemandes Wohnzimmer sein mag. Er erlaubt sich, in sich hineinzugehen, falls diese Beschreibung Sinn ergibt. Sein Körper wird zur Faust, und er ist bereit, mit ihr zuzuschlagen. Als er die Augen schließt, hört er Jimi Hendrix' *The Wind Cries Mary*, obwohl es in dieser unbewohnten Siedlung, soweit er es sagen kann, nirgendwo gespielt wird.

SAMSTAG

KAPITEL 13

Der Handywecker klingelt, doch Galavance ist schon wach, genau genommen seit einer Stunde. An der Decke des doppelt breiten Trailers waren keine Antworten zu finden, doch das hat sie nicht daran gehindert, welche zu suchen. Nun steht sie auf, duscht und zieht sich für die Arbeit an. Heute ist sie für die Frühschicht eingeteilt, die mag sie am wenigsten. Allem Anschein nach sind sowohl die Gäste als auch die Bedienungen samstags immer am miesesten drauf. Alle werden kleinlich und rechthaberisch. Aus irgendeinem Grund gibt die Kundschaft an diesem Tag im Vergleich zu allen anderen am wenigsten Trinkgeld, selbst wenn zum Wochenende ihr Gehaltscheck eingetrudelt ist.

Kaum dass Galavance den Trailer verlassen hat, fällt ihr der verunstaltete Cavalier ins Auge. Sie hat ihn vorübergehend vergessen oder gehofft, die Beschädigung sei nur ein Traum gewesen. Nachdem sie näher getreten ist, fährt sie mit einer Hand über die Motorhaube. Das Blech ist nach der kühlen Nacht feucht von Tau. Als sie eine Unebenheit ertastet, zieht sie die Hand weg und denkt, der schwarze Knopf von Zilchs Anzugjackett stecke noch darin, doch das tut er nicht. Zurückgeblieben ist nur eine Kerbe, ein Zoll lang wie ein Münzschlitz in dem dünnen Metall. Sie fragt sich, ob sich der Knopf im Lauf der Nacht gelöst habe oder von einem Vogel herausgepickt worden sei, denn glänzende Sachen locken die Flattermänner schließlich an, richtig? Dann bekommt sie Bedenken, Jolby könne ihn vorhin, ehe er aufbrach, entdeckt haben. Falls nach dieser leidenschaftlichen Nacht, in der sie durchaus annehmbaren Sex hatten, wieder Zoff auf sie wartet, wenn sie nach Hause kommt, wäre das ärgerlich.

Beim Einsteigen und während sie eine Songreihenfolge für den Weg zur Arbeit programmiert, stellt sie sich vor, wie er sich verhalten würde, wenn sie ihm erzählte, sie habe tatsächlich jemanden überfahren, und (nur spaßeshalber) die Lüge hinzufügte, das Opfer sei tot, also habe sie die Leiche in einem Jutesack gesteckt, mit Ketten umwickelt und in einen tiefen Brunnenschacht geworfen. Jolby dürfte um die gemeinsamen Tage des Müßiggangs mit Chev fürchten und es daher einfach schlucken. Galavance schmunzelt bei diesen Gedanken. Könnte ihr Freund wirklich mit ihr zusammenleben, wenn er sie für eine Mörderin halten würde, nur weil sein nichtstuerischer Lebenswandel gefährdet wäre, falls er es wagte, irgendjemandem von ihrer Tat zu erzählen? Als jedoch die Weckfunktion ihres Handys erneut aktiv wird – zu diesem Zeitpunkt bedeutet es, dass sie jetzt sofort losmuss, um pünktlich zum Restaurant zu kommen –, reißt ihr Wachtraum ab. Sie gelangt zu dem Schluss, solche Spekulationen seien zumindest interessant für Umfragen in einer Zeitschrift, und speichert ihre Songliste, deren Titel alle das Wort »Saturday« enthalten. Dann setzt sie vorsichtig in der Einfahrt zurück.

Als sie vor dem Big Fat Frenchy's ankommt, fällt ihr auf, dass sie die Erste auf dem Parkplatz ist – abgesehen von einem einzigen anderen Auto, Pattys beigefarbenem Viertürer. Galavance stöhnt, fährt weiter hinters Gebäude und stellt den Chevy neben den Abfallcontainern ab. Die Regionalleiterin fängt sie am Personaleingang ab, noch bevor sie ihren Schlüssel herausnehmen kann.

»Na, guten *Morgen*, Ms. Petersen«, ruft Patty, als sie die Tür aufwirft. »Sie sind heute ja nicht nur pünktlich, sondern sogar zu früh.«

»Klar doch«, erwidert Galavance mit munterer Stimme. Sie kann sich ihr Benehmen in Pattys Anwesenheit nicht erklären. Warum setzt sie dieses extrem gezierte Lächeln auf und schleimt dermaßen, dass man meinen könnte, sie stecke schon bis zur Taille im Rektum der Frau? Sie versucht immer wieder, es bleiben zu lassen, schafft es aber einfach nicht. Es hat sich über die Jahre hin eingeschliffen.

Patty geht voraus zur Küche. Außer ein paar Lampen ist noch nichts eingeschaltet. Das Kühlhaus und die Selbstbedienungskühlschränke summen vor sich hin, weder auf dem Boden noch den Arbeitsflächen liegt auch nur ein Krümel. Der Nachtportier – Bunk sein Name – ist ein Engel von Mensch und würde einen Fettfleck sechs Stunden lang mit einer Zahnbürste schrubben, bäte man ihn darum.

Auf einer Theke hat Patty mehrere Bewertungsbögen ausgelegt, und Galavance ist überzeugt davon, dass ihre Karriere bei Frenchy's deswegen enden wird. *Sie hat das Blatt erkannt, das ich ausgefüllt habe, und jetzt ist alles aus, ich werde geschasst.* Als sie sich nach vorne beugt, sieht sie, dass es nicht die Auswertungen der *Poivrons farcis* von gestern sind. Jedenfalls ist ihr keiner der abgegebenen Namen geläufig. Unabhängig davon steht kein einziges positives Wort darin.

»Die sind über Nacht per Fax geschickt worden«, erzählt Patty. »Sie stammen aus anderen Filialen im Südosten des Landes, und *niemand* fand wohlwollende Worte. Wir haben Verköstigungen organisiert, in deren Rahmen Gäste kostenlos einige unserer neuen Gerichte probieren durften. Weil es gratis war, dachten wir, sie würden ehrlicher urteilen ... und meine Güte, das haben sie definitiv getan.«

»Um welches Gericht ging es denn?«

»Die Poivrons farcis, unsere neuen Paprika mit Füllung«, antwortet Patty im Jammerton, als sei dieser grässliche Fraß ihre eigene Kreation gewesen. »Das ist wirklich schade, denn ich fand sie ziemlich lecker.« Ihre Augen wirken hinter den Gläsern ihrer Hornbrille insektenhaft. »Was halten Sie davon?«

»Mir haben Sie auch ganz gut geschmeckt«, behauptet Galavance lächelnd.

»Aha«, meint Patty. »Dann waren Sie's nicht, schätze ich.«

»Was war ich nicht?«

»Jemand aus diesem Lokal, der gestern einen der Bögen ausgefüllt hat, schrieb ein paar recht kindische Dinge. Na ja, wie dem auch sei, ich dachte, ich sollte wieder hier vorbeischauen und mit Ihnen zusammenarbeiten, um zu sehen, ob etwas dabei herumkommt. Das kulinarische Inspirationsteam ist momentan in Frankreich, zur Fortbildung wie jedes Jahr. Da dieser Standort die niedrigsten Besucherzahlen im Dreieck Georgia, North Carolina und Tennessee verzeichnet, halte ich es nicht für unklug, ihn sozusagen als Versuchslabor für dieses eine Gericht zu benutzen, denn hier kann eigentlich kaum jemand Anstoß daran nehmen.«

»Schlaue Idee«, heuchelt Galavance. »Also, ich geh jetzt mal staubsaugen, die Salz- und Pfefferstreuer auffüllen und …«

Patty schaut arg beleidigt drein. »Dabei dachte ich, wir könnten …«

Ihre Angestellte räuspert sich. »Sie möchten, dass ich Ihnen helfe?«

»Das wäre nett, ja«, bestätigt sie. »Sicher, ich könnte auch eines der anderen Mädchen darum bitten, aber mir kommt es wie eine gute Gelegenheit vor, um … nun ja, etwas von Ihrem Potenzial zutage zu fördern. Indem ich Sie bei etwas so Wichtigem zurate ziehe, sporne ich sie womöglich an, sich stärker bei Frenchy's einzubringen – ich weiß nicht, vielleicht als Anreiz, um eine bessere Mitarbeiterin zu werden. Ich meine, in meiner leitenden Position sollte ich mir wohl nicht so in die Karten schauen lassen, also meine psychologischen Taktiken offenlegen, aber keine Ahnung … falls Sie möchten …«

Auf einmal erinnert Patty Galavance an eine Cousine, die furchtbar unselbstständig und schüchtern war. Sie folgte ihr auf Schritt und Tritt, wobei sie sich immerzu ein Plüschkätzchen an die Brust drückte. Fragte man sie, was sie denn heute so vorhabe, hielt sie sich das Kuscheltier vors Gesicht, wurde puterrot und schüttelte den Kopf. Sie war so verlegen, dass man meinte, sie breche darunter zusammen. Dennoch musste sich Galavance ihrer einen ganzen Sommer lang annehmen und konnte sie nie allein sitzen lassen, egal wie ausgiebig sich ihre Freunde über sie lustig machten. Das Mädchen brauchte nichts weiter zu tun, als sie mit seinen Hundeaugen anzusehen, und schon schmolz Galavance dahin wie Speiseeis im Sommer. *Vielleicht hatte Zilch recht,* überlegt sie. *Ich bin zu weich.*

»Also gut«, sagt sie schließlich. »Wenn die anderen kommen, lasse ich sonst jemanden staubsaugen.«

»Wunderbar«, gluckst Patty und klatscht in ihre Hände. »Ich hol mir eine Schürze, wollen Sie auch eine? Oh, das ist spannend. Wir machen das wie die großen Starköche, Mario Batali und so, versuchen dies und das, verfeinern dieses Rezept bis zur *Vollendung!*« Immer wieder schlägt sie ihre fleischigen Flossen zusammen und vollführt einen kurzen Schlangentanz, indem sie ihre üppigen Hüften kreisen lässt.

Galavances Gesichtsmuskeln schmerzen schon vor lauter verkrampftem Lächeln. »Ja, ganz Ihrer Meinung. Das wird … genial – mindestens.«

KAPITEL 14

»Was, wie … *Hä?*« Zilch strampelt und rudert mit den Armen, bis er sich endlich umgedreht hat. Dann kniet er und stützt sich mit den Händen ab, starrt auf die nackte Gipswand. Jedes Härchen an seinem Körper ragt senkrecht auf, nachdem er aus dem merkwürdigsten Traum aufgewacht ist, den er je durchgemacht hat. Nun da er erkennt, dass es nur ein ebensolcher war, beruhigt er sich. Ein Streif Sonnenlicht fällt durch die offene Tür, und irgendwo läuft leise ein Radio. Das rhythmische *Psch-tack* eines pneumatischen Hefters begleitet eine unangenehm schrille Kreissäge wie Percussion.

Dank der morgendlichen Helligkeit sieht er jetzt wesentlich mehr in dem Haus: Getrockneter Schlamm von Fußspuren am Boden, das nunmehr zu einer Sieben verbogene Kupferrohr, das er geschwungen hat, um sich zu verteidigen, und zuletzt eine Ecke, wo in Zukunft jemand zu Abend essen würde. Dort stehen ein Fernseher und zwei Gartensessel, eine Spielkonsole und auf einem billigen Stativ eine billige Videokamera, die über die Rückenlehnen der Sessel hinweg auf den Bildschirm gerichtet ist, wie um das Programm aufzunehmen. In der unfertigen Küchennische, die wie ein Zeltlager unter Dach anmutet, gibt es eine hellblaue Kühlbox für Bier, und Süßigkeitenpapier sowie leere, zerdrückte Dosen liegen verstreut herum, am hinteren Ausgang sogar eine beeindruckende Pyramide, deren Spitze bis unter die Decke reicht.

Die Verbindungstür zur Garage steht offen. Selbige ist jetzt leer und hell, weil das Tor offengelassen wurde und die Sonne hinein scheint. *Das Mistvieh kann Auto fahren?*

Das Tackern des Hefters bricht ab, die kreischende Säge wird leiser und verstummt. Zilch hört Stimmen.

Als er durch den türlosen Hauseingang schaut, bemerkt er, dass er entdeckt worden ist. Draußen auf der Baustelle gegenüber stehen Männer, allesamt mit Sicherheitshelmen, deren Gelb ihn erschreckt, vom Sumpfmatsch schmutzigen T-Shirts und löchrigen Jeans. Einer, der gelinde ausgedrückt ziemlich bullig ist, steigt aus dem Pick-up, dessen Radio der Echsenmensch in der vorangegangenen Nacht herausgerissen hat. »Da ist er«, grollt ein anderer. Jeder legt sein Werkzeug nieder und betritt den Vorplatz, allen voraus der Schranktyp, der eine rasierte Glatze und eine funkelnde Rodeo-Gürtelschnalle hat.

Zilch richtet sich mühselig auf. Der Boden unter den Sohlen seiner durchnässten Halbschuhe kommt ihm noch wacklig vor. Er wirft die Arme hoch, um sich den zehn Bauarbeitern zu ergeben, die auf ihn zukommen, doch keiner bleibt stehen.

»Halblang, Leute. Wartet mal kurz. Was soll das alles?«

»Gestern Nacht hat jemand meinen Truck aufgebrochen, verdammt noch mal«, knurrt der Kräftige mit dem Kahlschlag und der auffälligen Gürtelschnalle. »Da *du* das einzige Stück Scheiße hier bist, das ich *nicht* kenne, macht dich zum Hauptverdächtigen.«

Zilch möchte gelassen bleiben und sich beherrschen, auch trotz seiner Kopfschmerzen. »Sie haben zu viele Polizeiserien gesehen, Mann. Dass Sie mich nicht kennen und ich zufällig am Morgen nach dem Diebstahl hier bin, hat herzlich wenig zu bedeuten. Ich hab nur meinen Rausch ausgeschlafen. Weil ich niemandem in der Umgebung begegnet bin und die Häuser nicht verschlossen sind, ging ich davon aus, Ihre Kolonne würde erst am Montag wieder anrollen.«

»Ach ja?«, fragt der Vierschrötige selbstgefällig. Er zeigt mit einem behandschuhten Finger auf den Boden neben Zilch. Dort liegt ein Stück der Kabel, die zwischen den Zähnen der Kreatur stecken blieben. »Würdest du mir erklären, was *das* bei dir zu suchen hat, Sportsfreund?«

»Um ehrlich zu sein: Nein, ich habe keine Lust, es zu erklären, besten Dank auch«, erwidert Zilch kernig.

Oh Scheiße. Im Ton vergriffen. Sechs Mann ergreifen ihn.

Die Bauarbeiter tragen ihn über ihren Köpfen wie einen Märtyrer. Sie scheinen zunächst nicht zu wissen, was sie mit ihm anstellen sollen, nachdem sie ihn hochgenommen haben, und stemmen ihn so, wie es Ameisen vielleicht mit einer Scheibe Brot tun würden. Dann legen sie ihn aber auf die Motorhaube des Pick-ups, und zwei drücken ihn nieder, während der Kräftige und zwei weitere zum Heck gehen, wo sie in einem Werkzeugkasten kramen, der neben der Pumpe auf der Ladefläche steht. Zuvor hat jemand etwas von »Expandern« gemurmelt.

Warum nicht alles auf eine Karte setzen? »Hört mal, Leute, hat irgendeiner von euch schon mal was vom Reptilienmann gehört?«

Einer mit Ziegenbart grunzt: »Das war in *South* Carolina, Kollege. Bist tierisch weit weg von Lee County, aber zugegeben: netter Versuch.«

»Okay, damit breche ich zwar die Regeln meiner Auftraggeber, werde euch Typen aber ein kleines Geheimnis verraten: Deshalb bin ich hier; ich suche den Reptilienmann. Er ist derjenige, der die Anlage aus dem Truck eures Freundes gerissen hat.« *Noch mehr Minuspunkte, weil ich mit noch mehr Einheimischen schwatze, aber das dürfte besser sein als Draufgehen und die Mission endgültig zu vermasseln, oder?*

»Pass mal auf, du Nase. Erzähl das deinem Kumpel, diesem dummen Wichser, der uns weismachen wollte, das Ding hätte letzte Woche *mein* Auto aufgebrochen.«

»Was?«

Ein Mann mit sehnigen Armen und Bauernbräune fährt fort. »Hast schon richtig gehört. Dein Kumpel meinte, er habe es auf Video und was nicht alles, aber oh Wunder: Als er die Aufnahme bei der Polizei – und mir – zeigen sollte, war sie plötzlich auf *mys-te-riö-se* Weise futsch. Jemand müsse seine Handysicherung geknackt und sie gelöscht haben, behauptete er.«

»Erklären Sie mir noch eines, Sie sagten ›mein Kumpel‹. Wer soll das sein?«

Der Spitzbart knurrt missbilligend. »Chev Bertrand. Hab mir gedacht, ihr seid dicke miteinander, weil ihr zusammen in dem Scheißhaus pennt, das er uns mit seinem Fettarschfreund weggeschnappt hat, als der Bauauftrag ausgeschrieben wurde.« Er bezieht sich mit einer Kopfbewegung auf Nummer 1330.

Vom Heck her ruft der mit der Gürtelschnalle: »Warum quatschst du überhaupt so viel mit ihm? Die Schwuchtel hat eh gleich solchen Schiss, dass sie sich hinterher nicht mehr an ihren eigenen Namen erinnert.« Daraufhin lacht er dümmlich und kommt von der Seite her mit einem Gewirr aus Gummiseilen, die bunt sind wie Korallenschlangen. Er grinst klugscheißerisch breit mit seinem Bulldoggen-Gesicht, und seine versammelten Freunde kichern geschlossen, als würden sie dafür bezahlt. Zilch erkennt jedoch an ihren leicht besorgten Blicken, dass niemand außer ihrem Anführer das hier will, doch Grausamkeit funktioniert am besten, wenn man sie einer Masse eingeimpft hat.

Während der Bulle die Expander ordnet, bis alle Haken oben aus seiner fetten Faust ragen, fragt er: »Schon mal Kühlerfigur gespielt, Tunte?«

Zilch seufzt. »Nein, aber ich kann mir gut vorstellen, wie es abläuft.«

»Es macht *wirklich* Spaß«, versichert der Mann und lässt die Seile schnarren. »Haltet ihn fest.«

Zilch legt seinen Kopf zurück auf die Haube und lässt sie tun, was sie wollen. Die Handlanger des Riesen, ein Haufen prolliger Muskelprotze, schicken sich ihrer Pflicht ergeben an, ihren Gefangenen auf der Haube des Pumpenwagens zu sichern. In der Zwischenzeit muss sich Zilch vor Augen rufen, dass von seinen Nanobugs, nachdem er am Vortag von Galavance angefahren wurde und sich dann in der Nacht mit dem Froschmann angelegt hat, wahrscheinlich nur noch zwanzig Prozent übrig sind, falls nicht sogar weniger. Sie leisten sicherlich Schwerstarbeit, um ihn auf den Beinen zu halten, und nicht auszudenken, was geschieht, falls sie weitere Verletzungen heilen müssen. Er hat schon oft genug Ähnliches erlebt und weiß daher, dass man Schmerzen allein durch die Kraft der Gedanken lindern kann. Er muss sich klarmachen: Es ist nicht sein eigener Körper, und bei den Impulsen der Nervenenden an dessen Hirn handelt es sich schlicht um Warnsignale, die ihn darauf stoßen, dass er in Mitleidenschaft gezogen wird – dass der Tod unmittelbar bevorsteht, falls er nicht aufhält, was den Schmerz verursacht. Manchmal klappt das, wohingegen ihm zu anderen Gelegenheiten so wenige Nanobugs bleiben, dass diese sich nur auf den Schaden an sich konzentrieren, statt die Schmerzen abzuwenden, indem sie sich den feuernden Synapsen widmen.

Jetzt spürt er, wie sich die Seile an seinen Handgelenken spannen, was wehtut, und wie das Blut abgeschnürt wird, während die Arbeiter sie doppelt und dreifach herumwickeln. Er versucht, zu den Kriechern in ihm zu sprechen, seiner persönlichen mikroskopischen Bautruppe: *Achtet auf den Schaden, nicht die Schmerzrezeptoren. Bitte.*

Seine Fußgelenke werden auf die gleiche Weise verschnürt, und sobald sie einen Expander über seinen Bauch gezogen haben, wiehern die Behelmten angesichts ihrer Verpackungskünste gemeinsam vor sich hin, als ob ihnen noch nie etwas Lustigeres untergekommen sei. Vor dem Anführer lacht allerdings niemand, denn dazu muss er sie erst auffordern.

Zilch blickt auf seine eigene Jugend zurück. Klar, das wäre wohl ein echter Schenkelklopfer, würde es sich bei der Person, die es erlebt, nicht um ihn selbst handeln.

Als jemand in den Wagen steigt, dreht er den Kopf und schaut zurück. Verkehrt herum sieht er, dass der Bulle hinterm Lenkrad sitzt und immer noch in sich hineinlacht, während er einen Priem Tabak aus einem Döschen schnupft. Nachdem er es eingesteckt hat, blickt er durch die Windschutzscheibe in Zilchs Augen und sagt etwas, das sich trotz seiner gedämpften Stimme unheilvoll anhört: »Halt dich *gut* fest, Schwuchtel.« Die obere Hälfte seines Kopfs dehnt sich in die Breite wie ein aufgeblasener Kaugummi, zieht sich aber gleich wieder auf Normalgröße zusammen.

Keine Frage, ein Flashback von dem Krötengift, vermutet Zilch.

Der Motor springt an und schüttelt ihn gehörig durch, sodass alles in seinem Blickfeld zu vibrieren scheint. Er holt tief Luft und möchte sich Mut einreden, doch die natürliche Droge spielt ihm sonderbare Streiche mit fatalistischen Zeichen: Totenschädel mit gekreuzten Knochen brennen sich aus dem Nichts kommend auf seinen Netzhäuten ein wie mystische Glyphen oder sein persönlicher brennender Dornenbusch als böses Omen dessen, was ihm bevorsteht. Eine Anakonda windet sich durch die Luft, schwebend wie unter Wasser über den Sicherheitshelmen der Arbeiter, und spricht besänftigend zu Zilch: »Tu lieber, was der Mann dir gesagt hat.«

»Hm?«

»Festhalten.«

Der Kool-Aid-Man, das Maskottchen in Form eines übergroßen Glaskrugs voll mit rotem Zuckerwasser – jetzt ist es allerdings Blutsuppe – bricht an der Seite eines Hauses durch die Mauer und posaunt den Slogan »Oh yeah!« mit seiner unverkennbar freudig sonoren Stimme, nimmt sich einen Moment Zeit, um Zilchs Notlage zu begutachten, und stimmt der Anakonda nicht mehr ganz so freudig zu. »Oh … yeah. Du nimmst dir besser zu Herzen, was die Schlange sagt.«

Zilch legt den Kopf wieder hin und ignoriert sowohl den anthropomorphen Getränkekrug als auch die Rat spendende Anakonda.

Das Getriebe wird in Fahrtstellung gebracht, und der Pickup wirbelt ein wenig Staub auf, als die Räder greifen. Wind rauscht in Zilchs Ohren, und die Schlange macht sich davon, wobei sie fast gegen ihn prallt. Die Bauarbeiter lachen gemeinsam mit nervösem Unterton, am lautesten und ehrlichsten Mr. Bulle. Er hupt – das ist *echt* laut, wenn man mit Expandern auf einer Motorhaube festgezurrt wurde – und schert ständig abwechselnd nach beiden Seiten aus. Aufgrund des schweren Hecks, denn die Pumpe mag eine Tonne wiegen, könnte der Wagen rasch ins Schleudern kommen. Zilch krallt sich an der Rille zwischen Seitenwand und Haube fest, während er sich bemüht, nicht zu schreien, weil dies eine Genugtuung für den Fahrer wäre.

Es gelingt ihm nicht.

KAPITEL 15

Weitere Angestellte erscheinen zur Schicht, worüber Galavance froh ist, wenngleich es ein paar Highschool-Tratschtanten sind. *Wenigstens noch jemand außer Patty und mir.* Zeitweise war die Situation recht peinlich: Eigenartig dicke Luft, die man geradezu hätte schneiden können.

Patty hat die Karte mit dem Rezept für die gefüllten Paprika, und in einem Warmhaltebehälters liegen acht halbierte Schoten. Sie probieren unzählige Kombinationen von Couscous und gehacktem Knoblauch mit etwas Parmesan und einem Schuss nativem Olivenöl bis zu einer eher mediterranen Variante mit Kalamata-Oliven, Artischockenherzen und Fetakäse. Galavance findet allmählich Gefallen daran, auch weil sie sich daran erinnert fühlt, wie ihre Mutter und sie früher beim Backen alles Mögliche für Kekse zusammengeschmissen haben. Streusel, Rosinen, Walnüsse, Schokoladenchips *und* Karamell? Warum nicht?

»Das reicht wohl für heute«, lenkt Patty ein, als ihre Gehilfin mit ein paar weiteren Ingredienzen aus dem Lagerraum für Trockenware kommt, um die nächste abenteuerliche Kreation anzugehen. »Ich glaube nämlich nicht, dass sich die Entscheidungsträger auf einmal bereit erklären werden, Artischocken und Oliven auf die Bestelllisten zu setzen. Diese Sachen sind teuer.«

»In Ordnung«, erwidert Galavance. Sie stellt die Gläser und Plastikbeutel mit den Zutaten ab, ehe sie ernsthaft interessiert fragt: »Was sollen wir Ihrer Ansicht nach tun?«

»Ich finde, wir sollten uns dieses Rezept so vornehmen, wie es sich das kulinarische Inspirationsteam ursprünglich gedacht hat, die einzelnen Schritte durchgehen und überprüfen, wo es hapert. Die große Frage dabei lautet: Warum schmecken die Paprika so kacke?«

»Kacke«, wiederholt Galavance nachdenklich. Abermals sieht sie sich gemeinsam mit ihrer Mom in der Küche. Die unter Streusel begrabenen Schokoladenkaramellkekse mit Rosinen und Walnüssen kamen einem Angriff auf die Geschmacksnerven gleich, als würde man nach einem sehr betriebsamen Wochenende über den Boden einer Eisdiele lecken. Auf dem Papier liest sich das reizvoll, aber …

»Einige Komponenten müssen erhalten bleiben, erstens die Blutwurst. Ich habe die Bestellung für den Lieferanten gesehen, wir sind vertraglich an ihn gebunden. Drei Jahre lang erhalten alle einhundertdreiundfünfzig Filialen von Fat Frenchy's regelmäßig Blutwurst, als *können* wir sie nicht weglassen.« Patty fährt mit einem Zeigefinger an der Karte hinunter – es quietscht wegen der Laminierung – zu der Stelle, wo eine Handvoll Kräuter und Gewürze aufgeführt ist. »Vielleicht liegt es an einem dieser Schickimicki-Zusätze, dass es so schlecht schmeckt – anderen wohlgemerkt. Ich mag es ja so, wie es ist, aber Sie wissen ja, wie's läuft: Der Gast hat immer recht!« Würde nicht Patty dies äußern, klänge es sarkastisch, doch so mag man an Gottes Wort denken, zitiert wie eine unanfechtbare Tatsache.

Galavance nickt zustimmend. Sie bewegt sich gerade auf einem schmalen Grat, indem sie der Lady von der oberen Führungsebene nach dem Mund redet, ohne vor dem gesamten Küchenpersonal, mit dem sie während der Woche zusammenarbeiten muss, daherzukommen wie eine plumpe Speichelleckerin. Sie bemerkt, dass sie von allen aus dem Augenwinkel beobachtet und mit einem Ohr belauscht wird.

Auf einmal ist wieder gestern, und Zilch sitzt auf ihrer verbeulten Motorhaube, kostet von der gefüllten Paprika und spuckt aus. Selbst jetzt muss sie bei der Vorstellung schmunzeln, aber ihr fällt ein, was er vorgeschlagen hat: Basilikum, falls möglich frisch.

»Wie wäre es mit Basilikum?«

»Was soll das sein?«, fragt Patty unumwunden ehrlich.

»Eine Gewürzpflanze«, antwortet Galavance auf dem Weg zum Kühlhaus. Sie gehen gemeinsam hinein und suchen in allen durchsichtigen Schubladen nach grünen Blättern, die von Gummis zusammengehalten als Bündel gelagert werden. Galavance muss sich auf die Beschriftungen verlassen, weil sie Basilikum rein äußerlich nicht von jungem Spinat und Koriander unterscheiden kann. Was den Duft betrifft, sieht die Sache ganz anders aus. Sie riecht dieses Gewürz wirklich gern. Als sie ein Fach voller Grünzeug aufzieht, weiß sie, dass sie es gefunden hat, ohne das Etikett zu lesen; sie erkennt es am Aroma.

»Das wird der Füllung etwas Süße verleihen. Es passt zu Paprika und … Sie wissen schon – veredelt den Geschmack.«

»Dieses Kraut?« Patty wirkt skeptisch, als habe Galavance gerade draußen auf dem Parkplatz ein Büschel Gras aus einem Riss im Asphalt gerupft. »Sie meinen, allein dadurch, dass wir das untermengen, schmeckt das Gericht besser?«

»Es ist einen Versuch wert«, entgegnet Galavance. »Laut Bestellliste ist es eine der günstigeren Zutaten unter den Gewürzen. Außerdem verwenden wir die tatsächlichen Pflanzen, womit wir auf den Speisekarten werben können: ›zubereitet mit frischem Basilikum‹, nicht wahr?«

Patty zieht die Schultern hoch und grinst freudestrahlend. »Na, wenn Sie das sagen, meine Gute. Probieren wir's!«

Wieder muss die gesamte Belegschaft der Küche an diesem Morgen zum Probieren herhalten. Als das Blech aus dem Warmluftofen genommen und die Alufolie abgestreift wird, sehen die Angestellten drei Edelstahlformen voller grüner Paprika und stöhnen unverhohlen. Selbst die Mexikaner, die sich oft verschwiegen geben und duldsam lächelnd leiden, schütteln die Köpfe und wringen ihre Haarnetze.

»Aber jetzt«, sagt Patty, die Handschuhe angezogen hat, und legt für alle Anwesenden jeweils eine Schote auf eine Einwegserviette. »Die werden anders als jene von gestern schmecken. Ms.

Petersen und ich, wir haben schon früh heute Morgen mit der Feinabstimmung der Rezeptur begonnen, damit sie genau richtig geraten, also seien Sie so nett, wieder zu kosten. Ich bin mir sicher, dass es im Vergleich zu den ersten weit besser mundet.«

»Wir sind keine Versuchskaninchen«, möchte der Tellerwäscher klarstellen.

»Wie viele Kalorien haben die?«, fragt eine der aufwendig frisierten Bedienungen, während sie ihre gefüllte Paprika beäugt, als könne eine Rasierklinge drinstecken.

»*Versuchen* Sie sie einfach«, beharrt Patty. Alle treten vor und nehmen sich eine Schote, wobei sie keinen Hehl aus ihrer Abneigung machen.

Galavance steht neben ihnen und beobachtet sie beim ersten Bissen. Anschließend ist es eine kurze Weile still, doch niemand verzieht das Gesicht oder entschuldigt sich und eilt zur Toilette. Jeder beißt noch einmal ab, dann wieder. Nachdem Galavance ihre Portion probiert hat, erachtet sie die Garzeit für genau richtig. Paprika und Füllung sind weich, aber noch bissfest, die Blutwurst tut dem Rezept keine Schande, wohingegen die Kapern zusammen mit dem Basilikum eine perfekte Mischung aus Süße und Bitterkeit ergeben, die den erdig-buttrigen Gemüsegeschmack hervorhebt. Beim Essen kann sie nur immer wieder wohlwollend nickend. Wer hätte es gedacht? Zilch wusste wirklich, wovon er sprach.

Während sie den zweiten und dritten Happen kaut, überlegt Galavance: *Wo dieser Clown jetzt bloß steckt? Ist er tatsächlich da draußen unterwegs, um Monster zu jagen, und benutzt dazu einen Teller Rippchen unter einer Kastenfalle wie Elmer Fudd bei Bugs Bunny? Langgestreckt unter einem Tarngeflecht aus Zweigen und Laub, während er darauf wartet, dass der Reptilienmensch vorbeikommt?*

Ich hätte mir seine Telefonnummer oder eine andere Kontaktmöglichkeit geben lassen sollen, um ihn irgendwie zu erreichen. Andererseits ist es besser, wenn ich mir das aus dem Kopf schlage. Ich hab ja einen Freund.

Obwohl sie ihn nur einen Tag kennt, sieht sie ihn durchaus auch als Freund an. Nicht dass sie viele zum Vergleich heranziehen könnte, denn es hat alle ihre Bekannten aus der Schule in die Großstadt verschlagen, um ein College zu besuchen, ehe sie Kinder bekamen und irgendwann aufhörten, sich zurückzumelden, wenn Galavance anrief. Darüber hinaus hat es ohnehin keine sonderliche Bewandtnis. Zilch ist bestimmt längst verschwunden, erledigt den nächsten wichtigen Job für seine Organisation, pflichtbewusst wie ein echter (im Sinne von lebendiger) Mann.

Trotzdem vermisst sie ihn und hofft, ihre Ahnung vom Abend zuvor, als sie in Franklintown auseinandergingen, würde sich bestätigen und er ihr erneut über den Weg laufen. Er markierte einen Einschnitt in ihrem Leben, nötigte sie genau zum richtigen Zeitpunkt zu einem Tritt auf die Bremse – im wahrsten Sinn des Wortes. Außerdem bewundert sie ihn umso mehr dafür, dass sie in dieser Küche niemanden sieht, der die Paprika mit der von ihm vorgeschlagenen Zutat isst, und dabei kein anerkennendes Lächeln im Gesicht hat. Selbst den Kalorienzählerinnen schmeckt das Gericht. Patty schaut Galavance an, und ihre Blicke begegnen sich. Sie hat den Mund zu voll, um etwas sagen zu können, schließt jedoch die Augen und nickt, bevor sie dem Mädchen etwas gibt, das es noch nie von ihr bekommen hat: einen Schulterklopfer.

Zilch brüllt. Auf der Motorhaube eines Pick-ups gefesselt zu sein, der mit sechzig Meilen die Stunde über eine unbefestigte Straße brettert, löst etwas im Gehirn aus: Entsetzen. Das gilt sogar für einen Mann, der eigentlich tot ist, lebendig von nicht wenigen Albtraumbestien gefressen wurde, sich einmal versehentlich selbst angezündet hatte, sodass er zu Asche verbrannte, und sich von einem Rudel blutrünstiger Höhlenmonster aufspießen ließ wie Schaschlik.

»Hast du genug, Schwuchtel?«, schreit der Rowdie, um den Motorenlärm zu übertönen, und bremst ab, bis der Wagen langsam rollt. Zilch antwortet nicht, weil der Kerl diese Nummer schon zum dritten Mal abzieht. Er wird gefragt, ob es ihm reiche, und bejaht, woraufhin sein Peiniger »noch einen Durchlauf« ankündigt und Vollgas gibt, um eine weitere Höllenfahrt auf engen Sandwegen zwischen Tabakfeldern zu machen. Für solchen Unsinn ist es zu früh am Morgen. Durch die nachlassende Wirkung des Gifts bedingte Eindrücke ziehen an ihm vorbei: mehr schwebende, lachende Totenköpfe, mehr Schlangen und mehr Engel mit weißglühenden Lanzen aus Gold, mehr alttestamentarische Symbole. Ach ja, und auch der Kool-Aid-Man sagt wieder hallo und amüsiert sich trefflich. Arschloch.

Nachdem sie wieder in die Siedlung Whispering Pines eingebogen und auf dem Weg in die Sackgasse sind, sieht Zilch, dass vor ihnen eine weitere Auseinandersetzung stattfindet. Ein tief liegender, kanariengelber Wagen mit protzigen Chromfelgen, die gleißend hell funkeln, und einem aberwitzig breiten Heckspoiler Marke Walschwanz steht quer auf der Straße, als habe der Fahrer unvermittelt gebremst und sei hinausgesprungen, ehe er vollständig zum Stehen kam. Die Schutzhelm-Mannschaft ist auch zur Stelle, alle in ihren weißen Shirts auf Jeans – und ein anderer Mann: Groß und nicht nur fett, sondern logischerweise auch unförmig klotzig mit blonden, hochstehenden Haaren und einem bunten Kegeltrikot voller Pailletten sowie langen Shorts, die ebenso gut eine Caprihose für Männer sein könnten.

Während sie sich rasch nähern, hört Zilch oben auf der Haube des Pumpwagens, wie die Männer diskutieren. Der Fettsack mit der Stachelfrisur schreit die anderen an, die in einem Halbkreis aufgestellt ihre Zähne zeigen und sich behelfsmäßig mit Werkzeugen bewaffnet haben: Hämmern, Tackern und Wasserwaagen mit grünen Sichtfenstern.

»Zum *Teufel* noch mal, ich hab überhaupt nichts mit Bens Truck angestellt, Darryl«, schimpft der große Blonde heiser. »Er war von ihm gemietet, weil ich die Pumpe brauchte. Findest du nicht, dass es selten dämlich wäre, das Radio eines Autos zu klauen, das ich mir bei jemandem *geliehen* habe? Ich bin bloß hergekommen, um nach meinem Grundstück zu schauen, Mensch.«

Der Bulle parkt und lässt Zilch auf der Haube angebunden liegen.

Er legt sich mit dem blonden Koloss an, wobei sie sich wiederholt mehr oder weniger die gleichen Sätze über Autoradios an den Kopf werfen, wieso der eine hier sei, wer sie herausgerissen habe und weshalb. Stachelfrisur kontert stets mit demselben Argument, er habe den Pumpenwagen von Bulle gemietet, also gebe es keinen Grund dafür, die Musikanlage zu entwenden. Bulle wirft ihm nicht nur den Diebstahl des Geräts aus dem Pick-up vor, den er ihm netterweise geliehen hat, sondern obendrein, dass er nicht verriegelt gewesen sei und über Nacht hätte geklaut werden können. Stachelfrisur müsse definitiv dafür zahlen. Zilch hört zu, weil ihm ja eigentlich nichts anderes übrig bleibt, solange er mit den Expandern gefesselt ist.

Stachelfrisur: »Wenn ich's euch sage, Jungs, die Mühle war abgesperrt, wie es sich gehört. Dir ist wahrscheinlich der gleiche Mist passiert wie meinem Kumpel.«

»Ja, ja«, stöhnt der Bulle im Gegenzug. »Das Märchen vom Reptilienmann. Jetzt kommt's wieder.«

Zilch lauscht gebannt.

»Mir ist egal, was du darüber denkst, Ben. Den gibt es wirklich, verflucht«, braust Stachelfrisur auf »Ich hab ihn selbst gesehen. Klar tut mir das mit deinem Truck leid, und ich schwöre, ich komme für alle Schäden auf, aber …« Als er zu dem Pick-up mit der Pumpe winkt, mit dem der Bulle eben vorgefahren ist, bemerkt er den Gefesselten auf der Motorhaube. Zilch erwidert die Geste, soweit er seine Hand anheben kann, und wünscht einen guten Morgen.

Bulle Ben übernimmt das Wort während der Pause, die sein Gegenüber macht. »Sicher, sicher, sicher. Na gut, okay, du hast ihn gesehen. Alles klar.«

Stachelfrisur kommt zum Thema zurück: »Egal. Ich hätte ihn sonst nirgendwo abstellen können, aber glaub mir, ich hab das nicht getan. Lasst eure Trucks mal über Nacht hier stehen, dann seht ihr, was passiert.«

»Soll das eine Drohung sein?«

»Nein, Blödmann, ich will einfach, dass du mich verflucht noch mal *verstehst.*«

»Ich glaube schon, dass es eine Drohung ist. Doch, du hast mir gerade gedroht, Chev.«

»Tja, wenn du mich fragst, kann dir das gar nicht schaden. Mann, schon in der Grundschule hast du alle terrorisiert. Vielleicht gehören dir mal Manieren beigebracht.«

»Dann versuch's doch, komm nur.«

»Was ist, Arschloch? Willst du mich schlagen?«

»Ja, will ich – aber nur, wenn du zuerst schlägst. Dann ist es Notwehr, und denk daran, wie viele Zeugen ich hier habe. Darryl, hol dein Handy raus und nimm das auf. Wir laden bei YouTube hoch, wie ich diesem Weichei den Arsch aufreiße.«

»Fick dich, Ben.«

»Fick dich, Chev.«

Niemand bemerkt, dass sich Zilch befreit. Den linken Unterarm kurz hin und her drehen, wie er es sich während der Fahrt mit dem Pick-up nicht getraut hätte, dann ein wenig ziehen, und er schafft es, die Hand freizubekommen. Anschließend streckt er sich seitlich nach seinen Füßen aus und bindet die Knöchel los, zuletzt das andere Handgelenk, und rutscht von der Haube.

Die jungen Männer plärren sich gegenseitig an, stehen dicht beieinander wie ein zähnefletschendes Rudel Wölfe, Stachelfrisur in der Mitte. Jede Sekunde mag Gewalt ausbrechen. Jeder von ihnen ist gut hundert Pfund schwerer als Zilch, und davon abgesehen – was soll er ausrichten: sie mit improvisierten Kung-Fu-Schlägen niederstrecken? Er ist Koch. Dies hier ist sein Zweitjob, nicht andersherum.

Er geht zum Heck und öffnet den Werkzeugkasten, der neben der Pumpe auf der Ladefläche steht. Darin liegt herzlich wenig, was zum Kämpfen taugt (zumindest in *seinen* Händen), also entschließt er sich zu einer anderen Stoßrichtung. Der blonde Typ, an dessen Milchgesicht Zilch bereits sieht, dass er keine Kämpfernatur ist, wird Hilfe benötigen. Bulle hat ihn Chev genannt, und dieser Name kommt ihm bekannt vor. Hat nicht Galavance ihn erwähnt? Es gilt, keine Zeit zu vergeuden. Er muss Chevs Aufmerksamkeit auf sich lenken, vor allem da er gerade zugegeben hat, dem Reptilienmann begegnet zu sein. Möglicherweise bringt er ihn auf eine Spur.

Einen Hingucker brauch ich, denkt er, während er in der Kiste kramt. *Etwas Aufsehenerregendes, dem sich dieser Chev nicht entziehen kann.* Ihm fällt ein, was Galavance am Vortag über die Jugend von heute sagte, und dass nichts mehr schockieren würde. Ausweiden, Gedärme wie Schals …

Zilch hört auf, unter den Werkzeugen zu suchen, als ihm ein Teppichmesser in die Hände fällt. Er fährt die Klinge aus. *Sieht einigermaßen sauber aus.*

KAPITEL 16

Er zieht seine schon lockere Krawatte aus und steckt sie in die Hosentasche. Dann beginnt er, sein Hemd aufzuknöpfen. Die Helmträger kriegen es nicht mit, bis er mit freiem Oberkörper dasteht. Daraufhin lachen sie und treten zurück. Bulle Ben ist indes immer noch fest entschlossen, Chev zu vermöbeln, weshalb er sich nicht umdreht. Da ihm Chev gegenübersteht, sieht er das Gleiche wie die anderen Arbeiter, und seine wütenden Züge erschlaffen ein wenig. Der Bulle pickt ihm mit einem Zeigefinger gegen die Brust, damit er sich weiterhin auf ihren Schwanzvergleich konzentriert.

Der Mann mit dem Ziegenbart, der offensichtlich Darryl heißt, begreift als Erster, was Zilch vorhat. Er wird blass, Chev ebenfalls. Darum ist der Bulle außerstande, ihn dazu zu bringen, weiter mit ihm zu streiten, nicht einmal mit einem kräftigen Stupser.

»Was *glotzt* du denn so, Mensch?«, stöhnt Ben. Er ärgert sich, weil es nicht zu der Schlägerei kommt, auf die er es anscheinend anlegt. Nachdem er sich umgedreht und Zilch ohne Hemd gesehen hat, lässt er eine Bemerkung übers Ausziehen fallen, die für jemanden wie ihn so vorhersehbar ist, dass man sie nicht zu zitieren braucht.

Schließlich nimmt er sich wieder seinen Streitgegner vor und rammt ihm eine Faust in den Unterleib. Chev ist dann genauso wie die übrigen Männer abermals abgelenkt, wohingegen Ziegenbart Darryl zu Zilch hinüberschaut. Der hält sich das Messer mit der ausgefahrenen Klinge vor. Als er ein Auge öffnet, sieht er ein, dass es zur Unterbrechung dieses Zwists nicht ausreicht, nur anzudeuten, er werde sich den Bauch aufschlitzen. Er wird es wirklich tun müssen.

Bitte, Nanobugs, packen wir's gemeinsam, okay? Scheißt auf meine Nerven, kümmert euch nur um die Verletzung selbst. Kapiert?

Daraufhin rammt er sich das Teppichmesser mit beiden Händen dicht über dem Bauchnabel in den Leib wie beim Harakiri. Es tut kurz weh, doch die Bugs lassen von seinen Nerven ab und scharen sich um die Wunde, während sich Zilch daran macht, die Klinge zu seinen unteren Rippen hochzuziehen.

Dabei entschuldigt er sich leise bei *Jacob F. Stein, geliebter Vater und Ehemann.* Er drückt das Blatt tiefer hinein, legt einen Finger auf die stumpfe Kante und beginnt, es ruckartig weiterzuziehen. Jeder einzelne Mann vor ihm hält den Atem an, einer läuft weg und steigt in seinen Pick-up, fährt aber nicht davon, sondern schaut durch die Windschutzscheibe weiter zu. Bulle Ben nennt Zilch einen kranken Masochisten. Chevs Augen sind groß wie Unterteller geworden, nachdem er sich mit einer Hand auf den Mund geschlagen hat.

»Mach ich das richtig so?«

Niemand antwortet, aber der Streit ist vorbei.

»Hoch und zur Seite, so ... Ta-da!«

Zilch hat sich einen längeren Strang blauroten Darm aus dem Bauch gezogen und um seine Schultern gewickelt wie ein Transvestit eine Boa oder organische Blumenkette. Im Genick fühlt es sich überraschend warm an. Wie er so dasteht, stark blutend mit dem Messer in einer Hand, während die andere bis zum Ellbogen rot verschmiert ist, nachdem er sie in seinen Bauch gesteckt hat, schaut er in die Runde, wie um zu fragen, wie das aussieht.

»Einen Schal nennt die Jugend das, richtig?«

Einer der Bauarbeiter nimmt sein Mobiltelefon heraus. Zilch begreift leicht verzögert, dass er niemanden anrufen, sondern dieses Schauspiel filmen will. Es ist Ziegenbart Darryl, dessen Blick glasig geworden ist, nun da er das Gerät hochhält. Dabei schmatzt er mit seinen Lippen wie jemand, der Galle schmeckt, kurz bevor er sich übergeben muss.

Als Zilch mit seinen Eingeweiden auf den Schultern einen Schritt vorwärts macht, geht die Menge auseinander. Alle ziehen sich vor dem Kerl zurück, der sein eigenes Gekröse trägt wie ein Collier. Chev trippelt rückwärts, bis der Agent stehen bleibt. »Hat dich Mr. Bulle hier Chev genannt?«

Der Mann streckt abwehrend die Hände aus. »Äh, ja. Tu mir nicht weh, ja?«

Zilch bemerkt, dass er das Teppichmesser noch festhält. Nachdem er die Klinge eingefahren hat, steckt er es in die Gesäßtasche seiner Hose. Als er beide Hände hochhebt, um zu zeigen, dass er nichts Böses will, stellt er fest, dass Chev eigentlich wegen etwas anderem Angst hat. Der Fleischwickel an seinem Hals gerät ins Rutschen, doch Zilch fängt ihn und legt ihn wieder zurecht. »Du hast ihn also gesehen, oder? Den Reptilienmann.«

»Er sah … für mich eher wie eine große Kröte aus, aber … ja, ich hab ihn gesehen.« Er fängt sich allmählich wieder, womit auch seine Wut zurückkehrt, wie Zilch an seinem angespannten Gesicht erkennt. Chev zeigt auf Bulle Ben. »Ich hatte sogar ein Video davon und wollte so nett sein, ihm da zu zeigen, was geschehen ist, doch …«

»Hey«, unterbricht Zilch. »Fangen wir nicht wieder mit der Kinderei an, okay?«

»Sorry«, entschuldigt sich Chev. »Tu mir einfach nur nichts.«

Er richtet sich wieder an die anderen Männer. »Hat mir sonst noch jemand was zu sagen? Ist einem von Ihnen irgendein seltsamer Scheiß aufgefallen, von dem ich wissen sollte?«

Darryl schluckt, bevor er erwidert: »Außer dass du dir den Bauch aufgeschlitzt hast?«

Zilch hebt Hemd und Jackett mit seiner sauberen Hand vom Boden auf. Dann zeigt er auf den kanariengelben Honda Civic, dessen Auspufftopf wie eine Kaffeedose aussieht. »Ist das deiner?«, fragt er Chev.

»Ja.«

»Kann ich eine Fahrt damit machen?«

Chev schaut an ihm hinab. »Aber du bist völlig blutbesudelt.«

Zilch seufzt, wickelt sich den Darmstrang von den Schultern und stopft ihn zurück in seine Bauchhöhle. Wie leicht verspätet meint einer der Bauarbeiter warum auch immer, ihm müsse gerade jetzt kotzübel werden.

Der Agent muss mehrmals nachdrücken, bis die Eingeweide ganz verschwunden sind, weil sie ihm immer wieder aus der Hand glitschen. Sobald er es geschafft hat, greift er nach einem Tuch und einer Rolle Isolierband an Bens Gürtel. Der Kerl starrt nur und bringt keinen Ton mehr heraus. Nachdem sich Zilch die Hände abgeputzt hat, flickt er sich schnell provisorisch und hängt die Rolle wieder an ihren Haken am Gürtel des Arbeiters. »Danke.« Als er ihm das Tuch geben will, findet Ben tatsächlich Worte.

»Ich will's nicht. Du kannst … es behalten.«

Zilch lässt es ihm vor die Füße fallen. Dann zieht er sein Hemd an und knöpft es teilweise zu. Nichts sickert durch. Ehe er mit dem Knöpfen fortfährt, streift er das Anzugjackett über. Schließlich schaut er zu Chev auf, in dessen herabhängender Hand sein Autoschlüssel baumelt, während er die Augen nur halb geöffnet hat. Seine Unterlippe ist weiß wie frischer Zement.

Zilch zeigt an seinem Körper hinunter. »Keine Lecks. Zufrieden?«

Chev nickt langsam.

»Wirst du jetzt sterben?«, fragt Chev. Sie fahren durch die Kit Mitchell Road, und es ist ungefähr so spät wie gestern, als Zilch von Galavance angefahren wurde. Sie brausen mit ungefähr neunzig Sachen an der Unfallstelle vorbei, aber er sieht trotzdem Einzelteile vom Kühlergrill ihres Wagens, und im Vorbeiziehen blinkt ein Glassplitter vom Frontscheinwerfer. Dabei fällt ihm die Scherbe des Katzenauges ein, die er zwischen den Platten in der Einfahrt von Haus Nummer 1330 gefunden hat, und er nimmt sie heraus.

Zilch ignoriert die Frage und stellt stattdessen selbst eine: »Kommt dir das bekannt vor?«

Er hält die Scherbe hoch. Das dreieckige Plastikstück enthält mehrere Prismen. Sie reflektieren das Morgenlicht, das durch die blau getönte Windschutzscheibe einfällt, und werfen es wie Discokugeln in bunten Strahlen ins Interieur des Wagens.

Chev ist immer noch nicht ganz wohl. »Nein, sollte es?«

Zilch steckt die Scherbe wieder ein. »Weiß nicht.« Er fühlt sich erschöpft.

»Sag mal, wo genau willst du hin? Also falls du zur Klapsmühle willst, ich weiß, wo sie ist. Meine Schwester, die ist nicht ganz dicht – nicht, dass ich unterstellen wollte, du hättest sie nicht mehr alle, jeder von uns hat so seine Tage –, und deshalb kenne ich den Weg. Wenn du also vielleicht … dort hinwillst …«

»Ich will nur weg von diesen bescheuerten Rednecks«, antwortet Zilch.

»Genauso wie ich, Mann. Die Penner machen mir das Leben zur Hölle.«

»Du hattest also ein Video von dem Reptilienmann, richtig?«

»Ja. Ich habe ihn aufgenommen, während er Darryls Truck auseinandernahm. Haben die dir das angetan: Dich dazu getrieben, weil sie glaubten, du seist es gewesen? Ich schwöre, die Schwänze würden ihre eigene Mutter töten, wenn sie glaubten, sie hätte was mit ihrer Karre angestellt. Die Datei war abgespeichert, aber auf einmal weg, und jetzt … logisch, glaubt mir keine Sau.«

»Tut mir leid«, entgegnet Zilch.

»Dass du mich da weggebracht hast? Mann, das braucht dir nicht leidzutun. Ich wollte nur meinen Werkzeugkasten von der Baustelle holen und dann raus zum See fahren.«

»Nein, ich meine wegen des Videos.«

»Weißt du mehr?«

»Belassen wir es dabei: Ich hatte nicht direkt damit zu tun, kenne aber diejenigen, die die Aufnahme von deinem Handy gelöscht haben, und entschuldige mich in ihrem Namen, falls dir das Schwierigkeiten bereitet hat.«

»Ich kapier's nicht … Bist du ein Hacker oder so was in der Art?«

»Ich sag es mal so, es gibt da gewisse Dritte, die ich kenne. Sie wollten sichergehen, dass so etwas wie das, was Ben, Darryl und der Rest der Gelbhelme dir unterstellt hat, nicht wieder passiert.«

»Oh, Kacke, du bist Geheimagent? Jemand von der Regierung? Ich schwöre bei Gott, ich wusste nicht, dass die Filme, die ich mir gezogen habe, illegal gerippt waren. Ich zahl schon gerne für das, was ich mir anschaue, Mann. Jeder soll kriegen, was ihm zusteht. Ehrlich, glaub mir. Kannst alle fragen, die mich kennen.«

Zilch lacht und wedelt mit der Hand, um ihn zu beruhigen. »Nein, nein, nein. So was kümmert mich kein bisschen. Du darfst ruhig weiter herunterladen, egal ob's illegal ist oder nicht. Ich bin hinter dem Reptilienmann her.«

Das zählt nicht als Weiterverbreiten unseres Betriebsgeheimnisses, sagt Zilch der Confab in Gedanken. Dass seine Auftraggeber sie lesen können, glaubt er zwar nicht, aber falls doch, soll dies eine telepathische Botschaft sein, die sie aufschnappen mögen oder auch nicht. *Chev hier hat das Monster mit eigenen Augen gesehen. Er ist Zeuge, und indem ich mich mit ihm darüber unterhalte, breche ich im Grunde genommen keine Regeln, klar?*

»Oder bist du einer dieser Reality-TV-Typen? Wo ist dein Filmteam?« Chev hält inne, um tatsächlich auf den Rücksitz zu schauen, als könnten sich dort irgendwann ein Kamera- und Lichtmann mitsamt dem Produzenten hineingezwängt haben, ohne dass es ihm aufgefallen wäre. Er spielt es lachend herunter. »Oh, die Nummer mit dem Gedärm war bloß ein Spezialeffekt, nicht wahr? Ohne Quatsch, sah total echt aus. Wie habt ihr das hingekriegt?«

So läuft es bisweilen: Vernunftmäßiges Denken setzt ein, um Seelengebäude mit Backstein und Mörtel zu reparieren, flugs wie ein Klüngel Freimaurer auf der Walz.

»Warum nur war er scharf auf das Autoradio?«, überlegt Zilch laut. »Ich meine, der Frosch hatte keinerlei Interesse daran, mich zu fressen. Er wollte nur dieses Radio und dass ich ihn in Ruhe lasse.« Er packt das Katzenauge in seiner Tasche. Sobald er es wieder herausgenommen hat, wandern erneut geometrische Muster in Regenbogenfarben an der Decke des Wagens entlang. Als sie an einer Tankstelle anhalten und Chev das Lichtspiel bemerkt, lenkt es ihn warum auch immer ab, sodass er, statt auszusteigen und zu zapfen, fasziniert nach oben starrt wie eine Katze, die man mit dem roten Punkt eines Laserpointers ärgert.

»Schrill«, sagt er, während er seine Hände vor den Reflexionen bewegt, sodass sich die Formen in den Innenflächen verändern, dehnen und stauchen. Er scheint nicht zu begreifen, dass Zilch dafür verantwortlich ist.

»Kiffst du?« Da Chev nicht antwortet, zieht er das Katzenauge aus der Sonne, womit die Mini-Lasershow ein Ende findet. Er wiederholt die Frage, obwohl die Antwort mittlerweile mehr oder weniger klar ist.

»Komm ich in den Knast, wenn ich ja sage?«

»Nein.«

»Dann ja, ich kiffe.« Chev gesteht dies nicht ohne Stolz.

»Hast du Gras dabei?«, fährt Zilch fort, weil ihm eingefallen ist, dass er berauscht besser grübeln kann. Außerdem wird er bald wieder Schmerzen bekommen, wenn das Loch, das er sich gerade in den Wanst geschnitten hat, dank der Nanobugs langsam verheilt, und das will er auf keinen Fall erdulden, während er die Situation durchdenkt.

»Jetzt gerade nicht, aber wir können welches besorgen.«

»Dann tun wir das, und jawohl: Das waren Spezialeffekte.« Er zeigt auf seinen Bauch, wo die weiße Oxford-Baumwolle des Hemdes die zugeklebte Verletzung bedeckte. »Ich bin froh, dass es realistisch gewirkt hat. Muss den Machern auf jeden Fall erzählen, wie überzeugend du's gefunden hast.«

Den Schwachkopf noch weiter aufzuwühlen ist unsinnig. Kiffer bekommen die heftigsten Angstzustände. Schon merkwürdig, dass es oft die lässigsten Menschen sind, die besonders krass ausflippen.

Chev nickt mit seinem dicken Schädel. »Ja, sah wirklich verflucht realistisch aus, Mann. Ich hab schon einige dieser Eingeweidevideos gesehen, und die waren ganz genauso. Aber sag mal, ist es okay für dich, dass wir zum See fahren? Treff mich heute dort mit 'nem Kumpel. Der hat *immer* einen Beutel dabei, und wo du ja mehr über den Reptilienmann erfahren willst: Er weiß eine Menge über ihn.«

»War er in der Nacht bei dir, als du das Video aufgenommen hast?«, fragt Zilch. Er schiebt einen Finger zwischen zwei Hemdknöpfe, um sich zu vergewissern, dass das Klebeband hält. Wäre doch eine Schande, die Sitze seines neuen Freundes mit »Kunstblut« zu versauen.

»Nö, aber ich hab es seinetwegen gemacht«, erklärt Chev, »weil mir klar war, dass er so etwas gern sehen würde. Er wäre mir an die Gurgel gegangen, wenn ich es nicht versucht hätte. Ich bin noch länger auf der Baustelle gewesen – der von vorhin, auf der mich Ben verprügeln wollte – und habe nach Schichtende aufgeräumt. Plötzlich ist dieses Ding aus dem Sumpf gekommen und hat sich an Darryls Schlitten vergriffen. Es hat die Felgen abgerissen, die Motorhaube verbogen, es mit bloßen Händen auseinandergenommen wie Pappe. So was hab ich noch nie erlebt. Als ich mein Telefon rausgeholt habe, um es für Jolby auf Video festzuhalten …«

»Moment. Dein Kumpel heißt Jolby?« *In der Gegend kann nie und nimmer noch jemand mit diesem idiotischen Namen leben, oder?*

Chev strahlt. »Du kennst Jolby auch, Mann?«

»Über ein paar Ecken, ja.«

»Hrgh«, würgt er und wirkt gleich nicht mehr so überschwänglich, als verheiße die Tatsache, dass noch jemand Jolby kennt, nichts Gutes. Womöglich wollte er den Kerl auch allein für sich behalten und ihn sozusagen monopolisieren, wie es Freunde mitunter tun. »Die Welt ist klein.«

»Stimmt«, pflichtet Zilch bei und fügt leiser hinzu: »Verflixt klein.«

Chev steigt aus, um den Tank des Civic zu füllen, und geht dann zum Bezahlen in den Shop. Zilch bleibt im Auto sitzen und kann regelrecht fühlen, wie die Temperatur von Sekunde zu Sekunde steigt, solange die Klimaanlage nicht läuft. Mit einem Mal bekommt er Platzangst wie ein Hund, der in einem sich aufheizenden Wagen zurückgelassen wurde, und die einzige Möglichkeit, dem entgegenzuwirken, besteht im Herunterlassen der Türscheibe. Die Heber sind dummerweise elektrisch, und Chev hat den Schlüssel mitgenommen, also stößt Zilch die Beifahrertür in diesem merkwürdigen Anflug von Panik weit auf, um Luft einströmen zu lassen. Er fühlt sich gleich besser. Während er den rechten Arm ausgestreckt hält, damit der Wind die Tür nicht zuschlägt, bemerkt er, dass seine Hand zittert – stark, als sei er auf einem mechanischen Reitbullen mit Fehlfunktion festgebunden worden.

Chev kommt mit einem Energydrink in einer geschmacklos bunten Dose und einem abgepackten Sandwich, die er sich mit einer Hand an die Brust drückt, aus dem Tankstellenshop, und hält sich mit der anderen sein Handy ans Ohr. Er kann schlecht den Lässigen spielen, und weil er wahrscheinlich mit Jolby über Marihuana beziehungsweise einen Treffpunkt zum Kiffen spricht, irrt sein Blick nervös herum, als würden sich jeden Moment Polizisten vom Vordach des Gebäudes abseilen. Zudem schaut er lange zu seinem Mitfahrer hinüber, und obwohl er sich bemüht, cool zu wirken, kann er seine Augen nicht von ihm abwenden, was es offensichtlich macht, dass es in der Unterhaltung mit seinem Freund um Zilch geht.

Der schließt die Tür wieder und nimmt sich vor, nicht paranoid zu werden. Vorübergehend fragt er sich, ob Chev öfter in seinem Honda kifft und er selbst, weil der Hanfdampf womöglich permanent ins Wageninnere eingezogen ist, in Verbindung mit der Nachwirkung des Krötengifts unfreiwillig passiv high wird. Er verdrängt die Vorstellung, Chev steigt ein und beendet das Telefonat, ehe er weiterfährt. Als die Lüftung wieder anspringt, ist Zilch heilfroh, die Hitze überstanden zu haben.

KAPITEL 17

Nach dem Mittagsbetrieb packt Patty ihre Berichte und Aktenordner wieder in den Rollkoffer. Sie bittet um ein kurzes Gespräch mit Galavance. Diese willigt ein, und da Patty sie an einem Ellbogen aus der Küche zieht, scheint es um etwas Wichtiges zu gehen, das die anderen Angestellten nicht hören dürfen. Trotz der Heiterkeit der Regionalleiterin wird das Mädchen das Gefühl nicht los, gleich entlassen zu werden.

Patty spricht abgehackt mit gedämpfter Stimme, während sie ihr so auf die Pelle rückt, dass Galavance ihren Atem riechen kann – schon wieder. Sie stehen auf dem Flur zwischen Speisesaal und Toilette, weshalb ständig Gäste oder Personal vorbeigehen, wobei sich die beiden jedes Mal mitten im Satz unterbrechen, um sicherzugehen, dass es auch niemand von den halb erwachsenen Kellnerinnen, die über die Sommerferien eingestellt wurden, oder den Imbissköchen ist, die Pause haben.

»Ich möchte Ihnen nur sagen, Galavance, dass ich ausgesprochen zufrieden mit dem bin, was Sie mir heute gezeigt haben. Sicherlich würde kaum jemand unter meinen Kollegen voreilige Schlüsse anhand dessen ziehen, was er an nur einem Tag gesehen hat, aber ich wusste schon immer, dass mehr in Ihnen steckt … und darum sollen Sie einfach wissen, dass ich aufgrund Ihrer herausragenden Leistung heute ein gutes Wort in der Zentrale einlegen werde, damit man Sie in die nächsthöhere Gehaltsklasse befördert und vom Schichteneinteilen entbindet, damit Sie sich etwas Wesentlicherem widmen können.«

»Patty, ich bin sprachlos«, sprudelt es aus Galavance. Sie braucht jetzt nicht mehr zu heucheln, denn die Freude, die sie jetzt empfindet, ist authentisch. »Also das, was Sie gestern zu mir gesagt haben, hat mir zu denken gegeben, schätze ich, und ich … wow, vielen Dank, aber ich muss Ihnen etwas gestehen.«

Pattys Lächeln lässt nur ein klein wenig nach.

»Das Basilikum hat ein Freund von mir empfohlen.« Ihr von vornherein reinen Wein einzuschenken ist am besten. Galavance hat eine zu gute Erziehung genossen, um sich mit fremden Federn zu schmücken, doch Patty zuckt lediglich mit den Achseln und entgegnet, sie müsse diesen Freund irgendwann einmal zum Essen einladen, er verstehe wirklich etwas vom Kochen.

»Ich wusste, dass Sie das Zeug zu mehr haben«, fügt sie hinzu und strahlt umso mehr.

»Wann, glauben Sie, wird meine Beförderung offiziell?«, fragt Galavance. »Das heißt: Kann ich heute Abend feiern, oder wäre das zu früh gefreut?«

Patty schließt ihre Augen und nickt. »Feiern Sie ruhig. Ich will mich nicht selbst loben, aber die Chefs verlassen sich auf mein Urteilsvermögen. Sie hören auf mich.«

Galavance kann nicht an sich halten und umarmt ihre Vorgesetzte. Das überrascht sie beide.

»Okay, okay – schon gut, es ist doch nur eine Gehaltserhöhung.«

»Ich weiß, aber trotzdem!«

Chev fährt auf dem Weg am Neuse River entlang mit zwischen achtzig und neunzig Meilen pro Stunde. Obgleich er sich erst eine halbe Stunde zuvor selbst ausgeweidet und in der Vornacht einen Kampf mit einer Riesenamphibie überlebt hat, klammert sich Zilch fest, als habe sein letztes Stündlein geschlagen, während er starren Blickes durch die Windschutzscheibe beobachtet, wie die Landschaft auf ihn zurast. Baumreihen, die die Straße flankieren, scheinen ihn anspringen zu wollen, sausen jedoch wie geölte Ketten an ihm vorbei. Der Motor bleibt trotzdem leise, schnurrt sanft und braust allmählich auf, bis er grell heult und Chev salopp hochschaltet. Dann wiederholt sich diese Geräuschentwicklung, bloß insgesamt tiefer, als würde jemand Tonleitern auf einem Instrument üben.

Sie biegen auf einen schmalen Weg ab, der sich in unebenen Serpentinen durch dichten Wald windet. Vor ihnen nähert sich ein Kasten mit einer Digitalanzeige, deren Ziffern gelb leuchten. Darüber steht: *Tempolimit 15 Mph*, und darunter wird elektronisch die tatsächliche Geschwindigkeit ausgelesen.

Chev grinst und tritt das Gaspedal langsam durch. Die Zahl schießt von dreißig auf fünfzig und schließlich sechzig. Sie flitzen an dem Gerät vorüber, wobei Schottersplitter und Eichelhütchen gegen das Blechgehäuse spritzen, als sei es der Klassentrottel, dem man Sand ins Gesicht tritt.

Daraufhin kommen sie an einem Holzschild vorbei, auf dem in gelben Buchstaben eingebrannt *Cardinal Park* steht. Darunter reihen sich kleine Symbole: Ein Tipi, ein Wohnwagen, ein Strichmännchen mit rundem Kopf in einem Kanu und ein weiteres, das einen unverhältnismäßig detailliert dargestellten Hund führt.

Sie halten auf einem Parkplatz an, dessen Boden mit Geäst und Laub bedeckt ist. Dort stehen auch andere Autos, die sich vom Aussehen her alle der Öko-Fraktion zuordnen lassen, weil sie entweder Elektro- oder Hybridmotoren haben und über Fahrradhalterungen oder Bootsaufsätze verfügen, deren Gurte an der Karosserie herabhängen. Am entgegengesetzten Ende des Platzes steht ein grellgrüner Wagen, der aufs Haar genau so getunt wurde wie Chevs – mit gewaltigem Heckspoiler, Haubenaufsatz und Feuerlöscher, der stolz präsentiert an der rechten Rückbankscheibe hängt. Der Motor läuft, Abgase strömen aus dem Auspuffrohr, das aussieht wie eine Tuba. Der Modellname und Schriftzug des Herstellers prangen hinten: *Honda Accord.*

»Komm mit.«

Während sich Chev dem Auto nähert, beugt er sich nach vorne und verrenkt sich nach links wie rechts, um durch die stark getönten Scheiben etwas zu erkennen. Als Zilch zu ihm aufschließt, kann auch er nicht ausmachen, ob jemand drinsitzt. Selbst wenn man dicht davorsteht, wirkt das Glas undurchlässig, weshalb nur Chevs Spiegelbild zu sehen ist.

Er klopft an die Scheibe der Fahrertür. »Jemand zu Hause?« Sie wird heruntergelassen, woraufhin ein junger Mann mit zotteligen Haaren herausschaut, die entweder fettig oder nass an seinem Kopf kleben. Zilch kann es nicht genau sagen, will es aber auch gar nicht. Ein dünner, grauer Dunst wabert in die frische Waldluft: würziger Rauch von minderwertigem Marihuana in Kombination mit Pfefferminz-Lufterfrischer und Kältemittel aus der Klimaanlage.

»Hey, Mann«, grüßt Jolby träge. Er lächelt und nickt Chev zu, als habe er gerade einen Witz gerissen, den nur sie beide verstehen. Als er kurz darauf Zilch wahrnimmt, senkt er seinen Blick. Man hört wiederverschließbare Plastikbeutel knistern, ein dumpfes Klingeln von Glas und ein Schnappgeräusch, als ein Sturmfeuerzeug geschlossen wird. Jolby beeilt sich, seine Rauchutensilien zwischen den Polstern des Beifahrersitzes zu verstecken.

»Schon in Ordnung« beschwichtigt Chev, indem er sich auf den Fensterrahmen an der Fahrerseite stützt. »Er ist sauber, echt. Auf der Suche nach dem Reptilienmann. Wie du.« Eine Pause. »Ich hab dir doch von ihm erzählt. Weißt du nicht mehr?«

Jolby kneift seine Augen zusammen. »Du hast mich aber nicht darauf vorbereitet, dass er hier aufmarschiert wie ein FBI-Agent.«

Zilch tritt vor. »Hallo Jolby. Dein Freund Chev hier meinte, du seist die erste Anlaufstelle, wenn es um den Echsenmenschen geht. Vielleicht, falls es dir nichts ausmacht, magst du mir ein paar Fragen …«

»Warte, zeig ihm dein Kunststück«, wirft Chev ein. »Zieh dir das rein, Jol, der Typ hat's dicke mit einem Spezialeffekt-Filmteam und kann so tun, als würde er sich seine Därme um den Hals wickeln. Zeig mal, Alter!«

»Ach, hier wohl lieber nicht.« Zilch schaut sich um. »Könnten Familien mit Kids in der Nähe sein.« Im Augenblick hält sich zwar sonst niemand auf dem Parkplatz auf, doch er möchte sich die Eingeweide nicht unbedingt zweimal an einem Tag herausziehen, zumal er das bis heute noch nie getan hat. Nur weil es nicht wehtut, muss man es nicht gleich als angenehme Erfahrung auslegen.

»Du hast doch die Prothese sowieso schon angezogen, oder was auch immer es sonst ist, also reiß einfach den Kleber ab und zeig her.«

»Was bekomme ich dafür?«, fragt Zilch.

»Äh …« Chev gerät ins Stammeln, streckt seinen Kopf in den Accord und bespricht sich kurz leise mit Jolby. Als er sich wieder aufrichtet, lächelt er.

Jolby ruft heraus. »Du willst was über den Reptilienmann hören, he?«

Zilch nickt.

»Und du bist echt kein Cop?«

Zilch schüttelt den Kopf.

»Du musst es laut sagen, sonst könnte es Provokation einer strafbaren Handlung sein«, belehrt Jolby ihn.

»Das ist so nicht ganz richtig. Ein verdeckter Polizeiermittler darf wie gedruckt lügen. Es gibt keinen ›Ehrlichkeitskodex‹, was das angeht. Mit Provokation einer strafbaren Handlung ist meistens etwas ganz anderes gemeint, und versucht jemand, das als Argument vor Gericht anzuführen, lacht sich der Richter eins – vor allem bei Drogendealern und Falschparkern.«

Die beiden Kiffer sind vor Ehrfurcht erstarrt. Dazu fällt ihnen nichts mehr ein.

Chev hüstelt schließlich. »Alter, bitte lass mich nicht bereuen, dich mitgeschleppt zu haben. Ich dachte, du seist astrein, und jetzt kommst du uns mit diesem Quark?«

»Würde ich euch das alles erzählen, wenn ich Bulle wäre?« Zilch seufzt. »Im Ernst, lass dir das mal durch den Kopf gehen.«

Jolby und Chev machen es mimisch unter sich aus, bevor sie beide mit den Schultern zucken. »Klingt einleuchtend.«

»Hör mal«, hebt Jolby hinterm Steuer an. »Falls du die Tricks auf dem Kasten hast, von denen Chev erzählt – er scheint ja überzeugt davon zu sein –, ist das tierisch geil, und du darfst mich über den Reptilienmann ausfragen, so lange du willst. Ich verspreche, dass ich die Wahrheit sage.«

»Was weißt du über ihn?«, beginnt Zilch.

Jolby grinst verschmitzt, doch das färbt nicht auf seine Augen ab. Sein Blick mutet weder gewitzt noch schalkhaft an, sondern lässt sich irgendwo zwischen hinterhältig und emotional abgestumpft einordnen. »So einiges, Mann. So einiges.«

»Wie wär's hiermit? Hast du so was schon mal gesehen?« Zilch kommt ihm mit der alten Tour, den einen Daumen einzuknicken, den Zeigefinger ans Gelenk zu drücken und es über den anderen gebeugten Daumen zu halten, als sei er durchtrennt worden. »Hui, sieh dir *das* an!«, raunt er gewollt mitreißend. »Ich kann mir den Daumen von der Hand ziehen!«

Die Kiffer prusten und winken gelangweilt ab.

»Du hast doch was auf Hollywood-Niveau parat, also lass sehen«, verlangt Jolby. »Wenn Chev meint, es sei cool, teile ich bestimmt seine Meinung. Hör auf, dich so zu zieren, und pack aus, Mann.«

Zilch seufzt wieder. »Na gut.«

Jolby bekommt seine Augen zwar nicht ganz auf, sieht aber gespannt aus. Er hält den Joint, der kaum dicker als ein Zahnstocher ist, mit zwei Fingern fest und schaut mit halb zur Seite gedrehtem Kopf auf Zilch. Der knöpft sein Hemd auf und schält unter Schmerzen das Klebeband ab, das eine Fläche von der Größe eines Nummernschilds bedeckt. Die Wunde darunter haben die Nanobugs nur links und rechts an den Rändern verschlossen, wo nun dünne, rosa Streifen aus neuem Muskelgewebe und Fleisch verlaufen. Nachdem er sich stumm dafür entschuldigt hat, ihre Arbeit zunichtezumachen, hält er kurz inne, bevor er eine Hand durch die frische Membran drückt und dabei hofft, dass seine Helferlein die Nerven weiterhin zugunsten der Verletzung hintanstellen, damit es nicht zu arg wehtut. Als seine Finger eindringen, zwickt es kurz. Die Hand verschwindet bis zum Gelenk in seinem Bauch, weshalb Jolby japst und Chev grunzt. Der Schmerz flammt keine volle Sekunde lang auf. Zilch ist sich bewusst, dass er hiermit wer weiß wie viele weitere Bugs tötet, auf die er eigentlich nicht verzichten kann, doch da er auf diese Weise an Informationen gelangt, soll es eben so sein. Muss.

Wieder wickelt er sich einen Schal. Dann neigt er sich ein wenig nach vorne, breitet die Arme aus und fragt: »Kommen wir jetzt zur Sache?«

Jolby gackert ungehemmt wie eine alte Kräuterhexe und beißt sich auf eine Faust, ehe er vor makabrer Begeisterung aufheult. Dann flucht er, hebt seinen fallen gelassenen Joint auf und beobachtet Zilch weiter fasziniert. Chev, der den Schwank schon einmal mitvollzogen hat, schaut dennoch strahlend zu. Er lächelt mit geschlossenem Mund, indem er ihn zu einem U verzieht, das zu erkennen gibt, dass er *inständigst* hofft, dies sei nicht real.

Nachdem Jolby ausgestiegen ist, hält er Zilch seine Rechte zum Drücken hin. Dass dessen Hand vor Blut trieft, macht ihm offensichtlich nichts aus, denn er packt sie, ohne hinzuschauen, und schüttelt sie viermal mit Schwung. »Das war riesig, Mann, *gigantisch*. Von jetzt an darfst du dich als Mitglied unserer Gang ansehen, Alter. Jesus Christus, so was ist mir noch nie untergekommen.« Er stochert mit einem Zeigefinger an dem Strang, der am Hals des Agenten hängt, und Zilch möchte sich entziehen, als sei er gerade unsittlich berührt worden. Er wundert sich selbst über diese Reaktion, wahrt jedoch den Schein, dies sei ein Filmeffekt, und lässt Jolby näherkommen, um den Darm genauer zu betrachten. Der Kerl merkt sogar an, es rieche so, wie er es sich immer vorgestellt habe: wie in einem Feinkostladen.

»Wahnsinn, die Aktion, wirklich.«

»Schön, dass es dir gefällt.«

Zilch wickelt die Eingeweide auf seinen Schultern ab und stopft sie sich wieder in den Leib. Als er das silberne Isolierband aufdrückt, haftet es nicht mehr richtig, weshalb er es auf dem Bauch festklopfen muss, bis es klebt. Nachdem er das Hemd zugeknöpft hat, hustet er in eine Faust, was garstig klingt und einen weiteren Schmerzensherd reizt.

»Kommt, machen wir 'ne Kreuzfahrt mit dem Boot«, schlägt Jolby beschwingt vor und verriegelt seinen Wagen mit einem Drücken auf den Zündschlüssel. Dann macht er sich mit seinem Kumpan auf den Weg zum Strand des Sees, von dem ein Bootssteg ins Wasser ragt. Als sich Chev umdreht, winkt Zilch, der sich krumm hält und Atemprobleme hat, mit einer Hand. Plötzlich … juckt und beißt es ihn überall.

»Ich komm nach«, ächzt er. »Muss nur noch schnell die Kunstblutpackung verschließen. Kann ja sein, dass ich den Trick wiederholen muss.«

Chev nickt, dreht sich zögerlich um und geht weiter.

Sobald die Kerle ihn nicht mehr sehen können, tritt Zilch in die Lücke zwischen Jolbys Honda und einem Hybridkombi. Sein Darm ist wieder dort, wo er hingehört, und die Wunde zugeklebt – doch irgendetwas stimmt immer noch nicht ganz. Er kann nicht mit dem Husten aufhören und spürt dabei, wie sich etwas in ihm bewegt. Seine Bauchdecke ist gerissen – logisch –, und das Husten fällt schwerer als normalerweise. Darüber hinaus bleibt tief in ihm ein sonderbares Gefühl von Gebrochenheit bestehen.

Unterdessen fragt er sich, weshalb Galavance, als sie am Vortag auf den Froschmenschen zu sprechen kamen, nicht erwähnte, dass Jolby anscheinend der inoffizielle Experte vor Ort ist, was dieses Thema betrifft. Weiß sie nicht, während sie für ihn aufkommt, damit er sich ununterbrochen zudröhnen kann, dass er sich auch mehr schlecht als recht als Kryptozoologe versucht? Falls doch, hätte sie sich gewiss dazu geäußert. Ergo heuchelt Jolby seiner Freundin nicht nur vor, er suche Arbeit, sondern hält auch seine Hobbys vor ihr geheim. Allzu schwere Vorwürfe darf Zilch dem Typen nicht machen, weil er ja selbst … *Na ja, lassen wir das.*

Er keucht und röchelt, doch kaum hat er einmal tief Luft geholt, muss er wieder husten, husten, husten. Er hat zähen

Schleim im Mund. Als er in den Kies spuckt, ist der Rotz nicht schaumig weiß, sondern hellrot. Er kniet sich hin und untersucht ihn eingehender. Während er den blutigen Auswurf mit einem Zweig verwischt, bewegen sich schwarze Pünktchen darin wie betrunkene Fliegenlarven beim Wasserballett. Tote Nanobugs. Viele tote Nanobugs.

»Kommst du allmählich, oder was?«, ruft einer der zwei Kiffer. Zilch ist sich nicht sicher, welcher. Als er aufsteht und sich abklopft, beunruhigt ihn der Anblick auf dem Boden immer noch.

»Ja«, erwidert er und schlägt den Pfad durch den Wald ein, der vom Parkplatz zum Ufer führt. »Bin auf dem Weg.«

Doch wohin, können die beiden nicht ahnen.

KAPITEL 18

Der See gibt ein idyllisches Bild ab. Die Oberfläche ist völlig still, weil ihr Schiff das einzige auf dem Wasser ist, was Zilch stutzig macht. An einem Samstag im Hochsommer sollten Dutzende Motorboote oder Jetskis herumfahren, doch er sieht nur eine Handvoll Personen am Gestade, die sonnenbaden oder grillen. Je weiter sie zur Mitte rudern, desto abgeschiedener kommt es ihm vor. Das Wasser ist trüb und die Umgebung sehr ruhig.

Zilch sitzt in der Mitte, nachdem er behauptet hat, sich erst an den Wellengang gewöhnen zu müssen, bevor er zu einem Paddel greift. Jolby und Chev sitzen jeweils vor und hinter ihm. Sie rudern langsam, aber trotzdem spritzt Wasser hoch. Da Jolbys Schlag deutlich kräftiger ist als Chevs, gleiten sie schräg über den See.

Sobald sie die Mitte erreicht haben, hören die beiden mit dem Rudern auf, sodass das Boot dahintreibt. Zilch spürt die Bewegung des Rumpfs unter sich. Der Wind frischt auf, weshalb das leichte Schwanken zunimmt, dessentwegen sein Magen grollt. Zudem ist ihm schummrig, und er merkt, dass er immerzu langsam blinzelnd ins Wasser starrt. Das Gefühl entspricht einem fiesen Kater.

»Alter, kotzt du hier gleich ab?«, fragt Jolby. »Klar, es gibt Leute, die schnell seekrank werden, aber das hier ist doch nur ein *Kanu.*« Darüber lachen Chev und er ausgelassen.

»Nein, damit hat es nichts zu tun«, antwortet Zilch. »Hab wohl zu viel gesoffen.« *Oder zu wenige Nanobugs*, berichtigt er insgeheim. »Was ist nun mit dem Gras? Es hilft bestimmt gegen Landrattenbrechreiz.«

»Hier, aber erst anzünden, wenn wir noch ein bisschen weiter draußen sind«, mahnt Jolby und zieht eine Hand von seinem Ruder, um ihm einen Beutel und eine durchsichtige

Pfeife zu geben. Zilch nimmt beides, das Glas fühlt sich in seinen Händen kalt an. Es ist mit bunten Spiralen durchzogen: golden, blau, violett und gelb. Wie eine Murmel.

Er zupft eine Fingerspitze des moosig grünen Hanfs aus dem Beutel und hat einige Mühe dabei, es richtig in die Brennkammer zu drücken, weil es so grob und voller Samen ist. Eine Windbö weht etwas davon auf die mittlere Ruderbank und über die Bordwand.

»Mensch, pass auf, sonst *verlierst* du es, verdammt!«, ruft Chev, als ob vielmehr die Luft zum Atmen knapp würde. Zilch schlägt mit einer hohlen Hand auf die grünen Brösel, bevor sie ins Wasser rieseln können.

»Ruhig Blut.« Nachdem er das Gras in die vor Ruß schwarz umrandete Kammer gesteckt hat, dreht er sich nach dem Strand um. Der nächste Windstoß lässt die Wellen höherschlagen, sodass ihm wieder übel wird. Er spürt, wie ein Nanobug am Backenfleisch in seinem Mund pickt … und zerbeißt ihn aus Versehen. Der Roboterkäfer platzt wie eine Mohnkapsel, woraufhin ein flüchtiger Geschmack von Ozon auf Zilchs Zunge zurückbleibt.

Jolby holt die Ruder ein, wobei er auf sein bandagiertes Handgelenk achtgibt. Er wirft einen Blick über die Schulter nach hinten. »Also gut, wir sind weit genug draußen, aber dreh dich in diese Richtung, wenn du anzündest. Die Badeaufsicht hat Feldstecher; die sind Rick Coogan letzten Sommer zum Verhängnis geworden.«

»Coogan«, sagt Chev und schnaubt. »Was für ein Dämlack.«

Zilch hält das Feuerzeug an den Pfeifenkopf und zieht kräftig. Das Marihuana schmeckt genauso bescheiden wie der zerbissene Nanobug, doch darüber hinwegzusehen fällt ihm leicht, weil ihm bei der Nennung des Namens Coogan etwas in den Sinn kam. Als er zwischendurch einmal nicht husten, würgen oder spucken muss, fragt er, ob dieser Rick eventuell mit Morris Coogan verwandt sei. Jolby und Chev schauen einander an, ehe Ersterer antwortet, Morris sei der Name von Ricks Dad.

Zilch erinnert sich an den Mann. Er hielt bei ihrer Schulabschlussfeier eine Rede. So wie es aussieht, ist sein Sohn auf die schiefe Bahn geraten. Der Apfel fällt nicht weit vom Stamm, denkt sich der Seekranke schief grinsend.

Jedes Mal, wenn ihre Konversation zum Erliegen kommt, ist es sagenhaft still hier draußen. Zilch gewinnt den Eindruck, dass seine beiden Begleiter kritisch beobachten, wie er vorgeht, und ihm regelrecht im Nacken sitzen, bis das Marihuana endlich gleichmäßig brennt. Just als er wieder ein Gespräch vom Zaun brechen will, um sie von seinen zittrigen Händen abzulenken, schaltet Jolby einen Gettoblaster an, der auf seiner Bank festgezurrt ist. Eingestellt ist ein Radiosender, der nur elektronische Musik im Programm hat, und die hämmert ziemlich laut aus den mit verchromtem Netzgewebe bespannten Boxen. Sie hört sich mit ihren Einwürfen – einer heulenden Autoalarmanlage und Feuerwehrsirene – an wie der Soundtrack irgendeines hektischen Videospiels. Die Köpfe der zwei jungen Männer gehen dazu auf und nieder. Der fahrige Rhythmus mit erschütterndem Bassmotiv scheint sie zu berühren, lässt Zilch aber kalt. Für ihn klingt dieses Zeug kaputt.

Er blendet es aus, zieht zum zweiten Mal und hält die Luft an. Dabei bekommt er Angst davor, was außer Qualm entweichen mag, wenn er sie wieder ausstößt. Nachdem er Feuerzeug und Pfeife über eine Schulter nach hinten an Chev abgegeben hat, spricht er erstickt näselnd wie jemand mit stockendem Atem … und das *ist* er ja gerade auch. »Also, was weißt du über den Reptilienmenschen aus Old Man Weatherly's Bog?«, fragt er.

Jolby vor ihm hat seine Beine gespreizt, sodass ein Teil eines haarigen Beines unter seiner Cargohose zu sehen ist. Er ist etwas pummelig, hält sich bucklig und erinnert generell aufgrund seines Körperbaus an eine Schildkröte, zumal er ein plumpes Gesicht mit kleinen, tief sitzenden Augen hat. Wenn er lächelt, wirkt er durchtrieben, was wohl auch der Fall wäre, wenn er es tun würde, nachdem er jemandem das Leben gerettet hat.

Es ist einfach so eine typische Visage. Zilch könnte sich gut vorstellen, wenn er noch leben würde und unter anderen Umständen zu ihm zu sagen: »Sicher, du kannst auf meiner Couch pennen«, doch ginge er dann selbst ins Bett, müsste er eine Kommode vor die Schlafzimmertür schieben.

»Du meinst in der Traumbucht?«

»Genau.«

Jolby scheint die Frage zu überdenken. Zuletzt schaut er zur Seite und grunzt, als habe er die Antwort, die ihm zuerst einfiel, zugunsten einer anderen verworfen. »Kaum zu fassen, dass sie dieses hässliche Schlammloch Bucht nennen. Das ist völlig lächerlich. Es wird auf ewig ein Sumpf bleiben. Ich kann mir nicht vorstellen, dort zu wohnen. Sobald das Gebiet besiedelt ist, wird man es ›Moskitobucht‹ taufen.«

»Ist es nicht so, dass ihr Jungs das Gelände trockenlegt?«

»Weißer Mann versucht, yo«, fügt Chev an wie der Rastafari, der er wohl gerne wäre, und behält den Rauch in der Lunge, den er gerade inhaliert hat. Er gibt die Pfeife Zilch und verweist nickend weiter nach vorne auf Jolby. Der Agent reicht sie ihm, woraufhin Jolby zuerst mit einem Daumen an der Glut herumdrückt und sie dann wieder ans Feuerzeug hält. »Wo wir gerade dabei sind«, fährt Chev über Zilchs Kopf zum Bug hin fort. »Wir müssen wohl auch noch ein Wörtchen mit Ben reden, Bruder.«

Das scheint Jolby kurz zu erschrecken, und als er sieht, wie Zilch ihn betrachtet, straft er seinen Freund mit einem düsteren Blick ab. Chev verstummt, doch ihr Begleiter hat Wind bekommen. *»Auch«? Abgesehen von wem? Mir?*

»Kann es sein, dass ich etwas nicht ganz verstanden habe?«, fragt Zilch.

Jolby springt für Chev in die Bresche. »Ja, also, wir versuchen, das Grundstück trockenzulegen, um auf der einen Seite 'ne Hochwasserschutzmauer hochzuziehen«, erklärt er, ohne nur ansatzweise auf Bulle einzugehen, als ob dessen Name nie gefallen sei. Er seufzt, starrt wieder kurz auf Chev und dann hinaus auf den See. »Sobald aber beschlossen wird, dass man das Wohngebiet vergrößert und *alles* trockenlegen muss … macht er *richtig* Stress.«

»Noch hat er niemanden getötet«, schiebt Chev hinterher, ehe ihm Jolby einen weiteren »Halt deine dumme Fresse«-Blick zuwirft.

»Du meinst den Reptilienmann?«, fragt Zilch. »Nun, ich hab euch Jungs ja meine … Trickkiste gezeigt, also solltet ihr, falls ihr mehr wisst, damit rausrücken. Wir haben sozusagen eine mündliche Vereinbarung.« Einen Moment lang – vermutlich wegen des Wortes »mündlich« – denkt er an seine Abmachung mit Galavance. Nun da er Jolby kennengelernt hat, ist er sich ganz sicher, dass der Kerl zu jener Sorte gehört, die keinen Finger für irgendjemanden krumm macht, außer daraus lässt sich unmittelbar Profit schlagen.

Jolby schlägt seine Beine übereinander und rutscht von links nach rechts, um sich aufrecht hinzusetzen. »Es ist so«, fängt er an und haucht eine Rauchschwade aus, bevor er fortfährt. »All die Typen, die dort arbeiten, also Ben, Darryl und der Rest vom Schützenfest, lassen sich am treffendsten als Volldeppen beschreiben. Wüssten sie, was wir wissen, würden sie sich nicht dafür einsetzen, diesen Winkel bewohnbar zu machen. Sie würden nicht wollen, dass Whispering Pines allzu bekannt oder lukrativ wird. Wir müssen die Pfoten von diesem Moor lassen, Mann.«

»Wegen des Reptilienmanns?«, bohrt Zilch weiter. Morgen muss er den Beckett machen, ob die Riesenechse tot ist oder nicht, und das hier führt nirgendwohin.

Jolby, der ihm entweder nicht in die Augen schauen kann oder will, stellt den Gettoblaster leiser. In die gedämpfte Electro-Mucke mischt sich kurzzeitig undeutlich und blechern Def Leppards *Pour Some Sugar On Me.*

Zilch würde gerne wissen, ob es sich um die letzten Nachwehen der Halluzinationen handelt, die von dem Krötengift herbeigeführt wurden, doch dann kramt Jolby ein Mobiltelefon mit Metallgehäuse aus seinen Shorts. Er schaut kurz aufs Display und sagt: »Still, das ist meine Alte.« Daraufhin zeigt er auf eine Bucht in einiger Entfernung, wo die Küstenlinie einen S-förmigen Schlenker macht und sich aufgrund von starkem Wildwuchs ein Blätterdach gebildet hat, das übers Wasser ragt. »Fahr da rüber«, befiehlt er Chev und nimmt den Anruf an.

Da er sich nirgendwohin zurückziehen kann, lässt Jolby Zilch alles hören, worüber er mit Galavance spricht. Der Agent sitzt dicht genug hinter ihm, um auch die Stimme des Mädchens zu verstehen, vage zumindest durch den Hörlautsprecher des Handys. Sie klingt aufgeregt, auf eine gute Art. Zilch lächelt verhalten und hustet wieder.

Chev rudert artig und pfeift dabei vor sich hin. Sie nähern sich der Bucht rückwärts.

»Das ist echt klasse, Schatz, ich freue mich riesig für dich. Ja, absolut, wir müssen ausgehen und das begießen. Du hattest also einfach so eine findige Idee dafür, wie man gefüllte Paprika aufpeppen kann, hm? Also echt, du bist ja eine zweite Emily Stewart oder wie die heißt. Gut dann. Jawohl. Alles klar, Schatz, bis heute Abend. Bye.«

Während der Unterhaltung hat er regelmäßig gelacht und Begeisterung geheuchelt, doch sein Gesicht ist ausdruckslos geblieben, wobei sein Blick an Zilch hinauf und hinunter wanderte. Nachdem sie die Verbindung getrennt haben, steckt er das Handy ein und sucht weiter in der Tasche … und als er die Hand herauszieht, hält er einen schwarzen Knopf zwischen Daumen und Zeigefinger. Er schnippt ihn Zilch zu, von dessen Nase er abprallt, ehe er auf den Deckboden fällt. Zu sehen, wo er zwischen leeren Whiskyflaschen und in der Sonne ausgedörrten, schwarz gewordenen Angelködern liegen bleibt, ist schwerlich zu erkennen, weil durch die dicht belaubten Äste über ihnen wenig Licht dringt.

»Hast du den vermisst?«

KAPITEL 19

Schließlich findet Zilch den Knopf. Er hält ihn sich ungefähr dort ans Jackett, wo er befestigt war, denn dort stehen noch abgerissene Fäden ab. »Wie ist der denn in deine Tasche gekommen?« Er schaut Jolby gespielt perplex an. »Also, was ist jetzt mit dem Reptilienmann? Es hängt viel davon ab, dass ich ihn finde.« Er wirft den Knopf über Bord. *Plopp*. »Ihr zwei müsst aufhören, mich hinzuhalten, und mir verdammt noch mal sagen, was hier vor sich geht.«

Jolby mustert ihn nach wie vor. Eine Schweißperle kullert von seinem braunen Schopf hinunter und bleibt kurz am Kinn haften, bevor sie auf das Fiberglas tropft, aus dem der Bootsrumpf besteht. »Erklär mir, was du hier zu suchen hast, Mann. Du spionierst mich aus, damit du ihr Scheiße erzählen kannst, um sie … anzugraben? Oder willst du einfach nur den Oberarsch markieren, indem du zum Spaß kaputtmachst, was ich mir aufgebaut hab, weil du irgendwie ein bisschen matschig in der Birne bist?«

»Was laberst du da? Soweit ich mitbekommen habe, kann man das, was du so treibst, nicht mal annähernd *aufbauen* nennen, es sei denn, für dich bedeutet es, mit dem Spatzenhirn hinter mir herumzuhängen.«

»Hey«, merkt Chev quengelig auf. »Das war uncool, Kumpel.«

»Ich hab 'ne Menge Arbeit in ihr Auto gesteckt, aber du gehst hin und erlaubst dir die Dämlichkeit, einen Scheinwerfer einzuschlagen und wie nebenbei einen Knopf ins Blech zu hauen – wobei du noch so dreist bist, das Jackett weiterzutragen. Spinnst du?«

»Galavance hat mich angefahren«, kontert Zilch mit erhobenem Zeigefinger. »Außerdem begreife ich nicht, was das alles mit dem Reptilienmann zu tun hat. Ich muss eine Spur von ihm finden, Mensch. Deine Freundin hab ich nicht angerührt, und dass ihr Wagen demoliert ist, hat folgenden Grund: *Ich* wurde von *ihr* angefahren, und mir leuchtet nicht ein, wie das meine Schuld sein könnte.«

Jolby schüttelt mit geschlossenen Augen den Kopf. »Warum bist du hier, hä?«, donnert er plötzlich und springt auf, sodass das Boot beinahe kentert. »Wonach suchst du Wichser? Hier im Süden gibt es nichts zu holen. Kannst dich also genauso gut wieder dort verkriechen, wo du hingehörst.«

Sich gegenseitig anzupflaumen führt zu nichts. Zeit für einen Kurswechsel – oder die Holzhammermethode, falls es nicht anders geht. »Na gut, jetzt kommen wir schön brav wieder runter.« Zilch streckt seine Hände mit gespreizten Fingern aus. »Ich bin Fachmann für Spezialeffekte und auf Reisen. Den Reptilienmann will ich fangen, um ihm eine Filmrolle anzubieten, vielleicht auch eine Doku über ihn zu machen. *Blair Witch Project* trifft auf *Der Schrecken vom Amazonas*, bloß ohne Gummianzüge oder wackelnde Zelte, sondern mit wirklichem Realitätsbezug.«

»Und wo ist dann deine Kamera?«, fragt Jolby mit wegwerfender Geste. Er beruhigt sich zumindest ein wenig, auch wenn sein Gesicht rot wie eine Tomate bleibt.

Chev macht sich wieder bemerkbar: »Genau das würde ich auch gerne wissen.« Das fand er jetzt bestimmt wunders wie klug.

»Du arbeitest für jemanden, aber ich bin überzeugt davon, dass es kein Filmstudio ist«, unterstellt Jolby. Als er lächelt, blitzt etwas Metallisches in seinem Mund auf. Wahrscheinlich spürt er, wie es innen gegen seine Wange stößt, denn sobald er die Lippen angespannt hat, erschlaffen sie schon wieder, und er schiebt sich zwei Finger zwischen die Zähne und tastet auf einer Seite herum.

Nachdem er sie wieder herausgezogen hat, hält er etwas hoch. Es ist ein Stück Kupferdraht, ungefähr drei Zoll lang, geknickt und glänzend vor Speichel.

Zilch stöhnt. »Mist, ich hätte es ahnen müssen.«

»Er weiß Bescheid, Jolby.«

»Halt den Rand«, schnauzt der Angesprochene, indem er sich zur Seite neigt, um an Zilch vorbei auf seinen Freund am Heck zu schauen. Anschließend setzt er sich wieder gerade hin und versteift sich auf den Agenten.

»Aber okay, du hast recht, Chev. Wir sind aufgeflogen«, räumt er ein.

»Willst du, dass ich … du weißt schon … ihn umhaue?«

Zilch dreht sich auf seiner Bank um und sieht, wie Chev in einer Reisegefriertasche stöbert, bis er einen langen, zylindrischen Kühlakku findet, von dem er das Eis abwischt, um ihn besser greifen zu können. Als der Tölpel bemerkt, dass er beobachtet wird, will er aufstehen, wozu er sich nach vorne neigt und eine Hand ausstreckt, um sich an der Aluminiumkante der Bordwand festzuhalten. Mit der anderen, in der er den Akku hält, holt er zum Hieb aus. Zilch langt nach dem Teppichmesser in seiner Gesäßtasche, doch Chev ist schnell für einen Fettsack und schlägt ihm die Waffe glatt aus der Hand. Sie fliegt über Bord ins Wasser und geht unter.

Beim Zurückziehen seines Arms möchte ihm Chev anscheinend woandershin schlagen – auf den Schädel –, doch Zilch packt sein Handgelenk, reißt ihn von seinem Sitz und schlägt seinen Arm gegen die Deckkante, bis er den Akku fallen lässt. Chev dreht sich wieder mit erstaunlicher Wendigkeit um, als habe er bereits an professionellen Ringkämpfen teilgenommen. Zilch gerät in Panik, weil der Kerl so flink ist und er nicht mithalten kann. Allerdings schnaufen sie beide angestrengt, was sich in pfeifenden Atemzügen und leisen Grunzlauten äußert.

Nicht lange, und der klotzige Kerl hat sich wieder hinter Zilch gezwängt, um zu einem beidarmigen Nackenhebel anzusetzen. Derart außer Gefecht gesetzt wehrt sich der Agent nicht mehr, sondern hängt da wie eine Vogelscheuche mit gespreizten Armen und seufzt. »Okay, okay«, sagt er. »Hast gewonnen.«

Jolby am Bug hält sich gut fest und wartet darauf, dass das lange Boot zu wackeln aufhört. Wieder schaut er Chev über Zilchs Kopf hinweg an und nickt. »Hältst du ihn in Schach?«

»Verlass dich drauf.«

Da macht sich Jolby von seiner Bank los und lehnt sich nach vorne, bis sich seine und Zilchs Nase fast berühren. Indem er seine Finger zur Faust ballt und diese dann schnell öffnet, spritzt er Zilch Schweißtropfen ins Gesicht. Ein paar treffen seine Augen, und einer dringt sogar (irgendwie) von unten in ein Nasenloch ein. Zilch spuckt und schüttelt den Kopf. »Noch eine Kostprobe für dich.« Jolby grinst.

Dann setzt er sich wieder und schaut auf die Innenfläche seiner Hand. Als er sie dreht, um ihren Rücken zu betrachten, erkennt Zilch, was Jolby besehen hat: Eine Hautverfärbung, als würde sie anschwellen – ein Gelb, das sehr schnell zu einem sehr dunklen Grün wird. »Langsam greift es über«, bemerkt er und hört abrupt zu lächeln auf. »Darum will ich die kleinen Freuden des Lebens noch so lange genießen, wie ich kann, möglichst oft mit meiner Freundin pennen und mit meinem Kumpel auf dem Boot hinausfahren.«

»Kannst du es kontrollieren?«, fragt Zilch hastig. Selbst wenn sie ihn auf der Stelle töten, nimmt er gern jedwede Information mit zur Confab. Vielleicht wird er dann wieder hergeschickt. »Weißt du, was geschieht, wenn du … zu *ihm* wirst?« Die richtigen Worte wollen ihm nicht einfallen. Einmal mehr wird alles ringsum bunt. Von irgendwoher draußen auf dem See nähern sich die Anakonda und der Kool-Aid-Man, schreiten und rutschen gemeinsam über die glasartige Oberfläche wie Eiskunstläufer bei einem Turnier.

Der an Krötengift reiche Schweiß sickert in Zilchs Poren und die zarten Schleimhäute seiner rechten Nasenwand. In ein paar Sekunden wird er vor Lachen zerfließen, daliegen wie ein gackernder Haufen Fleisch ohne Knochen. Darum muss er schleunigst fliehen. Es mit Chev aufnehmen zu wollen ist sinnlos, der Kerl muss unter den Fettpolstern eine stattliche

Muskelmasse mit sich herumtragen. Der Himmel verfinstert sich zu einem unwirklichen Dunkelviolett. Wolken verformen sich zu Skeletten von Hasen und Eichhörnchen. Diese jagen einander und – Grundgütiger – quietschen wie verrückt.

»Ich gehöre bloß zu einem Spezialeffekte-Team … suche geeignete Drehorte«, flüstert Zilch, doch das Gift steigt ihm jetzt erst recht in den Kopf. Er stellt es sich vor wie schwarze Tinte, die in klares, sauberes Wasser tropft. Je vehementer man versucht, sie herauszufiltern, desto schneller verteilt man sie. Nicht gut.

»Lass ihn los, er wird uns nicht mehr gefährlich«, sagt Jolby. Sobald dies geschieht, sackt er zurück auf die mittlere Bank und versucht ein letztes Mal, wieder aufzustehen, aber sein Körper spielt nicht mit. In seinen Lungenflügeln brennt es, als habe er gerade eine Linie Geschirrspülreiniger geschnupft, und er weiß nicht so recht, ob er sich nur einbildet, was gerade mit Jolbys Schädel geschieht. Er verändert seine Form, und zwar wirklichkeitsgetreu mit knackenden Knochenteilen und einem Quietschen wie von Gummi, weil sich das Fleisch spannt.

»Du kannst doch gar nichts darüber wissen.« Die Stimme des jungen Mannes hört sich gequält an, worin Zilch bestätigt sieht, dass es tatsächlich passiert. Jolby zieht eine Jacke mit Kapuze an und selbige hoch, wobei er sich schwertut, seinen rapide größer werdenden Kopf darunter zu verbergen.

Während Zilch ihn mit schweren Lidern betrachtet, wird Jolby zusehends grüner. Seine Augen treten hervor, bis sie ihre Höhlen ausfüllen, bekommen Sprenkel und färben das Weiße braun, eine flutartige Pigmentveränderung. Die Haut wellt sich zu einem Wald aus winzigen Knötchen, höckrig wie eingelegte Gurken oder ein teurer Vibrator.

»Alles in Ordnung mit dir, Jol?«, fragt Chev.

»Bessstens«, zischt Jolby, obwohl er sich nach vorne beugt und den Bauch hält. »Lass uns doch noch ein Stück weiterfahren«, fügt er hinzu und zeigt an, dass es noch ungefähr zwanzig Fuß bis zum Ufer der Bucht sind. Er möchte beim Rudern helfen, doch als er es schafft, ein Paddel aufzuheben, fuchtelt er damit nur unbeholfen in der Luft herum, ohne das Wasser nur ein einziges Mal zu streifen. Bald scheint er es nicht mehr auszuhalten, lässt das Ruder los und sinkt in gekrümmter Haltung nieder. Auf der Bank beginnt er, sich zu wiegen, und lässt seinen Kopf nach hinten hängen, sodass die Sonne in sein Gesicht fällt. Er fährt sich mit der Zunge über die Lippen, schmatzt, Speichel läuft ihm aus dem Mund. Das Knirschen und Quietschen aus seinem Körper lässt nach, hört schließlich ganz auf.

Sie können nun weder weiter in die Bucht hineinfahren, sonst könnte irgendjemand am Strand sehen, wie sich dieser grün angelaufene junge Kerl auf seinem Sitz zur Seite dreht, die Bordwand packt und einen dickflüssigen, gallig gelben Schwall seines Mageninhalts in den See erbricht.

»Ich habe schon von deinesgleichen gehört«, bringt Zilch noch über die Lippen, bevor alles in seinem Blickfeld, was eigentlich unbewegt bleiben sollte, tanzt, schunkelt, singt. Ein Mann mit Cargohose, der sich im Handumdrehen in einen Riesenfrosch verwandelt und dabei über die Bordwand eines Kanus reihert, ist – so seltsam es sich anhören mag – noch das Gewöhnlichste im Augenblick. »Wer-Amphibien. Keineswegs das, wofür die Ansässigen euch halten, also Reptilienmenschen.«

Zilch hebt die Pfeife vom Deckboden auf und zündet sie wieder an. »Du solltest unbedingt wissen, dass du ein normales Leben führen darfst, wenn du keine zu große Welle machst und dich registrieren lässt. Meine Güte, versprich mir, dass du dazu bereit bist, dann geh ich schnell online, falls einer von euch zwei zu Hause Internet hat, und bitte meinen Boss darum, euch noch heute einzutragen, damit ihr auf einer der Listen steht.«

»Vergiss es«, hustet Jolby. Er hat den anderen beiden noch den Rücken zugekehrt. Seine Schulterblätter ragen hervor, und er verkrampft am ganzen Körper, während er buchstäblich das

Letzte aus sich herausholt. Zilch beobachtet, wie die nackten Beine des Kerls dunkel anlaufen und ebenfalls allmählich grün werden, als würde Wasserfarbe an einer weißen Wand hinunterlaufen.

»Weißt du, was jetzt mit dir geschieht, Jolby?«, fragt er ihn in der Hoffnung, er sei schon nicht mehr Jolby, denn im Falle mancher Wer-Wesen ist es so, dass der Wirt respektive Mensch einfach tief drinnen eingeschlossen wird, während sich der Parasit austobt.

Der Mann antwortet nicht, sondern schlägt nur gegen die Seiten seiner Kapuze und stöhnt, speit und stöhnt wieder.

»Weiß Galavance davon?«

Jolby fährt auf: »Warum interessierst du dich so brennend für meine Freundin, ey?« Er hat den Kopf jetzt ein wenig gedreht und spuckt gelbe Speichelfäden aus, während er die Worte schreit. »Tut dein Verein, falls es einer ist, so etwas: Ersatz für jeden armen Tropf finden, der sich ansteckt mit … was auch immer es für ein Scheiß ist, der mich zu *dem* hier macht?« Er ist zusammengesackt und wendet sich Zilch auf Knien rutschend zu, zeigt ihm sein ganzes Elend. Dabei nestelt er am Reißverschluss seiner Jacke, doch als er es schafft, ihn hinunter- und sein Shirt hochzuziehen, deckt sich der Anblick mit dem, was Zilch in der Nacht zuvor in der Sackgasse gesehen hat. »Sieh mich bloß an, Mann.«

Zilch tut es und holt weiter aus: »Galavance ist ein liebes Mädchen, und ich weiß, dass du ihr Gutes tun willst. Du solltest ihr erklären, was mit dir los ist, denn andernfalls musst du weiter lügen, und das erweist sich nicht unbedingt als Vorteil für dich. Sagst du es ihr jetzt, sägt sie dich wahrscheinlich ab.«

»Richtig, und genau darauf seid ihr aus, nicht wahr?« Jolby lässt sein Shirt los, sodass es halb über seinen Bauch rutscht. Er versucht, den Reißverschluss wieder einzuhaken, schafft es aber nicht und gibt irgendwann auf.

»Nein, sie wünschen sich nur das Beste für dich. Die Confab kann helfen, wirklich. Mag sein, dass sie furchteinflößend wirkt wie die Freimaurer, Spionagedienste, Illuminaten oder die gehässigen Scheißer, die das Münzschloss für öffentliche Toilettenkabinen erfunden haben, aber glaub mir, letzten Endes zahlt es sich für euch aus. Du willst doch nicht gegen Windmühlen anrennen, während du gejagt wirst, oder?«

»Wer hat gesagt, dass ich das vorhabe?«, fragt Jolby. »Außerdem hast du meine Frage nicht beantwortet: Was erhoffst du dir von alledem? Du willst doch, dass sich Galavance von mir trennt, jede Wette. Ein Blick auf dich mit deinem beschissenen Anzug genügt mir, um … Ich seh's einfach, Mensch.«

Ehrlich gesagt: Ja, ich möchte, dass sie dich armseligen Wicht in die Wüste schickt – aber nicht, weil ich mich gerne an sie heranmachen würde, denn ich für meinen Teil weiß, dass das schwerlich funktionieren kann, weil ich tot bin und so, sondern weil sie für den Rest ihres Lebens allein besser zurechtkäme als mit einem schmarotzenden Klotz am Bein.

Stattdessen sagt Zilch jedoch bloß: »Was ich will, ist nicht von Belang, und was das Anrennen gegen Windmühlen angeht, darf ich dir versichern, Jolby, dass es nicht dazu kommen muss, wenn du mit mir zusammenarbeitest, vertrau mir.«

Der Mutierende prustet ungläubig, ein kratziges Schnauben durch die Nase. »Warum sind Menschen überhaupt so? Abschaum, der bei Beerdigungen von Polizeibeamten demonstriert oder Häftlinge beschimpft, wenn sie freigelassen werden, nachdem man sie für unschuldig befunden hat? Wen reizt so was? Warum tut man es?«

»Weil wir als Spezies gerne mit dem Finger auf andere zeigen und sagen: Die sind nicht so wie wir. Mit der Confab wird aber alles gut. Echt, es kann sogar sein, dass in unserem Hauptquartier ein Gegenmittel auf dich wartet.« Zilch strengt sich an, wieder aufrecht zu sitzen, doch ihm ist dermaßen schwindlig, dass er zwischen Chevs Knien zurücksinkt. »Lass uns zum Strand zurück und dann schnell irgendwohin fahren, damit ich ins Internet und mit meinen Bossen chatten kann und …«

»Das geht nicht«, unterbricht Jolby. »Ich darf ihr hiervon nichts erzählen, genauso wenig wie von all dem anderen Mist, Mann. Hab ich erst damit angefangen, geht alles kaputt, das weiß ich genau.« Er klopft sich seitlich an den Kopf, als habe er Wasser in den Ohren. »Ganz bestimmt.«

»Du hast noch niemanden verletzt«, gibt Zilch zu bedenken. »Bisher beschränkt sich der Schaden auf Autos. Zerstörung von Eigentum. Lappalien.«

»Ich habe *sie* verletzt«, hält Jolby dagegen. »Galavance, verstehst du? Ich kann nicht ... Ich kann ihr das nicht sagen, ohne auch den Rest zu gestehen. Sie ist alles, was ich habe, und ich will sie nicht verlieren, doch falls sie *das* hier erfährt ...« Er starrt in seine schleimigen Hände. »... kommt auch alles andere raus. Ich *weiß* es einfach, und so sollte es auch sein, richtig? Dass alles auf einmal rauskommt.«

Wovon spricht er? Hat er doch jemanden umgebracht?, fragt sich Zilch. »Was soll das heißen, Jolby?« Er hustet wieder. »Rede mit mir, Mann. Was meinst du damit, du müsstest ihr schließlich alles erzählen?«

»Von all den anderen Mädchen, verstehst du?«, antwortet Jolby schnell.

»Du hast das doch unter Kontrolle, oder?«, fährt Zilch fort. »Also, falls du dazu gezwungen bist, kann man dich eigentlich nicht zur Verantwortung ziehen, solltest du eine Frau oder sonst jemanden getötet haben. Lass uns das gründlich durchsprechen, fahren wir wieder an Land und ...«

»Es geht nicht *darum*, Hohlkopf!«, brüllt Jolby dann. »Ich habe sie *betrogen*, verdammt, und zwar nicht nur mit einer anderen Braut, sondern ...«

»Zwei?«, fragt Zilch bange, auch wenn es das nicht rühmlicher machen würde.

»Elf«, gibt Jolby flüsternd zu. »Elf andere Mädchen.« Er schluchzt auf. »Im Lauf der letzten drei Jahre.«

Im Ernst, Zilch würde ihm gern ins Gesicht boxen. Dabei hat er bis jetzt geglaubt, der Kerl sei vielleicht imstande, sich zu ändern, und das nicht nur in Bezug auf dieses Amphibien-Ding, sondern als Person und Galavances Freund – sein Leben zum Besseren wenden, kein Nichtsnutz mehr sein. Aber Fremdgehen, insbesondere einer so tollen (und geduldigen) Frau wie ihr? *Tut mir leid, Bruder, ich wollte dir 'nen Vertrauensbonus schenken, aber das Maß ist nun voll.* Andererseits hat Zilch nur noch bis Montag Zeit. Auch wenn er sich die Beziehung mit Galavance abschminken kann, gibt es eventuell eine Möglichkeit, Jolby zu retten, die Verwandlung und Übernahme durch den Parasiten irgendwie aufzuhalten, falls es nach diesem Prinzip läuft. Vielleicht kann er hinterher ein normales Leben führen, ob mit super Freundin oder ohne. »Jolby«, hebt er wieder an. »Jetzt komm. Rudern wir gemeinsam zurück, hm?«

»Wirf ihn ins Wasser«, befiehlt Jolby, indem er sich mit einer schlichten Handbewegung abwendet, die Chev gilt. Der zögert einen Moment lang, sodass sich Zilch richtig zu ihm umdrehen kann. Der Zorn in seinen dick aufgequollenen Augen ist nicht zu verhehlen. Seine Stimme klingt verglichen mit nur einer Minute zuvor völlig anders – kehliger –, und bittere Weißglut hat jegliche Anwandlung von Mitleid aufgehoben.

»Jol. Womöglich hörst du besser auf den Kerl. Klar, ich gebe mein Bestes, kann dich aber nicht ewig vor allem beschützen. Immerhin hast du gehört, was er sagt: Die haben ihn hergeschickt, die wissen von dir.«

»Chev, beweg deinen schwabbligen Fettarsch, und schmeiß den Typen von Bord.«

»Aber Kumpel, das ist … Mord.«

Jolby fasst Zilch ins Auge. »Er sieht so aus, als könne er schwimmen.«

Chev stößt einen sehr langen Seufzer aus. Das Boot wackelt, während er hinter dem Agenten aufsteht. »Na gut, Jol.«

Zilch spürt, wie ihm Hände unter die Achseln geschoben werden. Er tut nichts, um es zu verhindern. Kann nicht. Jeder Teil seines Körpers fühlt sich an wie Blei, als sei Schnelltrockenzement in sein Blut gemischt worden, das sich nun an den Enden seiner Glieder staut: gewichtete Hände, gewichtete Füße. Er sieht die Hitze auf der Oberfläche des Sees flimmern und muss hilflos geschehen lassen, wie er darauf zustürzt.

Als er untertaucht und Wasser in seine Ohren eindringt, werden alle Geräusche ausgeblendet – das Lecken der Wellen am Boot, die Sommerinsekten, das Rauschen des Windes in den Bäumen. Seine Arme und Beine werden etwas lockerer, nun da er drauf und dran ist, zu ertrinken. Zunächst kommt er aber wieder hoch und schnappt Luft. Er schaut zurück zu Jolby, der seinen Blick über die Deckkante hinweg auf ihn gerichtet hat. Zilchs Körper wird sinken und er wieder den Beckett machen. Später dürfte man ihm an irgendeinem ätherisch weißen Ort erklären, wo sein Fehler lag, und ihn auf die Arschlochliste setzen, bis er ein paar Aufträge anständig erledigt. Das wird ätzend.

Die Paddel kommen wieder zum Vorschein und durchstoßen die Oberfläche. Beim ersten Ruderschlag spürt Zilch, wie das verdrängte Wasser seinen Bauch streift, während es sanft vorbeifließt. Das tut seinen offenen Wunden nicht gut, zumal das Isolierband kein bisschen dichthält. Blasen steigen unter seinem Kinn hoch, und es wird kalt, als die Wellen hineinströmen. Allmählich nimmt der Zug nach unten zu.

Deshalb streckt er sich nach oben aus und hält sich an der Kante der Bordwand fest. Unterdessen fühlt er, wie sein Körper weiter vollläuft. »Jolby. Warte kurz. Hey.«

Chev schiebt ein Paddel zwischen den Rumpf und Zilchs Brust, um ihn abzukratzen wie eine verbrannte Pizza vom Stein.

»Moment«, lenkt Jolby ein und macht seinen Hals lang, um den Ertrinkenden zu sehen. »Was ist?«

»Wie hat sie sie gerettet?«

»Wie hat wer was gerettet?«

»Galavance die gefüllten Paprika, die Poivrons farcis. Welche Zutat hat gefehlt?«

Der Froschmann sitzt an Bord, doch es ist Jolby, der antwortet. »Anscheinend Basilikum.« Er blickt noch etwas länger auf Zilch hinab, als warte er auf eine weitere Frage, mehr über die Confab oder die Bitte, ihn wieder ins Trockene zu ziehen. Resignierend in der Gewissheit, besiegt worden zu sein, und weil es unmöglich ist, Jolbys amphibisches Alter Ego dazu zu bringen, ihn zurück ins Boot zu holen, zieht Zilch seine Hände weg und lässt sich treiben.

Sie hat auf ihn gehört. Während er abdriftet, lächelt er. Galavance hat Basilikum hinzugegeben.

Die beiden auf dem Kanu greifen zu den Paddeln und wenden. Sobald sie Kurs aus der Bucht zur Seemitte genommen haben, fangen sie zu rudern an, zielstrebiger als zuvor.

Zilch macht keine Anstalten, hinter ihnen herzuschwimmen. Einen Augenblick lang geht er an ein und derselben Stelle auf und nieder, während das Wasser seinen Körper kühlt – *Gott, ist das noch heiß* –, beginnt aber schließlich, da er einsieht, dass es über kurz oder lang zu anstrengend wird, sich oben zu halten, gen Strand zu kraulen. Als er das matschige Ufer einer abschüssigen, seichten Bucht erreicht, hört er überall ringsum Zikaden im Gleichklang zirpen. Während er beobachtet, wie die Wer-Amphibie und ihr minderbemittelter Sidekick das Boot aus dem Wasser ziehen, gluckert es es tief in seinem Bauch.

Es erinnert ihn an eine üble Magenverstimmung, jene halbe Stunde vor dem Ausstoß von braunem Brei aus verdorbenem Essen und den unerklärlichen Schweißausbrüchen, während man in Gedanken alles durchgeht, was man in den letzten Stunden verzehrt hat.

Wieder zwickt es schmerzhaft, da denkt Zilch an *Alien*, was ihn dazu anspornt, sich zu erheben. Er öffnet sein Hemd wieder und streift den letzten leidlich klebenden Teil des Isolierbands ab, woraufhin bestimmt acht Gallonen schmutziges Wasser aus der Wunde rinnen. Dennoch steckt immer noch etwas in ihm, das entweder verwirrt, wütend, ängstlich oder all dies gleichzeitig ist. Abermals greift er in das halb zugeheilte

Loch, wobei er das Gewebe aufreißt – ein Geräusch, als würde er eine Schlange Lakritz durchtrennen –, und beugt sich nach vorne, um hineinzuschauen, doch es ist zu dunkel. Um den Rest Wasser loszuwerden, drückt er das Fleisch an den Seiten und unter der Verletzung zusammen, wobei auch endlich der Verursacher der heftigen Unruhe in seinem Leib ausgespült wird: Eine Forelle, die genauso verwundert aussieht wie Zilch. Sie klatscht in den Schlamm, wo sie ein paarmal hin und her springt, bis sie zurück in den See plumpst und hinaus ins Trübe schwimmt – so schnell wie jemand, der das, was ihm gerade passiert ist, aus seinem Gedächtnis verbannen möchte.

Während Zilch seine Eingeweide aufs Neue ordnet, ruft er dem Fisch nach: »War mir auch kein großes Vergnügen.«

KAPITEL 20

Galavance meldet sich mit ihrer Stechkarte ab und geht mit erhobenem Kopf hinaus zu ihrem Wagen. Nachdem sie eingestiegen ist, klappt sie die Sonnenblende herunter, an der sie ihren MP3-Player versteckt hat. Sie schließt ihn am Radio an und sucht ohne Eile durch die gespeicherten Lieder, während die Klimaanlage die Luft langsam abkühlt. Als sie den Song findet, den sie in diesem Augenblick lieber als jeden anderen hören will, wählt sie ihn, und er beginnt mit perkussivem Getrommel sowie den einleitenden Gitarrenlicks, während sie die Automatikschaltung auf Dauerbetrieb stellt.

Auf der Umgehungsstraße fährt sie hundertzehn, während Guns N' Roses' *Mr. Brownstone* in Endlosschleife läuft, und schreit mit Axl im Duett, so gut sie kann. Zudem spielt sie Luftschlagzeug oder -gitarre, wenn sie auf einen geraden Streckenabschnitt gelangt und die Hände relativ ruhigen Gewissens vom Lenkrad nehmen darf. Soweit ihr Acht-Punkt-Sicherheitsgurt es zulässt, rutscht sie auf dem Sitz hin und her, um Mr. Rose in jeder Hinsicht nachzueifern. Während sie ständig die Spur wechselt, lässt sie andere Verkehrsteilnehmer hinter sich, sogar die schwersten Bleifüße. Jolby betet ihr immer vor, das Lachgaskit nur im Notfall zu benutzen oder wenn sie irgendwelche »Schwanzlutscher Staub schlucken« lassen will, doch jetzt auf der Interstate drückt sie den Knopf des Einspritzers und braust wie der Wind an allen anderen Autos vorbei. Es macht sie ein wenig nervös, aber auf positive Weise. Schließlich schaltet sie das System wieder ab, wischt sich mit einem Daumen Schweiß hinter dem Ohr ab und kichert. Ihre Hände zittern, doch sie würde es am liebsten *sofort* wiederholen.

An einer Ausfahrt, die ihr geläufig ist, fährt sie ab und hält an einem Walmart, um Zigaretten, eine Zweiliterflasche Diet Coke sowie – *was soll's? Heute wird gefeiert* – einen Eimer

Cherry-Garcia-Eiscreme zu kaufen. Sie läuft zu ihrem Wagen zurück und ist wieder unterwegs, bevor sich das Interieur aufwärmen kann. Bei Trader Joe's tut sie das Gleiche, bloß dass sie die Lebensmittelabteilung gar nicht erst betritt, sondern zu den herrlichen Paletten voller Kartons geht, in denen der Billigwein steht. Sie verlässt den Markt mit drei Flaschen Zinfandel.

Beim Losfahren lässt sie die Reifen absichtlich durchdrehen, um ein paar anzüglich starrende Typen mit Dreadlocks zu provozieren, die sich gerade mit Alkohol fürs Wochenende eingedeckt haben und ihre Rennräder besteigen. Sie bleiben zutiefst neidisch in einer dicken, grauen, stinkenden Abgaswolke stehen.

Zilch nimmt denselben Weg, auf dem sie in den Park gekommen sind, und erreicht wieder halbwegs zivilisierte Gefilde, gerade als die Sonne untergeht. Dabei findet er auch die erste Aluminiumdose am Straßenrand, ausgebleicht von der Sonne und eingedrückt. Er hebt sie auf, schüttelt Regenwasser heraus und hält sie beim Weitergehen in der Hand. Bald entdeckt er noch eine, dann eine dritte. Nachdem er sein verschlissenes, nasses Jackett ausgezogen hat, nimmt er es an den Ärmeln, dem Kragen und am unteren Bund zusammen, um es zum Tragen weiterer weggeworfener Bier- oder Limodosen zu benutzen, die er aufliest.

Als kleiner Junge kam er häufig mit Freunden zum Angeln hierher. Sein Vater und seine Mutter verurteilten es als grausam, weil Kinder dabei lernen würden, dass man alles haben könne, indem man List anwendet. Etwas zu fressen ins Wasser zu werfen, das ganz gemein mit einem Haken versehen ist, sei eine erste Lektion in dieser Disziplin. Dessen ungeachtet ging er dem Hobby mit seinen Spielgefährten und deren Eltern nach. Er fand es ganz okay, doch was ihm dabei vor allem gefiel, war der Strand. Sich in der Sonne fläzen, später Bier von Collegestudenten schnorren, die dort Partys feierten, auf gebräunte Hintern gaffen, wenn nasse Bikinihöschen in die Gesäßfalten rutschten, ehe elegant ein Finger untergeschoben wurde – und nach dem Herausziehen das *Klatsch* beim Loslassen des Stoffes. *Das ist jetzt alles Schnee von gestern, Schwerenöter.*

Nachdem er seine Schuhe ausgezogen hat, verknotet Zilch die Schnürsenkel miteinander und hängt sie sich an eine Schulter, wie es ein Boxer mit seinen Handschuhen tun würde. Er ist bis auf die Knochen durchnässt – mehr oder weniger im wahrsten Sinn des Wortes. Dass die Forelle aus seinem Bauch sprang, hat ihn erschrocken, ja richtiggehend verstört. Er fand das nicht die Spur witzig und kommt auch jetzt noch nicht über den Anblick hinweg.

Das ist doch kacke, wie viele dieser erbärmlichen Viecher muss ich fangen, bevor ich erlöst werde? Kein einziges will sich bei der Confab registrieren lassen, aber nun ja … Wer könnte es ihnen verübeln? Es läuft stets aufs Gleiche hinaus. »Zilch, zieh los und finde diese Lusus naturae für uns. »Okay. Hey du, Monster.« – »Ja?« – »Also, die Sache ist die: Du bist eine Verirrung der Natur, an der sich die ganz Piekfeinen von der Confab offensichtlich stoßen, und tja, bedaure vielmals, aber du musst dich entweder in ihre Kartei aufnehmen lassen oder sterben. Was diese Aufnahme bedeutet, magst du fragen, ja? Nun denn, dass du bis zu deinem natürlichen Ende jederzeit aus deinem Lebensraum gerissen und umgesiedelt werden darfst wie die amerikanischen Ureinwohner, falls man dich einmal zu oft fotografiert, deine Wikipedia-Seite zu oft aktualisiert wird oder du einen Tick zu regelmäßig bei YouTube zu sehen bist. Klar, das ist doof, doch … Wie bitte? Du willst mich deswegen umbringen? Das finde ich absolut verständlich.«

Und die Endstation wäre wieder die gleiche wie bei *Frankenstein*, so wie er es Jolby dargelegt hat: eine Mühle – oder Zilchs Erfahrung gemäß eher ein Hotelzimmer, eine Scheune, schofelige Kellerwohnung oder die Beschäftigungsstätte der betreffenden Person. Letztere – ihren Arbeitsplatz – suchen erstaunlicherweise viele derjenigen auf, die als Menschen durchgehen können, wenn ihnen die Felle davonschwimmen. Traurig, wenn man sich das mal genauer überlegt.

An der Einfahrt in den Park geht Zilch an einem Schild vorbei, das ihm zuvor nicht aufgefallen war, wohl weil Chev mit Beinahe-Lichtgeschwindigkeit gerast ist. *Bitte nicht über Nacht parken. Aufgrund vermehrter Fälle von Vandalismus und Diebstahl in jüngster Zeit raten wir Ihnen, Fahrzeuge (Pkw, Wohnanhänger, Boote o.ä.) nicht unbeaufsichtigt abzustellen.* Folglich besorgt sich Jolby seine Autoteile hier, eine Eigenheit der Wer-Amphibien, die er nie hinterfragt hat.

Nur noch einen Tag, ruft sich Zilch ins Gedächtnis. Mehr Zeit hat er nicht, um Jolby zu stellen und wenigstens ein letztes Mal zu versuchen, ihn zur Räson zu bringen. *Das schließt freilich mit ein, dass ich schwere Geschütze auffahren muss. Ich brauche etwas, womit ich ihm ernstlich drohen kann, ein Druckmittel zur Verhandlung. Eine Kanone wäre praktisch, aber wie soll ich die ohne Personalausweis oder Geld besorgen?* Das ist das Blöde dabei, im Dienst der Confab zu stehen, denn jedes Mal, wenn er irgendwohin springen muss, bleibt ihm keine Möglichkeit, Schusswaffen zu benutzen. Das durfte er bisher bei keinem einzigen Auftrag, und früher, als er noch lebte, hat er nie mit einer Waffe geschossen, geschweige denn, dass er überhaupt eine in die Finger bekam. Das braucht niemanden zu überraschen. *Denkt daran: Hippie-Eltern.*

Unterwegs führt er Selbstgespräche. Sein Jackett ist schon mit Dosen vollgestopft, und die klappern bei jedem Schritt, den er am Rand der Landstraße macht. »Vielleicht ist das für mich das Ende der Fahnenstange. Gedeih oder Verderb, könnte doch sein. Kehre ich diesmal zurück, sagen sie womöglich, wenn ich durch die Tür komme: Das war's, Saelig. Wir sind jetzt quitt, du hast Level zwei freigeschaltet. Oder so.« Übrigens wäre generell mal angebracht, dass sie mir erklären, wozu ich das alles überhaupt auf mich genommen habe. Wäre echt scheiße, wenn im Jenseits nur endloses langweiliges Vergessen wartet.

KAPITEL 21

Black Top Oasis trägt diesen Namen völlig zu Recht, denn es handelt sich um eine Oase am Rand der Interstate, den nächstgelegenen Orientierungspunkt. Zilch sieht in keiner der beiden Fahrtrichtungen eine andere Möglichkeit, wo man vorübergehend rasten und Wasser trinken könnte. Er überquert das Grundstück und tritt unter die Überdachung, wo dreißig Zapfsäulen bereitstehen. Als sie ihn kommen sehen, verriegeln die Besitzer der Minivans, die gerade für einen weiteren Abschnitt langer Reisen volltanken, ihre Türen. Er hört das Klacken deutlich.

Eine Gruppe Teenager lungert auch herum. Sie sitzen auf der Vinylplatte eines Picknicktischs, rauchen Zigaretten und trinken gemeinsam aus einer Familienflasche irgendeines Süßgetränks, die in einer braunen Papiertüte steckt, damit man den Inhalt nicht sieht. Der Knabe, der von Zilch aus gesehen vorne hockt, konzentriert sich auf eine Stelle neben ihm, wo er gerade mit einem wasserfesten Filzstift einen sehr detaillierten erigierten Penis auf den Tisch malt. Als sie den Fremden bemerken, rücken sie dichter zusammen, ohne eindeutig durchblicken zu lassen, wer ihr Leitwolf ist.

Er legt sein zweckentfremdetes Jackett voller Aludosen ab. »N'Abend. Habt ihr so eine für mich übrig?«

Alle zögern. Einer stößt einen anderen mit einem Ellbogen an. »Gibt dem Typen 'ne Kippe, Skyler.« Der Aufgeforderte, der jünger aussieht, tut es und reicht Zilch auch ein Feuerzeug. Beides hält er mit spitzen Fingern an einem Ende fest, damit sich ihre Hände nur ja nicht berühren. Der Erwachsene zündet die Zigarette an und wirft das Feuerzeug zurück.

Dann haucht er seufzend eine unverfängliche Wolke Qualm aus – ohne Nanobugs – und bekommt direkt wieder einen Schwindelanfall. »Hört mal, ich hab weder Kohle und auch sonst nichts anzubieten, aber …«

Die Jugendlichen – alle sechs – verlagern ihr Gewicht gleichzeitig auf eine Hinterbacke, um ihre Brieftaschen zu zücken. Das geschieht so synchron, inklusive Augen verdrehen, Klettverschlüsse aufziehen und aufgefaltete Scheine herausnehmen, dass Zilch unbewusst einen Schritt zurücktritt. Das zu sehen stößt ihn vor den Kopf. *Wie Schwarmverhalten.*

»Ich will euer Geld nicht«, stellt er mit ablehnender Geste klar.

Ob sie Münzgeld in einer hohlen Hand halten oder ein paar knittrige Eindollarscheine: Jeder guckt verwirrt.

»Ich würde bloß gern jemandes Handy benutzen, falls es nichts ausmacht. Muss nur 'nen Freund anrufen.« Er schaut auf den gezeichneten Penis. »Der sieht übrigens hübsch aus. Du solltest dich auf einer Kunstschule bewerben. Jede Wette, dieses Bild allein garantiert dir ein Stipendium.«

»Hä?«

Einer der Knaben hält Zilch ein Handy hin, lässt es aber erst los, nachdem er gebeten hat: »Nur'n Ortsgespräch ja? Mom geht mir sowieso schon *voll* auf den Sack wegen der Rechnung.«

»Kein Ding.«

»Er wählt die Nummer der Auskunft. Die aufgenommene Servicestimme bittet ihn, die Eins zu drücken, falls er mit einer Person sprechen möchte. Er drückt die Eins. Nachdem er schier endlose zweieinhalb Minuten lag *What A Fool Believes* hören musste, geht jemand ran.

»Anrufauskunft?«

»Hallo, würden Sie mich mit jemandem verbinden?«

»Wohnort und Name?«, fragt die Dame abfällig, als wolle sie entgegnen: »Was soll das heißen, Sie melden sich nicht, um mir, Frau von und zu Telefonistin, freudigst mitzuteilen, dass Sie mit einem dicken Scheck über eine Milliarde Dollar nur für mich draußen vor der Zentrale warten?«

»Galavance …« Er stockt. »Mist.«

»Soll das ein Streich sein?«

»Nein, ihr Vorname lautet definitiv Galavance, aber mir ist gerade aufgefallen, dass ich den Nachnamen nicht kenne.«

»Verzeihung, aber ich brauche ihn vollständig, Vor- *und* Zuname, sonst kann ich Sie nicht verbinden, Sir.«

»Würde es nicht reichen, nur nach ›Galavance‹ zu suchen? Ich bin mir sicher, so heißen nicht viele im Telefonbuch.«

»Das ist hier kein Freundefinder, Sir.«

Zilch nimmt die Zigarette aus seinem Mund, damit sie ihn auf keinen Fall missverstehen kann, als er fragt: »Worin besteht dann bitteschön Ihr mieser Job?«

»Wie, sagten Sie, lautet der Name noch gleich?«

»*Galavance.* Youngsville im Herzen North Carolinas, Wake Forest, Franklintown, irgendwo dort.« Er betont jedes Wort einzeln.

»Ich habe hier eine Galavance – Galavance Petersen. Können Sie sich das notieren, Sir? Gelistet ist nur eine Adresse, aber kein Festnetzanschluss.«

»Auch keine Mobilnummer? Ich muss nämlich mit ihr reden, und zwar unverzüglich.«

»Wir können Ihnen keine Mobilnummer geben, Sir. Falls Sie und diese Galavance Petersen alte Bekannte sind, sollten Sie womöglich auf anderem Weg mit ihr Kontakt aufnehmen, damit sie Ihnen die Mobilnummer mitteilt und Sie eine Verbindungsmöglichkeit haben, sollte es wieder zu einer Situation wie dieser …«

»Werden Sie *da*für bezahlt, für dieses Klugscheißen, das ich mir hier anhören muss?«

»Nein, aber zugegeben, das ist tatsächlich eine der angenehmen Seiten meines Jobs.«

»Nennen Sie mir einfach die Adresse.«

»Gerne, Sir. Bereit?«

Er sieht den Halbstarken an, der seinem geschwollenen Meisterwerk mit Adern und Härchen den letzten Feinschliff verleiht, schnappt sich seinen Stift und zieht die Papiertüte unter der Flasche weg, um darauf mitzuschreiben. »Jetzt ja, fahren Sie fort.«

Sie sagt ihm, wo Galavance wohnt – in einer Campingwagensiedlung mit dem nichtssagenden Namen Focal Point Fields –, und gibt die Nummer ihres Trailers an. Er kennt die weitere Umgebung, aber nicht diesen einen Platz. Als er die Telefonistin nach der nächsten Verkehrsstraße fragt, antwortet sie, die Gegend liege an der Kit Mitchell Road, also nicht weit entfernt von der Stelle, wo er am Freitagmorgen von Galavance angefahren wurde. Selbstverständlich weiß er, dass dort, wo sich diese Siedlung nun erstreckt, früher nichts als Wald war.

Schließlich erkundigt er sich auch nach der Telefonnummer des lokalen Big Fat Frenchy's. Er hofft, dass sie noch auf der Arbeit ist, sowohl damit er sich nicht wegen Jolby um sie sorgen muss, als auch in der Hoffnung, sie könne seinen Anruf entgegennehmen, um sich alles erzählen zu lassen, was er erfahren hat. Falls es sich ergibt, möchte er sie zudem fragen, wie es mit der Regionalleiterin gelaufen sei, damit sie selbst ihm die Geschichte erzählen kann. Die Telefonistin stellt ihn durch und scheint durchaus froh zu sein, ihn aus ihrer Leitung zu werfen. Das Mädchen jedoch, das im Restaurant abhebt, darf angeblich nicht sagen, ob Galavance dort ist oder nicht beziehungsweise später noch kommt. Unternehmenspolitik. »Es gibt ja Stalker und was nicht alles«, führt Madame aus. Zilch bedankt sich dennoch und trennt die Verbindung.

Allerdings hat er ja Galavances Adresse aufgeschrieben und steckt die Papiertüte jetzt in eine Tasche seines Jacketts. Zumindest ein kleiner Fortschritt. Nun da er das Handy nicht mehr braucht, wirft er es dem Burschen zu, der es ihm geliehen hat, zusammen mit dem Stift. Die Kids wechseln Blicke untereinander, und jeder bekommt wieder, was ihm gehört.

Zilch tut so, als würde er sich an die Krempe eines Cowboyhuts fassen. »Besten Dank.«

Drinnen friert er, weil eine Klimaanlage läuft und er nasse Kleidung trägt. Im Nu bekommt er Gänsehaut am ganzen Körper. Er spürt, wie sich die Haut an seinen Wangen strafft, und als er sich selbst auf dem Monitor einer Überwachungskamera sieht, der unter der Decke angebracht ist, kommt er sich vor wie der Tod auf Urlaub in einem geborgten Anzug mit zu großen Schuhen, mit denen er nicht leise auftreten kann. Ein Charlie-Chaplin-Zombie ohne Melone und Schnauzer oder mit anderen Worten: Die vollkommene Widerspieglung dessen, was wirklich los ist, das Inbild eines Vagabunden, der seinen nächsten Streich ausheckt, um zu Geld zu kommen.

Ein Schild, das zum Leergutautomaten führt, freut ihn über alle Maßen. Er legt sein Jackett davor ab und beginnt, die Dosen eine nach der anderen in die runde Annahmeöffnung zu schieben, woraufhin sie jeweils zerdrückt, aussortiert und verbucht werden. Nachdem er alle reingesteckt hat, erhält er einen Ausdruck, der besagt, dass ihm Black Top Oasis imposante drei Dollar schuldet.

Bevor er sich auszahlen lässt, sieht er sich in dem kleinen Markt um. Im hinteren Teil reihen sich mehrere Kabinen mit Drehverrieglung wie an Baustellenklos oder den Toiletten von Fernbussen. Dies heitert Zilch ein wenig auf. Die Vorstellung, gerade jetzt in seinem Zustand duschen zu können, ist paradiesisch, doch sein Magen teilt ihm knurrend mit, er solle sein Geld für etwas anderes ausgeben.

Lüstern starrt er durch die beschlagene Scheibe einer Auslage auf Mikrowellen-Burritos und beobachtet, wie Hotdogs auf ihrem Spieß abwechselnd Rollen vorwärts und rückwärts, vorwärts und rückwärts machen.

Und dann noch der ununterbrochene Strudel aus blutrotem und synthetisch blauem Trinkeis in seinem Tank. Mechanisches Surren, beliebige Mischungen denkbar. Würde man es darauf anlegen, könnte man einen Becher mit einem Fassungsvermögen einer halben Gallone nehmen und einen kurzen Schuss von allem hineingeben, um einen Kamikaze zu mixen, wie es seine Freunde zu Grundschulzeiten nannten – für lediglich zwei Dollar. Der Rest ließe sich dann für irgendeinen Süßigkeitenriegel, mit Müsli bestreute Sojaprodukte oder Kekse draufhauen, vielleicht auch einen der Hotdogs, Krakauer oder Fritten mit Soße.

Die Qual der Wahl. Zilch könnte sich tagelang vom Überfluss an schlechten Kohlehydraten und Fetten ernähren, den diese Waren enthalten. Es ist mehr als genug, um den Rest des Sonntags zu überstehen, bevor er wieder den Beckett macht. Außerdem könnten ihm die vielen Konservierungsstoffe dabei helfen, seine Blässe loszuwerden. *Damit man mich nicht sofort mit Geschichten aus der Gruft in Verbindung bringt,* denkt er bei einem neuerlichen Blick auf den Bildschirm.

Trotzdem bleibt er vernünftig. *Hab ja nur drei Dollar.*

Nichts wirkt wirklich appetitanregend, aber es kann es nicht ignorieren, dass Nahrung, Dinge zu schmecken, ein Mahl zu genießen einfach in ihm verwurzelt war. Er war Koch, ein Essensliebhaber durch und durch, und manchmal konnte auch Grillwurst von einer Tankstelle wunderbar sein, wenn ihn Heißhunger antrieb, dergleichen zu kaufen. Nun ertappt er sich dabei, wie er durch den arg überschaubaren Obst-und-Gemüse-Bereich der Raststätte schlendert, dessen Gestell ebenso gut einmal ein Zeitungsständer gewesen sein mochte, Bananengebinde in die Hände nimmt und ausgiebig daran schnuppert, als unterziehe er eine Zigarre einer Qualitätsprüfung. Sie haben weder zu viele noch zu wenige Flecke, keine merklichen Druckstellen oder zu schwarzen Punkte, sind also genau richtig.

Schlussendlich kann er aber nicht mehr überspielen, dass ihn das Personal, auch wenn es nichts unternimmt, mit genervter Miene beobachtet. Niemand traut sich hinter seiner Theke hervor, doch dass sie nicht mögen, was er tut, ist augenfällig. Kommen andere Kunden zu ihnen, strahlen sie übers ganze Gesicht, doch beim Blickkontakt mit Zilch bleibt ihr Ausdruck kalt und starr.

Na gut, es ist an der Zeit, zu Potte zu kommen. Für die wichtigen Dinge. Confab-Agenten müssen das Regelbuch auswendig lernen, weil man kein Exemplar mitnehmen darf. Paragraf eins besagt, dass man sich auf der Jagd nach *Lusus naturae* anpassen muss. Die natürliche Ordnung der normalen, ahnungslosen Welt darf nicht beeinträchtigt werden.

Deshalb hast du nicht zu stinken. Dann also doch duschen.

Er stellt sich an der Theke an, wo man entweder fürs Tanken zahlt, Burger bestellt beziehungsweise kauft oder um einen Schlüssel für die Duschkabinen bittet. Der Angestellte dort verhält sich ihm gegenüber steif und bedankt sich nicht für das Kundenvertrauen, sondern schiebt ihm einen Schlüssel mit der Nummer Acht zu, obwohl Zilch ihm den Leergutschein über drei Mäuse gleich am Anfang der Transaktion gegeben hat.

Sein »Danke« quittiert der Kassierer mit einem müden Nicken, wobei er seine Lippen schürzt und einen deutlichen Schritt zurück macht.

Der Duschraum sieht armselig aus – als habe ihn noch nie jemand gesäubert, und die vorigen Benutzer wussten entweder nichts von den Feinheiten des Toilettengebrauchs oder hatten sie vergessen. Zilch zieht sich aus und duscht breitbeinig, um nicht auf die drei Brocken Kot zu treten, die auf dem Abfluss liegen. Er überlegt, ob er sich nicht lauthals beschweren soll, wenn er hinauskommt, vermutet aber, dass man ihm in der Annahme, er habe die Bombe ausgeschissen, um den Querulanten spielen zu können, lediglich den Schlüssel wegschnappen und Lokalverbot geben wird.

Zilch entfernt das Isolierband von seinem Bauch, lehnt sich zurück und zieht die Schnittwunde auf. Während er sie unterm Duschkopf gründlich auswäscht, kann er sie dank des besseren Lichts auch endlich untersuchen.

In den eigenen Körper schauen zu können gleicht einem Albtraum. Kaum ein Mensch kommt im Laufe seines Lebens dazu, je irgendeines seiner inneren Organe zu betrachten, außer bei einer Computertomografie oder auf Röntgenbildern, doch hier steht Zilch, hält sich unter brummender Neonröhre und schimmeliger Brause mit schwachem Strahl den Wanst auf, sieht Fetzen von Seegras sowie einen hellbraunen bis weißen Strang Fischkot, den die Forelle hinter seinem feingeäderten Magensack hinterlassen hat, die knotige Masse seiner Eingeweide und was auch immer *dieses* Ding da ist. Er greift hinein, zupft das Gras heraus und lässt es sich vom Wasser aus den Fingern spülen. Als es zu bluten anfängt, weiß er, dass alles sauber ist. Das lernt man auf der Kochschule im Zusammenhang mit Schnittverletzungen: Tritt Blut aus, bedeutet dies, dass keine Fremdkörper mehr drinstecken, und falls es nicht dazu kommt, sollte man besser einen Arzt aufsuchen.

Weil die Duschcreme aus dem Spender, die rosa wie Zuckerwatte ist, nichts kostet, spart er nicht damit und rubbelt jede noch so schwer zugängliche Stelle an seinem gebeutelten, fahlen Leib damit ab. Auf seinem Kopf bauscht sich immer noch ein Berg Schaum, den er mit seinen Fingerspitzen einmassiert, als die Zeituhr abläuft und das Wasser ohne Vorwarnung versiegt. Daraufhin streckt er die Hände flach aus und versucht, das Zeug weitestgehend aus seinen Haaren zu streichen.

Nachdem er *Jacob F. Stein, geliebter Vater und Ehemanns* Kleider wieder angezogen hat, riecht er an einem Ärmel des Jacketts. Im Vergleich zu der Waschlotion, deren Reste noch angenehm rosig duftend auf seinem Schädel knistern, stinkt der Stoff abgründig. Wüsste er es nicht besser, würde Zilch schwören, er bräuchte das Ding nur an den Schultern zu packen und einmal zu wringen, schon ergieße sich der halbe See daraus, wohingegen so viel Sand vom Grund in seinen Schuhen steckt, dass sich die Sohlen, als er die Füße hineinschiebt, wie Schmirgelpapier anfühlen. Ihm bleibt jedoch nichts anderes übrig, als damit vorliebzunehmen, weil er keine frischen Klamotten hat.

Nach Verlassen der Kabine stellt er sich an die hintere Wand des Marktes der Tankstelle. Gerade herrscht relativ viel Betrieb; viele der Rastenden von draußen kaufen dies und das oder bezahlen nach Sonntagsausflügen an diesem frühen Sonntagabend Kraftstoff für ihre Heimreise. Eine Menge Unruhe, Zerstreuung.

Einige Regale auf der anderen Seite des Raums zielen auf Motorradfreaks ab. Dort gibt es T-Shirts, Jeanshosen und -jacken – Letztere auch aus Leder –, Stiefel, Rennbrillen und Helme.

Ich wüsste gern, ob sie mir Diebstahl anlasten würden oder nicht, wenn ich mich anpasse, wie sie es wollen, solange ich Jolby suche. Vielleicht hebt sich das gegenseitig auf, sodass ich kein Minus, keine Sechs kriege, sondern nur einen Strich mit neutraler Bedeutung: Schwamm drüber, nichts passiert, Auge zugedrückt.

Er grinst.

Was soll's? Es ist notwendig.

Während er durch den Laden stürmt, schmatzen seine unpassenden Schuhe und hinterlassen mit jedem Schritt eine kleine Pfütze. Zilch durchstöbert die Kleider, so schnell er kann, um seine Größe zu finden, wozu er die Krägen herunterzieht und die Etiketten begutachtet. Er wählt ein schwarzes Langarmshirt, eine Jeans und ein Paar Stiefel wie für ihn gemacht in Größe zwölf. Als er Richtung Ausgang läuft, hängen ihm die Ärmel und Hosenbeine über die Schultern oder im Gesicht. Er bleibt nur kurz stehen, um noch eine Rolle Isolierband mitzunehmen, bevor er mit einem kräftigen Stoß durch die Tür prescht. Der Alarm klingelt, doch niemand folgt Zilch. Das Personal kennt ihn schon als jene Stinkmorchel, die das Essensangebot begafft hat – und das Gehalt hier ist jedem zu niedrig, um den Kerl zu jagen und Gefahr zu laufen, sich irgendeine Krankheit von ihm einzufangen.

Zilch hat seine helle Freude und lacht unbeschwert, während er auf der Straße davonrennt, als ob ihm jemand dicht auf den Fersen sei. Autofahrer auf der Interstate hupen oder rufen nach ihm, wobei er sich nicht sicher ist, ob sie ihn warnen möchten – »Bleib auf der Seite, du Irrer« – oder beglückwünschen. »Geile Sache, du hast Biss, Alter. Lehnst dich gegen Konventionen auf, indem du die überteuerten Klamotten dieser schlecht getarnten Touristenfalle klaust!« So oder so, er winkt den Fahrzeugen hinterher.

Unter einer Überführung zieht er sich um, wozu er sich mit nacktem Hintern auf ein Graffito setzt: Die Parole »Jesus hasst Turbane« in Ford-Blau unter einer Flagge, die jener der Konföderierten ähnelt, bloß dass sie auf dem Kopf steht und zu viele Sterne auf einer Seite hat.

Es ist schon so dunkel, dass die Fahrer ihre Scheinwerfer eingeschaltet haben, sodass niemand die abgehärmte Gestalt sieht, die zwischen den Zementpfeilern der Brücke hockt und ihren schwarzen Anzug abstreift wie eine Schlange, die sich aus ihrer abgestorbenen Haut windet. Er beißt Stücke von der Bandrolle ab und klebt sie sich auf den Bauch, wickelt sie aber auch einmal ganz um seinen Körper, damit diesmal alles zusammenhält.

Als er fertig ist, fühlt er sich tief erleichtert, den nassen Anzug und die unbequemen Schuhe mit Tritten in ein Gebüsch befördern zu können. Bevor er aufbricht, vergisst er beinahe, die aufgeschriebene Adresse aus dem Jackett zu nehmen. Er nimmt die zerknüllte, feucht gewordene Papiertüte und steckt sie in eine Tasche seiner neuen Jeans.

Die sauberen, trockenen, schlicht frischen Kleider vermitteln ihm ein wohligeres Gefühl als jede Fleischeslust, Gaumenfreude oder Droge, mit der er je in Berührung gekommen ist. Er trägt zwar keine Unterwäsche, aber das geht in Ordnung. Als er noch lebte, zog er Boxershorts vor, weshalb das nun keinen großen Unterschied ausmacht.

In seinen neuen Bikerboots schlittert er eine Böschung hinunter, während er sich seine neue Lederjacke über die Schultern wirft. Unten stellt er den Kragen hoch und lauscht wohlwollend dem Klackern der Treter auf dem Gehsteig.

Zilch folgt der Straße und fühlt sich wie ein neuer Mann.

KAPITEL 22

Galavance ist zu gut drauf, um abzuwarten, bis Jolby nach Hause kommt, also öffnet sie die erste Flasche Zinfandel White und füllt ein Plastikweinglas damit. Außerdem ahnt sie, dass er beim Zurückkehren auf ihre Frage hin, was er heute getrieben habe, auf den Boden schauen und antworten wird, er habe sich gemeinsam mit Chev nach Arbeit umgesehen, was sie sofort wütend machen wird. Selbst wenn er ehrlicherweise angäbe, ein paar Stunden in ihrem Neubau zugebracht zu haben, müsste sie ihn zwangsläufig fragen, ob sie zufällig einen interessierten Käufer gefunden hätten, doch er würde verneinen, und schon wäre es wieder so weit: Tag ruiniert, trotz guter Neuigkeiten.

Darum betrinkt sie sich flugs, sodass er ihr nicht einmal die Stimmung verhageln könnte, wenn er hereinkäme und noch ein Kondom vom Sex mit einer anderen Frau tragen würde. Sie lässt sich direkt unter den Schlitzen der Klimaanlage am Fenster auf die Couch fallen und schaut sich *Charmed – Zauberhafte Hexen* an – bei voller Lautstärke, weil die Lüftung so laut ist. Das macht ihr jedoch nichts aus, denn sie hat die heutige Folge noch nicht gesehen und verfolgt sie von Anfang bis Ende gespannt. Wenn sie sich bewegt, dann nur zum Trinken.

Als sie aufsteht, um in die Küche zu gehen und sich nachzuschenken, taumelt sie. Auf dem Teppich hört sie ihre eigenen stapfenden Schritte. Beim Schlagen nach dem Perlenvorhang, der den Wohn- vom Kochbereich trennt, verfehlt sie ihn. Dann hat sie Schwierigkeiten, den Korken wieder aus der Flasche zu ziehen, und umso mehr, ihn wieder aufzupfropfen, nachdem sie ihr Plastikglas gefüllt hat. Das ist nicht gut. *Ich bin … fix und alle.* Sie lacht laut.

Da ihr Wein fast übergelaufen ist, bleibt sie zunächst in der Küche und stellt die Flasche weg, beugt sich nach vorne und schlürft den süßen rosa Alkohol, den sie verschüttet hat, vom Linoleum der Küchenarbeitsplatte. Dabei sieht sie zufällig auf dem Display des Mikrowellengeräts, wie spät es ist: kurz vor elf.

»Das kann nicht stimmen«, sagt sie. Während sie sich eine Zigarette anzünden will, kramt sie in der Schlafanzughose, die sie trägt, nach ihrem Handy. Dies läuft darauf hinaus, dass sie das Paper der Kippe in der Mitte versengt und versehentlich eine SMS an ihre Mutter schickt, in der »h23ltjlapb« steht.

»Shit«, flucht sie, verlässt die Nachrichten-App und sieht wieder die Zeit. Gleichzeitig drückt sie den Glimmstängel aus. »Hm, tatsächlich elf Uhr.« Sie lässt die Hand hängen, in der sie das Telefon hält, und fragt eine Wand: »Wo mag er bloß sein?«

Also wählt sie Jolbys Nummer.

Unterdessen führt sie einen inneren Monolog und plappert ihn simultan aus, ohne Zusammenhang und unartikuliert. »Also, er sollte nur so lange wegbleiben, bis ich ein wenig beschwipst bin, aber nicht die ganze Nacht. Ob er mit Chev auf der Baustelle ist? Bestimmt machen sie Party oder so was. Ja, das muss es sein. Er lernt's einfach nicht, dreht jeden Stein nach Gras zum Rauchen um.« Sie schüttelt den Kopf. »Dummer Kerl.«

Als er den Anruf entgegennimmt, klingt seine Stimme erschüttert und heiser. »Hallo?«

»Hey Liebling, wo bist du?«, fragt sie lieblich.

»Bei Chev«, antwortet er. »Was ist?«

»Na ja, ich wollte mit dir feiern. Ist Samstagabend. Ich hab billigen Wein gekauft – also, mehrere Flaschen –, und du weißt schon, mir ist danach, das von gestern Nacht zu wiederholen, falls du Bock hast. Diesmal liegst du aber oben; ich hab's ein bisschen übertrieben. Wenn du allerdings sagst, dass du schon auf dem Weg bist, dann futter ich inzwischen ein paar Cracker.«

Im Hintergrund sirrt ein Schraubbohrer, der dann jedoch abzurutschen scheint, was Knirschen und Knattern gleich einem Maschinengewehr nach sich zieht. Galavance kann Rascheln hören, während Jolby durch Türen geht – *Türen schließt?* – oder irgendwas macht. Es könnte auch ein Garagentor sein, weil es laut poltert. Wie dünnes Metall. So etwas in der Art.

»Wo bist du?«

»Sagte ich doch: Bei Chev.«

»Ja, aber wo?«

»Auf der Baustelle«, behauptet er.

»Was *treibt* ihr dort?«

»Wir *arbeiten*, Schatz.« Er räuspert sich, was gequält wirkt. Nachdem er ein paarmal gehustet hat, spuckt er. Das alles will er vor ihr verbergen, indem er das Sprechteil seines Handys zuhält, aber man hört es trotzdem. Galavance hasst seine Angewohnheit, zu rotzen. »Pass auf, Chev braucht noch bei einer Sache Hilfe, aber danach kann ich mich wohl schnell auf den Weg machen.«

»Es ist doch schon spät. Komm sofort.« Sie ist ungern weinerlich, aber mal im Ernst: Ihr Tag ist prima gelaufen, und jetzt will sie Zeit mit ihrem Freund verbringen. Ist das zu viel verlangt?

»Ist mir schon klar, darum will ich das auch schnell über die Bühne bringen. Es ist doch so, Gal: Du willst, dass ich was zu tun hab, richtig? Und wenn ich dieses Haus gemeinsam mit Chev verkaufen will, führt kein Weg daran vorbei, es hübsch herzurichten, was wiederum bedeutet, dass wir daran *arbeiten* müssen.«

»Hättet ihr zwei euch bloß nie auf die Ausschreibung hin gemeldet«, stöhnt sie.

Er ignoriert das. »Es dauert nicht mehr lange, aber ich muss noch bleiben«, stellt er klar. »Du weißt, dass Chev und ich das Haus bezahlen müssen, falls wir es nicht verkauft haben, bevor das Wohngebiet eröffnet wird und die anderen Grundstücke offiziell angeboten werden.«

»Ja, das *weiß* ich, Jolby. Gott, ich weiß es nur zu gut, ja?«

»Tut mir leid, Baby. Wollt's nur noch mal sagen. Manchmal glaube ich, du begreifst nicht so richtig, wie … na ja, wie viel dabei auf dem Spiel steht.«

»Und das aus dem Mund eines Mannes, der seit einem halben Jahr keinen müden Cent verdient hat. Du willst *mir* etwas von Arbeit erzählen?« Die Frage kommt spöttisch. »Bitte, mach ruhig weiter. Klär mich auf, Jolby.« Galavances Alkoholpegel hat jetzt eine gewisse Grenze überschritten, womit sie in ihre eloquente Phase eintritt, wie sie selbst es nennt. Das heißt, sie ist gerade so betrunken, dass sie Ausdrücke verwendet, die ihr nüchtern nicht einfallen würden – und kann auf einmal, nebenbei bemerkt, auch unglaublich gut Poolbillard spielen –, doch ausgerechnet jetzt die Gelegenheit zu erhalten, diesen ersehnten Punkt in der Diskussion ihrer Liebesbeziehung abzuhandeln, kommt ihr wie ein glücklicher Zufall vor.

»Ich will nur erklären, dass ich mich anstrenge, klar?«, fragt Jolby. »Versteht doch, Chev braucht mich. Ich muss aufhören, okay? Bis nachher.«

Galavance möchte nachhaken – »Wann wirst du hier sein?« –, doch es ist schon zu spät, er hat die Verbindung getrennt. Sie drückt ebenfalls »Anruf beenden« und schaut sich die Gesprächsdauer an: eineinhalb Minuten. Darunter ist das Foto des gespeicherten Kontakts abgebildet, Jolby mit ins Gesicht hängenden Haaren und seinem schiefen »Ich weiß etwas, das du nicht weißt«-Grinsen, das er ständig aufsetzt. Manchmal, wenn er es gezielt tut, um genau das auszudrücken, würde sie ihn am liebsten umbringen, oh ja. Jetzt schaltet sie das Telefon ab und legt es auf die Küchentheke, ist aber noch nicht zufrieden, also packt sie es wieder, holt aus und schlägt es gegen die Kante. Es prallt laut ab und fliegt gegen die Fliesen, ehe es in der Spüle landet, wo es Geschirr zum Klappern bringt und dazwischen verschwindet. Mehrere Besteckteile rutschen hinterher und begraben es unter sich.

Jetzt fühlt sich Galavance besser.

Als sie den Kühlschrank öffnet, um sich noch einen Wein einzuschenken, fällt ihr auf, dass sie ihren zweiten noch nicht getrunken hat, und sie stellt die Flasche wieder zurück. Ohne die Tür zu schließen, hält sie inne. Sie hakt einen Mittelfinger an der Kante ihres Glases ein und packt den Hals der Flasche mit dem restlichen vier, dann nimmt sie den Eimer Cherry Garcia mit der anderen Hand. So geht sie rückwärts durch den Perlenvorhang und stellt den Fernseher wieder lauter. Die nächste Folge der Serie beginnt, da hat sie die Weinbuddel mit Glas und das Eis wie Fetische um ihre angezogenen Beine herum aufgestellt.

»*Männer*«, raunt sie. »In der Geschichte der Welt hat es nie etwas anderes gegeben, das einer Frau zugleich so viel Freude bereiten oder sie vor Hass die Decke hochgehen lassen kann, und zwar in nur drei kurzen Minuten.«

Sie prostet Jesus zu, der an einem Kreuz an der Wand vor ihr hängt. »Gilt natürlich nicht für dich. Gehab dich wohl, Meister.« Sie trinkt drei kräftige Schlucke und gießt sich gleich noch mehr Zinfandel White ein, wobei sie Mr. Brownstone summt.

Daraufhin verschluckt sie sich, als wolle ihr Gott zu verstehen geben, sie dürfe keinen Trinkspruch mehr an ihn richten, und der Wein brennt ihr im Hals – was die feurigen Schimpfworte vorwegnimmt, die sie folgen lässt.

Sie redet sich ein – laut –, dass sie keinen Mann braucht. Als sie den Tag vor ihrem geistigen Auge ablaufen lässt, ohne weiter auf die Mädchen im Fernsehen zu achten, hat sie schon eine Dreiviertelflasche des billigen Weins getrunken. Sie kehrt in die Küche zurück, wo sie in den Regalen, dem Gefrierfach sowie den Schubladen des Kühlschranks kramt, die selten mehr als Dosen-Budweiser enthalten, und stellt nach und nach Zutaten für einen Shepherd's Pie zusammen: Rinderhack in Kunstdarm, eine Zwiebel, ein Fläschchen Worcestersoße, einen Beutel Tiefkühlgemüse – Mais, Erbsen, Möhren – und einen der Fleischbrühe-Würfel, die Jolby manchmal in seinem Kaffee auflöst, um »mehr Eiweiß« zu sich zu nehmen.

»Du kranker Ficker«, sagt Galavance nun, während sie darüber nachdenkt, wohingegen sie stets schweigt, wenn er es tut. Sie vergisst es aber schnell wieder, denn nein, jetzt mach ich mir *selbst* was Feines. Ich werde keine Zeit damit verschwenden, mir den Kopf über *ihn* zu zerbrechen.

Sie zieht weder ein Kochbuch noch ein Rezept zurate. Dieses Gericht hat sie schon so oft zubereitet – na ja, eigentlich nur dabei zugesehen, wie ihre Mutter es gemacht hat –, dass sie es hundemüde und betrunken wie heute auf die Reihe kriegen dürfte. Zunächst streckt sie sich noch in den Wohnraum aus, nimmt die Fernbedienung, schaltet die Flimmerkiste ab und ihre Boombox an, um eine CD einzuwerfen. Es ist irgend so ein Frauenpower-Hip-Hop aus den frühen Neunzigern zum Kopfnicken, der gerade zu ihrer Laune passt. Sie tanzt in der Küche herum, zappelt und schüttelt ihren Ärger ab, während sie eine Pfanne auf den Ofen knallt und etwas Olivenöl hineinkippt. Dann stellt sie die stärkste Hitzestufe ein, gönnt sich noch einen Wein und tänzelt weiter, wobei sie ihre Haare schwingt und mitsingt. So weckt sie vermutlich die Nachbarn, aber das ist ihr egal.

KAPITEL 23

Zilch streckt einen Daumen aus, während er an der Interstate entlanggeht. Einige Pick-up-Fahrer meinen, ihn veräppeln zu müssen, indem sie bremsen, sodass er ihnen nachläuft, und wieder Gas geben, bevor er ihr Heck erreicht. Selbst wenn sie ihre Scheiben geschlossen haben, hört er sie noch lachen, während er in einer Wolke aus hochgewirbeltem Staub und Abgasen zurückbleibt. Andere steuern lediglich auf den Straßenrand zu, um ihm Schiss zu machen, weil er denkt, sie wollten ihn überfahren. Dies geschieht mehrmals, und beim dritten Arschloch, das ihn so in einem TransAm erschreckt, woraufhin er ihm wütend mit der Faust schüttelnd hinterherschaut, zweifelt Zilch allmählich an der Gesellschaft. Als dann aber ein Mädchen durchs Sonnendach eines vorbeiziehenden SUV aufsteht und ihm überschwänglich johlend seine strammen Brüste entgegenstreckt, vergisst er seine Vorbehalte gegenüber der allgemeinen Integrität der Menschheit einstweilen.

Niemand nimmt ihn mit. Er wandert gefühlt stundenlang, nimmt Steigungen wie Gefälle auf der Fernstraße und gelangt von einer mit Neonlicht beleuchteten Zufluchtsstätte zur nächsten, wo Einkaufsmöglichkeiten aus dem Boden gestampft worden sind, die üblichen Verdächtigen: Mega Deluxo, Super Target, Walmart et cetera. Sein Marsch wird beschwerlicher, als er es bis zur anderen Seite von Wake Forest geschafft hat. Das ist ein Ort wie viele in North Carolina, der sich früher vermutlich auf ein paar Häuschen zwischen Tabakplantagen beschränkte, bloß dass es eine Schule gab, sodass er sich langsam, nachdem der Highway bis dorthin ausgebaut worden war, zu einer Stadt entwickelte. Hier stehen Drugstores und Filialen von Restaurantketten, Friseursalons, Sonnenstudios und schließlich – an den Rändern oder Stellen, wo Videoverleihe bankrott gegangen sind – die »alternativen« Lokale, also Imbisse für Veganer, Hot-

Stone-Massagepraxen oder Tattoo-Läden mit bunt beleuchteten Schaufenstern. Überall lungern Teenies herum, teils in kleinen Grüppchen, während eine Schar Skateboarder versucht, mit ihren Brettern über eine lange Bordsteinkante zu rutschen, wobei mit Hochprozentigem versetztes Bier in Flaschen und süß duftende Selbstgedrehte verstohlen herumgereicht werden.

Zilch überquert mehrere Parkplätze, tritt dann immer seltener auf Asphalt und lässt zuletzt auch alle Gehsteige hinter sich. Nun trottet er wieder am Fahrbahnrand entlang, und seine Füße tun in den neuen Schuhen weh, auch wenn sie bei Weitem bequemer sind als die des Toten voller Sand. Zu duschen und frische, trockene Kleider anzuziehen hat ihm zwar genug neuen Schwung verliehen, aber er fühlt sich immer noch platt. In Gedanken ist er wieder bei der Confab. Er wägt ab, ob er wirklich vom Plan abweichen soll, auch wenn es nur ein paar Minuten dauern wird.

Außerdem weiß er gar nicht so genau, wo der Campingwagenplatz liegt, auf dem Galavance wohnt, oder ob sie überhaupt zu Hause ist, *wenn* er ihn findet. In der Nähe ist er ja bereits, was spricht also dagegen?

Er braucht nicht auf die Hausnummern zu achten, um die Adresse auszumachen, die er sucht: Das zweistöckige Gebäude steht noch. Der Anstrich ist derselbe, seitdem Dennis und Denise es mit ihren Freunden verputzt haben, wenn auch stellenweise abgeblättert und verblasst: Friedenszeichen wie Gänsefüße und gelbe, runde Smileys. Eine Seilschaukel mit genopptem Traktorreifen statt Sitzbrett hängt da. Die Haustür wurde aus ihren Angeln gerissen, das Fliegengitter in den Vorgarten geworfen, und Gras wächst durch die Bespannung. Drinnen sind alle Möbel verschwunden. Anhaltspunkte für eine »Renovierung«: schiefe Pentagramme und »666« überall. Ferner hat sich jemand die Mühe gemacht und dort, wo Zilch einst mit handgefertigten Holzlastern spielte, an denen Rollschuhrollen als Räder befestigt waren, mit einem Schlüssel »Pimmel« in die verzogenen Laubbaumdielen geritzt.

Der Zustand der Schlafzimmer im Obergeschoss deutet auf ein nicht einvernehmliches Techtelmechtel hin: Bierdosen, zerraufte Laken voller Flecke und ausgetrocknete Kondome auf dem versenkten Wandschrank, den sein Vater gebaut hat.

»Zwar ist nichts von dem, was ich mache, sonderlich hübsch oder gar perfekt«, meinte Dennis Zilch einmal, »aber ich strenge mich trotzdem jedes Mal an, mich zu verbessern.« Er bezog sich dabei auf einen klapprigen Stuhl, der aussah wie ein Nachkomme mit schweren Geburtsfehlern. Dieser ist noch da, steht im Wohnzimmer am Fenster. Anscheinend hat jemand versucht, ihn anzuzünden.

Das Schlafzimmer seiner Eltern, ebenfalls oben, findet der Agent ebenso leer vor wie alle anderen Räume. Die Tür knarrt, als er sie zum Öffnen leicht anstößt. Einzutreten spart er sich. Er sieht verstreute Einschusslöcher an der Wand gegenüber, vor der früher das Kopfende des Betts der beiden aufragte. Auf dem gesprenkelten, ausgetretenen Flauschteppich am Boden erkennt man noch, dass jemand Wein oder Ketchup verschüttet hat – jedenfalls etwas Rotes, das mit der Zeit dunkler wurde.

Muss lange her sein.

Zilch macht auf dem Absatz kehrt und möchte weiterziehen.

Als er das Haus verlässt, biegt ein Wagen in die Auffahrt ein. Er argwöhnt, die Bullen könnten ihn per Satellit oder dergleichen bis hierher verfolgt haben, doch während er sich eine Hand vors Gesicht hält, weil ihn die Scheinwerfer schmerzhaft blenden, stellt er fest, dass es kein Polizeiauto ist.

Ein Mann und eine Frau steigen aus, beide auf der Fahrerseite. Sie sind mittleren Alters, wobei er schütteres Haar hat und sie Kleider trägt, die eher einer Tochter von ihr angemessen wären. Beide lachen, aber ihre Freude überstrahlt seine. Sie ist sichtlich vernarrt in den Kerl und klammert sich an seinen Oberkörper, packt den Aufschlag seiner Jeansjacke, als gebe es nichts anderes zum Festhalten und ein Erdbeben bahne sich an.

Als sie Zilch bemerken, bleiben sie sofort stehen. »Oh, verzeihen Sie … Ich dachte, das Haus sei … nicht bewohnt«, behauptet der Mann. Kaum dass ihm sein Schlüsselbund aus der Hand fällt, bücken sich beide zugleich wie miteinander verwachsen, um ihn aufzuheben.

»Ich wohne tatsächlich nicht hier.« Das zu sagen fällt Zilch schwer. Da er verschwinden will, zeigt er gleichgültig mit einem Daumen über die Schulter zurück. »Es gehört ganz Ihnen.«

Während sie ein Lachen unterdrückt, fragt die Frau: »Was haben Sie so ganz allein hier getrieben?« Sie wedelt mit einer geschlossenen Faust. »Bananen von der Palme geschüttelt?«

»Jetzt aber, Nadine«, lenkt der Kerl ein und hebt gleichfalls eine Hand, um ihre obszöne Geste zu unterbinden. Zilch fällt auf, dass er einen Ehering trägt, sie nicht. *Okay, aus dem Grund kommt ein Paar hierher, das nicht mehr zu den Jüngsten zählt.* Er lässt sich trotz allem zu einem leichten Grinsen hinreißen und denkt weiter: *Wenigstens verwüsten sie das Haus nicht noch schlimmer.* Als vorübergehend Licht der Straßenlaternen durchs Geäst der Bäume, die den Vorgarten umgeben, auf eine Gesichtshälfte des Mannes fällt, erkennt Zilch ihn.

»Stephen? Steve Montgomery?« Es rutscht ihm einfach so heraus.

Der Gefragte zieht seine Stirn kraus. Sie wollten eigentlich gemeinsam hineingehen, doch dies veranlasst ihn, sich umzudrehen, und weil die Frau nicht von ihm abgelassen hat, vollzieht sie die Bewegung mit. »Sie wissen, wer ich bin?« Das klingt, als befürchte er, sein Gegenüber werde ihn bei seiner Gattin anschwärzen.

Mensch, ist der Kerl gealtert. Zilch seinerseits starb vierunddreißig Jahre jung und sieht jedes Mal, wenn er den Beckett macht, gleich aus, also keinen Tag älter. Das zu erklären wird haarig, doch Montgomery ist hellhörig geworden und verrenkt seinen Hals, um besser zu sehen. Irgendetwas ist hier faul, das verrät seine Miene eindeutig.

»John … Zilch«, sagt Saelig. »Ich bin Saelig Zilchs … Neffe.« Fast hebt er seine Stimme am Ende des Satzes wie bei einer Frage. Zum Glück nur fast.

Da strahlt Steve. »Ach ja, richtig. Ich erinnere mich an dich.« Es klingt zu roboterhaft, um wahr zu sein, aber so reden wir alle daher, es ist eine Floskel. »Gott, ich musste erst neulich an ihn denken«, fährt er fort. »Also, das Ganze mit seiner Freundin … und dann er selbst?« Er schüttelt den Kopf. »Eine einzige Tragödie, Mann.« Womöglich hat er heute Abend ein paar über den Durst getrunken.

Zilch beißt sich auf die Zähne. *Warum tu ich mir das an?* Dennoch stimmt er mit einem »Ja« zu. »Eine Tragödie.«

»Wolltest bloß mal wieder dein Elternhaus sehen, was?« Steve zeigt aufs Gebäude, doch dann ist es, als sei ein Schalter in ihm umgelegt worden, was sich in seinem Blick offenbart. Er macht Anstalten, seine Begleiterin zurück zum Auto zu ziehen, als ob sie nie vorgehabt hätten, es hier miteinander zu treiben. »Ich liebe dieses alte Haus. Bin nur mit Nadine hergekommen, um ihr zu zeigen …«

»Nadine bin ich.«

Zilch lächelt geziert. »Freut mich.«

»Warte mal kurz«, sagt Steve und führt Nadine, die beinahe bis zu seinen Knien hinuntergerutscht ist, während sie ihn umschlungen hielt, zur Beifahrerseite des Wagens. Es klappt nicht sofort, doch dann bringt er die Frau, deren Knochen glatt aus Gummi bestehen könnten, zum Einsteigen und schließt schnell die Tür, als müsse er darum bangen, dass sie zerrinnt und auf die Wiese fließt. Dann kommt Steve zurück zur Vorderseite des Autos. Er hält eine Schnupftabakdose zwischen einem Daumen und Mittelfinger, die er auf typische Weise mit einer flinken Drehung aus dem Handgelenk schüttelt: zack, zack. Als er einen Priem anbietet, bedient sich Zilch und fühlt sich an seine Zeit auf der Kochschule erinnert. Damals kaute er Kräuter, steckte sie sich in eine Backe und ließ das Aroma einfach auf sich wirken, indem er den Saft hinunterschluckte, sodass sich der Geschmack dauerhaft einprägte. Dieses Zeug schmeckt nun aber wie das Seewasser. Er spuckt es unauffällig aus, während Steve weiterspricht.

»Die ganze Familie, Mann«, sagt er und schaut dabei an der Front hoch. »Was für eine Schande. Damit meine ich nicht die Familie selbst – ich will niemanden beleidigen oder so –, sondern was ihnen passiert ist. Was euch passiert ist. Ich bin aber auch ein Depp, steh hier bei einem Zilch und quassle vor mich hin, als sei er Luft.«

Richtig, als sei ich Luft. Saelig lächelt wieder, der Höflichkeit halber.

»Dein Onkel war mir immer sympathisch.« Als Steve so am Haus hochschaut, versteift er sich auf das vordere Obergeschossfenster. »Er hatte zwar einen Spleen, aber einen durchaus liebenswerten. Verstehst du, was ich damit sagen will? Nun gut, ich schätze, dass nach dem, was seinen Verwandten passierte, jeder verrückt geworden wäre. Ich muss mich entschuldigen, Mensch, bin nicht mehr ganz auf der Höhe. Mit Nadine ist halt immer Feiern angesagt. Im Grunde sollte ich auch nicht mehr fahren.« Er lacht in sich hinein.

»Ihr wart eng befreundet«, merkt Zilch an.

Montgomery nickt. »Stimmt, sehr eng. Nach der Highschool haben wir uns mehr oder weniger aus den Augen verloren, aber nun denn …« Er zuckt mit den Achseln. »So geht's allen, nicht wahr?« Er wird leiser und legt seine Stirn wieder in Falten. »Als ich erfahren habe, was mit seiner Freundin geschehen ist, konnte ich es nicht fassen. Also wirklich … einfach hinterm Steuer einzuschlafen? Gut, ich hoffe zumindest, dass sie … so *richtig* weggetreten ist und nichts gespürt hat, als sie den Unfall …«

»Haben Sie die Beerdigung besucht?«

Steve nickt. »Beide, ja.« Er spuckt möglichst dezent, wie um diesen Moment, in dem es um verstorbene Bekannte geht, nicht herabzuwürdigen, aber mit Kautabak im Mund muss das sein. Darum macht der Mann deutlich, dass er hofft, dass John Zilch erkennt, dass er nicht rotzt wie grantige Russinnen, wenn jemand als Gesprächsthema aufkommt, den sie nicht mehr mögen. »Ich hatte nie die Gelegenheit, sie kennenzulernen, bin aber trotzdem hingegangen, weil er mein Freund war. Als er dann selbst starb …« Wieder Kopfschütteln. »Ich musste hingehen. Auch wenn wir seit Jahren nicht miteinander gesprochen hatten, musste ich.«

Zilch entsinnt sich, Steve bei Janes Bestattung gesehen zu haben, weiter hinten stehend mit Sonnenbrille. Er nahm aber nicht am Essen hinterher teil. Während seiner eigenen Beerdigungsfeier war Zilch naturgemäß woanders. Er musste sich anschauen, wie er gestorben war, denn dies zu zeigen gehört bei der Confab zum Standard, die Beobachtung der Gäste beim Leichenschmaus, der einem selbst gilt, hingegen nicht. Das scheint ihre Vorstellung davon zu sein, wie man Mitarbeiter gehörig einschüchtert.

»Ich sollte sie besser nach Hause bringen«, sagt Montgomery. Er schaut auf die Hand hinab, in der er noch die Tabakdose hält. Er hat während der Unterhaltung gedankenlos damit gespielt und stockt nun beim Anblick seines Eherings. »Und selbst heimfahren.«

»Er hat von dir erzählt«, erwidert Zilch. Über sich selbst in der dritten Person zu sprechen, noch während man sich eine Lügengeschichte ausdenkt, die Hand und Fuß haben soll, ist nicht unbedingt leicht, wie ihm nun bewusst wird, doch er bemüht sich trotzdem, sie stimmig wirken zu lassen. »Du wärst ein großartiger Freund, meinte er.«

Steve bleibt an seinem Wagen stehen. Er lächelt. Jetzt sieht er noch viel älter aus als zuvor. Bestimmt ist er knapp fünfzig, also ungefähr der gleiche Jahrgang wie Zilch. Sich *das* vorzustellen … Er selbst jetzt, aber in seiner eigenen Haut mit seinen eigenen Knochen. Hier rumstehen. Mit alten Freunden in einer dunklen Auffahrt schwatzen.

»Das bedeutet mir etwas, Mann«, versichert Steve. »Ich fand auch, dass er ein toller Freund war. Schrecklich, dass er solches Pech hatte. So was verdient wirklich niemand.«

Nun nickt Zilch. »Ich bin mir sicher, er würde sich freuen, wenn er das hören könnte.«

Steve wiegt seinen Kopf hin und her. »Ich weiß nicht, Saelig war nie ein gefühlsduseliger Typ. Wahrscheinlich würde er mir sagen, ich könne mir solche Sprüche …«

»Tief in den Arsch schieben?« Es platzt erstaunlich ungezwungen heraus. Dabei hat er es seit Jahrzehnten nicht gesagt.

Montgomery lacht tief und laut. Auf einem Grundstück in der weiteren Nachbarschaft bellt im Gegenzug ein Hund, aber er lacht einfach weiter. Dazu hält er sich den Bauch, als könne er bersten. »Oh Gott, das ist es. Exakt das hätte er gesagt. Mann, du redest genauso wie er.« Neuerliches Kopfschütteln. »Mensch, ich vermisse diesen Kerl sehr.«

Zilch lächelt und nickt wieder. »Schönen Abend noch, Steve. Fahr jetzt mit deiner Frau nach Hause.«

»Sie ist nicht meine …« Montgomery würgt sich selbst ab. Als er Zilch in die Augen schaut, herrscht gegenseitiges Einvernehmen, er lächelt und nickt ebenfalls. »Sicher. Richtig. Bis bald, John.« Nachdem er eingestiegen ist, setzt er in der Auffahrt zurück und verschwindet die Straße hinunter. Nicht lange, und Zilch wird sich seiner Einsamkeit bewusst. Er spürt es schon, da ist das Brummen von Steves Motor noch nicht verklungen. Schließlich setzt er sich vor die Haustür. An dieser Stelle mit dem Rücken zur Front ist es einfach, sich alles wieder ins Gedächtnis zu rufen, was ihm abhandengekommen ist: Die meisten Dinge im Vorgarten, der flippige Gebäudeschmuck seiner Hippie-Eltern von den Traumfängern, die seine Mutter selbst machte, über Eisenskulpturen, woran sich sein Vater häufig versuchte, aber vieles davon – das meiste – kann er sich nicht mehr richtig vorstellen, obwohl er sich wirklich anstrengt. Die Erinnerungen sind zu übermächtig dafür. Sie ließen sich nicht konservieren, als sei er nicht berechtigt, sie jetzt erneut zu durchleben.

Er faltet seine Hände und schwelgt in ihnen, so gut er kann, den schönen wie den schlimmen.

Sie möchte die Doors beim Zubereiten hören, doch ihre Musiksammlung ist nicht nur in Jolbys aufgegangen, sondern liegt auch durcheinander in der Wohnung verstreut. Man mag diese Trailer doppelt breit nennen, doch sie sind nicht allzu geräumig, und trotzdem wundert sie sich, wie leicht man Gegenstände darin verlegen kann. Während das Olivenöl auf dem Herd heiß wird, stöbert Galavance in ihrem Medienschrank, in dem Videospiele und verstaubte VHS-Bänder liegen, Kassetten zwischen Speicherkarten, Joypads mit völlig verknoteten Kabeln und gebrannte CDs ohne Hüllen oder Beschriftung. Schließlich fällt ihr die letzte Gelegenheit ein, bei der sie gemeinsam mit Jim Morrison gesungen hat: unter der Dusche. Sie geht durch den Flur ins Bad, wo sich neben dem Toilettenradio ein paar CDs auf der Ablage stapeln. Beim Durchsuchen klappern die mit Zahncreme bespritzten Jewelcases, aber sie findet das Album *Morrison Hotel,* bloß dass sie dann plötzlich bemerkt, wie voll ihre Blase ist.

Nachdem sie sich erleichtert hat, wäscht sie sich die Hände, wobei sie sich mit ihren angeheitert geröteten Wangen im Spiegel sieht. Sich selbst in die Augen zu schauen, gelingt ihr nur schwerlich. Als sie einen Pickel aufdrückt, fängt er zu bluten an, also tupft sie ihn mit einem zerknüllten Papiertaschentuch ab. Sie wirft das rot gepunktete Ding daraufhin in den Abfall, wo sich mit einem Mal etwas bewegt: In der Plastiktüte zwischen schmalzig gelben Hygienestäbchen und einer leeren Schachtel Tampons mit roten Vögeln darauf macht sie den Mull aus, der bis zuletzt um Jolbys Hand gewickelt war. *Hat der sich gerade bewegt, oder bin ich einfach zu besoffen?*

Sie nimmt die Stäbchen heraus, die nicht ganz so widerlich aussehen, und schiebt den gefalteten Stoff beiseite, um zu sehen, was darunterliegt. Mäuse in der Wohnung würden sie nicht sonderlich überraschen. Jolby isst ständig im Bett, und dass sie morgens beim Aufstehen aus dem Bett zuerst in halb verzehrte Spaghetti aus der Konserve tritt, ist durchaus nichts Ungewöhnliches, wie sie frustriert zugeben muss.

Beim Anheben klappt der Mull auf. Innen ist er dunkel mit Blut befleckt, was sie an die wenig vergnüglichen Ausflüge ins Bad in jener Zeit erinnert, als ihre Periode noch etwas Neues, Unerklärliches war: *Sterbe ich jetzt, oder wie ist das alles in meine Unterwäsche gekommen?* Normalerweise macht es Galavance aber nichts aus, Blut zu sehen. Erstens muss sie das als Frau ohnehin in regelmäßigen Abständen, zweitens arbeitet sie in einem Restaurant, wo es viele Messer und Finger gibt. Drittens brüstet sich ihr kleiner Bruder damit, beim Ultimate Fighting »bald oben mitzumischen«, und sie musste auf die harte Tour erfahren, dass man sich unschön mit allerlei Körperflüssigkeiten besudelt, wenn man bei den Kämpfen in der ersten Reihe sitzt.

Diese Situation hingegen – der Blick auf die Bandage – ist etwas anderes. Sie beugt sich tiefer und schaut genauer hin, wobei sie spürt, wie ihre Adern an der Stirn und am Hals hervortreten. Sie betrachtet den Verband, das lockere Mullgewebe, und dort in dem rotbraun getrockneten, abblätternden Blut ihres Freundes, vergossen angeblich infolge einer Verletzung, die er sich auf dem Bauplatz zuzog, winden sich winzige Fäden. Sie sind ganz klein, hauchfein und gelb wie etwas, das man sich mit Daumen und Zeigefinger aus den Wimpern zupfen würde. Galavance bewegt ihren Kopf zur Seite, damit das Licht der nackten Glühbirne unter der Decke in den Eimer fällt. Sie erinnern an den Wust aus Würmern, der sich in einem Glas konserviert in der Praxis des Tierarztes im Inneren eines Hundeherzens kringelt – wie Capellini oder Nudelnester, nur viel, viel dünner.

Sie verinnerlicht dieses Bild, was eine Weile dauert, doch als es so weit ist, erhebt sich Galavance, um es noch einmal mit Abstand zu besehen. Dabei beschleicht sie das Gefühl, diese Dinger würden jetzt ihren ganzen Körper bedecken, als sei ein großer Behälter voll mit ihnen aufgebrochen, und sie stecke bis zur Brust in der Masse. Ihr ganzer Körper schaudert einmal, begleitet von einer erwartbaren Lautäußerung, die sich kaum buchstabieren lässt, und sie wankt aus dem Bad hinaus zurück durch den Flur, wiederholt das Geräusch, schüttelt sich weiter. Sie möchte Jolby nicht noch einmal anrufen, da sie ohnehin wütend auf ihn ist, doch diese Würmer sind ekelhaft. Ein Kammerjäger muss her und schnell herausfinden, wie sie ins Haus gelangt sind.

Statt jedoch bis zur Küche durchzugehen, bleibt sie im Wohnbereich, sie hat eine innere Eingebung, die sie wie der Schlag trifft, als sei ein Ziegel von einem Gebäudedach auf ihre Schädeldecke gefallen – *bamm*.

Was, wenn es sich um die gleiche Art von Würmern handelt wie jene, die der Tierarzt konserviert in seiner Praxis stehen hat, und sie stammen aus Jolbys Körper? Leidet er etwa unter irgendeinem abartigen … Darmparasiten? Der Himmel weiß, wie teuer die Medikamente dagegen sind. Der Gedanke bereitet ihr ein schlechtes Gewissen, drängt sich aber auf. Keine Frage, seine Gesundheit hat Vorrang, aber Pharmazeutika kosten definitiv viel Geld. Sie verdrängt diese Überlegung – *Ich bin ihm immer noch böse, also kann er mich mal. Soll er halt Würmer haben* – und klappt die Hülle von *Morrison Hotel* auf, während sie ihren Kopf durch den Perlenvorhang in die Küche streckt.

Galavance stellt einen Fuß auf den Tellersockel eines imaginären Mikrofonständers und beißt bildlich ins Mikro, während sie Jim Morrison mit geschlossenen Augen in der tiefsten Tonlage nacheifert, die sie schafft. Als das Olivenöl zu knistern und qualmen anfängt, macht sie einen Schritt zur Seite, ohne mit dem Kopfwackeln oder Mitsingen aufzuhören, und schneidet den ersten Beutel Tiefkühlgemüse auf, die Erbsen. Sie reißt den Schlitz weiter auf, damit der ganze Inhalt durchpasst, denn er ist zu einem dicken Klumpen gefroren. Erst als sie die Tüte verkehrt herum über die Pfanne hält, purzelt alles hinein. Das Öl wallt auf, sodass es über den Rand läuft, und sobald es auf die heiße, rote Herdplatte trifft, schlagen Flammen bis zur Decke.

Galavance erschrickt sich.

Love Me Two Times läuft noch, aber das Rauschen des Feuers übertönt Morrison weitgehend.

Die Erbsen in der Pfanne knacken und springen herum, explodieren in der plötzlichen Hitze. Der Alarm des Rauchmelders geht los. Galavance starrt auf die Flammensäule, die an der Zimmerdecke leckt – die Farbe schmilzt buchstäblich – und hat absolut keine Ahnung, was sie machen soll. Sie tastet sich nach ihrem Handy ab und sieht auf der Arbeitsplatte nach, doch es ist nirgendwo zu finden.

Dann fällt ihr ein, wo es liegt, und sie schiebt ihre Hände unter das dreckige Geschirr im Spülbecken, obwohl die Wärme dabei seitlich auf ihrem Gesicht und ihrem Hals glüht. Sie sticht sich, es tut schlagartig weh, doch sie sucht weiter. Als sie das Telefon in die Finger bekommt, nimmt sie es heraus und sieht, dass sie sich ein Steakmesser zwischen die Knochen des Mittel- und Ringfingers gerammt hat. Die Klinge ist auf der Unterseite an der Handwurzel ausgetreten, und es blutet.

Während sie alles mit roten Tropfen besudelt, wählt sie mit ihrer heilen Hand die Notarztnummer.

Sie ist von jetzt auf gleich nüchtern, öffnet die Tür nach draußen, indem sie eine Schulter zur Hilfe nimmt, betritt den Kunstrasen auf der Vorterrasse und stakst mit ihren bestrumpften Füßen mit ein paar langen Schritten über die steinige Einfahrt durch den Hof. Mit dem Handy am Kopf wartet sie darauf, dass jemand ihren Anruf entgegennimmt, starrt erschüttert auf den Trailer und beobachtet, wie rasant die rote Flüssigkeit im Thermometer an der Seite des Gebäudes steigt, bis sie die Skala sprengt und das Plastikgehäuse beschlägt. Die Fenster sind hell erleuchtet wie Halloween-Kürbisse, und drinnen kracht es vor berstenden Gegenständen oder umstürzenden Möbeln. Galavance denkt an all ihre Habseligkeiten in ihrem Zuhause: Die Fotoalben, ihre DVDs, Schminke und Schmuck, die Klamotten … Jetzt ist es zu spät.

»Toll hingekriegt.«

Auf der Eingangstreppe zum Haus seiner Eltern nimmt Zilch die zerknüllte Tüte heraus, zieht sie auf einem seiner Knie auseinander und streicht das Papier mit einer flachen Hand glatt. Dann sieht er seine krakelige Schrift: *Galavance Petersen*. Bei dem dürftigen Licht fällt das Lesen nicht leicht. Heute Abend ist es bewölkt, und die Luftfeuchtigkeit obendrein hoch, was seinem Sehvermögen nicht unbedingt zugutekommt. Er hat das Gefühl, den Marsch durch die Schwüle abzubrechen und es brustschwimmend zu versuchen sei fast besser. Er starrt auf den Namen mit der Adresse darunter und ist sich sicher, dass er nicht mehr weit weg sein kann, doch da dieser Stellplatz noch nicht existierte, als er zuletzt vor Ort war, mag ihn seine Einschätzung trügen.

Auf einmal Sirenengeheul, das rasch lauter wird. Durchdringend, schmerzhaft schrill.

Rot-weißes Licht huscht über das braune Papier, die Buchstaben und Ziffern.

Er richtet sich auf und schaut zu, wie mehrere Feuerwehrautos vorbeifahren. Als er zum Horizont im Osten blickt, glühen und flimmern die Unterseiten der tief hängenden Wolken dort orange. Zudem liegt Rauch in der Luft, ein Gestank von verschmortem Kunststoff und brennenden Schaumstoffpolstern.

Zilch verzieht das Gesicht. Wieder bemüht er sich, die Adresse zu entziffern, und ruft sich die Karte dieser von ländlichen Hinterstraßen dominierten Gegend vor Augen, die er im Kopf hat. Die Wohnwagensiedlung Focal Point Fields, wo Galavance lebt, muss seiner Einschätzung zufolge, nachdem er sich anhand der Hausnummern entlang der Kit Mitchell Road orientiert hat, an die er sich erinnert, gleich hinter der nächsten Biegung liegen – annähernd dort, wo der Rauch in den Himmel wallt.

Er rennt schon los, bevor er den Gedanken zu Ende geführt hat.

KAPITEL 24

Zilch läuft auf die Rauchsäule in der Ferne zu, so schnell er kann, wozu er eine Abkürzung durch den Hof hinterm Haus seiner Eltern nimmt, die herabhängenden, kratzigen Äste von Nadelbäumen aus dem Weg schlägt und einen Spießrutenlauf über die zweispurige Schnellstraße vollführt. Dann stürzt er sich in den Graben und über ein unebenes Feld, wo er nicht nur einmal beinahe das Gleichgewicht verliert. Als er sich durch dichtes Gestrüpp aus Nesseln und toten Bäumen mit knochenartigen Zweigen, an denen er ständig hängen bleibt, geschlagen hat, hastet er blind ohne wegweisende Beleuchtung oder Mondlicht auf einer unbefestigten Straße entlang, wobei er sich einzig nach dem Schwelen am Himmel vor ihm richtet. Endlich erreicht er den Abstellplatz und nimmt eine Kurve, die zum hinteren Bereich führt. Dieser kommt in Sicht, sobald Zilch eine Gruppe eng zusammengewachsener Bäume passiert hat. Er sieht einen großen Trailer in einem Feuerball, glühend wie ein biblisches Mahnmal, ein brennender Kasten auf knackendem, glimmendem Gras. Die Feuerwehrleute spritzen Wasser aus den Tanks ihrer Wagen in die Fenster, doch das scheint nichts zu bewirken.

Als er näher kommt, entdeckt er die Frau inmitten des Chaos aus Notfalleinsatzfahrzeugen und Schaulustigen aus den benachbarten Wohnanhängern an ihrem pinkfarbenen Cavalier. Sie sitzt mit übereinandergeschlagenen Beinen auf der Haube und blickt auf den flammenden Kubus, in dem sie offensichtlich wohnte.

»Galavance«, beginnt er und geht die letzten paar Schritte zu ihr.

Sie dreht sich um und sieht ihn mit feuchten Augen an, die in der Helligkeit des Feuers funkeln. Es färbt eine Seite ihres Gesichts rötlich, wohingegen die andere im Schatten bleibt.

Sie rutscht vom Auto und starrt dabei mit offenem Mund auf Zilch, als zweifle sie daran, dass er es wirklich ist. Diese Unsicherheit führt dazu, dass sie ihn sogar anfassen, sich ausstrecken und ein Klebeetikett von seiner neuen Jacke zupfen muss.

»Du hast dich verändert«, bemerkt sie.

»Ja, geht es dir –« Sie umarmt ihn, fest.

»Ja«, sagt sie ihm ins Ohr. »Verfluchtes Olivenöl, Mann.«

»Wo ist Jolby?«, fragt er weiter. Sie lässt von ihm ab.

»Er war nicht daheim – hat ›gearbeitet‹ oder was weiß ich getrieben«, antwortet sie, indem sie Anführungszeichen mit den Fingern macht. »Ich habe immer wieder versucht, ihn auf seinem Handy zu erreichen.« Als Zilch sachte nach ihrem Unterarm greift, sieht er einen dicken Stoffballen an ihrer rechten Hand. Sie ist so gründlich umwickelt worden, dass man an einen Boxhandschuh denken könnte, würden nicht zwei bläuliche Fingerspitzen herausragen. Ein Arzt hat sie nicht verbunden; es ist ein Geschirrtuch, fixiert mit weiteren von der gleichen Sorte.

»Was ist denn geschehen?«

»Ich hatte einen Unfall in der Küche«, sagt Galavance.

Er wendet sich dem Trailer zu und schaut dann mit hochgezogener Augenbraue auf ihre bandagierte Hand. »Wie ging das denn, bitte? Hast du versucht, einen lebendigen Geißbock in die Mikrowelle zu zwängen?«

Sie schlägt ihm gut gemeint mit der heilen Hand auf einen Arm und gerät in der Bewegung ins Straucheln, weshalb er sie schnell festhalten muss. Sie kichert – tatsächlich vor Heiterkeit, obwohl nur ein paar Fuß weiter ihre Wohnung niederbrennt.

»Bist du betrunken?«, möchte er wissen und hilft ihr beim Aufrechtstehen.

»Auf jeden Fall«, verkündet sie nach kurzem Schweigen. »Aber drauf geschissen, nicht wahr? Ich wurde befördert. Das ist meine Art zu feiern: Zuerst knall ich mir richtig heftig die Birne zu, setze den Container in Brand, den ich gemeinsam mit meinem Freund bewohne, und steche mir selbst in die

Hand – alles im Sinne von: Du bist die Geilste, Mädchen. So bin ich einfach drauf, Baby.«

Die zwei schauen dabei zu, wie die Feuerwehrmänner einen weiteren Anlauf mit ihren Schläuchen machen. Das Wasser scheint lediglich in den Flammen zu verpuffen, wie zum Hohn über derlei zwecklose Bemühungen. Dann zieht der Wind an, und sie prasseln umso lauter. Die Einsatzkräfte weichen vor den stiebenden Funken zurück und stellen ihre Pumpen ab.

»Wir müssen Jolby finden«, drängt Zilch, ohne seinen Blick abzuwenden.

»Aber einer von der Feuerwehr meinte, ich muss hierbleiben und einen Zeugenbogen ausfüllen, wenn sie fertig sind. Um genau zu sein, ist er gerade erst zu dem Auto dort gegangen, um das Blatt zu holen, damit ich es …«

»Dafür fehlt uns die Zeit«, fügt Zilch an. »*Mir* fehlt die Zeit.«

»Ach ja, richtig. Du verschwindest ja am Montag.« Galavance setzt sich wieder auf die Motorhaube. Die Dringlichkeit, die Zilch ihr vermitteln will, entgeht ihr allem Anschein nach.

»Genau«, bestätigt er. »Gib mir deinen Wagenschlüssel. Hast du eine Idee, wo er sein könnte?«

»Na ja, wie gesagt, er wollte kurz zu dem Auto gehen, um mir diesen Bogen zu bringen …« Sie rutscht beinahe wieder von der Haube, während sie versucht, den Schlüsselbund aus einer der hinteren Taschen ihrer Schlafanzughose zu ziehen.

»Ich meine nicht den Feuerwehrmann, Galavance. Jolby. Wo ist Jolby?«

Zilch nimmt ihr die Schlüssel ab und steigt in ihren Barbie-Straßenrenner. Sie lässt sich in den Beifahrersitz fallen, schwerfällig mit einem Grunzen. Wie Zilch im nüchternen Zustand am Freitag hat nun sie Schwierigkeiten mit dem Gurt. Er muss sie anschnallen, wozu er sich über sie hinweg ausstreckt, die Bänder lang zieht und in dem Schloss zwischen ihren Beinen einrasten lässt.

Sie wirft ihm einen strengen Blick zu.

»Sorry, ich will nur nicht losfahren, ohne dass du angeschnallt bist«, erklärt er. »Dass ich hinterm Lenkrad eines Autos saß, ist schon eine Weile her.« Ein Feuerwehrmann ruft, damit Zilch wartet, doch der rollt rückwärts vom Hof vor dem Trailer und kehrt über den geschotterten Rundweg zur Hauptstraße zurück. Er beobachtet, wie ihnen der Uniformierte ein paar Yards weit mit einem Stoß Papier in den Händen hinterherrennt, dann aber aufgibt und seine Schultern hängen lässt. Er nimmt ein Mobiltelefon heraus, zweifellos um die Polizei über zwei flüchtige Verdächtige zu informieren. *Jetzt wird gewiss eine Akte mit dem Stempel Brandstiftung angelegt*, vermutet Zilch. Er erreicht die Kit Mitchell Road und schaltet das Fernlicht ein.

»Wo sollen wir mit dem Suchen anfangen?«, fragt er. »Ich nehme an, da er nicht zu Hause war, ist er auf der Baustelle in Whispering Pines, oder?«

Galavance ist in die Polster gesackt. Zilch sieht aus dem Augenwinkel, wie sie die Schultern hochzieht. »Schätze ja«, murrt sie.

»Gut, dann zuerst dorthin. Hast du zufällig Waffen in der Karre?«

»Nein, warum sollte ich?«

Er seufzt. »Weil ich dachte, nach all dem Mist, der dieses Wochenende passiert ist, ein einziges Mal Glück haben zu dürfen.«

Galavance rutscht ein wenig im Sitz hoch, nicht ohne vor Anstrengung müde zu schnaufen.

»Wie ist es so?«, fragt sie schließlich.

»Mein Wochenende? Total daneben, wie ich schon sagte.«

»Ich meine, tot zu sein. Dass dein Wochenende beschissen läuft, weiß ich – meins ja auch, also außer auf der Arbeit. Ich hab mich an deinen Rat gehalten und Basilikum für die gefüllten Paprika empfohlen. Patty stand drauf, und jetzt erhöht sie mein Gehalt.«

»Glückwunsch«, erwidert Zilch und bemüht sich um einen frohsinnigen Ton, aber es klingt bloß zynisch.

»Du musst nicht so tun, als ob es dir was bedeuten würde«, sagt sie.

»Nein, ich meine es ernst«, beteuert er. »Ehrlich.«

»Okay.« Galavances Stimme täuscht darüber hinweg, dass sie ihm nicht hundertprozentig glaubt, aber zu betrunken oder erschöpft ist, um weiter mit ihm zu diskutieren. Sie sinkt noch etwas tiefer in den Sitz. »Aber jetzt mal Butter bei die Fische, antworte mir: Wie ist es so?«

»Sorry, wie war die Frage noch mal? Wie ist *was* so?«

»Du weißt schon, tot zu sein.«

»Streng genommen bin ich nicht tot«, behauptet Zilch, während er sich kurz im Spiegel besieht. Er fährt zwar fast achtzig Meilen die Stunde, doch das Straßennetz hier hat sich seit seiner Jugend kaum verändert, weshalb er Kurven schneidet, Halteschilder missachtet, an Kühen vorbei über Stock und Stein rast wie damals, als die Laminierung des Führerscheins in seiner Brieftasche sozusagen noch warm war.

»In der Zeit zwischen deinen Aufträgen, da musst du dich doch irgendwo aufhalten, oder nicht? Was geschieht während dieser Pausen mit dir, wird deine Seele in ein Glas gesteckt? Um es aus dem Regal zu nehmen und dich zurück auf die Welt zu werfen, wenn man dich braucht?«

»So ungefähr«, deutet Zilch an.

»Wohin gehst du zwischendurch?«

»Ich weiß es nicht.«

»Na gut, und wie ist es nun genau? Beschreib es mir wenigstens. Alles Hölle und Fegefeuer oder blitzblank voller Metall wie in Mutterschiffen von Außerirdischen in Kinofilmen, vielleicht sogar ein verschwommener Traum in Weiß wie auf einem *Playboy*-Poster mit Engeln, die Harfen zupfen, und so 'nem Quark?«

»Keine Ahnung«, beharrt Zilch.

»Was soll das heißen, keine Ahnung?«, entgegnet Galavance patzig. »Solange du nicht auf die Erde geschickt wirst, musst du doch irgendwo unterkommen. Diese Fab oder die Conmen, die Confab oder wie auch immer es genau heißt – erklär mir, wie sieht es dort aus?«

»Confab lautet der Name, aber das ist kein Ort.«

»Na dann eben die Mitglieder. Wie sehen *die* aus?«

»Wie du und ich. Gewöhnlich.«

»Sie haben keine Flügel oder Hörner?«

»Weder noch.«

»Auch keinen … ach, was weiß ich.«

»Meine Rede«, entgegnet Zilch. »Man ist gut beraten, sich keine großen Gedanken darüber zu machen. Ich werde ständig ermahnt, den Lebenden keine Einzelheiten über sie preiszugeben, denn das würde ›die Überraschung verderben‹, wie sie es ausdrücken. Was das betrifft, so habe ich bisher *hervorragende* Arbeit geleistet.« Den letzten Satz sagt er eher zu sich selbst als zu Galavance.

»Alles schon gehört«, entgegnet sie mit unerfreulich feuchter Aussprache. »Da haben wir's. Irgendwas musst du wissen. Was geschieht, wenn man weg ist – nach dem Tod? Du hast gesagt, jeder habe recht, ob Bibelwerfer, Darwinisten oder Anarchisten. Niemand liege falsch, also erklär mir, was genau das bedeutet, Mann.«

»Ich kann nicht. Zu wenig Zeit. Wir müssen mit Jolby reden. Wenn das alles unter Dach und Fach ist und er heute Nacht mitspielt, erzähle ich dir alles, bevor ich morgen springe.«

»Und wieder eine ganz faule Ausrede«, schnaubt Galavance. »Stinkt zum Himmel.«

Sie fahren mehrere Minuten lang schweigend weiter. Die einzigen Geräusche sind das Brummen des Motors, je nachdem, ob er beschleunigt wird oder Kurven nimmt, und das grelle Quietschen der Reifen, wenn sie vorübergehend vom Boden abheben und wieder aufsetzen, woraufhin sich Drehzahl und Motorlautstärke feierlich aufs Neue erhöhen.

»Moment mal, warum willst du überhaupt zu Jolby?« Galavance fährt einmal mehr im Sitz hoch. »Stimmt was nicht? Hat er sich etwa verletzt oder so?«

Zilch schaut weiter auf die Fahrbahn und knirscht mit den Zähnen. »Ich hatte mir gewünscht, du wärst so besoffen, dass ich nicht darauf einzugehen bräuchte. Bedaure, wenn ich das jetzt so sagen muss, Galavance, aber dein Freund ist eine Wer-Amphibie.«

»Was?«

»Die vielen Gerüchte, die du in letzter Zeit über einen Reptilienmenschen gehört hast …«

»Stuss.«

»Keineswegs«, seufzt Zilch. »Tut mir leid, dass ich dir diese schlechte Nachricht überbringen muss, aber mach den Boten nicht für den Inhalt verantwortlich.«

»Du willst meinen Freund *umbringen?*«

»Ich habe mir vorgenommen, ihn zu überzeugen, sich im Rahmen eines Programms von der Confab umsiedeln zu lassen. Er wird einen anderen Namen und alle Mittel erhalten, um an einen Ort zu ziehen, wo er …«

»Ich mag zwar momentan nicht allzu gut auf Jolby zu sprechen sein, will aber nicht unbedingt, dass er *stirbt.*«

»Ich werde ihn *nicht* umbringen«, betont Zilch. »Er ist durcheinander und hat Angst.«

»Würde es dir nicht genauso gehen?«

»Doch, und wir werden alles tun, was in unserer Macht steht, um größere Probleme zu vermeiden, aber ich denke, es ist in deinem besten Interesse, mich zu begleiten. Vielleicht kannst du ihn ein Stück weit zur Vernunft bringen.«

»Der Reptilienmensch tötet keine Menschen«, so Galavance. »Ich habe eine längere Online-Dokumentation über ihn gesehen. Er krümmt niemandem nur ein Haar, sondern nimmt lediglich Autos auseinander.« Sie verstummt augenblicklich, als sei er plötzlich so über eine Bodenwelle gefahren, dass sie sich verschluckt hat. Erneut macht sie sich im Beifahrersitz klein, wobei die Gurtbänder ein sirrendes Geräusch erzeugen, bis sie straff gespannt sind. »Ich werde als dieses Mädchen gelten, das sich mit einem Drückeberger und Langfinger abgegeben hat.«

»Er stiehlt Fahrzeugteile und demoliert den Rest, damit es den Anschein hat, ein wildes Tier sei über die Wagen hergefallen«, schildert Zilch. »Dein Freund schlachtet also Autos aus.«

Als er Galavance den Kopf zudreht, schaut sie sich im Cavalier um. Die neuen Armaturen, die verchromten Blenden auf der Lüftung, der ausgewechselte Schaltkopf, ein Totenschädel mit Schmucksteinen als Augen, ein Lenkrad aus reinem Granit, der zu einer liegenden Frau stilisierte Rückspiegel, wie man sie oft auf den Schmutzfängern großer Lastwagen abgebildet sieht, dazu die technischen Verbesserungen zum Steigern der Fahrleistung: Ein Luftansaugsystem von AEM, die beiden Lachgastanks Marke NOS, Dub-Excel-Felgen, ein SPA-Tachometer und alles Weitere … Gestohlen? Von Jolby? *Da glaubt man, jemanden zu kennen …*

»Das ist voll ätzend«, stöhnt Galavance und hält sich die Hände vors Gesicht. Zilch möchte fragen, worauf sie sich bezieht, kommt dann aber von selbst darauf.

Sie stößt ein frustriertes Knurren aus. »Ich bin immer davon ausgegangen, er würde Geld von seiner Mom bekommen, die Teile gebraucht im Internet kaufen oder so was in der Art. Mir wäre nie eingefallen, er könnte sie *klauen.*« Nachdem sie eine Bestandsaufnahme von den Modifikationen am Interieur des Wagens gemacht hat, richtet sie sich wieder an Zilch. »Und das genügt deiner Organisation, um Jolby als bedrohlich einzustufen? Dass er Autoteile stiehlt?«

»Würde es sich bei dem Dieb nicht um eine *Lusus naturae* handeln, wäre es halb so wild«, antwortet er. »Bei einem Durchschnittstypen würde es uns nicht kümmern. Dafür ist die Confab nicht zuständig. Weil er aber ist, was er ist, fällt er in ihren Verantwortungsbereich.«

»Wie lange ist er schon so?«

»Schwer zu sagen.« Zilch wägt ab. »Er hat noch nicht viel Erfahrung damit, das steht fest. Wie steht es mit dir, hast du in letzter Zeit irgendwelche Veränderungen an ihm bemerkt?

Ich denke an biologische Faktoren, beispielsweise Anzeichen von Krankheiten, Appetitlosigkeit oder eine gestörte Libido? Das alles können Belege dafür sein, dass jemand … nun ja – mutiert.«

»Er hat öfter Bremsspuren in seinen Unterhosen«, umschreibt Galavance, was wegen ihres breiten Akzents aber trotzdem wenig galant klingt.

»Er ist inkontinent?«

»Also, wenn du es so ausdrücken willst – Kackstreifen eben.«

»Kackstreifen? Das hab ich noch nicht gehört.«

»Braune Flecken, Dünnpfiff und so weiter, okay? Ich kann dir noch ausgefallenere Alternativen nennen.« Sie wird lauter und sichtlich rot vor Verlegenheit.

»Er ist ein Mann«, merkt Zilch an. »Das passiert wohl vielen von uns in gesetzten Verhältnissen.«

»Nicht Jolby. Wir sind seit der Highschool zusammen, also hab ich schon *lange* mit seiner Unterwäsche zu tun und kann dir verbriefen, dass das erst vor ein paar Wochen angefangen hat. Ich glaubte zuerst, es würde nur an dem Zeug liegen, das der neue Mexikaner verkauft, wo Chev und er seit einer Weile ständig aufschlagen, als seien sie abhängig davon.«

»Jolby mag mexikanisches Essen?«

»Wieso die Frage? Hat das was zu bedeuten?«

Zilch schüttelt den Kopf. »Nein, aber man weiß nie, vielleicht zahlt es sich noch aus, das im Hinterkopf zu behalten. Wie meinte Sun-Tsu noch gleich? ›Wissen macht die Hälfte des Wegs zum Sieg aus‹, oder so ähnlich.«

»Ich dachte, das kommt von GI Joe.«

»Egal, es ist ein vernünftiger Ratschlag.« Nachdem sie in die Sackgasse hineingefahren sind, endet der Asphalt, und sie holpern über aufgeschwemmten, unebenen Erdboden. Der Chevrolet rumpelt und knarrt vor sich hin, doch Zilch geht gefühlvoll mit ihm um und kommt gut durch, auch wenn das Auto dermaßen frisiert wurde, dass er das Gaspedal nur leicht anstupsen muss, um den Motor übermütig aufheulen zu lassen.

»Also gut, glaubst du, das verkraften zu können? Immerhin ist Jolby jetzt nicht mehr unbedingt so ansehnlich wie früher.«

Galavance schaut durch die Windschutzscheibe zum letzten Haus vorm Ende des Wegs, Whispering Pines 1330. Drinnen brennt Licht, doch es strahlt zu hell, als dass es von einer installierten Lampe stammen könnte. Das kann nur ein Baustellenscheinwerfer sein, der ungeschönt ausleuchtet und den Augen schadet, selbst wenn man wie sie hinter getöntem Glas sitzt. Sie erkennt Schatten, die sich im Gebäude hin und her bewegen – von jemandem, dem zweifelsohne aufgefallen ist, wie sie hergekommen sind, praktisch mit Ansage durch ihren übergroßen Auspufftopf.

»Okay«, sagt sie.

»Noch mal: Falls wir ihn überzeugen können, erzähle ich dir alles, was ich weiß, obwohl ich deshalb Ärger kriegen werde, klar?«, fragt Zilch beim Parken auf der Straße ein Stück weit vom Gehsteig entfernt, kurz bevor sie zum schlammigen Wasser des benachbarten Moors hin abfällt.

Galavance schaut ihm in die Augen. Sie nickt und erwidert resolut: »Klar.« Dann blinzelt sie und schiebt ein »Ja« hinterher, als wolle sie sich noch fester an diese wörtliche Absprache binden.

Zilch nickt ebenfalls. Während er auf die Digitalanzeige am Armaturenbrett schaut, wartet er ab, bis 11:59 Uhr auf Mitternacht überspringt. Samstag wird …

SONNTAG

KAPITEL 25

»Er hat sich geschnitten – behauptet er jedenfalls.« Mit dem letzten Teil platzt Galavance verzögert heraus. »Ich habe Verbandszeug im Badezimmer gefunden, in dem Ungeziefer war. Würmer, um genau zu sein. Kleine, gelbe Würmer. Das Blut hat ungesund ausgesehen: voller Eiter und bröckelig. Wundschorf.«

»Dass Parasiten die Ursache sind, kommt oft vor. So oder so ist es von Vorteil, das zu wissen.« Zilch möchte aussteigen, doch sie hält ihn am Ellbogen fest. Er schaut zu ihr zurück und dann auf die Front des halbfertigen Hauses, wo gerade eine dicke, blaue Plane vors Fensters gehängt wird.

»Was soll das? Wir müssen uns beeilen, Galavance.«

»Tu ihm nicht weh«, bittet sie. Wegen der Tönung der Windschutzscheibe sieht ihr Gesicht blau aus. Dies verleiht ihr etwas Ätherisches, und – wenngleich Zilch mit der Zeit so einige furchtbare Dinge gesehen hat – ihr besorgter Blick im Verbund mit der geisterhaft bläulichen Blässe … Es verstört ihn.

»Aus dem Grund bist du mitgekommen: Um sicherzugehen, dass es nicht so weit kommt. Zudem glaube ich sowieso nicht, dass ich in einer körperlichen Auseinandersetzung eine ernsthafte Chance gegen ihn hätte.« Er öffnet die Fahrertür und steigt aus.

Als sie vorfuhren, war überall im Haus Licht eingeschaltet, und die Plastikplanen hingen nicht mehr vor den Fenstern, sodass sie die nackten Wände im Inneren sehen konnten, auch in der oberen Etage. Während der kurzen Zeit, die sie brauchten, um zu parken und sich zu verstecken, ist es völlig finster geworden, wie Zilch und Galavance bemerken. Jedes Fenster trägt nun sozusagen wieder seine blaue Augenklappe, und alle Lampen sind ausgeschaltet worden.

Die Geräusche aus dem Moor lassen kein Lauschen nach Schritten oder Geflüster zu. Er bleibt in der Einfahrt stehen, sie auch, und sie blicken an dem Terrassengebäude im Ranch-Stil hinauf. Es ist, als würde Whispering Pines 1330 darauf warten, dass endlich etwas geschieht.

»Wie weiter?«, fragt Galavance.

»Womöglich solltest du mit ihm reden«, schlägt Zilch vor. »An seine sanftere Seite appellieren.«

»Wie denn?«

Zilch zuckt mit den Schultern. »Egal.«

Sie überlegt einen Moment, ehe sie tief Luft holt und gen Hausfront ruft: »Jolby, ich bin's, Gal. Ich finde es echt scheiße, wie unser letzter Streit ausging, und dachte, ich komm hier vorbei, um persönlich mit dir zu reden. Das hier ist ein Bekannter von mir, Saelig Zilch.«

»Er kennt mich«, bemerkt der Genannte, »aber weiter so, die Richtung stimmt.«

»Komm schon, Jolby, lass es uns ausdiskutieren. Saelig will dir nichts Böses, aber du bist eben krank, brauchst Hilfe und – Mensch, *bitte*, Jolby. Hast du 'ne Ahnung, wie viel Mist mir heute passiert ist? Zu Hause ist Feuer ausgebrochen.«

Zilch hört zu, während Galavance immer weiter redet. Es erinnert ihn daran, wie sein Vater so etwas wie öffentliche Beichtstunden abhielt, wenn man sich zum Tauschen von Saatgut mit Gleichgesinnten traf, anderen Hippie-Farmern aus der Umgebung. Dabei wurde es immer ganz still, woraufhin eine Person alles Schlechte gestand, was sie in der vorangegangenen Woche getan hatte, und sich den Ballast ihres Lebens gründlich von den Schultern wälzte. Bisweilen redete jemand gefühlt tagelang und fand kein Ende, weil er sein Dasein von vorne aufrollte und selbst den letzten Fehltritt für alle deutlich ins Schlaglicht rückte.

Galavance holt noch einmal tief Luft. »Gib dir 'nen Ruck, Jolby. Ich will nicht von hier unten aus predigen wie … na, die Bullen bei einer Geiselnahme oder so, aber im Ernst: Du hast dir da was eingefangen, aber Saelig und ich wollen dir echt helfen. Ist Chev bei dir da drin? Bestimmt würde er dir jetzt sagen – schau mal in seine großen, blauen Augen und frag ihn –, wie unvernünftig du dich aufführst und dass er nur als Freund, der deine Gefühle nicht verletzen wollte, mit dir hergekommen ist.«

Von einem der Obergeschossfenster her raschelt es, als die Plane daran geschüttelt wird. Im Vorgarten klatscht etwas laut vernehmlich etwas auf, nachdem es heruntergefallen und auf dem wässrigen Boden gelandet ist.

Zilch nähert sich dem fallen gelassenen Gegenstand nicht, sondern bleibt in der Einfahrt stehen und schaut zu dem dunklen Viereck hinauf, hinter dem sich der Werfer verbergen muss. Galavance hingegen stürzt vorwärts, als befürchte sie, Jolby sei in den Tod gesprungen. Zilch hat es allerdings beobachtet und weiß daher, dass es zu klein für einen Menschen ist.

Auf einmal schreit sie, sodass er zusammenzuckt. Dann tritt auch er vor, verständnislos.

»Was ist?«, fragt er, als er zu ihr aufschließt.

Sie wendet sich ab und würgt, möchte so schnell wie möglich weg, kann aber nicht anders, als nach vorne gebeugt stehen zu bleiben. Während sie den Kopf schüttelt und ihre Augen zusammenkneift, drückt sie die zu Fäusten geballten Hände gegen ihre Schläfen. »Gott … Oh … mein … Gott.«

Zilch sieht es: einen Torso, eingewickelt in eine mit Farbe bespritzte Plane. Daran starrt Chevs Gesicht leblos ins Leere, mit verdrehten Augen und aus dem Mund hängender Zunge, die blau angeschwollen ist. Seine Arme wurden am Schulteransatz abgetrennt – die Stümpfe löchrig zerfranst –, und der Unterkörper fehlt vom Bauchnabel an abwärts, weshalb sich seine Eingeweide in die Plastikhülle ergossen haben. Blut sammelt sich, wo sie mit Leitungsstücken und Gummikeilriemen zusammengehalten wird, improvisiertem Bindedraht.

»*Scheiße*, musste das sein, Jolby?«, brüllt Zilch wutentbrannt an der Fassade hinauf. »Jetzt hab ich keine andere Wahl und muss dich töten. Hättest du das bleiben lassen, wäre vielleicht alles gut gegangen – aber so? Verdammt, begreifst du überhaupt, was du deiner Freundin zumutest? Dabei solltest du froh sein, dass sie einem Stück Scheiße wie dir die Stange hält.«

Als Zilch ein Platschen hört, ist ihm sofort klar, dass etwas hinterm Haus hervorkommt. Er hüpft über den Toten und rutscht vielmehr durch den Schlamm auf dem Vorplatz, als zu laufen, um zur Gebäudeseite zu gelangen. Dort gerät er beinahe in den Sumpf, aber er fängt sich und hält knietief im Wasser inne. Er schaut weiter auf die Stelle, wo es aufgewühlt wurde. Zwei lange Wellen verjüngen sich wie ein V in der Ferne, und er sieht, wie die Wer-Amphibie, die dicht unter der Oberfläche schwimmt, mit den Armen oder Beinen rudert. Zu wenig Licht fällt ein, um zu ahnen, wohin sie will oder ob es überhaupt ein Gegenufer gibt. Schnell ist Jolby so tief getaucht, dass er keine sichtbaren Wellen mehr erzeugt, vollständig verschluckt von dem Tümpel.

Dennoch sucht Zilch weiter. Was er ausmacht, sind lediglich ein paar knorrige Bäume und wenige kümmerliche Schlamminseln mit einer Breite von je etwa einem Meter, nicht zu vergessen draußen im Gewühl wahrscheinlich Schlucklöcher, voll mit zähem Schlamm, in dem man ganz langsam versinkt und schließlich erstickt, weil man durch Strampeln und Zappeln nur noch tiefer einsackt. Einem Geschöpf jedoch, dem solche Lebensräume nicht fremd sind, mag die Abgeschiedenheit des Sumpfes gelegen kommen. Galavance durchquert den aufgeweichten Vorgarten auf Zehenspitzen und stellt sich neben Zilch.

»Ist er dort hinausgeschwommen?«, fragt sie.

Er nickt.

Da schreit sie plötzlich, was Zilch erschreckt, und er duckt sich unwillkürlich, als würde sich ein Vogel im Sturzflug nähern. »Jolby Dawes! Hör auf, dich wie ein Idiot aufzuführen! Komm sofort wieder aus dem Wasser!« Bei dieser Lautstärke klingt ihre Stimme schmerzhaft schrill.

Sie erhält keine Antwort. Die Zikaden, normalen Frösche und restlichen Lebewesen des Sumpfes verstummen einstweilen, werden aber gleich wieder laut, da Galavance nicht noch einmal schreit.

»Was jetzt?«, fragt sie heiser.

Zilch schüttelt erneut den Kopf. »Du willst die Antwort darauf wirklich nicht hören.«

KAPITEL 26

»Ich habe noch nie einen Toten aus der Nähe gesehen«, gesteht sie, während sie Zilch folgt, der das, was von Chev übrig ist, durch die Haustür von Whispering Pines 1330 schleift. Sie meidet den Anblick des Torsos in der transparenten Kunststoffplane bewusst, denn im Augenblick ist er zu viel für sie. Schließlich knallt der billige Wein immer noch ordentlich, auch wenn sie auf den Schreck hin oberflächlich nüchtern wirkt.

Drinnen drückt Zilch die provisorische Tür, eine hohe Sperrholzplatte mit Scharnieren, ganz zu und schiebt einen Eimer Grundierfarbe davor, um sie geschlossen zu halten. »Man gewöhnt sich daran«, erwidert er in gleichbleibend desinteressiertem Ton.

Galavance hat Jolby selten in dem Neubau besucht. Dessen Anblick oder auch nur an der Straße vorbeizufahren, ließ sie rot sehen, also mied sie ihn im Allgemeinen. Jetzt schaut sie sich um und bewertet, womit ihr Freund seine Zeit zubrachte. Von einem bald schlüsselfertigen Haus zu sprechen wäre gelogen. Der Innenausbau hat gerade erst begonnen. Abgeschlossen ist er in wenigen Räumen, etwa dem Esszimmer mit seinem lackierten Laubholzboden und einem Kronleuchter, zu dem eine vornehme Speisetafel passen würde. In der Küche hängen und stehen bereits Schränke, doch eine Tür fehlt ebenso wie die Arbeitsflächen, und wo zwei Rohre im Boden verschwinden, soll es einmal zwei Spülbecken geben. Fenster wurden nur wenige eingesetzt, die Rahmen sind mit viereckigen Planen oder Plastikfolie zugeklebt. Eine Ecke des Esszimmers lässt an Hausbesetzer denken, denn dort stehen mehrere Gartenstühle, ein kleiner Fernseher und eine Videospielkonsole, verbunden mit einem batteriebetriebenen Anschlussverteiler, sowie eine Eistruhe, die umgekippt ist, weshalb ihr Inhalt auf dem Boden liegt:

ein paar Bier und ein Sandwich in einer Lache Tauwasser. Daneben fungieren Schubladenkartons als Kleiderkommode, vollgestopft mit Shorts, T-Shirts und zusammengeballten Socken.

Es sieht unordentlich aus, das stimmt, aber *zu* unordentlich – als sei manches unnötigerweise umgeworfen worden, etwa die Truhe. Überall auf dem Boden zwischen den ganzen Sachen erkennt man rote Punkte. Es sind nicht so viele, dass man sich Sorgen machen müsste, aber … zweifellos hat hier ein Kampf stattgefunden. Bestimmt wären Zilch und Galavance, wären sie nur wenige Minuten früher eingetroffen, Zeugen geworden, wie Jolby seinen besten Freund zerpflückte.

Nun bemerkt sie, dass ihr Begleiter die Szene genauso deutet. Er rückt einen Gartenstuhl zurecht und hebt eine Videokamera auf, die mit ihrem Stativ umgefallen ist. Sie läuft noch, der aufklappbare Bildschirm an einer Seite leuchtet blau.

Zilch bückt sich nach einem umgedrehten Eimer, der als vorläufiger Tisch diente, und bedient sich aus einer von wenigen übrig gebliebenen Schachteln aus einer aufgerissenen Stange Marlboro. Indem er das Stativ an sich zieht und kippt, klinkt er die Kamera aus. Da er sich kaum mit diesen Geräten auskennt, dreht er sie mehrmals in seinen Händen, bevor einen Kipphebel entdeckt, den man mit dem Daumen bedient.

Ein Knopfdruck, und der Schnellrücklauf des Bandes ist aktiviert. Unterdessen sucht Zilch nach einem Feuerzeug, findet aber keines, also schaltet er eine Kochplatte ein, die ebenfalls an der Fahrzeugbatterie klemmt, und wartet darauf, dass das Metall rot glüht, um die Spitze seiner Zigarette daran zu entzünden.

Galavance kann keinen klaren Gedanken fassen.

Sie befindet sich mit einer Leiche im selben Raum, was ihr nicht behagt. Überhaupt nicht. Chev liegt ein gutes Stück weit weg auf der anderen Seite und starrt entseelt die Wand an, aber sie hat das Gefühl, seine Augen würden sie prüfend betrachten oder in sie hineinschauen, gründlicher untersuchend als jeder Arzt mit noch so ausgefeilter Technologie, ja schlimmer – sogar noch tiefer vorstoßen als das. Um diesen Eindruck abzuschütteln, muss sie sich regelrecht körperlich anstrengen. Sie sieht den Toten im Raum als Schwarzes Loch, das jegliches Licht, alles Warme und Gute anzieht. Am liebsten wäre sie weit weg von ihm, aber es gibt keinen Ort, an den sie fliehen kann. Sie hat kein Zuhause mehr. Ihr Freund ist ein Monster. Zu dieser Erkenntnis gelangt sie schnell. *Mein Freund hat das mit seinem besten Kumpel getan: ihn in Stücke gerissen und in Plastik gewickelt. Jetzt steh ich hier und muss mich mit einem Schlamassel herumschlagen, den er verursacht hat.*

Und da hatte sie sich über schmutzige Unterwäsche beschwert?

Zilchs Zigarette brennt nun. Er dreht sich wieder um und schaut zu Galavance. Ihm fällt wohl auf, dass sie überall hinsieht, nur nicht in Richtung Chev.

»Warum setzt du dich nicht?«, fragt er und zeigt mit der Kippe auf einen zweiten Klappstuhl, den er näher gerückt hat.

»Ich kann nicht. Keine Chance, nicht jetzt. Nicht zu ahnen, dass mein verfluchter Freund ein – ich komm nicht mal auf ein passendes Wort dafür … ein Ungeheuer ist?«

»Eine *Lusus naturae*«, sagt Zilch, nachdem er eine Wolke Qualm ausgeatmet hat. Er zieht noch einmal kräftig an der Zigarette, inhaliert aber nicht, obgleich er mehrmals hustet, und drückt sie schließlich aus.

»Wieder dieser Ausdruck«, erwidert Galavance. »Was *bedeutet* er überhaupt?«

»Er stammt aus dem Lateinischen und lässt sich als ›Laune der Natur‹ übersetzen. Ursprünglich nannte man Menschen mit Missbildungen so, aber die Definition hat sich gewandelt, seitdem die Confab dazu übergegangen ist, den Begriff als Standardbezeichnung für Bestien oder Monster zu verwenden. Vermutlich würde sie auch ›Individuum von Interesse‹ sagen, aber das erinnert eher an die Wortwahl einer Partnervermittlung.«

Er lacht ohne rechte Freude auf, und Galavance springt auch nicht darauf an; ihre Miene bleibt düster, ihr Mund ein gerader Strich unter stark geröteten Augen mit glasigem Blick. Sie schaut sich weiter im Raum um, freilich immer noch nirgendwo im Dunstkreis der Überreste von Chev, die fast wie eingeschweißt anmuten.

»Ich möchte nicht im selben Raum wie *das* sein«, sagt sie und wedelt dabei mit einer Hand vor ihrem Gesicht, als würde sie Rauchschwaden vertreiben wollen. »Hier drin ist es heiß, und ich glaube, ich will einfach wieder …« Ihre Worte verlieren sich.

Zilch formuliert aus, was sie meint: »Seltsam, nicht wahr? Auf einmal kein Dach mehr über dem Kopf zu haben.«

Sie nickt.

»Auch daran gewöhnt man sich«, fährt er fort. »Genauso wie an alles andere. Es fühlt sich aber an wie Phantomschmerzen, richtig? Ach was, du kannst das schlecht vergleichen, schätze ich – ist ja noch alles dran bei dir, wie's aussieht. Trotzdem darfst du mir glauben, das es so ist. Egal was geschieht, unterbewusst denkt man eben oft: Ich kann kaum erwarten, hiernach heimzukommen. Doch dann passiert was, man wird *dessen* beraubt, und nichts ist mehr gewiss.«

»Ist das deine Art, mich aufheitern zu wollen?«, fragt Galavance mit wütendem Gesichtsausdruck.

Zilch geht an ihr vorbei durch den Wohnbereich. Seine Schritte in den schweren Stiefeln hallen laut auf dem Holzboden. »Tut mir leid, aber ich kriege wohl immer eine kleine Existenzkrise, wenn im Zuge meiner Arbeit Dritte sterben.«

»Wie schlimm sieht er aus?«, fragt sie.

»Er ist tot«, antwortet Zilch.

»Was?«

»Meinst du ihn oder deinen Freund?«, präzisiert er, indem er zuerst auf Fenster an der hinteren Wand und dann auf Chev am Boden zeigt. Er bückt sich, packt die Plastikfolie fest, mit der die Leiche umwickelt ist, und nimmt sie auf die Arme.

Galavance wendet sich ab, als der Kopf schlaff zur Seite knickt, sodass die toten Augen auf sie gerichtet sind.

»Jolby«, erwidert sie und schaut auf den Kleinbildfernseher. Die Mattscheibe spiegelt Zilch wider, während er den Torso zu einer Tür trägt, die von der Wohnung in die Garage führt. Sie geht hinüber, um zu öffnen, wobei sie darauf achtet, Chev nicht ins Gesicht zu schauen.

»Falls ich mich nicht irre, ist Jolby bloß eine Wer-Amphibie.«

»Und das soll mich beruhigen?«

»Lass mich ausreden.« Zilch muss sich seitwärts durch die Tür zwängen. Dabei bleibt er stehen und drückt Chev an sich wie ein frischgebackener Ehemann seine Braut, bevor er über die Schwelle tritt. »Wäre die Verwandlung permanent, hätte ich ihn morgens, nachdem ich in der Nacht von ihm als Froschmann angegriffen worden war – in diesem Haus –, nicht in menschlicher Gestalt getroffen. Es wechselt also, nur weiß ich nicht, ob er den Zeitpunkt selbst bestimmen kann, wann es geschieht.«

»Er hat dich angegriffen? Wann war das?«

»Hat er. Vorgestern Nacht. Nachdem wir zwei uns voneinander verabschiedet hatten.«

In der Nacht, in der ich mich beim Sex mit ihm versöhnt hab.

Sie schüttelt den Kopf. »Er ist aber in der Lage, sich wieder zurückzuverwandeln, ja? Und wenn er das getan hat: Wird er … so was nicht mehr tun, oder?« Sie zeigt mit vorgeschobenem Kinn auf Chev in Zilchs Armen, den stillen Zuhörer bei ihrer Unterhaltung, schaut dabei jedoch weg.

»Es dürfte sein wie bei allen Wer-Wesen: Die betroffene Person fühlt sich nur zum Töten gezwungen, nachdem sie sich verwandelt hat. Einer der großen Macher bei der Confab hat vor einiger Zeit eine Mitteilung herausgegeben, in der er die These aufstellte, alle Lebewesen seien veranlagt, sich so aufzuführen wie diese Kreaturen, doch das Verhalten offenbare sich nur auf ›Erlaubnis‹ hin, also wenn sie zu *Lusus naturae* werden.

Dennoch: Nichts Genaues weiß man nicht. Der Kerl, der das verzapft hat, ist ein ziemliches Arschloch.«

Zilch dreht sich um und legt den Toten behutsam auf den Betonboden der Garage. Dort liegen auch ein paar Werkzeuge herum, außerdem verstreute Späne, die nach abgeplatztem Lack aussehen. Galavance schaut zu, wie er sich bückt und mit einem Finger auf einen dieser Partikel drückt, um ihn aufzuheben. Es ist ein getrockneter Farbtropfen. Orange. Glänzend.

»Anscheinend hat Jolby seinen illegalen Einmannhandel mit gestohlenen Fahrzeugteilen von hier aus betrieben. Kein ausgesprochen kluger Zug in Anbetracht der Tatsache, dass die zwei dieses Gebäude veräußern wollten. Das hatten sie doch vor, oder nicht?«

Galavance stellt sich in die Tür und streckt eine gespreizte Hand aus, um die Leiche nicht zu sehen. »Sie hätten das Grundstück nicht einmal besichtigen lassen können, solange die Bauarbeiten nicht abgeschlossen waren. Keiner außer Jolby und Chev hat je einen Fuß darauf gesetzt, weil sie rechtlich gesehen die Besitzer blieben, bis jemand es gekauft hätte.«

Zilch richtet sich wieder auf, bleibt aber mit dem Rücken zu Galavance stehen. Sie bemerkt, dass er etwas an den Wänden der Garage sucht, seinen nachdenklichen Blick auf die Glaswolle der Isolierung richtet, die dort herausragt, wo die Alufolie eingedrückt oder aufgerissen wurde. Ein Fleck in einer Ecke, der schwarz wie Öl ist, erweist sich als rot, sobald Zilchs Schatten nicht mehr darauf fällt, nachdem er aus dem Licht getreten ist, das aus dem Haus einfällt.

»Nicht dass ich mich in deine persönlichen Angelegenheiten einmischen will, aber ihr beide habt nicht unbedingt in Geld geschwommen, oder täusche ich mich da?« Er geht vor dem Fleck in die Hocke.

»Nein, das kann man so sagen.«

Er tupft mit einem Zeigefinger darauf und hält ihn ins Helle.

Galavance wird schlecht. *Noch mehr Blut.* Sie ist erleichtert, als Zilch weiterspricht, denn es lenkt sie ab. Wegen des vielen Blutes fühlt sie sich unsicher auf den Beinen.

»Nachdem er sich mit Chev zusammengetan hat, um das Haus zu verkaufen, und da er es nebenbei wohl als Umschlagplatz für die Autoteile verwendet hat: Brachte er je Geld nach Hause?«

»Nein, aber wenn er was verdient hat, dann hat er es wahrscheinlich gleich hier reingesteckt.« Sie kann sich die Preisschilder an dem ganzen Kram denken: Gipskarton, die Fenster und Türen, Farbe, Nägel ... ein Vermögen, umgewandelt in Materialien.

Zilch schüttelt den Kopf, während er auf den Fleck in der Ecke starrt. »Uns fehlt die andere Hälfte von Chevs Körper. Der gesamte untere Teil fehlt, ebenso seine Arme. Das hier wäre zu wenig Blut, selbst wenn er einen Industriemixer benutzt hätte, um seinen Kumpel zu einem Smoothie zu verarbeiten. Wir würden viel, viel mehr *Fleischabfall* sehen.«

»Hör bitte auf, es so auszudrücken.« Galavance hat die Augen schließen müssen. Sie lehnt mit ihrer Stirn an der Türlaibung. Am liebsten würde sie einfach die Flucht ergreifen – laufen, laufen, laufen.

»Das bezweifle ich«, sagt Zilch. »Dass er etwaige Einkünfte in dieses Haus investiert hat, meine ich. Es ist ja wenig mehr als tragende Wände und Böden. Nein, ich gehe nicht davon aus, dass er überhaupt etwas mit den Teilen verdient hat. Es hat ihn, glaube ich, persönlich befriedigt, das Zeug zu horten.« Er erhebt sich, ohne seinen Blick von dem Blut abzuwenden, als müsse er seine Worte darin ablesen. »Das haben viele Wer-Wesen gemein; mir ist mal ein Kerl mit etwas auf seinem Dachboden untergekommen, das aussah wie ein Biberdamm, gebaut ausschließlich mit geschreddertem Zeitungspapier und seinen eigenen Haaren.«

Galavance möchte sich das auf keinen Fall vorstellen, kommt aber nicht umhin. »Was genau soll das heißen, persönlich befriedigt? Dass er sein Auto getunt hat, die Verbesserungen an meinem Cavalier?«

»Beides – und vielleicht noch ein Projekt.«

»Aber wo soll das versteckt sein? Er hat doch nur dieses eine Grundstück. Wir hätten uns nie leisten können, irgendwo was einzulagern, und er besaß keine Freunde außer Chev, der wiederum bei seiner Mutter wohnt … wohn-*te*. Deren Garage ist aber bis unter die Decke voller alter Puppen, also kommt es überhaupt nicht infrage, dass Jolby irgendwelche Autoteile dort aufbewahrt.«

»Wenn du mich fragst, stiehlt er die Teile nicht wahllos einfach so«, erklärt Zilch. »Er tut es womöglich mit dem Hintergedanken, es handle sich um Komponenten eines Ganzen.«

»Er schraubt sich also aus gestohlenen Teilen von Grund auf ein Auto zurecht?«

»Das sähe der Denkweise von Wer-Wesen ähnlich, vor allem falls Jolby über Kenntnisse in Mechanik verfügt. Traust du ihm so etwas zu?«

»Zerlegen und wieder zusammenbauen kann er so ziemlich …« Sie spricht nicht zu Ende, weil ihr Blick aus Versehen an dem Torso haften blieb, als sie »zerlegen« sagte. »Warum hat er Chev deiner Meinung nach umgebracht?«

»Im Streit vermutlich. Mag sein, dass Chev keine Lust mehr auf Jolbys kleptomanische Ader hatte und sich im falschen Moment unglücklich ausgedrückt hat. Diese Kreaturen sind berüchtigt für ihre launische Art.«

»Nenn ihn bitte nicht so«, verlangt Galavance, bevor sie sich mit beiden Händen gegen den Türrahmen stützt oder besser gesagt ihre Brust anlehnt und sich an die Holzleiste klammert, als sei sie ein Laternenmast während eines Wirbelsturms. Dennoch spricht sie unverhältnismäßig gefasst weiter. »Sicher, ich weiß, dass er krank ist und so weiter, aber du solltest ihn nicht mit so etwas über einen Kamm scheren. Er ist ein Mensch.« Sie ist zu dem Schluss gelangt, angesichts all der Gewalt und Informationen über jemanden, den sie eigentlich genau zu kennen glaubte, sei es an der Zeit, ehrlich zu sein. »Ich liebe ihn.«

Diese Neuigkeit lässt Zilch den Hals anschwellen, als würde sein Adamsapfel jeden Moment explodieren und die ganzen Abscheulichkeiten heraussprudeln lassen, nämlich dass Jolby Galavance betrogen hat, und zwar mit nicht weniger als elf unterschiedlichen Frauen, und diese Lüge seit drei Jahren vor ihr geheim hält.

Die Wahrheit liegt ihm praktisch auf der Zunge, doch aus irgendeinem Grund gibt er sie nicht preis – teilweise, so vermutet er, weil es ihm nicht zusteht, denn diesen Berg schmutziger Wäsche zu waschen obliegt Jolby selbst. Gleichzeitig sitzt das Mädchen einem Irrglauben auf, indem es denkt, der Kerl sei bloß »krank« und nicht, wie in Wirklichkeit, verkommen bis ins Mark, ob als Wer-Amphibie oder nicht. Andererseits: Woher weiß man, ob er nicht von seinem Parasiten zum Fremdgehen getrieben wurde? Sex und Brutalität fallen in den Bereich niederer Triebe, die bei diesen Geschöpfen stark ausgeprägt sind.

Zilch kann Galavance nicht ansehen, solange sie ein solches Gesicht macht. Sie ist fest davon überzeugt, Jolby sei im Grunde seines Herzens ein guter Mensch.

»Tut mir leid«, sagt Zilch. »Komm mit rein, wir setzen uns kurz hin. Du musst doch mittlerweile auf dem Zahnfleisch gehen.« Er führt sie ins Haus. Nachdem sie durch die Tür getreten ist, streckt er sich nach deren Griff aus, um sie zuzuziehen, ohne die Garage selbst zu verlassen.

Sie wundert sich. »Willst du nicht mit reinkommen?« In ihrer Stimme macht sich leise Furcht bemerkbar, als wolle sie nicht in der Wohnung allein gelassen werden.

»Ich muss Beweise sichern«, behauptet Zilch. »Damit ich weiß, ob wir damit arbeiten können.«

»Aber was tun wir dann noch hier? Wir sollten verschwinden«, entgegnet Galavance leicht hysterisch, wie er an ihrem quietschenden Ton bemerkt. Er hat das kommen sehen. Es deckt sich mehr oder weniger mit dem, was bei seiner ersten Begegnung mit einem Wer-Wesen geschah – nebenbei bemerkt, es war ein Elch, und um es kurz zu machen, eine merkwürdige Nacht –, und einen Koller zu kriegen lässt sich im Grunde genommen nicht vermeiden.

Seine Hand bleibt auf dem Griff liegen, während er nach vorne geneigt verharrt. »Es ist so: Ich will, dass wir eine Weile hier Lager aufschlagen. Anderswohin können wir eigentlich nicht ausweichen, und da Jolby seine Spuren gründlich verwischt hat – keine Ahnung, wo das alles versteckt ist, die Fahrzeugteile, Chevs Arme und Beine –, wird die Polizei dieses Gebäude nicht durchsuchen. Davon abgesehen müssen wir so viel in Erfahrung bringen, wie wir können.«

»Was hast du da draußen vor?«

Zilch hält ihrem Blick stand. Er wünscht sich, dass sie von selbst auf die Antwort kommt, aber sie sieht ihn nur an, als habe sie einen Aussetzer, und wartet darauf, dass er eine gibt. Er räuspert sich. »Ich will nachvollziehen können, was mit Chev passiert ist.«

»Er wurde glatt durchgeschnitten. Was willst du sonst noch wi– oh …« Eine ihrer Hände schnellt hoch zum Mund, doch zuvor erstarrt sie. »Oh Gott, du wirst doch nicht etwa …«

Er nickt. »Ich muss.« Bevor er die Tür endgültig schließt, wispert er durch einen schmalen Spalt: »Solltest du irgendwas aus dem Moor hören, komm mich holen. Und jetzt versuch, ein bisschen Schlaf zu kriegen.«

Er hört trotz der Tür, wie Galavance abschätzig schnaubt. »Schlafen. Klar, *das* wird mir in nächster Zeit und darüber hinaus unheimlich leichtfallen.«

KAPITEL 27

Zilch stellt einen Baustellenscheinwerfer auf, nachdem er Chev auf eine Gipsplatte gewuchtet hat, die auf zwei Sägeböcken liegt. Was er vorhat, lässt ihn an irgendwelche Hinterhofchirurgen denken, und das ist nicht einmal weit hergeholt. Er geht zu der kärglichen Auswahl an Werkzeugen, schiebt zahllose Nussenkästen und Ölfilterschlüssel beiseite, bis er tatsächlich etwas mit einer Klinge entdeckt. Sie ist nur drei Zoll lang – ein stumpfes Messer – und verklebt, dem Anschein nach mit Teer und Plastiksplittern. Jolby hat es vermutlich benutzt, um beim Klauen kurzen Prozess mit Schläuchen zu machen, die er weder mit Zähnen noch Krallen durchtrennen konnte.

Während er die Klinge an einem Hosenbein abputzt, unterbricht er sich, weil ihm bewusst wird, wie unsinnig es ist. Er lacht in sich hinein und nimmt das Messer mit zu dem notdürftigen Operationstisch, auf dem die Leiche liegt.

Zuerst die Folie, eine Abdeckplane für Anstreicher. Ein tiefer Schnitt der Länge nach über Chevs Rippen, und sofort fließt Blut in Strömen. Damit ist der Damm gebrochen. Zilch springt flugs zurück, um nicht damit in Berührung zu kommen, aber nicht schnell genug; ein wenig spritzt auf sein neues T-Shirt. Er wischt es mit einer Hand ab, verzieht sein Gesicht wegen der verschmierten Hand und macht sie an seiner Hose sauber. Daraufhin fasst er sich wie automatisch an die Nase – um sie zuzukneifen.

Der Gestank ist kaum auszuhalten. Es riecht nicht nach Verwesung, denn Chevs Tod kann nicht länger als ein paar Stunden zurückliegen, sondern nach mehr, nach etwas anderen Ursprungs. Zilch denkt dabei an den See beziehungsweise den Moment in der Dusche der Black Top Oasis, als er seine Bauchwunde auswusch. Ein sumpfiges Odeur.

Er klappt die Plastikfolie auf und rollt den Torso heraus. Die Eingeweide entwirren sich, glitschen über die Kante der Gipsplatte und baumeln in der Luft, wobei schwarze Flüssigkeit auf den Betonboden tropft. Zilch rafft sie zusammen und zieht sie wieder hoch. Dann macht er sich an die Arbeit, indem er die Stellen untersucht, wo die Arme abgetrennt wurden.

Zu seinem Verdruss kehren Erinnerungen an seine Zeit auf der Kochschule wieder, genauer gesagt den Schlachtkurs. Während der ersten Wochen beschränkte sich der Unterricht auf Messer, ehe man die Anatomie von Rindern anhand voneinander abgegrenzter Körperteile an einer Schautafel abhandelte, die sich der Tutor benennen ließ, sobald er mit seinem Zeigestock darauf schlug. Eines Tages schließlich betrat Zilch den Saal und sah eine tote Kuh auf dem Schreibtisch des Mannes liegen – einen gewaltigen Bullen, schwarzbraun und eindeutig nicht mehr am Leben, bereit zum Ausbeinen. Sein exakter Wortlaut, mit dem er sich an niemand bestimmten richtete: »Die nehmen das mit der praxisbezogenen Ausbildung hier sehr ernst, was?«

Die Muskulatur der Arme – was davon übrig ist – sieht zerfleddert aus, streifig wie durch den Wolf gedrehtes Rindfleisch. Ergo wurden die Glieder weder abgeschnitten noch durchgebissen, sondern ausgerissen, als sei Chev langsam auf einer Streckbank zu Tode gefoltert worden. Dies schließt Zilch allerdings aus, weil er Jolbys ungeahnte, übermenschliche Stärke am eigenen Körper erfahren hat, als er mühelos wie ein Frisbee von ihm herumgeworfen wurde.

»Er hat sie wohl gefressen«, murmelt er bei sich und tritt zurück, um den Leichnam mit etwas Abstand zu betrachten. Er schnalzt mit der Zunge, schnieft – seine Nase läuft jedes Mal, wenn er besonders unausstehlichen Gerüchen ausgesetzt ist – und nimmt seine Schachtel Zigaretten heraus. Während er geistesabwesend damit auf seine Innenhand klopft, stiert er auf den Rumpf und insbesondere dessen unteren Teil, der wie ein dicker Stummel anmutet, da die Beine, so wie es aussieht, kräftigem Ziehen und Zerren nachgegeben haben.

»Jolby konzentrierte sich auf die eher knochigen Bereiche«, sagt Zilch laut gedacht wieder zu sich selbst. Er kniet sich vor den Darmwust, der noch in Chevs Unterleib steckt, nimmt den Scheinwerfer und kippt ihn so, dass er besser sieht. »Von den Weichteilen hat er sich ferngehalten. Alles da drin scheint unversehrt geblieben zu sein. Die meisten Viecher sind auf nährstoffreiche Organe aus: Leber, Magen, Eingeweide, Herz und Lunge. Nichts davon wurde angerührt. Er hat Arme und Beine gefressen. Wieso?«

Zilch tritt wieder zurück. Er will eine rauchen, auch weil er glaubt, das alles dabei besser verarbeiten zu können, findet aber nichts zum Anzünden. Darum kehrt er leise ins Haus zurück, weil er annimmt, Galavance habe seinen Rat befolgt und sich schlafen gelegt. Er findet sie im Wohnzimmer, wo sie vor eingeschaltetem Fernseher mit einem Controller der Konsole in den Händen auf einem Gartenstuhl sitzt.

»Hey«, sagt sie. »Ist es zu laut? Ich versuche nur, auf andere Gedanken zu kommen.« In dem Beat-'em-up-Spiel ist Galavance eine Prostituierte in einem Netzleibchen, die Detroits üble Gegenden unsicher macht, dargestellt in groben Pixeln und mit einem nervig repetitiven Chiptune-Soundtrack unterlegt.

Er schaltet die Herdplatte wieder ein. »Du brauchst dich nicht vor mir zu rechtfertigen, das verstehe ich vollkommen. Der Tag war grässlich, und es ist erst ...« Er schaut auf die Uhr am Gehäuse des Anschlussverteilers. »... zwei nach Mitternacht. Da darf man um jede Gelegenheit froh sein, der Wirklichkeit zu entkommen.«

Einen Augenblick lang schaut er dabei zu, wie Galavances Acht-Bit-Heldin einen Gangster nach dem anderen niederknüppelt. Als die Herdplatte glüht, entzündet er seine Kippe, zieht ein paarmal daran und bläst den Qualm jeweils als dicke Wolke aus. Nicht zu inhalieren klappt nur, solange er bewusst daran denkt.

»Also, bist du schon schlauer geworden?«, will Galavance wissen und klingt dabei, als habe sie sich zu der Frage durchringen müssen.

»Du darfst sich insofern freuen, als dass ich nicht glaube, dass dein Freund zum Kannibalen geworden ist. Chev ist offensichtlich ermordet worden, allerdings nicht zum Verzehr, was mich vermuten lässt, dass er entweder etwas gesagt hat, das Jolby gegen den Strich ging, oder einfach nur zur falschen Zeit am falschen Ort war.«

Galavances Figur steckt mehrere Treffer ein, weil sie zu blocken vergisst. »Kannst du dir vorstellen, dass er glimpflich davonkommt?«

»Das ist schwerlich abzusehen«, gibt Zilch zu. »Nun da es ein menschliches Opfer gegeben hat, liegt es nicht mehr in meinen Händen. Vorausgesetzt, ich kriege keine gegenteiligen Anweisungen, bin ich gezwungen, ihn … du weißt es – aufzuhalten.«

Die Prügelbraut auf dem Bildschirm lässt ein Leben gegen ein Trio flinker wie tödlicher Ninja-Akrobaten, die Kettensägen schwingen.

»Kannst du deine Leute umstimmen?«

»Ich habe überhaupt keine Kontaktmöglichkeiten mehr«, erwidert Zilch. »Mein Betreuer erlaubt mir eine einzige Chatsitzung, und die habe ich schon abgehalten, um herauszufinden, warum ich hier bin.«

»Und wenn du es trotzdem versuchst?«

Die Heldin erscheint wieder am linken Bildschirmrand und blinkt noch, während sich ihr Energiebalken wieder auffüllt.

»Mich wieder mit ihnen in Verbindung zu setzen ist ausgeschlossen. Bei diesen Chatsitzungen handelt es sich um eine einmalige Sache. Sie haben weder Telefonnummern noch eine E-Mail-Adresse, kein Fax, wo man etwas hinschicken könnte – sie sind aus gutem Grund unerreichbar.«

»Dann steht also fest, dass du Jolby tötest?«

»Nicht dass ich es wollte. Das ist eine Geheimgesellschaft, Galavance. Das läuft eben so. Sie achten darauf, dass ich ihnen nicht zu nahe komme. Ich mache die Drecksarbeit für sie, wenn sie mir welche geben. Wenigstens das bin ich ihnen schuldig. Ich gelte sowieso schon als einer ihrer leistungsschwächsten Agenten.«

»Das liegt vielleicht daran, dass du dich einfach treiben lässt. Gut möglich, dass sie sich manchmal wünschen, du würdest ihre Order hinterfragen, über den Tellerrand schauen.«

Zilch lacht. »Du arbeitest für eine Restaurantkette, was an und für sich keinen großen Unterschied zu einer Anstellung bei der Confab ausmacht, ich sollte das wissen. Darum frage ich dich: Möchten deine Vorgesetzten jemals, dass du ihre Anweisungen missachtest und eigenmächtig handelst? Darfst du je um die Ecke denken, wenn es nicht gerade darum geht, den Monatsplan hinzubiegen oder tägliche Angebotsmenüs für die Fastenzeit zusammenzustellen?«

»Basilikum, schon vergessen?«

Er seufzt.

»Ich finde trotzdem, dass du fragen solltest. Einfach, um zu sehen, ob es irgendeine Möglichkeit gibt, Jolbys Tod zu vermeiden.« Sie schaut wieder auf den Fernseher, doch der zeigt ihr den Game-over-Bildschirm. Die beiden Wörter verschmelzen zu einer Null, und traurige Musik dudelt.

»Ich fürchte nein«, antwortet Zilch. »Sie zu erreichen ist in keiner Weise möglich. Glaub mir, ich hab das schon versucht. Falls du willst, kann ich es sabotieren, einfach das Handtuch werfen, aber das wird für niemanden gut ausgehen. Dann wird einfach ein anderer geschickt, um Jolby zu erledigen.« Er tritt näher. »Eventuell solltest du es nicht wie einen Mord betrachten, sondern als eine Art Sterbehilfe.«

»Mordsmäßige Idee, danke.«

Er runzelt die Stirn. »Soll das ein Witz sein?«

Galavance rutscht auf dem Gartenstuhl tiefer. »Es war ironisch gemeint, tut mir leid. Ich bin schlecht bei ernsten Unterhaltungen. Aber ich verstehe dich. Wäre vielleicht wirklich nicht das Dümmste, so zu denken. Was ich aber immer noch wissen möchte: Wie ist das mit ihm passiert?«

»Du hast von diesem Verband erzählt. Er könnte sich bei der Arbeit hier geschnitten und sich den Parasiten so zugezogen haben.«

»Sollen wir uns mal umschauen?«

»Kann nicht schaden.«

Das muntert Galavance sichtlich auf. »Falls wir also beweisen können, dass Jolby kein geborenes Monster ist, sondern von so etwas wie einer Krankheit zu einem *gemacht* wurde, kommt er dann heil aus der Sache raus?«

Zilch blinzelt und fängt an, langsam den Kopf zu schütteln. »Sollte dem so sein, muss ich Indizien vorweisen. Uns läuft jedoch die Zeit davon, und er ist irgendwo tief im Moor. Galavance, womöglich hat er es sogar ganz durchquert, sich davongemacht.«

»Fuck«, flucht sie und wirft das Joypad weg. Das Plastik reißt, als es gegen eine unverputzte Gipskartonplatte an der Wand knallt, und hinterlässt eine Kerbe darin. Dann steht sie schwerfällig auf, weil der Klappstuhl sie einzwängt. Als sie sich seiner entledigt hat, tritt sie dagegen, sodass er zusammenfällt und flach liegen bleibt. Die Aluminiumbeine klappern metallisch.

»Fick dich.« Sie gestikuliert mit einer Hand in Richtung Zilch. »Du tust, als würdest du dich nicht um die Regeln kümmern, ein Rebell sein oder was auch immer, wirst Jolby aber trotzdem töten – ein verdammtes Leben auslöschen –, nur um eben nicht anzuecken? Warum nicht jetzt mal die Regeln brechen, Saelig? Warum rebellierst du nicht *jetzt* gegen das System, wenn es wirklich mal darauf ankäme?«

Zilch möchte ihr eine zutiefst sarkastische Antwort ins Gesicht spucken, die er sich ausgedacht hat: *Jawoll, lass uns Jolby finden, den Froschmann, kleben wir ihm einen falschen Schnauzer an und schleusen ihn über die Grenze nach Mexiko, wo es nichts als Tacos gibt, die er anscheinend liebt, obwohl er fiesen Durchfall davon kriegt. Aber immerhin reden wir hier über ein Paradies, in dem wir andere Menschen dafür bezahlen, sich um unsere Wäsche zu kümmern! Sagen wir einfach: Scheiß auf alles, und ich drücke nur die Daumen, damit die Nanobugs meine Atome lange genug zusammenhalten, damit ich dafür sorgen kann, dass ich dich und deine wertlose, faulenzende, verlogene Kröte von Freund – ein Lümmel, der Autoteile klaut – rechtzeitig zu eurer romantischen Schlussszene vor untergehender Sonne bringen kann. Ja, tun wir das.*

All das möchte er äußern, einfach um gemein zu sein. Er tut es aber nicht, weil er nicht dazu kommt, denn als er den Mund öffnet, um Galavance den Marsch zu blasen, wird er unterbrochen – von tiefem Stöhnen aus der Garage, sowie dem Zischen spritzender Flüssigkeit, die dann ebenfalls hörbar gegen die Wände und auf den Boden klatscht. Schließlich wieder die Stimme: wütend, verwirrt.

Galavance und Zilch starren einander an. Sie spricht aus, was auch er denkt.

»Was war *das* denn?«

KAPITEL 28

»Sagtest du nicht, er sei tot?«, fragt sie und weicht dabei zurück, bis sie gegen die Plastikplane stößt, die vor einem zum Vorgarten hinausgehenden Fenster hängt.

»Ist er auch«, bekräftigt Zilch. Er stellt sich an die Tür zur Garage und hält ein Ohr zum Lauschen daran. Der Stöhnende scheint vorübergehend verstummt zu sein und gerade nichts zu versprühen. Man hört ihn aber vor sich hin wursteln und wie er einen der Sägeböcke über den Zement schleift.

»Wie kann eine *Leiche* dann solche Geräusche von sich geben?«

Zilch wirft ihr einen Seitenblick zu. »Was weiß ich? Ich bin nur ein Arbeitssklave der Bürokratie, der herumstümpert und offensichtlich nicht selbstständig denken darf.«

»Geh da rein«, fordert Galavance. »Mach deinen Job.«

Nun starrt er sie einen Moment lang an. Was sie verlangt, findet in seinem Kopf Widerhall. Sie erwidert seinen Blick und fügt nichts hinzu, erkennt aber eindeutig, dass sie ihn zum Nachdenken gebracht hat. Er wendet sich ab, nachdem er ihr zugenickt hat, verdrängt den Gedankengang, den sie ausgelöst hat, und betritt die Garage, bevor er die Tür hinter sich zumacht.

Das Geräusch dabei stört Chev … oder besser gesagt: Die Kreatur, die am Boden liegt – der Scheinwerfer ist umgefallen, der behelfsmäßige OP-Tisch verrutscht –, dreht sich dem Eindringling zu. Von einem wiederbelebten Toten zu sprechen wäre vermessen. Nein, Chev lebt nicht mehr, sondern ist sozusagen nur ein leeres Schneckenhaus für einen Einsiedlerkrebs, denn etwas Reges in ihm benutzt seinen Torso als fleischliche Hülle.

In seinen Eingeweiden scheint ein rudimentäres Knochengerüst gewachsen zu sein, das jetzt wie Gliedmaße bei einem krabbelnden Insekt fungiert und ihn damit am Boden fortbewegt. Chevs Kopf schwankt hin und her, während das Geschöpf mit dem, was es aus ihm gemacht hat, orientierungslose Kreise im Raum zurücklegt. Seine bluttriefenden Haare ziehen rote Streifen hinter ihm her.

Zilch weiß, es ist zwecklos, versucht es aber trotzdem. »Ich komme in Frieden«, sagt er zu dem Parasiten.

Dieser erstarrt und bleibt so still, dass man ihn für tot halten könnte. Darauf fällt Zilch aber nicht herein. Das Ding überlegt lediglich, bewertet und rechnet sich seine Überlebenschancen aus, soweit es sein animalischer Verstand zulässt, wiegt Möglichkeiten gegeneinander ab: Wie und wann zuschlagen?

Als seine Entscheidung feststeht, fängt es zu heulen an. Man hört ein tiefes Gurgeln, bevor es Flüssigkeit hochwürgt und sich ein dicker Schwall – ein Spektrum von rosa über dunkelrot bis schwarz – aus Chevs Oberkörper ergießt, der den Zement abseitig bunt färbt. Darin schwimmen mehrere faustgroße Wesen, glitschig und dunkelbraun gesprenkelt mit wackelnden Stummelschwänzen.

»Sonntag, Sonntag, Sonntag!«, gurgelt Chev mit gebrochener, unmenschlich verfremdeter Stimme. Zilch vergleicht sie mit jener eines Seebären, der drei Päckchen Kippen täglich qualmt.

»Was?« Er umgeht die Lache mit den zuckenden Quasi-Kaulquappen. »Hast du was gesagt, Scherzkeks?« Er schaut von oben hinab in Chevs rot aufgedunsenes Gesicht. Die blutunterlaufenen Augen blinzeln und verdrehen sich wirr im Schädel – asynchrone, voneinander unabhängige Rotationsbewegungen wie bei einer Puppe mit Kulleraugen, die kräftig geschüttelt wird. »Sprich mit mir, Chev. Was geht?«

Der Besessene hustet mehrmals. »Ich fühl mich nicht ganz fit, Mann.«

»Na ja, unter diesen Umständen ist es durchaus beeindruckend, dass du momentan sprechen kannst.«

»Wieso?«, fragt Chev und guckt erstaunt. »Hab ich was nicht mitgekriegt?«

Zilch verzieht sein Gesicht und knirscht mit den Zähnen. »Sagen wir einfach, du hattest 'nen anstrengenden Tag.«

»Was ist passiert? Ist Jolby was zugestoßen?«

Er schaut kurz auf das Gewühl aus neuem Leben, das die Leiche gerade in die Welt gesetzt hat. Anscheinend hört Chev entweder nicht, oder die Verbindung zwischen Hirn und Nerven ist getrennt, denn er nimmt wohl in keiner Weise wahr, was mit ihm geschieht. *Umso besser*, denkt Zilch.

Dann fährt er fort: »Vielleicht kannst du's mir ja sagen. Weißt du, ob Jolby noch ein Versteck irgendwo hat? Einen Ort, den er eventuell gern aufsucht?«

Chev atmet heiser ein und überlegt, wobei sich seine Gesichtshaut runzelt. »Hmm.«

Zilch wartet, während er einen Stiefel wegzieht, als eine der kleinen Kreaturen gekrochen kommt. Er schiebt sie mit dem Fuß zu den anderen in der Pfütze zurück, und der durchdringend schrille Laut, den sie dabei loslässt, lässt ihn an frisch geschlüpfte Vogeljunge denken. »Heute noch, Chev.«

»Das Moor.«

Da verdreht er selbst die Augen. »Okay. Geht's auch genauer?«

»Sonntag, Sonntag, Sonntag!«

»Ja, Sonntag. Es ist Sonntag, toll erkannt. Noch was?«

Chev erweckt den Eindruck, Zilch mit seinen rubinroten Augen durchbohren zu wollen. »Das Monster.« Er dreht eines seiner Schultergelenke, als wolle er sich ausstrecken und Zilch am Arm packen, um ihm die Bedeutung seiner Worte begreiflich zu machen. Ihm ist wohl nicht bewusst, dass er ihn nicht berührt, doch er spricht lallend weiter. »Er will am *Sonntag, Sonntag, Sonntag* mit dem Monster Rallye fahren.« Mehr bringt er nicht mehr heraus, da er heftige Krämpfe bekommt und seine Pupillen unter den Lidern verschwinden, sodass nur noch die gerötete untere Hälfte seiner Augäpfel zu sehen ist. Er versucht, sich vom Boden zu erheben, bricht aber zusammen, was ihm die Luft raubt, weshalb er sie ausstoßen muss – als Seufzer.

»Warte, Chev, erklär's mir: Was hat es mit dem Monster auf sich?«, drängt Zilch.

Der Leiche fehlen einige Zähne, sodass sein einst nettes Lächeln einfältig wirkt. Zilch empfand schon zuvor Mitleid für den Kerl, doch jetzt in Hinblick auf sein Grinsen mit Zahnlücken umso mehr.

»Ich bin jetzt auch ein Teil des Monsters. Das hat Jolby behauptet. Er sagte ... ich könne etwas *beitragen*. Dann habe ich aber gefragt, was genau, und ...« Sein Gesicht wird weiß. Er schaut dorthin, wo seine Arme gewesen sind, und wackelt mit den Stümpfen. Zilch tritt einen Schritt zurück, denn dadurch, dass Chev um sich schlagen will, verspritzt er irgendwelchen Schleim. Chev scheint langsam zu begreifen, in welchem Zustand er sich befindet.

Gleich darauf ist man zu glauben verleitet, ein gütiger Gott habe ihm einen Herzinfarkt geschenkt, beziehungsweise sein Geist steckte von vornherein nicht in dem wiedererweckten Leib. So oder so herrscht auf einmal Ruhe, Reglosigkeit. Schicht im Schacht.

Als sei diese Art von Todeswehen eine Aufforderung gewesen, fangen die Kaulquappen in dem zähen Darmbrei an, sich wie verrückt zu winden, hierher und dorthin zu hüpfen. Zilch tritt wieder vor und erkennt, dass sie nicht gänzlich ohne Gliedmaße sind. Eine Membran bedeckt sie; unter deren fast undurchsichtiger Haut lassen sich zierliche, eingerollte Fortsätze und eigenartig menschlich anmutende Gesichter mit Glupschaugen ausmachen. Zilch starrt und atmet nunmehr flach.

Etwas *Derartiges* hat er noch nie gesehen.

Schließlich schaut er auf seine neuen Stiefel und entschuldigt sich einzeln bei ihnen: »Du links, ich schwöre, sobald das alles vorbei ist, wirst du definitiv gründlich poliert, ja? Du rechts, ich bin Rechtshänder, also trete ich naturgemäß zuerst mit dir – gleiches Versprechen. Lass mich aber nicht im Stich, okay?«

Dann schließt er die Augen und versucht sich einzureden, dass das qualvolle Kreischen der Wesen, während er sie zertrampelt, in Wirklichkeit von seinen Schuhen komme. Er stiefelt auf ihnen herum, bis sie still sind.

Es gibt einfach keinen Ort, der weit genug entfernt ist von Zilch, der in der Garage mit Chev redet. Sie spielt mit dem Gedanken, ins Obergeschoss des Hauses zu gehen, hält es dann doch für eine schlechte Idee, da sie feststellt, dass nur die senkrechten Bauteile der Treppe stehen, aber noch keine Stufen gelegt wurden. Darum kehrt sie in den Wohnbereich zurück, wo es plötzlich laut mechanisch klickt. Das Geräusch kommt nicht aus der Garage, sondern aus dem Raum, in dem sie jetzt steht.

Das Band in der Videokamera beim Fernseher ist zurückgespult.

Galavance nimmt das Gerät mit ins Badezimmer und schließt die Tür, um nicht zu hören, was Zilch in der Garage mit Chev anstellt. Nachdem sie sich auf dem Toilettensitz niedergelassen hat, raucht sie eine Zigarette, die sie immer wieder zittrig aus dem Mund nimmt, und achtet darauf, sich nicht selbst im Spiegel anzuschauen, während sie die Kamera in beiden Händen hält. Der Minimonitor an einer Seite ist aufgeklappt, und das dreieckige Abspielsymbol blinkt. Bevor sie auf Start drückt, gönnt sie sich einen Augenblick, um sich Jolby zu vergegenwärtigen, so wie sie ihn bis zuletzt kannte, denn dieser Mitschnitt – was auch immer aufgenommen wurde – könnte ihr Bild von ihm nachhaltig ändern. Das Bad, in dem sie sitzt, ist fast fertig und hübsch mit seiner breiten Whirlpool-Wanne und einer Dusche für zwei Personen. Hier hat ihr Freund saubere Arbeit geleistet. Sie stellt sich vor, wie er mit Kopfhörern in diesem Raum herumwerkelte und sich regelmäßig unterbrach, um einen Schluck Budweiser zu trinken, sei es beim Fliesenlegen, Verfugen oder Kabelziehen für irgendwelche Leitungen. Als sie sich umsieht, bildet sie sich ein, ihn an der jeweiligen Stelle tüfteln zu sehen – wie er innehält, um sich Schweiß von der Stirn zu wischen, was ihn ausgesprochen maskulin, ja richtig scharf wirken lässt.

Auf der Highschool war er ein guter Freund, doch ab dem Moment, da sie beide zusammenzogen, musste ein Wandel eingesetzt haben. Man konnte fast mitverfolgen, wie er von Tag zu Tag fauler wurde. Von Beginn an fiel ihr auf, dass er selten Geschirr spülte, also tat sie es selbst, was ihm nur recht sein konnte. Nach und nach gewöhnte er sich an, nur einmal im Monat statt wöchentlich in die Wäscherei zu fahren. Die Fliesen in der Dusche mussten erst schwarz vor Schimmel werden, bevor er etwas dagegen unternahm, und fangen wir gar nicht erst damit an, wie stark verschmiert der Badezimmerspiegel sein musste, ehe Jolby das Putztuch schwang.

Das war freilich noch während der Zeit, als er seinem Nebenjob im Baumarkt nachging. Der Schulterschluss mit Chev ergab sich etwas später, woraufhin seine Ausflüchte fadenscheinig wurden, und binnen Kurzem verbrachte Galavance kaum noch einen Abend gemeinsam mit ihm. Wenn sie nach der Arbeit beide zu Hause waren, hockte er im Schlafzimmer, um Spiele zu zocken oder auf seiner Gitarre zu klimpern, und kam nur in den Wohnbereich, um fernzusehen oder ein Nickerchen zu halten. Dann stand sie auf, duschte und ging ins Schlafzimmer lesen. Dieses Muster, ihn zu meiden, zielte zuerst darauf ab, ihn anzuregen, ihr nachzukommen und zu fragen, was los sei und wie er sich bessern könne, wurde aber schließlich zur Gewohnheit.

Doch wie viele Stunden sie auch im Frenchy's arbeiten und zusätzlich einplanen musste, um eine weitere Monatsmiete für ihren Stellplatz zusammenzukratzen – *seinen* eigentlich, was sie ihm manchmal auch vorhielt, wenn er am Rad drehte –, vermochte er stets, sie zum Lachen zu bringen. Er konnte tierisch gut Witze reißen und Galavance mit weitschweifigen Geschichten richtiggehend packen, sodass sie das Gefühl bekam, selbst dabei gewesen zu sein, wenn er hier irgendeine Torheit von sich gegeben und dort irgendwelchen Quatsch angestellt hatte oder irgendeinem anderen Bauunternehmen, das in Whispering Pines arbeitete, etwas Nachahmenswertes eingefallen war.

Blieb noch sein Hang, es ihr unvermittelt mit dem Mund zu machen, den musste sie unbedingt zu seinen Vorzügen zählen.

In diesem Zusammenhang – sie erinnert sich, wie er sie im Wohnzimmer gründlich auf diese Weise bediente –, kommt ihr unweigerlich in den Sinn, dass sie Gedanken an Zilch an jenem Abend kaum verhindern konnte, in deren Folge sozusagen Dämme gebrochen waren. Ihr dämmert, dass ihre Zuneigung gegenüber dem fremden Mann nicht etwa mit sexuellen Reizen zu tun hat, die er auch als auferstandene Leiche versprühen mag.

Nein, es liegt an seiner zupackenden Alles-geht-Einstellung, die Jolby offensichtlich wenige Minuten nach ihrem Einzug ins Wohnmobil verlustig ging. Ein Antrieb, ein Ziel, der Tatendrang, etwas zu tun und zu erreichen. Ebendies fehlte Jolby: eine unauslöschliche Leidenschaft.

Sie hat einmal gelesen, es gebe nichts Erotischeres an einem Mann als die Haltung eines Machers, der ständig bestrebt ist, sich aufzumachen und etwas zu bewegen. Dies sei ein erheblicher Kitzel für Frauen. Zwar entfällt ihr gerade der genaue Anteil in dem Kuchendiagramm in der *Cosmopolitan* – immerhin hört sie durch die Mauer dabei zu, wie Zilch einem Ungeheuer Einhalt gebietet –, doch es war auf jeden Fall eine hohe Zahl, achtzig Prozent oder mehr.

Jene Frühlingsausgabe hat sie wegen Natalie Portman auf dem Cover behalten. Ein anderer Artikel betraf das Aufkommen und Nachlassen von Romantik respektive den richtigen Moment für ein Beziehungsende, statt auf einen Verlobungsring zu hoffen – sowie ihn nicht anzunehmen, falls man einen Antrag erhält –, und die Zeichen, auf welche es zu achten gilt, um zu erkennen, dass es an der Zeit sei, das sinkende Schiff zu verlassen. Während ihrer Mittagspause machte sie damals den begleitenden Test in der Zeitschrift. Das Ergebnis besagte, Jolby habe versagt, und zwar in allen Belangen.

Das war erst in diesem Frühjahr.

Vor wenigen Monaten.

Und seitdem war alles nur noch schlimmer geworden.

Galavance steckt sich noch eine Zigarette an und redet sich ein, egal was das Band zeige, ihr Entschluss sei bereits gefasst.

Sie drückt auf das blinkende Dreieck.

KAPITEL 29

Die Kamera war über den Schultern der beiden jungen Männer ausgerichtet, und der Fokus lag zwischen ihren Köpfen, ungefähr auf dem Fernsehbildschirm. Dieser zeigt das Videospiel, von dem Jolby mitunter erzählt hat, es sei das schwierigste überhaupt, und dafür, es zu bewältigen, könne man Bargeld gewinnen, wozu man den Entwicklern allerdings ein Video als Beweis schicken müsse. Natürlich ist Galavance bewusst, dass er wahrscheinlich nicht *zu* viel darüber reden und somit durchblicken lassen wollte, wie er seine Zeit in Wirklichkeit zubrachte, aber ab und an, nachdem Chev und er das Spiel anscheinend doch fast bis zum Ende geschafft hatten, war er zu aufgewühlt, um sich zu zügeln. Dann gab er mehr oder weniger direkt zu, dass einige Stunden täglich dafür draufgingen, und wechselte schnell wieder auf »Oh je, ich bin so müde, weil ich den ganzen Tag lang Dachplatten festgenagelt hab«, um Schulterschmerzen vorschützen zu können.

Galavances Blick fällt auf die Zeitangabe in einer Ecke am unteren Bildschirmrand. Es ist das Datum dieses Tages, und laut Uhr muss die Aufnahme vor kaum zwei Stunden erfolgt sein.

Jolby und Chev daddeln noch eine Weile, ohne sich zu unterhalten. Figuren huschen auf der Mattscheibe herum und geben einander Feuerschutz gegen eine Horde Zombies. Galavance hat dieses Spiel vorhin selbst ausprobiert, um sich abzulenken, und erkennt, dass die zwei Kerle wesentlich besser als sie waren. Ihre Helden werden nur selten getroffen, was darauf hindeutet, wie lange sie geübt haben müssen. Sie ärgert sich, wenn sie sich die vielen Stunden vor Augen ruft, die sie schuftend im Restaurant verbrachte, während die Herrschaften das hier taten, schluckt ihren Groll jedoch bis auf Weiteres hinunter.

»Da drüben«, bemerkt Chev, woraufhin Jolby ein verfehltes Ziel eliminiert. Dies bleibt eine Zeit lang das Einzige, was sie sich mitzuteilen haben: Die Tatsache, dass dem jeweils anderen ein Gegner durch die Lappen gegangen ist. Bald werden sie von den zahllosen sabbernden Untoten überwältigt, und von ihren beiden Pixelpendants bleiben nur zernagte Skelette übrig.

»Scheiße«, flucht Jolby und lässt sich in seinen Gartenstuhl zurückfallen, womit er aus dem Bildwinkel der Kamera verschwindet. Chev hingegen ist noch sichtbar und dreht sich zu seinem Kumpel um. Galavance sieht, wie er ihn beobachtet. Jolby hat ihren gemeinsamen Kampf zur Rettung des Planeten nicht aus Frustration aufgegeben, sondern weil er wegen irgendetwas besorgt ist, wie sie erkennt, als sein stoppeliges Babygesicht wieder auftaucht.

»Der Typ ist bestimmt tot«, sagt Chev leise.

Dann hört sie sekundenlang nur Rauschen und Dudeln, während unterm Game-over-Schriftzug bis null gezählt wird. Die Zwei kommt, dann die Eins, und schließlich erscheint wieder der Startbildschirm. Chev beugt sich nach vorne und schaltet die Konsole aus, woraufhin es schwarz auf dem Monitor wird. Jetzt reflektiert er nicht nur die Kamera, sondern auch die beiden Männer davor. Galavance macht Jolby aus, der zurückgelehnt dasitzt und sein Kinn auf einer Faust abstützt.

»Ja, bestimmt.«

»Wir haben jemanden getötet, Alter.«

Jolby hebt den Kopf, um Chev anzuschauen. »Wir mussten, Mann. Ich meine, was glaubst du, hätte er mit mir angestellt, wenn er dazu gekommen wäre, seinen Bossen von mir zu erzählen? Er hat uns belogen und kommt nicht aus Hollywood, sondern ist ein … Er sagte, er würde für den und den arbeiten, Leute von der Regierung oder so.«

»Und dass dir niemand etwas antut, solange du ihnen geho–«

Jolby grunzt verächtlich und winkt ab. »Vergiss es, es ist passiert. Er lebt nicht mehr, und wir packen das.« Er zeigt auf die Spielkonsole. »Wir verdienen ein bisschen Kohle. Wenn wir mit dem Haus durch sind, kriegen wir auch welche. Das Monster stellen wir fertig, verkaufen es und bekommen noch mehr. Denk daran, morgen ist Generalprobe. Und … danach sitzen wir auf einem Berg Zaster. Ich geh zum Arzt, um diesen Mist loszuwerden, und dann vielleicht ab in den Süden, zum Beispiel nach Peru, wo niemand wegen irgendetwas Fragen stellt.«

Chev scheint angestrengt zu grübeln. Als er wieder spricht, tut er es fast mit Fistelstimme, als sei er den Tränen nahe. »Ich hab getan, was du wolltest, Mann. Falls jemand genau Bescheid wusste, sollte ich ihn zu dir bringen, damit du entscheidest, was wir zusammen unternehmen. Dabei dachte ich eigentlich, wir würden nur mit demjenigen reden, ihm womöglich Geld zustecken oder so was, damit er den Mund hält. Ich hätte nie erwartet, dass du ihn umbringst.«

»Genug von dem Typen, Chev. Du warst derjenige, der vorschlug, ihn mit dem Kühlakku umzuhauen«, entgegnet Jolby aufgebracht. »Für mich wäre es auch völlig in Ordnung gewesen, ihn mit meinem …« Er zeigt auf die Haut an seinen Armen. »… trippigen Säftchen zuzudröhnen und im Wald auszusetzen, damit er dort für ein paar Tage einen krassen Film fährt. Hinterher hätte er sich bestimmt nicht einmal an seinen Namen erinnert, aber dann musstest du den Akku schwingen und …«

»Also soll ich … der Mörder sein?« Chev wirkt völlig entgeistert. Sein Gesicht wird rot, was durch das Objektiv und die schlechte Beleuchtung fast aussieht wie eine schwere Verätzung der beiden speckigen Wangen.

Galavance schüttelt den Kopf. Der gute alte Jolby … Er verstand es prima, jemandem die Schuld in die Schuhe zu schieben. Sie schlussfolgert, dass die beiden über ihre Auseinandersetzung mit Zilch auf dem Boot redeten, und dessen Worten zufolge hatten sie ihn gemeinsam über Bord geworfen. Chev ließ sich von Jolby anstiften, doch hier erkannte man wieder den blauäugigen Kumpel, der jede Lüge schluckt und dann auch noch um Nachschlag bittet.

»Du musst es Gal beichten«, beharrt Chev. »Schließlich scheint der Kerl nichts weiter gewollt zu haben, als es allen recht zu machen.«

Jolby schnauzt zurück: »So funktioniert das nicht, Chev. Es ist wie im Film, wenn der Unterhändler dem Typen, der seiner Braut eine Kanone an den Kopf hält, weismachen will, alles werde so getan wie verlangt, die Geiselnehmer bekämen Hilfe, und sobald er die Waffe niederlegt, sei alles in Butter. Doch die Wahrheit lautet, dass er verdammt lange in den Knast wandert. Der Kerl konnte nichts wissen. Du hast Glück gehabt, das habe ich dir schon gesagt. An dem Tag, als du meintest, draußen im Sumpf würde irgendein Echsenmann mit deinem Handy rumlaufen, Videos machen und sie ins Netz stellen, stand ich echt kurz davor …«

»Wovor, Alter? Mich zu töten? Gleiches Spiel wie mit diesem Kerl?«

Jolbys Spiegelbild im Fernseher bewegt sich. Er richtet sich im Sitzen auf und hält auf einmal eine Hand vors Objektiv. Während Galavance sein Profil anstarrt, kommt ihr sein Auge dunkler vor, als habe es die Farbe gewechselt. Er hat blaue, aber im Bild der Kamera sehen sie braun aus.

»Diese Sache bleibt unser Geheimnis.«

Chev macht keinen Rückzieher, auch wenn seine Miene verrät, dass er genau das gern tun würde. »Galavance muss es erfahren. Sie ist eine tolle Frau, Mensch, und je länger du die Wahrheit vor ihr verbirgst – auch über alles andere –, desto wahrscheinlicher wird sie es selbst herausfinden und *extrem* angepisst sein.«

Jolby lacht übermütig. »Und das ist das Lustigste daran, Chev. Hiermit …« Er bewegt eine Hand vor seinem Gesicht hin und her, um auf seinen rasch grüner werdenden Teint zu verweisen, als lasse es sich leicht übersehen. »… hätte sie null Probleme. Sie würde mit mir durchs Feuer gehen, selbst wenn ich immer so aussähe wie, du weißt schon … wenn ich mich verwandle. Wegen des anderen Krams allerdings – und ich meine *alles* – wäre sie sofort bereit, mich abzuschießen. Ich weiß es genau. Ich bewege mich sowieso schon auf dünnem Eis.«

»Alter, du musst Klartext mit ihr reden.«

Jolby verneint kopfschüttelnd. »Erst wenn alles in trockenen Tüchern ist. Wir schließen die Bauarbeiten ab, verticken das Monster, und dann … sag ich es ihr vielleicht. Ich muss was vorweisen können, um ihr zu zeigen, dass ich bereit bin, mich zu bessern. Sie soll begreifen, dass ich mich anstrenge und der ganze Rest, alles andere nur ein Missverständnis war. Ich weiß selbst, dass ich imstande bin, es geradezubiegen.«

Nun schüttelt Chev den Kopf. »Vor dem verfluchten Mord, den wir beide begangen haben, hätte ich dir zugestimmt, Mann. Jetzt nicht mehr. Wir müssen Gal einweihen, damit sie weiß, was läuft.«

Jolby schaut auf den Boden, doch die Verbundenheit zu ihm im Tonfall seines Freundes lässt ihn aufblicken. Sein Grünstich hat weiter zugenommen. Während Galavance dies mitverfolgt, klopft ihr Herz immer schneller, und ihre Stirn wird feucht, auch am Bauch und im Kreuz bricht ihr der Schweiß aus. Sie hält einen Zeigefinger vor die Stopptaste der Kamera, betätigt sie aber nicht, sondern verharrt einfach so, während sich die zwei Männer – alte Freunde – auf dem Bildschirm anstarren und jeweils darauf warten, dass der andere irgendwie reagiert.

»Mir ist egal, was du denkst«, sagt Jolby. »Das können wir nicht bringen«, fügt er mit einer Stimme, die kehliger und schwerfälliger klingt, hinzu. Beim Aufstehen wirft er seinen Sessel um.

Er nähert sich Chev, der die Hände hochreißt. Nachdem er sich auf ihn gestürzt hat, torkeln die beiden aus dem Bild. Galavance hyperventiliert jetzt regelrecht; sie hat Tränen in den Augen und sucht zwar ohne hinzuschauen nach der Stopptaste, bleibt aber von der Reflexion im Fernseher gebannt. Aus

Jolby wird etwas anderes, das seinen besten Freund in der Luft zerfetzt. Das Mikrofon der Kamera hat Chevs Schreie übersteuert aufgezeichnet, weshalb sie wie das andauernde Pfeifen eines Teekessels klingen.

KAPITEL 30

Plötzlich knallt etwas gegen die Tür, und Galavance hört Zilch durch die geschlossene Tür keuchen. Laut schluchzend verlässt sie das Bad, sieht ihn vor sich und vergisst kurz, was sie auf dem Band gesehen hat. Seine Hose ist mit rosaroten Pünktchen bespritzt, und auch seine Stiefel haben einiges abbekommen, sind bis zur Oberkante des Schafts mit blutigem Brei verklumpt. Ein dünner Schweißfilm glänzt auf seiner Stirn.

»Will ich überhaupt wissen, was passiert ist?«, fragt Galavance.

Er schaut sie an. »Nein, willst du nicht.« Seine Augen werden größer, als er sie genauer betrachtet. Sie weiß, dass sie hässlich aussieht, wenn sie geheult hat, weil ihr Gesicht sie wie eine pinkfarbene Maske mit geweiteten Blutgefäßen in den Augen und dunklen Flecken an den Wangen verrät, selbst mehrere Stunden nach der Flennerei. »Alles in Ordnung mit dir?«, fährt Zilch fort.

Sie nickt und putzt sich mit einem Handrücken ein Nasenloch ab. »Kann ich nicht behaupten.«

Er bemerkt, dass sie die Kamera festhält. »Was ist auf dem Band?«

Sie schüttelt den Kopf und legt das Gerät auf den Boden, um es nicht mehr anfassen zu müssen. »Jolby hat Chev getötet, als der von ihm verlangt hat, Farbe zu bekennen und mir zu erzählen, was los ist. Er ist gestorben, weil er wollte, dass ich es erfahre und ihnen dabei helfe, eine Lösung zu finden.« Sie schaut zur Garagentür hinüber. »Ist er …«

Zilch verneint.

»Sie wollten Geld besorgen«, erzählt Galavance weiter, »damit sich Jolby behandeln lassen kann. Sie hatten geplant, mit den Bauarbeiten fertig zu werden, einen Spielwettbewerb zu gewinnen und irgendein Monster fertig zu bauen.«

Zilch nimmt eine Zigarette heraus, zündet sie aber nicht an. »Etwas in der Richtung hat Chev auch mir gegenüber erwähnt. Ich habe versucht, herauszufinden, was genau er meinte, aber er war nicht mehr ganz auf der Höhe.« Er scheint zu rekapitulieren, was er gerade erlebt hat. Galavance sah und hörte auf dem Video, wie Chev auseinandergerissen wurde. Es ist zu übel, als dass sie tiefer ergründen möchte, wie Chev danach überhaupt noch leben konnte.

»Jolby hat an irgendetwas herumgedoktert«, sagt sie schließlich.

»Diesem Monster«, entgegnet Zilch. »Was auch immer es ist.«

Galavance lässt die Arme hängen, sodass die Hände gegen ihre Oberschenkel klatschen. »Nun gut, was tun wir jetzt?«

Er starrt sie an, ohne sich richtig auf sie zu konzentrieren, und überlegt mit ausdrucksloser Miene. Sie stellt ihren Kopf schräg. »Äh, hallo? Noch bei der Sache?« Nachdem er mehrmals geblinzelt und bemerkt hat, dass er starrt, fasst er sich und kehrt ihr schlicht den Rücken zu, um zu der umgefallenen Kühlbox zu gehen, wo er anfängt, die leeren Bierdosen zusammenzutragen, die am Boden herumliegen.

Dabei zeigt er hinein, sie enthält noch ein paar Budweiser, die in geschmolzenem Eis aufragen. »Willst du noch eins trinken?«

»Was ist los?«

»Das fasse ich als Nein auf«, erwidert er und beginnt, die Dosen zu öffnen, jeweils zwei auf einmal, sowohl Bier als auch Softdrinks. Er schüttet alles auf den Boden. Sobald alle leer sind, steckt er sie in eine Plastikeinkaufstüte.

Galavance schaut verwundert zu. »Was tust du da?«

»Ich rede nicht mehr um den heißen Brei herum. Und ich muss einkaufen, und um das tun zu können, brauche ich Geld. Da etwas in der Mache ist, das dieser wie auch immer geartete Parasit in Jolby ein Monster nennt, wenn er sich verwandelt hat, halte ich es für *absolut* nicht klug, unvorbereitet zu handeln.«

»Wohin willst du? Ich kann einkaufen – falls es um etwas geht, das du brauchst, etwas für Jolby, um ihm zu helfen.« Sie schaut kurz besorgt auf die Garagentür. »Oder benötigst du es für – ich weiß nicht, wie ich es nennen soll – das da drin?«

»Nein, diese Viecher sind tot.«

»Viech*er*, also mehr als eines? Was war … Was war*en* es für welche? Ich dachte, nur Chev sei in der Garage gewesen. Zilch, antworte mir.«

Er leert weitere Dosen, sodass mitten im Raum eine Riesenlache aus kohlensäurehaltiger Brühe entsteht. Zuletzt steckt er einen Arm in die Box, um eine der übrigen Dosen aus dem Schmelzwasser zu fischen. Er schüttelt Tropfen ab, öffnet sie und trinkt einen Schluck, bevor er den Rest auskippt.

Während er auf den schaumigen Strahl schaut, erklärt er: »Ich sag's wirklich nicht gerne, aber das übersteigt selbst meine Fassungsgabe. Wenn es um so was geht, handelt es sich normalerweise nur um ein Wesen – eine *Lusus*, mehr nicht. Ich zwinge sie, die Papiere zu unterschreiben, die ihre Zwangsumsiedlung in die Wege leiten, sollte sie intelligent genug sein, und falls nicht, wird sie von ihrem erbärmlichen Dasein erlöst. Das hier allerdings … Ich hab keinen Schimmer, was *diese* Dinger gewesen sein könnten, und dann dieses Gerede von irgendeinem Monster? Nein, was mit mir geschieht, ist egal. Wenn ich zurückgeholt werde, bitte ich darum, einfach den nächsten Auftrag annehmen zu dürfen, also ungeachtet des Einsatzortes, doch bis dahin müssen wir uns einen … Waffenpark zurechtlegen.«

»Halt«, lenkt Galavance ein, während sie vortritt. Sie hält ihn am Handgelenk fest, um zu verhindern, dass er das letzte Bier öffnet. Dabei neigt sie sich ihm zu, damit er sie ansehen muss. »Hör mir mal einen Augenblick lang zu, ja?«

Er guckt verdutzt, blinzelt erschöpft.

»Was brauchst du? Ich kann losfahren und es besorgen.«

»Wir brauchen erst diese Dosen, bringen sie zu der Raststätte in der Nähe und lassen uns Pfand auszahlen.« Zilch schaut ihr in die Augen. »Na ja, reingehen musst wohl du, da man sich vermutlich an mein Gesicht erinnern wird, aber bloß nichts selbst ausgeben, das übernehme ich.«

»Warum machst du deswegen solchen Wind?«

Zilch wendet sich ab und tritt gegen die Kühlbox. Sie schlittert mit allem, was noch in dem geschmolzenen Eis liegen mag, über den Boden, dessen unbehandelte Holzbohlen nass und dunkel werden. Nachdem er die Dosenpyramide kurzerhand eingerissen und alles aufgelesen hat, geht er zu einer Rolle Kupferdraht, die noch in ihrem Karton steckt, wuchtet sie sich auf eine Schulter und macht sich auf den Weg zur Eingangstür.

»Moment«, ruft Galavance, die mit ihrer Geduld am Ende ist. »Erklär mir endlich, was genau du vorhast, warum ich nichts kaufen darf. Immerhin ist Jolby mein Freund, also trage ich mindestens genauso viel Verantwortung wie du, wenn es darum geht, ihm zu helfen. Das heißt nicht, dass ich dir deine Zuvorkommenheit, alle Kosten zu übernehmen, absprechen möchte, aber im Ernst: Teilen wir es auf, wir leben schließlich im 21. Jahrhundert.«

»Geht nicht«, insistiert Zilch. »Keine Chance. Ich … weigere mich.«

Sie schnaubt abfällig. »Du *weigerst* dich, so? Wenn das so ist, Entschuldigung vielmals, Schnösel.«

»Jedenfalls habe ich nicht gesagt, dass ich es dir verbiete.« Zilch stockt, seine Entschlossenheit lässt spürbar nach. Er lässt sich den Kupferdraht von der Schulter in seine Ellenbogenbeuge und schließlich die eingeknickten Finger rutschen. Dann stellt er ihn auf den Boden, die Tüte mit den Dosen ebenfalls.

»Können wir das wenigstens draußen weiter besprechen? Ist höllisch heiß hier drin.«

»Ja, sicher«, sagt sie.

Dann ein Klopfgeräusch vor der Tür, als würde jemand einen Gummilappen auf etwas schlagen. Kurz bevor Zilch an dem behelfsmäßigen Schubladengriff ziehen möchte, der als Türknauf dient, sieht er Galavance an, um sich zu vergewissern, dass auch sie es gehört hat. Sie nickt. Sie gehen hinaus auf die Vorterrasse und schauen sich nach Hinweisen auf Jolby um.

Zilch flucht plötzlich, und zwar laut, was Galavance erschreckt. Sie beobachtet, wie er die Stufen hinunter und durch den Vorgarten zu ihrem Chevrolet an der Straße geht. Nachdem sie zu ihm gelaufen ist, erkennt sie, was den Laut erzeugt hat: Unter der Gummilamelle eines vorderen Scheibenwischers klemmen zwei Zwanzig-Dollar-Scheine, die wie neu aussehen.

»Wer …«

Zilch zieht das Geld heraus, zerreißt es zu Galavances Entsetzen und wirft die grünen Fetzen in die Luft. Sie rieseln auf die beiden herab und bleiben dort haften, wo sich der hohen Luftfeuchtigkeit wegen Schweiß bildet, also praktisch überall. Zilch zupft ein ungefähr quadratisches Stückchen Papier von seiner Wange, reibt es zwischen einem Daumen und Zeigefinger.

»War das Jolby, was meinst du?«

Er schüttelt den Kopf. »Nein.« Als er die Straße hinaufschaut, über den Rasen bis zur Hauptstraße vorne an der Abbiegung in die Siedlung, entdeckt er niemanden. Nur die Sonne geht langsam auf, ein schwüler Sommermorgen bricht heran, und das Nachtleben verstummt vor weiteren zwölf Stunden sengender Hitze. Nichts bewegt sich.

Sie setzen sich gemeinsam auf die Treppe vor der Haustür.

»Ich habe Jane während meines ersten Jahrs an der Kochschule kennengelernt und war einfach sofort Feuer und Flamme für sie. Scheiße, schlechte Wortwahl, tut mir leid. Wie dem auch sei, unsere Situation wurde haarig. Wir haben uns verschuldet, wie ich schon sagte, und das war heftig. Was zwei Plastikkärtchen so alles mit einem anrichten können … Ich wollte meine Ausbildung abbrechen, doch Jane hat verlangt, dass ich weitermache. Die Lehre allein war schon wie ein Vollzeitjob, daher litt meine Arbeit für die Schule unter jeder Nebenbeschäftigung, der ich nachgegangen bin. Jane hat vorgeschlagen, dass ich mich strikt aufs Lernen konzentrieren sollte, während sie für unseren Unterhalt sorgt, bis ich meinen Abschluss in der Tasche habe. Als Ritter in strahlender Rüstung vom alten Schlag habe ich mich natürlich quergestellt – zunächst. Schließlich ist mir aber nichts anderes übrig geblieben, da mich ein Pizzalieferdienst gefeuert hat, woraufhin sich meine Leistungen allerdings schlagartig verbessert haben. Ich befand mich auf dem besten Weg, nach den Prüfungen von einem Fünf-Sterne-Restaurant eingestellt zu werden, und ließ mich auf Janes Angebot ein, wobei ich davon ausging, dass es kein Dauerzustand sein würde, dass sie die Kohle heimbringt und ich ausschließlich lerne.

Leider habe ich den Schuss nicht gehört. Ich wollte zu viel. Nach dem Unterricht bin ich zusehends länger an der Schule geblieben, um mich bei den Chefköchen einzuschmeicheln, die ich bewundert habe und die jetzt meine Lehrer waren. Unterdessen hat sich Jane dumm und dusselig gerackert, wobei sie doch nur Geld fürs Allernotwendigste verdient hat. Beschwert hat sie sich nicht, kein einziges Mal. Manchmal jedoch gab es Streit, und was für welchen: Man hätte glauben können, in dem Appartement, wo wir gewohnt haben, würden zwei tollwütige Hunde loslegen. Zwar wurde es nie gewalttätig, aber jemanden lauthals anzubrüllen, den man liebt, bleibt definitiv nicht ohne Folgen. Nach und nach haben wir mehr Abende getrennt voneinander außer Haus verbracht, und ehe ich wusste, wie mir geschah, hatte sich eine Idee in meinem Kopf festgesetzt: Nach meinem Abschluss würde ich mich von Jane trennen.«

Galavance macht ein angewidertes Gesicht. Sie rutscht tatsächlich von Zilch weg, nachdem er das erzählt hat, und er kann es ihr nicht einmal übel nehmen. »Ich würde dir jetzt am liebsten eine verpassen«, sagt sie.

»Ich weiß.« Er nickt. »Trotzdem, lass mich ausreden. Eines Abends Mitte Februar ist ein Schneesturm aufgezogen. Ich bin zuerst nach Hause gekommen und habe uns was Gutes gekocht, da ich dachte, das sei das Mindeste, was ich tun konnte, wo ich doch viel häufiger früher daheim war als Jane. Außerdem hatte ich gehofft, mit ihr reden zu können – vielleicht –, wobei ich eine Möglichkeit finden wollte, die Lage zu entspannen, um nach meiner Ausbildungszeit nicht Schluss machen zu müssen, schließlich könnte es noch Hoffnung für uns geben. Also habe ich gekocht.

Alles war fertig: Gougères als Vorspeise, eine Brandade aus Kabeljau mit provenzalischem Tian und zum Nachtisch Gâteau marbré. Ich habe gewartet und gewartet, die Sachen mehrmals wieder aufgewärmt und den Brocken schließlich hingeschmissen. Als ich in dem Hotel anrief, wo sie arbeitete, hieß es, sie sei schon Stunden vorher aufgebrochen. Ich habe noch ein paar Stunden gewartet, ehe ich mich aufraffen konnte, Janes Eltern anzurufen, in der Hoffnung, dass sie dort zu Besuch sei und die Zeit vergessen hatte. So was kann ja passieren, doch nichts da: Die zwei hatten sie nicht gesehen. Dass sie sich Sorgen machten, war klar und färbte dann auch auf mich ab. Mittlerweile bin ich schon unruhig im Appartement herumgetigert. Der nächste Anruf ging an die Cops.«

Galavance, die noch neben Zilch auf der Eingangstreppe von Whispering Pines 1330 hockt, während der erste Kreisabschnitt der Sonne dottergelb schwelend über den Horizont tritt und ihr Genick wärmt, fragt so leise, dass er es fast nicht versteht: »Starb sie wenigstens schnell?«

Sie sieht die eine Seite von Zilchs Gesicht zucken, während sich der Wangenmuskel abwechselnd spannt und entspannt. »Hätte wohl schneller gehen können. Ich schätze, sie ist auf Glatteis geraten und kam von der Fahrbahn ab. Der Wagen ist einen Hang hinuntergestürzt. Was die Polizei gefunden hat, sah … übel aus.«

Galavance unterdrückt ein Schluchzen. »Tut mir leid.«

»Schon gut«, erwidert Zilch. »Ist ja lange her. Ich müsste mittlerweile darüber hinweg sein, wie man meinen sollte – aber wieder herzukommen, den Beckett an diesem Ort in meinem ehemaligen Revier zu machen, der wirklich nur einen Katzensprung von unserer damaligen Wohnung entfernt ist ... macht das Ganze doch ein wenig kompliziert. Und jetzt das.« Er hat das grüne Knöllchen noch nicht fallen lassen.

»Sie hinterlegt Geld für dich.«

Wieder nickt er, aber kaum merklich. »Ich bin mir nicht sicher, ob sie mir damit einen Gefallen tun oder mich quälen will. Ehrlich gesagt ist es im Grunde beides.«

»Ich muss dir nicht erklären, dass es nicht Schlimmes ist, Hilfe zu akzeptieren?«

Er schnippt den Papierball weg. »Doch ist es, wenn ich es auch alleine schaffen könnte, oder wenn ich die andere Person damit nötige, sich zu verbiegen.« Er stößt mit einem Fuß gegen die Tüte voller Aluminiumdosen, die auf der Stufe vor ihm steht. »Diese gefallenen Soldaten werden ihre Pflicht tun – dem Planeten helfen *und* ein wenig Geld für mich besorgen. Jeder profitiert davon.«

»Darum lässt du nicht zu, dass ich etwas beisteuere, um zu kaufen, was du brauchst?«

Zilch lacht auf. »Du meinst, was ich brauche, um deinen Freund zu töten?« Er hat keine Lust mehr, über Jane zu sprechen, und auch wenn er spürt, dass Galavance ihm noch viele Fragen stellen möchte, ist ihm daran gelegen, wieder zum eigentlichen Thema zu kommen: ihrer Vorgehensweise gegen Jolby.

Ein Anflug von Missmut huscht dem Mädchen übers Gesicht. »Ich meinte, was du brauchst, um deinen Auftrag abzuschließen. Du springst morgen zurück. Falls du deinen Chefs erzählen musst, dass du versagt hast, bekommst du Ärger, nicht wahr?«

Er tritt wieder gegen die Tüte, es klappert darin. »Das Pfand wird reichen, um alles zu kaufen, was ich haben muss«, sagt er kurz angebunden.

Galavance nickt. »Okay.« Ihr Tonfall klingt endgültig.

Daraufhin schweigen beide eine Zeit lang. Zilch nimmt eine weitere Zigarette heraus und hält sie kurz zwischen einem

Daumen und Zeigefinger, bevor er sie hinter sein Ohr klemmt. Er starrt zum Moor hinaus und auf die Inseln darin, die man jetzt am Morgen besser sehen kann, da das Sonnenlicht in blendend hellen Strahlen durchs Laub der Bäume fällt. Es sind bloß schlammige Erhebungen mit schief und krumm gewachsenen Weiden darauf, die kraftlos ihre Zweige hängen lassen.

»Ich weiß nicht, ob sie es wirklich ist«, hebt Zilch an und bricht gleich wieder ab. Er versucht es noch einmal und bekommt erst im zweiten Anlauf zusammenhängende Worte auf die Reihe. »Es könnte sich auch um etwas handeln, das die Confab schickt, um mich daran zu erinnern, worauf ich hinarbeite, Sie wissen schon: ob es einen ›guten‹ oder ›schlechten‹ Ort gibt und so weiter.«

»Bedaure, ich komme nicht mehr ganz mit«, gesteht Galavance. Er sieht aus dem Augenwinkel, dass sie ihn beobachtet, löst seinen eigenen Blick jedoch nicht vom Sumpf. Dessen Wasser leckt am Grundstück von Whispering Pines 1330, weshalb die ausgerollten Rasenflächen mit Seerosenblättern und nicht verzehrbaren Pilzen bedeckt sind. So viel Matsch, der darauf zu warten scheint, jeden einzusaugen, der dumm genug ist, hineinzutreten und sich unter die Oberfläche ziehen zu lassen, ihn dort zu halten, bis er sich nicht mehr rührt und ein Teil des Feuchtgebietes wird.

Zilch schüttelt den Kopf, als wolle er Spinnweben an seinen Wimpern loswerden. Als er wieder spricht, sind seine Sätze deutlich aussagekräftiger: »Manchmal sehe ich Jane, wenn ich zu Beginn eines Auftrags in einen neuen Körper schlüpfe. Jedenfalls glaube ich, dass sie es ist. Die Tätowierungen sind zumindest die gleichen, die sie hatte, wobei man ja davon ausgehen darf, dass so etwas mehr oder weniger einzigartig ist, auch wenn man das heutzutage nie genau weiß – in einer Welt, deren Jugend sich zum Zeitvertreib selbst verstümmelt. Andererseits mag es ebenso gut damit zusammenhängen, was mancher nach einer Trennung erlebt: Er ist besessen von seiner Verflossenen und bildet sich ein, sie überall zu sehen. In meinem

Fall ist das aber eventuell auszuschließen, weil die betreffende Person nicht mehr lebt. Na ja, ich ja eigentlich auch nicht, also scheidet diese Theorie ohne jeden Zweifel aus, oder?«

Galavance räuspert sich. »Was das angeht …«

»Genau«, wirft Zilch ein und lässt seinen Kopf hängen. »Ich wollte jetzt nicht, dass du mich bemitleidest, aber weil wir gerade beide in Jammerstimmung sind, nennen wir die Dinge doch beim Namen: Jawohl, da war ein Minivan, und es stimmt, er hat mich erfasst, aber es hat sich nicht um einen Unfall gehandelt. Da, jetzt ist es raus. Zufrieden?«

»Nicht sonderlich.«

Sie lachen gemeinsam auf, sodass es durch die unbewohnte Siedlung schallt.

»Ich würde gern hinübergehen und Jolby einfach zubrüllen, er soll davonlaufen«, beginnt Galavance nach längerer, andächtiger Stille im gegenseitigen Einvernehmen. »Selbst wenn das bedeutet, dass du Schwierigkeiten kriegst. Hoffentlich fühlst du dir nicht auf den Schlips getreten, wenn ich das so sage. Glaubst du, das würde was bringen?«

Zilch tut gleichgültig. »Nur zu, falls es dir dann besser geht.«

»Wirklich?«, hakt sie nach und zieht ihre Augenbrauen hoch, die so hell sind, dass man sie fast nicht sieht.

»Warte.« Er steckt sich seine kleinen Finger in die Ohren. »In Ordnung, jetzt kannst du.«

Sie atmet tief ein und schreit – laut vernehmlich für Zilch, obwohl er seine Ohren zuhält. Als er denkt, sie sei fertig, und ihr einen zaghaften Blick zuwirft, als könne er Ohrenschmerzen bekommen, indem er ihr nur beim Brüllen zusieht, macht sie ein angespanntes Gesicht, stirnrunzelnd mit so fest zusammengepressten Lippen, dass sie fast so durchsichtig weiß werden wie ihre Haare. Dann fährt sie wie vom Blitz getroffen hoch.

Sie geht zum Rand des Moors und erhebt ihre Stimme abermals, ruft nach Jolby und herrscht ihn an, sich nicht mehr wie ein ausgemachter Trottel zu verhalten, doch gleich darauf schlägt ihr Ton um und klingt flehentlich. »Komm schon, Jolby, ich liebe dich. Was passiert ist, spielt keine Rolle für mich, wir können das alles glattbügeln!« Ihre Worte reißen nicht ab, also bleibt Zilch sitzen und schaut zu. Er rechnet fast damit, dass ihr Freund jeden Augenblick reumütig aus dem Sumpf getrottet kommt, doch das geschieht nicht. Galavance strapaziert ihre Stimme weiter, bis sie heiser wird und … sie Anstalten macht, hinaus ins Wasser zu waten. Schon reicht die braune Brühe bis zu den Knien ihrer Schlafanzughose. Während sie ihr Geschrei fortsetzt, marschiert sie tiefer hinein. Sie hört nicht, wie Zilch aufspringt und ihr folgt, um sie aufzuhalten.

»Jolby! Jolby!«, schreit sie unaufhörlich, wobei sie ihre zierlichen Hände fest zu Fäusten geballt seitwärts ausgestreckt hält. »Jolby!«

Sie macht noch einen Schritt.

»Hey«, sagt Zilch, nachdem er ein gutes Stück weit ins Wasser gestapft ist, und langt nach dem Rücken ihres ärmellosen Oberteils. Bei diesem Versuch, sie zu fassen zu bekommen, greift er versehentlich auch ihren BH, lässt aber nicht wieder ab, sondern geht mit und zieht sachte an beiden Kleidungsstücken. Sie schnellt herum und schlägt seine Hände hektisch weg. Sie hat wieder den gleichen Gesichtsausdruck wie zuvor, kurz nachdem sie die Kameraaufnahme gesehen hatte.

»Ich muss ihm helfen!«

»Du ertrinkst noch«, hält Zilch dagegen und streckt sich erneut nach ihr aus, was sie wiederum abblockt. Anscheinend trifft sie ihn dabei so unglücklich mit der offenen Hand, dass sie innehalten muss. Es ist die Seite, die sie verbunden hat, und die saubere, weiße Bandage färbt sich aufs Neue dunkel mit Blut. Als treibe sie der Anblick an, wendet sie sich wieder ab und traut sich noch einen Schritt vorwärts. Das Rufen nach ihrem Freund geht von vorne los, bloß dass sie die eingewickelte Wunde betrachtet, als gebe es auf ihrem Selbstmordtrip nichts anderes mehr für sie.

»Wenn du draufgehst, kannst du ihm nicht helfen, Galavance«, gibt Zilch zu bedenken und macht seinerseits einen neuerlichen Schritt. Das Wasser ist überraschend warm. »Komm, wir müssen uns das Dosenpfand auszahlen lassen, hast du das vergessen? Uns Waffen besorgen.«

»Jolby!«

Und der nächste Schritt.

»Jolby, schaff dich da raus!«

Ein weiterer.

»Jolby!«

Endlich braust Zilch auf: »Galavance! Er ist es nicht wert.«

Sie lässt sich nicht beirren, steckt erst bis zur Taille, dann bis zum unteren Rippenansatz im Wasser. Auf einmal tritt sie in eine Vertiefung, die man des aufgewühlten Schlamms wegen nicht sieht, und sinkt bis knapp unters Schlüsselbein ein. Zilch brennt es auf der Zunge, das Geheimnis, heiß und furchtbar: *»Er ist dir fremdgegangen.«*

Da erstarrt sie, bleibt stehen und verstummt, kehrt sich ihm aber nicht zu. Der Pegel der Brühe an ihren Schultern steigt und sinkt immerzu, sodass ihre goldenen Haare wie ein wehendes Banner auf der Oberfläche hinter ihr liegen. Ob sie ihm tatsächlich zuhört, kann er nicht bestimmen, doch sie schweigt zumindest und geht vorerst nicht weiter hinein.

»Er erklärte mir, er würde das alles für sich behalten …« Er deutet nach vorne, meint die Tiefe des Sumpfs, wo sich Jolby eingenistet hat wie eine Zecke. »… weil er auch den ganzen Rest ausspucken müsste, falls er diese eine Sache preisgibt. Er ist es nicht wert. Du darfst dich nicht für ihn opfern, er hat dich … mit elf unterschiedlichen Frauen betrogen.«

Galavance rutscht wieder aus und verliert beinahe ihr Gleichgewicht im Wasser. Während sie zu Zilch zurückkehrt, erscheint ihr Bauch wieder über Wasser, und schließlich tauchen ihre Oberschenkel bis zur Hälfte auf. Die zartblaue Baumwolle von Hose und Shirt trieft dunkel vor Sumpfmatsch. Sie hat Tränen in den Augen, allerdings nicht mehr aus Kummer, sondern Wut, wie offensichtlich zu erkennen ist. »Was zum Geier heißt das jetzt? Was …«, hustet sie. »Du wolltest wissen, ob er's mir mit dem Mund macht oder nicht, und er tut es, er tut es mittlerweile *wieder.*« Sie tritt aus dem Wasser und rückt Zilch auf die Pelle – so dicht, dass sie ihm fast eine Kopfnuss gibt, um ihn so richtig anzuschreien. »Jetzt willst du mir weismachen, er würde mich betrügen? Was zur Hölle, Saelig?«

Sie stößt ihn weg, mit aller Kraft, schwungvoll mit beiden Händen. Der Druck ihrer Hände gegen seine Brust tut weh, und er gerät rückwärts ins Taumeln, weil er nicht damit gerechnet hat. Jane blitzt ganz kurz in seinem Kopf auf. Sie schubste oder schlug ihn eigentlich nie, sondern erhob allenthalben eine Hand gegen ihn, als ob sie versucht sei, es sich aber letztlich anders überlegen und sich am Riemen reißen würde. Wenn sie das tat, wobei sie aufseufzte oder knurrte, wünschte er sich meistens, sie hätte sich doch an ihm vergriffen. Es hätte geholfen, dachte er seinerzeit.

Galavance stößt ihn immer wieder, bis sie beide wieder auf dem trockenen Rasen sind, und dann noch ein Stück weiter. Als sie ausgleitet, hält er sie an einem Arm fest und möchte sie aufrichten, aber sie versetzt ihm einfach noch einen Stoß, stolpert und rutscht aus, fällt in den Dreck.

»Wieso hast du mich das gefragt?«, will sie wissen. Da sie wohl entweder zu erschöpft oder dermaßen aufgebracht ist, dass sie nicht versucht, wieder hochzukommen, bleibt sie hocken, kauert ungelenk mit nach einer Seite angewinkelten Beinen im Schlick. Ein wenig davon kratzt sie zusammen und wirft ihn aus dem Handgelenk weg. Als er keine Antwort gibt, schaut sie ihm ins Gesicht. »Weil er wieder damit anfing, habe ich geglaubt, dass es darauf hindeutet, dass sich unsere Beziehung wieder einrenkt, dass er … doch nicht nur an sich selbst denkt.«

Zilch atmet durch. »Was du mit Jolby durchgemacht hast, erinnert mich *stark* an meine Probleme mit Jane. Nachdem ich dich kennengelernt und du mir erzählt hattest, dass er seine ganze Zeit hier verbringt, während du … arbeitest, die eigentlichen Erschwernisse des Alltags bewältigst … konnte ich mich nicht genau festlegen, ob ich dir raten sollte, dich von ihm zu trennen oder nicht. Daher die Frage, ich musste das wissen.«

»Jedenfalls ja, er tut es. Das will was heißen, etwas Positives, hab ich recht? Bei alledem schließlich, was wir gerade durchstehen, fürchtet er sich einfach, und ich ahne … Falls deine Behauptungen stimmen, steht nun fest, dass ich ihm tatsächlich scheißegal bin … Und was Chev in dem Video sagte, also dass Jolby alles auspacken müsse, leuchtet mir jetzt ein, bloß … Ich dachte echt, es würde noch eine Chance geben, denn als du mir diese Frage gestellt hast, dachte ich, dass es bedeutet …«

»Es bedeutet, er hat ein schlechtes Gewissen«, schließt Zilch ab und meint, ein bleierner Sack Ziegel falle von seinen Schultern. »Er versucht alles, was er kann, um sich reinzuwaschen von seinem eigenen … *Schmutz*. Er fühlt sich selbst scheiße deswegen, und wenn er dich leckt, spiegelt das nur wider, wie egoistisch er ist. Ich habe mit Jane die gleiche Nummer abgezogen, indem ich Abendessen gekocht habe. Jolby hat dich hintergangen und sich deshalb … mies gefühlt.«

Zilch kratzt halb getrockneten Matsch von seinen Handflächen, woraufhin sich die Haut darunter strahlend weiß gegen die nasse Erde absetzt, die an seinen Fingern klebt. »Er hütet eine Menge Geheimnisse und wusste vermutlich nicht, wie er auf andere Weise ein wenig Druck ablassen konnte.«

Galavance kriecht auf allen vieren vorwärts und stützt sich auf ihre gespreizten Hände, bevor sie die Beine anzieht und sich langsam aufrichtet – vorsichtig, als trage sie Rollschuhe.

Dann schüttelt sie Schlamm von ihren Armen wie Klebestreifen, die an ihren Fingerspitzen haften würden. »Das war blöd. Ich komme mir jetzt voll dämlich vor«, gibt sie zu.

»Schade, dass es so weit kommen musste, also mit Jolby, und falls du jetzt einfach wohin verschwinden willst – bei Freunden sein, um das zu verarbeiten –, hab ich Verständnis dafür. Ich nehme mir vor, dem Kerl ein, zwei Schläge von dir zu verpassen, wenn ich ihn schnappe.«

Sie lächelt müde. »Ich bleibe bei dir.«

Zilch spürt, dass ihr Mitgefühl nicht ganz erloschen ist. Sie bewahrt es sich wie ein letztes Stück Kohle, das sie sanft blasend von Neuem entfacht, sobald es zu verglimmen droht, während ringsum Sturm und Regen wüten, um es ihr mit aller Gewalt aus den hohlen Händen zu reißen, zu kalter Asche zu zerstäuben.

»Vielleicht war er nicht mehr er selbst, als er fremdging, nachdem er sich diesen Parasit eingehandelt hatte, sondern … na ja, seine andere Seite, die sein *wahres* Ich kontrollierte und ihn zwang … Scheiße zu bauen.« Galavance schaut bei diesen Ausführungen nicht hoch, sondern konzentriert sich weiter auf ihre Hände und schabt Erde unter den Fingernägeln heraus. Sie ist von Kopf bis Fuß verschmiert, als habe sie in Schokolade gebadet, bloß dass es sich um welkes Laub, faule Sumpfpflanzen und schales Wasser handelt, das riecht wie eine offene Jauchegrube. Man könnte meinen, denkt Zilch, während er sie betrachtet, sie nehme mit keinem ihrer Sinne wahr, dass sie damit überzogen ist.

»Könnte sein«, sagt er und versucht, zuversichtlich zu klingen.

Nun sieht sie ihn an. »Ich geh rein und dusche mich. Dann können wir fahren und das mit dem Dosenpfand erledigen, okay?« Sie wartet nicht auf eine Antwort, sondern springt die Eingangstreppe hinauf und betritt das Haus. Zilch bleibt auf dem Vorhof stehen, raucht die geknickte Zigarette und knirscht, wenn er nicht daran zieht, mit den Zähnen, während er den Sonnenaufgang beobachtet. Als hier und dort im Wald ringsum das lärmige Zirpen der Zikaden einsetzt, deutet dies zu so früher Stunde darauf hin, dass eine Bullenhitze bevorsteht.

KAPITEL 31

Die einzigen Kleider, die Galavance im Haus findet, sind eine von Jolbys kleiner ausfallenden kurzen Hosen, ein ausgelatschtes Paar Chucks und ein Unterhemd von Chev. Sie hatte ihren BH so gut es ging ausgewrungen und das braun gefleckte Gewebe unter einen Wasserhahn gehalten, um es zu waschen, was zumindest teilweise gelungen ist. Die Körbchen sehen zwar nach wie aus, als seien sie als Kaffeefilter benutzt worden, aber immerhin.

Als sie nun ihr Spiegelbild betrachtet, kommt sie sich vor wie jemand, der gerade vom Zelten nach Hause gekommen ist, ungepflegt und von der Sonne verbrannt. Als sie sich draußen wieder Zilch anschließt, sieht er sie an, ohne einen Kommentar abzugeben. Ihn geschubst zu haben tut ihr leid, und nachdem sie sich dafür entschuldigt hat, gehen sie gemeinsam zu ihrem Auto, auf dessen Haube noch Fetzen des zerrissenen Geldes liegen. Er unterbricht sie mitten in ihrer Rechtfertigung, indem er behauptet, es sei in Ordnung, und vor sich hin murmelt, er habe es vermutlich darauf angelegt.

Unterwegs auf der zweispurigen Straße, die aus der Vorstadt Richtung Interstate führt, fallen Galavance zwei gelb blinkende Lichter vor ihnen auf. Zilch lehnt sich im Beifahrersitz nach vorne und bittet sie, langsamer zu machen. Als sie näher herangekommen sind, stellt sich heraus, dass die Lampen nicht zu einem Polizeiwagen oder dergleichen gehören, sondern zu einem weißen Pick-up am Straßenrand. Dort steht ein uniformierter Mann mit orangefarbener Weste, der wohl Vorarbeiter für eine Gruppe ähnlich Gekleideter ist. Diese liest Müll entlang der Böschung auf. Sie packen ihn mit Kneifern an Stangen und sammeln ihn in leuchtend gelben Tüten, die jeweils für Abfälle und Recyclebares vorgesehen sind.

»Sobald wir vorbeigefahren sind, hältst du an«, verlangt Zilch.

»Warum?«

»Vertrau mir.«

Sie passieren die Männer, Sozialdienstleister mit ihrem Aufseher, mit hoher Geschwindigkeit und legen noch knapp eine Viertelmeile zurück, ehe Galavance nach rechts hinüberzieht. Diese Gruppe ist schon eine Zeit lang vor Ort beschäftigt gewesen, wie es aufsieht, denn zugeschnürte Müllsäcke, die im Abstand von jeweils etwa einem Yard am Fahrbahnrand stehen, belegen ihren Fortschritt. Zilch steigt aus und beeilt sich, einen Sack zu greifen, nimmt dann einen zweiten und trägt zuletzt mit Mühe insgesamt vier vor seiner Brust.

Weil die Beifahrertür offen geblieben ist, hört Galavance von hinten, wie der Vorarbeiter ruft, man möge das bleiben lassen, denn offensichtlich verstößt Mülldiebstahl gegen Gesetze. Zilch beeilt sich noch mehr und schnappt so viele Säcke, wie er kann. Ihr fällt auf, dass er jeden mit einer Hand abtastet, bevor er ihn hochhievt. Er fühlt nach festem Aluminium und wahrscheinlich unbrauchbarem Unrat, da er keine Zeit hat, sie einzeln aufzuziehen und hineinzuschauen.

So macht er einen bemitleidenswerten Eindruck. Seine Freundin hat vierzig Dollar für ihn hinterlegt, einfach so wie aus der Luft gegriffen und praktisch direkt vor seiner Nase. Galavance wünscht sich einen flüchtigen Moment lang, dieses Luxusproblem zu haben, Knall auf Fall Geld zu finden, wohin sie auch gehen mag. Während sie Zilch mit Blicken folgt, der hin und her wuselt wie in einer Zirkusnummer, während der Wachmann ihm mit dem Schlagstock droht, begreift sie nicht, warum er all dies auf sich nimmt.

Ihr fällt ein Kurs in griechischer Mythologie ein, den sie auf der Highschool belegte – der eine Kerl in der Unterwelt, der dazu verdonnert wurde, einen Stein immer wieder den Berg hinaufzuwälzen, und ein ums andere Mal, wenn er es bis zum Gipfel geschafft hat, von ihm überrollt wird, woraufhin er wieder von vorn anfangen muss. Zilchs Situation lässt sich damit vergleichen, bloß dass er sich mit dem Rücken gegen den Felsen stemmt, die Füße rutschen ihm weg, während ihm jemand zur Seite steht, der zu helfen sucht, sich einmischt und die Hände gleich neben seinen einsetzen möchte. Leider schlägt Zilch sie ständig weg und besteht darauf, dies sei seine Aufgabe, seine ganz allein.

Nachdem er sich wieder auf den Sitz gezwängt und den Abfall ins Auto gezogen hat, ist es so gut wie unmöglich, die Tür zu schließen, aber Galavance tritt schon aufs Gas, sodass ihm die ruckartig einwirkende Fliehkraft beinahe zwei Säcke entreißt. Er lacht, während er sie alle auf den Rücksitz wuchtet, und freut sich spürbar darüber, dem Vorarbeiter entwischt zu sein.

Sie beobachtet im Rückspiegel, wie der Kerl in Orange kleiner wird, und die Teenager, die ihm anbefohlen wurden, nach diesem albernen Streich buchstäblich vor Lachen am Boden liegen. Zilch lacht ebenfalls weiter und betont, ziemlich fette Beute gemacht zu haben, denn nahezu alle Säcke, die er mitnahm, sind bis zum Bersten mit Aludosen gefüllt.

»Narrengold« nennt er sie, wobei er die Plastikfolien nacheinander tätschelt. »Du kannst dir nicht vorstellen, wie viele Nächte ich mir mit exakt diesem Trick finanziert habe.«

Zilch kehrt ohne die unzähligen Dosen aus der BP-Tankstelle zurück, dafür mit einer prallen Einkaufstüte und einer Hosentasche voller Geldscheine. Sie mussten zu einem anderen Rastplatz fahren, um das Pfand einzulösen. Schon als sie vor der Black Top Oasis anhielten, wo er am Abend zuvor gewesen war, griff der Rotzlöffel hinter der verglasten Front zum Telefon, weshalb Galavance unversehens Gebrauch von ihrem Lachgaskit machte, um das Weite zu suchen.

Jetzt durchqueren sie mehrere Häuserblocks von Raleigh, wo der Vormittagsverkehr wie üblich dahinkriecht. Wohingegen alles hupt und herumschreit, schweigen Zilch und Galavance beim Fahren.

Nachdem sie auf dem Parkplatz eines Mega Deluxo angehalten haben, möchten sie hineingehen und knallen dabei fast mit den Nasen gegen die Tür. Das Geschäft hat noch nicht geöffnet. Darum warten sie in der Sonne. Galavances Haut fühlt sich merkwürdig straff an, denn unter der Dusche im Haus benutzte sie einen Lavastein statt Seife, weil Jolby sonst nichts dort hatte. Ihre Hände fühlen sich an, als wären sie nicht mit Haut überzogen, sondern wie bei einer Mumie mit Verband umwickelt, wobei der Stoff langsam austrocknet und fest wird.

Der Eingang wird entriegelt, springt automatisch mit einem Knacken auf, und Zilch eilt mit Galavance hinein. Sie stöhnen erleichtert, nun da sie nicht mehr unter dem direkten Einfall des brutalen Sonnenlichts leiden.

Mit dem Geld in der Tasche, das er beim Pfandeinlösen erhalten hat, legen sie eine Harpunenkanone mit einer Schachtel zusätzlicher Aluminiumbolzen auf das Förderband der gelangweilt aussehenden Angestellten hinter Kasse siebzehn: Erstaunlicherweise beträgt die Gesamtrechnung drei Cent weniger als vierzig Dollar. Galavance wirft Zilch einen vielsagenden Blick zu, während er die zerknitterten Scheine aus seiner Jacke kramt. Ihren Gesichtsausdruck ignoriert er.

Nachdem er bezahlt hat, kauft sie ein Päckchen Kaugummi. Zuvor im Sumpf ist ihr Wasser in den Mund gelaufen, und sie wird den Geschmack nicht mehr los.

Die beiden steigen wieder in den Cavalier und brechen zur Rückfahrt zum Haus auf. Sie hecheln vor sich hin, bis sie so schnell sind, dass der Wind, der durch die heruntergelassenen Scheiben hereinströmt, die Luft auffrischt, die sich bei diesen fast schon Stahl schmelzenden Temperaturen aufwärmte und stickig wurde, während sie in dem Geschäft waren.

Bei rasendem Tempo auf der Fernstraße schaut Galavance in den Rückspiegel und auf die Einkaufstüten auf der Bank hinter ihnen, deren Plastik in der kräftigen Zugluft im Wagen schnalzt. »Also, es ist schon komisch: Wenn man sich Sendungen über rätselhafte, wahre Begebenheiten reinzieht – etwa Frauen, die ihre Liebhaber oder Ehemänner ermorden und großen Aufwand betreiben, um sie zu irgendwo einzubuddeln oder anders zu verstecken, drängt sich die Frage auf, ob es wirklich jemanden gibt, der auf die Idee kommt, Gutscheine einzulösen, falls er welche hat. Wie weit geht eine solche Psychose, was denkst du? Ich meine, überlegen die dann: *Nun ja, ich muss alle Spuren von Steves Blut im Bad beseitigen, brauche ich dazu zwei Flaschen Industriebleichmittel oder nur eine? Schließlich muss ich damit auf jeden Fall noch die Grasflecken aus Jimmys schmutzigem Fußballtrikot entfernen.*« Galavance imitiert mit hoher, nasaler Stimme das Geseier typischer Fernsehmütter.

»Na, und ich dachte, *ich* hätte schwarzen Humor«, ist Zilchs einzige Erwiderung. Er schmunzelt, doch das artet rasch in derberes Gelächter aus, bei dem er am ganzen Körper bebt, während er dagegen ankämpft, sich abwechselnd vorwärts krümmt und zurückschnellt. Galavance macht ihren Blick kurz von der Fahrbahn los, um ihm auf den Rücken zu klopfen und zu fragen, ob er klarkomme.

»Mensch, so lustig war's jetzt auch wieder nicht«, sagt sie mit der Absicht, seinen Anfall durch einen knappen Kommentar herunterzuspielen. »Komm, hoch und raus damit.« Wieder nimmt sie eine Hand vom Lenkrad und haut ihm zwischen die Schultern, doch das bringt nichts.

Der Husten lässt nach, woraufhin sich Zilch mit dem Acht-Punkt-Gurt vor der Brust zurücklehnt und seinen Bauch hält. So wie er mit zusammengekniffenen Augen den Kopf schüttelt, muss er erhebliche Qualen leiden. Dabei schwitzt er stark.

»Was ist los?«, fragt Galavance und schaut rasch wieder auf die Straße. »Liegt es an deinen Mannobots, oder wie sie heißen?«

»Nein, es ist was anderes«, ächzt Zilch. »Halt bitte an. Bitte. Schnell. Ich will das nicht in deinem Auto tun.«

»Hä? *Was* in meinem Auto tun?«, fragt sie stotternd und lenkt auf die übernächste Spur rechts ein, um noch einen Verzögerungsstreifen zu erwischen, weshalb die Fahrer eines Kombis und SUV in die Eisen gehen müssen.

Sie biegt zu einem McDonald's ab und schaltet ihre Warnblinklichter ein. Zilch öffnet seine Tür, bevor der Wagen richtig steht. Er hebt die Beine hinaus und lässt seine Füße über den steinigen Boden scharren, sodass Kiesel herumspritzen. Als sie die Handbremse anzieht, steigt er aus, stolpert und stürzt beinahe, ehe er zum Lauf Richtung Eingang ansetzt. Unterwegs bleibt er stehen, dreht sich vornübergebeugt um und setzt sich wieder in Bewegung, vorbei an den Wagen, die eine Schlange am Drive-in bilden, hinters Gebäude.

Selbst von der Stelle aus, wo sie mit dem Wagen steht, hört Galavance, wie Zilch würgt. Sie schaltet den Motor ab, steigt aus und geht zu ihm.

Als sie um einen eingezäunten Abfallcontainer läuft, sieht sie ihn von hinten. Er steht in verkrampfter Haltung mit dem Rücken zu ihr. Sein Shirt hat er halb hochgezogen, und anscheinend steckt entweder eine seiner Hände vorne in der Hose, oder er reibt sich fest den Bauch, es lässt sich nicht erkennen. Galavance macht einen Schritt vom vermüllten Asphalt ins Gras.

»Saelig? Alles okay?«

Er dreht seinen Kopf und schaut sie über eine Schulter hinweg an. Seine Augen sind aufgerissen und blutunterlaufen. Die Haare kleben schweißnass und zerrauft an seiner Stirn. Etwas Schwarzes quillt aus seiner Nase. Auch zwischen seinen Beinen ergießt sich Flüssigkeit … *Pinkelt er das aus? Was ist das?*

»Bleib einfach dort stehen, ja? Ich hab's fast geschafft«, sagt er. Bildet sie sich das ein, oder ist seine Haut ein bisschen grün geworden?

»Was geschafft?«, fragt sie und tritt noch etwas näher, statt seiner Bitte nachzukommen. Sie hört schmatzende Geräusche. *Hier steh ich,* denkt sie, *eine Frau, die schwerlich erträgt, wenn in einer Tierdoku ein Rudel Hyänen eine Gazelle reißt, und könnte dabei zuschauen, wie ein Mann irgendwas mit seinen Eingeweiden anstellt, krieg's aber nicht richtig zu sehen. Ich kann selber kaum fassen, wie weit mich meine makabre Neugier treibt.*

Sie beobachtet, wie sich sein Ellbogen an einer Seite hin und her bewegt. Einmal hat sie Jolby beim Masturbieren erwischt, und das sah ganz ähnlich aus. Gern würde sie Zilch fragen, ob er gerade das Gleiche tut, einfach scherzeshalber, doch es kommt ihr unangemessen vor – besonders einen Augenblick später, als er zu stöhnen anfängt und durch zusammengebissene Zähne zischend Luft holt.

»Was hast du denn?«, ruft Galavance, weil seine mühseligen Atemzüge so laut sind.

Da richtet er sich auf und zieht mit beiden Armen woran auch immer. Als er sich ihr zuwenden will, rutscht er auf der taunassen Wiese aus – und in dem Moment sieht sie es: Sein Bauch unter dem hochgezogenen Shirt … klafft auf. Und nicht nur das, denn wie es aussieht, zuckt und windet und verknotet sich in der Öffnung eine Masse aus dicken, gelben Wülsten, als bemühe sich dort ein Krake vergeblich darum, nicht herauszufallen.

Galavance fällt ihr Kaugummi – ein Streifen Big Red – aus dem Mund.

KAPITEL 32

»Oh Maria Muttergottes«, stöhnt Zilch, wankt einen Schritt vorwärts und zwei zurück. Das Ding, das aus seinem offenen Bauch hervorbricht, ist so dick wie ein Arm von Galavance. Es sieht auch so aus, hat aber keine Hand mit Fingern am Ende, sondern Fortsätze an zahllosen Stellen – wie ein Baum, aber aus weichem Fleisch mit dünner Haut, dessen Farbe an geschlagene Butter erinnert.

Es schlängelt sich aus seinem Unterleib nach oben, wie um seinen Wirt anzugreifen. Zilch hält sich schnell eine Hand vors Gesicht, als es versucht, ihn mit einem Wust aus Greifarmen zu schlagen oder vielleicht sogar zu erdrosseln.

Er taumelt, fuchtelt herum und wirft sich gegen den Zaun vor dem Container, um das Ding zu erdrücken. Dabei gerät er aus der Balance und kippt um, sodass ihn die wartenden Besteller in der Durchfahrtsstraße sehen. Sie alle fahren Minivans und suchen nun mit quietschenden Reifen das Weite. Zilch wälzt sich jetzt auf dem heißen Teer des Parkplatzes und tastet herum. Galavance fühlt sich völlig machtlos. Sie steht nur mit ausgestreckten Armen da und ziert sich davor, ihn anzufassen, befürchtet aber auch, dieses Etwas, das aus seinem Bauch wächst, könne ihn letzten Endes überwältigen. Es setzt ihm gehörig zu, so viel steht fest.

Zilch steht auf, während er in den Tentakeln wühlt. Die Kreatur zieht sich zusammen und federt sprunghaft heraus, sodass er unfreiwillig mehrere Schritte rückwärts macht. Als er gegen die Verglasung des McDonald's knallt, reißt sie spinnwebenförmig ein. Das Ding, von dem während seines Todeskampfs kein einziger Ton zu hören ist, verdreht sich in dem Loch in Zilchs Bauch und stößt sich vom Boden ab wie ein Bein, sodass er durch die angesprungene Scheibe ins Schnellrestaurant kracht. Die Gäste dort haben den Mann schon zuvor bemerkt, der draußen anscheinend mit seinen eigenen Därmen rang, und sich geängstigt, doch nun, da er zu ihnen hereinstürzt … bricht heillose Panik aus. Gekreisch, umgeworfene Softdrinks und zertrampelte Big Macs überall.

»Was soll ich machen?«, ruft ihm Galavance zu.

»Salz!«, brüllt Zilch, indem er auf einen der Tische zeigt, wo Burger und Getränke zurückgeblieben sind. Das Wesen hat sich ausgebreitet, um ihn gegen die Auslage mit Gewürzen zu drücken. Es fährt mehrere Arme aus, mit denen es die Tischkanten greift, und zieht sich auf seinen Körper hinunter, quetscht ihn ein. Dabei stößt er mit dem Hinterkopf gegen einen Spender, und zähflüssig roter Ketchup spritzt ihm auf eine Wange.

Auf einmal drückt ihm Galavance einen Salzstreuer in eine Hand. Zilch schüttelt ihn mit langen Armbewegungen, als verteile er jemandes gesegnete Asche aus einer Urne. Nur ein paar Körner treffen die Kreatur, doch sie zuckt merklich vor Schmerz und lässt von dem Arm ab, in dessen Hand Zilch den Streuer hält. Diese Gelegenheit nutzt er, um sich von der Auslage zu erheben und wieder Fuß zu fassen. Allerdings drückt er sich so kräftig ab, dass er sofort auf die Theke zustürzt. Das beschirmmützte Personal dahinter ergreift die Flucht, als er geflogen kommt.

Galavance läuft an der Seite herum und rempelt die pickligen Zubereiter aus dem Weg. Sie arbeitet schon lange genug in der Fast-Food-Branche und hat so oft Mordgedanken gegen ihre Gehilfen gehegt, dass sie genau weiß, welche Küchenutensilien sich am besten als Waffen verwenden lassen. Sie steht vor einer breiten Auswahl.

Zuerst hebt sie einen Bottich voller fetttriefender Pommes an und wirft ihn gleich beiseite, sodass er laut polternd auf den rutschfesten Fliesenboden fällt. Dann packt sie Zilch hinten am Kragen seiner Jacke – es ist eine der wenigen Stellen, wo ihn kein Tentakel umschlungen hat – und dreht ihn um. »Hier«, sagt sie mit Verweis auf die offene Fritteuse, in der Öl blubbert.

»Äh, besser nicht«, grunzt er.

»Was? Wieso nicht?«

»Hast du 'ne Vorstellung, wie heiß das ist? Da verbrenn ich mich auch.«

»Na gut«, entgegnet sie. »Dann eben so.« Sie zerrt ihn an einer Jackenschulter zum Fleischgrill. Dort nimmt sie einen Spatel und schiebt mehrere fettige Burger weg, damit Zilch Platz hat, um den Parasiten in die Bratwanne zu drücken. Während er weiter mit ihm ringt, kehrt er sich der breiten, zischelnden Metallfläche zu.

Er macht einen Schritt rückwärts, geht ein wenig in die Knie und springt, wirft sich und die Kreatur vor seiner Brust auf den Grill. Sie gibt keinen Ton von sich, weil sie kein richtiges Maul hat, zappelt allerdings und schlägt in Todesangst immer wieder mit ihrem Mundwerkzeug nach Zilch. Als das Zischen nachlässt und sie still daliegt – durchgebraten –, tritt er zurück, woraufhin sie, äußerlich hart geworden, an seinem Bauch hängen bleibt wie ein zusätzliches Glied, teils blasig und an anderen Stellen schwarz verbrannt.

Ein Angestellter, der am Drive-in bedient hat, starrt Zilch wie von Sinnen an, ohne weiter auf die empörten Rufe zu achten, die er in seinem Headset hört. In einer Hand hat er ein Messer, an dem noch Salatblätter kleben, nachdem er es inmitten der ganzen Aufregung aufhob, um sich wehren zu können. Jetzt ist er jedoch überfordert und weiß sich nicht mehr zu helfen, zu einfachsten Tätigkeiten außer Blinzeln und Luftholen unfähig. Als sich der Agent nach vorne neigt und ihm die Waffe abnehmen will, öffnet er die Hand, als sei ihm gar nicht bewusst, dass er etwas festhält.

Zilch schneidet an dem Wulst in seiner Bauchhöhle entlang, langt hinein und reißt ihn mit einem schnellen Ruck an der Verwurzlung heraus, rafft alle schlaff baumelnden Stränge zusammen und klemmt sie sich geballt unter einen Arm. Danach möchte er das Messer zurückgeben, das jetzt mit Schleim wie mit einer Bratensoße verschmiert ist. Der junge Kerl nimmt es, während er langsam wie eine Eule blinzelt.

Nun besieht Zilch die Innenseite seines Arms. Von den vereinzelten Flecken ähnlich dunkler Sommersprossen, die zuvor nicht da gewesen waren, sowie dem schwach smaragdgrünen Ton, den die Haut kurzzeitig angenommen hatte, ist kaum mehr etwas zu erkennen. Sobald die letzte Unregelmäßigkeit verblasst, schaut er Galavance an. »Das bestätigt im Grunde genommen, dass es sich um einen Schmarotzer handelt.« Er zieht die reglose Masse, die mit Papillen überzogen ist, unter seinem Arm heraus und schüttelt sie in einer Hand. »Oder stimmt das nicht, du Dreckbeutel? Wir wissen jetzt, was es mit dir auf sich hat, nicht wahr?«

Galavance entschuldigt sich bei jedem Augenpaar, das ihnen auf dem Weg hinaus begegnet. Zilch humpelt voraus. Er trägt das tote Ding immer noch unterm Arm. Im Freien gehen sie zum Wagen, steigen ein und fahren los. Galavance schaut dabei zu, wie er Platz für den Kadaver macht, indem er alle ihre Einkäufe in eine Tüte umräumt. Die andere bindet er dann mit einem Doppelknoten zusammen, obwohl das Wesen nicht mehr lebt.

Sobald Galavance tief durchatmen kann, ohne am ganzen Leib zu schlottern, fragt sie: »Ist er an dem Loch schuld? Dem in deinem Bauch, meine ich. Hat der Parasit es gemacht?«

»Ehrlich gesagt war ich es selbst«, antwortet Zilch trocken. Er kramt in den gekauften Artikeln, nimmt ein Einwegfeuerzeug heraus und zündet endlich die Zigarette an, die während der Auseinandersetzung wundersamerweise nicht hinter seinem Ohr herausgerutscht ist.

»Du hast dir selbst den Bauch aufgeschlitzt? Warum?«

»Manchmal muss man ziemlich schräge Sachen tun, um jemanden auf sich aufmerksam zu machen.« Er zieht sein Shirt hoch und schaut sich die Bauchwunde an. Sie wirkt nunmehr ausgefranst und runzlig, nahezu obszön. Das angewiderte Schaudern, dessentwegen ihre Knochen regelrecht klapperten und das sie bis jetzt vehement unterdrückt hat, stellt sich erneut ein, erst einmal, dann wieder. Sie muss ihren Blick abwenden, um sich sozusagen nicht selbst aus dem Auto zu vibrieren. Ihr Hintern bleibt über eine Strecke von mehreren Meilen hinweg taub, so sehr ekelt sie sich.

Als sie Zilch kurz den Kopf zudreht, starrt er immer noch in seinen Bauch wie ein Schimpanse, der gerade seine Genitalien entdeckt hat. »Zieh dein Shirt wieder runter, deck das ab.« Sie schaut weg, kneift ihr rechtes Auge zu und muss einäugig weiterfahrend aufpassen, nicht mit dem Gegenverkehr zusammenzustoßen.

»Ich nehme an, mir das eingehandelt zu haben, als ich bei Chev in der Garage ein bisschen Gerichtsmediziner spielen wollte«, argwöhnt er und zupft sein Shirt zurecht.

»Jolby hat ihn mit dem Parasiten im Körper aus dem Fenster geworfen«, sagt Galavance. »Glaubst du, er will uns ernsthaft etwas tun?«

Den letzten Zug von seiner Kippe raucht Zilch tatsächlich auf Lunge und bläst den Qualm sachte aus, doch das bringt ihn abermals zum Husten. Wieder hebt er sein Shirt an, und lässt den Stummel in die Öffnung fallen, wo er zischend erlischt. Dann rutscht er kurz im Sitz hin und her, als würde es kitzeln.

»Ich glaube, dass ihn diese Viecher vollständig in Beschlag genommen haben.« Er zeigt auf die Tüte mit dem Wurmwesen im Fußraum. »Zudem sind sie bestimmt für seine Metamorphose verantwortlich, sozusagen zur Veränderung von Erbgut fähige Schmarotzer – so etwas wie ein fehlendes Glied zwischen Amphibie und Parasiten des Stammes der *Plathelminthes*, das eigentlich niemand braucht. Meine Güte, es gibt Fische, die sich Plattwürmer auf der *Haut* einfangen. Aus dem Grund sollte man in Restaurants niemals Schwertfisch bestellen, wenn er auf der Speisekarte steht.«

»Wie kann so etwas auf diesem Planeten existieren, vor allem in North Carolina, ohne dass die Forschung davon weiß?«

»In den Ozeanen lebt alles Mögliche, wovon noch niemand was gehört oder gesehen hat. Bei jeder Tauchexpedition stößt man auf ganze Schwärme von unbekannten Fischen, Quallen und Schalentieren. Außerdem kann in Hinblick darauf, dass unser aller Ursprung im Schlamm liegt – vorausgesetzt man gehört nicht zu den Leuten, die glauben, Gott habe Dinosaurierknochen vergraben, um seinem Planeten eine interessante Hintergrundgeschichte zu geben – keiner wissen, welche irren Geschöpfe sich vielleicht über die Jahrhunderte hinweg in Sümpfen wie Old Man Weatherly's Bog entwickelt haben.«

»Du meinst also, dass das die Ursache ist?«

Zilch zuckt mit den Achseln. »Jolby hat viel Zeit dort verbracht, würde ich sagen, wenn man von seiner Videospielsammlung und den ganzen Ramen-Packungen ausgehen darf. Ein Molekül Moorwasser auf der Haut und einmal Schlürfen an 'ner Schüssel Nudelsuppe mit Garnelen und Zitrone, ohne sich vorher die Flossen zu waschen – mehr wäre nicht nötig gewesen – zack, Wurmbefall.«

Daraufhin schweigen sie vorübergehend. Der Verkehr nimmt allerorts zu. Die Sonntagsmessen sind vorüber, weshalb sich die Straßen mit einem Mal mit Autos verstopfen, in denen, wie Galavance auffällt, nur gepflegt gekleidete Menschen sitzen.

»Wie sollen wir ihn stellen?«, fragt sie leise in einem ernsten Ton.

»Darüber habe ich auch gerade nachgedacht«, entgegnet Saelig und ruckelt an seinem Gurt, weil er ein Bein über das andere legen möchte. Schließlich gibt er auf, weil er sich offensichtlich damit abfindet, dass der Cavalier zu klein ist, um eine andere Sitzhaltung als die ordnungsgemäße einzunehmen. »Es gibt da etwas, das ich im Laufe der Jahre, seitdem ich nun schon für die Confab arbeite, entwickelt habe: eine Methode, um *Lusus naturae* allein ohne Hilfe zu fangen.«

»Okay. Werde ich auch erleuchtet?«

»Ich nenne sie Nachgeschmack.«

»Was, so wie nach dem Essen, wenn man den Geschmack eines Ekel-Burgers hinterher noch tagelang im Mund hat?«

»So ungefähr, aber viel weiter gefasst. Also, bestätigt hat mir das zwar noch niemand, doch die Confab setzt mich meistens auf *Lusus naturae* an, die früher Menschen waren, also nicht als Monster auf die Welt gekommen sind. Und indem ich mich an das halte, womit ich mich auskenne – etwa Kochen, Schmecken, Hungergefühle und Essverhalten –, ist mir eines klar geworden: Selbst in jemandem, der sich in etwas so Abscheuliches, Grässliches verwandelt hat, dass man sich bei seinem Anblick nicht einmal im Traum vorstellen könnte, es sei einmal ein Mensch gewesen, steckt noch ein Teil der Person mitsamt ihren Eigenheiten, die dies mag und das nicht oder sich zumindest vage an ihre früheren Vorlieben erinnert.«

Galavance begreift, worauf er hinauswill. »Folglich denkst du, man könnte Jolby mit etwas ködern, das er vor seiner Verwandlung mochte?«

Zilch nickt. »Genau. Du hast die Bremsstreifen in seinen Unterhosen und eine Schwäche für mexikanisches Essen erwähnt. Nachdem mir dieser Wurm ein Weilchen schwer im Magen gelegen hat, bin ich zu dem Schluss gelangt, dass die Methode Nachgeschmack vielleicht die Lösung ist.«

»In der Nähe gibt's ein Taco Bell«, bemerkt sie.

KAPITEL 33

Jetzt zur Mittagszeit brennt die Sonne auf ihre Köpfe, während sie auf der Vorterrasse von Whispering Pines 1330 stehen. Genauso gut könnte es ein Ufersteg sein, denn der Pegel des Sumpfwassers befindet sich praktisch auf einer Höhe mit den Bodenbrettern. An einer Ecke ist es schon weit übergetreten. Eine winzige, braune Echse huscht übers Geländer, weshalb Galavance erschrocken die Hände zurückzieht. Das Reptil schnuppert nach mutmaßlicher Beute, bevor es wohl *Nein, danke* denkt und weiterläuft.

Sie blickt ins Moor und auf eine der näheren Inseln, wobei sie hofft, dort tue sich etwas, sei es in Form wackelnder Baumzweige oder von Geräuschen wie Schritten im Schlamm, Schmatzen und Spritzen. Es gibt jedoch nichts zu hören oder zu sehen. Schließlich wendet sie sich ab, um zu sehen, wie Zilch vorankommt.

Die ausgewickelten Tacos mit ihren sieben Schichten liegen wie Signallampen auf dem Geländer angeordnet da, als ob sie sich auf Badetüchern – dem bunten Packpapier – sonnen würden. Zilch benutzt zuerst seine Hände und dann ein Stück Pappe, um den Duft hinaus in das Feuchtgebiet zu wedeln. Einmal unterbricht er und greift an seinem Bein nach unten, wo er sich die Harpunenkanone in den Stiefel gesteckt hat.

»Bitte versuch dich damit nicht selbst zu erschießen«, mahnt Galavance.

»Sehr witzig«, kontert er und fächert weiter, abwechselnd vor jeder einzelnen Teigrolle. Als er übers Wasser in den hintersten sichtbaren Teil des Sumpfs schaut, fällt ihm etwas auf. Er weiß nicht genau, ob er eine kurze Landzunge sieht, die dort hervorragt, oder eine Insel, doch dort in der Ferne steht ein ausgesprochen dichter Weidenwald mit gleichfalls undurchdringlichem Unterholz, an dessen Rändern Gras und Katzenschwanz fließend ineinander übergehen. Deshalb lässt sich schwerlich einschätzen, wo der feste Boden endet und es nass wird. Zilch fächert ständig und guckt angestrengt weiter, wobei er die Augen zusammenkneift, weil die Sonne blendet.

Inmitten all der umgeknickten Bäume und wuchernden Sträucher würde man selbst mit einem jener Propeller-Flachboote stecken bleiben, die in den Everglades für Touristenrundfahrten eingesetzt werden. Zilch zieht seine Jacke aus und hört mit dem Wedeln auf, weil er sich sicher ist, dass er sie so mittlerweile nur abkühlt.

Stattdessen schaut er zu Galavance hinüber. Sie hat einen Gartensessel aus dem Haus geholt und sich darauf niedergelassen, um eine Kippe zu rauchen. Sie trägt noch immer Jolbys Kleidung, und an einigen Stellen – unter anderem in einer Kniekehle und am Ellbogen – haftet noch getrockneter Schlamm, den sie übersehen haben muss, als sie sich sauber gemacht hat. Ihre Haare sehen wüst aus, zerzaust und nachlässig zu einem Pferdeschwanz zusammengebunden. Das Gummiband hängt schief, und einzelne Strähnen lösen sich bereits wieder. Sie hält ihre Augen eine Zeit lang halb geschlossen, bevor sie sich über den Schopf fährt, um die Haare glatt zu streichen, und gegen ihre Sonnenbrille stößt. Nachdem sie sie mit einiger Mühe aus dem blonden Gewühl gezogen hat, setzt sie sie auf, doch Zilch sieht durch die Gläser, dass sie ihre Lider immer noch nicht entspannt.

Dennoch wirkt sie erstaunlich ruhig. Jedenfalls vermittelt sie ihm diesen Eindruck, bis er auf ihre Füße schaut. Der eine, dessen Zehen aus einem Loch an der Spitze des Sneakers ragen, geht schnell auf und nieder wie zu einem Puls, den nur Galavance hören kann. Dabei möchte sie Asche von der Zigarette schnippen, obwohl die Glut noch gar nicht weit genug abgebrannt ist.

»Wird schon schiefgehen«, sagt Zilch und beginnt wieder mit dem Fächern.

Stunden ziehen dahin. Er geht ins Gebäude, holt einen zweiten Sessel und lässt sich hineinfallen. Er verrückt ihn andauernd, um unter der Markise zu bleiben, sieht sich aber bald wieder zum Stehen gezwungen, weil ihm die Sonne ständig ins Gesicht scheint. Nach zehn Minuten kann er selbst das nicht mehr ertragen, weil sie so weit nach Westen gewandert ist, dass überhaupt kein Schatten mehr auf die Terrasse fällt.

Fliegen sind über die Tacos hergefallen, schwirren zwischen ihnen hin und her. Das ist wahrscheinlich der Höhepunkt ihres kurzen Insektenlebens.

Zilch verscheucht sie und nimmt eine der Teigrollen in die Hände. Sie ist gerade noch so warm wie etwas, das eben draußen in der Hitze liegt, aber nicht mehr in dem Maße, dass einem das Wasser im Mund zusammenlaufen müsste. Vor allem Mexikanisch muss für Zilch kochend heiß sein, sonst schmeckt es bloß wie scharfe Babynahrung. Er wirft das Ding übers Geländer und reibt sich die Hände, um etwaige Käsereste abzustreifen.

»Es funktioniert nicht«, sagt er.

Galavance schiebt sich die Brille mit einem Finger an die Stirn. Mit dem leichten Sonnenbrand lässt ihr Gesicht an einen Waschbären denken, bloß dass ihre Augen hell statt dunkel umrandet sind. »Sollen wir zurückfahren und Nachschub holen? Vielleicht ist er momentan nicht hungrig.« Sie klappt die Ausgabe der *Maxim* zu, die sie in einem Schrank im Bad gefunden hat.

»Ist nicht drin. Wir sind pleite. Das waren die letzten zehn Mäuse«, meint Zilch, während er beobachtet, wie der Taco im Wasser auseinanderfällt. Hackbrocken treiben davon, und leuchtend gelbe Käsefäden, die wie Minibojen aussehen, wabern träge wie richtungslos vor sich hin.

»Vielleicht ist er satt nach … Chev.« Sie schneidet eine Grimasse, kaum dass sie es gesagt hat.

»Nein, Wer-Wesen sind nie satt. Normalerweise klappt das.« Er wendet sich ab, nimmt noch einen Taco vom Geländer und drückt ihn im Wachspapier zusammen, wirft ihn wie einen Baseball mit Doppelportion Käse. Es macht *plopp*, als er im Wasser aufschlägt, was Zilch den Umständen zum Trotz lustig findet. Er dreht sich wieder um und bleibt angelehnt stehen. Jolbys Kompetenzen im Schreinern seien für den Moment nicht infrage gestellt. »Hast du dich womöglich geirrt, und was er mag, ist eigentlich gar nicht das Futter von Taco Bell?«, hakt er nach. »Meiner Erfahrung zufolge geht das mit dem Nachgeschmack nämlich nur, wenn man genau das Richtige vorsetzt. Stell dir vor, was sich Jolby als Henkersmahlzeit wünschen würde, wenn er zum Tod verurteilt wäre. Käme es von Taco Bell oder anderswoher?«

»Gordo's«, kommt es wie aus der Pistole geschossen, wobei Galavance im Sitzen auffährt, als habe sie gerade einen Stromschlag bekommen. »Ständig hat er versucht, mich mit in diesen Scheißladen zu schleifen. Chev und er – ich schwör's bei Gott – haben jede Woche bestimmt hundert Dollar dort gelassen. Er und seine verdammten Chalupas …«

Zilch neigt sich nach vorn, zieht ein knittriges Bündel Scheine aus seiner Gesäßtasche und zählt sie. »Wie viele Chalupas von Gordo's, schätzt du, kriegen wir für … 'nen Zehner und einundsiebzig Cent?«

Galavance seufzt. »Es war wie ein Mantra für Jolby: Komm schon, Schatz, sonntagabends gibt's Chalupas für einen Dollar das Stück. Das werde ich sicherlich nie im Leben vergessen.« Sie steht auf. »Lass mich bestellen und auch bezahlen. Ich würde gerne helfen.«

Er starrt sie an, während er in seinen leeren Taschen kramt. Er will nicht, dass Jane wieder auftaucht, dass irgendwo ein weiterer Stoß Bargeld auf ihn wartet. Genauso wenig möchte er Galavances Hilfe in Anspruch nehmen, aber … falls es die einzige Alternative ist, zieht er sie unbedingt vor. »Na gut«, sagt er endlich.

»Okay, alles klar.«

Sie gehen hinein, wo Zilch im Wohnbereich bleibt, während sich Galavance mit Sonnenbrandsalbe eincremt, was höchste Zeit ist. Dann ruft sie zum Bestellen bei Gordo's an. Er zieht die Harpunenkanone, die sich einhändig bedienen lässt, spannt sie mit zwei Fingern, arretiert und zielt durchs Visier auf verschiedene Gegenstände im Raum. In seinem alten Leben hat er nie zu einer Schusswaffe gegriffen, während seiner Tätigkeit als Agent auch nicht. Während er ein Auge zudrückt, schwenkt er die Kanone durchs Wohnzimmer, bis seine Hand zu zittern anfängt. Das Gefühl ist ihm unangenehm, obwohl es ja nur um eine Harpune geht. Er entspannt sie wieder und hofft inständig, sie nicht benutzen zu müssen. Nachdem er sie auf den Fernseher gelegt hat, geht er hinaus und ist froh, sie nicht mehr halten zu müssen.

»Ich warte vorm Haus«, ruft er Galavance durch die Badezimmertür zu. Er hört es glitschen und glucksen – die Lotion, mit der sie sich einreibt. Zwar versucht er, es sich nicht vorzustellen, aber das Bild drängt sich ihm trotzdem auf, und er nimmt seine schmutzigen Gedanken mit hinaus. Erst dort schafft er es, sie zu verdrängen.

Zilch stellt sich ungefähr an die Stelle, wo das Geländer der Eingangstreppe ansetzen würde, wenn das Haus fertig wäre, und schaut zu den wenigen Fahrzeugen hinüber, die Kolonnen anderer Bauträger stehen gelassen haben. Wieder denkt er an Beute, auch wenn der Vergleich hinkt. Das sind nun keine spektakulären Autos, nichts Aufgemotztes wie Bulle Bens Pick-up mit der Pumpe auf der Ladefläche. Es handelt sich um einfache Dienstwagen für den Bau mit Schlammspritzern an den Seitenwänden und Rostansatz an den unteren Kanten der Türen. Abermals fällt ihm der Bagger ins Auge, der aufgebockt ein paar Grundstücke weiter steht. Was für ein sonderbarer Anblick. Das grellgelbe Baufahrzeug wäre mit Rädern ohne Weiteres zwei Gebäudegeschosse hoch, sieht aber ohne seine Riesenreifen kümmerlich und funktionslos aus.

Als Zilch auf den Vorhof des Hauses schaut, stutzt er wegen der langen Schatten hinter allen Paletten, ob nun Backsteine,

Ziegel oder nur Kanthölzer darauf liegen. Darum blickt er zum Himmel hinauf. Die Sonne steht jetzt hinterm Haus und geht langsam unter. Er will nicht drinnen nachsehen, wie spät es ist. Ihm ist bewusst, dass er nur noch den Rest dieses Abends und ein klein wenig Zeit des nächsten Morgens hat.

Was wird dann aus mir? Gerate ich wieder in die gigantische Mühle der Confab, wo alle Seelen gefangen sind, die für sie arbeiten? Muss ich antanzen und mir einen dicken Katalog Fragen über meine Mission stellen lassen? Ob sie erfolgreich verlaufen ist oder nicht, wäre eine der ersten. Würde er verneinen, müsste er auf die Falltür treten, dann ein Druck auf den roten Knopf, und es ginge abwärts, ein schier unendlicher Sturz in Höllenfeuer.

Tut es weh, keinen Körper zu haben? Würde er spüren, wie er in ein Meer aus Flammen plumpst, die dann von unten bis unter sein Kinn aufwallen? Ließe es sich mit entsprechenden Darstellungen aus Filmen vergleichen? Teile der Bibel hat er oft genug gelesen, um schlussfolgern zu können, dass die Hölle eigentlich nirgendwo ausführlich beschrieben wird. Man sollte annehmen, Gott möchte es als Überraschung geheim halten. Zilch schmunzelt. *Falls* Gott existiert.

Das ist immer der Knackpunkt: Selbst jetzt als Toter erhebt er diesen Vorbehalt bei jedem noch so flüchtigen Gedanken an Gott. *Falls* er existiert, *falls* er real ist und kein Flickenteppich aus plagiierten anderen Göttern, Legenden und Mythen, verwässert für die schwächlichen Menschen der Moderne. Gleichzeitig schwingt auch stets Furcht mit, die ihren Ursprung in seiner zwar leicht unorthodoxen, aber dennoch religiösen Erziehung hat. Für jedes »Gottverdammt«, das er von sich gab, zwickte sein Gewissen ein wenig – *das sollte ich nicht sagen.* Jedes Mal, wenn er denen von der Heilsarmee vor dem Supermarkt, in dem er gerade mehrere Hundert Dollar ausgegeben hatte, zu verstehen gab: »Bedaure, hab nichts mehr«: *Muss der zweite Schneebesen aus Edelstahl echt sein?* Andererseits angesichts all der Grausamkeiten, die minütlich auf der Welt begangen werden: *Wieso sollte irgendein kosmischer Ordnungshüter fünf Cent darauf geben, dass ich fluche?*

Also sag laut: »Leck mich, Gott«, fordert Zilch von sich. *Sag: »Scheiß auf Jesus.« Laut, damit er dich hören kann. Wenn du wirklich nicht an ihn glaubst, sondern daran dass die Confab alle nach ihrem Tod einsackt und Jesus, sein Paps und der Heilige Geist – ja, großes »Heilig«, was immer damit gemeint ist – genauso gut andere Namen für den Weihnachtsmann, Osterhasen und Graf Schokula sein könnten, sag laut: »Gott existiert nicht.« Los. Dann kannst du mit der Gewissheit weitermachen, dich für eine Seite entschieden zu haben, dass es in deinen Augen keinen Gott gibt und dich somit auch keiner mehr quält.*

Zilch macht den Mund auf. Und wieder zu.

Okay, das sagt alles.

Er will sich aber eigentlich auch gar nichts vorpredigen oder über den Umstand nachdenken, dass er sich mit Schuldgefühlen möglicherweise noch kleiner macht als sowieso schon – bloß schwingt immerzu wie ein Fallbeil über seinem Kopf jene eine Frage mit: *Werde ich zur Hölle fahren, nachdem ich gestorben bin?*

Dann redet er sich wiederum ein, vorbeugende Maßnahmen ergreifen zu können. *Mach das Beste aus dieser Gelegenheit, deiner Arbeit für die Confab. Schlag Kapital daraus.* Er glaubt gerne, das bereits zu tun. Warum klinkt er sich, wenn er den Beckett gemacht hat, nicht einfach aus und versucht, so weit zu kommen, wie es sein Körper schafft, bevor die Nanobugs zurückgepfiffen werden oder absterben und er zu totem Staub zerfällt, der im Wind verweht? Er tut seine Pflicht, egal, worin sie besteht. Dennoch hat er jedes Mal Erfolg, selbst unter den widrigsten Umständen, bei regelrechten Geduldsproben und besonders beschissenen Jobs – auch wenn er ein paar Tage länger dafür braucht.

Das wird jetzt mein erster misslungener Auftrag, mein erster Flop. Meine erste Sechs.

Was, falls Jolby wieder mordet? Das ist dann meine Schuld. Er könnte Galavance umbringen. Oh Gott. Und ist das dann meine

Schuld, weil ich ihn nicht aufgehalten habe? Ausgeschlossen, dass ich danach je wieder einen Sprung angeboten kriege. Ich könnte es auch nicht ertragen, etwas nicht getan zu haben, wozu ich die Gelegenheit hatte.

Wie reimte der eine Imbisskoch noch gleich an jenem Tag, als Zilch tatsächlich in einen Großraumofen gekrochen war, um eine Reparatur vorzunehmen? »Ob arm, ob reich, aus Knast oder Kloster, wir müssen alle in den Toaster.«

Ein Schnipsen, und der Stummel seiner Zigarette trudelt durch die Luft, bis er gegen einen Stoß Bausteine schlägt, und die Restglut wie ein orangefarbener Feuerwerkskörper zerfällt.

»Nimm dich zusammen«, sagt Zilch zu seinem Schatten, einem Doppelgänger mit verschwommenen Umrissen auf dem Rasen, der zunehmend schlaksiger wird.

Als er einen Schritt vorwärts macht, um vor Wut auf seinen Kopf zu treten, denkt er nicht daran, dass es ihm der Schatten gleichtun wird. Gleich fühlt er sich doppelt dämlich. Er geht hinaus in den Vorgarten, spürt die Sonne auf seinen Lippen und Lidern, bleibt stehen. Auf einmal hört er etwas.

Die Luft trägt tiefe Bassfrequenzen heran, jeweils um eine Sekunde verzögert nach dem Klappern einer lockeren Stoßstange. Zilch dreht sich um und schaut die Whispering-Pines-Straße hinauf. Auf der Buckelpiste zwischen den beiden Reihen aus leeren Häusern, die eines Tages ein richtiger, geteerter Verkehrsweg sein soll, nähert sich zügig ein Pkw. Der Fahrer weicht Wasserlöchern und Bodenwellen aus, auf denen er aufsetzen würde. Sobald der makellose Lack nicht mehr auf schmerzhafte Weise blendet, erkennt Zilch, dass es ein weiterer Reiskocher ist, getunt obendrein und lila wie ein Zeichentrickdinosaurier mit grauen Rennstreifen. Auch sieht er, weil die Karosserie das Licht nicht mehr reflektiert, das dicke, breite Gesicht des dicken, breiten Mannes hinterm Steuer. Dieser sieht Zilch augenscheinlich auch, denn er fängt fies zu grinsen an.

Es ist – mit dem Auto voller Freunde – Bulle Ben.

KAPITEL 34

»Was hast du Wichser schon wieder hier zu suchen? Noch mal Lust aufs Kühlerfigur-Spiel?«

Nachdem Ben ausgestiegen ist, purzeln buchstäblich sechs weitere Insassen aus dem Reiskocher, wie Miniclowns, deren Zirkuswagen auf den Kopf gestellt und geschüttelt wird. Alle halten Papiertüten fest, Abendessen aus irgendeinem Fast-Food-Tempel, stellen sie aber aufs Dach oder die Haube des Autos, um die Hände freizuhaben, denn wie es aussieht, wird Ben wieder verlangen, dass sie sich an Zilch vergreifen. Auch Ziegenbart Darryl und andere jener Gruppe von neulich sind dabei. Sie tragen mehr oder weniger dieselben Klamotten, bloß dass ihre Jeans nicht von der Arbeit Löcher haben, sondern weil dies schick sein soll, und statt gelber Sicherheitshelme haben sie allesamt weiße Baseballmützen auf dem Kopf, einheitlich verkehrt herum aufgesetzt. Darryl hält seine Imbisstüte fest, um das Klebeband abzuziehen, mit dem die Falz geschlossen ist, und beginnt, sich an Tortilla-Chips gütlich zu tun, indem er unflätig geräuschvoll mit offenem Mund kaut.

Zilch richtet sich wieder an Bulle Ben. »Ich suche bloß Chev.« Er ist müde und schlecht gelaunt. Sehr wahrscheinlich wird er nach dieser Nacht bis in alle Ewigkeit – und länger – in der Hölle darben, und den Rest des Nachmittags verstreichen zu lassen, indem er sich einsilbig mit dahergelaufenen Schlägern darüber streitet, wer den kleineren Schwanz habe oder die größere Schwuchtel sei, ist nicht unbedingt das, was ihn jetzt zu Jubelarien verleitet.

»Der Fettsack arbeitet sonntags nicht«, lässt Ben wissen. »Außer du nennst es Arbeit, wenn er aufrecht da drin hockt und sich vollfrisst, gemeinsam mit dem anderen Fettsack, wie heißt er noch? Jolby. Das ist *alles*, was sie tun. Als sei ihnen schnurz, ob sie das Haus verkaufen können oder nicht. Faule, fette Penner.«

»Kürzlich mal in den Spiegel geschaut?«, erwidert Zilch. »Dafür, dass du selbst nicht gerade 'ne Bohnenstange bist, Witzbold, nennst du Chev ganz schön gerne einen Fettsack.« Er ist das hier unheimlich leid und hat längst damit abgeschlossen, weshalb es ihn selbst wundert, dass er die Sätze überhaupt zu Ende bringen kann, während er mit diesem Arschloch spricht. Bevor sich Ben in Pose werfen und auf die Brust trommeln kann, schiebt Zilch schnell hinterher: »Hört mal, Leute, warum verzieht ihr euch nicht einfach wieder, okay?«

»Mach's wieder«, sagt Darryl kaum verständlich wegen seines Akzents und vollen Mundes. »Das, was du uns schon mal gezeigt hast, Bruder, mit dem Gekröse. Hab's den anderen erzählt, aber sie glauben mir nicht.«

»Also, ich hab mir zwar die Ohren gewaschen, muss aber trotzdem fragen: *Was?*«

Der Bulle spielt Übersetzer: »Pack deinen Darm wieder aus, Homo.«

Zilch schließt die Augen, da klickt es. Als er sie wieder öffnet, hat Ben ein Multifunktionswerkzeug in einer Hand und die Messerklinge herausgezogen. Er hält sie knapp einen Zoll vor die Brust des Agenten.

»Tu's. Andernfalls übernehme ich es für dich.«

Plötzlich ein Geräusch, als würde jemand mit einem Gürtel schnalzen oder habe ein dickes Gummiband gespannt und schnurren lassen: ein helles Pfeifen, gefolgt von einem dumpfen Knall. Alle erstarren – Ben, Darryl und sogar Zilch. Als sie sich umdrehen, sehen sie, dass eine kurze, silberfarbene Harpune in einem der vorderen Reifen des Wagens steckt. Wie durch ein Wunder hat sie niemanden getroffen, der davorsteht. Während die Luft zischend entweicht, sackt das Fahrgestell merklich nach unten. Alle schauen sich nach demjenigen um, der sich erdreistet hat, etwas dermaßen Verrücktes zu tun.

Es war Galavance. Sie steht mit der Kanone in beiden Händen unterm Vordach des Hauses und zielt noch auf Ben, obwohl sie keine neue Harpune eingespannt hat. Die stabilen, schwarzen Bänder, mit denen die Munition verschossen wird, sind erschlafft und hängen verdreht am Lauf der Seefahrerwaffe.

Zilch erkennt an Bens Blick, wie sehr sich der Kerl darüber ärgert, bloßgestellt zu werden, und dass er generell ungern den Kürzeren zieht, zumal vor seinen Kumpels und wegen einer Frau. Er zieht die Messerklinge weg und schiebt sich an Zilch vorbei.

»Herzchen, du solltest das Ding wirklich nicht auf Leute richten«, hebt er an. Galavance gibt ihre Haltung nicht auf, sondern bleibt auf der obersten Stufe der Eingangstreppe stehen. Da die Harpunenkanone auf Ben zeigt, sieht er eindeutig, dass sie nicht geladen ist, und braucht sich demnach keine Sorgen zu machen.

»Seid ihr die Typen, die meinen Freund ständig dumm anmachen?«, fragt sie.

»Kommt drauf an, wer dein Freund ist. Der Drecksack da?«

Galavance verneint und wirft Zilch einen finsteren Blick zu. »Nein, er ist nur ein Freund von mir – aber ihn solltet ihr auch in Ruhe lassen. Jedenfalls schien kein Tag zu vergehen, an dem mein Freund nicht nach Hause kam und erzählte, irgendwelche Scheißkerle mit Männertitten hätten ihn wegen seiner langen Haare verarscht.«

Bulle Ben grinst. »Schien? Kam? Habt ihr zwei Süßen euch getrennt?«

Galavances Mund zuckt. »Nein, ich meinte bloß … Na ja, im Moment hakt es ein wenig zwischen Jolby und mir, aber …«

Ben nutzt ihre Erklärung als Chance und zieht an der Waffe, die sie ihm ins Gesicht hält. Ihr Zeigefinger am Abzug bleibt hängen und knickt zur Seite ab. Es ist jener der verletzten Hand, die sie mittlerweile mit alten T-Shirts umwickelt hat, und gemessen an dem Ton, den sie von sich gibt, muss es noch wehtun. Er dreht und zerrt noch einmal an der Kanone, sodass sie aufjault, loslässt und sich die Hand hält. Zilch setzt sich in Bewegung. Er geht um das Holz und die Ziegel herum, die in Plastik verpackt auf den Paletten liegen, und schubst Darryl, als dieser sich ihm in den Weg stellt.

»Ben«, ruft Zilch. »Pfoten weg von ihr.«

Der Bulle dreht sich um und nimmt eine neue Harpune von dem Aufsatz an der Waffe, in dem die restlichen stecken. Ein schneller Ruck, da hat er die Bänder zurückgezogen – sie knarren vor Spannung – und zielt auf Zilchs Kopf. Er tastet nach dem Abzugsbügel, hakt seinen Zeigefinger ein und hält sich schussbereit.

»Sag mir, was du tun wirst, wenn ich nicht gehorche?«

»Nimm das Ding runter, und verpiss dich gefälligst von hier.«

»Oh, noch ein Befehl? Der Darmjongleur erteilt Befehle?« Ben schaut über die Schulter auf Galavance. »Einen tollen Kumpel hast du hier. Er ist noch nicht mal dein Freund und trotzdem zu etwas bereit, dass sich Jolby nie getraut hat: seinen Mann zu stehen.«

»Hergeschaut«, brüllt Zilch. »Das ist eine Sache zwischen dir und mir, du hinterwäldlerisches Stück Scheiße.«

Ben kehrt sich ihm zu. Sein massiver Schädel bewegt sich langsam wie auf einer eingerosteten Drehscheibe, weshalb sich Zilch dabei nicht über ein metallisches Reibungsgeräusch wundern würde.

»Im Ernst, du hast mich gerade nicht wirklich hinterwäldlerisch genannt, oder?«

Zilch stöhnt. »Genug jetzt von diesem Alphamännchen-›Ich-bin-geiler-als-du‹-Getue.« Damit versucht er, Ben die Kanone zu entreißen, doch der – Feuereifer und gekränkte Männlichkeit gehen mit ihm durch – drückt ab.

Der Windzug bei der Kontraktion der Gummibänder, während sie durch die Luft peitschen, ist für Zilch spürbar. Die Harpune wird so schnell ausgelöst, dass er nicht einmal zum Zusammenzucken kommt, geschweige denn ausweichen kann. Er beobachtet, wie sowohl Bulle als auch Galavance mit offenem Mund die Augen aufreißen. Sie ist dermaßen entsetzt, dass sie zuerst einen Moment Luft schnappen muss, bevor sie schreien kann. Als er sich zu der Gruppe umdreht, mit der Ben gekommen ist, steht jeder mit einem »Oh« auf den Lippen da und wendet sich ab, als sei ihm plötzlich schlecht.

Zilch sieht sie, so wie man die eigene Nase beim Schielen erkennt: Er hebt eine Hand und berührt die Harpune, die nun in seinem linken Augenwinkel steckt. Die Nanobugs sind anscheinend verwirrt und wuseln zu dieser neuen Verletzung, denn eine Sekunde lang tut es verflixt weh.

»Du hast mir ins Gesicht geschossen«, sagt er schwer beleidigt.

Galavance schlägt auf Bens Schultern, gegen seinen Hinterkopf und eine Seite seines Halses. »Was ist in dich gefahren, Mann?«

»Mensch, wir bringen dich wohl besser in ein Krankenhaus oder so«, sagt er mit einem Mal kleinlaut und nachgiebig wie zur Entschuldigung. »Sieht aus, als ob das Ding ziemlich tief drinstecken würde. Nicht dass es in dein Gehirn sticht.«

»Gib her.« Zilch greift sich die Waffe. Er dreht sie um und drückt sich die Metallgabel, die am Griff festgeschraubt ist, ans Gesicht. So benutzt er ihn zum Hebeln der Harpune, wobei sein Wangenknochen als Auflagepunkt dient. Der Schaft rutscht aus der Augenhöhle und fällt klappernd mit blutverschmierter Spitze auf die Steintreppe der Vorterrasse.

Zilch hält eine Hand vor die Wunde, während er die Kanone mit der anderen vor Bulle schwenkt und sich gewaltig zusammenreißen muss, um nicht auszurasten. »Verschwinde von hier. Sofort.«

»In Ordnung, Mann. Also wirst du mich nicht anzeigen, oder wie?«, fragt Ben. »Sind wir quitt? Du siehst noch mit dem Auge, richtig?« Er geht rückwärts über den Vorhof zu seinem Auto. »Ich hab eigentlich nicht viel Kohle. Das heißt, ich könnte dir jetzt ein paar Mäuse geben, wenn du darauf bestehst, wir wollten gerade ein paar Bierchen zischen – aber komm doch mit, genau. Trinkst du auch gerne Bier? Wir können die Sache bei einer Dose oder zwei klären. Geht doch nichts über ein gepflegtes Besäufnis, und dann nichts für ungut, hab ich recht?«

Bulle und seine Freunde zwängen sich wieder in seinen lila Wagen. Es dauert etwas länger, bis alle Platz haben und er losfährt. Das Lenkrad hält er dabei verkrampft in den Händen und schüttelt immerzu den Kopf. Als sich Ziegenbart Darryl nach ihm ausstreckt und ihm auf die Schulter klopft, um ihn aufzumuntern, lässt sich an Bens Lippen ablesen, dass er seinen Gefährten schwul nennt und wahrscheinlich hinzufügt, er solle ihn nur ja nicht anfassen – nie wieder. Die Tüten mit dem Fast Food stehen vergessen auf dem Dach.

Plötzlich fällt starkes Weißlicht auf Kühler und Haube des lila Wagens. Zilch und Galavance drehen sich zum Ursprung der Strahlen um.

Im Schneckentempo nähert sich ein Vehikel durchs Moor, das wie aus vielen verschiedenen zusammengestückelt aussieht – mit Lack in unterschiedlichen, kräftigen Farben und nicht zueinanderpassenden, kreuz und quer verlaufenden Rennstreifen. Ein Fahrer lässt sich nicht ausmachen, weil an der Schnauze und in Reihe über der Windschutzscheibe ein Dutzend Nebelscheinwerfer montiert sind: Bogenlampen, die jeweils mit Lichtstärke achthundert gleißen.

Der Wagen steigt langsam auf, kommt im Sumpfwasser hoch. Er scheint auf Stelzen zu fahren, genauer gesagt einem Metallrahmen, auf dem die Karosserie sitzt und der sehr hoch sein muss. Während er seinen Weg fortsetzt, werden vier gewaltige Räder sichtbar. Sie haben einen enormen Durchmesser, sind genoppt und mit Ketten bespannt. Dieses Frankenstein-Auto fährt auf den Reifen eines Baustellenfahrzeugs, wodurch es einem aufgemotzten Monstertruck gleicht. *Die gestohlenen Räder des Baggers. Da sind sie also abgeblieben*, schlussfolgert Zilch mürrisch.

»Wenn ich jetzt mal ins Blaue tippen darf: Das ist das Monster«, sagt er und seufzt. Dann bemerkt er den organischen

Zierrat, der am Kühler festgezurrt wurde: Gelb glänzende Knochen, eine barbarische wie prahlerische Zurschaustellung dessen, was einmal Chev gewesen ist, missbraucht als Fahrzeugschmuck.

Der Motor grunzt, als Gas gegeben wird, dann hat der Wagen den Sumpfschlamm hinter sich gelassen und braust durch die Sackgasse. Ben möchte sein Auto anlassen, damit sie ausweichen können, aber zu spät: Sie kommen unter die wuchtigen Räder, die nun widerstandslos über die Haube rollen und die Windschutzscheibe eindrücken – *knack!* –, kurz bevor das Dach nachgibt wie der Deckel eines leeren Schuhkartons, auf den jemand tritt. Schreie sind zu hören, doch nicht lange und fast gänzlich übertönt vom donnernden Motor des »Monsters«.

Oben auf Bens Wagen bleibt es stehen, während die Insassen schreien, flehentlich wie gequält. Die Vorderachse des Trucks wird blockiert, woraufhin der rechte Hinterreifen – er ist so hoch wie Zilch groß – durchzudrehen beginnt. Das Dach des lila Autos reißt ab und rutscht heraus wie ein Tischtuch, das nahezu ohne Reibung unter einem Gedeck weggezogen wird. Als der Fahrer seinen Fuß vom Gaspedal nimmt, bekommt Ben eine Gelegenheit zum Fliehen. Er hat sich an Glassplittern geschnitten, und sein rechter Arm schlackert kraftlos am Oberkörper herum. In Panik versucht er, über die Haube zu steigen, da setzt der Truck zurück und stößt ihn um, sodass er eingeklemmt auf dem Blech liegt. Der große Motor braust mehrmals zornig auf: eine Ansage für etwas Schreckliches.

Zilch brüllt gegen den Lärm an: »Jolby, nicht!« Als kein Zweifel mehr daran besteht, dass es sich dieser nicht nehmen lassen wird, zu tun, was Zilch dachte, dass er tun will, dreht sich der Agent um, hält Galavance mit einer Hand die Augen zu und rät ihr zum Wegsehen.

Die vorderen Räder bleiben still stehen, doch die hinteren – der Motor nimmt es ohrenbetäubend laut aufheulend vorweg – drehen erneut durch. Nur ein paar schnelle Drehungen, dann ist Bulle Ben nur noch rosafarbener Brei. Gerade hat er noch geschrien, dann nicht mehr. Eben ein Mann, jetzt Mus.

Nachdem dies erledigt ist, rollt der Truck vom Heck des Autos, das jetzt nur noch ein wellig geplätteter Haufen aus violettem Blech ist. Literweise Blut der anderen Männer quillt durch die Türspalte auf den Asphalt.

Das Monster macht einen erstaunlich eleganten Eindruck, während es durch mehrere andere Vorgärten fährt und langsam umdreht, wobei es einen weiten Wendekreis benötigt.

»Ist das er? Hat er das getan?«, fragt Galavance, während sie Zilchs Hand von ihren Augen wegschiebt.

Das Fahrzeug rumpelt vorbei und überrollt Ben mitsamt seinen Freunden ein zweites Mal – jetzt langsamer, genüsslich –, sodass Zilch ins Beifahrerfenster schauen kann. Die Umrisse eines dicken, eckigen Kopfs … Ein Teil des Lichts, das nun zum Abend hin orangefarben geworden ist, wird dann jedoch vorübergehend abgelenkt – der Schatten eines Baumes, seine Äste wie ausgestreckte, schwarze Finger –, sodass man ihn deutlicher erkennt: die übergroßen, braunen Augen, der blassgrüne Teint, das Gesicht des verwandelten Jolby.

»Sieht er so aus … wenn er …«, stammelt Galavance.

Der Truck bleibt kurz auf dem Vorhof von Whispering Pines 1330 stehen, während das Froschgesicht den Rahmen der Türscheibe ausfüllt und seinen Blick auf die beiden Übriggebliebenen vor dem Haus richtet. Seine Augen werden noch größer, falls das überhaupt möglich ist. Man sieht einen Speichelfaden an seinem Mund hängen, dickflüssig und lang, was Zilch an einen offenen Schnürsenkel denken lässt. Als er genauer hinschaut, entdeckt er den Inhalt von Darryls Imbisstüte. Etwas Gelbes, eventuell geschmolzener Käse, ist mit dem Matsch und Blut verschmiert, teilweise auch zerrieben unter dem zerbröselten Rest der überfahrenen Tortilla-Chips.

Zilch greift flugs zu der Tüte, knüllt das Papier an der Öffnung zusammen und hebt sie so hoch, als sei sie der Kopf eines soeben niedergestreckten Feindes. Jolbys Blick wird gieriger, weshalb es Zilch vorkommt, als halte er einen Hundekuchen und schwenke ihn vor einem Köter, um beobachten zu können, wie dessen Augen wie hypnotisiert hin und her wandern. Als aber der durchweichte Boden der Tüte aufreißt und die Reste darin unüberhörbar klatschend auf den Boden fallen – ein halbes Quart Schlammwasser, das darin gestanden hat, ergießt sich ebenso –, kann Zilch an Jolbys Augen sehen, dass der Bann gebrochen wurde und er enttäuscht ist, seine begehrte Mahlzeit im Dreck landen zu sehen. Nach einem letzten vernichtenden Blick auf die beiden Stehenden schaut er geradeaus und tritt aufs Gas. Der Motor reagiert unverzüglich.

Zilch und Galavance im Duett: »Jolby, warte!«

Das abscheuliche Flickwerk aus Fernost-Autoteilen brettert durch die Sackgasse zurück ins Moor. Das Wasser spritzt als schaumige Wand vor den Reifen hoch. Nachdem es eingesackt ist, rollt es weiter. Ein gewundenes Auspuffverlängerungsrohr ragt vom Heck aus über die Oberfläche – ein schwarzer Katzenschwanz, der hinter ihm in der Luft wackelt.

Zilch läuft los und bis zum Rand des Sumpfs.

»Jolby!«, ruft er. »Denk an die Fünfsekundenregel!«

Er hantiert hastig mit der Kanone, während er eine neue Harpune einlegt und die Gummibänder über ihren Metallring spannt. Galavance kommt auf ihn zugestürzt.

»Was tust du da?«

»Wozu haben wir dieses Ding deiner Ansicht nach gekauft?« Er hadert mit der Waffe, die sich in seinen Händen mangelhaft verarbeitet anfühlt. Viele Teile wackeln, die festgeschraubt sein sollten, und vermutlich könnte er das ganze Ding über einem Knie entzweibrechen. Galavance macht einen Schritt nach hinten und lässt dabei durchblicken, dass sie sich fürs Erste zurückhält, allerdings ungern.

Zilch dreht sich wieder zu dem davonfahrenden Monstertruck um, der langsamer wird, als sein breites Hinterteil vibrierend einsinkt.

Er legt darauf an, kann sich jedoch denken, dass die Kanone ungefähr so verlässlich ist, wie er es selbst wäre, müsste er betrunken im Dunkeln mit Steinen auf weit entfernte Ziele werfen. Trotzdem drückt er ab. Die Bänder sirren, das Projektil segelt schwerelos durch die Luft und bleibt in der Heckscheibe stecken.

Der Truck bewegt sich weiter, als sei nichts geschehen, ein Elefant nach einem Bienenstich. Er stößt so weit in den Sumpf vor, dass der Fahrrahmen über den Gräsern auf dem Wasser zu schweben, zu den Inseln hinauszutreiben scheint. Dort verschwindet er in einer Gruppe Weiden und wird unsichtbar, sobald die Scheinwerfer ausgehen. Fernab rascheln ein paar Baumwipfel, stehen aber bald wieder still.

Zilch hält sich die Harpunenkanone vor und ist stark geneigt, sie ins Moor zu schmeißen, einfach um Frust abzulassen, was immer funktioniert, wenn man etwas Wertvolles kaputtmacht oder wegwirft. Er reißt sich jedoch zusammen, weil er sie später vielleicht noch braucht, wie ihm wieder einfällt. »Scheiße, Mann.« Er lässt seine Schultern hängen.

Als er sich umdreht, steht Galavance dort in der Sackgasse, wo das Sumpfwasser übergetreten ist. Sie hält ihre verletzte Hand fest, behutsam. Der eine Finger ist geschwollen, doppelt so dick wie normalerweise, und der T-Shirt-Verband vom Blut durchtränkt.

Zilch trottet vom Wasser aus zurück und verweist nickend auf ihre Hand, nachdem sie sie heruntergenommen hat. »Kühlen wir sie mit Eis.«

Sie stiert ihm ins Gesicht, auf seine frische Wunde. »Sollten wir uns nicht besser zuerst *darum* kümmern?«

Blut rinnt aus seiner Augenhöhle, als er sich vor ihr bückt. Er befreit Darryls Tüte vom Matsch, woraufhin es in bunten Farben heraustropft, und streicht das braune Papier vor sich glatt, auf das die untergehende Sonne von hinten scheint. In grünen Großbuchstaben ist der Schriftzug aufgedruckt und lautet: *Gordo's Original-Tex-Mex-Restaurant.*

KAPITEL 35

Galavance sitzt mit dem Rücken an der Wand auf dem Fußboden und beobachtet durch die Badezimmertür, wie Zilch zum Spiegel geneigt mit einem dicken Dreieck aus Toilettenpapier, das er sehr oft gefaltet hat, an seinem verletzten Auge herumtupft. Schließlich tritt er zurück, um es mit Abstand zu begutachten.

»Verdammt, voll ins Schwarze«, grunzt er, wobei sie ganz unterschwellig einen Hauch von Sarkasmus zu hören glaubt. »Du elender Redneck, du. Bin schon irgendwie froh darüber, dass du zerquetscht wurdest.«

Galavance schaut auf ihre verbundene Hand, die nun aussieht, als stecke sie in einem silbernen Fäustling. Zilch hat einen Gefrierbeutel mit Eis gefüllt und mit Klebeband festgemacht. Es schmilzt schon, und die Folie ist beschlagen, weshalb das Ding bei einer Drehung des Gelenks abfallen würde, doch sie hält es um seinetwillen fest. Er hatte es heute schwer.

»Jedenfalls wissen wir jetzt wohl, was er mit den ganzen Autoteilen macht«, sagt sie und zündet sich eine Zigarette an. »Und wo er die ganze Zeit über gewesen ist. Wahrscheinlich hält er sich nur in den seichten Abschnitten des Sumpfes auf und *wohnt* in diesem Truck.« Nach einer Pause fügt sie eher für sich selbst hinzu: »Nicht dass man bei ihm viel Fantasie bräuchte, um sich das vorzustellen, er würde sich auf jeder Müllkippe wohlfühlen und sie Zuhause nennen.« Sie schaut hinüber auf den Müllberg, die Videospiele und die Kühlbox, das Junkfood.

Zilch beugt sich wieder nach vorne, bis er den Spiegel fast mit seiner Stirn berührt. Galavance schaut ihm unterdessen auf den Rücken. Das schwarze Langarmshirt ist nass vom Sumpf, und die Hose klebt wie aufgemalt an den Beinen. *Jetzt nicht.* Sie muss das leichte Kribbeln, die leise Zuneigung ihm gegenüber unterdrücken. Logisch denken, vernünftig bleiben. Jetzt kann sie Jolby nicht mehr unbedingt in allen Belangen schlechtreden und ihm die Tugenden eines Tatmenschen absprechen. Immerhin hat er Ben aufgehalten – ihn umgebracht zwar, aber das geschah, *nachdem* Zilch ihn bereits heruntergeputzt hatte, und die Absicht allein zählt.

»Ich weiß nicht, ob dir Jolbys Gesichtsausdruck aufgefallen ist, als er die Tüte von Gordo's gerochen hat, aber ich bin fest davon überzeugt, dass du mit der Einschätzung richtigliegst, dass es sein Lieblingsrestaurant ist.«

Das hat sie noch gar nicht in Betracht gezogen: Dass Darryls offene Tüte mit Tortilla-Chips Jolby aus dem Sumpf lockte, und er nicht kam, weil Ben drauf und dran war, ihr Handgelenk zu brechen. Die Enttäuschung schmerzt eine Sekunde lang. Letztlich ist er wohl doch kein Tatmensch, und der Bauarbeiter musste gemeinsam mit seinen Freunden dran glauben, weil es nicht um Galavance ging, sondern um Besitzansprüche auf Nahrung. Das soll nicht heißen, sie würde es je darauf anlegen, dass sich Männer ihretwegen prügeln oder gar umbringen, doch dass sie sich ein wenig geschmeichelt fühlte, dämmert ihr erst jetzt, nachdem sich das, was sie zu der Annahme verleitete, als Trugschluss entpuppt hat.

»Wo wir gerade dabei sind«, hört sie Zilch nebenbei sagen, während er weiter tupft. »Wann kommt denn *unsere* Bestellung?«

»Das ist ,'ne dumme Sache: gar nicht. Als ich anrief, hieß es, sie hätten nichts mehr.«

Er prustet verächtlich. »Tolles Restaurant«, erwidert er und dreht sich zu Galavance um. Sein linkes Auge ist zwar heil geblieben, aber so stark gerötet, dass man meinen könnte, der Glaskörper sei mit Filzmalstift in einen Paradiesapfel verwandelt worden. Er hat einen Ballen Klopapier in das Loch daneben gesteckt, weshalb sich das obere Lid nicht ganz schließt, wenn er blinzelt. Das sieht dann wie bei einer Eule aus. »Hätte ich dem Chefkoch eines beliebigen Lokals, in dem ich gearbeitet habe, beichten müssen, uns sei nur ein einziges Lebensmittel ausgegangen, so lange wir geöffnet haben, wäre ich auf 'ne Herdplatte gesetzt worden.«

Während er aus dem Bad kommt, putzt er seine Hände an einem Handtuch ab.

»Irgendetwas sagt mir, dass es im Gordo's keinen Chefkoch gibt, dem man das beichten könnte«, deutet Galavance an und kratzt noch mehr Dreck unter ihren Fingernägeln heraus.

Zilch erwidert gleichmütig: »Da hast du vermutlich recht.«

»Also, was tun wir jetzt?« Sie lässt entmutigt die Hände fallen, sowohl wegen eines Sandkorns unter einem Daumennagel, das sich nicht entfernen lässt, als auch in Anbetracht ihrer gegenwärtigen Situation. »Das Gordo's als Köder scheidet schon mal aus. Sollen wir uns allmählich Sachen zurechtlegen, um ein Floß zu bauen, damit wir ihn suchen können, oder was?«

Während er an die gegenüberliegende Wohnzimmerwand starrt, wechselt Zilchs Miene von entspannt mit nur einem Anflug von Ärger darüber, dass er nicht mehr richtig blinzeln kann, zu ratlos und schließlich besorgt. Galavance dreht sich auf dem Eimer um, den sie als Hocker benutzt, und erkennt den Grund für seinen Stimmungswandel: Von außen huscht kurz Licht über die blauen Planen an den Fenstern, und man hört einen Motor tuckern, der schlecht eingestellt und überlastet zu sein scheint.

»Ist er zurückgekommen?«, flüstert sie. Zilch antwortet nicht, sondern geht an ihr vorbei zu einem Fenster, schiebt die Plane beiseite und schaut vorsichtig hinaus.

Sie haben Bens Blechhaufen vorsichtshalber mit Malerfolie zugedeckt und die Ränder mit Backsteinen beschwert, damit der Wind sie nicht fortweht, doch die Person in dem Fahrzeug, einem roten Lieferwagen, lenkt im Passieren ein, um aus dem Fenster zu schauen, wohl weil sie sich fragt, was sich unter dem Plastik verbergen mag. Es handelt sich um dasselbe Auto wie neulich, dürftig getarnt mit schwarzen Müllsäcken, die wie Pflaster an die Seitenwände und aufs Dach geklebt wurden.

»Wer zum Teufel ist dieser Kerl?«, wispert Zilch.

»Was ist das auf dem Dach?«, fragt Galavance, nachdem sie sich an das andere Fenster neben Zilch gestellt hat. »Sieht wie ein Torpedo oder so aus.«

»Ich würde lieber wissen, was er hier will«, sagt Zilch und beobachtet, wie der Mann parkt, seine Tür öffnet und herausspringt. Heute trägt er nicht den Tarnanzug, sondern eine Gummihose mit Trägern, einen Motorradhelm mit getöntem Visier, das er heruntergeklappt hat, und ein fleckiges Achselhemd, das keinen Hehl aus seinem dicken Bauch macht. Seine Arme sind hingegen straff muskulös und mit verschnörkelten Tätowierungen übersät. Er ist nach dem Aussteigen eine Weile stehen geblieben, um sich umzusehen, und greift nun ins Führerhaus, um etwas vom Beifahrersitz zu nehmen.

»Er ist *bewaffnet*«, japst Galavance, zieht sich vom Fenster zurück und lässt die Plane wieder hängen. Dabei knistert das Material laut. Auch Zilch tritt von seinem Ausguck fort und horcht nur noch, nunmehr mit Herzklopfen. Der Mann rührt sich nicht, aber weil sie ihn nicht mehr sehen, bleibt ungewiss, ob er aufs Haus schaut beziehungsweise das Geräusch gehört hat oder nicht.

Zilch lehnt mit dem Rücken an der Mauer und sucht Galavances Blick. Sie tut es ihm gleich, drückt sich gegen den nackten Gipskarton neben dem zweiten Fenster. »Dieser Kerl weiß vielleicht was«, sagt er.

»Aber er ist bewaffnet«, wiederholt Galavance sachte mit verärgertem Gesichtsausdruck. »Zum Quatschen kommt er eindeutig nicht.«

Zilch überlegt eine Zeit lang. Dann: »Ich geh raus und versuche, mit ihm zu reden.«

Galavance zieht einen Mundwinkel hoch. »Du bist so dumm.«

»Das hab ich schon öfter gehört«, entgegnet er und geht zu der Sperrholzplatte am Eingang. Beim Aufziehen macht er absichtlich viel Lärm. Dann stapft er mit seinen schweren Stiefeln auf die Vorterrasse, während er die Hände hochhält, um zu zeigen, dass keine Gefahr von ihm ausgeht. Der Fremde steht an seinem Wagen, hat das Gewehr angehoben und drückt es sich gegen die Schulter, um genau auf Zilch zu zielen.

Weil er weder Anweisungen gibt noch droht, wagt sich der Agent die Stufen hinunter, erst eine, dann noch eine. »Hallo, ich wollte gerade fragen, ob Sie nicht Zeit für einen kurzen Plausch …«

»Ich will keinen Ärger«, wirft der Mann ein. Seine Stimme klingt unter dem Helm nuschelig. Erst jetzt fällt ihm ein, den Riegel an der Waffe zurückzuziehen, um durchzuladen. »Suche nur was.«

»Sie sind auch hinter ihm her?«, unterstellt Zilch, während er über den Rasen Richtung Straße geht, bemessen ohne Eile.

»Es gehört mir.« Dass es ihm nicht passt, von Zilch abgefangen worden zu sein, ist klar erkennbar, doch er scheint auch fest entschlossen zu sein, hierzubleiben und und zu erledigen, was er sich an diesem Abend vorgenommen hat. »Ich muss es fangen. Ich muss.«

»Es … er ist nicht ungefährlich«, gibt Zilch zu bedenken und hofft dabei, der Mann fühle sich nicht von seinem fies roten Auge und dem Toilettenpapier darin abgestoßen. »Ich halte es für unklug, hier aufzulaufen und ihn zu provozieren.« *Er hat einen Monstertruck, Kollege, im wahrsten Sinn des Wortes.*

Zilch ist jetzt fast ein Yard von ihm entfernt, denn der Kerl ist so weit zurückgetreten, dass er sich beinahe gegen die Fahrerseite seines Wagens drücken muss. In dem Moment, da er einen der schwarzen Müllsäcke berührt, erschrickt er sich, wirft sein Gewehr hinein, klettert ins Führerhaus und schließt die Tür.

Zilch stürzt auf die offene Scheibe zu. »Halt, warten Sie kurz. Vielleicht können wir einander helfen. Haben Sie zufällig schon mal in einem Restaurant namens Gordo's gegessen? Heute Abend womöglich, gab's da Reste?« Der Fremde fährt ruckartig mit seinem schwarzen Helmvisier herum, weil ihn die Frage offensichtlich neugierig gemacht hat. Zilch wartet, während er sich am Fensterrahmen der Tür festhält, und hofft darauf, dass der Kerl jetzt das Visier hochklappen und alles ausspucken würde, was er darüber weiß, wie man den Reptilienmann fängt, jegliche Tipps oder Tricks, ja womöglich sogar mit Verweis darauf, warum es ihm bisher misslungen ist, alle erdenklichen Informationen.

Was kommt, ist jedoch eine Faust, und die trifft Zilch auf die Nase. Der Mann schlägt so flink, dass Zilch kalt erwischt wird. Er stolpert rückwärts, der Motor des Lieferwagens springt an, und die Scheibe wird geschlossen.

Weil das Fahrzeug zu groß ist, kann es nicht auf der Straße wenden, also rast der Fahrer geradeaus in die Sackgasse. Zilch, der damit gerechnet hat, weil es augenfällig ist, läuft mit blutender Nase gegen den Uhrzeigersinn um den gepflasterten Kreisel und hat eigentlich nichts, womit er den Wagen aufhalten könnte. Als die Kegel der Scheinwerfer auf ihn fallen, besinnt er sich und springt aus dem Weg, statt es darauf ankommen zu lassen, dass auch der Rest seiner Nanobugs eingeht. Der Fremde saust vorbei, aber Zilch greift in einem letzten Versuch aus zunehmender Frustration nach dem Plastik an einer Seitenwand. Der Sack reißt ab, und darunter sind mehrere fettgedruckte Großbuchstaben sowie ein Teil einer Telefonnummer zu sehen, die letzten vier Ziffern 9987.

Kommt mir bekannt vor.

Das Getriebe knirscht, als der Fahrer hektisch schaltet, doch er ist schnell verschwunden. Die Heckscheinwerfer entfernen sich auf der Whispering Pines, bis er die Abbiegung erreicht, an deren Stoppschild er nur kurz anhält. Nachdem er links abgebogen ist, gibt er Vollgas und gerät außer Sicht.

Zilch knüllt den Plastikfetzen zusammen, den er in seinen Händen hält, und wirft ihn über die Schulter hinter sich. Was für eine Zeitverschwendung.

»Wie ist es gelaufen?«, fragt Galavance von der Vorterrasse aus mit ironischem Lächeln. Zilch wischt sich die Finger ab, weil sie pappig von dem Klebeband sind, und betastet seine geprellte Nase. Die Unterseite ist feucht, und seine Hand rot, als er sie betrachtet … Blut mit schwarzen Punkten darin.

»Klasse, ein weiteres Beispiel für die Gastfreundschaft der Südstaaten«, erwidert er und macht sich auf den Rückweg zum Haus. Einmal bleibt er stehen und schaut auf den Boden, wo die Tüte von Gordo's liegt, geplättet und durchweicht, doch der Schriftzug, den er vorhin glatt gestrichen hat, lässt sich noch lesen, obwohl die Farbe verlaufen und die Adresse größtenteils abgerissen ist. Ganz unten steht: *Nur Bargeld akzeptiert*, dahinter eine Telefonnummer – die mit 9987 endet.

Der Burrito wird obduziert, und als Seziertisch dient der abnehmbare Deckel der Kühlbox. Die beiden Spontan-Mediziner richten extrem helle Arbeitslampen darauf, ehe sie die Füllung mit Plastikbesteck zerpflücken. Zuerst wird aber die Folie abgestreift, um an die Teigtasche zu gelangen, die mit Schlamm und etwas, das vermutlich menschliches Blut ist, besudelt ist. Die Grillstreifen mögen dem Geschmack zuträglich sein, machen aber in erster Linie optisch etwas her, und der weiche Fladen wurde ungleichmäßig geschnitten – nicht vollkommen rund wie maschinell gefertigte Mehl-Tortillas aus dem Supermarkt –, ein Beweis dafür, dass er selbstgemacht ist.

»Ich bin beeindruckt.«

»Wovon?«

»Maisfladen zu braten, ohne sie zu verbrennen, ist 'ne Wissenschaft für sich, und da ihnen an einem Sonntag das Material ausging, will ich mir gar nicht erst vorstellen, wie viele sie täglich zubereiten.« Er zieht die Schultern hoch. »Dafür dass sie schießwütige Arschlöcher einstellen, die nach Feierabend Neuzeitmärchenungeheuer jagen, kann man da nur sagen: Hut ab.«

Zilch klappt die Tasche gefühlvoll mit den Zinken einer Einweggabel auf, obwohl die Füllung sowieso weitgehend herausgedrückt wurde. Merkwürdig, dass es demjenigen, der sie essen wollte, ähnlich erging.

Galavance schaut dabei zu, wie sich Zilch nach vorn gebeugt an die Arbeit macht, mit kritischem Blick auf die verschiedenen Zutaten, die einen guten Gordo's-Burrito mit Rind und Bohnen ausmachen, also abgesehen von den beiden eindeutigen, auf die er getauft wurde. »Was um alles in der Welt hat jemand aus diesem Laden hier zu suchen? Schließlich liefern sie heute nichts mehr, und außerdem: Wozu braucht er ein Gewehr?«

»Er war schon letztens hier«, beginnt Zilch, während er in Kidneybohnen herumstochert, bis er erkannt hat, was es ist, sie im Kopf abhakt und zur Seite schiebt. »Gleiches Spiel: mit Kanone und auf der Suche nach Jolbys schlechterer Hälfte.« Er schaut zu ihr auf. »Die Wer-Amphibie meine ich, nicht dich.« Dann fährt er mit der Untersuchung der Innereien fort. »Wenn schon, bist du seine bessere Hälfte.«

»Schon klar«, sagt Galavance, »aber danke fürs Klarstellen.«

Die Scheinwerfer, die Zilch ringsum verteilt hat, sind heiß und brummen äußerst nervig, was Galavance an einen Zahnarztbesuch erinnert. Als sie sich erhebt, regt dies ihre Durchblutung, die in der Hocke unterbrochen wurde, wieder an. Sie setzt sich gegenüber im Raum hin und beobachtet Zilch, der auf seinen Knien sitzen bleibt, den Hintern in die Luft streckt und mit aufgestützten Ellbogen an dem Zeug auf der Alufolie nestelt wie am Inhalt eines Leichensacks.

»Warum tun wir das?«

Er hebt etwas mit der Spitze seines Plastikmessers hoch. Indem er den klebrigen Klumpen dicht ans Licht hält, nähert er sich so weit mit seinem unversehrten Auge, dass die Wimpern ihn fast berühren. »Wir hätten Jolby beinahe geschnappt«, antwortet er. »Er witterte etwas an diesem Ding, war ganz scharf darauf. Das bestätigt jedenfalls meine Theorie über Nachgeschmack, aber da die von Gordo's schlecht eingekauft haben und nicht liefern können, muss ich herausfinden, was diesen

Fraß so unwiderstehlich für Jolby macht. Dann fahren wir los, suchen einen Vierundzwanzig-Stunden-Supermarkt und besorgen mehr davon, um ihn zu ködern.«

»Glaubst du, der Typ von Gordo's war deswegen hier?«

Zilch schüttelt den Kopf, während er den Klumpen auf seinem Behelfsskalpell beäugt. Er schielt schon fast, so wenig Abstand hält er. »Der Grund dafür ist mir immer noch völlig unklar.«

Galavance sieht entsetzt mit an, wie Zilch das braune Etwas auf der Messerspitze immer näher an seinen Mund führt – sachte, damit es nicht hinunterfällt –, dann von der gezackten Schneide saugt und kaut.

»Oh *Mann*, komm schon, das hat auf dem *Boden* gelegen … und *Blutspritzer* abgekriegt, um Himmels willen«, erinnert sie ihn und hält sich den Bauch. »Bist du völlig krank?«

Zilch spuckt, und was auch immer es ist, fliegt wie ein Geschoss durch den Raum. Galavance zieht automatisch die Beine an und sieht zu, während das Kügelchen langsam ausrollt, bis es am Hauseingang liegen bleibt. Zilch spuckt noch ein paarmal, ehe er sich den Ballen Klopapier aus dem Augenwinkel zieht und dreht, um eine saubere Stelle zu finden. Damit fährt er sich über seine ausgestreckte Zunge, als würde er Erbrochenes von einem Linoleumboden wischen.

»Igitt, warum hat das wohl nicht geschmeckt?«, schnaubt Galavance, deren Gesicht noch starr vor Ekel ist.

»Mit dem Geschmack hat das nichts zu tun«, erklärt Zilch. »Vielmehr mag es moralisch bedenklich sein, so was zu essen.«

»Wieso?«, fragt Galavance lachend. »Bist du auf einmal Veganer geworden oder irgend so ein …« Sie senkt ihren Blick, und auf einmal juckt ihr Gesicht, als würde ein Ameisenstaat über sie krabbeln. Sie schwankt im Sitzen, da kriecht Zilch ein Stück vorwärts, steht von seinen Knien auf und rät ihr, den Kopf zwischen die Beine zu klemmen, um nicht ohnmächtig zu werden.

»War es wirklich …«

»Ich kenne den Geschmack ja nicht, kann also nur vermuten, was es ist. Davon gehört hab ich nur einmal, und zwar in einem Interview, wo Pygmäen gefragt wurden, wie es schmeckt.«

»Lass mich raten: Menschenfleisch erinnert an Hühnchen?« Galavances Stimme klingt gedämpft, weil sie die Knie fest gegen ihre Schläfen drückt. Sie sieht einen Schweißtropfen von ihrer Nase perlen und auf den Sperrholzboden auftreffen, wo er einen ebenmäßigen, schwarzen Punkt bildet.

Zilch lacht dann so, wie sie noch nie jemanden lachen gehört hat. Es geht über seinen Galgenhumor hinaus und veranlasst eher zu der Vorstellung, ein Erfrierender habe einen Witz gerissen, woraufhin sich ein anderer, dessen Lungenflügel noch nicht ganz vereist sind, ein Röcheln abringt. »Wie Schweinefleisch: Kotelett oder Kochschinken.«

»Oh Gott«, stöhnt Galavance. Sie hebt ihren Kopf gerade so weit an, dass sie Zilchs Gesicht sieht, weil sie wissen will, ob es sich – *bitte, bitte* – nur um einen Scherz handelt, dass es nur Rindfleisch war und er sie aufheitern will. Er lässt eine Hand auf ihrer Schulter liegen und hat seinen Blick abgewandt, um in die Ecke zu schauen, wo der braune Klumpen liegt, den er wenige Sekunden zuvor noch im Mund hatte. Er sieht ihn an, als sei es etwas sehr, sehr Schlimmes für ihn.

»Es schmeckt wie Schinken und Froschschenkel zusammen.« Er hüstelt und spuckt wieder. »Ziemlich genau so, wie man es bei einer Wer-Amphibie annehmen sollte.«

»Aber … das würde ja heißen …«

Zilch nickt. »Richtig. Anscheinend haben die von Gordo's Original-Tex-Mex beschlossen, gar nicht mehr mit Lebensmittelzulieferern zusammenzuarbeiten und schlicht Angestellte herumziehen zu lassen, um ihre Zutaten selbst zu besorgen.«

KAPITEL 36

Da Galavance momentan außerstande ist, bei Nacht zu fahren, sitzt sie auf dem Beifahrersitz, während Zilch zu Gordo's fährt. Sie hat das Gefühl, sich übergeben zu müssen, nicht nur wegen all der Gräuel, die sie an diesem Wochenende erlebt hat, sondern auch wegen der Sonne, der sie heute lange ausgesetzt war, weil sie zu wenig Wasser getrunken hat und zudem über ihre Gefühle für Jolby grübeln musste.

Er ist ihr fremdgegangen. Elfmal. Während der letzten drei Jahre. Mit elf unterschiedlichen Frauen. Galavance hält sich die Zahlen vor Augen und stellt verschiedene Berechnungen damit an. Dabei weiß sie nicht so recht, ob es sie erleichtert oder noch tiefer ins Leid reißt. Sie berücksichtigt, dass bei elf Seitensprüngen mit immerzu anderen Bräuten nicht gesagt ist, er habe eben nur so oft mit einer anderen geschlafen. Vielleicht tat er es mit einigen von ihnen mehrmals. Zählt das? Soll sie jeden Geschlechtsakt als separaten Treuebruch auslegen, oder gilt der wiederholte Verkehr mit derselben Person als ein einziger Vorfall? Sie weiß nicht, wie oft er mit diesen Mädchen in die Kiste gehüpft ist, würde aber jede Wette darauf eingehen, er habe es häufiger als einmal getan. Falls eine Bezeichnung auf Jolby zutrifft, dann Gewohnheitstier, denn wenn er sich für etwas begeistert, etwa die Chalupas von Gordo's, neigt er dazu, daran festzuhalten und die Sache ständig zu wiederholen, bis er es absolut leid ist.

Galavance denkt noch einmal an Zilchs Angebot von zuvor, sie einfach irgendwo abzusetzen, vielleicht bei Bekannten oder ihrer Mutter. Sie weiß nicht so recht, weshalb sie noch hier ist und das alles mitmacht, wo sie doch letzten Endes völlig unschlüssig bleibt, was die Frage betrifft, ob Jolby sterben soll oder nicht.

Logischerweise wäre sie traurig. Das ist einfach natürlich. Sie waren neuneinhalb Jahre zusammen. Jedem, der auch nur ein halbes Herz hat, setzt eine Trennung nach so langer Zeit zu. Jolby mag ein fauler Stubenhocker gewesen sein … aber *ihr* fauler Stubenhocker, neuneinhalb Jahre lang.

Und anscheinend ein Stubenhocker-Casanova bei elf anderen Frauen.

Sie blickt auf ihre eigene Kindheit zurück und erinnert sich daran, was Daddy, wenn Mommy ihn überhaupt einmal wütend machte, nicht nur ihr, sondern auch Galavance antat. Sobald er das Gefühl bekam, seine Autorität wurde in Zweifel gezogen, oder nur der leise, paranoide Verdacht bestand, seine Frau trenne sich von ihm (endlich), zog er zwei Stühle vom Esstisch ins Wohnzimmer. Daraufhin zeigte er erst auf Mommy, dann auf einen Stuhl und schließlich auf Galavance sowie den anderen Stuhl.

Mommy tat meist so, als wolle sie aufbegehren, ihn Arschloch nennen oder so, stieg aber dennoch auf den Stuhl und blieb stehen, während sie ihrem Mann giftige Blicke zuwarf und darauf wartete, dass er die Tammy-Wynette-Schallplatte herausnahm. Manchmal verharrte er lediglich und beobachtete seine kleinen Ladys, wie er die beiden nur nannte, wenn er böse auf sie war. Unterdessen legte Galavances kleiner Bruder die LP auf, schaltete den Plattenspieler ein und setzte die Nadel fachmännisch, da er es schon so oft getan hat, auf die Rille des richtigen Songs.

Daddy nahm den Jungen dann für gewöhnlich zu sich und sah der Schau gemeinsam mit ihm zu. Er wirkte stets gespannter auf den Beginn der Darbietung als sein Sohn. Die Wohnzimmerlautsprecher knisterten ein paar Sekunden lang, ehe die Musik einsetzte, und falls Mommy nicht sofort mit Galavance anfing, mussten sie so oft wieder von vorne beginnen, bis sie synchron mit Ms. Wynette waren.

Jeweils dreimal sangen Mutter und Tochter feierlich vom Anfang bis zum Ende *Stand By Your Man*, wann immer sie – die eine oder andere – aus der Reihe tanzten. Wenn das Lied ausklang, tat Evan seine Pflicht als Discjockey, wohingegen

Daddy mit dem immer gleichen Gesichtsausdruck beobachtete, wie seine kleinen Ladys nach seiner Pfeife tanzten respektive sangen.

Möglicherweise hat es sich Galavance eingeprägt, weil es etwas ist, das sie beim Aufwachsen so oft tun musste. Der Songtext wurde mehr als dies und schaffte, was auch mit Bibelversen geschieht: Die Worte setzen sich fest und nehmen die Bedeutung einer Bezugsgröße ein, an welcher man sich automatisch orientiert, um sinnige Entscheidungen zu treffen. Allerdings erwähnte Tammy Wynette in keiner Zeile von *Stand By Your Man*, dass der Protagonist ihres Gassenhauers seinen Schwanz in mehrere andere Frauen gesteckt hat.

Darüber hinaus schmerzt Galavance vor allem anderen die Tatsache, dass Jolby ihr im Grunde nur das gab, was übrig blieb.

Abende, an denen er sich nicht mit Chev zudröhnte oder Fremde vögelte, sondern nur zum Furzen, Nasebohren und Vollkotzen der Wand im Bad nach Hause kam, seine Barthaare nach dem Rasieren nicht wegspülte, genauso wenig wie benutztes Geschirr wegräumte, leere Lebensmittelverpackungen im Gefrierfach liegen ließ und die verdammte Zahnpastatube nicht zuschraubte. Das alles waren lediglich kurze Eindrücke, Ausschuss, der ungewollte Teil zum Wegwerfen, der Galavance übrig blieb. Seine guten Seiten kriegten die anderen Frauen: seine erstklassigen Kuschelkünste, seine wunderbare Gabe, schreiend komische Geschichten zu erzählen, die Angewohnheit, samstagmorgens bisweilen früh aufzustehen und sich in die Küche zu schleichen, um Frühstück zu machen – das volle Programm, Eier mit Schinkenspeck, Kaffee, O-Saft, Toast – und es ihr ans Bett zu bringen.

Als sie versucht, sich an den genauen Tag zu erinnern, der den Beginn von Jolbys Kundschaft bei Gordo's markierte, oder wenigstens an das erste Mal, dass er ihr sagte, wie gut es dort schmecken würde, fällt ihr nur ein ungefähres Datum ein. Es war kälter, wahrscheinlich im letzten oder vorletzten Winter.

Jedenfalls ist sie nun froh, ihn nicht beim Wort genommen zu haben, da herausgekommen ist, was dieser Burrito enthält, aber ihre Gedanken überschlagen sich, weshalb sie es laut ausspricht, bevor es ihr selbst bewusst wird. »Kannst du dir vorstellen, dass dort womöglich alles begonnen hat? Dass er sich im Gordo's angesteckt hat mit was auch immer es sein mag, das ihn dermaßen veränderte? Falls er nämlich keine Kontrolle über sich hatte, als er die Fahrzeugteile klaute, mag er mich auch nicht absichtlich betrogen haben.«

Ausformuliert klang es weniger überzeugend. Als klammere sie sich an einen Strohhalm. Dass Zilch das Gleiche denkt, erkennt sie an seinem Gesicht, aber er ist so freundlich und antwortet bemüht enthusiastisch: »Ja, kann ich.«

Galavance wendet sich wieder der Windschutzscheibe zu. Sie sieht den Highway im Einzugskreis der Scheinwerfer, andere Verkehrsteilnehmer und in der Ferne Raleigh, wo der Horizont leuchtet. Zilch fragt nach dem Weg zum Restaurant und hakt gelegentlich nach, ob es rechts oder links weitergehe. Sie gibt ihm die Richtungsanweisungen mit monotoner Stimme und wünscht sich dabei, der Text von Tammy Wynette, der sich in ihr Hirn eingebrannt hat, würde einfach unwiederbringlich gelöscht.

Schließlich erreichen sie Gordo's, das in einem Stadtteil steht, wo es ansonsten ausschließlich Gebrauchtwagenhändler und Fertigungshallen gibt. Ein Zug saust auf den Schienen vorbei wie über Eis, allerdings ratternd und quietschend, als treffe er nur ungern an seinem Ziel ein. Galavance bemerkt ein Rudel Hunde, die auseinanderlaufen, als das Scheinwerferlicht auf sie fällt. Sie bewegen sich hüpfend, drehen ihre Köpfe mehrmals nach hinten und sind so dürr, dass ihre Wirbelsäulen am Rücken hervorstechen, als würden Tausendfüßler auf ihnen reiten.

Zilch biegt auf den Parkplatz ein. Ein Schild gibt an, das Lokal sei geöffnet, doch davor steht nur ein einziger Wagen. Er fährt weiter und hinters Gebäude.

Der andere Wagen ist ein roter Van, dessen Besitzer bis dicht vor die Hintertür zurückgesetzt und ihn schief geparkt hat. Gordo's ist ganz offensichtlich ein ehemaliges Pizza Hut, denn weder an der Architektur noch der charakteristischen Form der Fenster und des Dachs wurde viel verändert, sieht man von dem frischen Anstrich in einem Gelbton ab, der irgendwo zwischen dem von Twinkies und Schulbussen liegt.

Galavance steigt aus und geht zum Eingang, hält jedoch inne, statt sofort einzutreten. Eigentlich brennt sie darauf, zu erfahren, wann das Restaurant seinen Betrieb aufgenommen hat, um sich zu vergewissern, dass Jolby eventuell seit drei Jahren nicht er selbst war, doch da sie Zilch nicht hinter sich hört, dreht sie sich um. Er starrt auf den roten Van, der mit dem Gordo's-Logo lackiert wurde, einem Gecko mit Sombrero, der an einem Kaktus lehnt, wobei dieser wie jener je einen Revolver aus dem 19. Jahrhundert hält und einen gezwirbelten Schnurrbart hat. Galavance erkennt, dass Zilchs Aufmerksamkeit weder dem Wagen noch den bunten Maskottchen gilt, sondern dem Ding, das auf dem Dach sitzt. Dem Anschein nach war es einmal das Firmenfahrzeug eines Kammerjägers, und man hat die Metallbeine von dessen Erkennungszeichen abgemeißelt – vermutlich handelte es sich um eine Kakerlake –, um den Rest des röhrenförmigen Körpers einem in Alufolie gewickelten Burritos nachzuempfinden. Ein Ende des gebackenen Fladens ragt hervor und wurde so bemalt, dass er wie ein zornig dreinblickender Hai mit spitzen Zähnen aussieht, was an Nasenkegel von Kampfjets denken lässt. Oder Torpedos.

Während Zilch die Seitenwand des Vans abtastet, hört Galavance, dass seine Hände an manchen Stellen haften bleiben, als seien das Logo und die Burrito-Rakete auf dem Dach abgeklebt worden. Tatsächlich hängt ein Stück schwarzes Plastikband unter dem Deckel des Müllcontainers hinter dem Gebäude heraus.

»Keine Frage, das ist er«, sagt Zilch. Sie treten ein, gleich nachdem er sichergegangen ist, dass die Harpunenkanone, die er sich über den Arm gelegt hat, unter der Jacke verborgen ist.

Tabakgestank und das Aroma verbrannter Gewürze liegen in der Luft. Zilch geht vor, und als Galavance hustet, ist sie überrascht, ausnahmsweise diejenige zu sein, die dies tut, nicht er. Die Tische im Lokal sind leer, wohin sie auch schaut. Hinterm Tresen stehen Männer, die lustlos mit dreckigen Lappen über Arbeitsflächen fahren, wohingegen ihre Unterhaltung umso lebhafter ist. Das gesamte Personal, dessen Alter in keinem Fall zwanzig überschritten hat, trägt ärmellose Hemden, aber keine Handschuhe oder Haarnetze. Viele Zutaten, die auf der Theke stehen und kühl gehalten werden sollten, erwecken den Eindruck, der Wärme schon stundenlang ausgesetzt zu sein: braune Spitzen an den Salatblättern und Tomatenwürfel mit runzliger Haut wie Dörrobst. Eine ungleichmäßige Streu aus Krümeln säumt alles Senkrechte – Tischbeine, die Fußleisten der Wände. Der Teppichboden mag irgendwann einmal rot gewesen sein, doch seine Farbe entspricht jetzt vielmehr jener einer neu geteerten Straße. Als Schichteinteilerin für die Bedienungen bei Frenchy's findet Galavance das grausig. Käme sie eines Morgens zur Arbeit, und die Kollegen vom Vortag hätten das Lokal in einem solchen Zustand hinterlassen, würde sie die Namen der Schuldigen rigoros vom Dienstplan streichen. Sie hat zwar noch nie jemanden gefeuert, wäre aber sicherlich bereit dazu, sollte so etwas einmal passieren.

»Hier essen, oder was zum Mitnehmen?«, fragt ein Mann hinterm Tresen, während er sich behäbig mit einer Hand in der Achselhöhle des anderen Arms kratzt und zugleich an einer Reihe Speisekarten zieht, die mit Essensklecksen besudelt unter einer Kunststoffwanne voller Stapel mit schmutzigem Geschirr klemmen.

Zilch liest auf einem laminierten Zettel an einem Nagel an der Wand neben der Durchreiche, die jüngste Inspektion von Gordo's durch die Lebensmittelüberwachung liege einige Monate zurück, wobei die Hygiene mit C bewertet worden ist. »Ist der Chef im Haus?«, fragt er. »Ich würde gern mit ihm sprechen.«

Der Mann lässt von den Speisekarten ab und schaut Zilch an, als wolle er ihn erwürgen. Auf Galavance wirft er nur einen kurzen Blick, doch sie scheint ihm nicht bedrohlich vorzukommen, also widmet er sich wieder ihrem Begleiter. »Kein Gordo heute, Amigo. Gordo daheim.« Er reibt sich den Bauch – seine Hand ist tätowiert – und ergänzt: »Fühlt sich nicht gut. Du verstehst?«

»Ich fühle mich auch nicht sonderlich gut«, erwidert Zilch. »Das ist mit einer der Gründe dafür, dass ich gern mit Gordo reden würde. Irgendwas sagt mir, er könnte schuld daran sein.«

Der Kerl taxiert ihn noch ein paar Sekunden lang unfreundlich. Als er erneut zu Galavance hinüberschaut, mustert er sie schnell einmal von Kopf bis Fuß. Da seine Augen eng stehen, könnte man meinen, er halte die Lider halb geschlossen. Langsam wendet er sich wieder Zilch zu. Erkennt er sie wieder? Ist er der Mann mit dem Gewehr, dem Motorradhelm und der Wathose?

»Sie kommen besser ein andermal zurück, ja?«, schlägt er plump vor. »Dann Gespräch mit Boss, okay?«

Zilch fasst sich geruhsam an den Rücken, und Galavance möchte gerade einlenken, damit er diese Männer nicht mit der Harpunenkanone angreift, als sie sieht, dass er nur in eine Gesäßtasche langt. Er nimmt seine Geldbörse heraus, klappt sie einmal schnell auf und wieder zu. In dem flüchtigen Moment, bevor er sie zurückschiebt, erkennt Galavance, dass Chevs Führerschein drinsteckt.

»Jim Rockford, Einwanderungsamt. Bitte weisen Sie sich sofort aus.«

Der Mann, mit dem er sich unterhalten hat, und auch die restlichen Angestellten in der offenen Küche bleiben gelassen und kommen der Aufforderung nach, ihre Identität zu belegen. Sie nehmen gültige Führerscheine heraus und schmunzeln fast alle beim Hochhalten, was sie reihum tun.

Während Zilch so tut, als überprüfe er die Kärtchen, die man ihm zeigt, gibt er mimisch zu erkennen, dass er händeringend nach einem Vorwand sucht, um von hier zu verschwinden und den Lokalbesitzer aufzusuchen. Galavance flüstert: »Die Nummer mag zu deinen Hochzeiten funktioniert haben, aber …«

Er würgt sie ab, indem er mit einem Daumen auf sie zeigt und all den grinsenden Typen mitteilt, die sich aus dem Schneider wähnen, sie würden sich als illegale Einwanderer strafbar machen. »Tja, sie begleitet uns Gesundheitsbeamte, und jetzt habe ich Sie alle am Wickel, nachdem wir so *einige* Anrufe bezüglich dieses Etablissements …«

Keiner kriegt mehr den Mund zu. Sie schnappen sich ihre Kärtchen wieder und stieben auseinander – schnurstracks zum Gästeeingang, hinaus und über den Parkplatz, wo ein Teil zur anderen Seite der unbefahrenen Straße läuft und der Rest über den Bürgersteig verschwindet. Innerhalb weniger Sekunden ist das Restaurant abgesehen von Zilch und Galavance komplett leer.

Sie schaut der verschmierten Eingangstür, die einen hydraulischen Schließer hat, beim Zufallen zu. Draußen hastet der letzte Mann auf dem Gehsteig davon. Er flitzt ganz schön, obwohl er korpulent ist.

Zilch klopft seine Hände aneinander ab, als habe er Schmutzarbeit erledigt. »Hervorragend. Niemand kriegt so schön Muffensausen wie der Koch eines Dreckslokals, der damit rechnen muss, dass sein Name einer Regierungsbehörde geläufig ist, die es als Dreckslokal *eingestuft* hat.« Er stößt die Tür auf, die vom Gästeraum zur Küche führt, und geht durch. »Ich bin auch schon mehrmals genau so davongerannt.«

Galavance schürzt ihre Lippen, als denke sie: *Nicht übel*, und beobachtet, wie der Nachzügler zu einem kleinen Punkt an der Straße schrumpft, der nur zu sehen ist, wenn er unter einer Laterne durchläuft. »Hut ab.«

KAPITEL 37

Wie heruntergekommen Gordo's wirklich ist, war vor dem Tresen noch nicht einmal zu erahnen. Jede Auflagefläche klebt vor eingetrocknetem Dreck, kein Quadratzoll der Gummimatten ist nicht mit schwarzen Bröckchen von weiß Gott was gespickt, und sobald Zilch die Küche betritt, stinkt es doppelt so streng.

»Der Burrito, den wir im Haus zerteilt haben …«, beginnt Galavance, die aufpassen muss, wohin sie ihre Füße setzt. Überall haben sich Lachen gebildet, ob aus Frittierfett oder undichten Müllsäcken, die irgendwo hingeworfen wurden, sodass man einen sprichwörtlichen Eierlauf vollführt, wenn man nicht ausrutschen und sich das Genick brechen möchte.

»Ja?«, fragt Zilch, da sie nicht ausgeredet hat. Auch achtet er darauf, wohin er tritt, obwohl er in Küchen wie dieser gearbeitet, schwitzend zahllose Stunden an Orten exakt wie diesem verbracht hat. Dabei wurde es zur Gewohnheit, glitschige Gefahrenstellen zu umgehen, ungefähr wie bei Tanzschritten, die man übt, bis die Füße bluten.

»Ist was von Jolby in dem Burrito verarbeitet worden? Fährt Gordo oder wer sonst in dem Wagen gesessen hat, einfach so herum, schnippelt an jemandem und verschwindet wieder?«

»Schwer zu sagen«, entgegnet Zilch und schiebt einen gummiartigen Vorhang zur Seite, hinter dem die Trockenvorräte lagern. Dort ist es nicht viel sauberer, aber wenigstens läuft man weniger Gefahr, auf die Fresse zu fliegen. Ordnung herrscht auch hier nicht, und wenngleich es sich nicht mehr so warm anfühlt, ahnt er aus Vertrauen in sein Temperaturempfinden, dass man die Sachen nicht wie vorgeschrieben kühlt. Als echter Gesundheitsinspektor hätte er schon zahllose Gründe dafür gefunden, den Laden dichtzumachen, und dabei haben sie noch keinen der Selbstbedienungskühlschränke geöffnet. Immerhin hat er sich eingehend damit beschäftigt, wonach diese Typen suchen, und weiß, wo sie nachsehen.

»Oder glaubst du, dass es mehr gibt als Jolby, die so sind?«

Zilch hält inne. »Das ist mir bisher nicht eingefallen.«

»Schließlich hat sich das Ding in dir ziemlich schnell entwickelt, nachdem du mit ein wenig Blut von Chev in Berührung gekommen bist«, sagt Galavance und tritt durch die schmierigen Plastiklamellen, die Kammer von Küche trennen. »Demnach wäre es kein Wunder, wenn man etwas von seinem ... Fleisch ... essen und sich so den Parasiten zuziehen würde.«

»Ja, aber der Burrito war gar«, hält Zilch dagegen. Er zögert, bevor er eine Tür aufzieht, doch es ist bloß ein Besenschrank. Die Reinigungsmittel darin sind alle staubbedeckt und die Verfallsdaten um Monate überschritten, ohne dass jemand die Versieglung an den Behältern geöffnet hätte. Er schließt die Tür wieder. »Es ist wie bei Schwertfischen, die Würmer auf der Haut hatten, wovon ich dir ja erzählt habe: Man kann sie ohne Weiteres essen, denn sie sind tot, also besteht keine Gefahr, auch wenn sie echt ekelhaft schmecken. Wäre Gordo darauf aus, den Parasiten zu verbreiten, würde er seine Gerichte nicht den Auflagen gemäß erhitzen.«

Da lacht Galavance schallend laut. »Deutet hier irgendwas darauf hin, dass sich Gordo's an Auflagen hält?«

Zilch schüttelt den Kopf, als wolle er »Eins zu null für dich« sagen. Stattdessen kommt: »Guter Punkt, nein.«

Platsch.

Sie erstarren und wenden sich einander zu, um zu bestätigen, dass sie das Geräusch beide gehört haben. Nachdem sie genickt haben, dreht sich Zilch um und schaut zur Tür des Kühlhauses. Es platscht erneut, und zwar durchdringend, als habe jemand einen Berg nasser Kleider aus einer Waschmaschine über sich hochgehalten und mit Nachdruck auf den Boden fallen lassen: triefend und schwer, nass klatschend beim Aufschlagen.

Zilch zieht die Kanone mit einer Hand, tritt leise vor, während er die andere ausstreckt. Als er die Tür aufzieht, bricht die Hölle los.

Galavance kreischt. Es platzt einfach so aus ihr heraus, und trotz des Schrecks ist sie kurz überzeugt davon, jemand anderes habe diesen ungestümen, unvermittelten, unangenehmen Laut ausgestoßen. Zilch hält sich die Kanone vor, die schussbereit mit einem der Aluhaken bestückt ist und das Licht der Leuchtstoffröhre im Kühlhaus reflektiert. Die zwei haben einen Mann darin bei irgendetwas gestört, und er ist herumgefahren, hat zu einem Gewehr gegriffen, das an der Wand stand, und zielt nun aus der Hüfte, während er auf Spanisch ruft, er wolle gefälligst wissen, was Zilch verfickt noch mal hier treibt.

Er ist flächig tätowiert, wie man trotz der großen Kleckse aus bräunlichem Blut an seiner nackten Brust erkennt. Er trägt noch die Gummihose, aber nicht mehr den Motorradhelm, also sieht Galavance es – das pausbackige Gesicht, die braunen Kulleraugen, einen fliehenden Haaransatz. Was von seinem vollen Schopf übrig ist, sind Fransen rings um den Schädel, die nach allen Seiten abstehen, weshalb er sie an einen Albert Einstein erinnert, der zu lange in der Sonne gewesen ist und Haarausfall von zu häufigem Färben hat. Anders als der Physiker jedoch schaut er nicht freundlich oder einnehmend drein. Die Zähne in seinem Mund, der zwischen den unförmig dicken Wangen stark gestaucht wirkt, sind alle gelb, und er brüllt, brüllt, brüllt, Zilch solle die Waffe herunternehmen.

Der erwidert: »Dann tu du's auch, Arschloch.« Kein bisschen Angst schwingt in seiner Stimme mit. Er hat an diesem Wochenende schon so viel durchgemacht – das muss Galavance niemand sagen – und seinen letzten Rest Geduld bestimmt schon vor Tagen verloren, wahrscheinlich als er am Freitag von ihr angefahren wurde. Darum verhält er sich jetzt so, als sei ihm völlig egal, ob der Mann, den sie für Gordo hält, das Feuer eröffnet oder nicht.

Das Geschrei hört auf, und sie weiß: Sollte er diesen Typen erschießen, seinen Kopf mit der Harpune durchbohren, gibt es niemanden mehr, der ihr sagen kann, wann die Eröffnung gewesen ist und wann demnach Jolby, falls überhaupt, von dem Parasiten befallen wurde, der ihm die Beherrschung über sich selbst und alle seine Triebe geraubt hat. Ob er sie mutwillig oder unfreiwillig betrog. Sie stellt sich genau zwischen die beiden Männer, baut sich vor dem mutmaßlichen Lokalbesitzer auf. Sie ist ruhig, verblüffend ruhig sogar. Sie ist auf einer Mission.

Da sie im Weg steht, hat Gordo keine freie Schussbahn, also verrenkt er sich nach links und rechts, um an ihr vorbeizuzielen, was er so erbittert versucht, dass er nicht darauf kommt, sie einfach zur Seite zu stoßen. Während er vor ihr herumzuckt, achtet sie darauf, den Blickkontakt mit ihm nicht zu unterbrechen, nimmt aber dennoch wahr, was hinter ihm ist: Dort hängt mit den Füßen an Haken aufgehängt eine ausgeweidete Wer-Amphibie – wie ein Mensch bis zu einem gewissen Grad, was Größe, grundlegende Gestalt und Figur angeht, die primären Geschlechtsorgane und Länge der Finger; andererseits umso mehr wie ein Frosch, etwa hinsichtlich der kräftig muskulösen Beine, nahezu verkümmerten vorderen Gliedmaßen, Schwimmhäuten an den Händen und – am offensichtlichsten – der Haut, die grün wie ein Dollarschein ist, nicht zu vergessen dieses *Gesicht*.

Obwohl er mit einem Gewehr vor ihrem Kopf fuchtelt, greift sie schnell nach ihm und packt Gordo an den Wangen, wobei sie spürt, wie seine rauen, buschigen Koteletten durch ihre Finger gleiten. Prompt beruhigt er sich wie ein streng abgerichteter Hund, der die Äußerung eines simplen Befehls gehört hat, als besitze Galavance eine Art Superkraft, die sie allerdings nur ein einziges Mal in ihrem Leben einsetzen darf.

»Seit wann hast du den Laden hier?«, fragt sie.

»Hä?« Angsterfüllte Augen. Sie drücken aus: *Was hat dieses Weißbrot vor?*

»*Wann* hast du das Restaurant *eröffnet?*«, präzisiert sie so ruhig, wie sie kann.

Gordo nimmt sein Gewehr herunter, schaut ein paarmal über Galavances Schulter zu Zilch und tut sich in seiner Panik schwer damit, den Dolmetscher in seinem Kopf in die Gänge zu kriegen. Er nennt mehrere Zahlen auf Spanisch, schüttelt jedoch schließlich den Kopf, den sie immer noch in ihren Händen hält, und antwortet heiser: »Vor zehn Monaten, fast … einem Jahr.«

Da entspannt sie sich, lässt ihre Arme hängen und wankt aus dem Weg. Als Gordo sich nach ihr ausstreckt, glaubt Zilch irrtümlicherweise, er greife Galavance an, denn er stürzt vorwärts, drückt ihm die Spitze der eingespannten Harpune gegen die Brust und befiehlt: »Zurücktreten, und zwar plötzlich.«

Galavance wird flau im Magen, ein zunehmend intensiveres Gefühl, als würde etwas sie aushöhlen, einen Tunnel bis hinunter in ihre Füße, ja durch die Sohlen in die Erde, und sie stürze hinein, von innen nach außen gestülpt. Als sie gegen eines der Regale des Kühlhauses stößt – das Metall ist sehr, sehr kalt – und erschrocken die Hände wegzieht, bleiben sie kurz kleben, weil sie schon angefroren sind wie die Zunge dieses Typen, der in diesem einen Film an einem Pfosten leckte. Alles dreht sich, sie fällt vorwärts und genau auf die Wer-Amphibie an den Haken. Sie möchte sich an einem der Arme festhalten, doch der ist aufgrund der natürlichen Schleimschicht und wegen des Blutes glitschig, das noch immer aus einem klaffenden Loch in der Brust fließt. Darum rutscht sie daran abwärts – praktisch wie an der Stange einer Feuerwache – und sinkt zu Boden.

Dort bleibt sie liegen, endgültig mit gebrochenem Herzen. Jolby betrog sie *wesentlich* länger, nicht erst seit der Eröffnung von Gordo's. Gut zwei Jahre vergingen, bevor er seine erste unreine Chalupa aß und zu dem wurde, was er nun ist.

»Raus hier«, schreit Zilch, was sie kurz auf sich selbst bezieht. Sie kann ihn nicht sehen, weil sie zusammengesackt daliegt und beide Männer hinter ihr stehen. Ihr war nicht bewusst, wie stark sie darauf baute, Jolby habe sich selbst nicht mehr unter Kontrolle gehabt. Sie hatte gehofft, das noch alles mit ihm regeln zu können, dass ihm noch zu helfen und eine Heilung möglich wäre, woraufhin er vielleicht geläutert sei und sie noch einmal neu anfangen könnten. Diese Hoffnung hat sich nun zerschlagen, und übrig sind nur Scherben einer recht naiven Erwartung.

Auf einmal fasst ihr jemand an den Arm, aber sachte. Als sie aufschaut, sieht sie nicht nur die baumelnde Wer-Amphibie direkt über sich, deren totes Gesicht mit je einem ganz und halb geöffneten Auge auf sie gerichtet ist, sondern auch Zilch. Unter dem grellen Licht aus der Leuchtstoffröhre über ihm bleibt sein Gesicht schwarz, und sein Körper ist nur ein Schattenriss. In ihrem Kummer sieht sie ihn vorübergehend doppelt und verschwommen, sodass sich der tote Frosch- und der Schattenmann überlagern, aber keiner wirklich zu sein scheint.

»Hey«, fragt Zilch hörbar besorgt. »Alles in Ordnung mit dir?«

Sie umfasst seine hingehaltene Hand am Gelenk und zieht sich hoch. »Ja«, antwortete sie, obwohl ihr Becken an der Seite wehtut, mit der sie aufgeschlagen ist, und ihre Handinnenflächen klamm sind. Sie wischt sie sich ab. Allerdings ist es angenehm in dem Raum – kühl, und das ruft Galavance vor Augen, wie stark ihr die Sonne im Laufe des Tages zugesetzt hat. Einen Moment lang fühlt sie sich wie seekrank, weshalb sie wieder zusammenbricht. Zilch versucht, ihren Fall zu bremsen, doch ihre Arme sind feucht vor Tau, der sich in dem Kühlhaus rasch bildet, und vom Blut des Kadavers. Sie landet auf ihrem Hintern, und zwar unsanft.

Trotz alledem lacht sie dann.

»Ich muss nur mal kurz sitzen bleiben«, erklärt sie. Ihr ist schummrig, doch sie weist Zilch mit einer Armbewegung von sich. Nur dieses Winken führt bereits dazu, dass sie befürchtet, vor Anstrengung umkippen zu müssen. »Schnapp dir Gordo. Hab ich nicht gehört, dass er abgehauen ist?«

Zilch dreht sich schnell um. »Scheiße.«

Er lässt Galavance im Kühlhaus zurück und eilt durch die Küche, wobei er vergisst, dass der Dreck die Fliesen stellenweise glatt wie Eis macht, und rutscht beinahe aus, als er in ein zähes Etwas *con queso* tritt.

Gordo hat diesen Parcours schon bewältigt, die Bestellannahme mit einem Stoß durch die Tür hinter sich gelassen und fast schon den Eingang erreicht. Zilch stolpert und humpelt weiter, um ihn einzuholen, nachdem er ihn vor der Durchreiche bemerkt hat. Er legt mit der Kanone an, obwohl er den Kerl nicht töten will, und drückt ab, wobei er darauf spekuliert, der Schuss werde ihn nur erschrecken oder, so unwahrscheinlich es auch ist, den kleinen Schalter neben der Tür treffen, auf die Gordo zuläuft, und sie dauerhaft verriegeln.

Die Bänder der Waffe sirren wieder, und das Projektil ist nur ein Silberstreif, der durch die Küche saust – über Arbeitsflächen, durch das Zwischenfenster, an der Registrierkasse sowie einem leeren Kaugummiautomaten vorbei –, und schlägt schließlich in die getönte Scheibe der Vordertür, gerade als Gordo sie aufdrücken und hinauslaufen möchte. Weil es so unvermittelt geschieht und er sich vor dem Geräusch erschrickt, springt er zurück wie eine beim Angriff verängstigte Katze, als die Harpune das Glas bis zur Hälfte ihrer Länge durchstößt und stecken bleibt. Er wendet sich Zilch zu, der lässig aus der Küche tritt, indem er die Schwingtür mit einem Knie aufstößt und dabei seine Waffe auf einem Zeigefinger rotieren lässt wie Clint Eastwood.

Gordo hebt seine Hände hoch, bis seine dicken Bizepsmuskeln seine dicken Wangen zusammenquetschen, woraufhin er so ähnlich aussieht wie gerade eben, als Galavance ihn festhielt, bloß dass er jetzt noch verstörter, entsetzter wirkt. Schweiß läuft in gelben, salzigen Rinnsalen an seiner Haut hinunter, tropft regelrecht comicartig von den Ellbogen sowie seinem Kinn und besudelt den ohnehin schon widerlich dreckigen Teppichboden.

Zilch lädt nach und sagt dabei, ohne aufzuschauen: »Wir müssen uns darüber unterhalten, was bei dir so auf der Speisekarte steht, Gordo.«

KAPITEL 38

Nachdem er eine drei Fuß lange Kette aus Chorizo-Würsten benutzt hat, um den Restaurantbetreiber an einen der schwereren Edelstahltische zu fesseln, zieht Zilch noch einmal am Knoten, um das Seil fest zu straffen, und macht einen Schritt zurück. Er lehnt sich mit verschränkten Armen an den Tresen, hat die Harpunenkanone aber griffbereit neben sich liegen.

Der große Zeiger der Uhr an der Wand steht auf der Zehn, der kleine auf der Acht. »Ich hab nicht unbedingt massig Zeit, also darfst du auslassen, wie du angefangen hast, deine Kundschaft mit diesem Ding anzustecken«, hebt er an. »Außerdem sparst du dir bitte die Entschuldigungen, denn ich habe in meinem Leben für viele raffgierige Wirte gearbeitet, und weiß daher, dass sie nur bedauern, ertappt worden zu sein, aber nicht, was sie verbrochen haben.«

Gordo fährt sich mit der Hand, die nicht mit würziger Wurst angebunden ist, durchs Gesicht und glättet die traurige Ansammlung vereinzelter schwarzer Haare, die noch nicht von seiner Kopfplatte gefallen sind. Danach sieht es so aus, als sei ein Flügel eines Raben auf seine Birne gekleistert worden, der allerdings unter Krätze im fortgeschrittenen Stadium gelitten haben muss.

»Ich … weiß nicht, was ich sagen soll.«

Zilch wirft einen Blick zum Kühlhaus.

Galavance ist dort geblieben und hat die Tür geschlossen. Er nimmt seine Waffe wieder, nähert sich Gordo aufs Neue mit einem langen Schritt und sticht ihm mit der Harpune in den dicken, tätowierten Bauch, allerdings nicht so fest, dass es bluten würde.

»Sprich. Wie genau drehst du dieses krumme Ding hier?«

Gordo blinzelt ihn mehrmals an, schaut auf die Anrichte hinunter, an die er gefesselt wurde, und visiert grüne Salatschnipsel an, die darauf verstreut liegen, als ob sie sein Publikum seien, während er antwortet.

»Mein Cousin hat in South Carolina gewohnt. Er … hat gewildert – Alligatoren, Schlangen, solches Viehzeug. Für reiche Leute als Haustiere. Einmal fand er dieses Ding, diesen fetten Frosch. Der hätte ihn fast getötet, also hat er ihn erschossen. Nachdem er ihn nach Hause geschafft, kam er … er ist sehr stolzer Mensch, und das Ding war so frech, ihn beißen zu wollen – also kam er auf die Idee, es zu essen.«

Gordo verstummt, bleibt vorerst reglos und tropft vor sich hin.

»Weiter.«

Da schaut er ruckartig auf. »Er wurde krank.« Er räuspert sich, als würde ihm der nächste Teil schmerzhafte Erinnerungen ins Gedächtnis rufen. »Als ich ihn besucht habe, er hatte … meine Nichte umgebracht, und meine zwei kleinen Neffen. Deshalb habe ich *ihn* umgebracht. Abgeknallt hab ich ihn. Mein Bruder war bei mir, den hatte er auch gebissen. Ich begrub die Kleinen und nahm meinen Bruder mit hierher. Er wurde genauso krank, also habe ich wieder kurzen Prozess gemacht.«

Zilch macht einen Schritt rückwärts, da es Gordo sicher nicht hilft, seine Geschichte zu erzählen, während er eine Harpune vor dem Gesicht hat. »Also gut, das da drin ist dein Bruder? Du hast beschlossen, ihn zu Hackfleisch zu verarbeiten und dem ganzen Bezirk Raleigh-Durham aufzutischen?«

Gordo grimassiert gequält. Das alles zu erzählen ist brutal für ihn, wie Zilch erkennt, doch er fährt fort, zwingt sich dazu. »Das Geschäft lief schlecht. Sie waren kurz davor, mir den Laden dichtzumachen. Ich habe meinen Bruder erlöst, und einen Tag später … Ich war drauf und dran, sie in den Sumpf zu bringen und zu verstecken, als mir einfiel, wie es sich … *ausbreitet.* Wie es umgeht und Leute – normale Leute – verwandelt in …«

Zilch schluckt. Das mag an der ungeheuren Hitze im Lokal liegen oder nicht. Vielleicht ist es auch die Wut, die in ihm hochsteigt. Er ist seinerzeit zwar kein gewissenhafter Koch gewesen, hätte aber niemals geduldet, dass jemand Speisen verunreinigte und an Gäste herausgab, egal wie unmöglich sich diese aufführten. Falls sie ihre Bestellungen zwei- oder dreimal zurückgehen ließen, konnte man hinausgehen und sie zur Sau machen – verbal –, aber etwas untermischen, ohne dass der Kunde davon wusste, war absolut unterste Schublade. »Wenn du ein Problem mit jemandem hast«, bläute er jedem Angestellten ein, mit dem er zusammenarbeitete, wenn er sah, dass dieser mit dem Gedanken spielte, die Nase hochzuziehen und in ein Schälchen Gazpacho zu rotzen, »bring es vor ihnen zur Sprache, falls du genug Schneid hast.«

»Um das noch einmal klarzustellen: Du wolltest dein Restaurant retten?«

»Mmh-mmh.« Gordo nickt, als erwarte er, Zilch werde ihn nun freilassen.

»Und dir fiel nichts Besseres ein, als deinen Gästen Essen mit Würmern zu servieren, sodass sie Burrito für Burrito zu Monstern wurden, deretwegen du dann losgezogen bist, sie umgebracht und wiederum verarbeitet hast, einfach …«

Gordo tropft weiter. »So hat das Fleisch nichts gekostet.«

Zilch zeigt mit der Kanone aufs Kühlhaus. »Das Ding, das da drin hängt, war mal ein Mensch. Jemand, den du hier bedient hast.«

Da schluchzt Gordo einmal auf. Es klingt wie leiser Schluckauf. »Ja.«

Zilch beißt die Zähne zusammen, bis sein Kiefer wehtut. Er hört damit auf und legt die Waffe zurück auf den Tisch. Dabei zögert er kurz, ehe er sie ein Stück weiterschiebt, damit er sie nicht leicht erreichen kann. Ein paar Sekunden lang, während er sie noch parat hat, traut er sich selbst nicht.

»Du hast schon viele geschlachtet«, fährt er fort. »Sie aufgeschnitten und gesehen, was drinsteckt. Frisst sich dieser Parasit durch den ganzen Körper, oder …«

»Er bleibt im Verdauungstrakt.«

Zilch nickt in Erinnerung an das Monster, das er auf dem Bräter von McDonald's töten musste. »Und was ist mit Gesunden, die er umbringt, wie läuft das alles ab? Die Kaulquappen und … *diese* ganze Schweinerei?«

»So breitet er sich aus, wenn kein anderer da ist, mit dem er sich vermehren kann«, erklärt Gordo fast unhörbar leise. Die Hand, die mit den Würstchen umwickelt ist, wird genauso dunkelrot wie die Fasern der Kette. Er beugt und streckt seine Finger langsam, schließt sie immer wieder locker zur Faust. »Ich kriege keinen Nachschub mehr. Ich hab die Temperatur beim Grillen immer niedriger eingestellt, damit das Fleisch nie ganz durch ist und ich mehr machen kann, aber … Es gibt jetzt nur noch einen, den im Sumpf.«

»Sein Name lautet Jolby«, merkt Zilch an.

Darauf erwidert Gordo nichts.

Zilch holt tief Luft und will sie langsam wieder ausstoßen, spürt jedoch beim Übergang vom Ein- zum Ausatmen ein Rasseln in seiner Lunge, und sofort ereilt ihn ein Hustenanfall. Er hält sich den Bauch mit einer Hand und drückt die andere gegen die Brust. Von deren Mitte aus strahlt ein dumpfer Schmerz bis unter seine Kehle ab. Als dieser und der Husten nachlassen, haucht er in seine Faust. Sobald es vorbei ist, schaut er in die Hand und sieht, dass der Speichel eher schwarz als klar ist. So viele tote Nanobugs.

»Ist er dein Freund?«, fragt Gordo. »Jolby.«

Zilch wischt die Hand an einem Geschirrtuch ab. »Eigentlich nicht, sondern der von dem Mädchen dort. Sie macht sich Sorgen um ihn, obwohl sie das vielleicht nicht sollte und … Vorausgesetzt, du hast keine gescheite Idee, wie man dieses Ding aus ihm rauskriegen kann, ohne ihn zu töten, ist es mehr oder weniger deine Schuld, wenn sie sich nie wieder auf einen Mann einlässt, was – du hast sie gesehen, also weißt du's – eine furchtbare Schande wäre.«

Gordo nickt wieder und lächelt, als könne er durch die Tür des Kühlhauses sehen. »Sie ist ein sehr hübsches Mädchen.«

»Also, gibt es irgendeine Möglichkeit, den Parasiten aus ihrem Freund zu entfernen, ohne dass er dabei dran glauben muss?« Zilch tritt wieder vor und stützt seine Hände genau Gordo gegenüber auf den Tisch. »Falls nämlich nicht, bin ich zu ziemlich drastischen Maßnahmen gezwungen.«

»Du wirst mich umbringen?«

»Schlimmer, ich verständige die Gesundheitsbehörde.«

Gordo schaut ihn argwöhnisch an, dann traurig. Seine Hoffnung ist dahin. »Ich weiß nicht, wie das gehen soll. Hab es noch nie versucht.« Er lässt seinen Kopf hängen. »Jetzt bereue ich es. Ich hätte meinen Bruder, meinen Cousin, meine Nichte und meine kleinen Neffen retten können und …«

»Ja, ja, aber das hast du nicht getan«, unterbricht Zilch. Es klingt hart, sicher, aber nun ja, man sehe sich diesen Typen an: Wer sich klarmacht, welchen Mist er gebaut hat, sollte überlegen, ob er anders reagieren würde. »Nun fürchte ich, dich darüber informieren zu müssen, da du keinen anderen Vorschlag mehr hast …«

»Du Motherfucker!«, kommt es auf einmal aus dem Kühlhaus. Andauernde Erschütterungen, gedämpft hinter der dicken Tür. Zilch nimmt sich kaum eine Sekunde Zeit, um Gordos Fesseln zu überprüfen, bevor er hinüberläuft. Als er die Tür aufreißt, steht Galavance mit einem Fleischerbeil da und hackt auf die hängende Wer-Amphibie ein. Sie führt das stumpfe Blatt mit beiden Händen, ein Hieb nach dem anderen schlägt tiefe Kerben in den Körper. Zuletzt holt sie hoch über ihren Kopf aus – Zilch ist zu verblüfft, um etwas zu tun oder zu sagen – und lässt das Beil auf den baumelnden Kopf der Kreatur niedersausen. Die Schneide trifft aufs Kinn, spaltet es und geht ein Stück weiter durch die Knochen, bis sie ungefähr dort stecken bleibt, wo das Nasenbein sein müsste.

»Ist er … wieder zu sich gekommen?«, fragt Zilch.

Galavance dreht sich ihm zu. Ihr Gesicht ist mit Blut bespritzt, und sie hat gar nicht gemerkt, dass er die Tür geöffnet hat. Sie wirkt nun verlegen, schnauft außer Atem und vor Aufregung. Als sie ihren Blick senkt, rutscht ihr das Beil aus der Hand und knallt auf den kalten Kachelboden.

»Nein«, antwortet sie. »Ist er nicht.«

Zilch streckt sich nach ihr aus, zieht sie an einem Arm aus dem Raum und schließt die Tür. Kaum dass sie in die Küche zurückgekehrt ist und den Hispanier sieht, stürzt sie auf ihn zu. Sie hechtet auf die Anrichte – er schreit – und schlägt dann nur noch auf ihn ein, wieder und wieder. Er kann nicht ausweichen, sondern sinkt bloß in die Knie, macht sich unwillkürlich klein, um sich möglichst zu entziehen, während seine Hand ans Tischbein gefesselt ist. Sie jagt ihm solche Angst ein, dass er das gut hundert Pfund schwere Küchenmöbel mit Galavance obendrauf einen bis zwei Fuß weit über die Fliesen zieht.

»Es tut mir leid, es tut mir leid«, jammert er. »Es tut mir leid.«

Zilch will warten, solange sie ihrem Ärger Luft verschafft, muss aber einlenken, als er sieht, dass sie nicht mehr mit offenen Händen zuschlägt, sondern Gordo ins Gesicht *boxt*. Er geht hin, umschlingt Galavances Oberkörper hinterrücks und hebt sie vom Tisch. Sie strampelt und rudert weiter mit den Armen, noch während er sie wegträgt. »Loslassen«, verlangt sie und meint, an allem sei »dieses Arschloch schuld«. Als sie die Harpunenkanone bemerkt, langt sie zu, bevor Zilch sie zu greifen bekommt, und feuert aufs Geratewohl. Gordo reagiert zum Glück und weicht aus, sodass der spitze Metallhaken durch die Luft saust, wo einen Augenblick zuvor noch sein Kopf gewesen ist.

Das geht Zilch nun definitiv zu weit. Ohne darauf zu achten, dass er Galavance möglicherweise wehtut, rüttelt er an der Waffe, wobei sie sich beide komischerweise kurz mit den Händen in den Spannbändern verheddern, bevor er sie ihr endlich mit einem kräftigen Ruck entreißt. Nachdem er die Kanone durch die Durchreiche geworfen hat, kommt niemand mehr so schnell ran. Sie landet leise irgendwo auf dem Teppich des Speisesaals.

»So«, sagt er dann stolz, als habe er sie nicht bloß zehn Schritte weit geworfen, sondern wie einen Basketball im hohen Bogen übers Feld ins Korbnetz, ohne dessen Ring zu berühren. »Hörst du jetzt endlich auf?«, fragt er genervt. »Sonst schlägst du ihn noch tot.«

Galavance keucht laut, während sie Gordo böse anschaut. »Er ist an allem schuld, Saelig. An allem.«

»Das stimmt.«

»Und welche Konsequenzen ziehst du daraus? Solltest du ihn nicht kaltmachen oder so?«

Zilch starrt auf sie. Über ihren Kopf hinweg sieht er, dass Gordo hinter ihr immer noch große Augen macht. Um genau zu sein, sind sie sogar noch größer, nun da Galavance vorgeschlagen hat, ihn zur Strecke zu bringen.

»Wieso?«

Er betrachtet ihr Gesicht eingehender. Ihre grünen Augen funkeln wie Magma, das hinter Buntglas aufflammt – dieses Grün, das so empfindlich, zerbrechlich, zart wirkt. »Gehen wir an die frische *Luft.*« Sie möchte nicht, doch er wiederholt die Worte einfach: »Gehen wir an die frische Luft.« Während er Galavance an Gordo vorbeiführt, sagt er kurz zu ihm: »Du bleibst hier.«

MONTAG

KAPITEL 39

Sie setzen sich vor dem Restaurant auf den Rinnstein und schauen auf die Tankstelle gegenüber. Nach und nach fahren Leute vor, zapfen und gehen zum Zahlen hinein, manche aber auch nicht. Sie ist abgesehen von den orangefarbenen Natriumdampflampen die einzige Lichtquelle in der Straße, aber das findet Zilch ganz angenehm. Es erinnert ihn daran, wie er kürzlich nachts auf Black Top Oasis stieß. Er verbindet keine negativen Gedanken damit, weil es zwar ein einziges Elend, aber eben auch ein Segen war.

Ungefähr wie die heutige Nacht, das ganze Wochenende eigentlich.

Galavance hockt gebeugt neben ihm. Sie lässt die Arme mit den Ellbogen auf den Knien nach vorn ausgestreckt hängen und macht einen halbrunden Buckel. Die Röte ist noch nicht aus ihrem Gesicht gewichen, und ein rosafarbener Klumpen klebt in ihren Haaren. So wie sie aussieht, fasst man sie besser nicht an, sei es auch ohne jeglichen Hintergedanken, also soll dieses Fleischstück eben noch eine Weile dort haften.

Er öffnet den Mund, um mit der Rede zu beginnen, die er sich halb im Kopf zurechtgelegt hat, doch sie kommt ihm überraschenderweise zuvor.

»Ich kapier's nicht. Deinesgleichen kann hier aufkreuzen und alle möglichen Unglücke verhindern, doch geschieht mal so etwas – dieses Arschloch züchtet Parasiten in Menschen, um sie zu Burritos zu verarbeiten, was für mich, egal wie du es nennen willst, Kannibalismus ist, und macht dann Jagd auf diejenigen, die er infiziert hat, und …«

Er fällt ihr ins Wort: »Er bekommt, was er verdient.«

»Aber …«

»Nein.« Zilch zückt seine Packung Zigaretten, die ziemlich zerknautscht ist, schüttelt zwei durch die Öffnung und zieht beide mit dem Mund heraus. Nachdem er eine angezündet hat, gibt er sie Galavance. Als sie die Kippe in eine zitternde Hand nimmt, streifen ihr Zeige- und Mittelfinger das V, das er mit seinen Fingern macht.

Beim Rauchen wartet sie darauf, dass er weiterspricht, doch das tut er nicht, also will sie ihre Tirade fortsetzen. Das unterbindet er sofort erneut mit einem simplen Nein. Er blickt sie an und wiederholt das Wort ein drittes Mal. »Nein.« Dass sein Gesicht dabei ausdruckslos bleibt, ist Absicht. Er hofft, sie begreife auch so, was er meint, denn er möchte das Ganze eigentlich nicht erklären, aber …

»Warum sagst du das immer wieder?« Er zieht nur einmal auf Lunge und muss heftig husten. Darum wirft er die Zigarette weg. Galavance schaut ihr beim Trudeln hinterher und dann wieder auf ihn. »Nun?«

Hust. Hust-hust. »Die Sache ist die, und ich hoffe echt, dass das jetzt zu dir durchdringt, dass du im Grunde gar nicht wütend auf Gordo bist.«

»Doch, bin ich. Auch.«

»Ich meine, selbstverständlich, denn er hat sich eine Riesensauerei erlaubt, keine Frage, aber das ist nur eine Seite der Medaille. Da wäre noch die *andere*, das *andere* Problem, und zwar mit Jolby. Als du gleich nach unserer Ankunft hier wissen wolltest, wann das Restaurant seinen Betrieb aufnahm, was sollte …«

»Ich bin sehr wohl wütend auf Gordo«, beharrt sie trotzig. »Was er getan hat, ist scheußlich.« Sie sinkt ein wenig in sich zusammen, und man könnte fast glauben, sie schrumpfe richtiggehend, auch weil ihr ausgestoßener Qualm an entweichende Luft denken lässt, während ihre Schultern weiter nach vorne sacken. »Ich habe ihn das gefragt, weil du mir erzählt hast, dass Jolby dir gesagt hat, er würde mir seit drei Jahren fremdgehen. Falls er hier schon länger Stammgast gewesen wäre, hätte das vielleicht, ja wirklich nur vielleicht bedeutet, dass er mich unter dem Einfluss des Parasiten betrogen hat, nicht aus freien

Stücken.« Sie sieht ihn an. »Das klingt an den Haaren herbeigezogen, schon klar, aber ...«

Ohne aufzustehen sucht sie seinen Blick. Sie ist bereit, sich anzuhören, was er zu sagen hat, wenn auch nur widerwillig.

»Ich kann dir nicht sagen, wie du dich ihm gegenüber verhalten sollst«, meint Zilch, »aber aus eigener Erfahrung kann ich nur sagen, wie Beziehungen wie deine – und meine frühere, die ich selbst ruiniert habe – für gewöhnlich enden.« Als er sich mit einer Hand durch seine schwarzen Haare fährt, bleiben alle möglichen Partikel der unansehnlichen Art daran hängen. »Du kannst nicht mit Engelsgeduld darauf warten, dass er sich ändert.«

Sie grinst schief. »Ist dies der ganze besondere Moment, in dem sich Danny Tanner mit Stephanie hinsetzt und sie über die Gefahren von ...«

Er erstickt ihre Bemühungen, der Situation etwas Heiterkeit abzugewinnen. »Ich will kein Spielverderber sein, doch du musst es dir abgewöhnen, Jolby immer wieder noch eine Chance zu geben, und etwas ändern, indem du auf dein Bauchgefühl hörst. Solltest du ernsthaft denken, dass du einen besseren Menschen aus ihm machen kannst, dann tu's. Falls nicht, dann ... tja ...«

»Aber ... gerade meintest du noch, du könntest mir nicht sagen, was ich machen soll.«

»Das ist richtig.«

»Genau das hast du aber gerade getan.«

Zilch stöhnt. »Ich schätze, dass ich bloß so mit dir gesprochen habe, wie es jemand anders mit Jane hätte tun sollen. Es ist nicht einfach ... du weißt schon – es nicht mehr als deutlich auszudrücken.« Er macht eine Pause. »Streich den letzten Teil also. Konzentriere dich auf die Sachen, die dir klug vorkommen ... zum Beispiel das mit dem Bauchgefühl.«

»Genau das war der Teil, in dem du mir sagst, was ich machen soll.«

»Veräppelst du mich gerade?«

Da lacht sie. Er schmunzelt, auch wenn er es sich verkneifen will. »Hör zu, mach dich deswegen … nur nicht selbst fertig. Tu, was deiner Ansicht nach richtig ist, auch wenn das nun abgeschmackt klingt.« Er klopft ihr aufs Knie, zieht seine Hand aber gleich wieder weg. »Mehr will ich nicht sagen.«

»Okay«, erwidert sie grinsend. »Hab's verstanden.«

Einen Augenblick lang sieht Galavance ihn nur an. Das Licht der Tankstelle auf der anderen Straßenseite lässt eine einzige bebende Träne in ihrem Augenwinkel auffällig funkeln. Das Magma scheint indes abgekühlt und ausgehärtet zu sein, gleichwohl noch warm.

»Wie war ich?«, fragt er.

Sie zieht eine Augenbraue hoch. »Für einen Glückskeks zu ausschweifend, aber ich hab schon schlechtere Ratschläge bekommen.« Und jetzt lacht Zilch, ohne sich zurückzuhalten.

»Glückskekse. Dabei fällt mir was ein. Warte mal kurz … Okay, ich hab ihn zusammen. Unterbrich mich, falls du den schon kennst: Das Einzige, was sich verdoppelt, wenn man es teilt, ist das Glück.«

Galavance verdreht die Augen, lacht aber trotzdem. »In Ordnung, ich finde, wir haben lange genug Pause gemacht.«

Das Gefühl der Erleichterung ist kurzlebig, als sie wieder ins Lokal treten und sehen, dass es Gordo gelungen ist, die Chorizos mit einem Küchenmesser zu durchtrennen. Zilch läuft in den vorderen Teil des Restaurants und schaut durch alle Fenster, um herauszufinden, wohin er verschwunden sein mag. Hat er den Eingang genommen und sich dann in eine der vielen Nebenstraßen geschlagen? Galavance kommt aus der Küche. Sie ist ganz blass geworden, selbst ihre Sommersprossen wirken wie weiß übertüncht. »Da drin.« Mehr bekommt sie nicht heraus, während sie zurück in die Küche zeigt, wobei sie die Hand anscheinend nur mit Mühe hochhalten kann.

Im Kühlhaus neben der Wer-Amphibie hängt nun noch ein Körper. Gordo hat sich mit den Trägern seiner Wathose erhängt, das Gummiband schneidet tief in seinen gedrungenen Hals. Zilch verlässt den Raum gleich wieder, schließt die Tür hinter sich und lehnt sich seufzend an. Er hat sich das alles ein wenig anders vorgestellt.

»Wie war das mit dem geteilten Glück?«, fragt Galavance von der Schwingtür aus, die in den Speisebereich führt. Zilch prustet kurz, weil er das Gleiche gedacht hat, und würde zwar gern einen dummen Witz reißen, doch ihm fällt nichts ein.

»Lass uns einen Köder vorbereiten«, schlägt er mit Blick auf die Uhr über dem Grill vor. »Mir bleiben nur ein paar Stunden, um deinen nutzlosen Freund zu retten.« Er stößt sich von der Tür des Kühlhauses ab, zieht sie wieder auf und macht eine kurze Bestandsaufnahme.

Galavance sitzt nun auf einer Arbeitsfläche hinter Zilch und schaut ihm über die Schulter, während die Bräter heiß werden. Er träufelt etwas Olivenöl in eine Pfanne und wirft geschnittenes Gemüse hinein: Peperoni, ein bisschen süßer Mais, eine Handvoll Schwarzbohnen. Das alles rührt er mit einem Holzlöffel um und gibt zugleich je eine Prise Kreuzkümmel sowie Meersalz und Cheyenne-Pfeffer hinzu. Sie vermutet, dass er sich ungefähr an ein Rezept hält, das an der Wand über dem Grill festgeklebt wurde, doch dass er davon abweicht, ist offensichtlich.

Zwischen allen anderen Zutaten liegen in einer Schüssel rechts neben ihm, in die Galavance nicht gerne schaut, graue Fleischstreifen. Als er ins Kühlhaus ging, um sie der Wer-Amphibie zu entnehmen, hielt er es scheinbar für notwendig, sie zu ermahnen, auf keinen Fall zu kosten, solange er weg sei. Als könne sie vergessen haben, dass er mit Fleisch arbeitet, das von mutierten Menschen stammt.

»Warum verwendest du überhaupt Fleisch von diesem Ding?«, fragt sie. »Das musst du doch genauso pervers finden wie ich, oder? Du machst das Gleiche wie Gordo die ganze Zeit.«

»Es ist bloß Jolby zuliebe«, betont Zilch. »Und falls die Methode Nachgeschmack fruchtet, wovon ich ausgehe, will er die Chalupas nur, wenn sie genauso zubereitet wurden, wie er sie kennt, und da Gordo schon eine ganze Weile Fleisch von Wer-Amphibien brät, steht anzunehmen, dass Jolby es so mögen wird. Er hat die Nase gerümpft, als ich die Tüte hochgehalten habe, obwohl sie noch nicht lange auf dem Boden gelegen hatte. Demnach muss er ein wählerischer Esser sein.«

Er dreht sich wieder um und rührt weiter in der Pfanne. Galavance kann sich vorstellen, dass er in seinem früheren Leben genauso aussah, wenn er bei der Arbeit war. Er gefiel sich darin und kehrte nach Feierabend zu einer Freundin zurück, die er bekochte, liebte und zu bekochen liebte.

»Ich geb's nur ungern zu, aber das riecht gut.«

»Hier«, erwidert er und kehrt sich ihr mit der brutzelnden Pfanne zu. Sie lehnt sich angeekelt zurück, sowohl vor dem Küchengerät und seinem erwartungsvollen Blick als auch vor dem Happen, den er bereits mit einer Gabel aufgespießt hat und zum Kosten hochhält, aber *insbesondere* wegen der unausgesprochenen Aufforderung bei alledem, als wolle er sagen: »Hier, probier mal!«, als sei es völlig unbedenklich.

»Bist du bescheuert? Vergiss es!«

Jetzt verdreht er die Augen und lässt seine Schultern hängen. »Ruhig Blut, die Pfanne *dort* ist die für Jolbys Chalupas, und das hier mache ich für uns.« Er verweist nickend auf das zischende Gemüse in seiner Hand. »Es ist nur Grünzeug. Ich wollte zwar ein wenig Hühnchen hinzugeben, aber ... das war mir nicht geheuer.«

Galavance betrachtet die aufgegabelte Portion misstrauisch. »Du bist sicher, dass du nicht versehentlich die Löffel vertauscht und etwas aus der anderen Pfanne in die hier getan hast?«

»Ich hab aufgepasst«, beteuert er. »Vertrau mir, ich musste für Fleischesser und Vegetarier kochen – zur *gleichen* Zeit auf den *gleichen* Herdplatten. Ergo weiß ich, wovon ich rede. Ich kann meine Arbeitsgeräte für Fleisch und Nichtfleisch prima auseinanderhalten.«

Das überzeugt sie. »Na gut.« Sie zieht das Gemüse von der Gabel. Dass etwas von dem Fleisch der Wer-Amphibie hineingeraten sein könnte, war ihre einzige Sorge, denn sie hat gesehen, wie er die Pfannen und Küchenutensilien scheuerte – so gründlich, dass sie dachte, er würde den Boden eines gusseisernen Topfs mit dem Stahlschwamm durchreiben, weil er so fest drückte.

Sie muss Luft einsaugen und wedelt mit einer Hand vor ihrem Gesicht, denn es ist heiß. Dann erst schmeckt sie etwas und ist begeistert. Für Mexikanisch hat sie zwar seit je viel übrig – die authentische Küche, die meistens gar nicht so scharf ist –, und das hier ist einfach lecker. Vielleicht doch einen Tick zu pikant, dafür aber bissfest und sehr aromatisch. Sie bittet um einen weiteren Happen, woraufhin Zilch einen Teil aus der Pfanne in eine kleine Einwegschale kratzt und ihr diese gibt.

In dem Moment wird Galavance bewusst, dass sie seit fast einem ganzen Tag nichts zu sich genommen hat. Sie verdrängt bis auf Weiteres all die widerlichen Dinge, die in den letzten achtundvierzig Stunden passiert sind, und gönnt sich die Muße, ihren Fokus auf eine anständige Mahlzeit zu beschränken.

Dass sich Gordo erhängt hat und nebenan baumelt, ist wie aus ihrem Gedächtnis getilgt.

Die nächste Gabel mit Gemüse verschwindet in ihrem Mund. Einfache motorische Abläufe kommen zum Tragen: Zähne mahlen, ihre Zunge schiebt die Nahrung herum, dann der Schluckimpuls. Schlicht. Und gut.

Auch die Tatsache, dass ihr Freund nicht von einem heimtückischen Parasiten in seinem Bauch gezwungen wurde, ihr untreu zu werden, sondern von dem heimtückischen Ding sechs Zoll tiefer, ist wie weggeblasen.

Sie hat das Gericht innerhalb kürzester Zeit verzehrt, und als sich Zilch umdreht, um zu fragen, wie es schmecke, ob es zu scharf sei, schaut er verwundert drein, da sie ihm die leere Schale mit beiden Händen hinhält, bereit für einen Nachschlag. Er möchte sie ihr abnehmen, doch sie hat es sich anscheinend plötzlich anders überlegt und lässt ihn nicht. So kommt es, dass sie kurz Tauziehen mit dem gelben Behälter spielen. Zilch grinst. »Also, wenn du mehr willst, musst du mir das wieder geben.«

Sie hopst von der Arbeitsfläche hinunter, geht selbst zu der Pfanne und bedient sich. Die Eigeninitiative tut gut – sich zur Abwechslung selbst dafür starkzumachen, dass *sie* bekommt, was sie sich wünscht und braucht.

Zilch verpackt die Chalupas – drei Stück hat er gemacht – vorschriftsmäßig in Alufolie, steckt sie in einen lockeren Wickel aus Wachspapier und schließlich eine Papiertüte. Dann trennt er ein langes Stück Klebekrepp ab und verschließt die Lasche. Die zweite Tüte beschriftet er mit Galavances Namen, so wie es ihre Mutter immer für die Schule tat, und wirft sie ihr zu.

Sie fängt das warme Päckchen und sieht Zilch verdutzt an. »Was soll das?«, fragt sie und folgt ihm in die Küche, bevor sie wohl erkennt, wohin er geht, und stockt.

Er bleibt vorm Kühlhaus stehen, nachdem er den glänzenden Metallgriff der Tür mit einer Hand umschlossen hat. »Ich habe die Aufgabe, eine Probe mit zurückzubringen. Falls wir Jolby nicht kriegen, muss ich trotzdem irgendetwas vorzeigen.« Statt auf eine Reaktion ihrerseits zu warten, öffnet er und tritt ein. Bevor er sich ans Werk macht, hält er inne und hört, dass sich Galavance höflich entschuldigt, sie gehe jetzt nach draußen.

Die zerhackte Wer-Amphibie lässt sich nicht gerade leicht von den Haken nehmen. Sobald er sie anhebt, indem er seine Arme herumschlingt, und sich die Füße von der Aufhängung lösen, lastet ein erstaunliches Gewicht auf ihm. Sein Kopf verschwindet dabei halb unter der labbrigen, eingefallenen Bauchdecke, als habe er einen Hut aufgesetzt. Galavance findet es logischerweise nicht erfreulich, ihm beim Hantieren eines Kadavers zuzuschauen, also schleppt er ihn allein in die Küche und wickelt ihn sorgfältig, damit kein Stück herausrutscht, das Galavance abgetrennt hat, in eine schmuddelige Fußmatte. Zuletzt lädt er ihn sich auf eine Schulter wie ein Feuerwehrmann.

Während er am Herd stand, setzte starker Regen ein, und als er das Gebäude nun verlässt, rennt Galavance zu ihrem Wagen, um aufzuschließen, wohingegen er mit dem schweren, unhandlichen Bündel auf der Schulter nur schlurfend vorankommt. Sie hadert mit der fast leeren Batterie in ihrem Schlüssel und muss mehrmals auf den Knopf drücken, um die Türen zu entriegeln. Dann öffnet sie den Kofferraum für Zilch, und er lässt den Riesen-Burrito hineinfallen. Die dreckige Matte ist vom Regen glitschig geworden, weshalb an einer Seite Fleischbrei herausquillt wie hinten aus einem Sandwich, wenn man zu eifrig vorne abbeißt. Zilch hebt den Glibber auf, schmeißt ihn auch hinein und schlägt die Klappe zu.

»Fahren wir«, drängt Galavance. Die braunen Tüten sind schon im Begriff, sich vor Nässe aufzulösen, und sie versucht, sie davor zu bewahren, indem sie sie unter ihr Shirt schiebt.

»Einen Moment noch«, verlangt er und läuft zum Restauranteingang zurück. Er lehnt sich durch die Tür und zieht die Harpune aus deren Scheibe, ehe er einen Zettel holt, den er zuvor auf dem Notizblock eines Kellners beschrieben hat. Als er ihn gegen die Tür drückt, bleibt er ohne Klebeband haften; die Innenseite ist so pappig, dass er selbst dagegen springen könnte und eine Woche lang hängen bleiben würde. Auf dem Papier, einem provisorischen Hinweisschild, steht in seiner ausladenden, kritzeligen Handschrift: *Wegen Krankheit geschlossen.* Nachdem er mit Gordos Schlüssel abgesperrt hat, lässt er ihn durchs nächstbeste Kanalgitter fallen und sprintet zurück zu Galavances Cavalier.

Als er eingestiegen ist, startet sie den Motor und fragt fast im selben Moment, da er sich mit dem komplizierten, farbcodierten System aus Gurten und Schlössern zurechtgefunden und angeschnallt hat: »Was wird aus Gordo?«

Sie verlässt den Parkplatz. Zilch hält die beiden Papiertüten auf seinem Schoß fest, muss sie aber abwechselnd von einem Oberschenkel auf den anderen stellen, weil die Unterseiten immer noch sehr heiß sind. Er überlegt, bevor er antwortet.

»Ich werde meinem Betreuer von dem Laden erzählen, wenn ich zurückkehre.« Gebannt beobachtet er das Hin und Her der Scheibenwischer, während der Regen so kräftig prasselt, dass sie fast nichts bewirken. Als er Galavance anschaut, sieht sein Gesicht wegen der Tropfen auf dem Glas wie mit Schatten besprengt aus. »Er kann niemandem mehr schaden. Er ist tot.« Da er dies als Schlusssatz ein wenig zu hart findet, ergänzt er: »Die Confab wird sich aber um alles kümmern. Niemand erfährt je etwas davon. Voraussichtlich brennen sie das Lokal nieder und fälschen den Obduktionsbericht. Dann gehen seine Hinterbliebenen davon aus, er habe einen Herzinfarkt erlitten oder so, während er sich etwas zum Mitnehmen nach Hause zubereitete.«

»Wow.« Galavance grunzt barsch. »So einfach geht das, ja?«

»Auf den Punkt gebracht ist das die Confab, ja.« Im Türspiegel beobachtet Zilch, wie das Original-Tex-Mex-Schild in der verregneten Stadtkulisse kleiner wird, je weiter sie sich entfernen. Halbherzig auflachend schiebt er hinterher: »Ohne Quatsch, wenn du das nächste Mal hier vorbeikommst, steht bestimmt ein Starbucks dort.«

KAPITEL 40

Zu dem Zeitpunkt, da sie wieder vor Whispering Pines 1330 eintreffen, hat es zu regnen aufgehört. Getan hat sich nichts vor Ort – kein Hinweis darauf, dass Jolby dagewesen sein könnte, während sie fort waren.

Galavance trägt die Tüte mit den Chalupas für ihn auf die Vorterrasse, während Zilch in die Garage geht, um ein Verlängerungskabel für einen Standventilator zu suchen. Es ist windstill, doch sie müssen den Essensgeruch diesmal richtig in den Sumpf treiben.

Sie stellt sich barfuß auf den nassen Holzboden am Geländer, neigt sich mit aufgestützten Armen nach vorne und blickt hinaus. *Irgendwo dort in dem hässlichen, total ätzenden Loch versteckt sich mein Freund – genauso hässlich und ätzend.* So zu denken ist gemein, denn immer noch schwirrt ihr Tammy Wynettes Song durch den Kopf. Solange sie nichts Genaues weiß, weil er sich noch nicht selbst bekannt hat, möchte sie sich nicht von ihm trennen oder zulassen, dass Zilch ihn tötet. Sie muss hören, und zwar aus seinem eigenen Mund, dass er sie betrogen hat, vorsätzlich im Besitz der vollen Kontrolle über seinen Körper, er selbst und niemand sonst dafür verantwortlich, dass sie nicht mehr an ihn glaubt.

Womöglich verschwindet der permanente Ohrwurm dann, und die wie in Stein gemeißelten Zeilen werden aus ihrem Gedächtnis gespült, für immer wie mit einem Druckstrahler, sodass Platz für einen neuen, besseren Text entsteht. Vielleicht Nancy Sinatras *These Boots Are Made For Walking*, denkt sie und lächelt verschmitzt.

Dann wiederum das »Was, wenn?« … Was, wenn er keine Ahnung hatte. Tja, offen gestanden wäre in dem Fall vieles leichter. Sie könnten eine klare Trennlinie ziehen. Vielleicht hat sie sich verrechnet, *vielleicht* hat Zilch Jolbys Wortlaut vergessen, und der Beginn seiner ziemlich bemerkenswerten Neigung zum Seitensprung ist doch weniger als ein Jahr her, fällt also mit der Zeit zusammen, in der er anfing, bei Gordo's zu essen.

Sollte er wirklich die Beherrschung über sich selbst verloren haben, darf sie es ihm eigentlich nicht übel nehmen. Er war bis zuletzt zweifelsohne ein Gammler und auch ein bisschen gaunerhaft, aber ... mit ein wenig Arbeit, eventuell einer Paartherapie ... Sie lässt das Grübeln sein. Gesetzt den Fall, sie kommen beide geistig einigermaßen unbescholten aus dieser Sache heraus, um sich auf eine Frage-Antwort-Runde einzulassen, wird Galavance schlicht Nägel mit Köpfen machen.

Nun hört sie, wie die Tür hinter ihr aufgeht. Zilch müht sich mit dem Ventilator ab, der nicht so richtig durch den Rahmen passen will. Nachdem er ihn herausgezogen hat, schließt er das orangefarbene Verlängerungskabel an eine Steckdose. Es ist ein Industriegerät und sieht teuer aus. Galavance zieht ihre Augenbrauen zusammen. Gut möglich, dass es etwas ist, wofür *sie* unwissentlich geblecht hat.

Sie legt die Chalupas nebeneinander auf einen Klapptisch. Ihr kommt es vor, als würden sie einen Werbespot drehen, wofür sie das Essen in verlockender Weise präsentieren müsste, während die Windmaschine bereitgemacht würde. Sie trennt die Folie beim Umschlagen der Verpackung auf und zieht die Teigschiffchen auseinander, sodass die zarte Röstung über ihre ganze Länge hinweg sichtbar ist. Viele halten Chalupas oder Burritos, wenn diese so eingewickelt wurden, beim Essen in der Folie, doch Galavance weiß ja, dass Jolby am liebsten alles nicht Essbare von seinen Mahlzeiten entfernt, bevor er darüber herfällt. Sie hat schon oft erlebt, wie er aus Versehen beinahe Aufkleber oder die gezackten Zipfel der Verpackung eines Schokoriegels mitgegessen hätte, sie dann aber doch noch ausspuckte und vorwurfsvoll anstarrte.

Zilch schaut sie an, während er mit einem Finger am Kippschalter wartet. Es ist ein vielsagender Blick, als ahne er, was als Nächstes geschieht, wie leicht sich Situationen im Handumdrehen ändern können, und wolle sich wohlweislich davor hüten, sie darauf hinzuweisen, auch wenn man es seinem Gesicht ohnehin ablesen kann.

»Fertig?«, fragt er. Sie nickt, woraufhin er den Knopf am Ventilator umlegt. Die Folie und das Wachspapier, auf denen die Chalupas liegen, rascheln und schlackern im künstlichen Wind, wobei Galavance kurz an Zeichentrickfilme denkt, in denen man Gerüche sehen kann, und sich vorstellt, wie der ausströmende Duft als roter Streif übers Moor wabert, Jolby entgegen wie eine Wärmelenkrakete. Der Ventilator bläst ihr in die Haare, also klemmt sie sich Strähnen hinter die Ohren. Sie achtet auf etwaige Geräusche, mit denen sich Jolby von dem an sein Geschmacksgedächtnis appellierenden Köder angelockt, beim Näherkommen verraten könnte, doch das Gerät erzeugt gehörigen Lärm – wie ein Minihubschrauber, der dringend gewartet werden muss.

Zilch erhebt seine Stimme gegen das Knattern. »Das klappt nie.«

Nicht einmal zehn Minuten vergehen, ehe ein Paar Scheinwerfer durch den Sumpfnebel leuchtet wie gelbe Augen, die sich zwischen knorrigen Weidenhölzern beim Spähen ausmachen lassen. Gleich darauf erscheinen zwei weitere, dann noch mehr, und alle rücken zusammen, dicht gedrängt wie ein Schwarm Glühwürmer in strikter Formation. Die morgendliche Düsterkeit weicht vor dem Monstertruck, der sich schnittig gleitend und zielstrebig durchs Wasser nähert. Die Lampen vorne wurden versprengt montiert, wie willkürlich – ein Ungeheuer, geschaffen von einem ebensolchen aus wahllos zusammengeklaubten Teilen.

Galavance beobachtet den brummenden Wagen beim Heranrollen. Er schiebt eine seichte, Schaum schlagende Welle vor sich her und scheint zu wachsen, während er auf seinen gewaltigen Reifen im seichten Wasser hochkommt. Als er nur noch einen Steinwurf von der Terrasse entfernt ist, wird ihr bewusst, dass Jolby nicht vorhat, auf die Bremse zu treten.

»Vielleicht willst du einen Schritt zurück machen«, rät Zilch und zieht sie am Arm vom Geländer zur Hausfront.

Sie schauen weiter zu, wie sich der Truck auf sie zubewegt. Unterdessen klappt die Windschutzscheibe hoch wie die Blende eines Briefschlitzes, und Jolby – grün und angsteinflößend – klettert übers Lenkrad auf die Haube, um auf der Kante am Kühlergrill niederzukauern. Er knickt den Kopf nach hinten ab, wobei sich seine Nasenlöcher weiten und zusammenziehen wie spastische Schließmuskeln. Seine Kleider sind zerfetzt, ein fleckiger Kapuzenpulli und eine regelrecht in Streifen gerissene Jeans.

Das Auto fährt nun ohne Jolby hinterm Steuer, kommt näher und näher. Er richtet seinen Blick geradeaus, nun da er den Ursprung des Geruchs entdeckt hat, wie seine Miene und vor Speichel triefenden Mundwinkel bezeugen.

Zilch tritt vor und spannt die Harpunenkanone. Das lässt Galavances Puls in die Höhe schnellen, denn sie möchte ja nicht, dass Jolby etwas geschieht, weshalb sie ebenfalls wieder zum Geländer geht, obwohl sie der vernünftigere Teil ihres Hirns eine Idiotin schimpft. Zilch starrt erbittert auf Jolby, lässt sich aber zu einem kurzen Seitenblick hinreißen und fragt: »Was tust du da?«

Womöglich würden sie um die Waffe ringen, und Galavance könnte ihn wissen lassen, sie wolle jetzt, dass ihr Freund unversehrt bleibt, doch all dies wird in dem Moment belanglos, da Jolby von der Motorhaube springt – weit vorwärts –, weil er zu ungeduldig ist, um darauf zu warten, dass der Truck ihn vor seiner erhofften Beute auf diesem Klapptischchen absetzt. Galavance wird kräftig durchgeschüttelt, als der Agent sie zur Seite stößt und sich genau in die Sprungbahn stellt.

Jolby knallt gegen ihn, woraufhin Zilch zusammen mit der Wer-Amphibie rückwärts stürzt. Sie hat seinen Kopf gepackt und stemmt ihm die Füße gegen die Brust. Die beiden ringen, und Galavance versucht, die fallen gelassene Kanone aufzuheben, doch dann erlöschen die Scheinwerfer, sodass es dunkel auf der Terrasse ist. Alle drei scheinen zu begreifen, was bevorsteht, und Zilch wirft Jolby mit einem schwungvollen Schulterruck ab. Nachdem er Galavance an einer Hand genommen hat, fliehen sie ins Haus, gerade als der Monstertruck mit dem Vorbau kollidiert. Die Balken brechen mit Donnerknall, wodurch Galavance Piratenfilme in den Sinn kommen, deren Macher stets einen ähnlichen Soundeffekt benutzen, wenn Schiffsplanken zerschossen werden.

Die beiden weichen in den Wohnbereich zurück, während Jolbys Kreation durch die Vorterrasse pflügt. Bretter fliegen herum, braunes Wasser quillt unter hohem Druck wie aus Geysiren durch die Tür. Der Mutant ist noch irgendwo da draußen unter dem Kleinholz, das am Ende zurückbleiben wird. Ein Schreien und Heulen bricht los, hört sich allerdings nicht qualvoll an. In Galavances Ohren klingt es enttäuscht, als sei ihrem Freund etwas abhandengekommen, das er sehr schätzte. Ihre eigene Trauer dabei, weil sie denkt, er bedaure, sie zu verlieren, währt nicht lange, da ihr der Köder wieder einfällt – die Chalupas, die der Truck gerade überrollt und somit wohl nichtig gemacht hat.

Die alles zermalmenden Reifen scheinen nicht stillstehen zu wollen. Draußen vor dem Küchenfenster an der Stelle, wo man zwei Spülbecken hätte installieren können, drehen sie sich weiter wie Wasserräder nach einem Wolkenbruch, das Profil in stetiger Abwärtsbewegung. Die Scheibe klirrt, und Splitter regnen aufs Linoleum. Zilch und Galavance gehen gleichzeitig noch einen Schritt zurück.

»Das Ding kommt nicht durch die Mauer … oder?«, murmelt sie.

Unversehens wie als Reaktion darauf, dass seine Pferdestärken in Zweifel gezogen wurden, scheint der Monstertruck eine Schwachstelle im Gefüge gefunden zu haben und prallt dagegen. Das gesamte Gebäude ächzt. Aus jeder Richtung, von allen Seiten knirscht und knackt es. Galavance beobachtet, wie sich ein Riss in der Wohnzimmerwand auftut und daran entlangwandert, begleitet von einer Staubwolke, die wie Schnee über ihnen niedergeht.

»Wir sollten wohl nach draußen gehen«, schlägt Zilch vor.

Sie wenden sich ab und laufen zum Eingang, als sich der Boden hochwölbt. Der ganze Wohnraum wackelt, als drücke irgendetwas vehement von unten dagegen. Sie rutschten rückwärts, fort von der Tür und auf den Wagen zu, der beharrlich gegen die Wand anfährt, um sie zu durchbrechen. Weil das Zimmer auf einer Seite um beinahe fünfundvierzig Grad hochgeschossen ist, als ob das Gebäude in die Senkrechte streben würde, läuft Galavance im Grunde eine Steigung hinauf, als sie mit angewinkelten Armen losstürzt. Zilch folgt ihr, und sie schaffen es zur Tür, deren Abdeckung aufgeklappt ist. Sie kriechen hindurch auf die Vorterrasse und klettern am Geländer hinauf wie an einer Leiter. Solange das Haus die Vertikale noch nicht erreicht hat, kann es auch nicht auf sein Dach krachen, also schaffen die beiden es, unbeschadet abzuspringen. Der Sturz auf das Betonfundament, mit dem Whispering Pines 1330 ursprünglich verankert war, ist nicht tief, aber Galavances Füße tun trotzdem weh, als sie landet. Sie taumelt vorwärts, während sie versucht, sich ihrer Gymnastikstunden in der Mittelstufe zu entsinnen, doch statt sich abzurollen und so den Schwung zu nehmen, klatscht sie mit dem Bauch in den Schlamm, wobei ihr die Luft wegbleibt.

Nachdem ihr Zilch aufgeholfen hat, drehen sie sich um und sehen, wie sich der Truck aufbäumt, dessen Gaspedal offensichtlich ganz niedergedrückt und fixiert wurde. Das Haus kippt gemeinsam mit ihm, denn er zieht den hinteren Teil mit seinem Gewicht hinunter, das zu hoch ist, als dass die Konstruktion es aushalten würde.

Das Gebäude erhebt sich. Die letzten Verbindungsstreben zum Fundament sind gerissen. Schrauben platzen ab, und tragendes Gebälk löst sich aus den Mauern oder bricht ganz ab. Das Haus wird zu einem sinkenden Schiff, dessen Bug in die Luft ragt. So bleibt es einen Augenblick lang stehen, ein unwirklicher Anblick: ausbalanciert gleich einer anmutigen Ballerina, die beim Spitzentanz innehält.

Dann kracht es einmal markerschütternd, und alles stürzt über dem Wagen zusammen. Das Gebäude erliegt seinem eigenen Gewicht und begräbt das Fahrzeug unter sich. Das Grundstück gleicht einem Trümmerfeld aus zersplittertem Holz, zerbröseltem Trockengips und zerknickter Fassadenverkleidung. Im nächsten Moment, sobald sich der Staub gelegt hat, ertönt tief darunter das Tuckern des Motors. Gedämpft klingt er unter dem Schutt, gurgelt und stockt, erstirbt endlich. Verblüffenderweise ist ein Teil des Hauses heil geblieben. Er hat zusammengehalten und bildet nun eine schiefe Rampe, ein neues Dach.

Ein Beleg dafür, dass Jolby und Chev doch etwas vom Bauwesen verstanden haben?, denkt Galavance kurz. Dieser unerklärliche schwarze Humor verpufft indes wie eine Blase, und sie empfindet nichts als Leid. Jolby war da drin, doch eine Chance, so etwas zu überleben, besteht wohl kaum. Sie spürt bleierne Schwere in ihren Eingeweiden, die sie hinunterzieht, als rufe der Erdkern nach ihr, weshalb sie auf die Knie fällt, ohne wahrzunehmen, was sie tut.

»Bist du okay?«, fragt jemand aus der Nähe, und Galavances Herz überschlägt sich augenblicklich. Etwas in ihr hegt die Hoffnung, es gehe wie in Hollywood, und Jolby tauche ohne Kratzer auf, nachdem er beim Einsturz des Hauses irgendwie von dem Parasiten befreit worden ist, der ihn in diese grauenhafte Kreatur verwandelt hat, aber es ist bloß Zilch. Er steht neben ihr, bückt sich und zieht sie hoch.

»Ja«, antwortet sie.

»Sicher?«

Sie nickt. *Ehrlich gesagt: Nein, eigentlich nicht.* Aber er spielt die Rolle des tugendhaften Ritters, ohne sich die Mühe zu machen, Signale aufzuschnappen und ihre Körpersprache zu deuten. Er nimmt sie schlicht beim Wort und lässt jetzt los, nachdem er sie sachte an einem Arm festgehalten hat. Nicht dass sie sich wünschte, er würde nachhaken, denn die Erkenntnis – Jolby lebt nicht mehr – ist noch zu frisch, um genau zu begreifen, wie sie darüber denkt, auch wenn es niemand besser wissen kann als sie. »Mir geht es gut.«

Zilch macht einen Schritt vorwärts. Das Anwesen sieht aus wie ein fehlgeschlagenes Kunstprojekt: ein umgestoßenes Haus aus Wassereisstielen. »Nun ja, das hätte definitiv glimpflicher ausgehen dürfen.« Er schaut auf seine Harpunenkanone, die er noch in der Hand hält, und dann auf Galavance.

»Du hast in dem Supermarkt nicht zufällig die eine Tüte mitgenommen? Die mit den Ersatzschrauben für dieses Ding?« Er hält die Waffe hoch und wackelt damit, sodass die Gummibänder schlackern.

Sie verneint kopfschüttelnd.

Zilch wendet sich wieder dem Bauplatz zu und nickt mit zusammengepressten Lippen. Nachdem er die Kanone in eine Schlaufe an seinem Gürtel gesteckt hat, geht er über den Vorhof zu der Stelle, wo die Terrasse begann. Dort stehen jetzt nur noch drei Zementstufen, dahinter die totale Verwüstung.

Galavance kann nicht klar denken »Äh, wieso?« Sie geht hinterher und bleibt neben ihm stehen. »Wofür brauchst du sie?«

»Was für eine Frage: Ich muss wieder da rein und würde es lieber mit einer *geladenen* Waffe statt einer *leeren* tun.«

»Er kann das unmöglich überlebt haben. Dein Auftrag ist erledigt.«

Seine Schuhe erzeugen ein schmatzendes Geräusch beim Auftreten, während er sich Galavance zudreht. Er legt seine Hände auf ihre Schultern. »Ich muss mich vergewissern. Ich brauche einen Beweis.«

Sie neigt ihren Kopf zur Seite, um den Blickkontakt aufzuheben, den er behutsam erzwungen hat. Dann deutet sie zu ihrem Auto. »Aber wir haben doch den anderen im Kofferraum. Reicht das nicht?«

Ohne von ihren Schultern abzulassen, atmet Zilch tief ein und stößt einen langen Seufzer aus. »Sagen wir, er ist nicht tot. Stellen wir uns vor, er macht mit diesem Scheiß weiter. Nehmen wir an, er findet heraus, dass du mir dabei geholfen hast, ihn zu linken, und …«

»Schon gut, okay«, wirft sie ein und tritt beiseite. Mit verschränkten Armen entzieht sie sich ihm. Entrüstet von jemandem abzuhauen ist schwierig, wenn es keinen Ort gibt, den man aufsuchen kann, also platscht sie nur ein paar Schritte weit durch den überschwemmten Vorgarten und bleibt mit dem Rücken zu Zilch stehen. Sie würde jetzt gerne weinen, sträubt sich aber zugleich dagegen.

Nie wird sie erfahren, ob Jolby sie bewusst betrogen hat oder nicht, ob er sich im Klaren darüber gewesen ist, als er es tat, ob er es … *selbst* war. Sie ist davon überzeugt, dass er ehrlich geantwortet hätte, wäre sie rundheraus mit der Frage an ihn herangetreten. Hätte er es auch mit der Kuschelbär-Masche probiert oder im Wissen auf die Wirkung auf sie auf die Tränendrüse gedrückt: Sie wäre nicht eingeknickt, oh ja, doch die Gelegenheit kam nie. Jetzt ist er tot, und die geheim gehaltene Wahrheit liegt dort mit ihm begraben.

Galavance schüttelt den Kopf. *Echt ätzend.*

Zilch weiß nicht, was er zu ihr sagen soll, falls überhaupt. Bei Frauen lässt sich das immer schwer abschätzen. Hört man auf sie, wenn sie behaupten, einfach nur in Ruhe gelassen werden zu wollen, um nachzudenken, oder ist das ein Wink, dass man nachfragen soll, bis sie mit ihrem Problem herausrücken? Er besieht ihren Rücken, der nach ihrer haarsträubenden Flucht aus dem Haus mit leichten Kratzern überzogen ist, und ihre mit Schlamm verklebten Knie, sieht unter alledem ihre Haltung. Kein Zweifel, sie ist außer sich.

Die Wärme der Sonne, die über die Häuser auf die Straße scheint, lenkt ihn von ihr ab. Zwar könnte er nicht sagen, wie spät es ist, doch bis zu seinem Sprung hinaus dürften es nur noch wenige Stunden sein, das steht fest. Er erwägt aufs Neue, etwas zu Galavance zu sagen, bevor er hineingeht, besinnt sich dann aber und sucht einen leichten Zugang in den Trümmerhaufen.

Er stellt sich an die Stufen und schaut hoch. Die Vorterrasse ragt mindestens zwanzig Fuß über seinem Kopf auf, schief wie eine Auffahrt in den Himmel. An der Seite des Hauses watet er durch die knöchelhohe Brühe zu einer Stelle, von welcher aus man einen Teil des Trucks unter Überbleibseln von Küche und Wohnzimmer sieht. Die Kühlbox schwappt im Wasser, eine gelbe Boje voller Ramen-Nudeln.

Ein Tritt auf Schindeln, die eben noch auf dem Dach lagen, löst eine Kettenreaktion aus: Geräusche von überall her aus dem Schutt, beunruhigendes Ächzen, Knirschen und Knarzen.

»Das ist wie gottverdammtes *Jenga*«, stöhnt Zilch. Ein neuerlicher Blick zum Horizont und die Sonne, die in seine Augen strahlt, spornen ihn jedoch an, einen weiteren Schritt aufs Dach zu gehen.

»Sachte«, mahnt Galavance, die geflissentlich Abstand wahrt. Er bleibt stehen, um sich nach ihr umzudrehen und sie mit dem »Was du nicht sagst«-Blick abzukanzeln, lässt es aber letztlich bleiben. Sie sieht wirklich leidgeplagt aus. Wie sie so dasteht, kann sie nicht stillhalten, lässt die Daumen kreisen und hakt die anderen Finger ineinander, ringt schließlich einfach nur die Hände, ein vollkommenes Gebärdenspiel der Besorgnis. Empfindet sie aber tatsächlich so? Diese Frage stellt er sich. *Nicht nur.* Da spricht noch etwas aus ihrem Gesicht. Es rührt von der Art her, wie sie die Stirn runzelt, und spiegelt sich in ihren Augen wider: Trauer. Ungewissheit.

Ihr Freund ist tot, du Esel, macht Zilch sich bewusst und dreht sich wieder um. Er steigt noch ein Stück weiter hinauf. *Obwohl ihr Leben wegen dieses Idioten schneller den Bach runterging, als sie »Piep« sagen konnte, ist er jetzt tot, und das tut ihr weh, weil sie es jetzt erst richtig erkennt, ja verdauen muss.*

»Was ist?«, fragt sie, als er seinen langsamen, vorsichtigen Aufstieg wieder unterbricht.

Er überwindet die Trance, in die er vorübergehend gerutscht ist, und schaut wieder nach vorne, um seinen Weg fortzusetzen, tiefer in den Trümmerberg hinein, zu dem das Haus zerfiel. Als er den Motor des Trucks irgendwo unter dem Wust beim Auskühlen klicken hört, orientiert er sich an diesem Geräusch.

Er erreicht eines der hohen Baggerräder und beschließt, daran herunterzuklettern wie an einer Steige, um zum Führerhaus zu gelangen, denn dort oder in der Nähe muss Jolby sein. So hebt er einen Fuß an und stellt den Absatz auf eine Noppe des enormen Gummidings, dann mit etwas Schwung den anderen. Ihm graut, während er sich auf das stete metallische Klicken konzentriert, weil er deutlich spürt, dass die Reifen unter ihm allmählich in Bewegung geraten.

»Mist«, zischt er und rudert mit den Armen, um sich schnell genug umzudrehen und zurück aufs Dach des Hauses zu springen, doch es ist zu spät: Das Rad gerät ins Rotieren wie ein übergroßes Zahnrad, und er wird in dieses Getriebe gezogen, geradewegs hinab zum Unterboden – wo alles heiß ist.

Er fällt in einen Hohlraum, wo sich der Wagen festgefahren hat, umgeben von miteinander verkeilten Brettern, zerschellten Möbeln und verstreuten Glasscherben. Heiß ist es tatsächlich, sehr heiß. Offensichtlich brennt irgendetwas. Zilch riecht Qualm, und das bisschen Licht, das einfällt, kommt in klar vom Dunkel abgegrenzten Streifen.

Jolby muss sich online oder sonst wie über Konstruktionspläne anderer Monstertrucks schlaugemacht haben, denn dieser hier sieht genauso aus wie jene, die Zilch bei Leistungsshows erlebt hat. Er hat eine durchgehende Plexiglasbodenplatte unterm Fahrersitz, und darunter erkennt man sehr wenig, nur verknotetes Seegras und dunkles Wasser, das gleichmäßig tröpfelt. Er geht auf die Knie und versucht, die Scheibe zu entfernen, obwohl er in dieser Haltung schmerzhaft zwischen der Vorderachse, die ihm gegen den Rücken drückt, und dem Auspuffrohr vor seinen Beinen eingeklemmt ist.

Die Platte ist äußerst sorgfältig befestigt worden. Zilch zieht die Harpunenkanone und benutzt das gegabelte Ende wie die Klaue eines Zimmermannshammers, um die Schrauben aus ihren Fassungen zu hebeln. Er grunzt, während er die Waffe kräftig hinunterdrückt, bis es laut knackt und klingelt, da die erste Schraube herausschießt und mehrmals irgendwo abprallt. Daraufhin herrscht kurz Stille, der ein tiefes Knarren folgt: Das Material arbeitet. Von einem Schräubchen, einem einzigen Bauteil mag abhängen, ob das ganze Gefüge zusammenkracht.

»Aufpassen«, ermahnt sich Zilch, wie es Galavance schon getan hat, und fährt mit der zweiten Schraube fort.

Nach einer gefühlten Ewigkeit kann er das Plexiglas abnehmen. Im Führerhaus von Jolbys Machwerk erkennt er immer noch wenig, also langt er mit einer Hand in den gefluteten Raum und tastet nach ihm. Dabei legt er sich flach auf den heißen Unterboden des auf dem Dach liegenden Fahrzeugs und schaut angestrengt ins Wasser, indem er schwimmende Kleinteile aus dem Weg schiebt. Nichts. Er macht sogar wieder vom Griff der Kanone Gebrauch – *Mensch, was würde ich ohne dieses Gerät tun?* –, um Jolby vielleicht an einem Hosenbein einzuhaken oder dergleichen, aber auch das führt zu nichts.

Auf einmal platscht es, als steige etwas aus dem Nass empor, und rauscht wie hinabströmendes Wasser. Zilch bleibt so liegen, dass ihm der Kraftstofftank in die Brust sticht, und hofft darauf, dass Jolby in dieser verrauchten Finsternis genauso schlecht sieht wie er. Als er jedoch spürt, wie sich eine Hand mit Schwimmhäuten um eines seiner Fußgelenke schließt, schließt er bitter enttäuscht die Augen, da jetzt feststeht, dass Jolbys Augen wohl anders als menschliche sind und er ihn bestens sieht.

KAPITEL 41

Zilch wird vom Unterboden des Trucks gehoben und schwebt dann in der Luft. Einer seiner Stiefel berührt die Decke der Höhle, die in den Trümmern entstanden ist, und sein Gesicht hängt genau über Jolbys grüner Breitmaulvisage. Aus dieser unmittelbaren Nähe wird alles allzu deutlich: der Zorn in den Augen der Kreatur, die vielen kleinen Runzeln ihres mutierten Fleischgewebes, die farbigen Sprenkel auf der Haut, die abwechselnd blinzelnden Lider sowie die Nase, deren Löcher sich beim Atmen zu Schlitzen zusammenziehen und wieder weiten.

Jolby raunt mit belegter Stimme: »Du schon wieder.«

»Meine Freundin nannte mich immer Spaßbremse«, erwidert Zilch lächelnd.

Da grunzt Jolby. »Willst du etwa meine Freundin flachlegen?«

»Gott, hast du irgendwie 'nen Komplex, was das angeht?«, fragt Zilch. Überzeugend lässig zu bleiben und zu spotten, wenn man kopfüber von etwas festgehalten wird, das einen Menschen ohne Probleme so hochheben kann, ist schwierig, aber er bemüht sich. »Pass auf, Jolby, ich hab den Auftrag, dich plattzumachen. Entweder gehst du drauf, oder ich tu's, und den Bestimmungen der Confab gemäß muss jede *Lusus naturae*, die aus freiem Willen Untaten begeht, mit entsprechend tödlichen Maßnahmen bestraft werden.«

Jolby stutzt. »Was ist Confab?« Zilch kommt jedoch nicht einmal dazu, ganz einzuatmen, bevor er zu seiner längeren Antwort ausholt, da ist der Froschmann bereits gelangweilt. Er nimmt seine andere Pranke zur Hilfe und führt ihn an sein Maul, während er es weit aufsperrt, wobei Zilch sogar ein Kiefergelenk knacken hört und Wärme aus dem offenen Rachen strömen fühlt.

Nun starrt er in Jolbys dunklen Schlund.

Ende Gelände. Das Aus für mich.

Im Mondlicht, das sich zwischen das gesplitterte Holz und den Schutt über ihren Köpfen stiehlt, erkennt Zilch, dass Jolbys Zähne schwarz und spitz wie Nadeln geworden sind. Seine schlackernde, pinke Zunge ist mit winzigen Stacheln übersät, womit sich Beute besser greifen lässt, und weit hinten, wo sein Gaumenzäpfchen dick und ebenfalls rosa baumelt – dort ist noch etwas zu sehen.

Ein kurzer, gelber Finger, der langsam wackelt, genauso wie das Ding, das ihm selbst aus dem Bauch wuchs, der Plattwurm. Statt um sich zu schlagen und auszutreten, um von diesem klaffenden Abgrund wegzukommen, in den er gesenkt wird, steckt er einen Arm hinein, und zwar bis zur Schulter. Während er die Hand tiefer hineinschiebt, beugt er die Finger immer wieder, um zuzupacken. Wie zu erwarten erschreckt dies Jolby – er wollte den Kerl zuerst zerkauen, um die spitzen Knochen verschlingen zu können – und versucht, ihn wieder hochzuziehen. Zilch legt seinen anderen Arm wie bei einem Schwitzkasten um den Hals des Monsters, um weiter in den Schlund zu langen. Jedes Mal, wenn er den Wurm mit seinen Fingern streift, bewegt sich der kleine Ficker, und er muss es wieder probieren. Als er ihn endlich zu fassen bekommt, lässt er sein Handgelenk schnell rotieren, um ihn um seinen Unterarm zu wickeln. Nachdem er zu ziehen begonnen hat, fleht Jolby würgend und sabbernd, er solle aufhören.

Ohne von seinem Vorhaben abzulassen erklärt Zilch: »Es ist so, Jolby, dieses Ding in dir benutzt dich wie eine Marionette. Darüber darfst du dich an und für sich freuen, weil es bedeutet, dass du dir nicht viel bei der Confab vorzuwerfen hast, denn dein kleiner Körperkidnapper-Plattwurm ist der *wahre* Missetäter.«

Jolby muss vor Schmerzen schreien, doch dabei quillt nur ein klebriger Schwall Schleim aus seinem Rachen, der Zilch die Hose versaut. Sowie er noch ein paar Fuß des Wurms um seinen Arm gewickelt hat, fängt er wieder zu ziehen an, versetzt ihm einen Ruck nach dem anderen. Mit jedem Mal besudelt sich die Kreatur mehr, verliert jegliche Beherrschung. Eine orangefarbene Flutwelle, etwas Halbverdautes voller Insekten, Nager und anderer Sumpfkleintiere strömt Zilch entgegen, trifft sein Gesicht und seine Brust.

Zentimeter für Zentimeter zieht er den Wurm heraus – wie Endlosband. Es wird immer anstrengender, und wenn er nachgibt, dann jeweils gleich ein ganzes Stück weit, als habe er sich sehr fest um etwas im Körper gewickelt, das er nur nach und nach loslässt, gleich einem Wundpflaster, das sich von innen abschält. *Wäre vielleicht einfacher gewesen, drinnen anzufangen,* denkt Zilch.

Jolby erbricht sich wieder: Ein Streifenhörnchen, einen halben Hasen.

Zilch schweigt, dreht seinen Kopf zur Seite und lässt das Ungeheuer kotzen, wenn es eben muss. Immerhin machen sie hier Fortschritte, und das heißt manchmal auch, dass man Schmerzen aushalten muss.

Galavance starrt die Hausreste an. Darunter ist es laut geworden, sie hört zwei Stimmen schreien. Anscheinend läuft es nicht gut, aber weil nicht nur Zilch frustriert herumbrüllt, sondern noch jemand, ist ihr klar, dass Jolby noch leben muss. Sie geht vorwärts und findet mit den Händen Halt an der Wand, ohne zur Kenntnis zu nehmen, was sie tut. Als sie ihre Finger zwischen das gerissene Vinyl der Verkleidung schiebt, um zu klettern, schneidet sie sich, hört aber nicht auf und hat den Schuttberg nach kurzer Zeit bestiegen. Von dort aus sieht sie die Reifen des Trucks und macht sich mit zaghaften Schritten in seine Richtung auf, wobei sie sich davor hütet, in offene Fensterrahmen oder auf Stellen zu treten, die aussehen, als könnten sie ihr Gewicht nicht tragen.

Schließlich erreicht sie die Bresche, aus welcher die Reifen ragen, und schaut hinunter. Zilch zerrt an irgendetwas, doch sie erkennt es nicht genau, weshalb sie sich zur Seite lehnt, um einen besseren Blickwinkel zu finden. Nun erblickt sie Jolby, der nach wie vor ein Reptil ist, und aus seinem Maul kommt etwas, das wie ein fahler, stark geäderter Fleischtubus aussieht. Er heult fürchterlich. So schrill, dass es in den Ohren und im Herzen wehtut. Galavance traut sich, hinunterzusteigen.

Zilch ruft ihr entgegen: »Achtung, das Ding bewegt sich!« Sie hat jedoch schon bemerkt, sobald sie mit zwei Füßen auf dem Gummi stand, dass sich die Räder langsam drehen. Einen Moment lang weiß sie weder ein noch aus und versucht, sich außen festzuhalten, um zu klettern wie ein Hamster, braucht jedoch nur ein paar Schritte zurückzutrippeln, bis sich diese Idee rächt und der Reifen sich umso schneller bewegt. Sie stürzt in den Hohlraum inmitten der Trümmer. Zilch sieht aus, als trage er einen Gips aus Gewürm, das Jolby aus dem Maul gekrochen ist. Als sei dies nichts Besonderes, fragt er gereizt: »Was zur Hölle willst du hier unten?«

Jolby nutzt diese Ablenkung, um den Wurm zu packen, der zwischen ihnen beiden gespannt ist, und zieht. Zilch verliert das Gleichgewicht, sodass er bäuchlings auf Holztrümmer und Glasscherben fällt, woraufhin Jolby ihn Ruck für Ruck zu sich zieht. Galavance springt vorwärts, gerade als das Monster seinen Peiniger am Hals greift und den Wurm von seinem Arm wickelt, um ihn geballt zurück in sein Maul zu stecken.

Während Zilch mit den Beinen strampelt und sich windet, trägt er ihn zu einem Kantholz, das so zerbrochen ist, dass eine Spitze vom Boden aufragt. Er hebt ihn darüber hoch, ignoriert sein Fluchen und lässt ihn fallen. Der Pfahl durchstößt Zilchs Brust genau mittig, gerade durchs Herz und alles andere, was im Weg war. Seine Lider bleiben einen Moment lang weit aufgerissen, erschlaffen dann, und die Augen verlieren ihren Glanz. Einmal noch atmet er leise aus – unterbrochen von leisem Husten –, schließlich Stille.

»Oh mein Gott!«, kreischt Galavance. »Du … warum?«

Jolby, der anscheinend einen Trick wittert, beugt sich zu dem reglosen Körper hinunter, hebt einen Arm am Handgelenk an und reißt ihn, ohne in seiner Bewegung innezuhalten, vom Torso, dass es schmatzt und knackt. Als Zilch nicht reagiert, führt sich Jolby das Glied ans Maul wie ein hungriger Landstreicher, der sich einen frisch aus der Schale genommenen Maiskolben an den Mund führt, da schreit Galavance, um ihn aufzuhalten.

Der Arm fällt auf den Boden. Der Wurm ist noch in einem von Jolbys Mundwinkeln zu sehen, weil er sich erst zur Gänze zurückziehen muss. Winzige Papillen an seiner glitschigen Flanke zittern und schnappen harmlos ins Leere, während er sich bemüht, über Jolbys Kehle dorthin zu kriechen, wo er wieder sicher ist.

Es mag Einbildung sein, doch Galavance glaubt, dass Jolbys Gesicht, solange der Wurm mit seinem Rückzug beschäftigt ist, zu zwei Dritteln das der Wer-Amphibie ist und zu einem … sein eigenes. Die starke Rötung eines Auges ist teilweise verschwunden, sodass man etwas von dem heiter strahlenden Himmelblau sieht, das sie so gut kennt, und die Haut ringsum wirkt nicht bräunlich grün wie verrottetes Laub, sondern hat wieder Fleischfarbe angenommen.

»Gal«, sagt er glucksend, weil ihm die lebendige Nudel im Hals steckt. »Was tust du hier? Ich versuche, meine Arbeit zu machen.«

»Jolby, bitte. Hör einfach auf. Bitte.«

Jolbys Gesicht nimmt einen sanfteren Ausdruck an und er macht einen Schritt auf sie zu . Der natürlich rosige Rand seines halb roten Auges wird wieder dunkler, als er seine Hände ausstreckt. »Ich verspreche dir, wir verkaufen die Bude«, fährt er fort. »Alles wird gut, sobald wir sie nur losgeworden sind und … sieh dir das an.« Er zeigt stolz auf den Truck. »Den verscheuere ich auch, und von dem Geld, das ich dafür kriege, fließt wieder alles ins Haus. Es wird ein Prachtbau, und wenn sich ein Käufer gefunden hat, sind wir fein raus. Dann ist alles wieder im Lot, so wie früher.«

Galavance geht rückwärts und streckt die Hände vor, um ihn auf Abstand zu halten, aber er rückt nach. »So weit kommt es nicht«, entgegnet sie leise. »Nichts wird wieder gut. Du bist krank.« Selbst in dieser entsetzlichen Situation erkennt sie, wie sträflich er die Lage verharmlost.

Jolby schaut verwundert drein. Sein Kinn klappt herunter, und der Wurm in seinem Maul, den er gar nicht wahrzunehmen scheint, zappelt immer noch vor sich hin, um in den Bauch zurückzugelangen. Er macht noch einen Schritt vorwärts, während er langsam die Arme ausbreitet. Der Kuschelbär.

»Jetzt aber, Gal. Sei doch nicht so, Babe. Hm? Was meinst du?«

»Komm mir nicht zu nahe«, krächzt sie. Der Befehl sollte scharf klingen, doch dem ist nicht so. Sie hat solche Angst, dass sie kaum mehr Luft holen kann. Als sie nicht mehr weiter zurückweichen kann, stößt sie gegen den Linoleumboden der Küche – er ist jetzt eine Wand – und steckt praktisch in der Falle. Am liebsten würde sie sich umdrehen und einfach davonlaufen, sich durch die Trümmer wühlen, die sie beiseiteschieben kann, aber sowie ihr Rücken das berührt, was hinter ihr ist, knarrt es tief und vibriert, also weiß sie, dass alles andere als ein bedachtsamer Aufstieg aus diesem Loch den sicheren Tod bedeutet.

Sie lässt ihn immer näher heran.

Schließlich wendet sie ihr Gesicht ab und betet, es möge wenigstens schnell vorbeigehen. Als es einmal knirscht, öffnet sie ein Auge und sieht, dass Jolby sich hingekniet hat. Sie spürt trotz ihres tauben Körpers, dass er nach den Beinen ihrer Schlafanzughose gegriffen hat und versucht, sie herunterzuziehen.

»Was tust du?«, ruft sie und hält den Gummibund fest, bevor der Stoff auf ihre Knie rutscht.

»Lass mich dir was Gutes tun«, antwortet er süßlich lächelnd. »Ich will alles wiedergutmachen.«

Er reißt an der Baumwolle, plötzlich und grob, zieht die Hose ein Stück weit nach unten. Es sieht so aus, als glaube er, sie verstehe ihn nicht so recht, weshalb er seine Absicht deutlich zu machen sucht, indem er sein Maul öffnet und seine grotesk lange Zunge auf und nieder bewegt. Sie ist in keiner Weise menschlich, sondern schmal wie die einer Schlange – zumal er sie einrollen kann –, schlackert krampfartig und schnellt herum, als stehe sie unter Strom. Unterdessen behindert sie den Wurm, der nach wie vor Schwierigkeiten hat, sich durch die Speiseröhre zurückzuziehen, sodass sich der pinke und der farblose Strang wiederholt ineinander verdrehen.

Jolby legt die Hände an ihre Hüften und zieht seine Lippen ein.

Galavance erträgt es nicht mehr, drückt einen Fuß gegen seine Brust und stößt zu, so fest sie kann. Da er schwerer ist als sie, schafft sie es nicht, ihn wegzutreten, sondern federt selbst rückwärts. Wieder kommt ihre Schulter mit dem Linoleum in Berührung. Etwas Großes über ihnen … *verrutscht.*

»Ich werde sterben, wenn ich nicht hier rauskomme, Jolby«, erklärt Galavance. »Lass mich einfach in Ruhe. Ich schwöre … ich schwöre, ich komm nie wieder her, wenn du arbeitest.« Sie möchte ihn überzeugen, indem sie auf seine Wahnvorstellungen eingeht.

»Schon gut, Baby. Eigentlich bin ich froh darüber, dich hier zu haben«, antwortet er regelrecht fröhlich und zuckt. Dann zwinkert er ihr zu. »Chev hat gerade anderswo zu tun, und ich *wollte* es ja schon immer mal hier machen. Sieht dir all die Zimmer an, so viel Platz. Im Gegensatz zu unserem Trailer können wir hier so richtig die Kuh fliegen lassen.«

Als er sich umschaut, scheint er den Eindruck zu haben, das Gebäude stehe noch. Zugleich nestelt er an seiner Hose.

»Jolby, ich will keinen Sex mit dir.«

Da guckt er skeptisch. »Hast du deine Tage?«

»Nein, hab ich nicht, aber … Wir müssen uns unterhalten. Ich will dich was fragen. Zuerst müssen wir aber ganz schnell hier raus.«

Er müht sich mit seiner Jeans ab, weil sie sich mit den Schwimmhäuten zwischen den Fingern schlecht aufknöpfen lässt, vom Aufziehen des Reißverschlusses ganz zu schweigen.

Währenddessen starrt er Galavance an und schenkt ihr seine ungeteilte Aufmerksamkeit, als würden sich seine Hände von selbst bewegen. »Mm-hmm?«, brummt er. »Okay. Worum geht's?«

Galavance hat kurz einen völligen Blackout und vergisst, was sie mit ihm bereden will, denn als sie ihm über die Schulter blickt, regt sich Zilch, der weiterhin gepfählt auf dem durchbrochenen Kantholz steckt. Seine Augen sind geöffnet, auch wenn die Lider flimmern, und er versucht, sich aufzurichten, bloß dass er im wahrsten Sinn des Wortes festgenagelt daliegt.

»Galavance?«, fragt Jolby und lehnt sich zur Seite, um ihr in die Augen zu schauen. »Du meintest, wir müssten uns unterhalten. Ich denke zwar eigentlich nicht, dass wir was zu bereden hätten – läuft doch alles gut, nicht wahr? –, ich werde aber zuhören, echt gerne.« Er schafft es, den Reißverschluss hinunterzuziehen.

Sie sieht ihn unumwunden an. »Bist du mir absichtlich fremdgegangen, ja oder nein?«

Daraufhin ergeht er sich in einem wechselhaften Mienenspiel: Verwunderung. Verdruss. Fassungslosigkeit, schließlich Schuldbewusstsein. Dann eine sanfte Ausdruckslosigkeit, fast schon wie katatonisch. Länger kann sie sein Gesicht aber nicht betrachten, denn er beugt sich nach vorne, um seine Jeans mit den Boxershorts auf die Füße fallen zu lassen. Dann erhebt er sich wieder – beherrscht, soweit es ihm gelingt – und schiebt sich noch ein wenig näher heran.

»Ich weiß nicht einmal, was ich darauf antworten soll«, sagt er. »Du kannst dir nicht vorstellen, wie sehr mich das gerade verletzt.«

Hinter ihm hat Zilch den Kopf angehoben und schüttelt ihn langsam. Galavance beobachtet, dass seine Augen offengeblieben und jetzt auf den blutenden Arm gerichtet sind, der neben ihm liegt. Er kneift sie zusammen. Als er auf seine Schulter schaut und begreift, dass es sein Arm ist, starrt er erschrocken. Nun da er aufblickt, bemerkt er Galavance und zieht die Brauen so hoch, dass sie fast bis an seinen spitzen Haaransatz reichen. Er bleibt ruhig, während er unbeholfen mit nur einem Arm versucht, sich von dem Holzbalken zu drücken, der ihn vom Rücken her aufgespießt hat.

Jolby hört vorübergehend zu schlurfen auf. Er fasst sich mit beiden Händen an die Wangen, ungefähr an den Kiefergelenken. Das letzte halbe Zoll des Wurms verschwindet zwischen seinen Lippen, und Galavance sieht seinen Hals schwellen, während er schluckt. Als er wieder aufschaut, ist jegliche Spur von Blau in dem einen Auge weg. Grün hat sich wieder gegen jedwede Hautfarbe menschlicher Art durchgesetzt, und er ist einmal mehr von Kopf bis Fuß eine Wer-Amphibie. Als er nun an sich hinunterschaut, lächelt er stolz – und umso breiter, sobald er Galavance aufs Neue ins Auge fasst, zweifellos mit bösen Gedanken.

KAPITEL 42

In ihm stecken drei Fuß Holz eines spitzen Pfahls, und so emsig sich die Nanobugs auch ins Zeug legen, um Nervenenden zu reparieren, damit er es spürt, kämpft er dagegen an. Solange er in diesem schrägen Winkel hier hängt, kommt er nicht hoch, doch nun bekommt er die Harpunenkanone zu greifen. Er dreht sie um, hält sie am Lauf fest und hämmert mit dem Griff auf das Kantholz, das aus seiner Brust ragt. Es zersplittert nach ein paar Schlägen, während er hilflos die Wer-Amphibie beobachtet, wie sie sich mit heruntergelassener Hose auf Galavance zubewegt, sehr augenscheinlich in der Intention, kleine Guppys zu zeugen.

Nach einigen weiteren Schlägen geht der Balken entzwei, sodass Zilch das Stück, das in seiner Brust steckt, lockern kann, indem er mit dem Oberkörper ruckelt. Nachdem er die Waffe zurück in die Schlaufe an seinem Gürtel geschoben hat, nimmt er seinen verbliebenen Arm zur Hilfe, um aufzustehen. Ihm fehlt die Zeit, sich wegen des abgetrennten zu ärgern, aber er sieht trotzdem vorübergehend rot, als dieser ihm am Boden ins Auge fällt. Er nimmt ihn am Handgelenk und zieht der Kreatur eins damit über.

Sie ignoriert den Hieb völlig. Galavance ruft irgendetwas Unverständliches mit den Worten »ihn« und »aufhalten«, woraufhin sich Jolby duckt, ihre Beine packt und sie niederreißt. Dann setzt er sich auf sie und züngelt an ihrem Gesicht herum, während sie den Kopf so weit wie möglich zur Seite dreht. »Zilch!«, schreit sie.

Die Wer-Amphibie hat ihm ihren Hintern zugekehrt. Ihm fällt wieder ein, was er eben gedacht hat: Dem Wurm von der anderen Seite beizukommen, wo er sich festgeklammert hat, sei vielleicht einfacher. Zilch holt tief Luft.

Nachdem er den abgerissenen Arm wieder aufgehoben hat, geht er vorwärts und befiehlt dem grauen Körperteil, eine

Faust zu machen. Es gehorcht. Dann bis zwei gezählt, und mit Hauruck ab durch die Mitte …

Was jetzt eine Weile vor sich geht, ist höchst unschön. Eine Menge Geschrei. Es lenkt die Wer-Amphibie soweit ab, dass sich Galavance unter ihr herauswinden kann. Sie stürzt zur anderen Seite der Trümmerhöhle und drückt sich die Unterarme an die Schläfen, sehr wahrscheinlich, um auszublenden, was sie sieht. Zilch bemüht sich nach Kräften, die Sache schnell hinter sich zu bringen. Er tut das Notwendige, tastet hier und dort, bis er den Wurm endlich mit seiner abgerissenen Hand spürt. Er umschließt ihn fest und zerrt.

Sobald der Parasit zu sehen ist, streckt er seine andere Hand aus und zieht ihn zu sich. Er wickelt ihn auf, indem er ihn um den Ellbogen und über die Beuge zwischen Daumen und Zeigefinger legt. Ein paarmal dreht er sich sogar um sich selbst und somit auch den Wurm, auch wenn er wieder vortreten muss, kaum dass er zurückgewichen ist, weil das Ding in seinen Wirt zurückkriechen will. Zilch fährt fort, knurrend und zischelnd bei jedem mühseligen Zug. Als sich die Wer-Amphibie ihm zukehrt, schlägt er ihr mit seinem amputierten Arm ins Gesicht.

Einen Meter nach dem anderen wickelt er auf, bis es letztlich *schnapp!* macht. Der Wurm ist raus, und Zilch fällt rücklings hin. Jolby seufzt laut, und abermals verblasst sein grüner Teint.

Der Parasit glaubt, in diesen Sekunden Reißaus nehmen zu können, schnurrt vom Arm seines Fängers und schlängelt sich über das heiße Metall des Fahrzeugunterbodens zum Führerhaus. Zilch streckt sich aus, um das Vieh am Schwanz festzuhalten, während es wegrutscht, stützt sich auf, wo er kann, zieht wieder den Kopf ein, um ihn nicht an der Achse zu stoßen und – nein, es entwischt in den Wagen und – *platsch* – gelangt ins Wasser, verschwindet in der aufgewühlten Brühe.

Als er sich wieder umdreht, sieht Zilch, dass Jolby zusammengebrochen ist und auf dem Rücken liegt. Er blutet sowohl aus dem After als auch aus dem Mund, und sein aufgedunsener

Bauch fällt rapide ein, was sich wiederum in obligatorischem Darmwind äußert. Zilch versucht den Geruch zu ignorieren, baut sich über dem jungen Mann auf und schaut auf ihn hinab.

Jolbys grüne Haut nimmt wieder die alte Bauernbräune des weißen Knaben an. Er atmet normal, und seine inzwischen wieder auf Normalgröße geschrumpften Augen fliegen hinter geschlossenen Lidern hin und her.

Galavance tritt neben Zilch. Er wirft ihr einen kurzen Blick zu, und obwohl er fest damit rechnet, sie habe geweint oder tue es immer noch, wirkt sie gefasst. Sie hält die Arme vor der Brust verschränkt, als sei sie auf der Hut, und schaut ebenfalls auf Jolby hinab. Er sieht von Sekunde zu Sekunde besser aus und erhält seinen normal rosafarbenen Tein wieder, könnte aber wohl ebenso gut verschrumpelt sein wie eine Rosine, der alte Kiffer – sie würde ihn nicht mit anderen Augen betrachten.

Fast unhörbar leise fragt sie: »Wird er wieder gesund?«

»Ich glaube schon«, antwortet Zilch.

»Was ist mit dem Wurm, dem eigentlichen Monster?«, fährt sie fort. »Hast du ihn getötet?«

Zilch schüttelt den Kopf und zeigt mit einem Daumen hinter sich auf den offenen Boden des Führerhauses.

»Aber brauchst du nicht einen Beweis dafür, dass du ihn aufgehalten hast?«

Während sich Zilch vergeblich bemüht, den Arm wieder an seiner Schulter festzumachen, erklärt er: »Ich lege es der Confab so dar, wie es gelaufen ist, wenn auch vielleicht nicht alles über den Parasiten, den ich in deinem Auto in mir hatte.« Er gibt die Hoffnung auf, die Nanobugs würden das Glied an seinen Körper fügen, und klemmt es sich schlicht unter den anderen Arm. »Ich hoffe, dass sie mich mit einem blauen Auge davonkommen lassen, weil wir diesen Bullshit ja durchgestanden haben und alle noch am Leben sind.«

Jolby kommt mehr oder weniger zu sich und schaut die beiden blinzelnd an. Als er bemerkt, dass er von der Hüfte abwärts nackt ist, möchte er sich schnell die Hose hochziehen. Da der

Stoff klatschnass ist, tut er sich schwer damit und fummelt mitleiderregend herum, bis er sie auf Beckenhöhe hat und zuknöpfen kann. »Was ist passiert?«, möchte er wissen, aber die zwei antworten nicht.

Zilch dreht Galavance den Kopf erneut zu und zwingt sich zum Lächeln. »Wie dem auch sei, drück mir die Daumen, ja?«

»Auf jeden Fall«, versichert sie. Dann ist es auf einmal, als sei etwas in sie gefahren, denn sie stellt sich neben Jolby und kauert nieder. Zilch fällt auf, dass sie immer noch ein paar Fuß Abstand von ihm wahrt, während sie leise spricht.

Sie hebt seinen Kopf vom Metall und streicht ihm Strähnen aus dem Gesicht. Er hustet einmal leicht rasselnd und wird geistesgegenwärtiger, stöhnt aber noch benommen, als habe er eine Nacht lang unter Grippe und Fieberträumen gelitten. Als Zilch sie sagen hört, er müsse ihr eine wichtige Frage beantworten, wendet er sich ab, um den beiden ihre Privatsphäre zu lassen, und versucht wieder, den Arm an seiner Schulter zu befestigen.

»Hey«, beginnt Jolby sehr schwach mit halb geschlossenen Augen. Dennoch erkennt er Galavance und freut sich sichtlich. Sie erwidert sein Lächeln. Um seinen Kopf zu stützen, legt sie ihn auf ihren Schoß. Er schmiegt sich an wie bis zuletzt auf der Couch im Trailer, als würde er nicht auf dem Unterboden eines Monstertrucks in den Trümmern eines eingestürzten Hauses liegen.

»Tut mir wirklich leid, dass ich ein solcher Faulpelz bin«, nuschelt er gegen einen ihrer Oberschenkel. Sie streichelt eine seiner bulligen Schultern, fährt mit ihren Fingern durch seine verklebten Haare und hört zu. »Ich will mich einfach entschuldigen, Gal, für alles, was ich …«

Sie schüttelt den Kopf, bis er schweigt.

»Du siehst aus, als würdest du dich ärgern«, bemerkt er.

»Das tue ich auch.«

»Ich konnte einfach nicht damit aufhören«, rechtfertigt er. »Zwar wollte ich dir erzählen, was mit mir los ist und all das, aber …«

»Vergiss das«, unterbricht sie. »Ist jetzt alles vorbei.«

Das verwirrt ihn. »Ich verstehe nicht, wieso du meinst, wir müssten uns unterhalten, wenn es nicht darum geht, dass ich krank war und all diese … schlimmen Dinge angestellt habe.«

»Du bist nicht du selbst gewesen«, erwidert sie lapidar. »Und es ist mir fürs Erste egal, weil es hinter uns liegt.«

»Okay.« Er ist spürbar erleichtert, gelöst. »Gut. Freut mich, dass du es so locker siehst, Gal. Ich habe ja schließlich auch gar nichts davon mitbekommen, dass ich das alles gemacht habe, es ist einfach passiert. Es war so, dass ich eines Tages mit Chev abgehangen habe und so ein komisches Gefühl bekommen habe. Dann fing das mit dem Durchfall an, und gelegentlich, einfach so wie aus dem Nichts …«

»Das habe ich nicht gemeint, Jolby. Hörst du mir richtig zu?«

»Gal, lass das. Nicht meinen Namen benutzen. Du weißt, ich hasse es, wenn …«

»Jolby«, blafft sie. »Hör mir *verflucht noch mal* zu. Dreh's jetzt nicht so, als sei ich eine Zicke. Wir müssen das in Ruhe bereden.«

Er sieht sich um. »Hier?«

Sie bedauert einen Moment lang, mit ihren Augen keine Laserstrahlen verschießen zu können. »Ja, hier.«

»Na gut. Also … was? Was willst du bereden?«

»Dass du mir fremdgegangen bist.«

»Äh …« Wieder changieren die Emotionen, die sein Gesicht hervorkehrt, im Sekundentakt: Ratlosigkeit, Kränkung. Wut, am Ende abermals Schuldbewusstsein. Er zieht sein Kinn nach unten, doch sie streckt flugs eine Hand aus und hält es fest, bevor es die Brust berührt. So zwingt sie ihn, ihr in die Augen zu schauen.

»Zwei Fragen: Wann hast du … *das* zum ersten Mal getan, und wann hast du gemerkt, dass du nicht ganz gesund bist?«

»Es ist mit Maureen passiert, der Bedienung aus dem Dairy Queen«, antwortet er, als ob damit alles erklärt sei, als handle es sich um einen Sukkubus im Minirock, der eines Nachts durchs Fenster hereinflog, um sich einstweilen, während er schlief, seine Erektion zu borgen und wieder entschwebte.

Galavance schließt die Augen. Sie verkehrt regelmäßig in diesem Schnellrestaurant, der Filiale in Wake Forest. Maureen Castille war eine gemeinsame Schulkameradin von Jolby und ihr. Wenn Galavance das Lokal nach einem miesen Arbeitstag betritt, um einen Eisbecher zu bestellen, wird sie stets frostig begrüßt. Sie hat bisher vermutet, das liege daran, dass Maureen seit je ein biestiges Gesicht hat – von Natur aus, sogar schon damals auf der Schule –, doch wie es aussieht, steckt mehr dahinter, als Galavance ahnen konnte.

»Und wie lange ging das so?« Sie bleibt dabei, obwohl sie auch von den zehn anderen erfahren will, denn im Grunde genommen ist nur sein erster Fehltritt von Belang.

Er nickt. »Ich weiß, worauf du hinauswillst.« Er nickt weiter. Er ist kleinlaut geworden, drückt sich aber klar aus und bringt seine Worte zügig über die Lippen, wie man es nur schafft, wenn man absolut nichts verbergen möchte. »Ich weiß genau, was du meinst: Nein, ich war nicht krank, als ich dir fremdgegangen bin. Ich war … ich. Im Vollbesitz meiner geistigen Kräfte. Eines Abends bin ich zu Dairy Queen gefahren und habe ein Gespräch mit ihr angefangen, wobei sie meinte, sie habe ein Fass Bier im Auto, das von irgendeiner Hausparty übrig geblieben sei. Ich sagte, ich würde das perfekte Plätzchen für ein Besäufnis kennen, und …« Sein Blick weicht auf die Treppe aus, die einmal ins Obergeschoss von Whispering Pines 1330 führte. »… dort haben wir uns ordentlich abgeschossen. Dann haben wir miteinander geschlafen.« Er hält inne, bekommt Tränen in die Augen. »Das war lange vor der Zeit, als ich mich zum ersten Mal eigenartig gefühlt habe.«

Galavance schaut ihm noch ein paar Sekunden lang ins Gesicht und wägt ab, was sie sieht – nicht nur greifbar vor ihr in diesem Mann, den sie zu kennen glaubte und liebte, sondern im Geiste: Ihre gemeinsame Zeit, Nächte im selben Bett und Telefongespräche, als sie noch unbedarfte Sechzehnjährige waren und »Nein, du legst zuerst auf!« spielten, ihren zärtlichen ersten Geschlechtsverkehr auf der Geburtstagsfeier eines ihrer Bekannten oben im Bett der kleinen Schwester des Jungen. Nicht zu vergessen all die Diskussionen über Liebe, ihr Verhältnis und das Glück, einander gefunden zu haben. Das alles, dieses jahrelang langsam aufgebaute Vertrauen sollte nichts weiter sein als ein Haufen …

»Scheiße.« Galavance zieht ihre Knie so ruckhaft unter seinem Kopf heraus, dass er nicht schnell genug schaltet, um ihn hochzuhalten, und damit aufs Blech des Trucks schlägt. Sie sieht ein hervorstehendes Stück des durchgebrochenen Trockenputzes, das ihr stabil genug erscheint, stellt einen Fuß darauf und greift nach einem Holzbrett über ihrem Kopf, um mit dem Klettern zu beginnen. Sie verlässt den Hohlraum, ohne noch ein Wort zu Jolby oder Zilch zu sagen. *Schnell weg von hier,* das ist alles, was sie jetzt will.

KAPITEL 43

Zilch schaut ihr hinterher. Er würde gern anmerken, dass es schon schwierig für ihn allein sei, ohne Hilfe mit nur einem Arm hinaussteigen zu müssen, also könne er Jolby wohl kaum dabei helfen, sieht dann aber ein, dass er besser schweigt.

Als er sich Jolby zuwendet, wirft der ihm einen Blick zu, der Zilchs Empfindungen entspricht. Die beiden haben seltsamerweise einen Draht zueinander, was sich automatisch ergeben hat. Womöglich rührt es von all dem Stress her, den sie sich gegenseitig an diesem Wochenende gemacht haben, oder es beläuft sich auf die schlichte Tatsache, dass der abgerissene Arm des einen Mannes keine Viertelstunde zuvor im Arsch des anderen gesteckt hat.

»Traust du dir zu, hochzuklettern?«, fragt Zilch, indem er auf die Öffnung zeigt, durch die Galavance gerade verschwunden ist. Jolby nickt und erhebt sich langsam, wobei er vermeidet, sein Gewicht auf bestimmte Gelenke, Muskeln und vor allem seinen Hintern zu verlagern. Dann humpelt er zu dem Stück Trockenputz, an dem seine Freundin Tritt gefasst hat, und schafft es mit ihrer Technik hinauf. Oben schaut er durchs Loch und streckt eine Hand hinein, damit sich Zilch daran festhält. Der drückt ihm den Arm in die Finger, den Jolby selbst abgerissen hat, was logischerweise zu Entsetzen führt. Das Glied fällt wieder herunter. Zilch schlingt es sich am Ellbogengelenk um den Nacken, sodass die Hand und der Stumpf jeweils auf einer seiner Schultern liegen.

»Mann, du musst als Kind öfter als einmal vom Wickeltisch gefallen sein«, ruft Jolby in den Hohlraum. »Das ist ekelhaft.«

Zilch schaut auf den verdreckten Arm. Der Geruch ist erwartbar streng. »Bloß nicht überheblich werden, Freundchen. Das stammt alles von dir.« Er meint die braunen Flecken, mit denen die Haut überzogen ist.

»Trotzdem, Mann. Voll abnormal.«

»Na gut, na gut. Schluss mit den Scherzen jetzt.« Zilch streckt seinen verbliebenen Arm so weit wie möglich, damit Jolby ihn greift, als hinter ihm Wasser rauscht. Er fährt herum. »Hast du das auch gehört?«

Es geschieht so schnell, dass er kaum Zeit findet, zu registrieren, wie er über den Unterboden des Monstertrucks zum Führerhaus geschleift wird. Ein baumdicker Strang Tentakel hat sich um seine Taille gewickelt, ehe er begreift, was geschieht.

Zilch hört nur noch, wie Jolby »Alter!« schreit, dann dringt Wasser in seine Ohren. Das Licht des Mondes bleibt ihm zunächst erhalten, sodass er Jolby am Rad hochsteigen sieht, dann Finsternis. Etwas streift seinen Körper wieder und wieder, schneidet ihm ins Gesicht wie Glasscherben oder irgendwo hervorstehende Nägel – und immerzu rauscht das Wasser ringsum, während er hinaus in den Sumpf gezerrt wird.

Er fragt sich, ob nun der Teil der Geschichte beginnt, in dem ihm Jane erscheint, klassisch umgeben von einem Glorienschein oder von hinten ausgeleuchtet mit einem Lächeln im Gesicht wie eine wilde Braut aus einem Whitesnake-Videoclip. Während der Schutt des eingestürzten Hauses unter Wasser an ihm vorbeihuscht und der Mond sein Licht säulenartig einfallen lässt, was die Geschwindigkeit, mit der sich Zilch bewegt, noch unmittelbarer macht, wünscht er sich, dass sie ihn einfach genau jetzt den Beckett machen lassen, damit es endlich vorbei ist.

Jane erscheint ihm jedoch nicht, genauso wenig wie seine Eltern, sein Großvater oder seine Großmutter. Ebenso wenig ein weißer Tunnel gen Himmel noch ein Brunnenschacht mit Mauer aus Pflastersteinen, der abwärts in die Hölle führt. Nein. Nichts dergleichen. Nur Wasser, das in seinen Ohren gluckert, seinen Rachen hinunterläuft und ihm in die Nase steigt.

Als der Arm in seinem Genick weggeschwemmt wird, beobachtet er, wie er immer kleiner wird. Was immer ihn ergriffen hat, ist in Eile. Vermutlich soll er untersucht und mit allen möglichen Parasiten infiziert werden, als Wirt der Kreatur fungieren wie der arme Chev: Mit dem Hintern vorangehend, während sein Kopf eine Spur zieht und er Kaulquappen, Froschmensch-Hybriden absondert. Sie verfolgt bestimmt einen Plan, diese *Lusus naturae*, denn das tun sie alle, Weltherrschaft durch Verbreitung dieser Krankheit, um alle gleichzumachen, die indirekte Aussage: Meine Spezies bedeutet mehr als eure, also kannst du dir denken, was passiert – ihr sterbt, und ich trage mein Erbgut weiter. Aber rate mal, was noch, Zilchy? Du darfst dich an meinem Masterplan beteiligen, indem du hilfst, meine Nachkommen zu streuen!

»Fabelhaft«, blubbert er.

Galavance sitzt auf der Motorhaube ihres Wagens und wartet darauf, dass die beiden Männer herauskommen. Sie bereut, einen Einarmigen zurückgelassen zu haben, damit er aus eigenen Stücken heraufklettert, konnte aber schlicht keinen Augenblick länger in dem Loch bleiben. Als sie Schritte über den Rasen näher kommen hört, schaut sie zum Moor hinüber. Das bräuchte sie zwar nicht zu tun, weil sie Jolby gut genug kennt und weiß, wie er geht. Dieses langsame Schlurfen ist ihr geläufig und typisch für ihn, doch ein Blick in sein Gesicht sagt ihr, dass er große Angst hat. Er kommt allein.

»Wo ist Zilch?«, fragt sie abfällig.

»Das Monster hat ihn geschnappt und weggezogen.«

Da springt sie auf. »Und du hast nichts getan, um das zu verhindern?«

»Ich konnte nichts machen. Erst war er noch da, dann auf einmal nicht mehr.«

Galavance rennt zu der Seite der Hausruine, wo sie zuvor hochgestiegen sind. Die Trümmer haben sich zwischenzeitlich verschoben, und das Dachstück, das eben noch relativ leicht zu bewältigen war, ragt nun steiler auf. Deshalb beginnt sie, nach einem anderen Einstieg zu suchen, denn durch den Sumpf um den Schutt zu schwimmen ist ausgeschlossen. Jolby folgt ihr und bittet sie, stehen zu bleiben und einfach dankbar dafür zu sein, dass sie glimpflich herausgekommen sind.

Sie beachtet ihn nicht, bis er versucht, sie handgreiflich aufzuhalten. Er packt sie, und zwar fest – so unsanft, dass es wehtut. Sie dreht sich um und stößt ihn weg. »Ich hätte dich besser im Knast sitzen lassen«, schreit sie. Dann zeigt sie aufs Wasser. »Er hat sich möglicherweise gerade für dich geopfert, ist dir das überhaupt klar? Ich hoffe, du weißt wenigstens *das* zu schätzen, Mensch. Eine ganze Menge Leute haben sich lange Zeit den Arsch für dich aufgerissen, Jolby, und ich rate dir, endlich den Kopf aus *deinem* zu ziehen, damit du das begreifst und anerkennst.«

Damit wendet sie sich von ihm ab und schaut sich weiter nach einem Einstieg um.

Ungefähr dort, wo die Küche gewesen ist, findet sie ein Fenster, dessen Scheibe komplett herausgebrochen ist. Da es grob die Maße einer Hundetür für größere Rassen hat, muss sie auf allen vieren durchkriechen. Jolby hinter ihr stöhnt und fleht, sie möge draußen bleiben. Galavance ignoriert ihn.

Drinnen sieht es jetzt völlig anders aus. Zunächst einmal ist es dunkler. Kein Licht dringt durch etwaige Lücken zwischen den Trümmern, und heiß ist es ebenfalls, richtig heiß. »Zilch?«, ruft sie und staunt darüber, dass sich alles innerhalb weniger Minuten so drastisch verändert hat. »Bist du hier irgendwo?«

Klick.

Sie hält inne, schaut hin und her. Ein leises, mechanisches Grummeln, dann rumpelt es und bleibt still. Als sich die Geräusche wiederholen, erkennt Galavance, woher sie kommen – aus der Tiefe des Hauses. Sie schickt sich an, zwischen aufgebrochenen Wänden durchzusteigen, wobei sie sich duckt und klettert, wo es nicht anders geht, sich an hervorstehenden Bolzen vorbeischiebt und ihre Haare zusammenhält, damit sie nirgendwo hängen bleiben. So kommt sie dem Ursprung näher, lässt sich von den Geräuschen leiten.

»Saelig?«

Nachdem sie die letzten Bretter aus dem Weg geschoben hat, findet sich Galavance in dem Hohlraum wieder, wo Jolbys Truck bis zur Hälfte in schwarzem Matsch eingesackt ist. Sie klettert hin und beugt sich nach vorn, um durch die Windschutzscheibe zu schauen. Dahinter: eine zappelnde Masse aus glitschigen, scheinbar knochenlosen Greifarmen. Hin und wieder jedoch erkennt sie etwas Menschliches, etwas Fassbares aus Fleisch und Knochen. Eine Hand, ein Bein, ein Gesicht mit braunen Augen. Einen zum Schreien verzerrten Mund.

Während sie immer wieder nach Zilch ruft, sucht sie nach einem Gegenstand, mit dem sie die Scheibe einschlagen kann. Da kommen ihr mehrere Ziegelsteine gelegen, die noch von Mörtel zusammengehalten werden. Sie wirft sie, so fest sie kann, gegen das Glas. Es bricht tatsächlich, woraufhin die Tentakel und Zilchs verheerter Leib mit allem Wasser ausgespült werden. Er fuchtelt hektisch mit beiden Händen, um vor der Kreatur zu fliehen, und erkennt gerade noch, dass es Galavance ist, die ihn gerettet hat … wird dann aber wieder hineingezogen. Bevor er in der wallenden Masse verschwindet, die keinen Anfang und kein Ende zu haben scheint, brüllt er: »Den Schlüssel drehen!« Dann ist er weg.

Sie kapiert leicht verzögert, was er meint – *Welcher Schlüssel?* –, als sie Jolbys Anhänger sieht, der noch am Zündschloss des Trucks baumelt, der bauschige rosa Hasenfuß. Sie greift in das verkehrt herum eingesunkene Fahrzeug und dreht den Schlüssel. Aus dem Schlamm zu ihren Füßen steigen nach und nach Blasen hoch. Wenn sie platzen – erst sind sie halbrund, dann zerreißt es sie –, stinkt es nach Abgas.

Galavance dreht sich um, um zu schauen, ob Jolby vielleicht seinen Mut zusammengenommen hat und ihr hinterhergestiegen ist, damit sie ihn um Hilfe bitten kann. Doch als sie die Zündung wieder betätigt und die Frontscheinwerfer aufflackern, wird ersichtlich, wie ernst die Lage wirklich ist: Die Greifarme sind überall, schieben sich über jeden Quadratzoll jeder Oberfläche, umschlingen jedes Bruchstück des eingefallenen Gebäudes, und aus allen Steckdosen ragen dünne, gelbe Finger. Sie ist mittendrin.

Zilch taucht wieder ganz kurz auf, da die Kreatur ihn aus dem Wasser hochwirft. Er landet auf dem Rücken, was wehtun muss, krabbelt aber gleich los. Seine Kleider sind zerfetzt, und ein Großteil der Haare an einer Seite seines Kopfes wurden herausgerissen. Der Teil des Monsters, der gezielt nach ihm sucht, liegt weit entfernt außer Reichweite im tiefsten Dunkel, während es sein weiteres Vorgehen plant.

»Zurück«, sagt Zilch zu Galavance, indem er sich zwischen sie und den Fleischwust drängt. Sie gehorcht und klettert wieder hinauf, denn nur dort ist es inmitten dieser Vorstadtruine sicher.

Die Kreatur schnellt hoch, schraubt sich schlackernd als spitz zulaufendes Geflecht aus Fangarmen in die Luft. Sie packen Zilch erneut und ziehen ihn zurück. Auf seinen Bauch haben sie es abgesehen und schlagen auf das Isolierband, um in ihn einzudringen. Er ringt mit ihnen, hält sie mit einer Schulter nieder und fällt auf die Knie, um sich in den Schlamm zu drücken, damit sie sich nicht um ihn schlingen und in seinen Körper bohren.

Als er eines der dünneren Tentakel fest zu fassen bekommt, zieht er es an sich wie bei einem Würgegriff. Er wendet sich Galavance zu, seine Zähne so fest zusammengebissen, dass sie fast herausspringen, und schreit: »Gib auf mein Zeichen Gas, okay?«

»Was?«

»Das ist wie ein großer Pürierstab«, ruft er, hörbar verärgert, weil er seine Absicht nicht im Einzelnen erklären kann, solange dieses Ding versucht, sich aus den Trümmern zu befreien, ihn zu töten und was nicht alles noch.

»*Was* ist?«, fragt sie. Da streckt er einen Zeigefinger nach den Reifen über ihnen aus, die nach wie vor frei in der Luft hängen und die einzige Stütze sind, die das Dach vorm Einstürzen bewahrt. Galavance nickt.

Zilch springt hoch und verrenkt seinen Oberkörper, während er zurückweicht, sodass ihn die Greifarme abermals packen. Überall ringsum – im Grunde *in* der Kreatur – hört man, dass der Bau im Begriff ist, niedergerissen zu werden. Das Letzte, was ihn jetzt noch zusammenhält, ist das Monster selbst.

Galavance bemerkt, wie alles in Bewegung gerät. Durchs Beifahrerfenster des Trucks sieht sie den Sumpf … vorbeiziehen? Als sie genauer hinschaut, erkennt sie, dass sich das Betonfundament des Hauses entfernt. Der Parasit schleift sie – das Haus, den Wagen und alles andere – ins Moor. Das Wasser steigt allmählich, schwappt wieder ins Führerhaus.

»Jetzt!«, bellt Zilch, und sie rammt das Gaspedal aufs Bodenblech. Die vier Räder über ihr fangen an, sich zu drehen, hören aber gleich wieder auf. Der Motor im Schlamm gurgelt, mehr Abgasblasen steigen auf und bersten, aber die Achsen bleiben still. Zilch klettert auf den Kühler, wobei er die Tentakel mitzieht, die sich um seinen Torso gewickelt haben.

»Da ist was eingeklemmt«, lässt er Galavance wissen. Sie erhascht einen Blick durch die Bodenöffnung über dem Fahrersitz. Quer über der Achse der riesigen Reifen weit oben liegt ein langes Bruchstück eines Balkens, eine wirkungsvolle Wegfahrsperre. Sie beobachtet, wie sich Zilch streckt. Das Holz ist ganz nah, aber er kann … es nicht ganz … erreichen.

Plötzlich erscheint eine Hand, fährt in eine Radaufhängung und zieht den Balken vorsichtig heraus. Da oben steht Jolby, wie Galavance sieht. Er hat sich auf ein abgeknicktes Schrankbrett gestellt, um ihnen zu helfen.

»Danke, dass du mir das Leben gerettet hast, Mann«, sagt er zu Zilch.

»Keine Ursache«, erwidert dieser leicht fahrig, weil das Geschöpf ihn noch umschlungen hält. »Macht's was aus, wenn ich mit anpacke?« Die beiden ziehen zusammen an den Tentakeln, um sie ein wenig zu lockern. Dann fangen sie an, das Bündel wie ein Springseil zu schwingen, bis die Schlaufe so hoch fliegt, dass die rasant durchdrehenden Baggerräder es erfassen. Sobald dies geschieht, hebt Zilch ab und saust senkrecht auf einen der Riesenreifen zu, die so schnell rotieren, dass man es fast nicht wahrnimmt.

»Komm runter«, ruft er Jolby zu, und der lässt sich sofort durch die Bodenöffnung in den Truck fallen, wo Galavance kauert. Zilch hängt genau über ihnen und stößt das Monster gegen die laufende Achse, damit es eingezogen wird, doch zunächst scheuert das Getriebe nur sein Fleisch wund; qualmende Fetzen davon fallen auf Jolby und Galavance im Truck. Sie lässt vom Gaspedal ab, woraufhin Zilch schreit, sie dürfe nicht aufhören, also drückt sie es erneut nieder, und der Motor heult auf.

Er scheint zu der Einsicht gelangt zu sein, dass ihm keine andere Wahl mehr bleibt, und seufzt, denn nichts bietet sich an, um die *Lusus naturae* an der rotierenden Achse festzuhalten. Galavance hört wegen des Lärms des Autos nicht, wie er mit sich selbst spricht, aufbauende Worte wahrscheinlich. Sie kann nur sehen, wie er auf die Masse hinabschaut, die sich um seinen Körper windet und anstrengt, durch irgendeine Öffnung hineinzugelangen. Nachdem er seinen Blick wieder aufs Getriebe gerichtet hat, macht er ganz schnöde ohne letzte Worte einen kleinen Hüpfer, indem er sich so dreht, dass er die Achsstange mit einer Hand packen, beide Füße hochziehen und die Tentakel so direkt mit aller Gewalt andrücken kann. Sein Gesicht – deutlich erkennbar mit allen Zügen – verschwimmt von einem Augenblick zum nächsten in einer rasenden Rotationsbewegung.

Die Kreatur wird mit ihm angesogen, die Greifarme aufgewickelt. Galavance hört, wie Jolby neben ihr der Atem stockt, und sieht ihn an, während sie das Gaspedal über ihrem Kopf weiter mit beiden Händen hält. Ihre gesamte Umgebung, die Schutthöhle wird enger, die schrägen Wände, eingefallenen Flure und die Treppe schnellen vorwärts – alles gemeinsam, weil ein und dasselbe die Trümmer zusammenhält und mitreißt: die Tentakel. Alles bewegt sich auf einen Punkt zu, als würde es von einem schwarzen Loch angezogen, ein einziges Klappern und Quietschen, Geknalle und Gekreische. Als die ersten Teile die Reifen berühren, ziehen Jolby und Galavance die Köpfe ein und horchen, während das ganze Durcheinander zerkleinert wird – mit Zilch im Auge des Sturms.

KAPITEL 44

Stundenlang – so zumindest kommt es ihnen vor – regnet es Teile von Whispering Pines 1330. Mal ist es eine Planke der Fassade aus Vinyl, aber auch Fetzen des Monsterparasiten. Dann ein Stiefel. Ein Arm. Mehrere Schindeln. Ein Schraubschlüssel.

Galavance schiebt ihren Kopf durch den offenen Boden des Trucks und schaut sich um. Die Reifen sind komplett von den Felgen gerissen worden, die Achse hat sich krass verbogen und ist mit Eingeweiden umwickelt, die hoffentlich nicht Zilch gehören.

»Wo steckt er?«, fragt Jolby. Die beiden versuchen sich zu orientieren. Der Wagen wurde ein paar Yards weit in den Sumpf geschleift, und auch auf dem überschwemmten Hof des Hauses sind Holzelemente wie allerlei Körperteile niedergegangen.

»Weiß nicht«, antwortet Galavance und zieht sich hoch, setzt sich auf die Kante des Unterbodens und schaut hinaus ins Wasser. In der Ferne auf einer der abschüssigen Inseln steht eine Gestalt auf. Etwas, das wie eine neue Art von Sumpfwesen aussieht. Sie hält die Luft an, flucht innerlich und bittet darum, es handle sich nicht um ein weiteres Ungeheuer, mit dem sie fertig werden müssen. Sie behält das Ding im Auge, bis sie erkennt, dass es nur einen Arm hat und sich mit seiner verbliebenen Hand angetrockneten Schlamm aus dem Gesicht wischt. Unter einer regelrechten Dreckhaube macht sie vertraute Züge aus. Als Zilch bemerkt, dass sie ihm winkt, erwidert er die Geste, wenn auch nicht annähernd so enthusiastisch.

Er macht sich auf den beschwerlichen Weg durchs Moor, wobei er teilweise schwimmen muss oder durchs Seichte watet und manches aufliest, was im Wasser treibt und ihm gehört. Galavance wartet am Rand auf ihn. Sie sieht, dass der abgerissene Arm schlaff vor seiner Brust baumelt, wo er ihn gemeinsam mit seinen Schuhen und einem Päckchen Zigaretten festhält, das durchaus noch zu gebrauchen sein könnte, weil es noch in Zellophan steckt.

Sowie er festen Boden unter den Füßen hat, streckt er seinen Arm zur Seite aus, als wolle er mit einem Wink auf etwas Gewaltiges verweisen, und alles fällt auf die Erde. »Na ja, Gold, Weihrauch und Myrrhe sind es nicht«, lacht er und hebt die Zigaretten auf. Nachdem er länger mit dem durchsichtigen Plastik geknistert hat, streift er es ab, sieht Galavance an und lächelt. »Hast du Feuer?«

Sie fahren die Kit Mitchell Road entlang. Galavance sitzt am Steuer, Jolby auf der Rückbank und Zilch zurückgelehnt im Beifahrersitz. Der abgetrennte Arm liegt mit offener Hand auf seinem Schoß, und er schnippt die Glut seiner Zigarette hinein, weil der Cavalier keine Aschenbecher hat. Er schaut durchs Türfenster auf vorbeiziehende Baumwipfel. Sie hören keine Musik, und niemand spricht. Alle drei sind erschöpft, und da die Klimaanlage auf Hochtouren läuft, hat sich das Interieur mit ihrem kollektiven Gestank gefüllt, weshalb sie sich auch keine Vorwürfe machen, sondern einfach nur weiterfahren.

Zilch beobachtet aus dem Augenwinkel heraus, wie Jolby langsam eine Hand über den Fahrersitz streckt und auf Galavances rechte Schulter legt. Er spielt mit ihren Haaren, kneift das Ohrläppchen. Sie lässt es sich ganze drei Sekunden lang gefallen, bevor sie ihrerseits ihre rechte Hand hochhebt und zweimal wohlmeinend auf seine klopft. Sie zieht sie ohne Worte am Zeigefinger hoch und wischt sie von ihrer Schulter. Dann legt sie ihre Hand wieder auf den Schaltknüppel und streichelt über den verchromten Schädel mit den Rubinen als Augen, die dreinschauen, als sei er sich selbst genug.

Zilch grinst und blickt wieder auf den Wald am Straßenrand.

»Was ist mit Chev passiert?«, fragt Jolby auf einmal.

Zilch schaut Galavance an, und sie ihn. Sie konzentriert sich wieder auf die Fahrbahn, greift aber in den Getränkehalter zwischen ihnen beiden, nimmt einen Vierteldollar heraus und gibt ihn ihm. »Ich sag Kopf.« Als die Münze landet, zeigt sie die andere Seite, also erklärt Zilch Jolby nun, während sie mehrere Meilen zurücklegen, was er mit seinem besten Freund getan hat. Galavance muss anhalten, damit Jolby sich auskotzen kann, auch wenn er nur trocken würgt.

Sonst besucht gerade niemand den Friedhof. Jolby bleibt im Wagen sitzen – Galavance hat ihn darum gebeten –, während die anderen beiden zum Kofferraum gehen und ihn öffnen. Die tote Wer-Amphibie darin ist nicht mehr ganz frisch, und ein übler Gestank macht sich breit, sobald die Klappe aufspringt.

»Hoffentlich muss ich das nie wieder tun«, sagt Zilch. Er zieht das gespaltene Maul des Monsters auf und steckt seine Hand in den nassen Schlund. Galavance schaut hin, während er den Arm bis zum Ellbogen hineinschiebt und gleich wieder herauszieht. Er hält einen erschlafften, schwarz gewordenen Wurm in der Faust. Nachdem er ihn um seinen losen Arm gewickelt hat, wie man den Griff eines Hockeyschlägers mit Band abkleben mag, hilft ihm Galavance dabei, den Kadaver aus dem Auto zu hieven. Erst vergewissern sie sich, dass niemand in der Nähe ist, der sie beobachten könnte, wenn sie ihn über die unbefestigte Straße zum Eingang des Friedhofs tragen. Zilch holt noch schnell den eingetüteten Parasiten aus dem Beifahrerfußraum des Chevys und öffnet die Tür dahinter, um Jolby wachzurütteln, der eingenickt ist. Der setzt sich gerade hin und schaut ihn an. Dann beobachtet der Agent, wie Jolby bewusst wird, dass er allein im Auto sitzt, und ihm die Gesichtszüge entgleiten, als er aus dem Fenster schaut und Galavance sieht, die mit einem toten Riesenfrosch vor ihren Füßen dasteht.

»Was ist *das* denn?«, fragt er mit sich überschlagender Stimme. Zilch lässt die Tüte auf die Brust des Kadavers fallen und greift sich die Handgelenke, wohingegen Galavance die Knöchel packt. Sie halten inne und wechseln noch einen Blick.

»Diesmal wähle ich nicht Kopf«, sagt Zilch.

Als sie das Grab erreichen, dessen Erde aufgewühlt ist und worin Stücke des aufgebrochenen Sarges zu sehen sind, packen sie die verwesende Wer-Amphibie an den Rand. Zilch legt den Arm, der mit dem Wurm umwickelt ist, auf eine seiner Schultern wie ein Baseballspieler seinen Schläger, bevor er sich an der Homeplate aufstellt. Unter dem Eindruck all des toten Zeugs, mit dem sie zu tun hat, vermittelt ihr der Mann den Eindruck, gerade die schrägste Reise seines Lebens mitgemacht zu haben und zum Flughafen zu kommen, um nach Hause zurückzukehren: Verschrammt und schmutzig und beileibe nicht nur ein bisschen lädiert, doch irgendwo unter der Dreckschicht strahlt er den Stolz einer Person aus, die etwas geleistet hat. Der tote Reptilienmensch, der Parasit in der Tüte und ein zweiter an seinem abgerissenen Arm sind sozusagen Souvenirs.

»Nun, Ms. Petersen, wie sehen Ihre weiteren Pläne aus?«, fragt er Galavance und tritt gegen ein Stück Holz, das vor ihm liegt. »Du hast keine Eile, den Namen Dawes anzunehmen, oder?«

Als sie sich durch die Haare fährt, bleibt ein Laubblatt zwischen ihren Fingern hängen. Sie wirft es beiseite. »Nein. Zwischen uns ist es definitiv aus.«

»Ich kann nicht behaupten, dass ich traurig wäre, das zu erfahren.« Er schwingt seinen abgestorbenen Arm ein paarmal zwanglos durch die Luft. Dann sieht er Galavance wieder an und deutet nickend auf eine ihrer Taschen, in der etwas Viereckiges steckt. »Wie spät ist es?«

»So ziemlich bald an der Zeit«, antwortet sie, nachdem sie auf ihr Handy geschaut hat. Sie nimmt es wieder herunter, wobei ihr Blick auf Jolby fällt, der vorm Friedhof auf der Haube des Cavaliers sitzt. Er hält sich die Hände vors Gesicht und wippt mit dem Kopf. Nach je ein paarmal vor und zurück spuckt er, verzieht den Mund, als müsse er sich übergeben, und bleibt kurz reglos, bevor er seine Hände erneut hochnimmt. Galavance wendet sich wieder Zilch zu.

»Wirst du sie diesmal zu sehen kriegen?«, möchte sie wissen.

Die Frage trifft ihn sichtlich unvorbereitet. Er zuckt dann aber gleichmütig mit den Schultern und lächelt schief. »Wer weiß? Ich hoffe es, werde mich deswegen aber nicht verrückt machen. Schließlich stehe ich bei der Confab immer noch auf einer der unteren Leistungsstufen und bin mir ziemlich sicher, dass ich mich an diesem Wochenende nicht mit Ruhm bekleckert habe.« Er hustet in seine Hand, betrachtet die Innenfläche und wischt sie an seiner Hose ab, woraufhin ein grauer Streifen zurückbleibt. »Aber genug über mich geredet.« Er streckt sich nach Galavances Schulter aus.

»Bleib eisern.«

»Was?«

»Nachdem du Schluss mit ihm gemacht hast«, erklärt er. »Nicht anders überlegen. Er wird es nie lernen, und selbst wenn, kommt für dich nichts Gutes dabei herum.«

Sie nickt. »Ja, ich weiß. Eines Tages gibt er aber einen guten Ehemann für jemanden ab.« Ein Lächeln. »Bloß nicht für mich.«

»Freut mich zu hören«, entgegnet Zilch. »Du brauchst solchen Mist nicht in deinem Leben.«

»Okay, okay. Schon verstanden. Das reicht jetzt mit dem Belehren.« Sie schlägt ihm scherzhaft auf die Schulter. Sie schauen einander kurz in die Augen, beide sanft lächelnd. Ihm fällt auf, dass der untere Rand ihres linken Auges feucht wird, und in dem Moment bricht sie den Blickkontakt ab. Sie hebt eine Hand, um die Träne abzuwischen.

Zilch greift nach dem Gelenk der anderen, mit der sie das Telefon hält. Als er die Uhrzeit auf dem Display sieht, verfinstert sich seine Miene ein wenig. Er lässt los und tritt zurück. Es sind jetzt nur noch wenige Sekunden.

»Viel Glück mit deiner Beförderung«, wünscht er.

»Ja, danke. Auch für den Rat. Basilikum. Gut zu wissen.«

»Die kleinen, reizvollen Zugaben, und seien sie auch nur für einen selbst – sie machen den Unterschied aus.«

»Ein Gewürzregal wird mein erstes Einweihungsgeschenk am mich selbst, wenn ich eine neue Wohnung habe«, erwidert sie lächelnd.

Zilch macht noch einen Schritt rückwärts und bleibt mit den Absätzen seiner Stiefel dicht am Rand des Grabs stehen. Nachdem er seinen Arm wieder unter den anderen geklemmt hat, bückt er sich nach der Wer-Amphibie, packt fest eine ihrer Hände und verzieht sein mit Dreck verschmiertes Gesicht langsam ebenfalls zu einem charmanten Lächeln. Dazu zieht er eine Augenbraue hoch. »Wie sehe ich aus?«

»Wie ein Chefkoch, der gerade die schlimmste Schicht seines Lebens mitgemacht hat.«

Darüber lacht er, und zwar richtig herzhaft, und gleichzeitig geht der Alarm los. Er lacht weiter – sein bleiches Gesicht wird dabei sogar grau – und von irgendwoher aus seinem Körper, aus der Lunge, brummt es laut. Immer noch lachend legt er seinen Kopf in den Nacken. Es ist, als werde sein ganzer Körper von den Fußsohlen bis unter Schädeldecke geflutet, und unterhalb des Pegels bleibt nichts als Grau zurück. Während die Welle in seinem Antlitz hochsteigt, hört Galavance nur noch das Echo seines heiteren Gelächters.

Auf das Einzige, was er außer der Wer-Amphibie noch mitgenommen hat, deutet ein vager Abdruck im Gras hin. Es ist die Stelle, an der er die Tüte mit dem Parasiten an dem Kadaver festgebunden hat, lediglich feucht und leer.

Die verschlissenen Kleider verlieren ihre Form, zerfallen zu Asche und Fetzen, die ins Grab rieseln, wo sie durch lockere Erde rieseln, während die Knochen, als sie fallen, einsinken und alle ungefähr dort verschwinden, wo sie herausgehoben wurden.

Galavance nimmt sich Zeit, den Hügel ein wenig mit den Füßen zu richten und die Gestecke aus toten Blumen auf *Jacob F. Stein, geliebter Vater und Ehemanns* letzter Ruhestätte wieder gerade hinzustellen. Dann nimmt sie Abstand und sagt zum Himmel gerichtet: »Vielen Dank.« Hoffentlich kann er sie hören. Da sie findet, dies sei nicht ausreichend gewesen, fügt sie hinzu: »Lass ihn sie sehen, okay? Muss ja nicht lange sein. Es wird dem albernen Teufelskerl guttun. Ist jedenfalls meine bescheidene Meinung.«

Galavance macht ohne Umschweife kehrt und geht zu ihrem Wagen. Jolby hat auf dem Beifahrersitz Platz genommen und döst. Sie knallt ihre Tür zu, sodass er aufschreckt, und startet den Motor. Er schaut sich um, zuerst auf die Rückbank und dann hinaus. Das einzig Bemerkenswerte in der Nähe ist der Friedhof.

»Wo ist dieser Typ abgeblieben?«

»Wir haben ihn schon vor einer Weile abgesetzt.«

»Oh.« Er lässt sich tiefer in den Sitz sacken, wobei er mit einem Daumen den Sicherheitsgurt unter seinem Doppelkinn lockert. Dann schließt er die Augen wieder. »Was hältst du davon, dass wir nach Hause fahren und dieses Gespräch führen, vielleicht beim Frühstücken? Ist schon einige Zeit vergangen, seitdem du deine weltberühmten Pfannkuchen für mich gemacht hast.«

»Steig aus«, verlangt Galavance.

»Hm?«

»Steig aus meinem Wagen.«

»Also, theoretisch«, beginnt Jolby hochnäsig, »ist es *mein* Wagen, aber …«

»Nein, dieser ganze *Rotz* ist dein. Das und das und das und das.« Sie fängt an, den Kitsch einzeln abzureißen, den er mit Superkleber im Inneren des Autos angebracht hat – den zur liegenden Frau stilisierten Rückspiegel, die verchromten Lüftungsabdeckungen, den kleinen Discokugel-Anhänger –, und wirft ihm alles auf den Schoß. »Es ist mein Wagen, er wurde auf meinen Namen eingetragen, und nur dieser *Scheiß* gehört dir. Nun bitte, das ist *dein* Teil davon, und schlag die Tür nicht laut zu, wenn du deinen Arsch nach draußen gehievt hast.«

»Du willst wirklich nichts mehr mit mir zu tun haben? Ich dachte, du seist mir nicht mehr böse.« Jolby jammert. »Schließlich war es ein Unfall, ich hatte zu viel intus.«

Galavance schaut ihm ins Gesicht. Er sieht wirklich erstaunt aus, verwirrt wie infolge einer Riesenüberraschung, als sei dies nur ein Witz. Sie streckt sich über die Handbremse hinweg aus und hält ihre Hände an seine weichen, leicht behaarten Wangen. »Ich möchte was herausfinden«, sagt sie, schließt ihre Augen und küsst ihn, lange. Nach kurzem Zögern lässt er sich darauf ein. Am Ende schmatzt es, als sie ihre Lippen wegzieht. Sie hält seinen Kopf weiter fest und blickt in seine verwunderten Augen.

»Wer hätte das gedacht? Immer noch ein Frosch.«

»Hä?«

»Jolby, sei bitte so lieb, und nimm deinen Krempel, steig schnell aus meinem Wagen, und verschwinde aus meinem Leben.« Wie ruhig sie das ausspricht, hätte sie selbst nicht gedacht. »Von heute an werde ich es mir gut gehen lassen, selbst wenn ich dabei draufgehen sollte.«

Nachdem ihre Worte verklungen sind, vergeht eine stille Sekunde. Er sieht Galavance nur an, dann den ganzen Krempel auf seinem Schoß. Diesen rafft er nun zusammen, öffnet die Tür und steigt aus.

Als er sie geschlossen hat, wird Galavance mit Wonne bewusst, dass sie auf einer Sandstraße steht, denn ihn in einer dicken Wolke aus rotem North-Carolina-Staub hinter sich zu lassen verschafft ihr umso mehr Genugtuung. Deshalb dankt sie Zilch im Besonderen dafür, dass er auf ebendiesen Friedhof an einer ungepflasterten Strecke gesprungen ist, indem sie nur für ihn zum Himmel hin salutiert. Dann nimmt sie die Hand von der Stirn und hält sie mit ausgestrecktem Mittelfinger über ihre Schulter nach hinten, während sie im Spiegel beobachtet, wie Jolby in einer Wolke aus Dreck herumzappelt. Er lässt den ganzen Autoschmuck fallen und hustet.

Sie biegt auf die Interstate ab, schaltet das Lachgaskit ein, um mit dem Restschub, den es hergibt, nach Raleigh zu fahren, und dreht die Anlage bis zum Anschlag auf. Zeile für Zeile singt sie jedes einzelne Wort von *Mr. Brownstone* mit und hat das Gefühl, als könnte sie jede Sekunde einfach abheben und die Erde hinter sich lassen. Frei.

–ENDE–

LUZIFER
VERLAG